U0113324

改革开放 40 年优秀曲艺

作品集（上册）

中国曲艺家协会 编

中国文联出版社
http://www.clapnet.cn

图书在版编目（CIP）数据

改革开放 40 年优秀曲艺作品集（上下） / 中国曲艺家协会编. -- 北京：中国文联出版社，2018.12

ISBN 978-7-5190-4128-1

Ⅰ．①改… Ⅱ．①中… Ⅲ．①曲艺－作品综合集－中国－当代 Ⅳ．①I239

中国版本图书馆 CIP 数据核字(2018)第 301070 号

改革开放 40 年优秀曲艺作品集（上下）

编　　者：中国曲艺家协会

出版人：朱　庆

终审人：姚连瑞　　　　　　　复审人：卞正兰

责任编辑：陈若伟　　　　　　责任校对：梁　彦

封面设计：杰瑞设计　　　　　责任印制：陈　晨

出版发行：中国文联出版社

地　　址：北京市朝阳区农展馆南里 10 号，100125

电　　话：010-85923053（咨询）85923000（编务）85923024（邮购）

传　　真：010-85923000（总编室），010-85923025（发行部）

网　　址：http://www.clapnet.cn　　http://www.claplus.cn

E－mail：clap@clapnet.cn　　　　chenrw@clapnet.cn

印　　刷：中煤（北京）印务有限公司

装　　订：中煤（北京）印务有限公司

法律顾问：北京市德鸿律师事务所王振勇律师

本书如有破损、缺页、装订错误，请与本社联系调换

开　本：787×1092	1/16
字　数：789 千字	印　张：41.5
版　次：2018 年 12 月第 1 版	印　次：2018 年 12 月第 1 次印刷
书　号：ISBN 978-7-5190-4128-1	
总 定 价：78.00 元（全 2 册）	

曲随时代　守正创新

姜　昆　董耀鹏

今年是改革开放 40 周年。40 年来，我国发生了翻天覆地的变化，取得了举世瞩目的历史性成就。曲艺事业作为社会主义文化事业重要组成部分，同样实现了大繁荣大发展，曲艺的创作和表演与时代同频共振、与人民休戚相关、与党和国家的各项事业相向而行。每一位曲艺人，都有一个最真实的感受，就是自豪于身处伟大历史洪流，见证了时代变迁和社会进步，更自豪于我们的曲艺事业紧随着时代的巨印，也留下了属于自己的足迹。40 年里，曲艺总能敏锐地抓住时代进程中"个个心中有、人人口中无"的点点滴滴，发出时代的先声，启迪思想、温润心灵；曲艺总能随着人们生活的改变抓住人们的胃口，雅俗共赏，既是人们最喜爱的"家常菜"，也成为人们最受欢迎的"年夜饭"；曲艺总能反应最为及时，第一时间到人民群众最需要欢笑、温暖和力量的地方去，文艺轻骑兵的足迹走遍了中华大地；曲艺随着改革开放大踏步地走出国门，曲艺牡丹之花绽放在世界各地，中华优秀传统文化的种子在国际交往中萌芽。40 年来，曲艺事业取得了一个个里程碑式的成就，留下了一个个人民群众喜闻乐见的经典之作、口碑之作、扛鼎之作，这都离不开曲艺为之坚持坚守的天然秉性、价值追求和发展规律。

一是坚持人民至上。曲艺来自人民生产生活的实践，奉人民群众为衣食父母，曲艺只有离人民群众更近，创作的作品才能更真。40 年来，曲艺人坚持人民至上，把人民放在心中的最高位置，身入心入情入，拜人民为师，以人民群众为服务对象和表现主体，创作生产出一大批人民群众喜闻乐见、津津乐道、耳熟能详的优秀曲艺作品。例如相声《祈福》、小品《过河》、大同数来宝《婆媳之间》、四川清音《中华医药》、独角戏《爱心》等一批作品，说的是老百姓的悲欢冷暖、喜怒哀乐，唱的是老百姓的身边事、心里话，给人以心灵的温暖和抚慰。我们坚持把这些创作出来的优秀作品用"送欢笑"的形式送达到人民群众生产生活的第一线和最前沿，已遍布全国 31 个省区市和港澳台地区，直接和间接观众接近 2 亿人次，极大地激发了人民群众创造美好幸福生活的热情和干劲。

二是坚持与时俱进。"文章合为时而著，歌诗合为事而作。"40 年来的沧桑巨变抒写出了一幕幕令人振奋、永不磨灭的伟大史诗。曲艺在关注时代变迁、把握时代脉搏、发出时代先声的同时，自身也得到了淬炼，锻造了一个又一个足以承载时代记忆、在人们精神深处留有烙印的经典作品。在改革开放之初创作的相声《如此照相》《巧立名目》等作品，深刻批判了思想僵化和教条主义，如春风般抚慰人们尘封已久的心田，用笑声这把钥匙开启了人们思想解放之门；随着改革开放的深入推进，相声《虎口遐想》《看房》《电梯奇遇》《着急》《五官争功》《小偷公司》、小品《牛大叔提干》《超生游击队》《如此包装》等作品应运而生，见微知著地刻画了老百姓思想认识和精神状态的细微变化，深刻反映了市场经济逐步建立进程中的整个社会心态的调适，为人们迎接改革开放的各种挑战提供思想启迪和精神鼓舞；当 20 世纪八九十年代广播电视成为人们普遍拥有的家用电器后，曲艺专栏、广播书场、电视书场应运而生，评书《岳飞传》《杨家将》《三国演义》、系列曲艺节目《洛桑学艺》《聪明的剧务》等传遍大江南北，人们经常守在电视机和收音机旁，总是意犹未尽、难以割舍，成为当时人们必听必看的文艺节目。曲艺创作只有紧跟时代，反映现实，为时代放歌，为人民说唱，才能驻留在人们的心底，成为一代人的集体记忆，树立起曲艺史上一座座时代丰碑。

三是坚持服务大局。围绕中心、服务大局是曲艺人的文化自觉和行动自觉。改革开放之所以取得巨大成功，一个十分重要的原因就是坚持以经济建设为中心，坚持改革、发展、稳定的大局。40 年来，每逢党和国家的重大事件、重要时间节点和重要战略部署，我们曲艺总能够利用自身的特点和优势，在围绕中心中校准坐标，在服务大局中找准定位，充分发挥曲艺在助力党和国家各项事业顺利推进过程中"四两拨千金"的独特作用。围绕党和国家发展重大战略，创作生产出如南音《厦门金门门对门》、快板书《中华颂》、相声《懒汉糖葫芦》《京九演义》《求学心切》《华夏酒歌》、河南坠子《清廉石》、好来宝《团结奋进的内蒙古》、白族大本曲《游大理》等一大批入脑入心的优秀曲艺作品，用独具魅力的曲艺形式营造氛围、加油鼓劲。逢党和国家重大节日、周年、纪念日等时间节点，我们组织动员全国曲艺工作者创作表演了天津时调《春来了》、快板《军营新歌》、粤曲《南粤欢歌》等一批饱含家国情怀、人民情愫的精品力作。当祖国和人民需要我们的时候，当发生洪水、雨雪冰冻、海啸地震等自然灾害的时候，曲艺人用最快的速度创作出《冰雪大巴》《俺想对你说》《98 抗洪群英赞》《千秋业》《国殇·九歌》等作品，激发起广大军民众志成城战胜灾难的决心和勇气，发挥了曲艺"千金难买一笑"的独特价值。正是由于曲艺把握大事、顺应大势，积极作为、主动作为，按照蓝图建精神大厦，融入华章奏最美声音，在实现中华民族伟大复兴的重大历史进程中始终在场、从未缺席，留下了令人瞩目的身影。

四是坚持守正创新。曲艺讲究继承不僵化、创新不异化。唯有守正创新，正确处理好继承与创新的辩证关系，才能实现健康发展、科学发展、持续发展。众所熟知的骆玉笙、侯宝林、高元钧、蒋月泉等曲艺大师，无不是追求革新、守正创新的典范。《重整河山待后生》以京韵大鼓的旋律作为主要曲调，吸收了流行歌曲的元素，用交响乐队伴奏，实现了两种艺术形式的成功嫁接和完美融合，其京腔京韵京调家喻户晓、耳熟能详，成为广为传唱的经典曲目。20 世纪 80 年代初，由我们曲艺人创作、表演的曲艺小品，伴随着电视综艺晚会迅速传遍神州大地。曲艺小品以其与观众互动交流、跳进跳出、相对简单的服装道具、相声的结构和"包袱"、穿插曲艺的说唱元素等特点，形成了独特的艺术风格，成为一个新兴的曲艺形式，受到广大观众的热烈欢迎。《打工奇遇》《过河》《红高粱模特队》《打扑克》等就是众多曲艺小品中的突出代表。创新是文艺的生命，创作是创新的过程。曲艺唯有在继承优秀传统基础上，吸收借鉴各姊妹艺术优长，勇于突破，大胆革新，才能生生不息，永葆青春。

　　五是坚持深接地气。曲艺源自民间，最具生活底色，俗中含着雅意，雅中透着俗趣，家长里短说人情练达，精彩故事唱世事学问。40 年来，曲艺把深入生活、扎根人民作为创作的根本方法，脚踩热土、心贴百姓，从气象万千、色彩斑斓的生活景象中，挖掘提炼感人肺腑的百姓故事，诠释幸福美好的生活意义。小品《懒汉相亲》《装修》《不差钱》、相声《看房》《喜丧》《单车问答》、二人转《哑女出嫁》等一批优秀作品不断涌现。在改革开放的宏大叙事中，曲艺人惯以"以小见大"的创作方法，经常是小人物大情怀、小事件大格局，无论是《巧立名目》中的"领导，冒号！"，《打扑克》中的"小小一把牌，人生大舞台"，《不差钱》中的"这个可以有，这个真没有"等曲艺作品中的金句，还是姜球球、糖葫芦、王木犊、王保长、鸭司令等曲艺作品中的典型形象，都让观众在逗笑作乐后引发强烈共鸣，让人回味无穷。曲艺具有很强的方言性和地域性，地方性曲种在讲述百姓身边故事、丰富基层群众精神文化生活等方面创作了难以数计的优秀作品，如绍兴莲花落《三个巴掌》、陕西快板《万里寻亲》、潞安大鼓《醋为媒》等作品，就是从基层走向了全国舞台的代表。接地气才能聚人气，冒热气才能有生气。曲艺只有将生活作为创作的源泉，汲取营养，获取力量，方可伴随改革开放的脚步永不停歇，历久而弥新。

　　六是坚持关注现实。加强现实题材创作是曲艺跟随时代步伐的重要途径，也是曲艺担当传道弘义使命的必然要求。改革开放 40 年，我国社会发生了全方位变革和史诗般变化，曲艺一直坚持贴近实际、贴近生活、贴近群众，从最真实的生活出发，从最原始的素材入手，创作生产了一大批讴歌党、讴歌祖国、讴歌人民、讴歌英雄的精品力作。山东快书《马本斋传奇》《武功山》、对口单弦《血宴》等作品，再现了革命战争时期的峥嵘岁月，反映了英勇无畏的革命精神，有力激发了人民群众在改革开放进程中迎难而上的勇气；相声《说说心里话》《咨询热线》、山东琴书《生灵叹》等作品，折射出社会变迁中出现的新情况新问题，引人思考，激励人们乐观面对这个中滋味，细品其中的酸甜苦辣；对口快板《接"雷锋"》、快板书《时代楷模孔祥瑞》、河南坠子《慈母泪》等作品，生动刻画了一系列丰满的英雄人物形象，讲述了他们的感人事迹，感召人们迎着新的时代号角奋勇前进。曲艺总能思群众所想，悟群众所感，道群众心声，用浪漫主义观照现实生活，通过把观众熟知的人物、知晓的历史、熟悉的场景艺术化地再现出来，进而产生直指人心、激荡人心的充沛力量。正因如此，这些作品才能立得住、传得开、留得下。

七是坚持鼓舞人心。"说书唱戏劝人方"是曲艺的天然品性。40 年来，曲艺始终坚持弘扬主旋律、传递正能量，传播真善美、鞭笞假恶丑，创作了一大批反映民族精神和时代精神的优秀作品，春风化雨，润物无声，靠墙落地，鼓舞人心。新编评书《岳飞传》《杨家将》《民族魂》《百年风云》、快板书《中华颂》、快板《天安门前看升旗》，用爱国主义这一常说常新、最能感召人鼓舞人的永恒主题，激发出全国人民同心共筑中国梦的磅礴之力。评书《中国枪王》、苏州弹词《牵手》、杭州摊簧《美丽的眼睛》等一大批讲述全国道德模范和身边好人事迹的优秀作品走上了舞台，通过示范演出、基层巡演等各种方式，传遍了全国各地。一时间，助人为乐、见义勇为、诚实守信、敬业奉献、孝老爱亲的故事插上曲艺的翅膀，在人们中间广为传颂。曲艺人坚持弘扬和践行社会主义核心价值观和中华优秀传统文化，用生动幽默、独具魅力的艺术表达，给人们以情感慰藉、心灵滋养和精神鼓舞，发挥了为历史存正气、为世人弘美德的独特文化价值。

八是坚持德艺双馨。曲艺反映世道人心，承载中华美德，在弘扬先进文化、建设精神文明、引领社会风尚、丰富百姓生活等方面具有不可替代的重要作用。改革开放 40 年来，人们的思想观念趋于多元多样多变，人们对精神文化产品在数量、品质、内容、形式上都提出了更高的要求。同时，随着人们生活节奏的加快和信息传播手段的变革，快餐式消费甚嚣尘上，一些低俗、庸俗、媚俗的内容也掺杂在文艺作品之中。我们勇于直面问题，不当灰色文化的橡皮擦，始终坚持在多元中立主导，在多样中谋共识，在多变中定方向，大力倡导讲品位、讲格调、讲责任，把社会效益放在首位，推出了一大批思想精深、艺术精湛、制作精良的优秀曲艺作品。苏州弹词《大脚皇后》、相声《老鼠密语》《夸夫》《满腹经纶》、小品《东边日出西边雨》等，既好听好看，给人以艺术的享受和精神的愉悦，又耐人寻味，给人以思想的启迪和心灵的慰籍，从中体现出曲艺人的艺术追求和格调坚守。作品亦是人品，德艺双馨永远是曲艺人的最高追求。只有时刻牢记爱国为民、崇德尚艺的价值理念，积极践行《中国曲艺工作者行为守则》，认真履行人类灵魂工程师的神圣职责，我们才能在在大海中风正帆悬，守正创新，破浪前进。

40 年来，我们的曲艺创作始终秉持以上这八条原则，创作生产了一大批深受人民群众喜爱、在历史上留下精彩瞬间的优秀曲艺作品，这也是我们曲艺创作在时代发展如此之快、社会进步如此之大的条件下，依然富有生命力和创造力的来之不易的经验总结。特别是党的十八大以来，中国特色社会主义进入了新时代，这是我国发展新的历史方位，包括曲艺在内的文艺事业迎来了艳阳天。以习近平同志为核心的党中央高度重视文艺工作，发表了一系列重要论述，丰富了马克思主义文艺观，是指引我们做好新时代文艺工作的科学理论和重要文献。党的十九大报告用整整一个段落强调："社会主义文艺是人民的文艺，必须坚持以人民为中心的创作导向，在深入生活、扎根人民中进行无愧于时代的文艺创造。要繁荣文艺创作，坚持思想精深、艺术精湛、制作精良相统一，加强现实题材创作，不断推出讴歌党、讴歌祖国、讴歌人民、讴歌英雄的精品力作。发扬学术民主、艺术民主，提升文艺的原创力，推动文艺创新。倡导讲品位、讲格调、讲责任，抵制低俗、庸俗、媚俗。加强文艺队伍建设，造就一大批德艺双馨名家大师，培育一大批高水平创作人才。"这五句话都是围绕文艺创作而展开，具有很强的思想性、针对性和指导性，为我们今后推动曲艺创作、提升曲艺创作水平、从高原向高峰迈进指明了方向，提供了根本遵循。

新时代，我们的曲艺创作坚持以习近平新时代中国特色社会主义思想为指导，牢牢把握无愧于时代的使命担当，牢牢把握文化自信是更基本、更深沉、更持久的力量，牢牢把握深入生活、扎根人民这个最根本、最关键的方法，牢牢把握中国精神这个灵魂，创作生产了相声《新虎口遐想》《我爱诗词》、谐剧《麻将人生》、长子鼓书《腊月天儿》、曲艺联唱《看今朝》、苏州弹词《徐悲鸿》、二人转《天下娘心》等一批优秀曲艺作品。这些作品，既有讽刺之后的寓教于乐，又饱含弘扬中华优秀传统文化的正心诚意，还能够在动人心弦之外劝人向善向上向美，铸就时代之印，发挥曲艺之长，抒发拳拳之心，堪称有筋骨、有道德、有温度的曲艺佳作，在讲好中国故事、弘扬中国精神、凝聚中国力量的道路上留下了浓墨重彩的历史画卷。

百尺竿头，更进一步。今天，我们的国家已经从站起来、富起来向强起来迈进，越来越走向世界舞台的中心，中华民族伟大复兴的中国梦将在我们一代又一代人的接续奋斗中成为现实。面对新时代浩浩荡荡的大潮，面对党和国家事业发展的需要，面对人民群众对美好生活的向往，曲艺创作无论是在题材体裁、内容形式、理念方法等各方面，都还有进一步提升的空间和广阔的前景。曲随时代、守正创新。我们坚信，坚守理想，敞开胸怀，脚踏实地，辛勤耕耘，一定能创作出一个又一个无愧于我们这个伟大时代、无愧于伟大民族的高峰之作、璀璨之作！

目 录

（总目录）

目 录

（上册）

如此照相

作者：姜　昆、李文华
表演：姜　昆、李文华

甲　您大概喜欢照相吧？

乙　哟，您怎么看出来的？

甲　因为您这人形象很有特点。

乙　我们那儿比我好看的人倒是不多。

甲　好像哪个电影里的演员像您。

乙　他们说我这和和气气的劲儿像孙喜旺。

甲　喜旺不如您。

乙　也有人说我像林道静。

甲　你是男的，是女的？

乙　一夸我，我也闹不清了，反正是个演员。

甲　我看过您不少照片。

乙　我爱照相嘛。

甲　前年，粉碎"四人帮"后几天，您穿一套新的制服，照过一张相。

乙　那是纪念咱们获得第二次解放照的。

甲　一九五八年，您穿着劳动布夹克，照过一张相。

乙　那是纪念"大跃进"我火线入党照的。

甲　一九四八年，您穿一身工作服，照过一张相。

乙　那是纪念我参加革命工作照的。

甲　一九二八年，您什么都没穿，照过一张相。

乙　那是……我什么都没穿哪？

甲　上面写着"周岁纪念"嘛！

乙　那时我刚一岁。

甲　反正你断奶了。

乙　你提我小时候干吗？

甲　通过这可以看出照相是咱们生活中的一个乐趣。

乙　广大人民都喜欢。

甲　既纪念生活中美好的画面，又丰富了生活的内容。

乙　也很有纪念意义。

甲　您那儿张照片除去构图优美、色调柔和以外，有个最大的特点。

乙　什么呢？

甲　没有一张是哭着的。

乙　嗐！谁照相都是笑模样儿。

甲　嗯，我就不是。

乙　你哭着照？

甲　比哭还难看。

乙　什么样？

甲　龇着牙，咧着嘴，脖子冲南眼朝北。这样儿。（表情）

乙　嗐！是比哭还寒碜。你怎么这模样儿？

甲　我这模样儿？你要是赶我那时候去照相馆，照出来比我还难看。

乙　你什么时候去的？

甲　林彪、"四人帮"大刮形式主义妖风的时候。

乙　那也不至于那样儿啊？

甲　谁愿意照那样儿的相？那时候受林彪、"四人帮"的干扰，思想是非全都乱了。你拿大清早我进照相馆来说吧，坐着好几个工作人员，没一人儿理我。

乙　你主动招呼。

甲　主动招呼也不理。

乙　客气一点儿。

甲　怎么客气？

乙　你这样儿："同志，劳您驾，我照张相。"

甲　（冲乙努嘴）

乙　同志，我照张相。

甲　——（努嘴）

乙　你努嘴干什么？

甲　这还是柜台里一位同志，偷偷跟我努的哪。我顺着方向一瞅，墙上有一张纸，上头写着四个字："顾客须知。"

乙　什么内容？

甲　我给你念念："凡到我革命照相馆，拍革命照片的革命同志，进我革命门，问革命话，须先呼口号，如革命群众不呼革命口号，则革命职工坚决以革命态度不给革命回答。致革命敬礼。"

乙　真够"革命"的。那时候是那样，进门得这样说："'为人民服务'，同志，问您点儿事儿。"

甲　"'要斗私批修'！你说吧！"

乙　"'灭资兴无'，我照张相。"

甲　"'破私立公'，照几寸？"

乙　"'革命无罪'，三寸的。"

甲　"'造反有理'，您拿钱！"

乙　"'突出政治'，多少钱？"

甲　"'立竿见影'，一块三。"

乙　"'批判反动权威'！给您钱。"

甲　"'反对金钱挂帅'！给您票。"

乙　"'横扫一切牛鬼蛇神'！谢谢！"

甲　"'狠斗私字一闪念'！不用了。"

乙　"'灵魂深处闹革命'！在哪儿照相？"

甲　"'为公前进一步死'！往前走！"

乙　"为公前进一步死"，我这就完了？

甲　"那也不许'为私后退半步生'！"

乙　我还回不来了！这不是搞庸俗化嘛！

甲　那时候可不能这么说。林彪、"四人帮"搞法西斯专政，谁敢这么说，轻则揪斗游街，重则入狱判刑哪！

乙　疯狂镇压人民。

甲　外头这儿刚完事儿，一进照相馆，摄影师冲我……（努嘴）

乙　干什么？

甲　（努嘴）

乙　噢，让你上那边去。

甲　我一看，墙根前站着四个人。

乙　这是干什么？

甲　（低头嘟囔）

乙　嘟囔什么呢？

甲　默诵"老三篇"。

乙　照相得背"老三篇"？

甲　我一想，我也过去吧！

乙　你会背吗？

甲　反正是默诵，我照着半个钟头一篇，站一个半钟头吧。

乙　好嘛。

甲　背完了，我说："摄影师同志，我照相。"

乙　他怎么说的？

甲　（努嘴）

乙　这都什么毛病？

甲　我一看，这照相室真热闹。

乙　顾客不少。

甲　可没一个照相的。

乙　那都干什么呢？

甲　练习照相姿势呢。

乙　这普通照片还要什么姿势？

甲　摄影师告诉大家："根据上级指示，所有照相的同志一律是标准姿势。"

乙　什么标准姿势？

甲　这样。（做手持语录、僵硬的侧头姿势）

乙　老人照相？

甲　也这样。

乙　小孩照相？

甲　也这样。

乙　这还真够练一阵子的。

甲　所以一屋子人没一个照相的，全都练这个呢。

乙　照相室改体操馆了。

甲　旁边有一位老大娘，练着练着觉得不对劲儿了："同志，大娘这老胳膊老腿儿的，可有点儿顶不住，再练一会儿，大娘就不找你照了。"

乙　那找谁照？

甲　"找大夫照。"

乙　大夫？

甲　"照照 X 光看看骨头折没折？"

乙　嘻！赶紧给老太太照吧。

甲 摄影师同志一想：大娘这么大岁数了也是，可不这么照连胶卷都不给冲，我这儿也担风险。"这么着大娘，您哪……"

乙 "我坐着就行。"

甲 "哟，那不行，那是追求舒适享受，容易出修正主义。"

乙 "那我站不住哇！"

甲 "我给您找根东西。"

乙 "拐棍儿。"

甲 "红缨枪。"

乙 "拄红缨枪？"

甲 "您别拄呀！"

乙 "我拿着。"

甲 "你扛着！再摆上个刺杀姿势，我给您题上字儿：'大娘银枪刺青天。'"

乙 "嗯，刺完我上八宝山。"

甲 连着教老太太三个刺杀动作，再看老太太……

乙 照好了。

甲 抽筋了！

乙 多新鲜呀！

甲 好容易大娘照完，有一位顾客拿着票，这么着就过来了。

乙 怎么回事？

甲 打小落的毛病。

乙 噢，脖子歪。

甲 "同志，我照张相。"

乙 "您得来这姿势。"

甲 "行。"

乙 "不行，脖子得转过来。"

甲 人说了："您当那么容易哪？我扎六年针都没扎过来，您说转就转过来？凑合照吧！"

乙 快照吧。

甲 摄影师是个好心肠："您看您脖子怎么非这么歪着。我看您这种情况得照顾，这样吧，您拿着这本《红旗》杂志，照一张为革命而学习的相，既突出政治内容，又弥补了您的缺陷。"

乙 这倒是个好主意。

甲 结果照了一张这样的相。（低头看书的姿势）

乙　这姿势还不错。

甲　不错什么呀？这位顾客连相片都没取。

乙　怎么呢？

甲　光照脑门儿没模样儿。

乙　嗨！

甲　我在旁边看不下去了："摄影师同志，您能不能不加这些东西，生活照片加这么多内容，不大合适。"

乙　他怎么说的？

甲　又冲我一努嘴儿，我一看，又是一张"顾客须知"："本照相馆特规定二十个不照，请革命顾客遵照执行。"

乙　嗬，这二十个不照什么内容？

甲　"侧面相不照、逆光相不照、烫发不照、梳小辫子不照、戴红领巾不照、穿舞蹈服装不照、穿花衣服不照、眼睛小一点儿不照、鼻子高一点儿不照……"

乙　你等等，鼻子高怎么不照？

甲　估计大概鼻子高容易引起里通外国的嫌疑。

乙　啊？你也是胡联系。

甲　咱也不明白是怎么回事呀！

乙　你问问。

甲　摄影师说："你这都不理解，这里有政治原因。"

乙　什么政治原因？

甲　"您想这不是明摆着吗？这是因为……那什么……我们也稀里糊涂。"

乙　他也说不清楚。

甲　后来我一聊，他也说出点儿理由。

乙　逆光相为什么不照？

甲　逆光相发黑，象征着黑暗。

乙　挨得上嘛！戴红领巾？

甲　那是复旧。

乙　穿花衣服？

甲　那是低级趣味。

乙　烫发？

甲　资产阶级生活方式。

乙　梳小辫儿？

甲　缺乏革命精神。

乙　梳髻儿？

甲　政治上幼稚。

乙　梳纂儿？

甲　封建社会的残余。

乙　嘿！那女同志只有剃秃头啦？

甲　也是无巧不成书，这时候，进来两位姑娘，腰系大皮带，脚蹬大马靴，一人剃一个锃光瓦亮的光头！

乙　嘿！

甲　"摄影师同志，我们俩要照一张革命造反光头像。"

乙　这给照吗？

甲　照啦！俩姑娘前脚出了照相馆，后脚进了疯人院。

乙　怎么回事？

甲　一打听，敢情是神经病。

乙　我说呢，正常人没有这么干的。

甲　我一看，这地方比电影院可强多了。

乙　怎么？

甲　当时电影院就那八个电影来回倒。

乙　这儿呢？

甲　这么会儿我看了四五出新戏了！

乙　对啦，又是喜剧。

甲　不，也有悲剧。

乙　怎么有悲剧？

甲　俩新婚夫妇，要照结婚照，笑不叽儿地坐那儿。

乙　青年人高兴嘛。

甲　"不许笑！上边规定结婚相不许嬉皮笑脸，你们为革命而结婚，为斗争而结合，要想到世界上还有三分之二的受苦人，要为解放他们而照结婚相。"

乙　这结婚相还具有历史性意义了。

甲　两人严肃起来，照了一张。

乙　好嘛！

甲　俩青年进来时圆脸儿。

乙　出去呢？

甲　改长脸了，女的直埋怨男的："你瞧你照相那模样儿，撇着嘴跟受多大委屈似的，人家笑，那嘴角儿都冲上，你倒好，拧着。照结婚相有你那模样儿的吗？"

乙　男的赶紧安慰吧！

甲　"其实我也知道我那样儿不好，想按你要求改，我一看你那模样儿。"

乙　怎么样？

甲　"你还不如我呢！"

乙　嗐！

甲　女的一听："咱们走吧！"

乙　快回家吧！

甲　"上法院吧！"

乙　干什么？

甲　"咱离婚算了！"

乙　离婚了。

甲　虽然这是气话，可为照相吵了一架，您说这是不是悲剧？

乙　形式主义害人不浅。

甲　我一看这情况，原来如此！我干脆……

乙　你照吧！

甲　我走吧。

乙　怎么走啦？

甲　早上八点来的，现在都四点半了。

乙　溜溜儿一天。

甲　刚到门那儿，有人把我拦住了。（努嘴）

乙　又干什么？

甲　我一看，噢，下班了，顾客、职工站成一排，跳忠字舞。

乙　对，这是"晚汇报"的一种形式。

甲　不行啊，我肚子这儿"咕噜咕噜"直叫唤。

乙　赶紧上对过儿食堂买点儿吃的吧！

甲　"同志，我饿了一天了，您等我上对过儿买俩包子吃。"

乙　那就买去吧。

甲　"你什么出身？这是忠不忠的问题，你怎么偏这时候吃？"

乙　得，还给上纲了。

甲　我一想，我跳吧！（跳舞）

乙　还真不错。

甲　知道什么意思吗？（动作）

乙　拿起刀枪。

甲 （动作）

乙 狠打黑帮。

甲 （动作）

乙 文攻武卫。

甲 （动作）

乙 奔向前方。

甲 （动作）

乙 放眼全球。

甲 不对。

乙 高瞻远瞩。

甲 不对。

乙 放眼世界！

甲 不对。

乙 你这儿干吗呢？

甲 我瞧那包子呢！

指妈为"马"

作者：廉春明、靳敬一
表演：赵振铎、赵世忠

甲　凡是结婚的人都有父母。

乙　是呀！

甲　比如我吧，又有生母，又有岳母。比如您吧，又有生母，又有婆母。

乙　啊？

甲　我是说女同志又有生母又有婆母。

乙　对。

甲　不管生母、岳母、婆母，都应该一样对待。

乙　人人平等嘛。

甲　既然你懂这个道理，为什么不管管你爱人？

乙　我爱人怎么啦？

甲　你爱人虐待婆婆，把你妈当马使唤。

乙　你这不是胡说吗？

甲　干吗胡说呀，你爱人骂你妈，你都不敢言语，一切全听媳妇的，怕你媳妇一溜跟头对不对？

乙　不对，那是我踩西瓜皮上滑的！

甲　反正你怕媳妇，一进门先给爱人鞠一躬："嘿嘿，姑奶奶，我回来了！"

乙　我干吗这么贱骨头哇！

甲　他爱人是有名的"小辣椒儿"。

乙　我爱人是厉害点儿。

甲　那天在街上碰见我了，她还一通夸你们娘儿俩哪。

乙　怎么夸的？

甲　"别看×××表面挺机灵，其实是大傻蛋。"

乙　大傻蛋！

甲　"我们×××那是有名的孝子。"

乙　我妈把我从小拉扯大了，不容易，我能不孝顺嘛。

甲　"就他们这老太太，老眉塌眼的，满脑袋白头发，纯粹是地地道道的'老帮菜'。"

乙　老帮菜！

甲　"再瞧他妈那地里排子个儿，而且一天比一天抽抽儿！活什么劲儿呀！"

乙　老太太那是累的。

甲　"这倒好，越抽抽儿越小，等死了不用烧直接就入骨灰盒了！"

乙　这话太损了。

甲　"我瞧见她就腻味！"

乙　那就分开过吧！

甲　"分开，她那退休金不准带走。"

乙　还惦记着老太太那俩钱儿！

甲　"不是惦记钱，你说她走了，孩子谁看哪。"

乙　嘿！敢情让老太太给看孩子呀！

甲　"她也就带带孩子，还能干什么呀，连双窝帮鞋都不会做。"

乙　老太太是不会做。

甲　"别的还能干什么？不就是买买粮、做做饭、打打水、拆拆被、洗洗衣服、缝缝棉袄、扫扫房子、驮着孙子擦擦地板嘛！"

乙　这活还轻啊！

甲　"干活也不行啊，一点快性劲儿没有，一百块蜂窝煤她搬了一个多钟头。"

乙　从门口搬到院里？

甲　"从一楼搬到六楼。"

乙　啊！好嘛，快把老太太累死了！

甲　"瞧她妈整天破衣拉撒那个德性，一年四季老穿着那条裤子，也不嫌寒酸，那还是我的旗袍改的呢，瞧美得她，穿上就舍不得脱下来。"

乙　是啊，没的换怎么脱呀？

甲　"我那旗袍料子多好啊，那还是我姥姥娘家陪送的哪。"

乙　嚯！够年头了。

甲　"还好着哪！"

乙　好什么呀，都露肉了。

甲　"那么大岁数，露着点儿怕什么呀，还凉快呢。"

乙　没听说过！

甲　"怕露肉不会贴点儿橡皮膏吗？"

乙　是呀，再贴就成雨衣了！

甲　"上岁数了穿什么好哇，能跟我比吗，我天生就有这衣裳架子。"

乙　你穿什么呀？

甲　"春披进口飞燕呢，夏穿府绸布拉吉，秋有澳洲毛哔叽，冬有狐狸皮大衣，小红皮包手里提，高跟鞋离地一寸七。这样，多有派呀。"

乙　还有派哪？

甲　"我这样，他妈那样，我们能在一块儿站着吗？你瞧我妈多好哇，人家也是老太太，细皮嫩肉的，白净净的脸，黑油油的头发还有几个大波浪，别看都 60 多岁了，跟我站一块儿，人家都说她是我妹妹。"

乙　啊！有那么大岁数的妹妹吗？

甲　"他妈那么大岁数，一点儿规矩都不懂，特别是吃饭的时候，吃着盆看着碗儿，我瞧着都恶心！"

乙　那不为给盛饭吗？

甲　"盛完了就应该靠边站。"

乙　也得让老太太吃饭哪。

甲　"等我吃完了，剩下的汤全归她还不行吗？"

乙　光让老太太喝汤啊？

甲　"汤怎么了？营养价值可高了，里边有多种维他命，再加上我剩的馒头皮儿、饺子边儿、鸡爪子、鱼脑袋，往一块儿一烩，有稠的有稀的，那吃起来多有滋味儿啊！"

乙　好嘛，我妈成泔水桶了。

甲　"你看她那样，整天的婆婆脸一耷拉，跟买那猪头似的，一点儿表情都没有。"

乙　猪头有什么表情啊？

甲　"告诉她，还别老不乐意，明儿我一高兴，就兴把她儿子蹬喽！"

　　（蹬乙）

乙　你往哪儿蹭呀！

甲　"要不就把他妈撤喽。"

乙　妈还能撤？

甲　"怎么不能撤？我们科长都能撤，妈怎么不能撤？先把女字旁给撤了。"

乙　什么女字旁？

甲　"就是'妈'字，撤掉那个'女'字旁。"

乙　啊，那不成马了吗？

甲　"还不如马哪！"

乙　怎么？

甲　"马就光吃草，他妈什么都吃啊，窝头、剩粥、干馒头的，什么不吃呀。"

乙　那还省钱哪！

甲　"给谁省哪？都省给医院了。"

乙　怎么？

甲　"住院了。"

乙　把老太太给气病啦。

甲　"有什么大不了的病啊，不就那心脏，有时候跳，有时候不跳嘛！"

乙　这病还小哇！

甲　"不说她心狠！上医院躲清静去了。"

乙　谁心狠呀？

甲　"老婆子病啦！大面儿咱得过得去，上医院看看去吧！"

乙　买点儿什么？

甲　"买个大网兜，把老太太东西拿回来了。"

乙　人呢？

甲　"进太平间啦！"

乙　死啦！

甲　"不死，我还不哭呢。"

乙　还知道哭呢？

甲　看你说的，能不哭吗？（哭腔）"我的妈呀……"

乙　叫妈啦。

甲　（哭腔）"你死得可太早啦……你这一死可坑死我呀……我可怎么办哪……菜没人买呀，粮食没人驮呀，衣服没人洗呀，奶没人热呀，地板没人拖呀，煤没人搬呀，孩子没人看哪，退休金没人给呀，我那辆车呀——没人拉呀，我的'马'呀……"

乙　还是"马"呀！

挂牌成亲

作者：何祚欢
表演：何祚欢

一大队党支部书记张大毛是个光棍儿，四十八岁了，过日子还是出门一把锁，进门一把火，外头跑得脚累跛，回家还要当婆婆，经常冷水咽馍馍！

他不是没谈过"朋友"。三十三岁那一年，他和本公社七大队党支部书记、全县有名的劳动模范刘大菊对上了象。"文化大革命"开始的时候，刘大菊不晓得么样由女劳模变成了"假红旗"。因为这，公社书记就坚决反对张大毛的婚事。

公社书记不是外人，就是张大毛的亲兄弟张二毛。张二毛三十八岁，家成业就，美妻娇儿，自在得很。这是因为他找爱人讲究实际标准，要求女方"自己买得起饭票（不是农民，而是有工资的），看得懂《人民日报》，回家打得到手套，走到街上没得人笑"。

张二毛反对张大毛的婚事，也是不得已。"文化大革命"开始以来的风风雨雨，他既担惊受苦，又学乖了。他总结出一条经验："紧跟、快变、多检讨。"解释一下就是：上面抓"路线"，你就批"生产"，上面抓"生产"，你快跟着喊，风向一变，你快给自己上线。

张二毛这般苦心招架，偏偏他哥哥跟那个没过门儿的嫂子不跟他配合。不管风向么样变，他们七大队、一大队总是死抓生产。张大毛和刘大菊两个人尽管没能结婚，一挨到生产的边儿，比结了婚的还情投意合。张二毛大小是他们的领导，遇到这样的哥哥、嫂子，为难"夹脚"的事儿简直数不清。

比方说吧，张大毛为了修理农机方便，又能赚钱，在他那个一大队办了个农机修理站，亲自兼任站长。从那以后，一大队粮食有存的，钱有花的，集体积累有增加，社员生活越过越好。因为这，不管张大毛怎么起起落落，甚至靠边儿站，一大队执行的还是"没得张大毛的张大毛路线"。这大菊领导的七大队也是搞的这一套。张二毛碍于兄弟情分，在需要讲"路线"批"生产"的时候，就只有让没过门儿的嫂子靠边儿，好保住哥哥，不曾想这样倒把他哥哥的婚事搁下来了。

一九七五年搞整顿，张二毛认为搞生产吃香了。他不但在全公社表扬了张大毛和他们的农具农机修理站，而且将刘大菊扶上了马。

一九七六年春天，搞起来"反击右倾翻案风"，张二毛不免心惊肉跳。怕什么呢？怕去年搞整顿表扬张大毛他们农具农机修理站的事，被别人拈住了筋。为了自己能脱身，张二毛决定来它个"大义灭亲"。

在各大队书记会议上，张二毛这样布置运动："去年七、八、九月，那股风在我们这里是有反映的，在我们公社，就有人搞起了白猫黑猫那一套。比方一大队的农具农机修理站吧，在全公社就很有影响。现在，是从路线上分辨分辨的时候啰，它到底是白猫还是黑猫啊？"

点到了一大队，张大毛不得不答。他截住二毛的话："公社书记，你说代表'正确路线'的是白猫还是黑猫吧？"

"啊？这个……它……"

"还有，是抓老鼠的猫代表'正确路线'呢，还是不抓老鼠的猫代表'正确路线'呢？"

"啊，嗯……不一定，路线问题，不一定要看抓不抓老鼠嘛，路线对了头，不抓老鼠也有老鼠嘛！"

"哦，懂了，代表'正确路线'的是懒猫！"

"张大毛同志，在大是大非的问题上开不得玩笑。当然啰，关于你们的农修站，我是有责任的，扩散了它的影响嘛。现在改不改就看你们的态度啰！撤掉农修站，就打掉一个资产阶级的土围子！"

"我不是土围子，是土包子。"

张二毛被顶火了："还不是土围子！你说，哪个大队的钱你们没赚过？这就是典型的资本主义。"

张大毛说话还是蔫蔫的："赚钱就是资本主义？难道说讨饭就是社会主义？"

"我们讲干革命，干革命不谈钱。"

"到底是公社书记觉悟高。你一个月几十块是不是打算捐献出来呢？"

献出来？他还嫌少哩！张二毛心头火起，把桌子一拍："你少扯野棉花！你那个农机修理站一定要撤！"

"怕社员们通不过吧！"

"你还要不要一元化领导？要不要以粮为纲？"

"我要'以粮为纲，全面发展'，你这是'以粮为纲，行行都砍'！"

张二毛碰到这样的"橡皮钉子"，只有用最狠的"法宝"了："搞出鬼来了，老子管不住你？老子这个书记不当了！"

张大毛说:"我老子解放前就死了,哪来你这样的老子?"

兄弟俩顶翻了。张二毛想:当哥哥的跟我唱别腔,我还管不管别个? 一狠心,吼道:"张大毛! 你坚持资本主义,阻碍了反击右倾翻案风运动,成了我们公社的反面教员。你老老实实地挂起黑牌子,打锣到各大队请罪! 我是要看各队领导签字的!"

会场上顿时哗然。有几位大队书记出面给张大毛说情:"算了,有什么事儿好说!"张二毛也希望张大毛说点软话,所以继续用硬话逼:"不行,非去不可!"张大毛站起身来问道:"几时去呢!""明天去!""太迟了,我今天去!"他还怕迟了! 说罢头也不回朝前走。

张二毛硬气得"筛":"等一下!"他用白纸写了"右倾翻案风急先锋"几个黑字,用这张纸蒙住了牌子上"死不悔改的走资派",吼道:"把这挂着!"

且说张大毛,果然当天就戴着黑牌子,打起锣,到各大队去游乡"请罪"。他首先到了离家最远的七大队。十几里山路一走,恰好到了吃夜饭的时间,他的锣一响,便围上来几十个社员。张大毛开始"请罪"了。

"社员们,我是一大队农具农机修理站的。马上要春耕了,哪个队要修插秧机、抽水机、拖拉机,我们收费有发票哪!"他做起生意来了!

七大队差不多人人都认得张大毛,但他这个行动把大家搞糊涂了。有个小青年问道:"大毛同志,您家胸前这个牌子是搞么事的?"

张大毛说:"是做生意的招牌。"

"唉,您家挂嘛挂个好招牌嘛,怎么挂个'右倾翻案'呢?"

"嘿嘿嘿嘿,我们公社书记是个偏脑壳,他自己朝左歪,看到我是朝右的!"

"您家修农业机械,队队都欢迎,就这个牌子太怕人了!"

正在这时,忽听一个粗犷的女中音接腔道:"哎! 要怕就莫吃饭。老张,我带你去揽生意!"众人一看,都吓了一跳。

说话的是个三十八九岁的妇女,大高个儿,大眼睛,大宽脸,最突出的是一双大赤脚。谁人不知,哪个不晓,这便是全县有名的劳模刘大菊,外号刘大脚。 这些年,刘大菊三起三落,是县里争论的中心,公社里斗争的焦点。她有个红旗手的称号,也挂过"假红旗"的黑牌子;担任过七大队支书,也在公社斗争会上坐过"飞机";一九七二年恢复职务,"评法批儒"又让她靠边儿休息了;一九七六年一"反击右倾翻案风",她不等张二毛找她谈话,就一个电话打到公社里,自动靠边休息。现在,张大毛在"请罪"的时候揽生意,刘大菊又陪着揽事,这叫哪个不担心? 有几个老成的劝道:"大脚姑娘,莫惹祸了吧。"

刘大菊说:"你怕惹祸? 我怕挨饿! 天上掉得下白馍馍? 哪个队都有机械要修。老张,跟我走吧。"

张大毛想到刘大菊这些年的处境，有点犹豫："哦，莫慌，……莫慌。"

大脚一听，仰天叹道："啊，人家都说'寡妇门前是非多'，偏偏惹是非的又是个我！好好好，你老老实实去'请罪'吧。"

张大毛被搞得手忙脚乱："老刘，不是这个意思……"突然，他把胸前的牌子往刘大菊面前一举："你看，这要连累你的！"

"哈哈哈……这玩艺哪个没挂过的？它压不死人！你不嫌我，我也不嫌你。跟我去吧，填饱了肚子好干活儿。"

有个社员喊道："大脚姑娘，让大毛同志到我屋里吃，你一个人不方便。"

刘大菊说："去去去，我一个人过了二十年，跟你要饭吃了的？你们吃了饭该干么事还干么事吧。"

说话间，她迈步朝家走，张大毛跟在后头说道："老刘，你还是那个性子！"

"嘿嘿，'老鸹笑猪黑，自己不觉得'！你挂黑牌子还在揽生意哪。"

一提起黑牌，张大毛就为刘大菊痛心。这些年，她受的波折不少了，自己背个黑牌子到她家去，又会给她招来什么祸害？张大毛放慢了脚步："老刘，我到你家去，好不好啊……"

刘大菊"呼"地停步转身，抓住张大毛，往前一推："打头里走，认得路吗？"走了两步，两人并成一排。大菊说："锣给我拿。"顺手又从张大毛颈子上取下黑牌子，夹在腋下。

这时候，张大毛心里又是甜，又是酸，说不出是什么滋味。

十五年前，张大毛三十三岁，从公社回到大队当了支部书记。当时二十四岁的刘大菊，就在那样的时候爱上了这个有点"傻劲"的人。因为几次耽搁，他们没有成家。眼前，张大毛觉得自己做的事完全正确，但再让刘大菊牵连进来，他心中不忍。

"老刘，你已经靠边站了，这……我这样……害了你呀！"

"这叫么事？一九六六年我挂着'假红旗'的黑牌子挨批，就是怕连累你才没跟你合家，十年下来，把你耽误成了老头子！"

张大毛听罢，未免惨然："唉！那时候，我没帮你分忧，这种时候我能给你添愁吗？"

"那时候是我不让你分忧！总结十年教训，我应该帮你分分忧！"

说话间到了家，两人边吃边谈，然后由刘大菊带着走了几处，深夜修罢机器，两人分手不提。

张大毛就这样游乡"请罪"，走遍了十一个大队，还到公社所在的大队揽了生意，又和刘大菊在公社碰了个头，到第三天夜晚，他才回到了他的"破瓦寒窑"。往锅里倒一瓢水，向灶里添一把柴，正要淘米做饭，却见张二毛笑眯眯闯进门来。

"哥！"

两瓶苕干酒，一包卤肉，放到了桌子上。

"哥，我来吃饭的。"

张大毛说："哎哟，一餐饭花你两三块，不敢当。"

"哥，还怄我的气？"

"那哪个敢！"

"哥……"

"不错，我兄弟学到了'口里喊哥哥'……哦，'手上摸家伙'！"

"哥，你还不饶我？"

"你是公社书记，想把我么样还不是由你！"

张二毛显出一副破釜沉舟的架势，说道："哥，你叫我有什么办法！不对你严一点，么样管别人？再说，这些年你也该看熟了，有几个说直话的得到了好？何必那样认真！当干部就是挑脚的，南来的要伺候，北往的也要伺候嘛。你不愿得罪下面，上面就能够得罪？何必死心眼硬顶呢？"

"哈哈哈，所以你才舍得哥哥的颈子，舍得社员的血汗，舍得社队工业的血本！好兄弟，你日后前途无量啊！"

张二毛一听不由得火冒顶门："张大毛，你这样说要考虑后果！"

"公社书记，你这样行事，也要考虑后果！"

哟，他还要我考虑！"笑话，我有什么后果可考虑的！"

"你牺牲农业机械化的血本来换取某些人的赏识，人民不会饶恕你！"

张二毛又把桌子一拍："你太过分了！说老实话，亏得我这个领导是你的兄弟，换了别人，你受得了？这些年你越混越不是人，怪得哪个？怪不得连个老婆都讨不到手，活该！"

这几句挖心挖肝的挖苦话，是吼出来的，隔壁三家都听得到。正在这时，门外头快如旋风地闯进来刘大菊。

"哪个说他讨不到老婆？我就是他的老婆！"

张二毛一见到刘大脚，不由得一惊：他怕此人，又拿她无可奈何。一狠心说："你给他做老婆？不行！"

"你公社书记管天管地，管不了结婚登记！"

"我是他兄弟！"

"那越是管不着——长兄长嫂赛爷娘，你算老几？"

"你少来这一套封建家法！"

"国法也行！"刘大菊麻利地从口袋里掏出一个纸包，一拆开，是两份塑料皮的结婚证书："手续办了！"啪！行李往床上一丢："家也搬来了！"

张二毛硬是被气得"筛"："哦！神通广大，上面有人。'老模范'嘛。"

"用不着奉承。'假红旗'！"

"晓得你的底子就好。出去！"

"这是我的家！"

张二毛突然软下来："刘大姐，您家做点好事。你跟我哥哥，他受不了。"

"多谢你给他挂的黑牌子嘛。不然我还不得来，我怕他游远了没得人做鞋子！"

"他去坐牢你也陪到哪？"

"那他就不孤单了嘛。"

屋里张大毛回家、兄弟吵嘴、大脚闯门，早已惊动了社员们。张大毛屋里塞满了，床边坐满了，窗子边趴满了，门外头站满了。安慰话、宽心话，为了使他开开心故意找出来的闲话，充盈耳边。张大毛见二毛躲到了屋角里，就不去管他。

迎着好心的社员们，张大毛异常激动地跨出门坎，喊道："社员们，我受公社书记之命游乡'请罪'，很有收获，很受教育。我们现有的社队工业、农业机械，是将来实现现代化的本钱，黑牌子挂在颈子上，也不能撤！"说罢，转身去拿出了那面牌子："以后不管哪个代替我，都要放心地干，趁着我张大毛还有一把力气，要挂黑牌子就由我来！"张大毛说到这里说不下去了。刘大脚走上前来说道：

"我就是被称为'假红旗'的刘大菊。我们七大队学了你们，也有社队工业，生活也过得不错。我是来给张大毛同志分点黑牌子的分量的。"

社员们顿时心里一阵热，又一阵酸。有几个青年喊："要挂给我挂！""我挂！""我来……"还抢起来了。

刘大菊说："同志们莫争。这个牌子我熟，它很有点来历呢。"说话间用手撕去"右倾翻案急先锋"几个字，露出里面"死不改悔的走资派"。大菊说："老张之前，公社书记挂的这个。现在公社书记身上倒没挂牌子，他的人被挂起来了。"撕！再撕，里面是"假红旗"。"这是我挂过了的。"再撕，里面是"走资派的社会基础"。"这是我们队五保户刘大妈挂了的！"……

人群骚动，激愤无比："缺德！整死人！""把牌子撕了它！""对！"

大脚说："莫撕，留着它。总有一天，会让做牌子的人自己挂它！"

社员们一齐叫道："对对对！哪个做这牌子就叫哪个挂！"

张二毛一听，吓得直缩，一直躲到灶门口，心里说："妈哟，活天冤枉啊，我只搞了这一次，那都是别人搞的哟……"

这时听得张大毛说道："我们不叫这种人挂黑牌子，但要把牌子挂到他的心上。"

刘大菊又说："再说，这牌子今天还有点功劳，它，就是我和老张的证婚人。乡亲们都是贵客……"

年轻的、年老的，都被这情绪感染："啊，吃糖啊！""恭喜哟！"张大毛的几个"兜肚朋友"突然变得年轻，他们一拥而上，将张大毛的胡子刮了个精光。几个小青年抓起张二毛送来的酒瓶就倒，却发现张二毛毫无表情地坐在灶门口，于是叫道："哟，到底是弟兄伙的，哥哥结婚，你来烧火！"他这是烧火？他是引火烧身！几个青年还在喊："二毛同志，来干一杯！"

张二毛说："这，这，这是我送来的！"

"那是应该的，应该的……"

更有几个爱闹的，拿起了锣鼓，吹起了唢呐，贴起了喜字，扎起了纸花，"喤喤喤……""呜哇，呜哇……"

这正是：

> 大毛、大菊胆量大，
> 抗拒压力辨真假，
> 挂牌成亲传佳话，
> 斗争迎来幸福花。

花花世界

作者：夏雨田
表演：夏雨田、杨松林

甲　搞四化要向外国学习。

乙　学习外国的科学。

甲　科学地学习外国。

乙　什么叫科学地学习外国？

甲　外国东西很多，好的学，不好的不学；有条件的学，暂时没条件的不忙学；适合中国的学，不适合中国的不要学。

乙　从实际出发，洋为中用。

甲　就拿风俗习惯来说，中国、外国就不一样。

乙　各有自己的民族特点。

甲　比如在欧洲，两个朋友久别重逢，马路相遇。噢！（欲上前拥抱乙）

乙　（吓一跳）这是干吗？

甲　（洋味）热情拥抱！

乙　（洋味）我受不了！

甲　这是表示友好。

乙　唔，外国的礼节。

甲　在中国就不行。你要是在咱们中国的马路上，看见俩人当街拥抱，马上就能卖票！

乙　卖票？

甲　五分一张，摔跤表演。

乙　当电影看啦！

甲　风俗不同。还有，你要是在欧洲看见青年妇女，可以当面夸她漂亮、美丽："噢！小姐，你真漂亮，真美丽，你打扮得真迷人！"

乙　我还迷人哪！

甲　小姐一听非常高兴，认为你这是对她的尊重，是彬彬有礼，一般回答你三个字。

乙　哪三个字？

甲　"三克尤（Thank you）"！

乙　谢谢你。

甲　感谢你对她的夸奖。要是在中国就不行了。你要是见了中国的姑娘也来这套，非乱了不可。

乙　不行吗？

甲　嗷，姑娘，你真漂亮，真美丽，你长得真是迷死个人！

乙　迷死人？！

甲　那姑娘一听，也回答你三个字。

乙　谢谢你。

甲　捉流氓！

乙　啊？！成流氓了。

甲　风俗不同嘛。在外国，也许叫彬彬有礼。

乙　到中国呢？

甲　成调戏妇女了。

乙　非进派出所不可。

甲　所以说不能生搬硬套。

乙　对，学外国主要学人家的先进技术。

甲　可有的人专学人家的生活方式：裙子越穿越短，头发越留越长，皮鞋越穿越瘦，裤腿越穿越肥。

乙　赶时髦。

甲　我二哥就喜欢这套，一身洋打扮。

乙　喜欢西方的生活方式。

甲　自制了一条喇叭裤，那裤脚一尺八寸。

乙　成面口袋了。

甲　把裤脚扎起来，里头能喂六只兔子。

乙　成兔子窝了。

甲　把裤脚扎起来，里头再灌上气，你从武汉关下水，漂到上海滩都沉不了底。

乙　橡皮艇呀！

甲　特别是他那头发，长发过肩，还带电烫。

乙　据说外国流行这种发式。

甲　也不尽然，日本很多公司明文禁止蓄长发，美国不少学校谢绝长发者入门。

乙　这么严？

甲　到中国就更别扭了，背后一看，完全是女的。那天二哥在马路上掉了皮包，红领巾捡了追着还他："提包！您的提包掉了，阿姨！"

乙　阿姨？！

甲　二哥一回头，红领巾愣了："阿姨，您怎么长两撇胡子呀？"

乙　有阿姨长胡子的吗！

甲　"这是您的提包，还给您。"

乙　谢谢小朋友。

甲　"不谢，再见，胡阿姨！"

乙　胡阿姨？

甲　长胡子的阿姨。

乙　全乱套了。

甲　二哥还有个洋习惯：一条花领带，一天到晚系在脖子上。

乙　唔，他穿西装。

甲　穿西装打领带就不希罕了，他没有西装。

乙　那他上身穿什么？

甲　穿汗衫。

乙　啊？！穿汗衫打领带？

甲　天热光脊梁，他也把领带系上。

乙　嘻！这是什么打扮！

甲　奶奶说："哟，老二这是干吗呀？光着大脊梁把裤腰带拴脖子上。"

乙　那是裤腰带吗！

甲　你要是跟二哥聊天儿，三句话就说到了大西洋彼岸。

乙　我不跟他谈外国。

甲　他跟你谈外国："哟，老×，好久不见，是不是出国了？"

乙　我们说相声的不出国。

甲　刚到的外国电视机、录音机，买了吗？

乙　没钱！我们家十口人，喜欢这个的少。

甲　"唔，你们家十口人之中有几个外国人？"

乙　没有！你们家才有外国人哪！

甲　"我是问你们家有几个在外国居住的人？"

乙　没有！我们家土生土长湖北省，都在中国住。

甲　"你不是有个妹妹还没结婚吗？"

乙　快出嫁了。

甲　"打算嫁哪国人？"

乙　打算嫁……啊？！没打算嫁到外国！

甲　"嫁到外国好哇，比如嫁到法国巴黎，那是世界的游览胜地。嫁到美国也不错，住一百多层的摩天大楼，都摸着天啦！嫁到西德，生活水平最高。嫁到日本也可以，一衣带水，探亲方便……"

乙　嗜！

甲　"嫁到……"

乙　行了，行了。（讽刺地）可惜，我只有一个妹妹。

甲　"那最好……"

乙　嫁到哪国？

甲　"嫁到联合国！"

乙　走！

甲　你看是不是三句话不离外国？

乙　趁早让他少出洋相。

甲　光赶时髦、出洋相还没什么，可怕的是一种思想。

乙　什么思想？

甲　外国一切都好的思想。

乙　盲目崇洋。

甲　外国是有不少好东西，比如，高度的物质文明，发达的科技，工作讲效率，干活卖力气，珍惜时间，爱护人才……

乙　这都值得我们学习。

甲　可有一点别忘了，它是资本主义剥削制度。

乙　对，看不到这点就会迷糊。

甲　二哥就迷糊了，认为外国什么都好，说外国吃的好，穿的好，住的好，外国人个个都是大阔佬，人人都有钱的不得了，外国人富裕得——夏天都穿大皮袄！

乙　啊？！夏天穿大皮袄？！

甲　（讽刺地）有钱嘛！

乙　烧的。

甲　二哥还说外国是花花世界，遍地黄金，一弯腰就能捡钱。

乙　胡说八道！

甲　说只要到外国，干什么都能赚大钱，卖豆腐脑都发洋财。

乙　这是哪儿的事呀！

甲　我有个远房姑妈，就在国外经营豆腐脑！

乙　真的卖豆腐脑？

甲　逢年过节还寄俩钱回来。

乙　这就不容易。

甲　二哥整天吵着要出国，找豆腐脑姑妈去。

乙　豆腐脑姑妈？

甲　正好去年姑妈病危，二哥赶紧就去了。

乙　照顾姑妈。

甲　捞点遗产。

乙　发财去了。

甲　到那儿姑妈已经奄奄一息了，她拉着二哥的手直掉眼泪："孩子，可来啦，真想你呀，给我带家乡的东西了吗？"

乙　惦念故乡。

甲　二哥说："我走得急，什么都没来得及买，哎，这儿还有一包中国的香烟。"（掏烟）

乙　什么烟？

甲　飞马。

乙　飞马牌香烟。

甲　姑妈接过烟，感慨非常："好久没看见祖国的飞马啦，唉……"

乙　干吗叹气呀？

甲　"可是这儿的人，吸飞马的越来越少了……"

乙　唔，听说国外大张旗鼓宣传戒烟。

甲　"吸飞马的是少了，可吸吗啡的越来越多了……"

乙　啊？！吸吗啡呀？！更厉害！

甲　"孩子，我不行了……也没给你留下什么东西……就这所房子、家具，还有一辆汽车……"

乙　哟，这就不少啦！

甲　"都是别人的……"

乙　别人的？

甲　"这些都是分期付款的东西，我已经两个月没付款了……我一死，人家就马上把东西搬走……"

乙　等于没有呀！

甲　"孩子，我死了，你把我埋了，就赶快回国……"

乙　对，快走。

甲　二哥说："姑妈，你放心养病，我照顾您，我下决心不走了！"

乙　不走了？

甲　"就在外国插队落户。"

乙　插队落户？

甲　姑妈一听直摇头："孩子，回去！这儿不是天堂！祖国是我们的母亲，回去找妈妈……"

乙　祖国就是妈妈。

甲　"我知道，祖国是咱妈，可咱妈太穷了！"

乙　啊？！嫌妈穷呀！

甲　"再说，十年浩劫又生了大病。"

乙　妈妈有病就更需要孩子照顾嘛！

甲　"久病床前无孝子呀！"

乙　这叫什么话！

甲　姑妈说："咱妈不是一天天好起来了吗！"

乙　是呀，粉碎了"四人帮"，祖国的变化多大呀！

甲　二哥说："那也得好几年恢复呀，伤元气啦！"

乙　这么说，你这当儿子的就真扔下妈不管啦？

甲　"谁说不管啦？过些年等妈病好了，富裕了，有钱了，我就马上回国看妈！"

乙　啊？！有钱才认妈呀！？

甲　姑妈一听这话，当时就咽气了。

乙　一半儿是叫你二哥气死的。

甲　二哥赶紧给她料理了后事，房子、汽车全被收回，剩下的东西典的典、卖的卖，了了账，还了债，一共还剩六百块。

乙　就剩六百块。

甲　刚够回国路费。

乙　那就快回国吧。

甲　他不肯回来呀，人家申请"插队落户"啦。

乙　别提那插队落户了。

甲　开始，二哥在一家私人农场帮工。

乙　到农场干活。

甲　接受洋下中农"再教育"。

乙　洋下中农？

甲　外国农民——洋下中农。

乙　没这词儿。

甲　可干了一星期，干不下去了。

乙　怎么？

甲　太累，吃不消。

乙　外国不是机械化程度高吗？

甲　机械化程度是高，可农场主、资本家的剥削手段更高，紧张得让你喘不过气来。

乙　把人也当机器。

甲　二哥哪儿受得了这个，在国内他当工人，正赶上史无前例的时代，无政府主义盛行，二哥在厂里是有名的磨洋工，外号所长。

乙　所长？

甲　厕所所长。他干一个钟头的活，能上六回厕所。

乙　十分钟一趟。

甲　可在这个外国农场干活儿，六个钟头也挤不出一分钟上厕所。

乙　太紧张了。

甲　二哥受不了，不干了。

乙　唔，在家吃那六百块钱遗产。

甲　六百块只够一个月房租。

乙　一个月房租就六百？

甲　再加上伙食费，半个月都维持不了。

乙　那怎么办？

甲　再找别的工作。

乙　他吃不消呀。

甲　找那个又省劲，又赚钱的工作。

乙　哪儿有这种工作？

甲　有，参加比赛。

乙　体育比赛？

甲　特别比赛：抽烟比赛、喝酒比赛、跳舞比赛、睡觉比赛、吞癞蛤蟆比赛、撞车比赛、砸钢琴比赛、头朝下走路比赛、咬鸡脖子比赛……

乙　什么乱七八糟的！

甲　任何一样比赛，获胜者就能得大笔奖金。

乙　这抽烟比赛怎么回事？

甲　连续抽六十包烈性香烟。

乙　那不抽死！喝酒比赛呢？

甲　一顿喝十公斤啤酒。

乙　十公斤水也受不了哇。跳舞比赛？

甲　扭摆舞，（动作）连跳六天六夜。

乙　六个钟头就得抽筋。睡觉比赛？

甲　不打呼噜不翻身，连睡二百五十个小时。

乙　那还醒得过来吗？吞癞蛤蟆比赛？

甲　半斤多重的大活癞蛤蟆，活生生地吞到肚子里去，到肚子里还得"呱儿"叫一声。

乙　好嘛，肚子成蛤蟆洞了。撞车比赛？

甲　开着汽车，时速六十公里，撞水泥电线杆子。

乙　玩命呀。砸钢琴比赛？

甲　赤手空拳砸钢琴，用拳头砸，用脚踢，用脑袋撞，十分钟要把一架钢琴砸个稀巴烂。

乙　那非练过硬气功不可。咬鸡脖子比赛呢？

甲　三十只大活公鸡，要求半小时内用牙全把它咬死，一分钟咬死一只。

乙　比黄鼠狼还厉害！

甲　最别出心裁的是——接吻比赛。

乙　啊？！接吻还比赛？

甲　谁要打破接吻赛世界纪录，奖金五万美元。

乙　还有接吻世界纪录？

甲　有，英国出版的《圭奈斯纪录大全》里就有明文记载，创造接吻世界纪录的是美国匹茨堡的歇洛克和勃拉齐娜，一次接吻长达一百三十小时又二分钟零六秒！

乙　那还出得来气吗！

甲　大概一边儿接吻，一边儿输氧。

乙　没听说过！

甲　花花世界，无奇不有，接吻一百多个钟头，那不是接吻。

乙　那是什么？

甲　人工呼吸。

乙　嘁！

甲　这些项目二哥都没敢参加，最后选中了一项。

乙　什么比赛？

甲　吃蹄髈比赛。

乙　吃蹄髈？

甲　比赛规定，一次要吃二十只红烧蹄髈。

乙　那不撑死!

甲　不要紧,二哥有条件,他从小爱吃蹄髈。

乙　那也受不了哇!

甲　他有他的打算,万一不能得胜,吃它十来只猪蹄髈,也当半个月伙食呀!

乙　跑那儿混饭去啦!

甲　谁知吃到第八只就受不了啦,浑身发抖,大汗淋漓,腹痛如绞。监赛医生一检查:急性盲肠炎。

乙　这不是找死吗?

甲　赶紧送到医院。

乙　开刀。

甲　就打了一针止痛针。

乙　怎么不开刀?

甲　二哥交不起住院费、手术费。

乙　那就不管治啦?

甲　二哥直嚷嚷:"快给我开盲肠呀……"

乙　得先交钱。

甲　"钱的问题不要紧,我马上给家里写信……"

乙　让家里寄钱来。

甲　"把三联单给我寄来!"

乙　三联单?

甲　"我有公费医疗呀!"

乙　嘻!跑国外享受公费医疗去了?!

甲　说什么人家医院不收,二哥急了:"你们不就是要钱吗?我给你们找钱就是了……"

乙　上哪儿找钱去?

甲　花花世界嘛,找钱的办法还是多。比如,在那里买卖自由,从手枪到炸弹,从猴子到人,什么都能买,什么都能卖。

乙　什么都是商品。

甲　二哥说:"我卖东西还不行吗!"

乙　他有什么可卖的?

甲　"我……我……我把我自己给卖喽!"

乙　卖人哪?

甲　"先生,你看我这样的,值多少钱哪?"

乙　这儿都病得快死了，谁要呀！

甲　别说，整着卖没人要，零售还抢着要。

乙　零售？

甲　这个医院就要，他们为了给有钱的患者移植新鲜的器官，高价收购人身上的各种器官、各部零件。

乙　还真有这买卖？

甲　啊，而且是明码实价：一叶肺，一万块；一块肝，一万五千块；一个腰子，五千块；就是一小块脸皮，也可以卖三千块。

乙　嘿！

甲　最值钱是眼珠子，一只眼可以卖三万块！个别稀有器官，还可以当面议价。

乙　成自由市场了。

甲　二哥琢磨：我卖什么好呢？卖哪一部分呢？

乙　就卖块肝。

甲　"不行，卖了肝，人家说我没心没肝。"

乙　那卖块脸皮。

甲　"也不合适，人家说我没皮没脸。"

乙　那就干脆卖一只眼。

甲　"卖眼？这个主意可以考虑，眼睛价码高，三万块呀！有三万块钱，我就发财了。"

乙　还惦着发财哪！

甲　"有三万块，将来我回国就是阔华侨了。"

乙　一只眼的阔华侨。

甲　"那我就卖眼睛啦……也不好。"

乙　怎么啦？

甲　"我卖掉一只眼，就只剩一只眼了。"

乙　多新鲜哪，卖掉一只眼可不就剩一只眼了嘛！要是卖掉一只眼，还剩两只眼——成二郎神了。

甲　"我是说，剩一只眼，将来回国，不像阔华侨了。"

乙　像什么？

甲　"像——独目瞧了。"

乙　嘻！

甲　考虑了半天，二哥才决定。

乙　到底卖什么？

甲 "先生，咱们商量一下，卖心卖肝卖眼珠子都不合适，我想……我想……"

乙 想卖什么呀？

甲 "我想把我这盲肠卖给你们怎么样？"

乙 嗐！谁要你那烂肠子呀！

甲 协商的结果，把二哥轰出来了。

乙 那还不轰出来！

甲 二哥捂着肚子，走在花花世界灯火辉煌的马路之上，越想越想不通。人家说，花花世界，遍地黄金，弯腰就捡钱。

乙 哪儿捡钱去呀！

甲 我钱没捡着，连命都快捡不回来了。

乙 自找倒霉。

甲 二哥走投无路，进了一家药房。

乙 买什么药？

甲 "什么药都行，吃了让我死就可以。"

乙 啊？！他要自杀呀？

甲 那药房老板赶紧过来了："先生，您是要买跟上帝会晤的药吗？我们这儿一应俱全，请问您一共几位？"

乙 几位？

甲 "团体我们七折优待。"

乙 啊？！这自杀还优待团体？

甲 震惊世界的琼斯团体自杀案，一次死九百多人。就是在这药房配的药，打七折。

乙 嘿，还真有团体自杀。

甲 花花世界，什么事儿都有，连自杀都丰富多彩：有单人自杀、双人自杀、团体自杀、接力自杀、全能自杀、花样自杀、马拉松自杀。

乙 这是自杀运动会。

甲 你打算报名？

乙 不去！

甲 你就来那马拉松自杀怎么样？

乙 我好好的干吗自杀呀！

甲 这马拉松自杀最普及、最大众化，参加的人数多，时间长，死得慢。

乙 死得慢？

甲 打自杀之日起，有一年以后死的，有两年以后死的，有三五年以后死的，还有个别少数赖着老不死的。

乙　这是什么马拉松自杀呀?

甲　自杀的方式就是吸大麻叶、鸦片、海洛因。

乙　吸毒呀!

甲　花花世界,吸毒成风,一年死好几万人,号称马拉松慢性自杀!

乙　这都怎么研究出来的!

甲　后来二哥总算死里逃生,回国来了。

乙　终于回来了。

甲　写了一篇花花世界的自杀心得体会。

乙　自杀心得体会? 怎么体会的?

甲　我给你念念。

乙　读一读。

甲　(贯口)"花花世界,灯火通明,高速公路,宇宙卫星,原子的故乡,自杀的名城。卫星在天上旋转,自杀在地面流行。这里有最高级的物质享受,这里有最现代化的自杀文明。"

乙　自杀文明?

甲　"为什么自杀? 为什么轻生? 人情似水,世态如冰。人与人之间,勾心斗角,反目无情,尔虞我诈,拐骗坑蒙。不讲理,不公正,不人道,不平等,不民主,不自由,不守法,不奉公;不把人当人,不把命当命;不三不四,不伦不类,不仁不义,不孝不忠;不要亲爹亲妈,不要姐妹弟兄,不顾他人死活,不管身外事情;压迫有理,剥削光荣,资本神圣,金钱万能!"

乙　金钱的世界。

甲　"金钱万岁,金钱快乐! 钱就是权势,钱就是道德;钱是总统,钱是活佛! 有了钱能使鬼推磨、神推磨,上帝都帮你推磨;没有钱,眼冒火,心冒火,肚脐眼都往外喷火! 花花世界,金钱多多,金多银多罪恶更多:失业多,吸毒多,离婚多,车祸多,疯子多,酒鬼多,小偷多,强盗多,抢劫多,绑票多,杀人多,自杀的更多。有的人自杀,不是因为口袋里什么没有,而是因为精神上没有什么。"

乙　精神空虚。

甲　"有的人自杀,不是因为活不下去,而是不知道为什么而活;有的人自杀,逃避现实的痛苦;有的人自杀,追求死亡的快乐;有的人自杀,出于饥寒难忍,有的人自杀,纯粹是吃饱了撑的! 他们没理想,没抱负,没光明,没前途,没希望,没勇气,没爱护,没鼓励,没人生的目标,没前进的动力。没春风,没春雨,没爱情,没友谊,没温暖的家庭,没和睦的集体,没知心的朋友,没放心的邻居。总而言之：没想头，没盼头，没奔头，没干头，没人疼，没人爱，没人拉，没人拽，没人管，没人带，没家没室，没着没落，没上没下，没大没小，没皮没脸，没羞没臊，没没没没……活着没有死了好，你跟我一块去上吊！（拉乙）

乙　我呀！

相声

道德法庭

作者：王鸣录

表演：常宝霆、白全福

甲　你看这个相声啊，和其他的曲种就不一样了。

乙　哎，对。

甲　相声，它是一种语言和表演的艺术。

乙　作为一个相声演员哪，要深入生活，研究各种问题。

甲　哦，那好，我问问你，最近你都研究什么问题呢？

乙　只要我们相声需用的，我都研究。

甲　都研究？

乙　哎。

甲　这个道德问题，你研究过吗？

乙　五讲四美讲道德呀，这个我们有研究。

甲　哦，有研究，好。公德？

乙　有研究啊。

甲　美德呢？

乙　有研究。

甲　缺德呢？

乙　有研究……这，没研究！我没事儿研究缺德干什么呀？

甲　完了，你这个相声演员完了。

乙　怎么了？

甲　作为你这个相声演员，这个"缺德"，得好好研究研究！

乙　这"缺德"有什么研究的？我常听说这句话，昨天就在电影院门口，有一女同志跟男的说话："哎，你怎么来这么晚哪？我等你多半天了，快进来吧，缺德！"这不"缺德"嘛。

甲　他说这个可不能算啊，这是俩人爱得过火了，不知道用什么词儿表达了这是。这个"缺德"真正的含义可不在这儿。

乙　在哪儿呢？

甲　这个"道德"是我们人们共同生活的规范和准则，可有的人不懂道德，不讲道德，违反道德，专爱缺德！"缺德"是对这种人正确的评价。

乙　哦。

甲　拿你说吧，前两天在屋里抽烟卷儿，剩这烟头儿，隔着窗户扔出去，正赶有一位打窗根儿路过，掉脖子里了，这下给烫的，"哟，蝎子！？这下把我给蜇的！哟，烟头儿哇，谁扔的？"

乙　我扔的。

甲　"太缺德了！"

乙　这是说我呢。

甲　说的太准确了，正因为你缺少公共道德观念，一个烟头儿，把人烫着了，很可能出问题呀！还有，前两天你吃西瓜，把西瓜皮扔当院了，人东屋李大爷一出来踩西瓜皮上了，来个"老头儿钻被窝儿"，这下把老头儿摔的，你说你缺什么？

乙　我缺什么呀，我缺德呀！

甲　嗯，这要说你"缺德"那就不够了。

乙　那应该说？

甲　你呀，缺了大德了！

乙　哦，加个"大"字儿了？

甲　这都是比方，你着什么急呀，你看……

乙　你比点儿好的行不行？

甲　比如说吧，你捡了个皮包！

乙　这还不错，哈哈。哎，我捡皮包的时候有人看见没有？

甲　没人儿！

乙　没人儿？

甲　就你一人儿！

乙　该着我发这笔邪财，哈哈！

甲　打开这皮包一瞧哇！

乙　多少钱？

甲　一千多块！

乙　嗬，我抖起来啦！

甲　你说这一千多块钱你怎么处理？

乙　怎么处理？先买台电视看呗！

甲　哦，先买个电视？到晚上往这儿一坐，看着电视，嗬，你咧着嘴哈哈一乐，看丢钱那个，歪嘴了那个。你是乐啦，人家得了半身不遂了！

乙　这是缺大德了这个。

甲　这要说"缺大德"可就不够了，天津卫老太太讲话……

乙　怎么讲？

甲　"你呀，缺了八辈儿德啦！"

乙　我又长一级呀！？哎呀，这路人可太难了这路人。

甲　这个？这不算！有的缺德已经达到恶劣程度！

乙　哦？这德都缺到头儿啦？那没关系，遇见这路人我有办法！

甲　你有办法？

乙　哎！

甲　那好哇，有的人嘴上没德，专门煽风捣乱串闲话，造谣生事说瞎话，溜须拍马说假话，骂骂咧咧说脏话！

乙　这个呀，先把他舌头刺下来！刺舌头！

甲　还有的人处世为人缺德，以权仗势欺负人，不学无术嫉妒人，拉帮结伙排挤人，坑人害人吓唬人！

乙　这个，枪毙！毙一个少一个！

甲　还有的呀，不孝敬父母……

乙　这个呀，活埋！

甲　啊？没这么大罪过啊。您说这都是气话，这不行。他有的人违反了道德，又触犯了法律，这好解决，有的纯属道德范畴的，我们就不能用法律制裁他。

乙　那怎么办呢？

甲　我们对待这路人呢，要在"道德法庭"上，对他的灵魂进行审判，给他七窍里注入新的灵魂，让他跟那旧的天天斗天天打，斗得他永远不再做缺德事儿。

乙　你说得这么好，哪儿有这么一个"道德法庭"呢？

甲　有哇，从过去到现在就有，人们的舆论，群众的谴责，这就是"道德法庭"，实际上咱每一个人都是这"道德法庭"的成员。

乙　哦，这里还有我？

甲　有你，你很可能是这个"道德法庭"的"庭长"呀。

乙　哦，我是"庭长"？

甲　也可能是那个"道德罪犯"！

乙　啊，"罪犯"哪？不可能，我准是"庭长"。

甲　那不一定，那看你掌握不掌握咱们道德标准。

乙　这还有标准？

甲　哎，区别很大，我们的标准是毫不利己专门利人，资本主义的标准是人不为己天诛地灭，意思一样吗？

乙　你说的这些个呀，我全懂，我告诉你呀，我就没缺过德！我六十四啦，哈哈哈，没缺过德！

甲　咱可实事求是啊。

乙　当然啦。

甲　没缺过德？那当着各位我可问问你，前些日子，你们同院王大哥买的一辆新自行车放当院了，第二天上班时候，走着走着撒气儿了，听说你给出了点儿坏主意？嗯！？有这么回事没有？说，没缺过德那位。

乙　呵呵……咱明儿见呗您哪。

甲　哪儿去哪儿去？回来，回来回来！说完再走，不是没缺过德吗？我听人家说，人家新买这自行车，你给后带按了个按钉儿，第二天人骑着骑着，"噗"，撒气儿了，有没有吧？嗯！？

乙　是呀，他我不就是试试他这后带结实不结实吗。

甲　啊！？（拍醒木）白全福！你口口声声说懂得社会主义道德，为什么背后搞这种见不得人的勾当！（拍醒木）说！

乙　哦，这就审上啦！

甲　嗯？新自行车给人按了按钉儿，想干什么！？因为什么！？

乙　因为什么呀？

甲　说！

乙　他不是，我借他车他没借给我吗。

甲　不就因为借人新车没借，就出这坏主意？借车干什么！？

乙　我……我借车就驮四百斤煤球儿。

甲　啊！？拿人新车驮煤球儿？你自己有车为什么不驮呀？

乙　是呀，是……我有车，他不是舍不得吗，呵呵……

甲　嘿，看看，你做这种损人不利己的事情，自己应当好好儿地想一想，下去吧，好好反省反省，走！

乙　我下哪儿去？我下哪儿去呀！？你看，这倒不错啊，他坐这儿美美滋滋儿的，我站这儿一受审。

甲　对了，因为你做的这个事儿，就得受审！

乙　谁做的！？咳，这是我们街坊二嘎子，他办的！

甲　那刚才你怎么点头同意了呢？

乙　不是，我就看看"道德法庭"对待这路人哪，是怎么样儿地审。

甲　哦，刚才这意思你就明白了？

乙　对了，我明白了。嘿，这"道德法庭"还真有点儿意思。哎，这回这么办，咱俩换换怎么样？

甲　怎么意思？

乙　我审审你！

甲　行啊，只要我做这个事儿啊，谁都可以审哪。

乙　不，你随便儿举个例子，我锻炼锻炼。

甲　你当这"庭长"？

乙　对了。

甲　你要想当好"道德法庭"的"庭长"啊，不能光审别人，更主要的时刻审判自己，正人先正己，只有这样才能代表公正的舆论，人民的呼声。

乙　行啊。

甲　行啊？

乙　行啊，只要我审你。来，咱俩换个儿。

甲　你是"庭长"？

乙　对，我是"庭长"。

甲　我这个案子呀，是一个婚姻方面问题的。

乙　婚姻方面？

甲　喜新厌旧，我是个"陈世美"式的人物，审得了吗？

乙　这我行！我是最恨这路人，最恨喜新厌旧的！

甲　好啊。

乙　我看过《铡美案》哪，陈世美招了驸马不要秦香莲了，秦香莲找他来，他不但不承认，还要把这娘儿仨给杀了！

甲　最后包公给他铡了！

乙　是呀，哎，你放心吧，我拿出包公铡陈世美的劲头来，待会儿就把你铡了。

甲　行了！不行，不行这个，受不了，这"道德法庭"不能用刑，只能道德的规劝，舆论谴责。

乙　行，这我行这我行。

甲　行啊？

乙　你这边来。

甲　审审？

乙　各位，现在我就是那"庭长"啦，"庭长"，有点儿意思，没想到我当"庭长"啦，哈哈哈哈。

甲　我说"庭长"怎么嬉皮笑脸哪，怎么回事，严肃点儿！这不行，你得严肃点儿，坐下！

乙　对呀，当"庭长"没有这样的，得拿起"庭长"的派头儿来，对。（摆架子）

甲　好嘛，这"庭长"气儿吹的你看见没有。端架子不行啊，咱随随便便。

乙　好好，你站好了。（拍醒木）"你叫陈世美呀！？"

甲　谁"陈世美"呀？

乙　哎哟，我把《铡美案》想起来了。

甲　我姓常。

乙　哦，（拍醒木）"你叫常世美呀！？"

甲　这净惦着"世美"这受得了受不了。

乙　就是他吧就是他吧。

甲　常宝霆！

乙　不不，就是他吧。"你多大岁数啦？"

甲　"三十四岁。"

乙　胡说！谁不知道你五十多了？

甲　这不假的吗，你怎么回事你？

乙　哦，对，假的。

甲　怎么出来了，回去！

乙　哎……（拍醒木）"你多大岁数啦？"

甲　"三十四岁。"

乙　"为什么要离婚哪？"

甲　"感情破裂！"

乙　"你们结婚多少年啦？"

甲　"十四年。"

乙　"十四年那'裂'得了吗？"

甲　"我们的婚姻基础不好。"

乙　"哦，你谈谈你们结合的过程。"

甲　"在一九六八年我下放到农村，我感到非常的孤立，她就看上了我这个大学毕业的高材生，她认为有利可图，对我假献殷勤，骗取了我的爱情，于是我就成了她的'童养夫'！"

乙　"童养夫"啊！？这什么词儿呢这是。

甲 "我们结婚以后，她对我是百般地虐待，她舍不得给我吃舍不得给我喝，最可气她养了几只母鸡，她像对待产妇那样对待我，天天儿让我吃鸡蛋！"

乙 哦，吃鸡蛋呀！？

甲 "我怎么能够忍受呢！"

乙 这还不能忍受哪！有这样"产妇"我还乐意当呢！（拍醒木）"在那时候你怎么不提出离婚呢？"

甲 "哎呀，那个时候不能我也不敢这么想呀！"

乙 "那么现在怎么又提出来了？"

甲 "后来党落实了知识分子政策，我回到了原单位，我又晋升了工程师，我……"

乙 "哦，你升了工程师就看不上她了，对不对？哼！你就是喜新厌旧的陈世美呀！我看见你这路人就可气，（京剧道白）真乃气煞我也，王朝、马汉，开呀铡……！嗯……！"

甲 下去！什么"庭长"这个，嗯？

乙 我又把《铡美案》想起来了。

甲 不行啊，戏迷这当不了"庭长"这个啊。

乙 不是，我看见这路人就想把他铡了！

甲 看起来今儿个我悬了我告诉你吧。

乙 好好好，你还接着说。

甲 "后来我们两个人的感情兴趣距离那是越来越大了，使我苦恼的，甭说探戈、伦巴，她连'三步四步'都不会跳，她已经赶不上时代飞速的发展，只能做封建时代的贤妻良母，她不能做八十年代的温柔情人，庭长，不是我呀，而是社会就要抛弃她！你想，我跟她一起生活，将会多么苦恼哇，哦后！"

乙 我说你要死呀？（拍醒木）"胡说！满嘴里跑火车！什么'三步四步''蹦擦擦蹦擦擦'，那有什么用！？你，你的，良心的大大地坏啦！"

甲 要命啦，日本"庭长"，看见没有？

乙 "不会跳'三步四步'，这也不是离婚的理由儿哇。"

甲 "哎呀，更恶毒的是，她用极端残酷的手段，对我进行无法忍受的精神折磨！"

乙 "什么事这么严重啊？"

甲 "她晚上睡觉，天天儿打呼噜！"

乙 哦，打呼噜哇？

甲 "雷声震耳亚赛叫驴，吵得我不能入睡，现在我已经造成了严重的精神衰弱。"

乙 "那好办哪，你睡觉以前，把耳朵塞俩棉花球儿，不就行了吗？"

甲 "她不单打呼噜哇，她睡觉还爱吹气儿，熏得我头晕眼花，我估计她在散布乙型脑膜炎！"

乙　这什么乱七八糟的？"那你可以戴口罩儿嘛。"

甲　啊！？

乙　"要是不行，戴个防毒面具不也就可以解决了吗？"

甲　去，外边儿先凉快凉快去！

乙　哎，我审得怎么样？

甲　这"庭长"不怎么样这个。

乙　啊，什么不怎么样，都解决啦！

甲　你给解决什么问题呀？他说的这都是瞎话！一句实话没有，他的问题在思想里，在灵魂里呢。

乙　他说的都不是实话呀？

甲　那可不是吗？

乙　那我怎么办哪？

甲　我看你就不行不是，你来这角儿，我审你就行了。

乙　哦，还得审我。

甲　（拍醒木）"白全福！"

乙　又来了。

甲　"刚才听你这个大学毕业的高材生这个申诉，觉得你是够可怜的呀。"

乙　"庭长，我是可怜。"

甲　"实质上你是可气！当初你到农村，为什么不立志打一辈子光棍儿？"

乙　光棍儿？

甲　"我就不相信，有人爱你这个×××分子！"

乙　"庭长，想当初我们两人真正是相亲相爱呀！"

甲　"那个时候你们一块儿跳过'三步四步''蹦擦擦蹦擦擦'吗？"

乙　"啊？还'三步四步'呢，'喷气式'我还做不过来呢！"

甲　"问题清楚了，问题就在你爱人身上，我觉得当初她不应该爱你呀，她应该对你高喊'打倒！斗臭！枪毙！油炸！'把你打翻在地再踏上一只脚，叫你永世不得翻身！"

乙　"这是历史悲剧呀。"

甲　"才演变出你这个时代的怪胎！你爱人用她纯真的感情、高尚的情操给了你生活的动力和勇气，成为你今天背叛她的借口，你的良心何在呀！（拍醒木）嗯！？你的灵魂哪儿去了！？"

乙　"我……我灵魂？"

甲 "拨乱反正给了你政治生命，落实政策为你前途开拓了广阔的前景，你应该献身四化，可是你地位变了，你的思想变了，良心丧尽，灵魂发霉，把灵魂交出来！"

乙 "我灵魂？"

甲 "要把你的灵魂放在光天化日之下见见太阳！把灵魂交出来！"

乙 "灵魂？我没有！"

甲 没有！？

乙 "不不不，有，它没在这儿。"

甲 "哪儿去了？"

乙 "我藏地沟里了。"

甲 啊？"来人哪，到阴沟里把白全福的灵魂给掏出来！"

乙 哎呀，真掏呀，嗬。

甲 哪儿去，出来，出来！"在你们眼前站着的，这就是白全福的灵魂！说，为什么要离婚！？"

乙 "我想换换。"

甲 "有目标儿了吗？"

乙 "有目标儿啦。"

甲 "前妻的恩情呢？"

乙 "全忘啦。"

甲 "她的痛苦呢？"

乙 "我合适就完了，不管别人！"

甲 "看看，这种灵魂多么肮脏，多么卑鄙，多么下流，多么无耻！现在我们把白全福的灵魂押往全国，展览示众！看，这就是白全福的真灵魂……！"

乙 别说啦！

岳飞传（选回）·岳飞大战金兀术

作者：刘兰芳、王印权

表演：刘兰芳

南宋时期，一个秋季的一个晌午。

在通往爱华山的大道上跑来一骑战马，这匹马四蹄蹬开，踏在山路上，声音传出去多远，就听嗒嗒……像飞起来一样！

马上坐着一个黑大汉，只见他发髻散乱，征袍上扯了个大口子，脸上汗水泥水血水混在一块儿，本来面目都看不清了。这个人是谁呀？岳飞手下的大将名叫牛皋。这次，岳飞奉旨收复失地，抵抗金兵，牛皋为先锋官，他带三千军卒给大队人马开道，在前边碰上金兀术的兵将，两下一交战，牛皋被金兀术一斧子把头盔砍掉了，还削掉了一块头皮，牛皋败下来，给岳飞送信，一口气跑了五十里地来到爱华山。岳元帅的大队人马正在这安营扎寨，牛皋一直到了营门口，甩镫下马，想要进帐送信，又止住了脚步，心想：我今天私自交战违犯军规，又打了败仗，元帅非杀我不可。唉！这可怎么办呢？他蹲在营门口不敢进去。

正在这时，就听有人小声说："牛将军，还不进帐回话，元帅都生气啦！""啊，元帅知道我回来了？""探马早回来报信了。"牛皋没法，只好硬着头皮往里走。平日牛皋每回进帐都是摇头晃脑，腆胸叠肚，说话嗓门也大，咳嗽都带二踢脚的，呵打！今天傻了，低着头猫着腰，说话舌头也短了半截儿："末将参见元帅！"岳飞见他这个样，又生气又心疼："牛皋，没本帅的将令，为何私自交兵？"

"元帅，我也是好心，我领人正往前开道，遇上金兀术兵马，铺天盖地而来，为了探听他们的虚实，我领人从小路绕到金营附近。正巧，金兀术出来观看地势。我一想这是到嘴的肥肉怎能不吃？所以，我才过去抓金兀术。我这一马双铜不含糊啊，哪知道金兀术大斧子太厉害了。没打上三个回合，他一斧子把我的头盔扒拉掉了。幸亏我躲得快，慢一点就再也见不着大伙了！""你打了败仗，有何脸面见我？""我想死来的，又一合计，好死不如赖活着，又怕我死了没人给你送信，我就回来了。"

岳飞心想，金兀术离此处不远，正是交兵的好机会。说道："牛皋，按军规，你私自交兵犯死罪，念你素日有功，今天记你一过，你要戴罪立功！本帅命你去把金兀术引至这爱华山。金兀术要来了，免去死罪；金兀术不到，你休来见我！""元帅，不行啊，刚才，我把金兀术的祖宗都掘出来了，若再回去，他非把我宰了不可。""你敢抗令不遵？""末将不敢。""速去速归，下去吧！""是！"

牛皋出了大帐，飞身上马，直奔金营。五十里地，转眼就到了！见金营马号挨马号，帐篷挨帐篷，扎出去十几里远，一眼望不到边。牛皋暗想：这么大一片，我上哪儿去找金兀术啊？不把他引到爱华山，我也没脸回去呀，怎么办呢？哎，有了。还得用我的老办法，骂他！想到这，冲金营高喊："哎，里边有喘气的没有？轱辘出来一个！二爷我又回来了！"金兵早看见了："姓牛的，你刚才拣条命，又回来干什么？""找金兀术算账来了，叫他给我赔头发。快往里送信，叫金兀术悬灯结彩，放几声礼炮，到营外接我，跪在我的马前认罪。来早了，将他饶过；来晚了，二爷要杀进营盘，杀你个鸡犬不留，鹅鸭不剩，耗子窟窿掏三把！"

金兵往里边一送信，可把金兀术气坏了，带领将官来到营外："牛皋小儿，你敢戏耍孤王。来人，把他抓起来！""喳！"都督、平章们一拥齐上。牛皋说："我是来送信的。两国交兵不斩来使，你怎么连礼节都不懂？""你不是找我算账，叫我赔头发吗？""我不那么说，你能出来吗？""你送什么信？""我们元帅在爱华山扎兵，叫你去那里去开仗，你敢去不敢去吧？说！"金兀术一听岳飞二字，眼睛都红了，虽然没见过面，耳朵里早灌满了。八盘山一战，我两员大将——金牙忽、银牙忽全死在他手；青龙山他八百人破我十万兵，活捉我的先锋官，吓病我王兄粘罕。我正要找他报仇，他却送上门来。"牛皋，你先行一步，我随后就到。""你说话可算数？""决不食言！""你要不去你就不是人！"说完，牛皋走了。

金兀术传令："拔营起寨，兵奔爱华山！"军师哈密蚩急忙拦阻："郎主，去不得呀，别中了他们的计策。""不要紧，岳飞是个二十几岁的娃娃，他会什么？""郎主，听说那岳飞文武双全，善于用兵，不可小瞧。还是不去为妙。""耳听是虚，眼见为实，传言不可信。孤自从兵进中原，势如破竹，所向无敌。宗泽、张所怎么样？韩世忠、梁红玉如何？陆登是有名的'小诸葛'……皆是我手下败将。小小的岳飞，惧他何来？"哈密蚩说："那青龙山一战又怎么讲呢？""啊，那是我大哥一时疏忽！""郎主，千万不可轻敌，骄兵必败。""冲你这话，我也非去会一会岳飞不可！""君子斗志不斗气。""我答应牛皋随后就到，不能失信。起兵！"哈密蚩摇摇头，暗自生气。

将令一下，金营一阵忙乱，兵奔爱华山，"得，哦嘀架！""吁"，到了！

金兀术催马来到队前，登上小山坡，往远处眺望。爱华山峰峦起伏，绵延数十里，形成个弧形，山上古树参天，怪石堆垒，当中是一马平川的草地。金兀术看罢点了点头。这里是打仗的好地方，深山可以藏兵，平川可以开仗。怪不得岳飞叫我上这儿来。再往远处看，在爱华山南面山坳里隐隐约约有大旗飘摆，是大宋的营盘，心想，那岳飞读过兵书，营盘扎在依山傍水地带，进可攻，退可守，把空地方给我留出来了，孤可不上当。扎营讲究高防困守，低防水淹，芦苇防火，这是有数的。中间地势平坦，不好防范，"来呀，响炮安营，兵扎爱华山外北面山坡上。"随后，金国兵将在山北坡上安营扎寨。

这边岳飞早就得信了，眼看日落西山，天色将晚，急忙传令："今天天晚，不能交战，明日出征，打他个措手不及！"

到了第二天，岳飞点齐一万人马，响炮出兵，八百雁翎队跑在最前边，岳飞率领牛皋、汤怀、张显、王贵、施全、赵义、周青、吉青等大队人马，直奔疆场，一字长蛇排开队伍。岳飞传令："军兵，讨敌叫阵！"一百多人，个子矮、脖根粗、嗓门大的，站成一排："一、二！哎，金兵金将听着，我家岳副元帅亲自出征，叫金兀术速来送死！"喊完，跑回队内。

霎时间，就听金营里号炮连天，金兀术带领三川六国九沟十八寨的大将、兵丁出战，一色是马队，前边是弓箭手，后边是长枪手。跑在前边的是大王粘罕、二王喇罕、三王答罕、五王泽利、军师哈密蚩、左丞相哈里刚、右丞相哈里强、参谋勿迷西、元帅乌里布、瓦里波、贺必达、斗必利，猛将阿里托铜、阿里托铁、金古都、银古都、铜古都、铁古都、金眼大魔、银眼大魔、哈铁龙、哈铁虎等大小头目和众位平章，来到平川地带，亮开队伍。

金兀术来到队前，勒住战马，留神观看岳飞的阵势，只见对面，征尘滚滚杀气腾腾：征尘滚滚，直冲霄汉；杀气腾腾，贯入斗牛。队伍列摆三里地长，二里地宽，一层层，一排排，一行行，一列列，步兵在前，马兵在后。步兵个个都八尺高，青布包头，身穿青号坎儿，绣白边儿，前后白月光，前写宋，后写兵，青布裤子，花里布裹腿，鱼鳞大靸鞋。每人手拿鞭、铜、锤、槊、双手带、二人夺，全是短兵刃。瞧后边的马队，个个都是身高九尺，马大丈二。青布包头，青衣白边，内衬软甲，腰扎战裙，足登薄底靴子，手使长兵刃，有刀、枪、叉、戟、棍、镰、钩、镋之类。前军队旗号是红，后军队旗号是黑，左军队旗号是白，右军队旗号是蓝，中央旗号是黄，前后左右中分为五色旗，在空中飘扬，行舒就卷。在后边有一杆座纛旗，上书斗大个岳字。旗角下一匹白龙驹，马前是黑脸大汉，手擎镔铁齐眉棍；马后站着一个紫脸大汉，手拿红铜棍。这俩人是岳飞的马童，一个是马前张保，一个是马后王横。再看马上之人，正是征北副元帅岳飞岳鹏举，年纪在二十几岁。跳下马平顶身高八尺有余，细腰乍臂，双肩抱拢，面白如玉，两道剑眉斜入天苍额角，一双虎目皂白分明，准头端正，四字海口，牙排似玉，两耳有轮，眼角眉梢带着杀气。头戴帅字银盔，黄金抹额，搂额带钉满银钉，卡得紧绷绷，背插八杆护背旗，护心镜亮如秋月，绊甲丝绦九股拧成，吞口兽面吊铜环，鱼褐尾三叠倒挂，左右扎征裙，走金边绣金线，挡护膝遮马面，大红中衣，足蹬虎头战靴，背后鹿皮囊斜插四棱银装铜，手中一杆沥泉枪。骑下马，蹄至背高八尺，头至尾丈二有余，前裆窄，后裆宽，大蹄碗儿，细蹄穗儿，刀螂脖儿，水桶的脑袋瓜儿，两个竹签小耳朵，浑身上下亮如银，白如雪，半根杂毛也没有。马挂双提胸，脖子上挂着生铜掺金打造的十三颗铃铛，鞍鞯嚼环，一概俱新。此马登山渡水如走平地，日行一千不黑，夜走八百不明，两头一较劲儿，八百多里地。此马名叫千里骕骦驹。连人带马，有百步威风，千层杀气。谁见过当年伍员，哪见过子都，如同长坂坡赵云重生。身后是十几员战将，一个个威风凛凛，杀气腾腾。金兀术看罢倒吸一口凉气，心想：岳飞果然是气度不凡，与众不同。

此时，岳飞马到疆场，高喊："金兵，叫你家郎主过来答话！"话音刚落，一骑战马飞奔而来。此人年纪在四十左右，身高顶丈，虎背熊腰，面如赤火，两道浓眉，一双金睛，狮子鼻，火盆口，连鬓络腮胡须亚赛钢针一样。耳戴金环，头戴象鼻子宝盔，斗大的簪缨飘洒脑后。身穿鼍龙铠，肩头狐狸尾，脑后雉鸡翎。鲨鱼袋盛宝雕弓，走兽壶插雕翎箭。肋下佩戴绿库弯弯刀，上拴杏黄绸子条。胯下赤炭火龙驹，手擎金雀开山斧，亚赛金刚降世，又如天神临凡。

"来者可是金国四郎主？"

"正是俺完颜兀术。你可是岳元帅吗？"

"不错，我乃岳飞是也。"

"岳元帅，孤久闻你的大名，武科场枪挑小梁王，八盘山大获全胜，青龙山八百破十万，连伤我十几员战将，用兵如神，武艺超群；可惜没用到正地方，保了小昏君赵构。你们宋朝两个皇帝被押在我国，赵构昏庸无道，不久就要灭亡，大厦将倾，一木难支。你纵有通天本领，也救不了这破碎的江山。常言道：大将保明主，俊鸟登高枝。不如投我大金，也不失你封侯之位。"岳飞闻听一阵冷笑："兀术，我乃大宋子民，岂能投你大金？你们好不该兴兵犯境，抢我城池，夺我土地。依我良言相劝，速速退兵，固守疆土，永结盟好，方为正理。如不听劝，你休想出这爱华山！"金兀术说道："天下非一人天下。有德居之，无德失之。赵构不能治国安民，我们帮你们来理国政有何不好？""说得好听。你们进兵以来，一路上烧、杀、抢、掠，无所不为，抓我百姓，充当奴隶，人人切齿，怨声载道。至今，道君父子，被掠金国，阶下为囚，受尽凌辱，这国耻家仇，怎能不报？有志男儿，岂容尔等牧马中原？有我岳飞在，就不能让你们横行霸道！""岳飞，你好不识抬举，今天，我倒要看看你有何本领。"说完，催马要战。

就在这时，金兀术身后有人高喊："郎主，杀鸡何用宰牛刀，有事末将负其劳。待我擒拿岳飞！"金兀术回头一看，来的是四猛将的老三阿里托铜，高举大棍冲到岳飞马前："姓岳的，我要给我死去的哥哥报仇！"岳飞说："等等，你哥哥是在哪儿死的？""死在你们八盘山。""着啊！你哥哥不在你们自己国土上，耕种锄刨、牧马放羊，无故跟随金兀术打进中原，助纣为虐，为虎作伥，我们多少大将丧在你们手，有多少百姓做了屈死鬼。你还找我报的什么仇？"阿里托铜被岳飞问得张口结舌，催马抡棍就打。岳飞不慌不忙，见棍到顶梁，两脚点镫，身子离开马鞍子，站起来了，双手擎枪，用力往外一搏，当！阿里托铜的大棍被崩飞了。岳飞的力气也大点儿，阿里托铜的棍分量也轻点，大棍起到空中三天没掉下来。怎么？落在树杈上啦！

阿里托铜一吐舌头，暗想：这白脸将军好大的力气，拨马要跑。岳飞催马冲过去，把枪挂好，一伸手，啪！抓住了阿里托铜的祥甲丝绦，轻舒猿臂，往怀里一带，当时把阿里托铜走马活擒，横担在马背上，刚想拨马送回队前绑上，就听有人高喊："岳飞，快把我哥哥放下！"喊话的正是阿里托铜的兄弟阿里托铁。他像疯了一样，催马抡棍冲过来。岳飞为难了，手里这个人往哪儿放呢？扔在地下他非跑了不可，送回去绑上来不及，给他吧。岳飞双膀一较力，把阿里托铜举起来，脑袋朝前，双脚冲后，喊道："把人给你，接住！"嗖！扔过去了。阿里托铁吓傻了，眼看哥哥奔自己脑袋来了。想用手接，手里还拿着大棍呢，非把哥哥伤了不可；若不接，掉到地上准摔死。他这一犹豫，阿里托铜到了，俩脑袋就碰在一块了，噗的一声，两人掉下马来，都死了！这叫碰死阿里托铜，撞死阿里托铁。

这一下子，金兵队伍乱了："岳飞太厉害了！"

牛皋在队前乐得嘴咧到耳丫子上了："来呀，给元帅击鼓助威！"宋兵阵前有十面驼皮鼓，兵丁拿着鼓槌儿，把胳膊抡圆了，咚咚咚，鼓响如雷。

正在这时，金兵队伍里冲出一匹乌龙驹。马上战将手使五股烈焰叉。岳飞用枪点指："来将通名。""吾乃沙文金，看叉！"哗楞楞，钢叉直奔岳飞扎来，岳飞左脚一带镫，镫带绷镫绳，闪身躲过钢叉，拧枪便刺。二人战在一处，打了三四个回合，岳飞枪急马快，弄得沙文金眼花缭乱。他正在心神不定，岳元帅啪啪啪锁喉三枪。沙文金光顾上边，大枪直奔沙文金小腹，就听扑哧一声，扎进肚子，沙文金自行车放炮——气搁外头了！接着，岳飞阴阳把一合，将死尸挑在马下。

这时，沙文银冲上来，高举大铁刀，奔着岳飞搂头盖顶往下就劈。岳飞用枪往外一拨，抖手奔前心扎去。沙文银抽刀磕枪，二马一错镫，镫鞴相磨，人擦马背。岳飞伸手在鹿皮囊中抽出四棱银装铜，枪里加铜，倒打紫金冠，奔沙文银后脑勺砸去。沙文银往前一挺身，脑袋躲过去了，银装铜正砸在沙文银后背上。啪！沙文银五脏六腑翻了个个儿，只觉得嗓子眼儿发咸，一张嘴，哇！连血带烤羊肉全出去了，一头摔到马下！

岳元帅连赢四阵，金兀术大惊，岳飞枪马纯熟，足智多谋，非凡人可比。别人都不是他的对手，我去会他。想到这儿，高喊："岳飞，你难取胜。你阵前才几员战将，都是些乌合之众、草包饭桶，全仗你自己，浑身是铁能捻几个钉儿？你杀了我们将官，孤不怪，下马投降吧！"岳飞说，"你不用白费唇舌，动手吧！"说完，二马冲锋，金兀术举起金雀开山斧，奔岳飞斜肩带臂劈了下来。岳飞想：听说金兀术力大无穷，在北国举铁龙，威震三川，我到底试试他有多大力气。反正我这宝枪不怕刀劈斧剁。想到这儿，把大枪两头一握，用力往上一迎。当啷啷！声音在山谷里回荡，大斧子被磕开了，两匹马被震得倒退几步。岳飞只觉得两胁发胀，心说金兀术好神力！金兀术也觉得膀子发麻，听声音不对，大概是我的斧子把他枪剁坏了，暗暗高兴：敢跟我碰兵刃是自找苦吃！

这可不是金兀术吹牛，他的金雀开山斧钢口可好了，据说是日本北海道进口的锰钢！

金兀术洋洋得意看看斧子，呀！傻眼了。怎么？斧子上崩掉一个小豁儿。"啊！"金兀术吃惊地看看岳飞，一看岳飞手擎沥泉枪，稳如泰山。"啊，他使的真是宝枪？"岳飞的枪是在沥泉山上山洞里得的，是战国时期打造的。我国冶炼技术有悠久的历史，虽然是土造，东西可过得硬。

岳飞见大枪完好无缺，振奋精神，挺枪跃马冲上来，跟金兀术战在一起。两边将士都盯着自己主帅，输赢胜败，在此一举。助阵鼓响，如同爆豆，直杀得日月无光辉，尘土飞扬，二人战到五十个回合，分不出高低上下。眼看天色将晚，金兀术火往上冒，哇哇暴叫，忽然想起，我们金国善骑善射，我是有名的神箭手，我何不用箭伤他。这时候，二马一错镫，一东一西，金兀术在得胜钩上挂好金雀开山斧，摘弓抽箭，认扣添弦，马打盘旋，二马一对面，弓开弦响，连发三支箭，嗖嗖嗖，三寸无情铁，直奔岳元帅射去。头支箭奔岳元帅的哽嗓咽喉，二支箭射前胸，三支箭射小腹。

牛皋在队前高喊："大哥，小心啦！"众将也都替岳飞捏把汗。再看岳元帅不慌不忙，见头支箭射来，一歪脑袋，箭走空了；第二支箭到了，岳飞一个金刚铁板桥躺在马背上，狼牙箭擦着脸上的制高点飞过去，鼻子上汗毛碰倒三根半！岳飞刚坐起来，第三支箭到了，岳元帅一拧身子，让过箭头，伸手抓住箭杆，然后，把箭举起："金兀术，你除了一马三箭，还有什么本领？"金兀术吓了一跳，自己是有名的神箭手，今天三箭全叫岳飞给破了。"姓岳的，把箭还我！""你的箭，我不要。"嘎叭！折断，扔到地下。各自催马又战在一起。一杆宝枪，一把大斧，上下翻飞，左右飞腾。

金兀术拼命了，大斧子抡开，一招比一招快，一招比一招猛，一招比一招紧，一招比一招凶，如同疾风暴雨，恰似车轮飞转。

岳飞渐渐不敌，汗下来了，光有招架之功，并无还手之力。因为岳飞连战四阵了，这是第五阵，有些疲劳啦。岳飞心想：坏了，今天我要胜不了他啦！真若败在他手，必然是旗倒兵散，失地千里，国破家亡，山河沦陷！怎对得起朝廷的信赖？怎对得起母亲的教诲？怎么对得起妻子的嘱托？我不能败，一定战胜金兀术，雪国耻报家仇，迎请二帝还朝，拯救黎民出水火！想到此，浑身上下，热血沸腾，抖擞精神，把大枪使开了：

一扎眉头二扎口，三扎面门四扎肘，

五扎金鸡乱点头，六扎怪蟒空裆走，

七扎两腿八扎马，九龙摆尾冲天吼！

九九八十一招六合枪使开了，真是枪林相仿，闪电一般。

两边的将士心中称赞，这才叫棋逢对手，将遇良才。后来，鼓也不响了，号也不吹了，一个个伸着长脖子都看直眼了。有的舌头伸出多长，回不去了，现拿手往回揉。

岳飞很佩服金兀术，真是一员猛将，一身好武艺，就这样打到何时能分出胜败？还是用我的绝招赢他，主意拿定，枪招见缓。两匹马错镫，一南一北分开。猛然，金兀术听身后扑通一声，回头一看，岳飞战马马失前蹄，趴在地上，险些把岳飞扔到马下。金兀术一见大喜，哈哈大笑，天助我成功！急忙圈马赶到岳飞背后，举起金雀开山斧就劈，斧子刚一落，岳飞的战马，突然站起，马一打横，岳飞在马上一回身，大枪一拧，直奔金兀术的哽嗓咽喉扎去。金兀术吓得魂儿全飞了，想拨马来不及了，一歪脑袋，就听仓啷一声，枪头挑在金兀术的左耳金环上，耳垂儿挑破了，血下来了。金环已套在枪尖上，金兀术战马跳出多远，用手一摸耳朵，暴叫如雷："姓岳的，你敢伤孤王，气死我也，喳……哇呀……"冲兵丁们一挥手："撤！"金兵往下就败。

牛皋一看乐了："追呀，杀呀！"岳飞把大枪往空中一举："金兀术休走，还我河山！"

相声

聊天儿

作者：王鸣录

表演：李伯祥、杜国芝

甲　好久没见了，咱们哥儿俩可得好好聊聊。

乙　噢……

甲　看这意思不认识我了，真是贵人多忘事。您喜欢看京剧吗？

乙　喜欢哪。

甲　您知道京剧界有五大名旦，五……

乙　你等会儿吧，在过去京剧界有四大名旦。

甲　四大名旦都是谁呀？

乙　梅、尚、程、荀——梅兰芳、尚小云、程砚秋、荀慧生。

甲　您说的这四位表演艺术家，过去称为四大名旦，现在又后续了一位，因为时代发展了，名旦也要发展，又出来一位名旦，五大名旦。

乙　谁呀？

甲　我。×××，×（甲姓）大名旦。

乙　真还没听说过。×大名旦？您是花旦？

甲　花旦也就唱个《拾玉镯》《柜中缘》，演小姑娘您看我像吗？不是花旦。

乙　您是武旦？

甲　武旦，《八仙过海》《虹桥赠珠》，打出手、翻筋斗，脚踢八杆枪。多累呀！我不是武旦。

乙　您是刀马旦？

甲　不……扎靠旗，拉功架，连打带唱那才叫刀马旦哪。我不是刀马旦。

乙　噢，您是闺门旦？

甲　闺门旦干什么？我不是闺门旦！

乙　您是……

甲 白话旦

乙 白话旦哪！

甲 对喽。× 大白话旦——全国驰名。

乙 还美哪？这个名称不怎么样。

甲 你外行，我得给你解释解释。白话是这个人能谈善聊……

乙 这旦字怎么解释呢？

甲 就是说你聊天儿得有一定的功力，达到一定的水平，才能获得白话旦的称号哪。因为这旦是一种光荣的头衔。

乙 您这解释法儿就够白话旦的水平了。

甲 你不能不承认哪，全国驰名，×× 大白话旦！我就是好聊天儿，这是一种美好的享受。聊上天儿我可以忘了冷、忘了热、忘了吃饭、忘了睡觉——就是有一样忘不了，没水不行。要不它渴啊，您这儿沏茶了吗？

乙 没有！

甲 汽水儿也可以。

乙 没汽水儿。

甲 可口可乐、格瓦斯、矿泉水、桔子汽酒、小香槟。

乙 都没有。

甲 白开水也凑合。

乙 连自来水都没有！

甲 甭给我出难题儿，你以为没水我就不能聊吗？我照样儿可以坚持，有句古诗说得好：酒逢知己千杯少，有水没水照样聊！

乙 这是哪国的古诗？

甲 纯粹国产。聊天儿嘛，以聊为主，以水为辅。聊天儿不为喝水，喝水为了聊天儿。

乙 你干什么这么爱聊天儿？

甲 哎哟，聊天儿的好处可多了。它一可以增长知识，二可以抒发感情，三可以了解情况，四，也就是最主要的，它可以消磨时间。要不，我一天到晚怪闷得慌的干什么去呢？我是家里聊，外头聊，探亲访友串门聊，走道碰见熟人聊。今儿碰见您了，咱们哥儿俩可得好好聊聊。

乙 我可没时间这么聊。

甲 这话不对了。时间对于任何人都是公平的，不可能对我是一天二十四小时，对你是一天二十四分钟。为什么我有时间你没有呢？关键的关键是你不会利用时间，不善于支配时间。当然喽，客观上也可能给你带来一些不必要的麻烦。比如说你的孩子多，家务重，上有老，下有小，无兄无弟无姐妹，缺胳膊少腿没脑袋……

乙　我光剩一个肉墩子了。

甲　人家说话你中间不要插一杠子。这是一种不文明的举动，不礼貌的行为。

乙　都缺胳膊少腿没脑袋了还不让我说话？

甲　没脑袋你怎么能说话呢？这不是自相矛盾吗？我这是给你打个比方。说明你上班儿不累下班儿累，工作不忙家务忙。其实我也有这种情况，怎么解决呢？你就应该充分利用班儿上的时间加强聊天儿。

乙　我上班儿不干活儿，净聊天儿？

甲　哎，聊天儿是最好的休息方式了。上了班儿，你就一张报纸一杯水，一盒香烟一张嘴。香烟抽足了，茶水喝透了，嗓子滋润了，你就聊起来。你可以不假思索，不动大脑，天南地北，海阔天空，云山雾沼，胡说八道，不负责任，满嘴放炮！什么马路新闻，街谈巷议，人人关心，事事有趣。说得大伙哄堂大笑，落个人缘，凑个热闹，嘻嘻哈哈，两块七八，又轻松又饱，一天拉倒。

乙　好嘛，我混吃等死。

甲　要是遇上三五知己，你还可以说说张三的缺点，谈谈李四的毛病，你可以告诉张三，李四背地说他什么了；还可以告诉李四，张三怎么议论的他。

乙　我一点儿好作用不起，净去那煽风拢对儿的。

甲　这个问题说腻了，你可以随便更换话题。

乙　甭换了，你累了。

甲　不累，这连一半儿还没说哪。

乙　你不累我累了。

甲　累了你可以少说两句儿。

乙　你那儿都上满弦了，可得容我说话呀！

甲　还有一点儿。现在聊天儿啊……

乙　又聊上了！

甲　最好是谈谈家务，说说孩子，以孩子为聊天儿的中心内容最受欢迎了，独生子女小宝贝儿嘛。你还可以谈谈养花，说说养鱼，植物嫁接，国际新闻，范围广得很哪。你可以从动物说到植物，从气候聊到天体，从远古说到现在，从现在谈到未来，从机器人说到星球大战，从宇宙飞船谈到宇宙飞碟。法国的雪佛莱，德国的奔驰，日本的丰田，苏联的吉司，到底哪种汽车好？虽然哪种你也没坐过，这不要紧，小报上都登着了，谈谈也露不了怯。如果聊兴大发，你还可以旁征博引，说点儿历史掌故。外国人怎么火烧圆明园？崇祯皇帝为什么要在煤山上吊？中国的万里长城是哪年修的？意大利的比萨斜塔倾斜了多少度？

俄国的彼得大帝怎么征服的路易十四？法国的希特勒、德国的拿破仑、美国的丘吉尔、日本的罗斯福、苏联的瓦尔特、意大利的真由美……

乙　这都什么乱七八糟的！你怎么想起什么说什么？

甲　对喽，这就是现代派、意识流。它讲人的意识是在流动的，你知道它流哪儿去？

乙　怎么流也不能安错户头哇。德国的希特勒、法国的拿破仑、英国的丘吉尔、美国的罗斯福。

甲　那瓦尔特和真由美呢？

乙　那是电影里的人物。瓦尔特是南斯拉夫的，真由美是日本的。

甲　最后他们结婚了吧？

乙　嘻！这都是什么呀？

甲　没错，我听人说了，他们结婚了，生了个孩子叫铁臂阿童木。

乙　越说越乱，简直是驴唇不对马嘴。

甲　你说什么？

乙　驴唇不对马嘴。

甲　你知道为什么吗？噢，这点儿你就没有研究了。驴唇不对马嘴是它们没看过外国电影，不懂怎么接吻。

乙　嗬！我说你一天到晚就这么穷聊……

甲　哎呦，我可碰见知音的了。您看您这个穷字用得多好啊，真是一字千金价不多。穷字看起来是贬，实际上是褒，这叫外贬内褒，穷聊说明聊天儿是一项最经济的活动了。下棋还得有副棋盘、棋子哪，讲究一点儿得弄张桌子，来两把椅子；聊天儿什么都不用，只要带着嘴，一切都有了。一不花钱，二不买票，甭托人情，不走后门儿……

乙　你夸个天花乱坠我也不跟你聊，上班儿聊天儿影响工作。

甲　影响工作啊？还帮助你消磨时间哪！要不这八个小时你得怎么熬，一分一分地盼，一秒一秒地耗，多烦人哪！有几个人跟你一白话，不知不觉下班儿了，多好。

乙　我是有钱去看《白蛇传》，没钱都不听白话旦。

甲　您说那个都不够水平，那是丙字的，我是甲级白话旦，咱们聊聊吧。

乙　你是特级白话旦我也不聊。

甲　为什么？

乙　八个小时不够用的，上班我是坚决不聊天儿。

甲　上班不聊？

乙　不聊。

甲 下班儿我等你，咱们……

乙 甭等，下班儿我也不聊。

甲 歇班儿呢？假如明天是星期日，你歇班儿……

乙 我也不跟你聊。

甲 我什么事也不影响你，明天歇班儿，你不得买买东西，买东西你得排队啊。

乙 我买东西从来不排队。

甲 净走后门儿了。

乙 多咱？

甲 当然喽，现在商品充裕，你要买点儿吃的穿的使的用的，用不着排队。假如中国评剧院演出《杨三姐告状》，那个票很难买。

乙 我不爱看评剧。

甲 中国京剧院出国访问归来汇报演出，哎呀，那简直是盛况空前……你不排队？

乙 我不凑那热闹。

甲 老舍的名著《骆驼祥子》搬上银幕，你得排队买票……

乙 我看过了。嘿嘿，说什么我也不排队。

甲 面子事儿，排一回吧，敬礼。

乙 这排队还有央告人的？

甲 不为排队，就为利用排队的机会咱们好聊聊。排一回吧。排一回吧，啊。

乙 我还真得给他个下台阶儿，要不然老纠缠着我多耽误事。我排队，你说吧。

甲 这就对了嘛。明天星期日有一场足球比赛你看不看？世界联队由球王贝利率领，来我国进行友谊比赛。

乙 这白话劲儿又来了。

甲 你排队不排吧？

乙 我排。

甲 不排队你买得着票吗？世界联队著名的球星都在里头了。中国队为了迎战世界联队，领队教练连夜开会，研究战术，排出了最佳阵容，四个前锋，四个前卫，四个后卫，两名最佳守门员一块上。

乙 啊，瞎白话吧，一场上十四个队员？

甲 这是名单，其中有替补的。这场球轰动全国，往远了说广东、福建、湖南、湖北、上海、南京、哈尔滨、沈阳、佳木斯、沟帮子、呼和浩特、西宁，连拉萨都来人了。近处更甭提，张家窝、李家堡、曹家老集、奶奶庙，人来的可多了，有坐飞机的、坐轮船的、坐火车的、坐汽车的、骑自行车的、骑摩托车的、赶着大车、骑毛驴的都来了。

乙　多热闹。

甲　热闹，太热闹了。这个票能好买吗？体育馆门口半夜两点就挤成了人山人海，有披着棉大衣的，夹着皮猴儿的，还有带着折叠床的，从体育馆门口排成一条长龙，弯弯曲曲，曲曲弯弯，顺着墙根儿拐弯抹角排了足有十公里。

乙　我在哪儿？

甲　我得找哇，×××在哪儿？我得拿望远镜找你啊，找着了，你在×××那儿蹲着了。

乙　好嘛，最后一个，够我受的。

甲　虽然票卖得很快，可是你心急似火，翘首仰望。时间一长，你口也渴了，眼也酸了，胳膊也累了，腿也麻了，脖子也挺了，腰也弯了。

乙　眼看我就要瘫了。

甲　这时候我来了，你好比久旱的禾苗逢甘雨，苦闷当中有了希望，烈日炎炎盼来了酸梅汤，腊月三九给您送来了电冰箱。

乙　大冷的天我要电冰箱干什么？

甲　咱们哥儿俩就聊起来啊。您不是喜欢看足球吗？咱们就聊足球。聊聊第十二届世界杯锦标赛，意大利队怎么赢得的冠军，巴西队为什么大意轻敌丢了宝座。谈法国队前卫铁三角的威力有多大，喀麦隆队守门员恩科莫外号叫黑蜘蛛，他那手指头到底有多长？再谈谈世界著名的球星，多着哪：阿根廷的马拉多纳、肯佩斯，巴西的济科、苏格拉底、法尔考，西德的贝肯鲍尔、鲁梅尼格，意大利的罗西，波兰的博涅克。现在世界上有一个谜，谁也解不开，就是号称中国铁榔头的郎平能不能砸开意大利球门老将佐夫的钢大门儿。

乙　您等会儿吧……

甲　短平快，时间差……

乙　得了，得了。排球怎么跟足球比划上了？

甲　联赛嘛。

乙　怎么联这排球也不能跟足球一块儿赛啊。

甲　你甭管那个，你就看咱白话得热闹不热闹，有我陪着您，即使你排上八个小时的队也保证叫您心不烦，气不躁……

乙　那票我还买得上吗？

甲　那是你的事儿，我就管聊天儿。

乙　瞧我这当上的，我说不听白话了，又跟他聊了这么半天。我说，白话旦！

甲　哎。

乙　他答应得可倒脆生。你别是有病吧？

甲　经过体检，完全正常，不但没病，而且健谈。

乙　什么健谈啊，你这是耗费时间，浪费生命，穷聊臭叨瞎白话。

甲　我不同意你的看法，有原则分歧，咱们得仔细聊聊。

乙　他倒逮着聊的话题了。

甲　我得解释解释。

乙　你甭解释了。

甲　法律上还有辩护权哪。

乙　我们这儿打官司了？

甲　不是那意思，咱们哥儿俩得好好聊聊。

乙　您饶了我吧，我可没工夫陪着您这么瞎聊全传。

甲　你应该舍命陪君子。

乙　你可得是君子啊？你不是白话旦吗？

甲　那你就舍命陪白话旦吧。

乙　没那么大工夫儿，从现在起我不理你了。

甲　你不理我我理你。

乙　嗬，你嚼得我头都疼了。

甲　我这儿有止疼片，吃完接着聊。

乙　你留着自己吃吧，我走。

甲　哪儿跑？我追着你聊！

乙　嘤哦！

甲　怎么？吓着了？让你尝尝白话旦的威力吧，比中子弹也不在以下。

乙　嗳，跟您这么说吧，我并不反对聊天儿。

甲　那好，接着聊吧。

乙　别介，请您等我说完了。

甲　可以，我喜欢听别人瞎聊。

乙　我也变瞎聊了。跟您这么说吧，如果在一起谈谈工作，聊聊学习，交流交流思想，探讨一些问题，我觉得还是有必要的。人类创造了语言就是为了表达思维的。要是像您这样一天到晚毫无目的瞎白话，我可实在不敢苟同。说严重一点儿这是一种精神空虚，胸无大志的表现。你又不能自己对着镜子聊……

甲　实在找不着人我才那样哪。

乙　要是找着人呢？

甲　我就跟你聊。

乙　你跟人家聊起来没完没了，人家出于礼貌不得不理你，可是心里讨厌你，因为你影响人家的工作，妨碍人家的学习。特别不应该的是上班不干工作净聊大天儿，都这样，四化怎么实现？国家什么时候富强？为了把过去的损失夺回来，我们应该非常珍惜时间，多做具体事儿，少说唠叨话。我劝您别当白话旦了，最好当个实干家。

甲　好，好。真是"人不可貌相，海水不可斗量"。想不到老兄如此善谈，讲得真是条条是理，头头是道，深入浅出，言简意赅，既有诗意，又有哲理。"与君一席话，胜读十年书"，您使我如梦初醒，顿开茅塞，受益匪浅，大彻大悟。您对我的批评，您对我的忠告，您对我的指导，您对我的教诲，完全是善意的、友好的、和蔼的、可亲的，又是一针见血的、切中要害的。俗语说得好，"良药苦口利于病，忠言逆耳利于行"。您启迪了我的良知，为我鸣起了警钟，使我痛定思痛，痛心疾首。我要痛下决心，痛改前非。您的言谈举止、为人处世用四个字可以概括叫作不尚空谈。今后您将成为我的良师益友，您就是我的座右铭、指挥塔、领航标、照明灯。为了我进一步向您学习，向您请教，请您不要嫌弃我这个卑微的人、唠叨的人，希望您在百忙当中抽出一点点时间来——但不必劳动尊身大驾，请把您家地址告诉我，我一定登门拜访。

乙　你有什么事儿？

甲　跟您仔细聊聊。

请剧团

作者：刘文亨、王文玉

作者：刘文亨、王文玉

甲　（倒口）请问，你老这是联欢演出吧？

乙　对！联欢演出。

甲　你老是曲艺团的吧？

乙　是曲艺团的。

甲　你老是相声演员吧？

乙　没错，相声演员。

甲　你老是姓王吧？

乙　姓王倒是姓王，您这后边儿就别带着"吧"了！

甲　对不起，我可不是成心的，让大伙看我这么大，这么大的个子，不懂文明不讲礼貌。不是，我说话有个习惯。

乙　什么习惯？

甲　我说话后边儿爱带"吧"。只要这句话后边有个问号，我准带个吧。"你老好吧？""你吃了吧？"你看准带个吧。要是问贵姓呢？"你姓张吧？""姓赵吧？""姓刘吧？""姓李吧？""你姓王……是吧？"

乙　你吓我一跳。

甲　就是这个习惯。

乙　这叫什么习惯？得改改。

甲　改！一定改！

乙　我呀，就姓王。

甲　有个相声演员×××就是你吧？

乙　又来了。我就是×××。

甲　俺可找到你了。

乙　找我有事儿啊？

甲　找你演出呀！今年咱们村粮食棉花大丰收，乡亲们全富了，大伙儿一商量，想请个剧团，给我们说一说唱一唱表一表，大伙儿可就议论上了，说找个什么团呢？我说干脆咱就找那个相声团，得了，相声省事啊，坐在炕头上就说了。

乙　我们演出形式简单。

甲　所以我想起您了。

乙　光要相声？

甲　还有别的吗？

乙　曲艺团嘛！大鼓、单弦、评书都有。

甲　我问问你，你们团里头有耍狗熊的吗？

乙　曲艺团哪儿有耍狗熊的？那得上马戏团。

甲　你不知道，临来的时候，老乡们嘱咐我了，唱戏的，说相声的，狗熊全要！

乙　我听着都别扭！再说，这边儿说相声，那边儿唱戏，当中间再来个耍狗熊的，那乱不乱？

甲　你看，有了狗熊的就不乱了。

乙　怎么呢？

甲　俺们那个地方是农村，文化生活太差。来个剧团，又说相声又唱戏，大人孩子全稀罕，小孩一多，太闹啊！吵得大人们看不了了，要是有个耍狗熊的呢？"哐哐哐"一敲锣，把孩子们全引了，剩下大人们就安安稳稳的听相声看戏就不乱了。

乙　这么回事，那好办，我给你们联系个马戏团。

甲　你老多受累。

乙　这没什么。刚才说唱戏，唱什么戏？

甲　就是唱那个《花为媒》、《柜中缘》、《牛郎织女》、《李二婶改嫁》……

乙　《李二嫂改嫁》。

甲　都这么些年了，二嫂子也该长一辈儿了。

乙　那也得叫李二嫂。

甲　对！《李二嫂改嫁》唱这个戏的这叫什么？

乙　那叫评剧。

甲　对，就是这个戏。

乙　好，我再帮你联系个评剧团。

甲　太感谢你了。现在是说相声的、唱戏的、耍狗熊的，仨团，一天多少钱？

乙　钱倒好说。

甲　你别客气，现在乡亲们全富了，花点儿钱无所谓。

乙　我们也不是光为钱。这样吧，这次我们属于慰问性质，象征性地收一点儿。一个团一天一千二百五，三个团，一天给三千七百五。

甲　多少钱？

乙　一天给三千七百五。

甲　咱丑话说到头里，我是受老乡之托，您跑前跑后给我们联系人演出，咱两个中间人别落埋怨，有话说清楚了。

乙　您说。

甲　现在是多少？

乙　三千七百五。

甲　是谁给谁三千七百五？

乙　你给我们三千七百五。

甲　你看，要不得说清楚呢！要不回去我给乡亲们说："乡亲们，城里来了仨剧团，给咱们演出，演完了，一天给咱们三千七百五！"

乙　嘿——没那事！

甲　咱再商量商量。

乙　商量什么？

甲　咱划划价行吗？

乙　我没多要呀？还划价？

甲　现在是一天……

乙　三千七百五。

甲　给你四千！够了吧！

乙　要三千七百五，给四千，怎么多出二百五啊？

甲　这二百五啊——是你的！

乙　我的？

甲　你忙前忙后受这么大的累，我们心里不落忍。所以这二百五呀！就是你了。

乙　我就要三千七百五，这二百五，还归您吧！

甲　你看你客气干吗，你就是二百五了。

乙　你给多少我都给团里。

甲　好！风格高尚，你这个钱怎么分我们管不着了，我心尽到了，你明白就行。

乙　演出定下来了，你们有车没有？

甲　有车，有拖拉机，到时候把你们连拖带拉就全去了。

乙　你绑上多好！

甲　不绑，有笼子。

乙　笼子？！把我们全装笼子里吗？

甲　那你们干吗？那狗熊不得装笼子里吗？

乙　人呢？

甲　人坐汽车！俺们村里有汽车队，大车小车全有，"金龙"大轿子一辆能做四五十人呢，你们仨团搁一块儿有多少人呢？

乙　也就七八十人吧。

甲　来两辆大轿子车，够了吧？

乙　足够了，这还有富余呢！

甲　有富余没关系，俺们还来人呢。我们派二十个棒小伙子，全是基干民兵，押着你们走！

乙　押着我们走？！你要是全捆上，有两人看着就够了。

甲　捆上干吗？！

乙　押着干吗？！

甲　押着你们这个车走！

乙　那叫跟着车！

甲　跟着车。

乙　听你这么一说你们够富的？

甲　你才知道？俺们村里头净是参观的。电台、电视台、报社记者，老去给我们拍照。你们文艺界作曲的编歌的，给我们编的歌可好听了。

乙　是吗？

甲　一场就是这样（唱）"谁不说咱家乡好啊……俺家就在岸上住，到处是庄稼遍地是牛羊……"

乙　仨歌儿搁一块儿了。

甲　还有好的呢……

乙　行了，甭唱了。咱研究研究演出时间吧！

甲　这个好办，耍狗熊的什么时候敲锣，孩子们就几点看。

乙　相声跟戏呢？

甲　相声跟戏呀……

乙　白天演？

甲　白天演不了，相亲得下地干活。

乙　收了工演？

甲　收了工先吃饭。

乙 吃了饭演？

甲 吃完饭得看电视。

乙 我们还演不演？

甲 演，看完电视再演。

乙 看完电视都十点多了，不耽误乡亲们的休息。

甲 耽误不了，老乡们夜里睡不了觉。再说乡亲们夜里还有活儿了。

乙 什么活？

甲 喂牲口。

乙 喂牲口？

甲 马不得夜草不肥呀！

乙 倒是有这么一句话。

甲 再说你们累累巴巴唱了一天了，到晚上不得吃点儿夜餐吗？

乙 这吃夜餐跟喂牲口可不能搁一块儿。

甲 不搁一块儿，你们各吃各的。

乙 多新鲜！你那意思我们一块儿啃那个槽子？！

甲 为了表达我们的热情，我们请你们吃席。

乙 好啊！

甲 八个人……

乙 八个人一桌？

甲 八个人一领。

乙 炕席呀？！不够再来俩草帘子？还是喂牲口？！

甲 喂牲口干吗吗？八个人一领。

乙 怎么八个人一领？

甲 你们好几十人一块儿吃乱不乱？再说乡亲们没有那么大房子呀！你们凑够八个人领到这屋，再凑够八个人领到那屋，八个人一领，八个人一领。

乙 那叫八个人一桌子！

甲 对！八个人一梭子！

乙 一梭子？！全把我们毙了？

甲 一桌……子，你什么耳朵？

乙 你什么舌头？

甲 也没什么好饭。就是农村味儿的家乡饭。

乙 家乡饭最好。

甲 每天四顿饭，早饭、午饭、晚饭、夜餐。每顿饭四个凉菜，四个炒菜。

乙　还有凉菜？

甲　再来点酒儿喝。

乙　还有酒？

甲　也没什么好酒，也就是那个茅液、五粮台……

乙　啊？！

甲　不是，是那茅粮五台液，不对……是茅老五……

乙　还猪老六。

甲　五毛六。

乙　还算账来了。茅台、五粮液。

甲　对！就是这个酒，每人一瓶。

乙　喝不了。

甲　不是爱喝酒吗？

乙　喝多了耽误演出。

甲　那就每人一弹。

乙　一瓶儿都喝不了，一坛子，更不行了。

甲　一坛子走嘛？没那个子就是一弹！

乙　怎么一坛？

甲　就是把酒倒在酒杯里，拿中指一蘸，冲你鼻子尖儿这么一弹！

乙　光闻闻啊？！

甲　那还醉得了吗？

乙　干脆把酒预备好了，爱喝多少喝多少。

甲　好，能者多劳。

乙　饭菜儿呢？

甲　饭菜没有什么好吃的，也就是鸡鸭鱼肉。

乙　那可太破费了。

甲　破费干吗？这都是乡亲们自己养的，想吃就宰。不花钱呐！

乙　刚才你一说这家乡饭呀！我还以为贴饼子啦！

甲　要说贴饼子！你们城里人可比不了俺们农村，那是农村人的拿手好戏，新棒子面掺豆面，开水烫面和软面，咱有那个设备。

乙　什么呀？

甲　大柴锅，下面的火烧得又热又匀又爆，把饼子拍好了"啪啪啪"往锅上一贴，不能使锅盖。

乙　为什么？

甲　有哈气。

乙　用什么?

甲　用盖帘。

乙　对。

甲　把盖帘盖好了,上边蒸着,下边烤着,过二十多分钟,咕嘟嘟咕嘟嘟,揭开盖帘一看,上边儿是黄澄澄的一层油亮的皮儿,下边是焦糊的痂,搁在嘴里是软软乎乎,肉肉头头儿,暄暄腾腾,热热乎乎。上边的痂焦脆细甜,香喷喷甜滋滋的。

乙　嘿!

甲　好吃吧?

乙　好吃!

甲　爱吃吧?

乙　爱吃!

甲　爱吃也不给你呀!

乙　怎么呢?

甲　那是喂狗熊的!

乙　嘻!

三国演义（选回）·坝桥赐袍

改编：袁阔成
表演：袁阔成

曹操连接三报，说汉寿亭侯关羽挂印封金，不辞而别，保着他的二位嫂嫂闯出北门。曹操心里这难过呀！千方百计，煞费了一番苦心，到底没把这位心爱的将军给留住！曹操正难过呢，恼怒了旁边一员老将。他请令要把关羽的首级取回来。"他就这么着走啦？没这么容易，请丞相下令吧！"曹操一看，是老将军蔡阳。曹丞相手下的这些员武将，对关羽都十分敬服，唯独这位，从见着关羽那天起就不服。所以他才请令擒拿关羽。

曹操摆了摆手，说："老将军，关羽不忘故主，他来得明白去得清楚，真乃一位大丈夫。你等皆当效法。"曹操心想：人家关羽哪样不对呀？我给了他那么多的金银，人家一文没动，汉寿亭侯的金印也高挂在明堂之上；人家几次登门求见，我高悬回避牌；人家临走还给我写了一封书信，如今这书信就在这儿放着呢。你蔡阳请什么令？"老将军，一旁站下！""是。"蔡阳心里有些话要说，就是嘴稍微有点儿笨，说不出来，只好一旁生闷气去了。

这时文班行列中的程昱先生说话了："丞相，我看您待关羽甚厚啊！今天他不辞而别，乱言片纸，冒渎钧威，其罪可不小啊！再说，他今天一走，倘若是归了袁绍，那就等于给猛虎添翼。我劝丞相还是派兵追赶，取其首级，以绝后患。"曹操听了，看看程昱："程先生，昔日我已经答应关羽了，今天怎么能失信呢？嗐，各为其主，他走就叫他走吧，还是不追为对呀。"程昱一听，不好再说什么了。

说着，曹操抬头看了看，找张辽张文远。张辽来了没有？来了。不是病了吗？根本就没病。他也是为了躲关羽，说自己偶染风寒，在家待了两天。现在听说关羽走了，张辽有点儿慌神儿了：当初屯土山约三事，是我给说的情啊，开始丞相不太愿意，我劝丞相，说好好待关羽，他便不能走，丞相才答应。现在可好，丞相待他倒不错，可他还是走了。张辽提溜着心呢，没敢往前凑合，在旮旯躲着。他看丞相这么一趸摸，心说坏了，丞相找我哪！他心里嘣嘣直打鼓。旁边有个人用胳膊肘碰了他一下，张辽一看，是徐晃。徐晃那意思是：丞相找你，你快站起来呀。张辽一看躲着不行，赶快挺身往起一站，叉手施了个礼："丞相。"曹操没生气，笑么滋儿的："呵呵，文远，你来啦？""丞相，不知哪旁使用？""没什么，如今云长挂印封金走了。此人是财贿不动其心，爵禄不移其志，我是深敬云长呀！""是是，丞相，我的心里也是这么想。""我想，他此去不远……"曹操说到这儿，张辽心想：坏了！丞相准是下令让我把关羽追回来。我能追得回来吗？他瞪着两只大眼瞅曹操。曹操明白了张辽的意思，说："文远，我想做个整人情。你让关云长将军慢走一步，我要亲自给他送行。我准备一些金银，让他作为川资。此外，我还命人给他做了一件锦袍，还没来得及赠给他呢。文远，你先行一步，我随后就到。""遵令。"张辽深施一礼，由打相府出来，飞身上马，追了出去。

张辽刚一出北门，曹操带领着文官武将，就骑马由后边赶上来了。

关云长此时没走多远。要说曹操赐给他的赤兔胭脂兽可是匹宝马良驹，那要是撒开了缰绳，现在恐怕连影子都没了。那么为什么关羽不撒马呢？他得保护着二位嫂嫂呀。于是，他只能催动车仗按辔而行。其实他的心里都着了火了，恨不得一步就赶到河北去，一是见刘备大哥心切，再是赶快逃离险境，怕曹操亲自来追他。要把他追回去，你说那可怎么办哪？关羽正着急呢，忽听背后銮铃响，扭头一看，远处尘土飞扬。不好，追来了！这时就听后边有人喊："云长将军，且慢行一步！"云长听出来了，是张辽在喊他。这时，关羽手下的人吓坏了，都瞅着他，那意思是：二将军，咱们就这么二三十人，怎么办哪？关羽告诉众人："你们赶快顺官道拣直往前走，越快越好，到前边等我，我随后就到。"众人答应一声，推起车，轱辘轱辘沿官道飞步急驰。关羽一拨马，立定在坝桥上，手按青龙刀，等着张辽。

工夫不大，张辽到了。"吁！哎呀，云长仁兄，您走得怎么如此之急呀！"关羽大声喝道："文远仁兄，莫非要把我关羽追回许都不成？"张辽赶忙摆了摆手："啊，不！云长将军，丞相知道将军要离开许都去河北寻兄，特派我赶来挽留您一步，丞相要亲自前来给您送行，别无他意。""哼！"关羽哼了一声："就是丞相率领上万铁骑，几十员大将赶来，宁愿在此决一死战，我也不回许都！"说到这儿，他蚕眉一挑，凤眼瞪起来了。"嗞……"张辽倒吸一口凉气，赶忙往回一带马。关羽横刀立马于桥头，不答理张辽了，回头看看二位嫂嫂的车仗。现在车仗走出去好远了，他心里头有点踏实了。二次转过脸来一看，随着越来越近的滚动尘沙，曹丞相带人来到了桥前。嗬！看曹操的左边，是荀彧、荀攸、郭嘉、程昱、吕虔、满宠等一班谋士；曹操的右边，是张辽、许褚、李典、乐进、于禁、徐晃、夏侯惇等一班武将。队伍在桥前一字排开。文官一个个肋下佩剑，手提马鞭，端坐在鞍鞒上，倒是挺文静的。那些武将可使人有些紧张：一个个披挂整齐，盔甲鲜明，刀枪在手，横眉立目！瞅那架势，只等丞相一声令下，他们就跃马上前，刀枪并举，把关羽杀死在桥前！关羽此时心里更紧张。他想：看来曹操不像是前来送行啊，像是追我回许都，也许要把自己杀死在这儿。本来嘛，自从屯土山约了三事之后，自己跟着曹操到了许都，曹操待自己甚厚。可今天，自己挂印封金，不辞而别，曹操一定是很不高兴。嗳！关羽把心一横：你令天就是把关某碎尸万段，也不能跟你回许都去！别看关羽内心这么紧张，外表可半点儿也看不出来。只能看见他微合凤目，手捻长髯，倒提着青龙宝刀，还是那么傲气十足。

一看关羽这神态，曹操手下的武将都差点儿气晕了，一个个摩拳擦掌，跃跃欲试。可也不都这样。有两员将悄悄拖马缰直往后缩，谁？一个是张辽，一个是徐晃。这俩都是关羽最要好的朋友，尤其是张辽。当初在白门楼上，关羽为救张辽性命，曾经在曹操跟前舍命相保，张辽一直感念不尽。徐晃呢？自从关羽来到许都，他对关羽十分敬重，赞佩这个人耿直、仗义。所以，按照张辽、徐晃的心思，今儿个连追都不应该。人家关羽有言在先，知道哥哥刘备的下落就得走，你丞相不是答应过吗？那咱们干吗还追人家呀？因为这个，这二将是紧着往后撤。

此时曹操在马上一拱手："二将军因何不辞而别呀？"关羽一听，唰！把青龙刀的刀头往铁铧梁上一搭，左手一按刀头："丞相，关某甲胄在身不能下马施礼，望丞相海涵！"曹操心想：我明白，你没法下马，我带着这么多的人，你能不加我的小心吗？"嗳！二将军不必多礼。"曹操嘴里这么说着，眼睛上下打量着关羽。他心里头这时候好不是滋味儿，难过了。是世间的那种生死离别的难过吗？不是。曹操和关羽可不是个人之间的感情。曹丞相自打随各路诸侯伐董卓的时候就爱上关羽这员大将了。不是有一次关羽温酒斩华雄吗？哎，就打那时候起，他总想把关羽收于帐下。屯土山关羽约了三事，曹操虽然口头上都答应了，可那不过是权宜之计。他给关羽那么多的优厚待遇，就是想用恩惠压倒关羽对刘备的情义。经过一番煞费苦心的努力，曹操觉得他有了八成把握了。万没想到，现在关羽还是走了。但他还不能采用程昱劝他杀关羽的主意，因为屯土山约三事毕竟是自己亲口应允。现在身为丞相，不能失信于天下呀！除掉一个关羽不要紧，为此事败坏了自己的名声，这对今后网罗人才是大为不利呀！所以曹操不但不能杀关羽，还得做个整人情，亲自率文武送行。这么一来，更显得大度容人，言而有信，功德圆满，有始有终。曹操知道，关羽是个义气深重的人，他一定会感念这些好处，将来说不定还有用得上的时候呢！今儿个我曹孟德先把春风刮到这儿，知道哪会儿来阵秋雨呀！曹操一拱手："二将军，你走得太匆忙了。我赶来一是为你送行，二是怕你一路上囊中空乏，特为送来川资。拿了过来！"随着曹操这一声吩咐，从后边催过一匹马来，马上端坐一员将官，手里托着一个朱红油漆的大盘子，盘子里边铺着一块红绒，红绒上边放的是马蹄金，在太阳光下耀目夺神！关羽连看都没看，摆了摆手："丞相，您赐我的金银够多的了，可我在您跟前并没立下什么汗马功劳。将不立功，受礼有愧呀，请您把这些钱财发放给众位军校吧！"曹操一听："嗯？哈哈哈哈！二将军，你的功劳太大了呀！在白马坡前斩了颜良，延津渡口诛了文丑，你立了多大的功劳啊，这几个钱怎么能酬劳得了啊！哎，既然你不肯收，也罢。前几天我给你做了一件锦袍，今天我给你送来了，权且当个纪念吧，望云长将军再不要推辞啦！"说到这儿，曹操一回身，吩咐人把锦袍拿过来。有一员将官翻身下了马，手里托起一个盘子，盘子里放着一件绿缎子做的锦袍，掐金边、走金钱，上绣龙探爪、蟒翻身，海水江涯宽云片锦。这员将官把盛放锦袍的盘子举过头顶。虽说曹操一口一个赠，那是跟关羽说的客气话，按照授礼的规矩，实际上是赐。作为关羽应该立刻翻身下马，双手把这件锦袍接过来穿上才是。可他明明知礼，却不能下马，是怕受暗算。这锦袍不接又不行。刚才那金子你不要，说给众军校分一分，这袍子怎么分？关羽急中生智，嘴里边说着"多谢丞相"，抬手把青龙刀往前一伸。这工夫，举袍的那员将官脸儿唰的一下吓白了，心说：坏了，我这脑袋悬乎？其实，关羽和他一无仇二无冤，怎么能给这献袍的来一刀呢？关羽要干吗呢？他把刀尖轻轻一挑，噗！把这件锦袍挑起来了！随后把刀往回一带，背个刀花，唰！把锦袍披身上了。随后左手又一带缰绳，左边的脚尖一点镫，右腿一敞裆，膝盖一点飞虎鞯，啪！赤兔胭脂兽一打旋，头尾掉个儿，马尾巴正冲着曹操。关羽想：少啰嗦吧，时间不能太长，长则生变！我得赶快追赶车仗去。曹操目不转睛地看着关羽背影，心说：二将军，你就这么走了？礼貌不礼貌且不提，是不是有点儿太绝情了？曹操刚想到这儿，"吁！"踏！关羽把赤兔兽勒住了。他也觉得这样走有点儿不好，得说几句话。关羽在马背上一磨身，左手一推长髯，右手唰一个苏秦背剑，把青龙刀往背后一背："丞相，云长多谢丞相赠袍之情。青山不老，绿水长流，我望丞相多多保重，你我后会有期，相逢有日，云长去也！"说着，叭！小腹一撞铁铧梁，两脚一磕飞虎鞯，缰绳一抖，赤兔兽像脱弦箭一般，奔上了官道。

这下可把旁边的大将许褚给气坏了："可恼啊，可恼！丞相，关羽忒猖狂了！您赠袍与他，他连礼都不还，马都不下呀，就这样让他扬长而去，日后被他人传说出去，岂不耻笑丞相？待俺将他追回，丞相您要治罪于他才是！"他说着摘下兵器，撒马就要追。"且慢！"曹操一把把许褚给拉住了，"你说的这是哪里话？云长单人匹马，我等人多势众，他怎能不防呢？云长乃天下义士，恨我福薄，不得相留哇！"他在马上探身远望，一直到看不见踪影了，"唉！这回云长着实去啦！"这才一摆马鞭，率领左右文武回了相府。

正是：

坝桥赐袍明信义，

枉费一片爱将心。

武松打虎

作者：廉春明
表演：李金斗、陈涌泉

甲 （端详乙）

乙 你干吗这么看我呀？

甲 我看你似曾相识。

乙 你认识我？

甲 在舞台上，我看到过你的形象。

乙 那天我演的什么相声？

甲 那天你没说话。

乙 捧哏，话不多。

甲 不，那天你是主角，你站在中间，一边一个彪形大汉。

乙 那是三人相声。我站在中间还是捧哏，这边叫逗哏，这边叫腻缝儿。

甲 你剃着光头。

乙 剃光头？噢，演传统相声根据需要，有时要剃光头。

甲 你脸上一点血色儿没有。

乙 我是冷面滑稽。

甲 背着手……

乙 这是演出风度。

甲 哈着腰……

乙 对热情的观众鞠躬。

甲 叉着腿……

乙 稳当。

乙 五花大绑……

乙 结实……啊！？

甲　脖子上挂个牌子！

乙　这是我？

甲　坏蛋！

乙　那你说我干吗？

甲　你在台上演戏，演个坏人。

乙　对，有这么回事，我演过戏，演过一个坏人。

甲　你看没说错吧，你看你长得就像坏人。

乙　有这么说话的吗？

甲　我演戏就净演好人。

乙　你也会演戏？

甲　不敢说会，反正生、旦、净、末、丑都拿不住我。近代戏、现代戏、传统戏、外国戏我都略知一二。

乙　噢，你是哪个戏校毕业的？

甲　我爸爸是文化局长。

乙　没问你爸爸。

甲　人都问我爸爸，你干吗不问我爸爸？

乙　甭问，这位是托关系走后门儿进来的。

甲　我从正门大摇大摆进来的。

乙　依我说，别管你是前门、后门，只要有特殊专才就行了。

甲　这话我乐意听。告诉你，我们县剧团，无论演哪出戏都离不开我。

乙　你是主角？

甲　我拉大幕。

乙　拉大幕呀！

甲　后来导演不让我拉大幕了。

乙　当演员了。

甲　说我拉大幕没感情。

乙　拉大幕都不合格。你什么都不会，上文艺团体里混什么？

甲　谁说我不会，我这是高姿态，不争角色。我也想开了，反正得开支。

乙　你真会吗？

甲　不会敢拉大幕吗？

乙　行了，今天咱们俩演出戏。

甲　哪出戏？

乙　《武松打虎》。

甲　你演谁？

乙　武松。

甲　我演什么？

乙　你演那虎。

甲　你打我？我受得了吗？你凭什么打我？

乙　我打你干吗？武松打虎。

甲　我不演那挨打的。

乙　你分包赶角。开始你演酒保，接下去演虎身儿，往后演猎户，最后演阳谷县县令。

甲　从酒保到县令……步步高，行。从哪儿开始吧？

乙　武松从柴大官人家出来，离别宋江去清河县看望武大。这一日来到阳谷县景阳冈，烈日当头，肚中饥渴，望见前面有个酒店，上写五个大字"三碗不过冈"，就从这儿开始。武松高喊：酒家——

甲　（漫不经心，不理乙）

乙　酒家——

甲　（仍不理）

乙　（怒）酒家！

甲　（吓个趔趄）你喊什么？显你嗓门儿大呀？

乙　我叫你，你怎么不言语呀？

甲　我不爱理你。

乙　不理我哪儿行啊！

甲　下班了。

乙　下班了？这戏别演了。你得接待我。

甲　同志，你来啦？

乙　同志？不是战友哇？

甲　请把自行车锁好！

乙　自行车没有，我有辆"嘉陵"。

甲　我有辆"雅马哈"。

乙　我有辆"铃木"。

甲　我有辆"捷克"……

乙　咱们俩上这儿赛摩托车来了？应该叫我客官。

甲　你客观，我主观。

乙　我是武松。

甲　我是肉松。

乙　我是腊肠儿。

甲　我是小肚儿。

乙　又跟我摆上冷盘儿了！你得称武松为客官。

甲　你倒说明白喽。

乙　还怨我不明白啦！

甲　客官，里边请——

乙　啊，酒家。

甲　小的在。

乙　且把上等好酒拿来。

甲　好酒有，搭菜。

乙　你这卖啤酒呢？

甲　不瞒你说，现在就这规矩。

乙　都有什么好酒？

甲　"金奖白兰地"！

乙　要命！瞧我这戏演的，不是"白兰地"。

甲　你卖？我卖？

乙　你卖。

甲　我这就"白兰地"。不喝上别处。

乙　那就喝"白兰地"吧。

甲　来啦——这是三大瓶。

乙　三大碗。

甲　碗要押金。

乙　哪儿的事呀？

甲　就这规矩。凑合喝吧。

乙　（喝酒毕）

甲　客官，来啦——

乙　回去！

甲　轰我干吗？

乙　我喝了三碗，你不能让我喝了。

甲　不让你喝我钱哪赚去？

乙　你这酒叫"三碗不过冈"。

甲　怎的唤"三碗不过冈"？

乙　如今前面景阳冈上，有只吊睛大虎……我说咱俩谁演武松啊？重来，酒家拿酒来。

甲　（做篮球裁判暂停的手势）

乙　又跟我打上篮球啦！

甲　我这酒有后劲儿，叫"三碗不过岗"。

乙　怎的唤"三碗不过冈"？

甲　如今前面景阳冈上有只老鼠……

乙　啊！？

甲　有只老虎，我怕它把你"米西"喽。

乙　嘿！这小酒铺中日合资！（无可奈何地）休得唬我，拿酒来。

甲　我说你这人怎这么个别呀？不让你喝你就别喝啦。

乙　少啰嗦，拿酒来。

甲　今天我碰见个酒鬼。给你，不够我那还有"威士忌"呢！喝吧。（唱）"酒干倘卖无……"

乙　好嘛！程琳又来了。（喝完欲走）

甲　走哇您？

乙　走。

甲　拜拜！

乙　拜拜什么？你不能让我走。

甲　我干吗那么贱骨头？

乙　戏文就是这么写的，你得劝我。

甲　武松，不能走，前面有虎。

乙　当真有虎？

甲　你不信自己看，门口店杆子上贴着告示呢。

乙　那会儿有电线杆子吗？

甲　谁说电线杆子啦？酒店，旗杆子。

乙　（看榜文）噢，果真如此。

甲　不骗你吧，前面有虎。

乙　有虎怕它作甚？

甲　它吃人。

乙　我这哨棒，岂能容它！

甲　得得得，听人劝，吃饱饭，你一个人能打得了虎？即便你能打，我劝你千万别打这虎，多一事不如少一事。

乙　啊！？

甲　要不你绕点儿远儿。

乙　遇见老虎绕着走？

甲　绕着走还新鲜，大有人在，我看你也随大流吧。

乙　就因为一只老虎，此路不通？

甲　对了，此路封了不少日子了。禁区。今天太晚，武松，明天一早儿再走吧。

乙　这些话，亏你也说得出口！

甲　嘻！现在经过"无产阶级文化大革命"了，人都学滑了。

乙　又蹦出"文化大革命"来啦！

甲　你顽固到底，死路一条！

乙　休得胡言，开得门来！

甲　哼，不知好歹。走吧！走吧！让你走你怎么又不走啦？

乙　该打虎了。

甲　打虎？

乙　对。

甲　（唱《智取威虎山》"打虎上山"音乐）虎！虎！（打枪）砰！砰！

乙　等会儿，你这是什么？

甲　不是打虎吗？

乙　《武松打虎》！

甲　我这杨子荣"打虎上山"。噢，错了。重来。（学虎吼）

乙　啊呀！确实有虎！

甲　哟，有人来了。够我一顿晚饭了。

乙　老虎又唠叨上了。

甲　慢，大黑天胆敢从此路过，此人非同小可。来者不善，善者不来。哎哟！这大汉豹头猿眼，虎背熊腰，手里还拿着个大棒子。我呀，别理他。

乙　你怎么不来吃我？

甲　你不打我，我也不吃你，咱们井水不犯河水。

乙　嗯，今天这老虎透着客气呀！

甲　一回生，两回熟，什么时候想从这儿过随便，咱二位没的说，请，请——

乙　不客气。（走过）

甲　拜拜！

乙　这……不行，这戏越演越别扭，哪有不吃人的老虎哇？不能听他这假话。呔！

甲　怎么茬儿？

乙　你这只拦路之虎，草菅人命，十恶不赦，着打！

甲　不识抬举，来。（与乙开打）

乙　（三拳两脚）

甲　（佯死）

乙　（收势）

甲　（话）哎，武松……

乙　你死啦!

甲　临死之前我有几句遗嘱。

乙　这都哪儿的事呀?

甲　我告诉你，你打死我，你也落不了好!

乙　今天我碰见虎精了，老说人话。

甲　你破坏生态平衡……

乙　那会儿懂这词儿吗?

甲　冤枉啊!（死）

乙　哎，醒醒。

甲　你这人太讨厌了。我刚才要说话，你说我死了；我现在死了，你又叫我醒醒。

乙　该演猎户啦。

甲　（山东口音）我说这老虎是你打死的?

乙　怎么说话这味儿?

甲　山东人嘛! 你作嘛把它打死?

乙　它是老虎。

甲　我知道它是老虎，要是猫我就不问你啦!

乙　是猫我也不打呀?

甲　它招你了吗?

乙　没有。

甲　它骂你了?

乙　没有。

甲　他偷你东西啦?

乙　没有。

甲　它第三者插足啦?

乙　老虎能插足吗?

甲　它没招你没惹你，你打它作嘛? 你吃饱了撑的?

乙　老虎吃人。

甲　你不会躲它远点儿?

乙　我躲哪儿去?

甲 人家能饶你就不能饶？你怎这么懒？明知山有虎，偏向虎山行，这不找死吗？

乙 躲就解决问题啦？它不吃我，将来也要吃别人。

甲 别人是别人，你是你，你管这么多闲事作嘛？再说了，老虎吃人，你看见啦？

乙 皇榜上写着呢。

甲 不要听小道儿消息。

乙 老虎吃人是小道儿消息？

甲 我就问你逞什么能耐？出什么风头？（扒乙眼皮）

乙 什么意思？

甲 我看你有点儿神经病！

乙 我没病。

甲 （大怒）没病为什么打虎？

乙 又来了！

甲 就你会打虎，我们十几个猎户废物点心？

乙 那你们为什么不打？

甲 它老实巴交打它作嘛？

乙 老虎还老实？

甲 比你老实多了。

乙 我打虎倒打出罪来啦！

甲 你算说对咧！你把我们饭碗子给打了。

乙 没听说过。

甲 我们十几位就指着这老虎吃饭呢！看着老虎不让它下山就全齐了。维持现状，月月拿包银。如今你把虎打死了，我们没工作了，上哪儿找个老虎去？你赔！

乙 我赔什么？

甲 赔老虎。

乙 我哪儿有老虎哇？

甲 赔个狮子也中。

乙 没地儿找去。

甲 那就对付个金钱豹吧！

乙 没有！（欲走）岂有此理！

甲 站住！没有？说得轻巧，就这样儿拍拍屁股走啦？你以为你捻死个臭虫呢？

乙 干吗？

甲 咱们商量商量，你打算报官，还是打算私了？

乙 报官怎么讲？

甲　咱们上阳谷县里打官司。

乙　私了？

甲　把虎宰喽，把肉吃喽，把虎皮扒下来……

乙　卖喽。

甲　你披上。

乙　我披老虎皮？

甲　伪装成老虎，我们十几位猎户看着你，不让你下山。有你吃，有你喝，维持老样子。月月包银我们照拿不误。怎么样？

乙　我受不了！

甲　受不了为什么打虎？

乙　没完了。

甲　完不了！走！

乙　上哪儿呀？

甲　动官，阳谷县打官司。

乙　打官司好哇，县衙门总得讲理吧。

甲　（演阳谷县县令）把杀虎犯武松押上来。

乙　哟？我成犯人啦！

甲　跪下！

乙　凭什么让我跪下？

甲　我是县太爷。那会儿就这礼节。

乙　这……（单腿跪）

甲　你叫什么？

乙　武松。

甲　老虎是你打死的？

乙　是。

甲　哇！大胆！

乙　老爷，我打的是老虎。

甲　打老虎？

乙　啊。

甲　你还不如打老爷我呢！

乙　嗯？这老虎怎这么有人缘呀？

甲　（非常痛楚地）罪过呀！

乙　又遇到一位糊涂县官。

甲　糊涂？糊涂是难得的。你喝那么多酒也没品出味儿来，有点儿太那个啦！

乙　哪个呀？

甲　看起来跟你也说不清楚。

乙　只可意会不可言传，看起来我还没悟。

甲　下面我宣布对你的判决书。

乙　判决书？

甲　罪犯武松，男，三十郎当岁，山东清河县人，无业氓流……

乙　氓流？

甲　怎么？改流氓？

乙　就氓流吧。

甲　于大宋仁宗嘉祐三年，某月某日，酒后无理寻衅，将虎爷乱棒打死，惨不忍睹。（擦泪）

乙　供虎爷？我们这什么年头又兴这么个风俗习惯呀？

甲　该犯现供认不讳。根据法律，该犯系无故杀伤致死罪。为严肃县法……

乙　宪法有这个吗？

甲　阳谷县的县法。

乙　土政策。

甲　为严肃县法，判处该犯二十年徒刑，剥夺政治权利十年。不准上诉。把罪犯武松押进大牢！

乙　冤枉——

甲　一点儿不冤。

乙　我到底怎么啦？

甲　怎么啦？不说不知道，一说吓一跳。自从阳谷出只猛虎，小县因祸得福，年年向府上申请补助。万万想不到老虎被你打死，下月我们这儿就没有了……

乙　没老虎了。

甲　没救济了！

乙　噢，县里也吃大锅饭呀！

百年风云（选回）·虎门销烟

作者：单田芳编写，白树荣整理
表演：单田芳

第五回　灭威风洋商发抖　显志气虎门销烟

英夷得寸进尺，
黎民忍辱受欺。
同心协力奋起，
矛头直指顽敌。

林则徐命人将通牒起草完毕，由他和邓廷桢过目，又重新抄了一遍，盖上钦差大臣和两广总督的关防，便命中军参将李大纲和邓国忠二人带着去见洋商。

前文书说过，那些洋商大多数都躲在西关十三行内。邓、李二将带着一名通译和二十名卫队，在辕门上马，出了西关，来到十三行门前。众人下马，李大纲和邓国忠挺身而入，来到大厅。邓国忠高声喊道："大家听着！所有的洋商，不管是哪国人，赶快到此集合！"通译用英语又复述了一遍。

洋商们知道他们是清朝官员，来者不善，但不知道是谁派来的，有胆大的问通译："你们是从哪个衙门来的，为了何事？"通译用英语说了两句。洋商们一听是受钦差大臣林则徐所差，前来下通牒，一个个脸儿都吓白了。他们虽然是外国人，但是，如今居住在中国的土地上，就得服从中国官员的管束。所以，陆陆续续、三五成群地聚拢到大厅，一个个站在地上耸肩摊手，面面相觑。

李大纲见人来得差不多了，便把通牒举起，高声朗诵。他念一句，通译就翻译一句。通牒上是这么写的：

大清帝国一品顶戴特命钦差大臣谕令：

为肃清鸦片之害，整顿广州治安，维护正当通商事。

我朝皇恩浩荡，应英人再三请求，开辟广州为商埠，准予万国与我通商，以互通有无。然有些洋商弃正就邪，专一贩运鸦片，毒我臣民，牟取暴利。

我皇上仁慈宽厚，为此一再降诏劝勉，而洋商忠言逆耳，竟无所收敛，视天朝法令如儿戏。是可忍，孰不可忍！

本大臣奉旨来粤查禁鸦片，势必雷厉风行，全始全终，断无中止之理。劝尔等奉公守法，莫怀侥幸。

限各洋商于五日内将所存鸦片如数交出，听候处理，并具结保证，今后不再夹带鸦片上岸。如是者，本大臣准予继续通商，平等对待，并保护其人身安全。如逾期不交，胆敢顽抗者，货即没收，人即正法，停止一切贸易，决不宽贷！望一体周知！

此谕令以发出时生效。

参将李大纲反复读了三次。洋商们听完，脸都变形了，大厅之中一片寂静。李参将把通牒文给了一个管事的洋人，一转身，带着来人出了十三行，回行辕交令去了。

李参将等人走后，众洋商如梦方苏，像一窝蜂似的跑二楼，去找颠地和义律。

当时，义律和颠地都躲在二楼的小客厅里，把门开缝，听着楼下大厅内的动静，所以，把通牒的内容也听得清清楚楚。李参将等人走后，义律一蹦老高，把牙咬得咯咯作响。心里说：姓林的，你真是我的死对头！颠地抱着脑袋缩到沙发里，一言不发。

正在这时，"呼啦"一声，洋商们闯了进来。一个个举手过头喊道："义律阁下，快想个办法吧！""上帝呀，这简直太可怕了！""义律先生，你倒是说呀！我们的鸦片交是不交？"嘿！你听吧，七嘴八舌头，粗细高低音儿，什么调门儿都有，差点儿把房盖儿给鼓起来。

义律被吵得够呛，他咬着下嘴唇，瞪着狐狸眼，足有五分钟没说话。突然，他像触电似的，紧握双拳，把两臂使劲儿往上一举，大声吼道："别吵，都不准吵！"这一嗓子，洋商被吓得赶紧把嘴闭上，谁也不再嚷了。这时，义律把怒火压了压，说道："各位先生们，安静点儿，都听我说！方才出现的这件事情证明，林则徐的确很难对付。但是，我们不能被他吓住，更不能乱了阵脚。他这个所谓谕令，是极其野蛮的，这是对大英帝国的挑战，是对所有文明国家的攻击和诬陷，这是我们绝对不能容忍的！为此，我们要向清朝政府提出强烈抗议！同时，我还要命令我国商人，奉劝我国的朋友们，鸦片嘛，一两也不交，我倒要看看这个姓林的能把咱们怎么样！"

这时，在义律对面的那个美国旗昌洋行的洋商乐了："阁下，您不仅是英国商人的卫士，也是我们美利坚合众国商人的保护人，我向你致以崇高的敬意。不过，从目前形势来看，似乎不该采取硬碰硬的办法，还是策略一些为好。先生们，你们说呢？嗯？"众洋商们听了，有的赞成义律的主张，有的同意美国商人的看法，有的无加可否。整个客厅内一片议论之声。

这时，颠地从沙发上站起来，无精打采地说："我欣赏这位美国先生的高见。义律先生阁下，你的头脑应该冷静一点，硬碰硬会吃亏的。您说呢？"义律反问颠地："依你之见？"颠地说："我以为应该采取软硬兼施的办法。比如说，我们是不是交出一部分鸦片，给林则徐一点面子。然后嘛，再用金钱运动运动，也许可以转危为安。假如他仍不给我们情面，我们再采取强硬的办法也不为晚！"洋商们都认为颠地说的是上策，纷纷举手表示赞同。义律见众意难违，也勉强同意说："那就先试试看吧！"

三天之后，义律派人交出一千一百箱鸦片，也没有出具结。林则徐冲冲大怒，马上派李大纲来见义律，指责他是破坏禁烟的罪魁祸首。再一次提醒他交出所有的鸦片，少交一两也不行！几天过去了，洋商们仍耍死狗，没有一点反应。林则徐立刻传令，派兵封锁了十三行，切断内外一切联系，并把在十三行做事的中国人全部撤走；停止供水，供柴，供粮。这一招儿真灵，没有几天的工夫，洋人全部告饶了。他们再一次包围住义律，又吵又闹。这个说："义律先生，这可怎么得了？我已经两天没有喝到水了！"那个说："我一天没吃到面包了！""天哪，再过几天，我们都要见上帝了。""义律先生，这怎么办呢？"

义律知道当前形势的严重程度，他为此已经两天两夜没有合眼了，熬得他面色憔悴，二目通红。他清楚看到，如再坚持下去，连自己也得渴死饿死。除了告饶，别无选择！可是，这个一贯以胜利者自居的义律是不甘心屈服的，还想再坚持几天看看。只见义律抻着脖子咽口唾沫，用舌头舔舔嘴唇，煞有介事地说："先生们，为了我们大英帝国的尊严，少喝口水，少吃顿饭，算得了什么？我要求你们再忍耐一时，情况会有好转的。"众洋商一听，心里都说：你再瘦驴拉硬屎，我们的命就没啦！但他们不敢反驳，只好用无声的行动表示反对。义律看了大家一眼，也一屁股瘫在沙发上，直眉瞪眼了。

且说英商二号头目渣甸，是最怕死的家伙，面对眼前发生的事情，已经哭过三次了。他认为中国人有两句话说得很对："好汉不吃眼前亏"，"留得青山在，不愁无柴烧。"钱是人挣的，有人就有一切。不能光为了什么尊严哪、体面哪，就把性命搭上。所以，他同意把鸦片都交出去，混过眼前的危险，再拿今后的主意。可是，义律固执己见，谁的话也听不进去，急得他简直要发疯了。方才听义律说，还要坚持几天，他实在无法接受，就趁大家瘫在地上、义律两眼发直的时候，暗中把颠地拽到密室，密谋冒险逃走。开始颠地不同意。当渣甸进一步向他说明利害之后，颠地这才同意了。

这天晚间，一片漆黑，伸手不见五指。渣甸和颠地一前一后，溜出了十三行，奔海港摸去。这两个家伙还真幸运，居然偷着越过了几道哨卡。他俩认为：哨卡都过去了，偷越空旷的海滩更不成问题了。于是，放大了胆子，加快了脚步，朝着海边摸去。摸到海边，两个人便手拉着手，寻找自己的商船。

这两人正往海边张望，忽听背后有人喊喝："站住！干什么的？"两个人同时回头一看，原来是清廷水师巡逻的官兵，二人吓得魂不附体，转身就跑。谁知对面又来了一队哨兵，高挑红灯，上写着"巡逻"二字。颠地一看走投无路，便来了个狗急跳墙，直奔大海扑去。渣甸更不甘落后，紧紧跟着颠地，"扑通"，也跳进水里。

这时，关天培的水师营接到报告，急派快艇前来缉拿。渣甸这家伙水性很好，在英国曾被誉为水中健将，潜入深水就溜之乎也了。可颠地就不行了，跳进水里以后，刚刚游出三四丈远，就被水勇生擒活捉了。

水勇们把颠地五花大绑解到水师营。关天培一看是英国人，又是洋商的头目，事关重大，就向钦差大人做了报告。林则徐命军兵把颠地押到行辕，要连夜亲自审问。

这次夜审是在二厅进行的，只有两名师爷、几名卫兵。

关天培带领水勇把颠地押来，往二厅里一推，颠地就跟跟跄跄站到堂下。林则徐定睛一瞧：颠地胡子很长，面黄肌瘦，身裹大清的民装，浑身全湿透了，头发、衣服往下滴水，不大工夫，他的脚下就湿了一片。这位英商大头目，现在成了名副其实的落水狗啦。

林则徐看罢多时，方慢悠悠地问道："你叫颠地？"颠地紧闭双眼，不回问话。"来人！把绑绳给他解开。给他搬个座位！"吩咐已毕，有人给他解开绑绳，让他坐在一旁。但是，他还是一句话不说，两只眼睛死盯着地，二目凝固像个死人。

林则徐通过翻译告诉他：大清国对外国人以礼相待，犯了朝廷王法，只要承认了，就会免去死罪。经过一番解释，他才慢慢抬起头来，两手比比划划，要水喝，要东西吃。

诸位，颠地两天没吃东西，肚子瘪了，要东西吃，这不奇怪。但他方才跳进海里不是喝了不少海水吗？为什么还要水喝呢？原来，海水里面有盐，他"咕咚咕咚"喝了那么多，真是越喝越渴！

林则徐满足了他的要求，叫人端来点心和茶水，送到他面前，这时，颠地也不顾大英帝国的体面了，好像一条饿狗，伸手就抓，狼吞虎咽；端起就喝，如猪吃食。眨眼之间，吃了个一干二净。他吃饱喝足，又向通译伸出两个手指。通译明白，他要吸雪茄。因为林大人的行辕没有这种洋货，只好作罢。

林大人一看，气氛缓和下来了，就开始问道："颠地，你为何要深夜逃跑？"颠地一看林则徐，并不像义律说的那样蛮横不讲理，反而平易近人，就把林则徐封锁了十三行后，义律想要顽抗到底，自己和渣甸持反对态度，不想和义律合作，忍受不了饥饿，便和渣甸密谋脱逃等事说了一遍。林则徐又向他反复说明了禁烟的政策和决心，让他认真对待。颠地知道，在岸上私藏的鸦片是保不住了，便狡猾地说："我愿把全部鸦片交出，总数是七百五十二箱。"林则徐冷笑道："你只说了一少部分，在商船上的为什么不交？""很遗憾，商船停在海面上，没等靠岸，就逃走了。"

"哈哈哈哈！"关天培大笑说："一只也没逃掉，都被我们水师控制住了！"颠地一哆嗦，好像泄了气的皮球，闭口无言。

林则徐不想再问什么，便对颠地说道："因你和义律态度相反，同意交出鸦片，本钦差大臣饶你不死。"你今夜就在这里委屈一宿，明晨放你回去。你要向义律传我的话，如果负隅顽抗，其后果将不可收拾！来呀，把他带下去吧！"军兵把颠地带走不提。

颠地昨夜逃跑被擒，传到了义律的耳朵里。义律暗暗咒骂颠地：像这样怕死的胆小鬼，死了倒好。他又想：颠地费了九牛二虎之力，都没逃出清兵的手心，看来，自己的下场更糟。

在义律正为自己担忧的时候，颠地狼狈不堪地跑了进来。义律见了，大吃一惊！心里说：难道我见鬼了？他盯着颠地，半天没说话。那些洋商听说颠地回来了，又惊又喜，急忙拥进义律屋里，把颠地团团围住，细问经过。颠地也不隐瞒，照实说了一遍。最后，把林则徐让他捎给义律的话也讲了一遍。

义律听了，也不说话，只是拼命吸烟，两只眼睛不停地转动，屋子里静得可怕，众洋商的目光不约而同地射到义律脸上。义律终于开口说话了："全体集合！"洋商们愣了：差不多都来了，还集合干吗？"都到下边大厅里去，一个也不准漏！"谁敢再说话呀，一个个唯命是从地聚到大厅。没来到的，马上派人找来。不大工夫，大厅里就挤满了几百名洋商。

义律站在他们中间，环顾一下四周的人群："先生们，我经过慎重考虑，已想出个最好的办法。"洋商们以为他想出了什么妙策，不由一阵兴奋，齐声问道："快说！什么最好的办法？"义律淡然一笑："不论是谁，不论哪国的朋友，都要把所有的鸦片交出去！"

义律的话好像捅了马蜂窝，话音没落，大厅里就炸窝了。有些洋商冲到义律面前，把拳头举到他的鼻子尖上，大声吼道："这难道是最好的主意吗？见你的鬼去吧！"有的洋商顿足捶胸："这简直不可思议。照你说的这样做，我们会破产的，我们将会变成穷光蛋，沦为乞丐！"有的抹一把眼泪哭道："上帝啊，你太残酷无情了，为什么这么惩罚我们啊！"

义律却很冷静，当这帮洋商闹腾够了，才慢吞吞地解释道："诸位，听我说下去。鸦片，虽是黑色的金子，我也要你们交出去，这对你们当然是不幸的；对我来说，也是个耻辱，甚至有损于我们女王陛下的尊严。但是，大家也应该明白，林则徐这个人，和我们接触过的那些清朝官员完全不同，是非常强硬的。倘若我们坚持不交，不但难以脱离当前的险境，也会影响我们下一步的行动。因此，请大家把我的话当作命令，要毫不犹豫地去执行。"义律说到这里，停顿一下，重新燃着一支雪茄，猛吸了一口，接着说道："先生们，你们现在可能被将要出现的严重损失吓坏了。你们考虑的是将会倾家荡产，也许会变成要饭花子，一切美好的愿望将会化为泡影。可是，你们还应该看到，把鸦片交出以后，发大财的机会就会到来。我向诸位保证，你们所受的损失，将由女王陛下赔偿！"

义律的这几句话，好像给众洋商打了一针兴奋剂，一个个立刻眉飞色舞，又好像从中捞到了一根救命的稻草，把痛苦全都忘掉了。他们心情振奋，齐声问道："尊敬的阁下，这是真的？女王会包赔我们的损失吗？"义律很自信地说："当然是真的，我是代表女王讲话，是算数的！"一个洋商说道："义律先生，我是荷兰花星洋行的代办。请允许我打听一下，贵国女王也能赔偿我们的损失吗？"义律把腰一挺："当然能够赔偿，一视同仁嘛！"洋商们听了，热烈鼓掌。颠地似信非信地问道："义律先生，恕我直言，你的话能代表英国政府吗？"义律笑道："颠地先生，你太过虑了。方才不是说过，我是代表女王陛下说话的，难道还不能代表政府？要讲做买卖、发财，我不如你；要谈到政治，你就非常可怜了。我所采取的办法，从表面看是个损失；可是，我随后就要用相当严厉的措词向我们的政府报告，要求维多利亚女王陛下，派兵来教训这个国家，到那个时候，他们将要用十倍、甚至几十倍的代价，来包赔我们的损失！"义律说完，颠地和众洋商心情豁然开朗，个个脸上都露出满意的笑纹，把义律佩服得五体投地。

第二天，义律叫人开了一张交鸦片的清单，派了几名代表去见林则徐，表示愿把全部鸦片交出，并下了保证，做了具结，赔礼认罪。

这个消息一传出来，震动了整个广州城！老百姓们奔走相告，纷纷来到街头，敲锣打鼓，笑语欢歌，庆祝这一伟大胜利。

钦差大臣林则徐立即命令水师提督关天培负责收缴，把洋商交来的鸦片，全部运往虎门炮台，及时清点，及时封存，及时上报。

书要简短。在一八三九年，也就是道光十九年，从四月到五月这两个月内，一共收缴英国、印度、荷兰、葡萄牙、美国等商人的鸦片，二万零二百多箱，合计二百三十七万余斤。这个数字是何等惊人啊！这是禁烟运动的伟大胜利，也是对各国侵略者的沉重打击。

林则徐把鸦片收缴完毕，封存妥当，便给道光皇帝写了个奏折，奏明广州禁烟情况，请示对收缴的鸦片如何处理。

道光皇帝看了奏折心中大喜："哈哈哈哈！林则徐没有辜负朕的期望，树了国威，除了毒害，理当嘉奖。"他马上传旨，奖励了林则徐和其他有功人员，并传旨把所缴鸦片就地烧毁。林则徐接旨后，立即做了销烟的准备。

一八三九年六月三日这天，是值得我们永远纪念的日子。

这一天，虎门炮台人山人海，旗幡招展，鼓乐喧天，围观的百姓数以万计。在虎门炮台的高坡上，搭了一座帅帐，高挂着串串彩灯。帅帐中正上方，供着道光皇帝的圣旨和尚方天子剑，下前方设帅位。帅帐前摆着钦差大人的全套执事：立瓜、卧瓜、长枪、银戟、雁翎刀、金钺、铜斧；肃静牌、虎头牌、回避牌、官衔牌、旗罗伞盖，指、掌、权、衡。五百名御林兵分站左右，一个个身穿锦衣，肋挂弯刀，甚是威风。在帅帐左右，还搭起两座观礼台。左面台上站满了被邀请来的各界代表，右面台上都是在广州的洋商，有英国人、美国人、瑞典人、荷兰人、葡萄牙人、西班牙人等等。本来也邀请了义律、颠地前来观礼，只因他俩心怀鬼胎，没敢露面。

上午十点，林则徐率领广州文武来到虎门，在一片欢呼声和鞭炮声中，林则徐下轿，升坐帅位，邓廷桢、关天培、广东巡抚怡良、广州知府余保纯等人都入了座。

林则徐今天格外高兴，端坐在帅位之上，满面红光，神采奕奕。稍微休息片刻之后，问道："都准备好了没有？"关天培满面赔笑着回答："都准备好了，钦差大臣请看。"说着，用手指向海滩。

林则徐欠身一看，只见海滩上并排挖了六个大坑，呈正方形，每边长四丈五尺，深约九尺。靠海水那面设有闸门，可以把海水引进坑内。每个坑边都站着五十名水勇，手握长竿、挠钩、斧子、锄头，把一箱箱鸦片倒在坑里；还有许多人往坑里倒生石灰，然后用杆子把鸦片和生石灰搅拌在一起。在海滩上，鸦片箱子堆积如山，无数水勇持械守护。

林则徐看罢，连说："好，好，好！"马上传令道："关将军，传我的令，开始销烟！""是。"关天培手举大令，站在帅帐外高声喝道："钦差大臣有令，销烟开始！"

这真是"一声令下如山倒，兵随将令草随风"。水勇们听到命令，立即行动起来，忙绞起闸门，把海水灌入坑内。海水遇上生石灰，产生了高温，这大坑里就"咕嘟咕嘟"开了锅啦。气泡连成片，浓烟冲上天，被销毁的鸦片随着海水流入大海，什么也剩不下了。

据说过去也销毁过鸦片，方法是用火烧。烧的结果，鸦片由固体变成液体，这种烟液，一部分化为烟雾飘散，一部分则渗到地里。有些精明鬼儿就把渗进烟液的土挖出来，又炼出了不少大烟。对比之下，用海水和生石灰销烟，实在高明。

闲话少叙。人们看着把一箱箱鸦片倒入坑内，顿时烟雾腾空，变了质的废水流入大海。老百姓欢声雷动，洋商们瞠目结舌，中国人扬眉吐气，侵略者狼狈不堪。林则徐虎门销烟，震惊中外，流传千古。

书要简短。从六月三日开始，至六月二十五日截止，一共烧了二十三天，才把两万多箱，共二百三十余万斤鸦片销尽。

杨家将（选回）·调寇

作者：田连元
表演：田连元

　　大宋朝太宗年间，朝廷出了一件大事儿，这个事儿可真是震动百官轰动京城。什么事儿哪？皇帝的岳父——国丈潘仁美和八王千岁的御妹丈——杨延昭打起官司来了。杨延昭告了御状，说潘仁美在边关为帅，官报私仇，害死了他的父亲杨继业和七弟杨延嗣。为这事太宗皇帝派人把潘仁美拿获回京，御使府一审问，潘仁美说没这么回事儿，是杨延昭妄告不实，陷害皇亲。就在这良莠混杂、真假难辨的时候，问案的西台御使刘玉又被八王千岁给打死了。为什么哪？刘玉接受了正宫娘娘潘赛花的贿赂，被八千岁知道了，八千岁一怒之下，在金殿上一金锏就把刘玉的脑袋砸瘪啦！

　　这一来呀，潘、杨两家的官司谁也不敢问了。文武群臣全看明白了，这两家都有靠山。潘仁美是皇帝的岳父、皇亲国丈，他女儿潘娘娘在后宫十分受宠，谁敢审问他，弄不好娘娘在后宫给你说两句坏话就够你一受。轻者丢官，重者丧命。可你要真的向着潘国丈，杨延昭这边也惹不起。他是八王千岁的御妹丈，那个八王千岁赵德芳手里拿的那条凹面金锏受过皇封："上受君，下管臣，管龙子，与龙孙，管皇亲，管国戚，管武将，管文臣，代管三宫和六院，太监内侍与宫人，皇帝若有不正处，龙头之上还管三分。乱朝纲违国法者打死勿论。"这更厉害。西台御使刘玉就是"前车之覆"，满朝文武全在这儿"后车可鉴"，谁也不敢问这个案。不是这个说"才疏学浅"，就是那个说"低能乏力"，再不就说"体弱多病不胜此任"。宋太宗一看找不出问案的人来，他可就冲着八千岁来了："德芳，刘玉已死，无人接任，潘、杨之事，如何了结？"

　　这话里就透着埋怨，那意思是刘玉是我委派的，即使贪赃枉法了也不应当即打死啊，这回他死啦！这案还没人问啦！看你怎么办？

　　八千岁心里明白，那是什么人哪！拍拍脑袋顶，脚底板儿都动弹——都灵透腔儿啦！八千岁心想：你想难为我？难不倒！八王说："陛下，此案自有人审，自有人问，朝中无人，朝外挑选；朝外无人，州府挑选；州府无人，县镇挑选；县镇无人，庶民挑选。偌大中原，必有贤能。"

太宗一听，说："好，限你三日之期，速推荐问案之人！"说完话，皇上一甩袖子退殿啦！这里边可表现出了好大的不满意。

八王千岁哪，对圣上的神态并没计较，他现在急于要找一个清正廉明、足智多谋的官员来问这个案子。所以下朝之后他就把宰相王延龄找来了，两个人连夜到吏部府查找"清官册"。那年头那个"吏部"就相当于我们今天的组织部。这个"清官册"哪，大概就相当于我们今天的干部档案啦！

八千岁与王延龄两个人接连查找了三天三夜，脸也累瘦了，眼也熬红啦！到底找出一个能人来。谁呀？此人是山西霞谷县七品县令，姓寇名准字平仲，祖籍陕西华州寇家集，是进士的底子。王延龄曾是他的殿试考官。据王延龄回忆，此人当年曾被留在京都为官，但是因为他性情刚直不阿，直言犯上得罪了吏部尚书，被贬到霞谷县，那是一个穷乡僻壤灾害连年的小县。现在从"清官册"中看，寇准到霞谷县连做三任县令，共九年时间，百姓称颂他是官清如水，心明如镜，爱民如子，断案如神。为官期间，明察事理，善辨疑难，审过葫芦，问过黄瓜，打过城隍，拷过土地，霞谷境内，百姓无冤。

八千岁心想：审问潘、杨之案正需此人。第二天早朝，八千岁当殿举荐了霞谷县令寇准，当殿又述说了他善于断案的才能。皇帝一听啊，心想：黄瓜怎么审，葫芦怎么问？怕这都是一些夸张之词，不足为信。可是八千岁保荐了，就把他调来试试吧！于是太宗降旨，钦命内宫总监去办此事。老太监崔文带圣旨直奔山西霞谷县去调寇准进京。

总监崔文是太宗的亲信，经常不离太宗左右。这个人心广体胖，吃、睡俱佳，这回成了奉旨钦差啦！他这一出京，可把这一路上的地方官给折腾坏啦！从东京到山西霞谷县沿途的州城县镇都知道钦差大臣要从此路过，尤其是听说这钦差大臣是皇帝的亲信内宫总监——崔文，这可真是百年不遇的好机会。要把这位答对好了，升官晋级就他一句话呀！所以这些地方官们一个个都是使出全身的解数，拿出压箱底的本事，蹦着高地打溜须，跷着脚地拍马屁！

崔文为了行动方便，快去快回，只带了四十名亲随，各乘快马，所到之处，都是远接近迎，馆驿下榻，肉山酒海，珍馐美味。临走的时候，还得馈赠礼品，奉献特产。而且这一路上还是步步高，层层阔，饭菜越吃越好，东西越给越多，怎么哪？这沿途地方官员们都先打听啊：

"上一站一桌几个菜？"

"十八个。"

"那咱得二十四个。"

"临走的时候给的什么？"

"二百两银子。"

"那咱得给八根金条。"

这么一来，崔文这一道儿可就发啦！马褡套越来越鼓，腮帮子越来越横，几天的工夫，体重长了五斤半。出门儿劳累愣没掉膘儿。

明天就要到霞谷县了，崔文心想：寇准哪，我可是专为调你来的，这一路上州城县镇可是一处比一处接待的盛情，大概你也早有耳闻啦！这回看你怎么接待我吧！

为了让寇准早有个准备，崔文提前一天先让向导官张速、刘迟两个人到霞谷县送信，告诉寇准，我们明天午时左右到达。

第二天早晨起来，总监崔文带着一行人役催马赶路。鞭策坐骑，马荡烟尘，走了半天的工夫，已经到了晌午啦，远远望见霞谷县城。崔文带住丝缰："哼！先别走啦，你们往前边看看，看看迎咱们的队伍出来没有？我琢磨着他起码得迎出咱们五里地来！"

"是。"有两位小太监，带缰绳催坐马往前走了一段路，坐在马上把俩眼瞪得一般大，脖子伸老长，使劲往城门方向看了半天，最后瞪得眼泪都出来啦——没看见人。来到崔文的面前："回总监爷，一个人没有。"

"什么，一个人没有？不能吧？咱们再往前走走。"

崔文带着人催马又往前走了走，城门已经看得很清楚了。崔文说："这回再看看有人迎接没？"

"是！"众人一齐瞪大了眼睛往城门那儿看，看了半天，还是没人。正犯寻思哪，就见有两个人骑着马从城门里出来了。

"总监爷，就来俩人迎接。"

"什么？就来俩人迎接？"崔文气得鼻子差点儿歪了，心想：寇准，对待奉旨钦差竟敢如此慢怠，真是岂有此理，待我见你之面，决不轻饶！正想到这儿，一看这两位骑马到近前啦！崔文一瞧，气得鼻子眼儿差点儿朝上，敢情这人不是寇准的人，正是向导官张速、刘迟。

俩人下马在崔文马前跪倒："给大人见礼。"

崔文强压着怒气："怎么就你们俩来啦？寇准哪？"

"禀大人，小人从昨天到这儿就找，一直找到今天还没找着他哪！"

崔文一听这可是新鲜事，忙问说："你们没到他的衙门吗？没问问他的差役，他上哪去啦？"

"大人，您听我说呀！昨天我们一到这儿，就明白啦！这个地方，山多地少，土瘠民穷，经常受灾，别提多难啦！昨天我们一问，也不知是哪儿遭灾啦，寇准带几个差役下乡巡查，赈济灾民去啦！"

"派人找他去呀！"

"是啊！我告诉他们衙门里当差的快去找去，万岁爷的圣旨来啦，钦差大人驾到。

差役们分好几路下去找去啦，到现在还没回来呢！据他们说，这个寇准，下乡不坐轿，就拿腿走。也兴三天两天找回来，可也许十天半月找不着。"

崔文一听，嘿，真丧气，到这儿没找着人，怎么办哪？先住下等着吧。崔文说："张速、刘迟啊！住处安排好啦吗？"

张刘二位说："住处倒是安排好啦！"

崔文说："好吧！先到驿馆安身。"

张速、刘迟说："总爷，住处可有住处，不是驿馆。"

"那是什么呀？"

"大车店。"

"什么？大车店？"崔文气得差点儿从马上掉下来。"怎么？钦差大臣住大车店？"

张速、刘迟说："大人，您先别着急，听我说呀。他们这个地方，因为地处偏僻，又特别穷，州府官员从来不到这儿，更别说咱这奉旨钦差啦！所以原来的一座驿馆总用不着，四乡八镇做买卖的乡民又都没地方住，所以他就把驿馆给改成大车店啦！刚才县衙门值班的差役给咱安排啦，咱们住的是一流大车店。"

崔文心想：一流大车店能阔到哪儿去。不管怎么说，得有个栖身之处。说声："好吧！头前带路。"

张速、刘迟领着崔文等一行人走进了霞谷县城。这几十匹马在城中的大街上一走，百姓们一个个交头接耳低言悄语直议论："老哥，这伙人是哪来的？咱们怎么从未见过？"

"兄弟，你不知道啊！我看这伙人，穿的戴的，胯下骑的，一定是大地方来的。"

"你看他们那脸色跟咱们也不一样啊！又白又细还反亮光，你看当间那大胖子，都胖挣开啦！他们都是吃啥的？"

"兄弟，你不知道啊！他们这样人都跟咱们不一样，人家不啃窝头，也不嚼咸菜。"

"老哥，他们吃啥呀？"

"他们哪……我听说，他们把那大米饭先蒸熟了，用铁丝一个粒一个粒地都穿成眼儿，然后把牛肉晒干了，放小磨子上磨，磨出面来，加上五香材料面，往那大米粒眼儿里灌，然后再蒸……人家吃这个能长得不胖吗？"

跟着崔文的这些太监、差役们一看老百姓纷纷议论，直看他们，有的就说啦："总爷，这地方人可真土，拿咱们当狗熊看啦！什么都没见过，万岁爷怎么想起跑这儿调个县官来？"

"废话少说，快走吧！"

他们来到大车店门口，各自都下了马。店伙计赶紧从里边迎出来，把马全牵进去拴在槽头上。

崔文往院里一走，鼻子先紧起来啦！哪儿住过这样的店哪，院里带牲口棚的，收拾的再怎么干净也是有味儿呀！崔文心想："原想到这儿最好，没想到，到这儿最坏，真是倒了霉啦！"

来到上房之后，一看是大通铺，上边铺着席子。刘迟说："总爷，您在那边有个单间，我领您去。"刘迟把崔文领到隔壁一间屋子，崔文看了看这屋是青砖铺地，单人木床，一张桌子两把椅子，桌上有茶壶茶碗，再没有什么陈列摆设啦！崔文正端详这屋子哪，店伙计进来啦："客爷，您还有什么吩咐吗？"

崔文看了看店伙计，说："这屋子是你们店房里最好的屋子啦？"

"客爷，这是一等单间，跟您不客气说，上咱这儿拉骆驼的大客商也都住这屋子。"

崔文一听，把我跟拉骆驼的比一块儿去啦！又问："你们这吃饭有饭堂吗？"

"回客爷，咱这店里没有饭，不过挺方便，店门口对过就是饭馆，爱吃什么可以随便去买。"

崔文一听这回可好，出京这一道儿上，头一回自己买饭吃。崔文马上吩咐差役到对过饭馆买饭买菜回店里来吃。

吃完饭，崔文漱了漱口，信步来到店门口这一站，他想要看看这霞谷县的街面民情。崔文留心一瞧，这霞谷县别看穷，街面上买卖铺户倒很繁华……无意中往旁边一看，哟！这店门口还有个卖糖葫芦的。小伙儿看上去年纪在十七八岁，长得结实、憨厚，圆圆脸儿，一笑露出俩酒坑，还有俩小虎牙。满有人缘儿。身旁立着一个秫秸扎的糖葫芦架，上边插着不少糖葫芦，有山楂的，山药的，夹豆馅儿的，山药蛋儿的……五花八门儿，十分好看。崔文没说话哪，这小伙子先过来了："这位先生，您从哪儿来呀？"崔待答不理地说了句："从东京汴梁来。""哎哟，您这可是从大地方来的，到我们这儿来干什么呀？""有点儿事儿！"崔文心里有点儿不耐烦，心里说：瞎打听什么！这小伙儿没看出崔文的表情来，还在那搭言："我看出您是干什么来的啦！"崔文说："你看我是干什么的？"

小伙儿说："您从那么老远到我们这儿来，准是做买卖的。"

崔文说："你看我像做什么买卖的？"

小伙说："我看哪……咱这儿也不出什么，就出好醋，您大概是倒腾醋的。"

崔文差点儿让他给气乐喽："这么老远，我上这儿弄点儿醋，用不着。"

"那您大概是来收买驴皮的吧？"

"别胡说！"崔文心想：拿我当驴皮贩子啦。这小伙子接茬儿还问："那您到底是干什么的呢？"

崔文把脸色一沉："我是来调你们县太爷的！"

调我们县太爷？要调哪儿去？"

这是国事，你不要多问！"

"啊！是！"这小伙子这阵儿才知道，这个胖子敢情是个大官儿。小伙儿顺口又说了句："我们县太爷下乡巡查去啦！"

崔文一听心想：怪呀！这县太爷下乡连卖糖葫芦的都知道。他连忙问道："你对你们县太爷这么熟悉吗？"小伙儿说："熟悉，别说县太爷，就是县太爷的夫人我都熟悉，他们得意什么，厌恶什么，爱吃什么，爱穿什么，甚至连他们的生日时辰我都知道。"

崔文说："你怎么知道得这么详细？"

"这个……这个先不能跟您说，这是家事，您也别多问。"

崔文心想：噢，我刚才说国事，他现在说家事，在这儿等着我呢！

正这工夫，有小太监过来啦："总爷，茶给您沏好啦，请您用茶。"

"好。"崔文转身回到屋里，坐下之后刚要喝茶，店里掌柜的进来啦。掌柜的不知这是钦差大人，安排住店的时候也没跟他说，所以他出于一种好奇之心，过来要和这几位衣着举止与众不同的人攀谈攀谈。崔文也想从这掌柜的嘴里了解一下寇准其人。掌柜的进来坐下之后说："客爷，您到这儿是来干什么呀？"崔文说："找你们县太爷办点事儿。听说县太爷寇准官儿做得不错呀！"

掌柜的一听提到寇准，当时就站起来啦："客爷，我跟您说吧！现在这大宋朝所有当官的没有一个比得上我们县太爷的。这个知县，可以说百里挑一；不，千里挑一；不，一万个里头也挑不出一个来！干脆说吧，就是没有！"

崔文说："你们县令怎么这么好？"

"好就是好啊！人家做官，不贪不搂，为民做主啊！在我们这儿连任九年啦！三年一任，到时候老百姓就留，不让走，连着留了三回啦！不然的话，人家早就高升啦！这是个好官儿啊！霞谷县治理得路不拾遗，夜不闭户，衙门口没有打官司的，就这么太平。"

崔文说："我听说你们这县令不是审过葫芦，问过黄瓜吗？"

"对呀！有这么回事。"

"那怎么审，怎么问哪？"

"那是这么回事儿。我们这儿城北边有个宋庄。有个姑娘啊，夏天在她家葫芦架底下睡觉，家里人都干活儿去啦！来了个坏小子对姑娘要强行非礼，姑娘不答应，俩人就撕巴起来啦！姑娘把那坏小子的脸给抓破了一块，那坏小子一失手把姑娘给打死啦！他一看人死了，吓跑啦。姑娘的父母回家以后，就告到县衙门来啦！寇大人亲自到他家一瞧，发现姑娘手指盖儿里有一小块肉皮儿，寇大人把这一小块肉皮儿就包起来啦！寇大人说：'这个事是在葫芦架底下发生的，那葫芦一定知道是怎么回事，明天在你们村头的庙里审葫芦，让大家都来听堂。'这下子第二天那大庙里人山人海的，谁都想听听怎么审葫芦。人到齐了之后，寇大人把葫芦摆到桌子上啦！他手指着葫芦说：'葫芦啊葫芦，有人在你跟前行凶杀人，你为什么不管，你为什么不说？今天如要包庇凶手，本县一定要打你四十大板。'他说完话，凑到葫芦跟前仔细听了听，然后说：'好了，葫芦告诉我啦：凶手就在眼前，谁也别走啦！'于是寇大人让差役把住大庙的门，他自己搬把椅子在庙门口一坐，让看热闹的人一个一个在他面前走过去。走着走着，寇大人一下子发现一个年轻的，神色慌张，脸上破了一块。寇大人把他就拦住了，他从纸包里把那块肉皮儿拿出来往那人脸上一对，形状正好。寇大人说：'你就是凶手，今天就审你！'当场一问，果然就是这小子干的。所以就传开啦，说寇大人会审葫芦。"

"噢……"崔文听完连连点头，暗想：这个寇准倒是有点儿智谋。接着又问道："那么他是怎么问的黄瓜呢？"掌柜的眉飞色舞地说："要提问黄瓜呀，那更有意思啦！"说到这儿，从外边跑进一个人来，正是在门口卖糖葫芦的那小伙儿，他进屋之后冲着崔文说："先生，您不是找我们县太爷吗？我们县太爷回来啦，带着人奔这儿来啦！"这小伙说完，转身跑出去啦。崔文心想：这小伙儿倒是热心肠，先给送信来啦。掌柜的一看先别讲啦，转身出去啦。此时张速、刘迟二人进来说："总监大人，寇准刚刚从乡下回来，听说钦差大人住在这儿，马上带人来啦，他现在院子里等候传见。"

崔文说："让他进来！""是。"张、刘二人转身出去。崔文正衣襟端然稳坐，先把官架子摆在这儿。此时听外边有脚步声音，门帘挑处，走进一个人来。此人年近四十，中等身材，四方脸，两道长眉，眉梢微挑。一双阔目，看他那眼睛真可以洞察世事，观测人间。鼻直口正，三绺短须，面容上略显清瘦，眉宇间正气凛然。头戴乌纱，纱帽上顶着乡间的尘土；身穿官袍，袍服上补着褪色的补丁。脚下穿的这双鞋，前边打着包头儿，后边钉着后掌儿。走进屋来，恭敬而立。崔文心想：这身穿戴可够寒酸的啦！张速随后进来，说：寇准哪，这就是奉旨钦差大人，内宫总监千岁爷，官讳崔文。"寇准急忙撩袍跪倒："卑职霞谷县令寇准寇平仲与钦差大人见礼。有失远迎，望乞恕罪。"

崔文听寇准说话这口音，是山西和陕西两相合一的一种味儿，说道："免礼，免礼。寇准哪！咱家今奉圣上旨意来到这里，你准备在什么地方接旨啊？这大车店里污秽不雅，亵渎圣君哪！"

寇准忙说："钦差大人，卑职巡查未归，不知大人住在这里，我看还是请您住到我的县衙之内吧。那里有几间闲房，虽不高雅，但也清静。至于圣旨到此，依卑职之见，还是到县衙大堂宣读，不知大人意下如何？"

崔文心想：这地方不能久住，我也别搬家啦！看寇准这身穿戴，这官也够穷的，他那衙门口的房子也好不到哪儿去。崔文说："寇准哪，别的甭说啦！先到你的县衙接圣旨吧！"

"是！大人请！"寇准转身往外走，崔文随后跟着。来到这大车店的门口这一瞧，外边还放着一乘轿子，站着几名差役。崔文暗想：这一定是寇准的轿。仔细一看这轿啊，顶上补着颜色不同的补丁，早补得晒捎色啦！刚补的色还新鲜；轿身子原色什么样已经看不出来啦。现在看着是灰不灰，黄不黄，紫不紫，绿不绿这么一种综合色。轿杆共分四头，有一头已经断啦，对上茬儿拿铁丝又绑上的。轿帘挑起，好像在那儿恭候主人。

寇准转身拱手："钦差大人，请您上轿。"崔文心想：让我坐这个轿啊！轿杆是接茬儿的，我这大块儿要上去之后，走半道"咔巴"一声再压折了，还不得把我鼻子给撞破喽！我别冒这险啦："寇准哪！我要坐轿，你怎么办哪？"

寇准说："大人坐轿，卑职步行。"

崔文说："贵县步行，我于心不忍哪！"

寇准说："大人不知，卑职在此为官，很少坐轿，此处山高路险，我多用步行，腿脚早都练出来啦！"

崔文心想：我出东京走了一路，还没有一个不爱坐轿的县令呢！这个寇准是有点儿怪。崔文说："寇准啊，我看这样吧！你坐你的轿，我骑我的马吧！"寇准说："那可慢待了大人。"

崔文说："接旨要紧，快点儿吧！"寇准说："那就委屈大人啦！"

当时崔文带人役都上了马，寇准上了轿，一同来到县衙门。大堂上早已打扫干净，崔文到大堂正坐，说道："寇准接旨。"寇准赶忙跪在堂前，听候宣读。崔文在上面宣读道："奉天承运皇帝诏曰：钦命内宫总监崔文调霞谷县县令寇准来朝，敕赐重委。钦此。谢恩。"

寇准口呼万岁，行罢大礼，把圣旨供到了大堂之上。

寇准说："钦差大人，远路而来，鞍马劳累，我看请到寒舍，卑职薄备水酒几杯，叙谈叙谈吧！"

崔文心想：看寇准这寒酸相儿，也摆不出什么像样的酒席来，我去应付一下，赶快让他随我进京得啦。崔文就留下两个小太监，余者都告诉他们回大车店自个儿花钱吃去吧。寇准说："到后边吧！我都准备下了，反正都是家常便饭。"崔文说："算了吧！有我就全有啦！"寇准说："如此说来，大人随我来。"崔文带着两名小太监随寇准离开大堂，直奔寇准的家宅。寇准的家就在县衙的后院，三间正房，一明两暗，草顶、坯墙、砖地基，外围夹的篱笆院儿。进了篱笆门儿，两边是菜园子地。寇准在前边走边说："大人，这就是卑职的寒舍。"崔文心想：是啊，够"寒"的啦！这是个穷县令啊！

崔文跟寇准走进了上房屋，进了东里间一看，有一张桌子两把椅子，都很旧。旁边有一张床，床侧有一个书架，摆了不少书。迎门在墙上挂了一轴画，上面画着一个妇人正在那儿做针线活儿，一个小孩儿正伏在桌子上，在一盏油灯的光亮之下用心攻读。画的右上角，正楷题写了一首诗："孤灯课读苦含辛，望儿修身为万民。勤俭家风慈母训，他年富贵莫忘贫。"崔文看完之后，站在这里品味了一会儿诗意，说："寇准哪！这画和诗是哪位的大作呀？""大人，画上的小孩儿就是我，另一个就是家母，这是我幼时课读的情景。诗乃是当时家母所作，如今她老已不在世，故书画高悬，严训不忘。"

崔文点了点头："看来，令堂是一位贤母，县令也是一名孝子。"

寇准说："大人请落座。"说着话，用袍袖掸了掸椅上的尘土。这椅子座上有一个钉子帽儿冒出来啦，寇准这袖子口也糟啦，"哧啦"一声，把袖子给刮开了个大口子，还有半连着。寇准一瞧笑了，自言自语地说："别难舍难离的啦，分开吧！"用手一扯，这一块全下来了，扔啦。崔文想：这件袍子也够年头啦。崔文坐下之后，寇准冲后院喊了一声："寇安哪！"随着一声答应，走进来一个十五六岁的小男孩儿。这是寇准的书童。"大人，您叫我有什么事？""去，搬个凳子来。""是。"寇安由外边搬进一个长条板凳。寇准让二位小太监也坐下，然后问寇安："夫人活儿干完了吗？你去告诉她，就说客人来了。"

寇安说："大人，我们夫人豆腐还没压完哪，我这就去催催她。"转身出去啦。

崔文一听：县官请客，还得官太太压豆腐啊，这可太难啦！

寇准说："大人，您先坐着，我去给您炒菜。"崔文一听：嘿！县太爷自个儿下厨房啊，长见识。

出去之后，俩小太监互相看了一眼，吐了一下舌头。崔文冲他俩使了个眼色，意思是说，少说闲话。

时间不长，寇准回来了，书童寇安忙着往上端菜：一盘炒豆腐丝儿，一盘煎豆腐干儿，一盘熘豆腐块儿，一盘鸡刨豆腐，一个凉菜——小葱拌豆腐。最后寇准又拿出俩鸭蛋来："钦差大人，这咸鸭蛋就剩这两个啦，咱俩一人一个吧！"说完把鸭蛋皮打开一个，有一个还是黑黄儿。寇准说："这个黑黄的给我，我爱吃这样儿的，这个好黄儿的给您。"把鸭蛋放在崔文面前啦。这时候寇安从外边搬进个小酒坛来，拿了几个酒杯，把酒斟上，放在崔文和小太监面前。寇准双手举杯说："钦差大人，卑职为官清贫，没有什么佳肴美味为大人接风，淡饭粗茶，略表心意吧！"

崔文心里说，这可真是淡饭粗茶，我都掉到豆子地里啦！这纯粹是"豆腐席"。崔文想：这个寇准真就穷得这个样儿啦吗？同样的县令，同样的俸禄，怎么你就穷这样儿呢？噢！你这是成心向我哭穷啊，吝啬之徒！好吧，这回我寒碜寒碜你。崔文把酒杯举起来，呷了一口酒之后放下酒杯，说："寇准哪，贵县除了豆腐之外还有卖别的东西的吗？"寇准听出来啦，这话里有刺儿，回答说："钦差大人，霞谷县卖什么的都有，不过那是在饭馆里卖，卑职吃不起呀。今天这豆腐菜，不是年节我们也不吃。大人你还不知道，那受灾的百姓啊，他们年节也吃不上这豆腐菜呀！"

崔文说："看来你这个县官当的也真不容易，过年过节才能吃着豆腐，今天咱家给你凑几个菜。"说着话掏出十两银子来："派人上街上买去！"

寇准也没推辞，让寇安拿着十两银子买菜去啦。

崔文心想，此番出京一路之上，都是别人给我银子，没想到，到这个倒霉的霞谷县，我先赔进十两去。

寇安去不多时，把菜买来啦，煎、炒、烹、炸，十几个大盘儿，借个食盒提回来的。菜往桌子上一摆，这桌子面还有点儿摆不开啦。崔文说："来呀！把桌子往外拉一拉，四面坐人还显得宽敞点儿。"崔文伸手刚要搬桌子，寇准说："大人慢动，这个桌子三条腿儿，有一条腿在墙里钉着呢，拉出来就站不住啦！"

崔文哈腰一看，果然，墙里钉个木橛子，拉着桌子面儿。崔文暗想：看来他这个穷不是装的，木橛子都是旧茬儿，桌子早就这么摆的，这位是真穷啊！可他怎么就至于穷到这样呢？真是令人难测。

崔文只好说："好吧！就这么对付着喝吧！"

酒过三巡，菜过五味。寇准说："钦差大人，不知圣上调卑职进京为了何事？"

崔文说："寇准哪，这是你一步大运哪！这步运你要走好了，你可就阔了；你要走不好啊，可也就完了。圣上调你是因为听说你善于断案，这是八千岁的举荐，万岁爷降旨调你去审问潘、杨两家之事……"紧接着崔文把潘、杨两家的案情粗略地向寇准说了一遍。然后说："寇准哪！这个案子问好了能升官，问不好能要命。一个是万岁爷的岳父，一个是八千岁的妹丈，你有胆子问吗？"

寇准微微一笑，说："大人，卑职为官，一向是以理断案，不问身世，别说是潘、杨两家，就是天爷爷和地奶奶打官司，我也照样敢问，谁犯法我惩办谁，有道是王子犯法，与庶民同罪！"

崔文一听，暗想：这个寇准是个好样的，难怪八千岁查了"清官册"才把他给查出来，真有点儿胆子。

"寇准，今儿个你收拾收拾，明天咱们就得动身了，你先跟我走，家眷随后再说，圣旨调你是刻不容缓哪！明天咱们在哪儿聚齐呀？"

寇准说："大人，明天您就在大车店里等我吧，到时候我去找你。"

"好吧，尽早启程啊。"

崔文在这儿吃喝完毕，带着两个小太监回大车店。到了第二天清晨起来，崔文等寇准一等不来，二等不到，怎么回事呀！快去看看。打发两个小太监上寇准家去了。不多时，两个人回来了："禀总爷，寇准说今儿个不能走啦。"

"为什么不能走啦？"

"不知道，我问他，他不跟我说，他就让我告诉您再等一天，明日登程。"

崔文一听气得够呛，昨天说得好好的，今天又变卦啦！"我去看看！"

崔文带着两个小太监，二番来到寇准家。门外下马，走进屋一瞧，寇准在那儿正收拾东西呢。箱子里收拾出两个包袱，还有几件衣服，寇准正在那儿一件一件地抖搂呢。崔文心想：这位是想卖估衣怎么着，忙说："寇准哪，你干什么哪？咱们该走啦。"

寇准说："大人，今天恐怕走不了啦，你得等我把衣服当了之后再走。"

崔文一听,强压着火儿,暗想:这个人真怪,要上路啦,他想起当当来啦。

"寇准哪!你这当当的事交给别人代办不行吗?非得等你亲自去吗?"

寇准说:"大人有所不知,卑职在霞谷县为官,欠下人家不少银子,现在我要走了,我得把欠人家的账还了,不然我走了,人家不得戳我的脊梁骨啊!"

崔文说:"寇准哪,这事可怪啦,你是县令,月有俸禄银,你们家年节光吃豆腐席,桌子都三条腿,还拉这么些账,这钱都花哪儿去啦?"

"大人你不知道,反正这钱都有去处。我算了算,这两包袱衣服都当了还不够还账的。我再琢磨着卖点儿什么,把钱给人家凑齐了,还完账咱们明天再走吧。"

崔文说:"行啦!你该人家多少账啊?"

"钱倒不算太多,也就是三十两银子吧。"

"行啦!你别当衣裳啦,我给你还账。来呀,给他拿三十两银子。"崔文这一吩咐,两个小太监赶紧拿过三十两银子来,当面交给寇准。寇准接过银子说:"大人,燃眉之急,您解囊相助,谢谢您啦!不过这三十两银子算我借您的,到了东京汴梁,倒下手来我再还您。"

崔文说:"算了吧,别还啦!"崔文心想:活该我倒霉,净往里搭钱。昨天吃饭十两,今天又三十两,前后四十两啦!

寇准把钱交给书童寇安,让他去逐一还账。寇准说:"大人,这回咱们可以马上动身了。"

崔文瞧了瞧寇准,还是穿的昨天那件带补丁的官服:"你这是进京朝见圣驾呀?把衣服换换哪!"

寇准说:"还换什么衣服,这一身就是最好的啦!"

"没有不带补丁的吗?"

"有一件没补丁,上边有三个窟窿。"

崔文一听:废话!窟窿比补丁还难看。"寇准哪,你做一件新的不行吗?"

"我哪儿来的钱做新官服,账还还不起哪!"

崔文说:"行啦!今儿个咱不走啦,你们霞谷县有裁缝没有?"寇准说:"那倒有啊。"崔文说:"马上连夜赶制一身新官服,我拿钱。来呀,再给他拿十两。"崔文心想:前后五十两啦!

寇准说:"大人,这十两也是我借的,到时候一块儿还。"

崔文说:"先别提还不还啦,做衣服要紧。这回咱可定好了,明天一早动身。"

"好好,明天一早我去大车店。"

崔文说:"不用啦,明天一早我到你家门口来找你吧,再有什么事儿,我好给你想办法。"

就这样,崔文和两个小太监,回到了大车店。转过天来,一行差役都收拾好了,崔文带着他们骑着马来到寇准的家门外，一看这回寇准可准备好了。马备好，东西准备齐了。崔文一看，寇准还是穿的昨天那身带补丁的衣服。崔文心想：昨儿个我给他那钱，他又还账啦？怎么衣服没换哪？

"寇准哪，衣服怎么没换哪？"

寇准说："钦差大人，衣服已经做好了，在马褡套里放着呢，等到东京汴梁我再穿。早穿上再磨旧了呢？"

崔文心想：真是小庙儿的神仙——没见过大香火，做身新衣裳都舍不得穿。这工夫，寇准的夫人由院里出来了，领着一个四五岁的孩子，给寇准送行。寇准先让夫人给崔文见了礼，然后他向夫人说："我此去东京，是审理一件大案，吉凶祸福很难预料，你在家里好好照料孩子，没事儿常打听着点儿，我也常派人给你送信。我要是安然无恙，这便是咱全家的福分；我要死了，你也不要为我守节，带着孩子再醮一家，我于九泉之下，为你母子祝福。"

崔文一听，这寇准把后事都安排了，这回到东京是玩命去的，好厉害。

就听寇夫人说："官人何出此言，愿你此去诸事如意，我母子在家为你焚香祷告，求助神灵……"

寇准告别了妻子，牵着马离开了家门。崔文和他刚刚走到衙门口这儿，一瞧，全堂衙役都在这儿等着哪！见寇准一到，"呼啦"，跪倒一片："小人给大人见礼。大人您要高升啦！小人给大人送行。"

崔文一瞧，这衙役们眼里都含着泪水。哎呀，这个穷县令人缘儿不错呀！这些个当差的跟他，都还难舍难离的。在寇准让这些差人给钦差大人见礼的时候，崔文问他们："你们跟你们寇大人都几年啦？"

这个说："我三年。"

那个说："我五年。"

"………我七年。"

"我九年……"

崔文说："寇大人待你们挺好啊？"

差役们说："钦差大人，不是寇大人待我们好，是寇大人待我们霞谷县好。我们寇大人到霞谷县来当县令，头三年打官司的挤满门，后三年大堂上没有人，最近这三年老百姓睡觉都不插门。我们这个地方，来了多少县官都待不住，嫌这儿穷，说这儿是穷山恶水，泼妇刁民。寇大人来了之后，我们这儿成了青山绿水，安善良民啦！今天大人要走啦，我们怎么能舍得呀？"崔文心想：这寇准看来还真有点儿本事。

寇准说："差役们，我寇准在此为官九年，多有对你们不起之处，今日告别，还望你们海涵。再有新大人上任，你们都要尽心竭力为民办事。"

"大人，您的话，我们都记住了。"

崔文说："寇准哪，咱们上马吧！"

这句话说完，还没等认镫扳鞍，再看这大街上，男的、女的、老的、少的都出来啦。整个街筒子堵严了。买卖铺户把桌子搬出来，饭馆门口把酒坛子摆上……道两边，有端茶的，有端酒的，还有端点心盘儿的："寇大人，听说您要高升了，喝一碗霞谷县的水吧！"

"喝一杯霞谷县的酒吧！"

"尝一尝霞谷县的点心吧！"

"到了东京可别忘了霞谷县的老百姓啊！"

寇准连说："谢谢，谢谢，多谢乡亲父老，这水我要都喝了，肚子就装不了啦；酒要都喝了，就醉躺下了；点心要都吃了，撑得就不能动了。这样吧，我眼睛一看，就算也吃啦，也喝啦！"

百姓们一听都乐啦："寇大人，您这一走啊，我们再也听不着您这有意思的话啦，寇大人有话您多说两句吧，等您走了之后，我们好多谈论谈论……"

崔文在旁边愣啦：这是怎么回事？一个县令调走在全城会引起这么大的举动吗？这个寇准可不是一般的人。正在他思虑之时，就见前边来了一帮人，为首一个老者，白发银须，体态健壮。老头儿旁边有两个小伙子搭着一个金盘，托盘上一块红绸子盖着鼓鼓囊囊的东西，不知是什么。这老头儿来到寇准跟前，"扑通"，给寇准跪下啦。寇准赶忙用手搀扶："老人家，您这么大年纪啦，怎么能给我下拜呀？有话请讲。"

老头儿说："寇大人，听说您要走啦，全霞谷县的老百姓托我见见您。您在霞谷县连任三任，为官九年，不是我们留您，您早该高升啦。这九年时间，您为我们霞谷县的人，操碎了心，熬尽了血呀！霞谷县的人富了，大人您家里穷了。您是爱民如子，两袖清风啊！平常给您送一个大钱的东西，您都不要啊。今儿个您要走啦，我们老百姓给您凑了俩钱，买酒不醉，买饭不饱，路上您留着零花用吧。钱虽不多，这可是我们霞谷县人的心哪。"

老头儿冲旁边一摆手，俩小伙子抬着那托盘过来了。红绸子一掀，里边露出了雪花白银五百两。

寇准说："老人家，霞谷县百姓的心情我领了，这五百两银子我不能要。您不说我两袖清风吗，这银子我要拿着，袖子里清风就进不去了，我谢谢乡亲们吧，银子请拿回。"

老者说："寇大人，这银子您得收，因为它原来就是您的。"

"怎么是我的呢？"

"寇大人，您在霞谷县为官九年，俸禄不少啊，可您的钱都花给老百姓啦。霞谷县没人管的孩子，您给收养起来；乡间农民受了灾，您给发放赈济；国家赈济不够，您把自己的俸禄银子也往里搭；哪家买卖铺户要黄了，困危之中您给拿钱凑本儿。谁都知道钱好花，大人的钱也不是白捡来的，您在这儿怎么都好说，今天您要走啦，这可得欠债还钱，大伙不能欠您一个人的钱。"

崔文在旁边听到这儿，心中一动：怪不得这个县令他这么穷啊，钱都为百姓花啦。他欠别人的三十两银子，也一定是为公所致。崔文自觉脸有点儿发烧，暗想：我来这一路，搂了多少？看人家，白给都不要，恐怕大宋朝的官里，这位是独一无二啊！

寇准一看，不收钱这老头儿就不能让走，只好回头把给他送行的县衙师爷叫过来，说："你把银子给我收下，最近红柳集遭灾很重，乡民粮食缺少，面临饥困，把这五百两银子送到他们那里吧！"

师爷说："是。"过来接过银子。

崔文在一旁暗暗赞叹不已。寇准收下钱啦，刚要往南走，见前边又来了一帮人，又把他给截住啦。有人抬着一个锦幛——又叫万民旗，上边绣着四个大字："惠爱及民。"另有一块万民匾，上边刻着四个隶书大字："明镜高悬。"有一个人在前给寇准见礼以后，说明来意："我们给您送上万民旗、万民匾的，这您可得收着，这是百姓的呼声。"

寇准说："好吧！我受之有愧，但这是黎民所望，准当竭力尽职。"人役把匾和锦幛接过来了。这时候人群中走过一个四十来岁的中年人，手捧着一个包袱："寇大人，听说您要进京啦，还穿着这么一身衣裳，上边带着补丁，老百姓过意不去呀！我们连夜给您赶做了一身新衣、新帽子，您把它换上吧！不然的话，到了东京，人家会笑话我们霞谷县人的。"

寇准说："好，这衣服……"

"寇大人，您放心，这衣服不能白给您，不过也不能给钱，用您现在这身衣服换。您穿上新的，替下这身旧的给我们留下，我们要把大人这身衣服挂在霞谷县大堂之上，只要看见这衣服就想起您来了，给我们留个纪念。"

寇准说："这……"

"您就快换吧！"说着话乡民过来七手八脚地帮着寇准把衣服、鞋、帽子全换上啦。寇准换上新官服之后，这才又往前走，百姓们顺着大街在后边跟着。寇准说："众位，送人千里终有一别，你们要把我送到什么地方去呀？要不都跟我上东京去得啦！"

大伙说："寇大人，我们就送您到城门那儿，再不远送。"寇准说："好吧！那你们就送吧。"人们一边送一边议论。这个说："寇大人您保重。"那个说："寇大人您再回来吧！"有位七十来岁的老太太拄着拐杖也来啦："寇大人哪，您这回做大官啦！我早就说啦，您这样的官啊，非得越做越大不可，我儿子要没有您给断清了啊，说不定早就冤死啦！别人做官损阴功，您做官积德行呀！您这回走了，一早一晚的来串门儿啊！"

旁边有人笑着说："大娘，一早一晚可来不了啊，寇大人上东京啦，一千来里地哪！"

"啊！那么老远哪！那好，我烧香念佛，保佑寇大人平安无事。"

寇准说："我如有时间，一定再来看您。"

"好啊，好啊！"众人边说边走，众星捧月一样把寇准送到霞谷县城门外。寇准一转身："众位父老乡亲不要送啦，再送我就不能上马了。"

众人都站住了："好吧，寇大人，我们不送了，愿大人您一路顺风。"

寇准冲着众人一抱腕："诸位乡亲对寇准如此爱戴，寇准今生铭心镂骨，没齿不忘。告别之际，请受我一拜。"说着话，寇准一撩袍服，双膝跪下。这下子可了不得啦，"呼"一下子，老百姓跪倒了一片，男的、女的、老的、少的都哭啦。寇准泪水也夺眶而出，就连总监崔文眼泪也下来啦，他也受感动了。如此官民之情，真是见所未见，闻所未闻。崔文心里说：这可真是个清官哪！

寇准与众人站起来之后，大伙儿说："寇大人，您上马吧！"寇准扳鞍认镫上了坐马，与崔文和一班人役，缓辔而行……

城门这儿的老百姓还站在那儿依依难舍。有人提议把寇大人换下来的靴子挂在霞谷县的最高处——城头的旗杆斗里，借一句吉言——平步青云，指日高升。大伙说好，"唏里呼噜"上去几个小伙子，真把寇准的靴子给挂到旗杆斗上了。此时城上城下的百姓一齐高喊："寇大人一路保重！"寇准在马上连连回头招手……正这时候，就听后边有人喊："大人留步！"崔文一瞧，是在大车店门口卖糖葫芦的小伙子来啦，扛着糖葫芦把子，上边插着不少糖葫芦，跑得上气不接下气，来到寇准的马前，说："大人……您……慢走！"

崔文又想起在店房门口和这小伙子的那番对话啦，说："寇准哪，你和他怎么这样亲近呢？"

没等寇准说，这小伙子接过茬儿来啦："这位大人，您不知道，我叫吴小计。寇大人到霞谷县那年，我正在街上要饭。我自幼父母双亡，无亲无故，那年一个大雪天，我在人家门洞里眼看要冻死啦，是寇大人把我救过来的；知道我的身世之后，又是寇大人派人抚养了我，他老人家拿钱供我吃穿。我长大了，能做小买卖了，这才离开寇大人。他老人家就是我的重生父母、再造爹娘，今天听说寇大人要走，我连夜蘸了五十只糖葫芦，给寇大人送来啦，在道上您吃它能败火。"

寇准说："崔大人，这个糖葫芦我收下啦！在道上咱们慢慢吃吧。"

崔文命差役把糖葫芦把子接过来。此时这小伙子在寇准马前扑通一跪，说道："寇大人，今天您走了，也不知何年何月再能见面，我在这儿，多谢大人养育之恩。"说完话，嘣嘣嘣磕了三个响头。寇准说："小计呀，回去好好经营买卖，你我自有相见之日。"

"好吧，大人您马上登程吧！"

寇准一举打马丝鞭，与崔文等人直奔东京汴梁，才引出一段：龙楼朝圣，夜审潘洪。

巧立名目

作者：牛　群、李培森、李立山

表演者：牛　群、李立山

甲　有这么一句话，你知道吗？

乙　哪一句话呀？

甲　叫作："无理走遍天下，有理寸步难行。"你看那个话——

乙　哎哎！你这句话说错了。

甲　哪儿错了？

乙　说颠倒了。

甲　颠倒了？

乙　你再想一想。

甲　啊，对对对，应该是"有理寸步难行"。

乙　"无理走遍天下"。

甲　这就对了！

乙　不对！

甲　这又不对？

乙　你再掂量掂量这话，掂量掂量。

甲　这话该怎么说呀？

乙　应该说："有理走遍天下，无理寸步难行。"

甲　啊！对对对对！话虽然是这么说，我不敢苟同呀！

乙　为什么呢？

甲　无理，无理咱要想法找出理来，不照样也能走遍天下吗？

乙　没这样的人。

甲　我们科长就办得到。

乙　是吗？

甲　我给你举例子呀。

乙　你说说我听听。

甲　我们科是一个科长，三个秘书。

乙　四个人在一个办公室。

甲　那天我们仨一合计，想出去吃顿烤鸭。

乙　好呀，那就吃去吧。

甲　你给钱呀？

乙　凭什么我给钱呀？

甲　这得让公家掏钱。

乙　吃公款。

甲　哎！

乙　这个事可不合理。

甲　这话要到我们科长嘴里就太合理了。

乙　是呀？

甲　我说，科长，大伙儿肚子里头可没油水了，咱能不能出去吃顿烤鸭？

乙　那科长怎么说呀？

甲　（学科长带有浓重乡音的口气）"打个报告吧。"

乙　怎么吃烤鸭还打报告呀？

甲　"名正则言顺嘛。"

乙　堂而皇之！

甲　"是的呀。"

乙　那吃烤鸭的报告可怎么打呀？

甲　"好写，报告这样写，领——导，冒号！"

乙　哎，你稍等稍等，刚才你那"领导"后面的是什么？

甲　两个点，两个点，冒号。

乙　敢情是标点符号啊！

甲　"为了解决群众肚子里的油水问题。"

乙　啊？！

甲　"这个提法是不是欠妥呀？"

乙　哎呀，这个欠妥倒提不到。哈哈，这是胡说八道呀！

甲　"不要焦急，理由总是有的呀！"

乙　怎么办呢？

甲　"吃烤鸭是不是？"

乙　吃烤鸭。

甲　"烤鸭，把这个鸭子烤得焦黄焦黄的，咬一口吱吱冒油，哈哈。"

乙　吃烤鸭嘛!

甲　"咱们中国人是最爱吃烤鸭的了。"

乙　中国人干吗？这外国人他也爱吃烤鸭。

甲　"外国人也爱吃烤鸭？"

乙　那可不是吗!

甲　"那这个烤鸭里面就有一个世界和平问题。"

乙　世界和平问题？

甲　"报告这样写。"

乙　怎么写呢？

甲　"领——导，冒号！"

乙　他这个记得倒熟。

甲　"为了促进全人类的大团结，为了保卫世界和平，我们急需吃一顿烤鸭。"

乙　什么！这个吃烤鸭跟世界和平有什么关系呀？

甲　"这个鸭子象征着和平嘛。"

乙　这个鸭子怎么会象征和平呀？

甲　"你这个同志怎么没有政治头脑呀？"

乙　那你说说我听听。

甲　"每到重大节日，天安门广场上，扑扑啦啦，扑扑啦啦，飞的都是鸭子。——啊，那，那是鸽子是不是呀？"

乙　这是什么人呀!

甲　"吃烤鸭的报告是最难打的啰。"

乙　敢情他也没辙!

甲　不要焦急，理由总是有的。

乙　这怎么办呀？

甲　"吃烤鸭是不是？"

乙　对对对。

甲　"今天星期几呀？"

乙　稀里糊涂，你查日历!

甲　我一看，星期四。哦，下面还有一行小字。

乙　写着什么呀？

甲　"巴甫洛夫诞辰139周年。"

乙　还是个纪念日。

甲　"谁的诞辰？"

乙　巴甫洛夫。

甲　"谁？"

乙　巴甫洛夫！

甲　"好！就吃他了！哈哈………"

乙　吃？！

甲　"巴甫洛夫学说嘛！条件反射嘛！"

乙　是？

甲　"就是拿那个狗做试验，要那个狗流那个——哈喇子！"

乙　条件反射嘛！

甲　"烤鸭！烤鸭！我都流哈喇子了！"

乙　把他的馋虫也勾出来了。

甲　"好！报告这样写。"

乙　怎么写呢？

甲　"领导——"

甲　（齐声）"冒号！"

乙　我也会了。

甲　"为了尊重知识，尊重知识分子，为了进一步推动科普活动的深入开展，为了纪念俄国著名生理学家巴甫洛夫诞辰 139 周年。"

乙　多少理由呀！

甲　"我科决定，在全聚德烤鸭店举行隆重的纪念活动，拟订预算——哎，十只烤鸭多少钱呀？"

乙　几只？

甲　一二三四五六七八九十呀！

乙　你们四个人吃十只烤鸭，你吃得了吗？

甲　"吃——不了，兜着走呀！"

乙　啊，好算，35 块钱一只，十只，350 块。

甲　"再加上 40 块钱的酒钱。"

乙　喝 40 块钱的酒呀？

甲　"喝一点好酒嘛！"

乙　390 块。

甲　"拟订预算，390 元。"

乙　嗐，390元，干脆，写400块钱来个整。

甲　"唔，国家的钱不要浪费，省一点是一点。"

乙　嘿！亏他还说得出来！我说就这个报告人家领导上能批吗？

甲　"啊！那天的烤鸭是蛮好吃的呢！"

乙　那是批了。敢情你们打报告是净蒙你们上级领导呀！

甲　对上级领导该蒙的时候，还是要——不过，你们对我可不能蒙呀！

乙　啊！这点儿心眼儿都长这儿来了。我说，你们拿着公款这么巧立名目大吃大喝，愣没人管你们？

甲　没人管？这事不知道怎么让上级纪委知道了，责令我们科长公开检查。

乙　太应该了！我看你们的科长怎么给大家交代！

甲　"同志们！师傅们！各位师傅！各位同志！各位领——导！冒号！"

乙　啊？

甲　"大家欢迎我作一个检查。"

乙　不是欢迎，是责令。

甲　"检查是可以的，领导干部嘛，有了错误就要检查，错误总是难免的，问题有一些属于误会，需要解释一下。"

乙　你给大伙儿解释解释，你们这吃烤鸭是怎么回事？

甲　"那天是巴甫洛夫诞辰139周年。"

乙　这可跟你们有什么关系呀？

甲　"头一杯酒我们没有喝。"

乙　没喝？

甲　"都洒在了地上。"

乙　这是干吗？

甲　"寄托我们的哀思，我们为世界上失去了这样一位伟大的科学家而感到难过。"

乙　唔，还知道掉眼泪呢！

甲　"使得很多同志流下了……"

乙　什么？

甲　"哈喇子呀。"

乙　哈喇子呀！

甲　"这就使我们对条件反射的理解大大地加深了！酒后同志们高兴地说，吃着菜，喝着酒，流着哈喇子学习外国科学家，名字感到亲切，事迹记得牢靠，这样的学习形式生动、活泼、新颖、实惠，看得见、闻得着、有嚼头、有回味，下次活动还想参加。"

乙 好嘛，都吃上瘾了！

甲 "光吃一个巴甫洛夫就够了？难道米丘林就不该吃吗？数以万计的科学家都需要等着我们慢慢地去吃，那么多科学家不吃怎么能记得住？"

乙 行了，你说说，到现在为止你记住了多少科学家呀？

甲 "这个事情就不好讲了嘛。"

乙 这有什么不好讲的，你吃一顿记住一个，你吃了多少顿呀？

甲 "这么说吧，外国科学家我们已经吃遍了，现在开始吃国内的了。"

乙 吃国内的？

甲 "昨天，我们在东来顺举行隆重的纪念科学家陈景润诞辰——"

乙 等一会儿，等会儿。谁？

甲 "陈景润。"

乙 陈景润？！

甲 "是的呀。"

乙 据我知道，这陈景润可还健在呢！

甲 "啊，就得吃活的了，死的已经吃两遍了。"

乙 是呀？我看要是都吃遍了可怎么办呀？

甲 "啊，那就吃你了。"

乙 吃我呀？

甲 "无非是多打一个报告嘛。"

乙 我说，像你们这样拿着公款大吃大喝，这种干部就得撤！

甲 "这就得撤呀？"

乙 还不应该撤呀？

甲 "我让大家这么吃，你还撤我呀？"

乙 啊，你让大家这么吃就是为了保住你的科长呀？

甲 "现在干部制度改革了，大家无记名投票，大家不投我的票，我就无法当领导，我当不了领导——冒号！"

乙 啊？！

小鞋匠的奇遇

作者：原建邦、师胜杰
表演：师胜杰、冯永志

甲 你们演员工作很辛苦，经常在外地巡回演出。

乙 对。我们是全国各地哪儿都去。

甲 看得出来。

乙 您看哪儿？

甲 从您穿的这双鞋，就能看出您道儿没少跑！

乙 我穿得费。您看这鞋底儿都磨薄了！

甲 这不新鲜！你想啊，您一年四季，马不停蹄，肯定费！这样吧，我给你打个前掌儿！

乙 您会修鞋？

甲 修鞋是我的老本行儿。我曾经身背修鞋箱，早出晚归，走街串巷，边走边吆喝。

乙 您怎么吆喝的？

甲 Please let me mend your shoes！

乙 哎，不许骂人！

甲 没骂人哪！

乙 你刚才说的什么？

甲 Please let me mend your shoes！

乙 你让大伙听听："破烂儿的卖，不卖是小舅子！"这不是骂人吗？

甲 嘿！我刚才说的是英语：请让我给您修鞋。用英语说就是：Please let me mend your shoes！

乙 您干吗用英语吆喝？

甲 您对我不够了解。我从小就喜欢英语，中学毕业以后，工作没着落，于是我是白天修鞋，晚上自学。我学英语都入迷了！有时候说着说着汉语，这英语自个儿就溜达出来。

乙　什么叫"溜达"出来了？哎，那您的英语讲得这么好，可以毛遂自荐哪。

甲　别提了！我曾经去过几个单位的人事科，虽然我已达到大专水平，可因为我一没文凭，二没人情，都被拒之门外。

乙　是有这种不正常现象。

甲　每当我奔波了一天，身背修鞋箱，走在回家路上，眼望朦胧的月色，迎着刺骨的寒风，说实话：真有点儿心灰意冷。唉！（唱《月亮走，我也走》曲）

月亮走，我也走！

我背鞋箱到街口，到街口！

毛遂自荐遭冷遇，

用武之地何处有，何处有？

啊……

天上云遮月，

地上水不流，

月亮月亮你听我说，

难道我只有把鞋修，把鞋修？把鞋修？

Please let me mend your shoes！

乙　他这英语又"溜达"出来了！哎？你这么吆喝谁听得懂啊？

甲　您还别说，那天我这么一吆喝，真过来一位。"Spike a new sole for me，please。"

乙　他说什么？

甲　"请你给我打个鞋掌。"

乙　嘿，真是遇知音了！

甲　"谈不上是知音。英语会几句。小伙子，你英语讲得这么好，怎么修鞋呀？"

我说："修鞋不是不要文凭嘛。"

乙　对！也没这专科学校啊！

甲　"小伙子，你应该发挥特长，我给你提供个信息，龙江贸易公司正在招聘一名英语翻译，我推荐你，你愿意去吗？"

乙　这太好了！你是干什么的？

甲　"忘了介绍了，我姓钱，是那儿的人事科长。"

乙　搞人事工作的。

甲　"哎呀！您是搞人事的，太好了！您给我办点人事儿吧！"

乙　啊？

甲　"……给我办点儿人事安排的事儿吧！"

乙　你这么说话不好听吧!

甲　凑合着听吧!这几年为了找工作,搞人事的我见过几个,差不多的都是说得好听,不办实事。

乙　你也不能看得太绝对了!

甲　钱科长也这么说。"小伙子啊,我观察你好几天了。你有发展,这样吧,星期六你去考试。我先给你报个名,对了,你叫什么名字啊?"

乙　你叫什么?

甲　戴(待)业。

乙　待业?

甲　"对!姓名:戴业;性别:男;年龄:二十五;民族:汉;家庭出身:贫农;本人成分:学生;政治面貌:团员;文化程度:初中;是否成家:未婚;身体状况:健康;报考专业:英语;有何特长:修鞋;家庭住址:哈尔滨市南半区无门路找不着道儿憋死牛胡同对不上号!"

乙　嘿!他背台词哪!

甲　到哪儿都这一套,我早就背熟了!这时候鞋掌打完了,钱科长问我多少钱。

乙　你怎么说的?

甲　我说:"钱科长!什么钱不钱的?您对我这么热情,我也没啥表示的,这鞋掌钱咱们少算点儿——"

乙　你要多少?

甲　"给八块吧!"

乙　啊?打个鞋掌要八块?

甲　你不懂,不要白不要!我明白钱科长那意思,为了让我修鞋,嘴上说替我找工作,跟我一套近乎,我一冲动,鞋掌白打了。哈哈哈哈,都是老中医——少给我来这偏方儿!

乙　人家是那意思吗?要么说考试你不去了?

甲　我是想去,可我一没人情,二没文凭,去了也是白搭。

乙　我给你出个主意。

甲　什么主意?

乙　你给钱科长送点儿礼。你没听人说,不花钱办不成事!

甲　可我也没钱哪!

乙　你刚才不是收钱科长八块钱吗?

甲　买八块钱东西?

乙　多少是个意思。

甲　对！量体裁衣。花八块我还真买了不少东西。

乙　您都买什么了？

甲　仨面包、俩香瓜、半包棉花糖、一口袋爆米花。

乙　他买的这东西可倒出数儿！

甲　拎着这些东西晚上我去了。到钱科长家一看，门关着，门上有个门镜儿，我往里看了半天什么也没瞧见。

乙　多新鲜哪！门镜儿是从里往外看的！

甲　我敲了敲门，门没开，屋里没动静。

乙　那是没听见。你使点儿劲敲！

甲　对，使点儿劲儿"哪 哪 哪 哪……"他们家门没开，邻居家出来一位老太太："别敲了，我们家墙皮都掉饭锅里了！"

乙　劲儿也太大了。

甲　"来送礼的吧？送的什么？你呀，别费劲了，没看见那门上有个门镜吗？人家在屋里早看见了！别说你呀，前些日子有位大嫂给钱科长送个猪头来，愣砸了一个小时，门都没开，急得大嫂直哭，后来我说："他大嫂，你把这猪头交给我吧，回头我给老钱。大嫂这才高高兴兴地走了！"

乙　那这猪头钱科长收下了吗？

甲　"别提了！老钱说啥也不要！后来他又买了个猪头给大嫂送回去了。合着这猪头归我了！"

乙　那您就吃了呗。

甲　"也得吃得了啊！家里就我和外孙子俩人。我们是上顿猪头肉，下顿猪头肉吃了一个礼拜，后来外孙子直劝我！"

乙　劝什么？

甲　"姥姥，别吃了，我觉得耳朵见长！"

乙　嚯！都玄了。

甲　正说着钱科长推门出来了："戴业，你干什么来了？"我说："我来意思意思。"

乙　"意思意思？什么意思？"

甲　"我没意思。"

乙　"没意思你这是什么意思？"

甲　"我……没别的意思，我原来不好意思来'意思意思'，可不'意思意思'又怕您说我不够意思。可一看您这意思，还真不像那意思。其实我也觉得这'意思意思'真没啥意思……您明白了吧？"

乙　这都什么乱七八糟的？

甲　钱科长说："你的意思我明白了！告诉你吧！人事科不是交易科，我这个人事科长要办人事儿！你回去吧！"

乙　得！把你轰回来了。

甲　我一想：这话是嫌少哇？算啦！星期六我去碰碰运气。考不上我还修鞋，照样为人民服务！

乙　对，行行出状元。想开点儿。

甲　星期六我背着鞋箱子就参加考试去了！

乙　哎，你考试干吗背鞋箱子？

甲　我一边考试，一边修鞋，两不耽误！

乙　嘿！他还挺讲究经济效益。

甲　我来到人事科门口儿一看，报考的人还真不少。我把鞋箱子往地上一放！"修理皮鞋，谁修鞋啊！……"

乙　又上这儿吆喝来了！

甲　我刚一吆喝，过来一位小伙子啊。（唱）"哗啦啦，下雨了……你怎么……在这儿修鞋？"

乙　这位还是个嗑巴！"我一边修鞋，一边考试！"

甲　"你考……什么？"

乙　"翻译。"

甲　"翻……译？""你是当翻译的材……料吗？"

乙　我不是，那谁是？

甲　"我才是当翻译的材……料哪！"

乙　嚯！您让大伙听听，连中国话说的都不利索，还当翻译？

甲　"当然，我当翻译有点儿先天不足，我主要是占翻译这名额，将来好……出口……"

乙　出口？

甲　"不……是出国！"

乙　你能出国？

甲　"那咋的？我爹厉害！"

乙　你爹是干什么的？

甲　"局长！欧阳局长……谁不认识。"

乙　还是个复姓。那么你叫什么？

甲　"欧阳……费进！"

乙　听着是累得慌。

甲 "实话告诉你吧！待会儿我把我爹写的条子交给……钱科长，我就……定了。你想，钱科长是我爹一手提拔的！我爹提拔……钱科长，钱科长能不往提搂……我吗？"

乙 他成水桶了。

甲 这时候，就听有人喊："戴业，进来考试！"

乙 轮到你了！你可要沉住气。

甲 放心吧。我一看我是最后一个考的了，我镇定自若进了考场，对考官们出的考题，对答如流。考官们很满意。

乙 你有希望。

甲 最后钱科长站起来了："戴业，看来真难不住你呀？"

乙 没把握我也不敢来。

甲 "看来一般的英语对话你都掌握了？"

乙 不在话下。

甲 "那么我说几句汉语你能翻译吗？"

乙 张嘴就来！

甲 "有这把握？"

乙 十拿九稳！

甲 "我说一句？"

乙 我翻一句！

甲 "我有来言？"

乙 我有去语！

甲 "是这话？"

乙 没问题。

甲 "注意听。"

乙 您说吧！

甲 "吃葡萄不吐葡萄皮儿！"

乙 ……绕口令啦？

甲 绕口令也难不住我。"He who does eat grape does not spit peels."

乙 嘿，真翻上来了，听这个：打南边来了个喇嘛，手里提拉着五斤鳎目。

甲 "From south comes a lama，with 5jin soles in his hand."

乙 打北边儿来个哑巴。腰里边别着个喇叭！

甲 "…stuck in his belt."

乙 提着鳎目的喇嘛，要拿鳎目找别喇叭的哑巴换喇叭，别着喇叭的哑巴，不拿喇叭换提着鳎目的喇嘛的这个鳎目。喇嘛拿鳎目打了哑巴一鳎目，哑巴拿喇叭打了喇嘛一喇叭。喇嘛吃鳎目，哑巴嘀嘀嗒嗒吹喇叭！翻吧！

甲　"……拜拜！"

乙　回来！你怎么不翻啦？

甲　钱科长这不是有意刁难我吗？你不要我没关系，干吗让我翻绕口令啊！

乙　既然是考试，人家考什么你得答什么。

甲　你当我翻不出来呀？

乙　翻的出来你翻哪！

甲　注意听："The lama with his sole in his hand wants to exchange his soles with the mute for his horn stuck in his belt, but the mute with his horn stuck in his belt doesn't want to exchange his horn with the lama for his soles in his hand. The lama gives the mute a blow with a sole, and the mute gives the lama a blow with the horn. Then the lama goes back to eat his soles, and the mute goes back to blow his born. 请评委亮分！"

乙　嘿！

甲　我的英语绕口令博得了考官们的热烈掌声。钱科长和他们一商量，当场拍板，我被破格录用了！

乙　向你表示祝贺！

甲　我当时都不敢相信我的耳朵！走出考场我一下抱起修鞋箱："这是真的吗？你说话呀，亲爱的……"

乙　亲爱的？

甲　"这几年来你我朝夕相伴，风雨同舟，你跟随我多少个日日夜夜。今天，钱科长为我重搭鹊桥，我有了理想的伴侣，咱俩从此要分手了！让我再看你一眼吧！……"

乙　动感情了。

甲　我是有些太激动了。不过，我想大家会理解我的，特别是自学成才的朋友们，你们更能理解我。我们有着相似的经历，为实现自己的理想，我们有过坎坷，流过泪，找过门子，托过人情。我真不明白：为什么正常的人事安排非得不正常地去办？于是，我心灰意冷，我玩世不恭。然而我错了！事实教育了我。朋友们：不要气馁！不要消沉！要努力！要奋进！我们有阳光！我们有雨露！是种子总会发芽的！是玫瑰总要开花的！是金子总会闪光的！是疖子总要出头儿的……

乙　这是什么比喻呀！

甲　这是事实，不是杜撰！这是我的亲身经历，不是美丽的传说——

乙　对。

甲　（唱《木鱼石的传说》曲调）

"这不是美丽的传说，

修鞋匠唱出心中的歌！

钱科长按政策录用了我，

礼没收、酒没喝，烟没抽一颗。

早知道钱科长这样正派呀，

打前掌儿不该要他八块多。

哎嗨哎咳呦，哎嗨哎咳呦。

哎……（英语）"Please let me mend your shoes！"

乙　他又溜达出来了！

五官争功

作者：马　季

表演者：马　季、冯　巩、刘　伟、赵　炎、王金宝

甲　各位，先给大家拜个年啦！我再给大家说个事儿啊。我昨晚做了一个梦，我这梦特别奇怪，我梦见我这五官哪——

乙　哟，脑袋——呵呵呵呵。

甲　哎哟，你好，你好！

乙　你还认识我吗？

甲　我可不敢认啦。请问您贵姓啊？

乙　我姓眼。

甲　姓什么？

乙　姓眼。

甲　百家姓有您这个姓吗？

乙　头一个就是吧。

甲　哪句呀？

乙　赵钱孙眼。

甲　没听说过。赵钱孙李！

乙　周吴郑眼。

甲　周吴郑王！

乙　冯陈褚眼。

甲　你别杵啦，你不怕杵瞎了。

乙　我……

甲　你叫什么名字吧？

乙　我叫眼睛。

甲　眼睛？您说这人有叫眼睛的吗？

乙　怎么？您这部分叫什么？（指甲眼睛）

甲　别闹！

乙　我就问问。

甲　摸坏了哪儿配得着零件去？

乙　您这叫什么？

甲　我这是眼睛。

乙　我就是您的眼睛。

甲　您就是我的眼睛？

乙　对，对，对。

甲　我的眼睛长得跟带鱼似的？您上这儿干吗来啦？

乙　多日不见怪想您的，我来看看您来。

甲　啊啊。

乙　我来看看您来。

甲　哎哟，谢谢您！找个地方坐下看。

乙　好，好。

甲　我接着说我这梦啊。

丙　哟嗬，您在这儿哪！

甲　这怎么又来了一位？

丙　您还认识我吗？

甲　您也问我这句啊？

丙　啊。

甲　不敢认啦。

丙　哎哟，真是大水冲了龙王庙，一家人不认识一家人。

甲　请问您贵姓啊？

丙　我姓鼻。

甲　啊？姓……怎么这姓都这么别扭啊！姓鼻？

丙　啊。

甲　百家姓有您这个姓吗？

丙　有。

甲　哪句啊？

丙　赵钱孙鼻。

甲　这，没听说过，赵钱孙眼！您叫什么名字吧？

丙　我呀，我叫鼻子。

甲　鼻子？

丙　啊，我就是您这鼻子。

甲　坏啦，我这鼻子也下来啦！您上这儿干吗来啦？

丙　多日不见怪想您的。

甲　啊，啊。

丙　我来闻闻您。（闻甲）

甲　闻我？行了，甭闻了，坐那儿坐那儿。

丙　嗳嗳。

甲　我这个梦啊……

丁　哦……

甲　怎么又来一个？

丁　哦……

甲　你好，你好，你好。

丁　您在这儿哪，还认识我吗？

甲　怎么全问我这句啊？

丁　啊。

甲　我不敢认啦。

丁　您真是房顶子开窗户——六亲不认啦！

甲　请问您是谁？

丁　我是您耳朵啊。

甲　我耳朵也来啦？

丁　对啦。

甲　哎呀，您上这儿干吗来啦？

丁　多日不见怪想您的。

甲　啊，啊。

丁　我到这儿来听听您。（听甲）

甲　听我，您坐这儿听。

丁　好，好。

甲　我这个梦啊……

戊　在这儿哪！

甲　您还认识我吗？（大声地）

戊　嚯，这位怎么这么大劲儿啊？

甲　我认识你，你不是赵炎吗？

戊　不，我哪儿是赵炎哪。

甲　啊？你不是赵炎吗？

戊　你好好看看。

甲　我看不出来啦。

戊　你的眼睛怎么啦？

甲　我的眼睛在这儿歇着去。

戊　我呀，姓嘴。

甲　姓嘴？叫什么呀？

戊　叫嘴呀。

甲　你叫嘴嘴？

戊　对——没听说过！

甲　嘴嘴呀！

戊　不像话！我姓嘴，叫嘴，全名还是嘴，我就是你这张嘴。

甲　噢，你就是我的嘴？

戊　不错。

甲　我的嘴长得够富态的。

戊　嘴大吃八方嘛！

甲　您上这儿干吗来啦？

戊　多日不见怪想您的。

甲　啊。

戊　我来啃啃你呀。

甲　你拿我当猪头肉啦。

戊　亲热亲热嘛。

甲　有这么亲热的吗？你们这五官全上这儿干吗来啦？

戊　这不给您道喜来啦！

乙　给您祝贺来啦！

丙　祝贺您取得了成绩。

丁　祝贺您获得了荣誉。

甲　我有什么荣誉你们这么祝贺我？

戊　这您还不明白吗？

甲　怎么回事儿？

戊　不久之前您被评为笑星之首。

甲　有这么回事儿。

丁　听说了吗？

甲　听说什么？

丁　您还领这么大一个奖状。

甲　您瞧我这耳朵还够灵的。

乙　您还得了不少奖金。

甲　你看见啦？

乙　夜里三点半您不还数了一回？

甲　扇你……

戊　关键是您有了荣誉。

甲　啊。

戊　我们想问问您这荣誉是怎么得来的。

众　哎！

甲　还是我的嘴会说话。荣誉是怎么得来的？上级正确的领导，同行们的支持，观
　　众们热情的帮助，加上我个人的一点儿努力。

乙　我哪？

丙　我哪？

丁　我哪？

戊　我哪？

甲　坏啦，就这么点儿荣誉不够他们四个分的。碍着你们什么事啦，啊？

乙　唉，忘恩负义！

丙　过河拆桥！

丁　念完经打和尚！

戊　吃饱了就骂厨子！

甲　哪儿那么多废话！

乙　我想告诉你脑袋。

甲　啊。

乙　你所以取得这么大的荣誉，跟我们五官这哥儿几个发挥功能可有很大的关系啊。

甲　五官各有各的作用啊。

乙　那您说说谁的作用最大？

丙　谁是五官之首？

丁　谁该立头功？

戊　这头份奖金归谁？

甲　你说这问题我怎么解答，这五官全长在我脑袋上，这是有机的整体呀，还分谁

头功，谁二功，谁拿头份奖金，我分不清楚啦。

乙　胡说!

丙　放肆!

丁　无礼!

戊　撑的!

丙　我可告诉你。

甲　啊?

丙　你所以当上头号笑星，全在我这鼻子给你挺着哪!

甲　跟你这鼻子有什么关系呀?

丙　太有关系啦。

甲　你说说。

丙　您想啊，我这鼻子是您脑袋上唯一的一个呼吸器官哪!

甲　是啊?

丙　一天一呼一吸达万次以上。

甲　噢!

丙　我有一天不干活。

甲　啊?

丙　您就受不了。

甲　是啊，你这鼻子就管出气儿的，你凭什么不干活啊?

丙　白天咱就不说啦。

甲　啊。

丙　到晚上也一样啊。

甲　晚上怎么啦?

丙　您老人家躺床上睡着啦，休息呀，眼睛也闭上啦，嘴也合上啦，耳朵也歇着啦，就让我鼻子一个人值夜班啊? 嘿! 工厂都三班倒，哪怕让我休息个十分、八分的哪。

甲　你休息一会儿我就休克啦，能休息吗?

丙　再者说呢，您从小长这么大，哪时哪刻离开我鼻子啦?

甲　这倒是，打一生出来我就有这玩意儿，这玩意儿还是原装的呢。

丙　我这鼻子还是您脑袋上的嗅觉器官呢。

甲　怎么叫嗅觉器官?

丙　有我这鼻子您才能闻出来什么叫香哪叫臭不是?

甲　是靠我这鼻子来闻味儿。

丙　哎，要没我这鼻子，不客气说，您一饿了，就上厕所啦。

甲　我上那干吗去？

丙　你闻不出味儿来呀！

甲　行啦，行啦，您这鼻子很重要就是啦。

丙　重要？

甲　嗳。

丙　我得问问你啦。

甲　问什么？

丙　既然我这鼻子这么重要，那为什么在笑星领奖大会你发言的时候，对我鼻子的功劳，你只字不提呀？

甲　那我怎么提呀？我上去我就这么讲，同志们评我为笑星，主要归功我鼻子，发锦旗不要给我，就挂我鼻子上……这玩意儿挂得上吗？

丙　反正我的待遇要重新考虑。

甲　鼻子很重要。

乙　我不同意！

甲　你怎么啦？

乙　怎么啦！他鼻子重要我眼睛就不重要吗？

甲　我没那个意思啊。

乙　我眼睛比他鼻子重要。

甲　怎么啦？

乙　你的聪明，你的才智全在我的身上体现出来。

甲　嗳，对，对，对。人家都这么说我，马季聪明，所以聪明就聪明在他那水汪汪的小眼睛上啦。

乙　请问，没我眼睛你能学文化学知识吗？嗯？没有我眼睛你能表达喜怒哀乐吗？嗯？没我眼睛你能看到大千世界吗？嗯？没我眼睛……嗯？

甲　你什么毛病？

乙　就这样我还得为你婚事操心。

甲　眼睛还得为我的婚事操心？怎么啦？

乙　怎么啦？你们俩第一次见面不是我眉来眼去把她勾住的吗？忘了？脑袋！我还告诉你，你们俩从恋爱到结婚干的那点儿事我可全看见啦！

甲　这缺德眼睛。

乙　你要不对我好点儿，我全都给你说出去。同志们我今天先说说第一回吧。

甲　去！你眼睛很重要我离不开你。

乙　对对！每天下班时是谁给您认路的？

甲　对，对，对。真离不开这眼睛。

丙　没关系，没关系，离开眼睛您照样能回家。

甲　不行！没眼睛我拿什么看路啊？

丙　用我这鼻子闻着咱们就回去啦！

甲　我长着狗鼻子啊？

乙　不行不是？您就对我好点儿，肯定我会报答您。

甲　噢！怎么报答我？

乙　以后您再干坏事，我睁一眼我闭一眼——

甲　我干过坏事吗？

乙　我眼睛很重要！

丁　胡说！

甲　你又怎么啦？

丁　刚才说什么我可全听见啦。

甲　你这贼耳朵什么听不见哪。

丁　说什么眼睛重要？

甲　是啊。

丁　我这耳朵可有可无吗？

甲　我没那么说呀。

丁　我耳朵是你脑袋上重要的信息机构。

甲　信息机构？

丁　靠我这耳朵给你传递信息。

甲　对对对。

丁　没我这耳朵——

甲　啊？

丁　没我这耳朵你知道什么叫音乐？

甲　没耳朵我就听不出音乐来啦。

丁　什么叫唱歌？

甲　听不出来。

丁　什么叫唱戏？

甲　不懂。

丁　汪、汪、汪、汪，这是什么呀？

甲　这听出来啦，这是狗叫唤哪。

丁　对呀，要是没有耳朵，你以为你三舅唱戏哪。

甲　去！你怎么说话呀。

丁　你从小长这么大，听报告，听讲课——你说话，听音乐，听什么能离开我耳朵？

甲　对对对，耳朵挺重要。

丁　别说这个啦，就连你谈恋爱也离不开我这耳朵。

甲　你怎么也提这事儿啊？

丁　那当然。

甲　跟你耳朵有什么关系呀？

丁　你们俩热恋的时候……

甲　啊！

丁　总是亲亲热热互相吐露爱慕之情靠什么呀？

甲　靠什么？就靠那嘴来表达呀！

丁　靠嘴说？（凑甲耳朵前）说什么哪？

甲　没听出来。

丁　要有我这灵敏的耳朵，你就会听得一清二楚啊。

甲　说的什么意思啊？

丁　她说啊，你小心点儿，我爱人在后边哪！

甲　哎，去！我是第三者插足啊！

丁　反正我是对你俯首帖耳呀。

甲　耳朵对我不错。

丁　而你啊，对我们三六九等。

甲　我呀？

丁　你对他们什么样？

甲　对他们一视同仁哪。

丁　一视同仁？你喜欢眼睛，给他戴上变色镜，看他臭美去。

甲　那是臭美吗？戴眼镜保护视力。

丁　你给鼻子、嘴戴上口罩——

甲　是啊，讲卫生啊。

丁　你给脖子围上围巾——

甲　爱护点儿嗓子。

丁　你给脑袋戴上帽子——

甲　戴上帽子显得精神。

丁　你给我耳朵买过什么？

甲　啊？——我还真没给耳朵买点儿什么。

丁　不买没关系，可是你不该把口罩、眼镜腿儿全勒在我耳朵上。

甲　就这么点儿事他还抱委屈呢。

丁　有一件事你最对不起我。

甲　什么事对不起你？

丁　我们耳朵本来亲亲密密是一对儿。

甲　是啊。

丁　你非得一边一个让我们长期分居啊。

甲　两耳朵搁一边不成烧卖了吗？

丁　您甭管，您给我说清楚，您今天一定给我说（哭声）！

丙　没完没了哭什么哪？

甲　他委屈，碍你什么啦？

丙　他委屈我不管哪，你让大伙瞧瞧，这么一会儿把我鼻子全都揪红啦。

甲　别揪啦。

戊　他们刚才说什么，我也听见啦。

甲　你也听见啦？

戊　不像话。

甲　就是！

戊　他们这叫见荣誉就上。

甲　哎！

戊　不明白这道理。

甲　啊！

戊　咱们是个整体。

甲　对！

戊　你这脑袋有了荣誉，大伙都有份儿。

甲　您瞧我这嘴说得多好。

戊　哪儿有为自己争功的？

甲　就是嘛！

戊　人家真正有功的从来不争。

甲　有功，人家不争功啦。

戊　你看我什么时候争功啦？

甲　你现在就争功啦！

戊　我还用争吗？

甲　你不是现在就争呢吗？

戊　我是什么呀？

甲　你是嘴呀。

戊　我这嘴对你来说最重要。

甲　有什么重要的？

戊　没我这嘴你说段相声我听听，说——

甲　我拿哪儿说呀？

戊　还是的。

甲　嗯！

戊　靠我嘴。

甲　对对，靠嘴。

戊　你抽根烟也得靠我嘴。

甲　是啊，拿耳朵抽抽得进去吗？

戊　你喝点酒还得靠我嘴。

甲　对，对，对。

戊　吃点儿饭也得靠我这嘴。

甲　全靠嘴。

戊　你说个瞎话儿——

甲　哎，我说过瞎话儿吗？你怎么啦？

戊　反正我这嘴重要。

甲　嘴确实是重要。

戊　笑星评比会上评委说得清楚——

甲　怎么说呢？

戊　说您口齿伶俐，那就是夸我这嘴呢。

甲　对，对，对。

戊　说您吐字清楚——

甲　哎。

戊　也是夸我这嘴。

甲　也是这嘴。

戊　说您嘴皮子利索——

甲　噢。

戊　还是夸我这嘴。

甲　对，对，对。

戊　甭说这个，最可气的就是鼻子！

丙　我怎么啦？

戊　你不错啦，你在最中间，我们全在边上围着你转。你还不知足，今儿伤风，明儿感冒，后儿闹个鼻窦炎什么的，也搭着他手懒点儿，流点儿清鼻涕全漏在我嘴里。你把我当痰盂啦，你呀！

丙　我再问问你。

戊　问什么？

丙　病从口入，祸从口出，是不是嘴的责任？

戊　那你这鼻子麻木不仁，不闻不问怎么说呀？

丁　口若悬河，信口雌黄就是你这嘴。

戊　行啦，耳朵。你这耳朵偏听偏信耳旁风就是你的毛病。

丁　云山雾罩，造谣生事说的是谁呢？

戊　你这眼睛也可以，那社会上的红眼儿病就是你传染的。

甲　得，就这点儿荣誉他们自己就打起来了。

戊　脑袋，我对你有意见。

甲　对我有意见？

戊　对了，你凭什么把我这嘴放在最下边？

甲　是呵，当初就那么设计来的。

戊　不行，你得把我的位置往上调。

甲　怎么调法？

戊　我这个嘴得长你脑袋瓜儿顶上去。

甲　这嘴长在这儿，赶上下雨你不怕存水呀？

戊　反正我得最高呀。

丙　脑袋，我对你有意见。

甲　你有什么意见？

丙　我不能和它们长在一块儿。我得站在最高峰。

甲　好了，他也要长到这地方来。

乙　脑袋，高瞻远瞩，我请求上调。

甲　你也要上来。好嘛！

丁　脑袋，我耳朵也要长脑瓜顶上边。

甲　那我成兔儿爷了。

（乙、丙、丁、戊吵成一团）

甲　别吵！干吗哪你们！五官全长我脑袋上头？都得听我的。五官分工不一样，得互相支持，互相帮助，团结起来才能干出点事儿来。照你们这样，自己强调自己重要还行。不要你们了，走！走！（哄乙、丙、丁、戊走）

甲 回来！回来！

乙等 怎么了？

甲 我琢磨过来了，你们一走，我脑袋成鸭蛋了。

相声

虎口遐想

作者：梁　左、姜　昆
表演：姜　昆、唐杰忠

甲　唐杰忠同志，我来问你个问题。

乙　什么问题呀？

甲　你，你摔过跟头吗？

乙　哦，摔跟头？

甲　啊。

乙　你指的是工作上的呢？还是生活上的？

甲　干吗还工作上、生活上，就是平常出门没有注意，"啪！"狗吃屎！

乙　狗……

甲　嘴啃泥、倒栽葱！

乙　嗬，哪儿有摔那么厉害的？

甲　哪儿有摔那么厉害的？

乙　啊。

甲　前几个月我摔了一个跟头。

乙　哦？

甲　比这厉害！不说摔出点儿国际水平，起码摔向世界先进行列。

乙　嚯，那也太玄了。

甲　"玄"哪？

乙　啊。

甲　我摔那个地方悬。

乙　什么地方？

甲　北京动物园。

乙　嗯？

甲　关老虎的狮虎山那块儿。

乙　怎么摔的？

甲　星期天。

乙　啊。

甲　自己没事儿趴那儿看老虎玩，正看得带劲儿呢，不知哪位缺德，一边往前挤一边起哄："老虎出山喽！"呦……啪！把我从边上给我给挤下去了！

乙　呦，摔坏了吧？

甲　你摔坏了哪儿都不怕，你摔折了胳膊摔断了腿，咱们医院里接吧接吧照样使唤哪！

乙　哎？

甲　他摔这地方不灵，不是人待的地方呀！

乙　掉老虎洞里啦！

甲　我抬头一看。

乙　嗯。

甲　不远前就趴着一只大老虎。

乙　哎呀！

甲　这吓得我这声音都变了。

乙　啊。

甲　哎……呦，妈……呀！

乙　哎？怎么管老虎叫"妈"了？

甲　叫"妈"？叫"奶奶"也不行了。

乙　嘿？

甲　玩完了。

乙　嗯。

甲　大小伙子一百二十多斤，连骨头带肉正好是老虎一顿中午饭！我倒好，我给动物园省下了！

乙　别着急，想办法啊！

甲　想办法？脑袋都大了！

乙　啊。

甲　当时我偷偷瞟了老虎一眼，嘿嘿，还真不错！

乙　老虎没发现你？

甲　正眉来眼去地跟我交流感情呢！

乙　嗯？瞪你哪！

甲　这老虎一瞪我，我脑袋"激灵"一下子，噌、噌、噌、噌涌现出许多英雄形象！

乙　嗬……还英雄形象哪？

甲　当时我抬头一看。

乙　啊？

甲　这上边好些人看着我呢！

乙　哦。

甲　我一想，咱们是时代青年！

乙　嗯！

甲　当这么多人咱们掉在老虎嘴边上。

乙　嗯。

甲　不能给青年人丢脸！

乙　对！

甲　哎，"过去，你们上边的，看《武松打虎》唱戏好不好？"

乙　好啊！

甲　好啊？

乙　啊。

甲　那是假的！

乙　假……

甲　今天哥儿们在这儿练真的！

乙　嘿嘿！

甲　实打实让你们诸位开开眼！

乙　哈哈，要打虎？！

甲　唉！

乙　你还真行！

甲　行什么？

乙　想得不错呀！

甲　想得是不错呀。

乙　嗯。

甲　腿可站不起来喽！

乙　嗯？腿都软啦？！

甲　我当时，我、我、我在想啊。

乙　啊？

甲　有一个《动物保护法》你知道吗？

乙　我？我知道。

甲　谁打死老虎他判刑两年哪！

乙　嗬嗬，他这法制观念还挺强！

甲　你说谁定的这法？

乙　嗯。

甲　合着我打老虎犯法，老虎吃我白吃！

乙　嘿嘿，那是为了保护野生动物定的。

甲　妇女儿童你保护，野生动物你保护它干什么？

乙　嗯……那也要保护！

甲　我正琢磨着呢。

乙　啊。

甲　上边可乱了！这个喊："哎呀，来人哪！有人掉老虎洞里啦！快救人哪！"有人给我打气："哎……哥们儿，挺住！"

乙　呵呵。

甲　我一听，什么？挺住？

乙　嗯。

甲　你们真是站着说话不腰疼！这是什么地方，我挺得住吗？！

乙　嘻！

甲　你们有本事，你们下来挺一个我看看！

乙　人家不是为你着急嘛！

甲　那也不能那么乱哪！有个老大爷跟我喊："孩子，打虎得有个家伙儿，来……把我这拐棍儿扔给你！"

乙　拐棍儿呀！

甲　有个大嫂跟我叫："兄弟要刀吗？大嫂这儿有水果刀！"

乙　嘿！你瞧这两件武器，啊。

甲　这个出主意说往里扔砖头，让我踩着往上爬。

乙　啊。

甲　那个出主意说扔一根儿烟，让我抽一口先提提精神。

乙　嗬！

甲　有个老大娘心眼儿真不错。

乙　是吗？

甲　眼泪都下来了！

乙　哎呀。

甲　趴在边上跟我喊："孩子，给你一支钢笔，有什么话先写下来！"

乙　嗯？哦，要遗嘱哪！

甲　您听听这通乱，啊！也没有人出来组织组织，哪怕先成立个"虎口临时救人小组"呢！

乙　那哪儿来得及呀？

甲　那扔拐棍儿、扔水果刀管用吗？！

乙　啊，这两件武器打虎是差点儿。

甲　老虎那儿正犯懒呢。

乙　嗯。

甲　我干什么呀？我拿拐棍儿捅老虎？

乙　哎，别介！那非把老虎捅精神喽不可！

甲　再说上边那老头儿。

乙　怎么啦？

甲　你瞧你什么眼神儿！

乙　哦。

甲　你看你这拐棍儿扔这个地方。

乙　扔什么地方了？

甲　正扔在老虎屁股后头呢！

乙　嗬！这可太巧了，这个！

甲　我一够，我再拽老虎尾巴上！

乙　哎哟，你可千万别乱动了！

甲　想来想去。

乙　哎？

甲　应了老太太那句话了。

乙　怎么呢？

甲　趁着头脑还清醒。

乙　哦。

甲　我先想几句话留下来得了！

乙　哎哟，真要留遗嘱了！

甲　我也老大不小了。

乙　时代青年哪。

甲　算卦的说我二十八岁，就是今年哪。

乙　啊。

甲　我有一场大难。

乙　呦！

甲　头些日子，过完了生日了，嗨，我自个儿还美呢！

乙　哦，大难躲过去了。

甲　我今天一琢磨呀。

乙　啊？

甲　人家大概是按阴历给我算的。

乙　阴……得，阴错阳差了！

甲　躲的了初一，躲不了十五。

乙　嗯。

甲　要说，留几句话呀，我就埋怨我妈！

乙　哎？这碍你妈什么事呀？

甲　你看生我这个头儿！

乙　怎么了？

甲　你们台，你们台边上看我挺高的。

乙　那是呀！

甲　用皮尺一量。

乙　怎么样？

甲　一米六五！

乙　哎，一米六五凑合了。

甲　你和我凑合。

乙　啊。

甲　搞对象的姑娘都不和我凑合呀！

乙　怎么呢？

甲　一跟我搞对象，嫌我个儿太矮！

乙　哦。

甲　都说这样的属于二等残废！

乙　哦，又吹啦？

甲　你说但凡我有对象的话，我能星期天一个人没事跑这儿看老虎玩来吗？

乙　哎，那怎么就不能来呢？

甲　怎么就不能？

乙　啊。

甲　你让××的小伙子你们说说。

乙　说什么？

甲　你们搞对象的时候，到星期天。

乙　嗯。

甲　谁不上丈母娘家干活去？！

乙　嗯？是这样吗？

甲　北京也是这样啊！

乙　啊。

甲　我们家，我们家老二。

乙　哦。

甲　星期天早上七点钟起来，给丈母娘家排队换煤气罐去了。

乙　哦！

甲　不客气讲，打人家搞对象起，人丈母娘家就再也不雇保姆了！

乙　嘿！那你就愿意当这保姆啊？

甲　当保姆干活累点儿。

乙　啊。

甲　没生命危险哪！

乙　哎，那倒是！

甲　也碰不上大老虎啊！

乙　嗯，可不！

甲　对不对？

乙　嗯。

甲　干完活咱还可以搞对象啊！

乙　哦，谈恋爱。

甲　谈恋爱咱们还可以逛公园啊。

乙　是呀？

甲　你尽管逛公园。

乙　啊。

甲　没有听说逛动物园的！

乙　怎么呢？

甲　公园什么样啊！

乙　什么样啊？

甲　花前柳下。

乙　哦？

甲　搂个脖子，亲个嘴儿他够味儿啊！

乙　不……

甲　你闻闻。

乙　嗯。

甲　你闻闻，这动物园什么味？你闻闻，啊！

乙　嗯，可不。

甲　那腥臊恶臭，你就着这个味儿亲什么地方他都影响情绪呀！

乙　哎哟！合着你掉老虎洞里头，就因为没有对象？

甲　你没对象你也不要紧。你把个儿长高点儿！我长一大高个儿，我什么都看得清楚，我往前挤什么呀！

乙　嘿嘿！哎哟。

甲　这回倒好！我看得真清楚啊！

乙　啊。

甲　我连老虎几根胡子都看清楚了！

乙　哈哈哈，哎呀姜昆哪，你这机会可难得呀！

甲　给你争取一回？

乙　哎，我可不去！

甲　你说，一说留几句话就埋怨我妈，咱们不招老人不待见。

乙　啊。

甲　不说了。

乙　给单位留几句。

甲　怎么说呀？

乙　怎么说？

甲　各位领导。

乙　嗯。

甲　各位师傅。

乙　嗯。

甲　星期天出来玩来。

乙　哦。

甲　没留神让老虎给吃了！

乙　哎，这不实际情况嘛。

甲　都怪我。

乙　啊。

甲 组织性、纪律性不强。

乙 哦。

甲 自由散漫，对老虎吃我的后果估计不足！

乙 呵呵，没法估计这个。

甲 你说我都死了我还检查什么呀！

乙 呵呵。

甲 算了，死就死了吧！

乙 嗯？

甲 反正老子从小到大还没死过一回呢！

乙 嗯？活着的人都没死过！

甲 这回咱们跟领导说话咱们硬气点儿！

乙 哦。

甲 咱们告诉他。

乙 嗯。

甲 抚恤金你，你看着给！爱给多少给多少。

乙 哦。

甲 工伤咱们是算不上了。

乙 那怎么办？

甲 顶多落一个自然死亡。大小伙子怎么死不好，你说，非让老虎给吃了！估计什么也追认不上了！

乙 呵呵，没法追认你！

甲 这，追悼会依我说开不开两可。

乙 别！

甲 啊！

乙 追悼会还得开。

甲 干吗呀？

乙 让大家送送花圈，领导念念悼词啊！

甲 悼词怎么写呀？

乙 啊？

甲 姜昆同志学习认真，刻苦努力。

乙 啊。

甲 尊师爱徒，不幸被老虎叼走？

乙 嘻！这不大像话这个。

甲 正想到这儿，上边大家伙儿可都给我出主意。

乙 是吗？

甲 这个说："哎！小伙子，老虎挺老实的，你容我们再想想办法！"

乙 嗯。

甲 那个说："哎！有人给你找动物园的管理员去啦！"

乙 哦。

甲 还有个年轻人在外面出主意，"来、来、来，大家伙儿跟我喊口号。"

乙 喊口号？

甲 "争取把老虎给吓住喽！来、来、来，我起头啊，一、二、三，打老虎！一、二、三，打老虎！"

乙 这管用吗？

甲 把我给吓坏啦！"别嚷嚷，别嚷嚷！你们打算把老虎吵醒喽啊？！"

乙 谁呀！

甲 喊口号我来呀！

乙 你来？

甲 我离得这么近，它听得清楚哇！

乙 哎呀！

甲 一！

乙 哎？

甲 一二三四五，上山打老虎。老虎不吃饭，专吃大坏蛋。

乙 嘿！儿歌都出来了！

甲 哎，上边的？

乙 嗯。

甲 喊口号老虎听不懂！

乙 就是。

甲 哎！你们真有学雷锋精神的，你们下来几个！

乙 什么？让人家下来啊？！

甲 怎么了？

乙 让人家下来不也得喂了老虎？！

甲 你们喂了老虎，那是舍己救人，那叫死得其所，重于泰山！到时候给登报纸，再把你们的相片给镶在上边，搁上一个黑框，这家属一看得多高兴啊！

乙 什么？能高兴吗？！

甲 你说我死了，我死了以后算什么？我喂了老虎，不畏牺牲，轻如鸿毛！

乙　哎，你死了也能上报纸！

甲　上报纸？

乙　啊。

甲　上报纸顶多两句话。

乙　哪两句？

甲　"一青工游园不慎，落入虎口丧生。有关部门提醒游人注意安全。"

乙　哦，这么两句啊！

甲　您听听，连名字都不给我登，我整个儿反面典型啊！

乙　哎哟，你还想当正面的哪？

甲　怎么了？

乙　想了半天，一点儿有用的都没有！

甲　你别着急啊。

乙　嘿嘿。

甲　我跟老虎商量商量。

乙　哦，还跟老虎商量哪？

甲　老虎！老虎！嘿，你别打盹儿了，你睁开眼睛你看看我。

乙　呵呵。

甲　老虎，你看看我，我挺瘦的，没肉。

乙　嘿嘿，有意思啊。

甲　哎老虎，你想吃的话，我们单位有一唐杰忠挺胖的。

乙　啊？你老惦记我干什么你？！

甲　不是，我就逗老虎起来，咱们也不真送去嘛！

乙　哎，这人真是的！

甲　老虎！

乙　嗯。

甲　老虎你要是不咬我的话，我保证，我保证也不咬你。

乙　这倒是实话。

甲　老虎！老虎，你要是放我出去，我一定好好活着。

乙　嗯。

甲　你别说干四化了，干八化我都干！

乙　哎哟！

甲　在厂子里，咱们听领导的话，头儿说什么就是什么！在家里咱们孝敬父母，尊重弟妹；出门遵守交通规则，不随地吐痰。

乙　嘻！你这都什么乱七八糟的。

甲　你别看乱七八糟的，你到我这时候，你不一定想得起来。

乙　呦，这你还骄傲哪？

甲　那怎么着？

乙　你现在是想办法出去！

甲　出去？

乙　哎！

甲　这是什么地方？这是关老虎的地方。老虎都出不去，我出得去吗？

乙　可也是啊。

甲　这围墙，三米多高，一点蹿头儿都没有啊！哎！上边的，你们到底想什么……什么？给我找动物园的管理员去了？

乙　哦。

甲　管理员礼拜天休息？

乙　得！

甲　他休息，老虎不休息呀！

乙　唉。

甲　哎，你们快打个电话报个警。什么一一〇啊，一一九，火警、匪警都行！什么？找了半天，附近没电话？您听听，这是什么通信设备，啊，多落后啊！这么点儿小事儿都通知不出去，这帝国主义突然袭击，我们应付得了吗？！

乙　哎呀，你还操这个心哪！

甲　算了，你们都走，你们别救我了，你们别救我了，你们，你们出动物园，上电视台。到电视台叫个摄制组来，让他们拍拍待会儿老虎怎么吃我。

乙　拍这干吗呀？

甲　拍个老虎吃人的片子卖给外国人，换点儿外汇。也算哥们儿临死以前为"七五"计划做点儿贡献。

乙　嘿嘿，他这觉悟还真够高的！

甲　半天了，老虎就眯着眼睛待着。你动换动换，你动换动换我跟你比划比划。

乙　嗯。

甲　它不动，它不动，哼哼，我也不敢动！

乙　你瞧还麻烦了。

甲　你说这老虎是不是退化了？

乙　老虎不可能退化。

甲　你怎么知道的？

乙　人家动物园为了保持老虎的野性，经常往老虎洞子里扔那个活鸡、活兔。

甲　扔这干什么呀？

乙　训练老虎捕捉活食呀。

甲　捕捉活食？

乙　尤其是礼拜天。

甲　啊？

乙　他们还要饿老虎一顿！

甲　坏了，今儿就是礼拜天，老虎还没吃饭哪！正好捕捉我这活食啊！

乙　嘿嘿，全让他赶上了。

甲　这个可恶的动物园！

乙　嗯。

甲　我死了以后，我跟他们没完！

乙　对！让他们好好检查！

甲　检查！

乙　下不为例！

甲　下不为例？

乙　啊。

甲　那我这回就算了啊？

乙　哦，对了，还有这回呢！

甲　老子大小是条性命！

乙　哦。

甲　我跟你讲，我跟他们没完没了！我正想到这儿呢。

乙　嗯。

甲　突然，上面传来了一声姑娘银铃般的声音："哎……大家伙儿快把皮带解下来，拧成绳子把小伙子拽上来呦！"

乙　哎，这办法好啊！

甲　我一听，哎哟，眼泪都下来了！

乙　哦。

甲　这是多好的主意，我怎么就没想到哇！

乙　就是呀。

甲　我抬头一看，嚯！一声号召，三十多人在那儿解皮带呢！嘿！哎呀，这真是五讲四美开了新花了啊！

乙　好嘛！

甲　你看那个姑娘。

乙　啊。

甲　她穿着一条绿裙子，正解一条黄裙带。呵呵呵，这姑娘简直太漂亮了！

乙　啊？都什么时候了，你还有这个心思？！

甲　不是，你说这个姑娘她在这种关键时刻挺身相救一个素不相识的人，是不是说明那姑娘，呵，对我有点意思，啊？

乙　什么呀！你呀，你这邪劲儿太大了你！

甲　哎？你这怎么说话呢！那你看那个姑娘她周围站了那么多小伙子，为什么她谁都不看，她就趴在边上光看我一个人呀，啊？！

乙　废话！谁让你掉老虎洞里啦！那不看你，她看谁呀！

甲　你甭管怎么说，估计从上边往下看，看不出我个头儿大小来。也许我的婚姻大事就此而成！哎呀！平常都是英雄救美人，今天美人救英雄来啦！哈哈哈，这叫因祸得福。呵呵呵，哎哟……

乙　别笑了！你活命了吗？你就想搞对象？！啊！

甲　你瞪什么眼睛啊！你怎么一点同情心都没有啊！俗话说君子动口不动手。我一没动口，二没动手，我就活动活动心眼儿，我都要死的人了，你跟我较什么真儿啊你！

乙　嘿！我还多嘴了！行，你活动你的吧。

甲　说时迟，那时快。三十根皮带拧成的绳子，顺顺当当下来了。我抬头一看，嚯！三十多人提了着裤子正看我呢！这么多人看我，不能给这么多人丢脸。

乙　哦。

甲　这只脚，勾过老头儿的拐棍；这只手，抄起大嫂给我的水果刀。这叫作"明知山有虎，偏向虎山行"。

乙　嗬！

甲　"胸中有红日，脚下舞东风。敢与恶虎争高下，不向妖魔让寸分。悲愤化作回天力，打虎自有后来人！"我啪一使劲儿，哎……

乙　怎么样？

甲　哎呀，我站起来了！

乙　嗯？你一直在底下坐着？！

甲　你废话，我腿那么软，不坐着我还趴着，啊？

乙　你快爬呀！

甲　抬头一看，绳子就在眼前，啪，一把攥住，噌、噌、噌、噌几步来到了中间。俗话说，狗急了能跳墙，人急了劲儿也不小。一步、两步、三步、四步，哎，你说攀登珠穆朗玛峰，后边跟着个大老虎，是不是是个人就上得去，啊？

乙　哎呀，你呀，就是胡说有能耐！

甲　回头一看，老虎刚睁开一只眼。哎呀，这叫胜利在望了！"啊朋友再见，啊朋友再见，啊朋友再……"

乙　哎！

甲　哎呀，再见吧老虎。说什么也不上这儿来啦！哎呀，你一个人在这儿饿着吧。看你一个人怪孤单的，动物园领导也不关心你。别忙，等哥们儿出去以后给你介绍一个母老虎啊。

乙　嘻！你还瞎说哪？

甲　上边一使劲儿，我一蹬腿，噌的一下，告诉你！

乙　哦。

甲　我出来了！

乙　哦，你得救了。

甲　群众是一阵阵地欢呼，哎呀，我是一个劲儿，一个劲儿地迷糊啊。

乙　哎呀，这回吓得可不轻啊！

甲　这时候想起一个关键的问题。

乙　又想起什么问题了？

甲　姑娘的裙带在哪儿呢？

乙　惦记那裙带呢。

甲　呵，在这儿哪！赶紧把它解下来，带着姑娘的体温，带着姑娘的芳香，带着……

乙　呵，别闻了！

甲　啊？

乙　再闻还有汗味儿呢！

甲　哼，甭管怎么说，争取走到姑娘面前，先给她来个"金珠玛米——雅咕嘟"！

乙　呦，还"雅咕嘟"！

甲　我是哩了歪斜奔姑娘而去。

乙　我说你着什么急呀？

甲　我还没对象呢！

乙　那大家这么救你，你不先谢谢大家？

甲　我哆哩哆嗦，我说得出话来吗？

乙　你先和大家握握手啊！

甲　他们都不和我握！

乙　为什么？

甲　全提着裤子呢！

乙　嘻！

相声

纠 纷

坚持四项基本原则，巩固和发展安定团结的大好局面，这是我们建设四化的根本保证。尤其是这个团结问题，那可是非常的重要。人与人之间的矛盾是不可避免的。两口子亲不亲哪？一辈子没吵过架、没拌过嘴的我看一位也找不着！泥人还有个土性哪！怎么办呢？遇事要沉着冷静，总要退一步想想，应不应当发火。孔子曰："君子有成人之美，君子有容人之美。"那意思是说，得容人处且容人。

比方说走大街上没留神蹬鞋踩袜子啦，上公共汽车不小心挤着碰着啦，这没有吵架拌嘴的必要。可往往因为一时逞强，谁也不服谁，一点点小事越闹越大，最后连自己也后悔了。您要不信，听我说一档子事儿。

这天早晨起来七点多钟，正是上班的高峰，大街上是人来人往，车水马龙。有一个人刚在早点铺吃完早点，打开自行车锁推车走了两步，没留神轧了前边儿一个小伙子的脚了，说是轧着了，其实也就是蹭了点儿泥，按理说，你道个对不起不就完了吗，可推车这位跟没看见一样，推车就往前走，挨轧的那位不干啦！

"哎哎哎，说你了，怎么长的这么大个子，推你妈车留点儿神！"

这话说出来就不顺听。推车的也不含糊：

"干吗？怎么了？"

"怎么了？你轧我脚了！"

"轧你脚活该！应当轧你嘴！你嘴里干净点儿，你骂街干吗？"

"骂街？对你这样的骂街是客气的。"

"嚯！要不客气你还把我吃了！告诉你，别来这套！"

"我哪套？要这么说你别走。"两手就把车拽住了。

"你松手！再不松手我抽你！"

"咱俩上派出所，你轧我脚了给我治去！"

"派出所是你们家开的？走哇，上哪儿也不尿你！"

就为这么点儿小事儿俩人还真上派出所了。民警正办公哪，一瞧进来俩人气势汹汹，把手下的东西先放下了：

"你们俩怎么回事呀？"

"民警同志，他推车把我脚轧了还要打我。"

"您别听他的，他那是胡说八道，我没打他，他张嘴就骂人。"

"你自行车呢？"

"就在外边儿锁着呢。"

"把车钥匙拿出来，搁这儿。"

骑车的从兜里掏出钥匙交警察手里了，警察往抽屉里一放，把笔拿起来了：

"你叫什么名字？"

"我叫王德成。"

"多大岁数儿？"

"三十一。"

"哪个单位的？"

"煤气站的。"

"家在哪儿住？"

"在……丁字沽，十二号楼四门三〇一。"

"你呢？你！"

"哎，我丁文元。"

"多大？"

"二十六啦。"

"你有工作没有？上班没上？"

"我天拖的保全工。"

"什么天拖？说清楚喽！"

"天津拖拉机厂。"

"住哪儿？"

"南市荣吉大街瑞福里四号。"

民警全给记下来了：

"你们俩打算怎么解决？"

"同志，您看他这横劲儿，我不服他，今儿我要斗斗他！"

"行啊，玩儿玩儿吧，你画出道来随你点，我接着。"

"你们俩还打呀是怎么着？根据你们现在这个态度，这问题现在没法解决，这样吧，你们先到里屋坐会儿，等所长来了看怎么解决。二位，请吧，里屋里屋。"把俩人让到里屋去了。

　　其实所长就在那儿坐着哪，他们俩不认识呀，这干什么？就为让俩人在小屋里蹲蹲性。如果这阵儿给俩人解决，谁对谁不对，谁也服不了谁，出门儿还得打起来。搁到小屋里甭理他们，也不问，时间一长就好办了。

　　这俩人气气哼哼地到小屋里一看，也没桌子也没椅子，就有两条长凳子。一人坐一条凳子上了。

　　"别忙，过完堂再说！我跟你没完！非让你认识认识！"

　　"哼！你这样儿的我见的多了，你甭诈唬，一会儿我让你知道知道。"说着话掏出烟来，点着了边抽边运气。

　　民警一拉门儿："别抽烟，把烟掐了！这屋不准抽烟。"

　　"好您了。"赶紧把烟踩灭了："同志，他拿车轧我脚了还要打人。您看快九点了我可要迟到了。"

　　"你先坐下，等会儿再说。"

　　民警走了，把门又关上了。这位又坐下了：

　　"完不了，告诉你，轧我脚给我治去，还得包我半天工资。"

　　"你死不死！你甭折腾，一会儿出去我给你拿拿龙，我好好管管你。"

　　"你？我踹不死你才怪呢！"

　　俩人又斗上嘴啦，烟是抽不了了，也没水喝，坐哪儿你看着我，我瞪着你，净等着过堂。等了半天一点儿信儿没有。王德成坐不住了，站起来往外探头儿，一瞧，外屋里有上户口的，有分户并户的；办准迁证的，打听事的……挺忙，没有解决他们俩这问题的意思。看看表，十点半了，问问吧：

　　"民警同志，我们俩这事儿，您看怎么解决？"

　　"哎呀，你没看我现在正忙着哪吗？再等会儿，回头我叫你们。"

　　"哎。"回来又坐下了。

　　到这会儿俩人都没话了。又等了一个多钟头，看看表，快十二点了。这丁文元受不了啦，怎么？早上起晚了点儿，连早点都没吃，他饿呀。一推门儿：

　　"同志，中午咱这儿不是有窝头吗？"

　　"窝头？你们这又不是拘留，哪儿来的窝头啊？"

　　"没窝头您是不是给买几套煎饼果子？打早晨起嘛也没吃了。"

　　"这儿挺忙的谁给你买去？我们也没吃饭呢，凑合再等会儿。"

　　"这得等到几点？"

　　"下午两点送你们去分局。"

　　"啊？"一屁股坐板凳上了："下午两点上分局，这月全勤奖算没了，还得算一天旷工，倒霉吆。"

王德成一听："你倒霉？我呢？我老婆有病，我这不请了两天事假，合算这一天嘛也没干，下午上分局还不知嘛时候回家。其实我拿车碰你一下又不是成心的，你要不骂街，咱何至于矫情起来呢？"

"你碰我脚了，你要客客气气的不就没这么些事了嘛，何苦在这儿待半天呢。"说着话他站起来走到王德成这边来了，这两人可就坐一条板凳上了："哎，我说，咱哪，别分局了，咱私了，怎么样？"

"对，到分局不也得解决嘛，为嘛呢，咱哪，就说咱俩认识，咱是盟兄弟，逗着玩儿逗急了，既不是车祸又不是打架，为吗上分局呢，私了蛮好。"

"走，咱们说说去。"

俩人商量好了一块儿出来了："同志，民警同……"

"哎，你们怎么出来了？还没叫你们呢。"

"我们是盟兄弟。"

"什么盟兄弟？"

"是这么回事儿，我们哪，本来认识，今儿早上起来是逗着玩儿逗急了，到这儿给您添麻烦了。咱别上分局了，在这儿了了就算了。"

"算了？那怎么行？咱们还没谈哪，再说你这脚轧这么重……"

"不重不重，不是他轧的，大概是我自己踩的，这一上午也活动开了，挺好，没事了。"

"噢，不是他轧的？那你怎么张嘴就骂他呀？这'五讲四美'你怎么学的？这文明礼貌你懂不懂……"

"同志，我给证明一下，他没骂我，我了解他，他这是口头语儿，不能算骂人。"

"既然你没轧他脚，他也没骂街，那你们俩上这儿干吗来了？这不是无理取闹吗？按照治安条例你们这个问题……"

"民警同志，这不能算无理取闹，可也不能说不是无理取闹……反正全是我们俩的不对，以后我们一定改，我们主要是缺乏学习，今后呢，我们一定好好学习，天天向上……"

"行了行了，别说了，就这一次，再有这种情况发生，一定严肃处理。签个字走吧。"

"好您哪。受累您把车钥匙给我吧。"

这个写丁文元，那个写王德成，签完了字，王德成拿了车钥匙："麻烦您了，我们走了。"

"走吧，书包别忘了。"

"带着了，带着了。"

俩人一块儿出来了，到外边儿拿钥匙开了车锁，回头还问那个：

"怎么样兄弟，还生我气吗？"

"哎，你这叫嘛话，你还得原谅我年轻了。"

"完了完了，有工夫找我玩儿去。"

"一定去，用嘛言语声儿，我天拖的。"

"短不了麻烦，我走啦？"

"上车走你的，回见回见！"

这不是吃饱了撑的吗？

如此大款

作者：杨振华

表演：杨振华、金炳昶

乙　各位领导！各位朋友！大家好！

甲　（山东口至终）呀！我听你说话怎么没底气啦！不舒服！

乙　没有！我挺好！

甲　明天上我那儿去！我给你弄俩"王八"补补……

乙　弄俩"王八"！那得多少钱！

甲　不用你花钱！我送你！

乙　那我能要吗？我怎么好意思让你破费！

甲　破费嘛呀！我自己家里弄的。

乙　你家里养"王八"？

甲　"王八"养殖专业户。我家里没别的！全是王八！大王八、小王八……你这么看着我干吗！我是养王八的！我不是王八！

乙　你养那玩意儿干吗？

甲　挣钱哪！

乙　挣钱是挣钱，它不好听啊！

甲　你管它好听不好听干吗！挣钱就行！好听，嘛好听？当总统好听，你当的上嘛！再说，养王八照样当大款！你知道我现在是嘛吗？

乙　现在是吗？

甲　"王八大王"！

乙　这也有大王？

甲　你到我们那儿打听打听！一提王八就是我！……我就是"王八"……嘿！是有点儿不好听啊！

乙　我听说这养王八风险挺大！

甲　那当然！不过风险算个啥呀！我爹说过："做买卖这玩意儿就是撑死胆大的，饿死胆小的！"不有那么句话嘛。

乙　哪句？

甲　叫胆大吃不了，胆小吃不着！

乙　你那是撞大运！

甲　那叫撞大运！那叫有胆识！你不行！你跟不上形势，现在有很多话都改了，你还不知道呢！还撞大运！

乙　现在净什么话改了？

甲　撞大运叫——有胆识，玩命叫——拼搏，上当受骗叫——交学费，灌米汤叫——公关，二拉吧唧叫——潇洒，吊儿郎当叫——休闲。过去我们说这人散漫叫吊儿郎当，你看现在哪儿有说吊儿郎当的！得说："你看这位多'休闲'。"吊儿郎当服叫"休闲服"。

乙　现在都这么叫哇！

甲　胡吃海塞叫美食，变相涨价叫优惠，厂家骗人叫直销，越整越难看叫美容。

乙　嘿！还真不少！

甲　现在无论干什么！你得有超前意识。

乙　怎么个超前！

甲　比如搞房地产吧，大楼还没盖呢，先卖出去了；电影还没演呢，先把演员炒红啦！

乙　这种情况可太多啦！

甲　还没高收入呢！先会高消费啦！还没做买卖呢，先会偷税啦！两人还没登记呢，孩子两岁啦！还没到四十呢，先办病退啦！五十刚出头，把墓地都准备啦！

乙　可不！这事还真有！

甲　有些事，你想管也管不了！要管也管不住！

乙　什么事管不了！

甲　我爹说过：东西南北五大洲，管不住的四大偷。

乙　四大偷？哪四大偷？

甲　偷懒、偷嘴、偷情、偷税。

乙　这偷懒怎么管不了？

甲　管不了！当年小日本厉害不厉害！拿枪逼着我们堡子人修炮楼！我们村的人，也不说不干，磨洋工，偷懒。顶到小日本都投降了，那炮楼还没修好呢！

乙　这偷懒真厉害！那偷嘴怎么管不了呢？

甲　管不了！我爹说过，厨子不偷，五谷不收。你说哪个厨子不偷嘴？

乙　厨子那不叫偷嘴，人家那叫尝尝咸淡！

甲　尝咸淡，专门在看不着的时候尝！你说为什么厨子大部分都是胖子？哪个好吃吃哪个！这厨子都有这功夫，不怕热！哪怕是刚出锅的，还烫嘴呢，他也能咽下去！（学）

乙　嗬！那偷情怎么管不了？

甲　偷情更管不了啦，偷情这范围可太大啦，上至王侯，下至老头，哪个阶层的都有，只要他是那种人，你拿枪逼着他，他也能偷。你把他锁到箱子里，他还跟耗子飞眼儿呢！

乙　对！我看过一外国电影，就因为她偷情被判了徒刑，她到监狱里和看监狱的搞上啦！

甲　管不了吧？

乙　那偷税的可能管！现在有税法，再说现在人们的素质都提高了，都自觉纳税，现在有多少依法纳税户！

甲　你说是现在，我说是过去！

乙　过去怎么管不了？

甲　我爹说过。

乙　你爹又说什么啦？

甲　（山东快书调）大掌柜，二掌柜，男掌柜，女掌柜，有一位算一位，你说哪个买卖不偷税，不偷税那是窝囊废！当！

乙　他爸爸是唱山东快书的！我说，你爹这人思想成问题！他现在干吗呢？

甲　我爹，早死啦！

乙　死了你老提他干吗？

甲　不听老人言，吃亏在眼前。我爹说，做买卖就是豁不出孩子套不住狼！

乙　你套住狼啦？

甲　狼我没套住，我套住王八啦！别人都不当，我当……呸！别人都不养！我养！我发了！我现在是嘛咧——

乙　是嘛啦？

甲　我现在是王八公司的总经理——对了！我现在不叫王八公司啦！

乙　叫什么啦？

甲　现在叫"长生绿色集团"。

乙　噢！绿色集团！还赶时髦！

甲　绿色是生命色，我全用绿的：办公大楼——绿的！汽车——绿的！团服——绿的。

乙　团服也是绿的？

甲　绿的一套，绿上衣、绿裤子、绿鞋。

乙　绿帽子！

甲　绿帽子！他们都不爱戴，我戴！我那屋里全是绿的，绿沙发，绿地毯，我坐在绿转椅里戴个绿帽子——过绿瘾。（晃脖）

乙　嘿！活的！

甲　你懂嘛！这叫派头！没派头他们能管我叫四基本嘛！

乙　甲基苯！怎么个四基本？

甲　上班基本接送，烟酒基本吃供，工资基本不动，老婆基本不用！

乙　什么？

甲　不用她干活儿？

乙　噢！不用她干活儿？

甲　我有保姆我用她干活儿干吗！

乙　那可不嘛，干活儿是保姆的事！

甲　光保姆换仨啦！

乙　保姆你换什么？

甲　不是我换，我老婆非换不可！

乙　怎么回事！

甲　头一个小保姆多好！干活儿才麻利呢！没干几个月——换了！

乙　因为什么换了？

甲　就因为她给我送嘴。

乙　什么？

甲　就因为她给我送水。

乙　送水！送水那算个啥！

甲　换了！换个三十多岁的！这三十多岁的也不错！那俩眼睛才好看呢！

乙　你老看人家眼睛干吗！

甲　没干几个月，换了！

乙　又为什么换了？

甲　说她老跟我拥抱！

乙　什么？

甲　说她老给我送报！

乙　送报！送水、送报这不很正常嘛！

甲　可不！换了！这回换个五十多岁的！你说这还有嘛意思！气得我不回家了！我

不爱看这五十多岁的！

乙　那你上哪儿去？

甲　我上大酒店，去 KTV 包房，洗桑拿，打高尔夫，玩保龄球……

乙　你不怕累着！

甲　累了我扎一针，当时就精神！

乙　扎一针！扎什么针？

甲　叫什么？在肚子上冷不丁着……

乙　杜冷丁！杜冷丁是毒品！你可别扎那个，那玩意儿扎了第一针还想第二针！

甲　第二针我就不扎了！

乙　这还不错！

甲　我抽！

乙　抽！抽是吸毒！那更厉害，人要一吸毒就算完了，有多少钱也不够花的！

甲　不够花我卖楼！卖完了楼卖汽车，卖完汽车卖王八！你说我那王八也不给我露脸，到我要用钱的时候，全死啦！

乙　倒霉开始啦！

甲　这王八一死可坏了！要账的全上来啦！把门口围个水泄不通，我怎么文明礼貌、微笑服务也不好使，就是不走！

乙　你不给钱人家能走嘛！

甲　我发现世界上脸皮最厚的就是要账的，像那个你第一次来要人家不给，第二次就别来了！他还来！脸上还不红不白的，我讪他，他也看不出来！

乙　谁讪谁呀！

甲　最可气的是银行也跟着起哄！

乙　你还欠银行的钱？

甲　什么叫欠？不就是贷款吗？

乙　你贷多少？

甲　我能贷多少？两千万！

乙　多少？两……千……万！你可真敢贷，贷这么多你怎么还哪！

甲　还？谁还？

乙　你还哪！谁还！

甲　你没听人家说嘛——贷款是好汉，还钱是笨蛋，老兄不信抬头看，要钱的围着借钱的转。

乙　他这体会多深！那人家要告你怎办？

甲　告了！

乙 已经告了！

甲 你看人家法院怎么对待我——把我用专车接到宾馆，为了保护我，门口搁俩站岗的，窗户安上栏杆，墙头都安上铁丝网……

乙 行行行！那叫宾馆？那叫监狱！

甲 我得客气客气，我说别别别，我也不是什么老干部，不用特殊照顾……我出去住去吧！

乙 出去！出去要账的还不把你打死！

甲 打死我才好呢，省得我自己死啦！

乙 你也要死！

甲 不活啦……（哧——笑）我一说死，可把他们吓坏啦。

乙 谁？

甲 银行、公安、税务、工商，这四家派四个人看着我，我上哪儿他们跟到哪儿，我吃啥他们买啥！我上厕所，他们在门口等着。我心里美——

乙 你美什么？

甲 我当总经理的时候，都没人这么伺候我，我的价值，现在才显示出来！

乙 那叫价值？人家那是怕你死了没人还钱！

甲 人家法院可不那么认为。

乙 法院怎么说的？

甲 法院说，他的问题不是欠债不还，他主要是偷税、逃税、骗取贷款、吸毒要钱、贩卖制造假王八……

乙 什么？造假王八！你还会造假王八？这假王八你怎么造的呢？

甲 你想学呀？

乙 我好奇！王八还有假的。

甲 假王八太好做了，扁口鱼上边扣个壳跟王八一样！

乙 嘻！扁口鱼冒充王八！亏你想得出来！

甲 要不我就是人才啦？

乙 人才！你缺德去吧！

甲 不是人才能会作诗吗？

乙 你还会作诗？你作什么诗啦！

甲 白话诗一首。

乙 怎么写的？

甲 贷款超千万，身份大改变。公安不能抓，法院不能判。天天住宾馆，顿顿吃海鲜。

乙　他还挺美？

甲　美中有不足。

乙　什么不足？

甲　缺个小保姆。

乙　他还想好事呢！

甲　我正想着呢，来啦，法院给我送来个"请柬"。

乙　"请柬"？传票吧！

甲　我打开一看，上写四个大字——

乙　请你赴宴！

甲　出庭审判。

乙　该！

相声

老鼠密语

作者：徐晓帆、海　林

表演：李金斗、陈涌泉

甲　陈老师是我们相声界里，最有学问的人。

乙　我谈不上有学问，也就是多念了几年书。

甲　您这是客气。

乙　决不是客气！

甲　陈老，学生我有一事不明，要在老师面前，领教一二，不知肯其赐教否？

乙　你瞧这份酸，有话请讲当面，何言领教二字。

甲　昨日夜间偶见一物，其毛灰，其腿短，其尾长，其骨软，其齿利，其嘴尖，蹲在地上抱爪妙算，爬柱上墙，如走平川，昼伏夜出，群居繁衍。虽屡灭而不绝者，此何物也？

乙　此乃耗子也。

甲　您的学问可够大的呀？

乙　就这学问呀，一个耗子值得咱们大惊小怪的。

甲　陈老师，您千万不要小看了这耗子。它深入千家万户，饱览人间百态，品尝美味佳肴，窥探个人隐私，上至富丽堂皇的宾馆，下至黎民百姓的宅院，来去自如，行走方便。它可以说是一个不折不扣的名副其实的——

乙　什么呀？

甲　地下侦探。

乙　好嘛！这耗子比特务还厉害。

甲　反正您做什么好坏事，绝对瞒不过这耗子。

乙　哎，你怎么知道的？

甲　昨天晚上，有两只耗子在我床底有一番对话，让我给听见了。把它翻译过来，这么一琢磨呀，哎呀！真是令人回味，发人深省啊！

乙　你能不能把这谈话的内容，给我们介绍介绍？

甲　可以呀，不过我一人介绍着不大方便，还得请您给帮个忙。

乙　我能帮什么忙？

甲　由现在起，咱们俩人就是两只耗子。

乙　这不行。

甲　怎么？

乙　这个谈话内容，我全不知道。

甲　那没关系呀，我说什么，你就跟着我来就行啦。

乙　好。

甲　开始。

合：吱吱吱吱吱……（学耗子动作）

乙　你瞅瞅，我们俩这闹耗子哪，你倒是先说话呀！

甲　哎哟，这不是光大哥吗？

乙　啊，你怎么叫我光大哥？

甲　对了，忘了告诉你啦，因为你这只耗子现在正打着光棍儿。

乙　那我的老伴呢？

甲　让耗子夹子给打死了。

乙　瞧我这倒霉劲儿。

甲　所以我就叫你光大哥啦。

乙　好好好！

甲　哎哟，这不是光大哥吗？

乙　是我呀，这不是寡大妹子吗？

甲　这寡大妹子是怎么回事呀？

乙　因为你不是个寡妇吗？

甲　我是只母耗子呀。

甲、乙　（两个人一起笑了起来）

甲　哎，那我丈夫呢？

乙　让猫给叼跑了。

甲　各位您听听，他这只耗子是光棍儿，我这只耗子是寡妇。嗯，有戏呀！

乙　对，早晚咱俩得凑到一块儿去。

甲　哎哟，这不是光棍儿大哥吗？

乙　这不是寡妇妹子吗？

甲　可不是我吗？

乙 哎，寡妹子我真的想你呀！

甲 我也是啊，光大哥哥，咱俩可以说是，青梅竹马，情投意合，没想到一场灭鼠运动，把咱俩弄得东逃西窜，天各一方。

乙 就是呀，我一直想着你呢。

甲 我也天天想你呀！

乙 噢！

甲 我非常想你，我太想你了，我想你想得都想不起来了。

乙 噢，你把我忘了呀？

甲 你怎么了，光棍儿大哥？咱耗子不是落爪就忘吗？

乙 对了，我把这茬儿给忘了。

甲 光棍儿大哥。

乙 哎，寡大妹子。

甲 你再想我的时候，你就呼我呀。

乙 我怎么呼你呀？

甲 我腰里有 BP 机。

乙 噢，我说寡妹子。

甲 什么事呀，光大哥？

乙 你那个号码多少呀？

甲 851 呼活力 28。

乙 噢！口服液加洗衣粉呀！

甲 我告诉你，现在人类都发了。

乙 噢！

甲 耗子不也得跟着新潮吗？

乙 对！现在的生活比过去提高多了。

甲 可是咱们的孩子可比以前变多了。

乙 哪点儿变了？

甲 你就拿咱俩来说吧，小的时候，能偷到半个馊窝头吃，那就跟过年似的。

乙 真是呀。

甲 可是我那几个孩子，现在什么包子呀、饺子都吃腻了，跟我说非要吃西餐。

乙 吃西餐。

甲 吃那个东西的名字叫——叫三明基，肯德治。

乙 嗨，那叫三明治，肯德基。

甲 这么说你开过洋荤了？

乙　不，不，我也没吃过呢。

甲　光棍儿大哥，你不知道，顶可气的，就是我那个三丫头。

乙　怎么啦？

甲　那天早晨，对着镜子那么一照，发现自己脸上有几根白毛。

乙　怎么啦……

甲　愣说自己是荷兰种。

乙　噢，寡大妹子。

甲　什么事？光棍儿大哥。

乙　你是不是跟哪个荷兰鼠同居过呀？

甲　哎哟！怎么拿我开心是不是？

乙　有没有……快说……

甲　我这点儿事还能瞒得了你吗？别说荷兰鼠，连米老鼠都没碰过。

乙　是吗？

甲　谁不知道我是有名的贞洁烈鼠啊！

乙　那叫贞洁烈女。

甲　废话，我不是母耗子吗？

乙　哎，贞洁烈鼠。

甲　那个三丫头，这几天，天天跟我又哭又闹。

乙　闹什么呀？

甲　让我给她偷个护照。

乙　干吗呀？

甲　好出国呀！

乙　上哪儿去呀？

甲　到荷兰找他爸去呀。

乙　哎，哪找去？

甲　那孩子是倒霉催的呀，为了把自己打扮成一个洋耗子，也不知从哪拉来一盒一盒的化妆品。什么这个斯，那个露，那个蜜，这个宝，哎哟，一个劲地往脸上搋呀。

乙　咱本来就长得贼眉鼠眼的，再抹也好看不了呀。

甲　第二天早晨，对着镜子这么一照，坏了。

乙　怎么了？

甲　小脑袋肿得跟猪头似的啦！

乙　是啊？

甲　这回倒好啦，甭说白毛，连灰毛都褪光了。

乙　那是怎么搞的？

甲　后来这么一化验，才知道，敢情这些化妆品都是假货。

乙　这假货可真坑人呀。

甲　就是呀，哎，光棍儿大哥。

乙　什么事？

甲　话又说回来了，假货不一定都坏呀。

乙　怎么见得？

甲　就拿那个假耗子药来说吧，我感觉就不错。

乙　不错什么呀？

甲　那天我吃了几片假耗子药，认为完了，没救了。

乙　可不是吗？

甲　结果你猜怎么着？——没事。

乙　是吗？

甲　没事呀，假耗子药往嘴里这么一搁，脆不唧儿的，甜不唧儿的，辣不唧儿的，酸不唧儿的，哎哟，嘎嘣嘎嘣那个好吃呀，就跟吃那个小米锅巴似的。

乙　太好啦。

甲　光棍儿大哥，现在我算吃上瘾来了。

乙　噢！

甲　我要是一天不吃这假耗子药，浑身没劲儿，眼泪鼻涕就全下来。

乙　哎哟，你那是犯瘾了？

甲　这假耗子药，可太好吃了。嘎嘣嘎嘣好吃极了！

乙　哎哟，我说寡大妹子。

甲　什么事呀？光棍儿大哥。

乙　既然那么好吃，你能不能给我点儿尝尝呀？

甲　明天我就带你吃个够。

乙　哪儿有这玩意儿？

甲　陈涌泉他们家就有。

乙　你怎么知道的？

甲　我那窝，就在他们家呀。

乙　这母耗子，敢情是我们家的呀，我说寡大妹子。

甲　什么事呀，光大哥哥？

乙　你有几个小耗子？

甲　哎，别提了。

乙　怎么了？

甲　一说这事我就脸红。

乙　还害臊哪？

甲　我跟我们那口子，结婚这几年，没干别的，尽下了小耗子啦！

乙　噢，那一共下了有多少只啊？

甲　也不多，一窝就下了十九个。

乙　嚯，那你下了几窝呀？

甲　总共才下了七窝。

乙　那得有多少呀？

甲　反正有百十来只吧！

乙　是吗？

甲　我跟你这么说，这条胡同差不多的小耗子都是我下的。

乙　那么些个，你认得清吗？

甲　有记号啊。

乙　什么记号啊？

甲　它们都穿个背心，上面写着"别理我，烦着呢"，那都是。

乙　是啊？

乙　我说寡大妹子。

甲　什么事呀，光大哥哥？

乙　我得问问你，你怎么不搞计划生育呀？

甲　我还计划生育呢，我都绝育了。

乙　噢，你做了手术了。

甲　我口术了。

乙　什么叫口术？

甲　别提了，就我们那个房主，为了让他那只猫保持优美的线条儿。

乙　怎么着了？

甲　他决定不让它下小猫了。用十片避孕药、一把棒子面做了一个小窝头做了猫食。

乙　嗯。

甲　没想到这猫食让我偷着给吃了。

乙　是吗？

甲　光大哥哥，就你说，我这瘦小枯干的，十片避孕药我受得了吗？

乙　真受不了啊。

甲　我还能生吗？

乙　生什么呀！

甲　现在，我整个一个内分泌紊乱。

乙　真可怜！

甲　四五天出不了窝。你说这猫主人缺德不缺德呀？

乙　真够缺德的。

甲　他损不损？

乙　太损了。

甲　谁说不是呢？

乙　那这猫主人是谁呀？

甲　陈涌泉哪！

乙　啊，我多咱干过那缺德事呀？

甲　我跟你这么说，光棍儿哥哥。

乙　怎么着？

甲　现在这年头，就是撑死胆儿大的，饿死胆儿小的。

乙　这怎么讲呀？

甲　就拿我们小五儿来说吧，最近跟猫交上朋友了。

乙　啊？跟猫交朋友，猫是咱们不共戴天之敌呀！

甲　谁说不是呢？但是小五儿有绝活儿！

乙　什么特点呢？

甲　他能侃啊！

乙　能侃？

甲　侃爷，侃爷就是我们小五儿。

乙　是吗？

甲　给猫侃晕了。

乙　噢？

甲　前天上午在我们窝里，请猫吃饭。

乙　把猫给弄到家里来了？

甲　弄到家里来了。

乙　这还不是找死吗？

甲　小哥儿几个，把猫围到当间，我们小五儿就说了："哎——哎——哎——您好！
　　哎——猫——猫爷爷！"

乙　好嘛，还真下本儿！

甲　"我代表这些——无名——鼠辈——欢迎您来，希望您以后要高——啊高——高——高抬贵口。"

乙　什么叫高抬贵口哇？

甲　别——啊别吃小耗子了！

乙　猫能不吃耗子吗？

甲　谁说不是啊？

乙　猫什么态度呢？

甲　"喵喵——"

乙　这还是个懒猫。

甲　"这样做不好吧，啊——要注意影响吗？啊——要掌握原则了啊——"

乙　猫的官气还不小！

甲　就是。

乙　看来呀，要白费劲。

甲　白费劲？小五儿有主意。

乙　什么主意呀？

甲　它给这只猫，弄了几个小蜜。

乙　小蜜，什么叫小蜜呀？

甲　光棍大哥，你怎么这么落后呀，连小蜜都不懂？

乙　不知道。

甲　小蜜就是母耗子。

乙　噢，是小五的女朋友？

甲　哎哟，比女朋友还好。

乙　噢，那是对象。

甲　又没对象那么近。

乙　那是什么呢？

甲　就是几个总在一块，老搞猫儿腻。

乙　猫儿？

甲　猫儿腻。

乙　什么叫猫儿腻？

甲　哎哟，你非打光棍不可，怎么连猫儿腻都不懂呀？

乙　我没腻过呀！

甲　这样吧，明天上午让小五给你送个小蜜，你和它在一块儿腻腻。

乙　不不不……要！

甲　我告诉小蜜进来之后，一个个打扮得花枝招展，哎哟，这个给猫敬酒，那个给点烟，这个往它嘴里送菜，吃完之后，又跟它拥抱，还和它接吻，又给它按摩，一会儿的工夫，你再看这只猫，两只眼睛眯成一条线了，胡子也耷拉下来，舌头也短了，脚底也拌了蒜了，官气一点也没有了，当时就改嘴了。

乙　他是怎么说的？

甲　"咯——"

乙　少吃点好不好？

甲　"我跟你这么说，五爷！咱们是铁哥们儿，以后我绝对不吃小耗子，再吃小耗子我是你孙子！"

乙　这是什么辈儿呀？

甲　光棍大哥，你说我们小五儿怎么样？

乙　可真有两下子！

甲　当然啦！

乙　这都哪儿学来的？

甲　这都是跟人学的。

乙　跟人学的？

甲　这就叫挨金似金，挨玉似玉，提起这个人的名字，在座的各位全知道啊！

乙　谁呀？

甲　陈涌泉哪！

乙　还是我啊！

康熙私访（选回）·拾风筝破解字谜诗

作者：贾建国、连丽如
表演：连丽如

智斗鳌拜在少年，平定三藩收台湾。
辨别忠奸平叛乱，康熙微服访民间。

从今天开始，我给大家说这部长篇评书《康熙私访》，这部评书是根据民间传说改编的。虽说是根据民间传说改编的，可是您要听完这部评书，也可以了解到康熙皇帝是一位有道明君。历史上有名的"康乾盛世"，"康"说的就是康熙，"乾"说的就是乾隆了。康熙确实是一位有道明君，可以说是一代圣君。

康熙年间，马放南山，刀枪入库，万民乐业，五谷丰登，国泰民安，麦秀双穗，一个大钱能买俩饽饽！据说，地里花生要是熟了，拿一根针往花生上一扎，滴滴答答往下流油，您说这日子好过不好过？老百姓日子好过了，当然就喜欢这位皇上了，所以都说康熙年间老百姓是有造化的。

咱们这部书说的是康熙在位四十七年，康熙是八岁登基，在位六十一年。大家都知道，中国历史上头一个皇帝就是秦始皇，秦王嬴政一统天下，当了中国第一个皇帝。封建社会，父传子，家天下，秦始皇认为他们家代代久长，天下永远是他们家的了。没想到传到秦二世，天下大乱，干戈四起，沛公刘邦在芒砀山揭竿起义，三载亡秦，灭了秦国，五年破楚，跟楚霸王项羽打了五年的仗，称为楚汉相争。扫秦灭楚，汉高祖刘邦当了皇上，创下大汉朝的江山事业。又打刘邦这儿一代一代往下传，您要听《三国演义》，汉朝最后一位皇帝是汉献帝刘协刘伯和，汉朝一共是二十二个皇帝。再往下就是三国了，三国之后是西晋、东晋、南北朝，再往下就是隋朝，隋朝之后是唐朝，紧跟着是五代十国，然后就是宋朝，宋朝之后是辽、西夏、金，然后是元朝、明朝、清朝。从秦始皇开始算到清朝最后一个皇帝——末代皇帝溥仪，咱们甭算那些偏邦小国，也不算那些散落的朝代，就说历史上数得过来的朝代，数得过来的皇帝起码得一百多位吧？在位时间最长的那就是康熙大帝了。康熙皇帝在位六十一年，了不起呀！

这部书说的是康熙在位四十七年，康熙八岁登基，加上四十七年，康熙多大岁数了？五十五岁。这天康熙散了早朝，文武官员全都走了，康熙离开金殿之后，一个人溜溜达达就奔了后宫了。

什么时候哇？腊月二十三。腊月二十三过小年儿，灶王爷上天，糖瓜儿祭灶的日子。

康熙一个人溜溜达达往后宫走，走着走着就觉着微风吹在身上很舒服，而且挺暖和。康熙不由得抬头观瞧，万里无云，再低头一看，哎呀！雪都开始融化了。康熙心说：刚腊月二十三，天就这么暖和，嗯，看起来明年准是好收成。

康熙心旷神怡，迈步往前走，后边儿有太监跟着。就在这个时候，太监们听见了，离着挺远有一个脚步声音透着沉重，走得挺快。皇上在前边儿呢，一般的人可不敢惊动皇上啊。太监们心说：谁走得这么快呀？回头一看，来的是宫中的四司八处都总管、大太监梁九公，是奏事臣。梁九公是宫中最大的太监了，这太监们就猜出来了，梁总管肯定有急事。

梁总管快步走到康熙身背后，往地上一跪，说道："主子，奴才有大事启奏！""哦。"康熙不由得站住了，问道："梁总管，有什么事儿？说吧！"梁九公说："主子，宫中捡到了三只民间失落的风筝，请主子定夺！""哦。"康熙听明白了，宫中捡到了三只老百姓放的风筝。

那么有人问啦，宫中捡到三只老百姓的风筝这么点儿小事儿还惊动皇上？哎，您看这可不是小事儿。过去迷信，甭说在宫中捡到了老百姓放的风筝，就是普普通通老百姓的家，如果捡到一只风筝，主人也认为对自己不利，把这风筝捡起来，撕了往外头一扔。找风筝的人一看，人家把自己的风筝撕了，连大气儿都不敢出，把这破风筝捡起来就得走。迷信嘛！主人认为风筝落到自己家中对自己不利。何况这是皇宫内院啊！

康熙一听，捡着民间失落的风筝，老百姓放的，按说我是皇上，我就应该传旨在京城给我查这放风筝的，捉到之后我要传旨严办。康熙是一位有道明君哪！康熙心说：老百姓要是吃不饱，穿不暖，能有心思放风筝吗？既然出来放风筝，就证明他日子好过，有心情才出来放风筝呢。眼看快过年了，老百姓家家置办年货，这时候放风筝是好事，普天同庆啊。我要是一查这放风筝的，城中官兵一动，老百姓家家都不得安生，闹得鸡犬不宁，算了吧，这三只风筝我也就不查了。

康熙想到这儿一回头，对梁九公说："梁总管，三只风筝就给扔了吧！"梁九公可没敢站起来，回话道："主子，这三只风筝我不敢扔啊！上边儿有字，字体相同，而且词句相同，请您龙目御览！"哎呀！康熙一听就明白了，这三只风筝不是无缘无故落在院中，上边儿有字，字体相同，而且上边儿的词句也一样。看起来是有人成心把这风筝放出来，让它落在宫中啊。梁九公知道有事儿，让我看一看。康熙说："好吧，梁总管，就把风筝拿来，朕要亲自过目。""奴才遵旨！"梁九公站起身形，马上往外传话，六个小太监就把这三只风筝抬来，放在康熙的面前。

康熙一看，好大的风筝，一人多高，两只蜻蜓，一只沙燕儿。仔细一看，上边儿果然有字，字体是一样的，而且词句是一样的。康熙看了看，不由得就念出声来了："胡字古无踪，日月一同行。两房高一房，持刀去行凶。病人除灾难，三才天地空。官逼民难忍，五伦自居中。"康熙立刻就猜出来了，那康熙是个大才子呀！"胡字古无踪"，姓胡的"胡"，把这"古"字去掉了，旁边儿就剩个"月"字；"日月一同行"，一个"日"字跟一个"月"字一块儿，这是个光明的"明"字；"两房高一房"，一间房，上边儿还有一间房，房上有房那是个楼哇。前边三个字是"月明楼"。再往后看，"持刀去行凶"，行凶就是"杀"，杀谁呀？"病人除灾难"，病人除灾难"好"啦！"三才天地空"，天地人三才，除去天，除去地，就剩下"人"了，"月明楼杀好人"！最后两句话，"官逼民难忍"，官逼民难忍就得"反"哪！"五伦自居中"，反谁呢？天地君亲师，五伦自居中，当中间是个"君"字。连起这句话是："月明楼杀好人反君！"

康熙不由得冲冲大怒：什么人这么大的胆子，敢杀好人反君？反君反谁呀？我就是君，反的是我大清皇帝，反的是我爱新觉罗·玄烨，反对我大清朝吗？

康熙明白啦，为什么梁九公让我看这几只风筝，看起来放风筝的人很有心计呀。他知道有这件事，月明楼杀好人要反对我大清朝廷，可是没办法让我这皇上知道，想出这条妙计，放出风筝来。这放风筝的人绝不是放了一只风筝啊，三只风筝落在我的宫中，容易吗？老百姓放风筝成心往宫中掉，放一只掉一只吗？起码得放上几十只风筝才能落在宫中几只呀！再说如果宫中捡不到风筝呢？可能这人就得放上几百只风筝，在朝中的文武官员府外头放风筝，让文武大臣捡到风筝知道这件事好奏禀我，让我传旨严办。

康熙想到这儿有主意了，吩咐道："梁总管。""奴才在。""把这风筝抬下去吧。""奴才遵旨。"梁九公赶紧让小太监把风筝抬下去。

把这风筝扔喽？可不敢，因为康熙传旨了，让抬下去。梁总管就让人把风筝收起来，什么时候皇上传旨要看风筝，什么时候得把风筝抬出来。

康熙回到自己的书房。第二天，腊月二十四，康熙上朝办国事。第三天，腊月二十五，康熙下了早朝之后，来到书房说道："张衡。"太监张衡忙说："奴才在。""传朕的旨意，召见顺天府尹施世纶。""奴才遵旨。"

皇上传旨了，要召见顺天府尹施世纶施大人。太监张衡亲自传旨，不到一个时辰，也就是搁现在说一个多钟头，施世纶跟着太监张衡来到宫中的御书房外。

张衡进书房回旨："主子，顺天府尹施世纶在书房外候旨召见。"康熙说了声："传！"张衡赶紧出来了，传下皇上的口旨。施世纶来到书房跪倒施礼："臣施世纶叩见皇上！"康熙在正中一坐，说道："施爱卿，免礼平身。""谢皇上！""坐吧。""谢皇上赐座！"

康熙在御书房赐座，让施世纶坐下，施世纶往这儿一坐。说坐，敢实实拍拍坐吗？这儿坐着皇上哪，自己跷着二郎腿儿往这儿一坐，敢吗？施世纶也就坐这凳子的三分之一，气都得提着，一会儿皇上一说话，赶紧就得站起来呀！施世纶坐这儿瞧着皇上，不知道皇上今天为了什么事召见自己。

皇上说道："施爱卿，腊月二十三朕在宫中捡到了三只风筝，这风筝有一人多高，上边儿有字，字体相同，而且词句也是一样的。朕已然让梁九公把词句抄下来了。张衡啊。""奴才在。""把字柬送到施大人手中，让施大人看一看。""奴才遵旨。"张衡就把这张字柬送到施世纶的手中。施世纶接过来一看，马上就明白了，回禀道："皇上，臣家中腊月二十三也捡到了两只风筝，上边儿的词句跟这个词句是一样的。"康熙问道："哦，施爱卿可测出其中的意思？"施世纶说："皇上，臣斗胆！"康熙说："说吧！"施世纶答道："上边儿暗藏一句话'月明楼杀好人反君'。"

追　溯

作者：常宝华

表演：常宝华、常贵田

人物　老年人　青年人

地点　公园一角

老　嘿！公园儿一早儿的空气真新鲜啊！别浪费……（忙做深呼吸）

青　（东张西望）没啦！

老　没啦？（深呼吸）要多少有多少。来，两人分。

青　（寻视）完啦！找不到啦！

老　找不到……丢东西啦？

青　太苦恼啦！

老　看急的，咱得帮助找找。（寻视）丢什么啦？

青　没有它我可怎么活哟！

老　嗯，钱，没钱谁也活不了。

青　金钱是不能跟它相比的。

老　噢！（自语）金戒指。

青　黄金有价它没价呀！

老　甭问，钻石。

青　珠光宝钻也没有它那夺目的光彩！

老　夺目？丢了个灯泡儿？

青　只有它才能打开……

老　嘻！钥匙啊！

青　才能打开我的心扉。

老　手术刀丢啦？

青　你走到哪儿去啦？

老　走？哎呦！把人给丢啦！

青　仅仅三年啊！

老　孩子，三岁啦。

青　热恋三年啊！我一直地爱着你……

老　对象儿丢啦！

青　可你却把我远远地抛弃啦！

老　这小子失恋啦！

青　我要哭。

老　没人拦你。

青　要不我笑？

老　都是现成的。

青　（笑）走吧！走吧！（哭）回来！说不哭就不哭。

老　我躲开他吧！这种人什么事都干得出来。（欲走）

青　（突然地）对！

老　（吓一跳）嗯？

青　这里，就是这里。

老　这儿怎么啦？

青　我俩就是在这里初次相识的。

老　这儿……（突然地）对！

青　（吓一跳）嗯？

老　当年我跟老伴儿头回见面儿也是跟这儿啊！

青　这里是明亮亮的湖水，绿葱葱的山坡，柳荫下，摆着一对石墩和石桌，真吸引人啊！

老　当年是脏乎乎的臭水，光秃秃的山坡底下，死猫上扣个破铁锅，太恶心人啦！

青　我们是柳树牵线，一见钟情啊！

老　我们是媒婆说亲，父母之命啊！

青　我俩相见正是初夏的季节，感到心旷神怡，稍有凉意。

老　我俩相亲正是三伏天儿，长这身痱子！

青　那天，我穿着白色的 T 恤衫，淡蓝色的牛仔裤。

老　那阵儿，我穿的灰布小褂儿，下边儿还缅裆裤呢。

青　她穿着一件黄色衬衫，紫红色的短裙，端庄秀丽的面庞，头上梳着马尾，显示着青春的活力，温文尔雅的气质。

老　我老伴儿，穿的是……脑子记不清了，给我印象最深就是她脑门儿那刘海儿。

青　她默读着英语，手捧着课本。

老　媒婆把她领到这儿，手里攥着本儿黄历。

青　我轻轻地说了声："Goodmorning，friend."

老　媒婆说：（山东话）"今天黄道吉日俩人就对个眼儿呗。"

青　我俩面对面坐在石墩上。

老　我跟老伴儿脊梁对脊梁。

青　我面对着陌生异性的朋友，内心在微微地颤动。

老　我头一回跟女的这么见面儿，起这身鸡皮疙瘩。

青　我俩漫步走到湖水旁。

老　媒婆给我们领到一个粮店。

青　她哼着《我的未来不是梦》，我唱着《让我一次爱个够》，我俩早已进入了恋爱生活的憧憬。

老　她提拉二十斤绿豆，我扛四十斤面，媒婆让我们给她送家去。

青　我俩多么珍爱这时光啊！

老　媒婆多会巧使唤人啊！

青　我情不自禁地望着她，她也悄悄地看着我，我俩视线交织在一起很久、很久……

老　我尽顾扛粮食啦，愣不知道老伴儿什么模样儿，想瞄她一眼，坏啦！脖子大筋扭啦！

青　脑海里始终印记着你那秀美的倩影。

老　到现在我这脖子愣没直起来。

青　给我留下了美好的回忆呀！

老　现在落了个治不好的残废呀！

青　为了加快爱的步伐，我俩说呀，笑啊，整整谈了一上午。

老　媒婆为了省俩车钱儿，我们扛啊，走啊，走了多半天儿。

青　我俩从现在一直展望到未来。

老　我们从海淀一直扛到白塔寺。

青　我没感到一丝疲倦。

老　我出了一身臭汗。

青　她摘下一朵玫瑰花，细声细语地说："给我戴在头上。"

老　老伴儿喘着粗气说：（唐山口音）"我用擀面杖给你擀擀脖子？"

青　高兴得我要发疯啊！

老　听了这话我见傻!

青　你不愧是新时代的女性。

老　她也不是哪村的娘儿们儿?

青　你甜美会心地一笑,显露出诱人的酒窝儿。

老　老伴儿冲我一乐,满嘴黄板牙!

青　当时,我需要增加热量。

老　那阵儿,我肚子也直叫唤。

青　她多敏感。

老　老伴儿真开窍儿。

青　你马上买了两份冰激凌和三明治。

老　老伴儿买了四个刚出锅的老玉米。

青　你温柔地说:"这些都有营养价值,吃吧!"

老　老伴儿说:"这都是粮食,搪时候儿啃呗!"

青　在你面前我吃得多么香甜。

老　刚要啃……想起老伴儿那嘴牙,我愣没咽下去。

青　从此我俩建立了爱情的关系。

老　父母做主,好坏也就那么着啦!

青　我俩时常在舞会上,"伦巴"、"探戈"跳到通宵。

老　我们成天洗衣裳、做饭干个没结没完。

青　我俩在花前月下,如胶似漆。

老　我俩为了小事,打得鼻青脸肿,口眼歪斜。

青　"忠诚的爱情充溢在我的心里,我无法估计自己享有的财富"。这是莎士比亚的
　　名言。

老　媳妇是"三天不打,上房揭瓦"。这是我舅舅教我的。

青　每次话别,你总给我一个甜蜜的吻。

毛　那回干架,她差点儿把我鼻子给咬下来。

青　我向她提出结婚。

老　我得跟她服软儿。

青　我担心她跟我变卦。

老　生怕她给我打个半死儿。

青　我爱她,更爱她的叔叔是个海外华侨。

老　我躲着,躲着她哥哥,他会猴儿拳。

青　为了她,我大把大把地花钱。

老　我的老伴儿，一分钱能攥出水儿来。

青　我俩吃一餐，我花去了两千元。

老　结婚那件衣裳，她整整穿了八年。

青　我这低工资怎么承受得了高消费？

老　我收废品，每天都不少赚钱儿。

青　我在经济上发生了危机。

老　我们的小日子越过越红火。

青　有一次，突然给我个打击！

老　有一次，她让我喜出望外！

青　她寄来一封绝情信。

老　她给我买了件儿花衬衫。

青　我一看内容，她简直是条毒蛇。

老　我一瞧商标，还是个"鳄鱼"的。

青　原来她叔叔在国外给她安排了工作。

老　敢情她哥哥给她找了个事由儿。

青　在大公司她担任了总经理。

老　在清洁队她当上了小组长。

青　她居然说："有钱是夫妻，没钱两分离。"

老　真是"日久见人心，路遥知马力"。

青　她真使我失望。

老　老伴儿可太疼人啦！

青　她脸是白的，心是黑的。

老　她牙是黄的，心是红的。

青　多年恋爱会有这样的结局！

老　只见过一面还觉得相见恨晚呢！

青　天不遂人愿。

老　事全在人为。

青　我真羡慕那老夫老妻的晚年享乐。

老　有一阵儿，我还嫉妒那年轻人在公园里乱啃哪！

青　为什么我不早一点儿出世啊？！

老　那阵儿我真想再回回炉。

青　再也没有和我情意缠绵说知心话的人了。

老　有，我有，就是我的老伴儿，她老人家。

青　　你究竟到哪里去了？

老　　（看表）她正在上班儿扫马路。

青　　我陷入苦井不能自拔呀！

老　　我帮她干干活儿，就手儿收收废品。

青　　我简直是个废物……

老　　（吆喝）收废品。

民族魂

作者：叶景林　邢义军
表演：叶景林

一八九四年，中日甲午战争爆发。日军从大连登陆，企图长驱直入，侵我国土。清朝政府软弱无能，而中华民族实不可辱！清朝名将正定总兵徐邦道，率兵镇守在旅顺、大连通往内地的必经之路泡子山。

日军调集重兵攻山，清军顽强抵抗。到第四天的中午，清军伤亡惨重，粮草已尽，弹药可数，总兵徐邦道心急如焚，他知道，要再守下去，就得全军覆没！他时而看看山下的敌军，时而手搭凉棚，朝后山观瞧。他看什么呢？他已派人去金州求援，急切盼望援军到来。

这时，徐邦道忽听一个兵勇高喊："总兵大人，倭寇又开始攻山啦！"

徐邦道手摁山石，往山下一看，只见日军又增兵了，无数的日军漫山遍野，黑压压一片！立即传令："弟兄们，援兵即将到来。各就各位，准备开炮！"

"总兵大人，不能开炮啊！"

徐邦道闻听一愣，急忙回头一看，原来是主炮台上的炮手！便几步跨到近前，问道："为何不能开炮？"

"大人，你看！"炮手伸臂往山下一指。徐邦道顺着炮手指的方向一看，就见正对着炮台的山下，日军队前押着两个人，一个是白发苍苍的老太太；一个是丰韵不减的中年妇女！再仔细一看，不由"哎呀"一声："怎么能是他们婆媳！"

这婆媳二人是谁？正是徐邦道的老母亲和爱妻徐氏！

徐邦道真没有想到，自己朝思暮想的老母和爱妻，今日竟在两军阵前出现！？

守山的清军一看到落在日军手里的徐家婆媳，就知金州已经失守。因为金州乃是清军的大本营，金州要不失守，日军怎能抓到徐家婆媳？

"总兵大人，快下令吧！让我等冲下山去，拼死也要把老少二位夫人救上山来！"一位清军头目谏道。

徐邦道把手一摆："且慢，敌军数倍于我，武器精良。我军要贸然冲下山去，岂不白白送死？"

"那……那……那老夫人和少夫人怎么办呢？"

"这个……"

徐邦道正在左右为难。突然，从后山跑来一匹快马，转眼之间到了近前，马上那人递给徐总兵一封加急文书。然后掉转马头，飞驰而去。

徐邦道打开文书一看，原来是中堂李鸿章的"电令"！

徐邦道看完电令，眼珠子"唰——"地红了，三绺胡须"咋——"地全翘起来了。

徐邦道的随从和清军大小头目齐声问道："总兵大人，出什么事了？"

徐邦道仍是愣在那儿，一言不发。

"总兵大人，我等跟随大人多年！患难与共，出了啥事，跟我等说说又有何妨？"

徐邦道这才一甩袖子，说："弟兄们，李中堂骂我们：'固守此地，愚蠢至极！'命令我等撤兵！"

"什么？此地乃是进入内地的咽喉要道，要是弃而不守，那不等于把整个东北国土让给了倭寇？"一个头目说道。

徐邦道若有所思地慢慢回转身来，看了看巍峨起伏的群山，山中林涛在吼，好像是哭；又看了看那一望无际的渤海，咆哮的海水拍打着礁石，发出愤怒的呼号；再看看山下敌军阵前的老母爱妻，都挺着胸脯，傲然怒视着自己。这婆媳俩好像怨恨自己，为何还不赶快冲着敌人开炮！？

徐邦道看了多时，不由眼含热泪，仰天长叹："唉！我大清江山危在旦夕，朝廷非但不派兵增援，反而令我撤兵。难道就任凭倭寇践踏我疆土，奸淫我妇女，烧杀抢掠不成？"

徐邦道他说着说着，狠一咬牙，接着狠一跺脚："哼！俗话说，'将在外，君命有所不受'，何必怕那李中堂呢！"然后抬起双手，摘下顶戴花翎，"啪"地摔在地上："弟兄们，我意已决：为我中华，为千千万万个母亲妻子，我徐邦道将与老母、夫人一起，与敌人同归于尽！诸位兄弟如有需要回家照看妻儿老小者，就请自便，本总兵决不责怪！"

徐邦道说罢，再看自己的军兵，都在坚守岗位，没一个动地方的，个个紧紧咬着钢牙，眼珠子充血。

这时，有一位老兵，把刀一举："弟兄们，总兵大人坚决舍家为国，我等有何话说？愿与总兵大人同生共死！"

"对呀，我等愿与总兵大人同生共死！"众兵举刀同声呼应。

将军的眼泪，比金子还贵呀！可是此时此刻，徐邦道也控制不住了，两眼的热泪，"唰——"的一下，像泉水般涌了出来："弟兄们，你们不愧是炎黄子孙，请受邦道一拜！"说着，冲着自己军兵，跪倒叩头。

"哗——"全体将领军兵也齐齐跪倒："愿与总兵大人一起以身许国！"

这时，山下的日军，押着徐母和少夫人，已经攻到半山腰了，不知为啥？攻着攻着，突然停下了。几千名日军站在原地，同时朝着山上看。只见：

山上号旗遍布，迎风招展，四座炮台，环山而建，主炮台前一杆大旗，葫芦顶倒垂金缨，镶金边，走金线，青丝绣就一个大字，双人有余 ——它念"徐"。海风吹来，大旗迎风飘摆。二十名兵勇，十余名校尉，在锦旗下，雁翅排开，正中旗下站着一人，年纪四十开外，身高体大，膀阔三停，两道浓眉，飞额入鬓，微睁二目，白光森森，方面大耳，鼻直口阔，颌下三绺胡须，胸前飘洒，三股发辫，绕在顶上。身穿九蟒五爪开衩袍，外罩青色补服，左肋下悬挂一口腰刀。手摁山石，威风凛凛，杀气腾腾，正站石壁之上往山下观看。

攻山的日军们都边看边想：这位就是清军正定徐总兵吧？

日军们猜得很对，此人正是那位高大绝顶，顶天立地，头顶青天白云，脚踏要塞雄关，豪气贯长虹，壮志冲霄汉，赤胆忠心，精忠卫国，不惧朝廷罢贬，不怕外强内奸，宁愿站着死，不愿屈膝生的，我中华民族的好男儿，现任清军正定总兵的那位徐邦道！

日军们一个个看的，都傻眼了。这时，一个日军少佐，把徐母往前一推，就用半生不熟的中国话喊道："喂，姓徐的大人，赶快投降，要不投降，你的母亲妻子就要统统地死了死了的！你明白吗？我给你三分钟的时间考虑考虑！"

这个日本少佐喊完，又回身冲着徐母"嘿嘿"一笑，"老太太，你的有话，就跟你的儿子说说！"

这个少佐说完，把战刀往地上一拄，眼睛一眯，得意忘形。

徐母能在两军阵前看到儿子，心里高兴极了，抬起头来，冲徐邦道微微一笑："我儿听真切……"

徐邦道面对母亲跪下身来："娘，孩儿不孝，有话请讲！"

"儿呀，分别时，娘说的两句话，吾儿可曾记得？"

"娘呀！孩儿岂敢忘怀？"

"你说说与娘听一听！"

"孩儿遵命！娘的两句话是：'宁做中华断头尸，不做倭奴屈膝人！'"

"儿呀，娘这就放心了！"老人家说完，掸了掸身上的灰尘，又捋了捋蓬乱的白发，顺手取下一支别在白发上的金簪，猛一回身，照准那个日本少佐的太阳穴，就狠扎下去。

这个日本少佐一看徐母的金簪扎来，急忙把头往旁一偏，太阳穴算躲过去了，可是他的眼睛活该倒霉，那支金簪竟"哧——"的一声，扎在他右眼的眼仁儿上了。疼得日本少佐"哎呀"大叫一声，就把战刀扔掉，捂着右眼倒在地上翻滚，顺着手指直流鲜血！

徐母趁机上前几步，弯腰拾起那把战刀，接着一抬胳膊，刀刃就挨在自己脖子上了，接着把牙一咬，狠狠一刺，鲜血当即流出，身体"扑通"倒下，那把沾着血的战刀，也同时"仓啷"一声，落在地上。

徐少夫人一见此情，大叫一声："婆婆，等着我！"便向地上的战刀扑去，也要学着婆婆，饮刃而亡。

孰料这时，竟被那个瞎一只眼的日本少佐看见。他急忙爬起身来，疾伸右脚，就把战刀踩住了。

徐少夫人只好站在那儿，痴着双眼发呆。

徐邦道站在山顶，把这一切看得一清二楚。他大叫一声："娘啊，你老人家死得太壮烈啦！"紧接着便昏了过去。

"总兵大人，醒醒！"

"将军，快快醒来！"

工夫不大，徐邦道醒来，就听自己的夫人在山下喊道："官人，为何还不开炮？官人，你现在不想开炮，还要等待何时？"

徐邦道随即站起身来，冲着炮手命令："开炮，开炮！赶快开炮！"他命令完毕，就面对山下敌军，想看看把敌军轰得是啥模样。孰料等了半天，也没听到炮声。他回头举目一看，炮弹虽上了膛，炮口也对准了山下的日军，炮兵将士也都各就各位，怒视着山下的日军，但是自己的炮兵，就是不肯开炮！

徐邦道不由怒道："你们为何还不开炮？"

"大人，夫人在山下呢，不能开炮！"

"总兵大人，你让我们拼命掉脑袋都可以，可是，你让我们亲手点炮打死夫人，我们……我们……我们可下不得手哇！"

徐邦道明白，将士们不肯点炮，是对自己的爱戴！可是我徐邦道，可不能因为夫人而葬送全体军兵啊！他想到这儿，跨上前去，从一个兵勇手里一把夺过火捻儿，又看了看山下的爱妻，眼泪就"唰——"地流下来了，低声哭道："俗话说'贫苦之交不可忘，糟糠之妻不下堂'啊！幼时自己读书至五更，贤妻一旁为我研墨，伴我到鸡鸣；每当自己习武完毕，贤妻总是手拿香帕，亲手为我擦去汗水；为邦道早成大业，含辛茹苦，陪我度过多少个春秋！妻呀！我知你识大体，明大义，可我万万没有想到，今天却要死在我的炮下！"说到此处，不由大声喊道："妻呀：为了国家，为了中华民族，邦道就对不起你了！"

徐邦道喊罢，来到主炮炮台，就想用炮捻儿点炮。

就在这时，有人大喊："不能开炮！"

徐邦道回头一看，原来是自己的儿子！只见他浑身是伤，一边儿摆手，一边儿冲自己跑来。

原来，徐邦道的儿子是跑来参战的。刚从山后跑到山上，忽见自己的母亲被山下日军捆在阵前，又发现爹要点炮，这才大喊："不要开炮！"

徐邦道一看是自己的儿子，便问你为何不在复州守城，跑到这儿来？"

"爹，赵守备畏敌如虎，私自逃跑，复州已被敌人给攻陷啦！"

"啊！如此说来，眼下只有我徐邦道还守在这金州咽喉！哈哈哈哈……"他笑罢，又去点炮。

哪知徐邦道的儿子竟死死抱住徐邦道的双腿："爹——我娘在山下，不能开炮啊！"

徐邦道也不说话，只是使劲儿往外拔腿。

徐邦道的儿子，紧抱爹腿不放，同时哭道："爹呀，您忘了吗，当年您病重时，我娘为给您进一炷香，膝行十余里，磕头出血，膝盖磨破，都露出了白骨！您病愈后，我娘给人干活，养家糊口，让您在家读书习武，使您方有今日。难道这些您都忘掉了吗？您咋变得如此狠心？"

徐邦道也是人啊！他也懂得夫妻之爱，父子之情啊！儿子的这番话，说得他泪流满面："儿呀！爹是不得已呀！爹这么做，是用你娘一人死，换得大清安啊！儿呀，快放开手，让爹点炮！敌人再近一点儿，火炮就失去威力。松手！"

徐邦道的儿子手仍不松！

"滚！"徐邦道猛地把腿抽出，接着"咣"地一脚，把儿子踢开，又把火捻伸向火炮。

"爹——"徐邦道的儿子，像疯了一样，冲向前去，双手紧紧捏住火捻儿正燃烧的部位，就听"刺啦"一声，手握之处，冒出一股青烟。

徐邦道一抬手，"啪"的一掌，把儿子打出五步开外，回手重新点燃了火捻儿，然后拿着火捻儿去点主炮，主炮"轰"的一声先响，接着"咣咣咣咣"，众炮齐轰。

徐邦道的儿子望着山下惨叫："娘，娘，娘——"

正是：民族正气闪光辉，

      爱国英名千古垂。

      先烈有灵当欣慰，

      中华民族正腾飞！

相声

老同学

作者：孙　晨
表演：师胜杰、孙　晨

乙　观众朋友们，大家好！我叫×××，在外地工作，这次有机会回到生我养我
　　的家乡大连来，看看这里的山山水水父老乡亲，我心里非常高兴……
　　（甲上）

甲　哎哟，这不是老同学吗？

乙　您是？

甲　您把我忘啦？

乙　没忘……嘿嘿，想不起来啦！

甲　咱俩是一个班的，我叫××，小名叫小亮，同学都叫我胖儿。

乙　噢，你是胖胖儿！
　　（甲乙热情地握手）

甲　哎呀，真是贵人多忘事啊！

乙　这您可别怪我，分别这么多年啦，哪儿能一眼就认出来。

甲　我一眼可就认出您啦！

乙　我这模样好认。

甲　还真是的，七岁他就这模样。

乙　啊？

甲　模样是这模样，脸上可没这么多褶儿。

乙　对，小孩儿嘛！

甲　皮肤比现在白，眼睛也比现在水灵。

乙　那时候，我才七岁。

甲　胡子可比现在多！

乙　是，我……哎，不像话！我七岁长胡子了？

甲　小胡子，满脸。嗬，漂亮！

乙　没影儿的事儿！

甲　这是真忘啦，我给您提个醒儿，您这胡子是我用铅笔末儿给您画的。

乙　画的？

甲　小时候，咱们一块儿过家家玩儿，画上胡子你当爷爷（学）"哎哟，哎哟……"

乙　对……

甲　我小时候，长得胖，个儿又小，我老装孙子！

乙　对！还有个女同学叫小霞，装我媳妇，给你当奶奶！

甲　可算想起来啦！

乙　小时候，咱们围着一张饭桌做作业，做完作业过家家，小霞撕张废纸当肉给我炒菜，给我烫烧酒，给你洗脸洗脚擦鼻涕！

甲　那就是玩儿。

乙　玩儿？小霞装得可像了。她要是真嫁给我……

甲　什么？

乙　不，我是说，她装得像！给我留下的印象深，她要是当上演员，绝对超过宋丹丹，气死刘晓庆！

甲　你先甭替她吹，咱班真有一个当演员的，你都想象不到。

乙　谁？

甲　大伟。

乙　大伟？

甲　就长那大脸盘儿……

乙　（思索）……

甲　大眼睛……

乙　……

甲　说话还有点儿大舌头儿那位。

乙　大……

甲　咱上学的时候，有一篇课文叫"房前屋后种瓜种豆儿，种瓜得瓜，种豆得豆儿"。他一念同学就乐。

乙　他是怎么念的？

甲　（学）"房前屋后，冻瓜冻豆儿，冻瓜得瓜，冻豆得豆儿。"

乙　对，小霞叫他"冻豆儿"！

甲　现在冻豆儿可红啦，成了大歌星啦！

乙　就他那舌头？

甲　舌头怎么啦？人家扬长避短发挥得好！

乙　他是怎么发挥的？

甲　（学）"谢谢，各位女士、各位先生、老板、太太——碗烫好！"

乙　这就要开饭啦，碗都烫好啦！

甲　"在此美好温馨的夜晚，为您献上几支劲歌。"

乙　还几支劲歌？

甲　"灯光师给光，音响配合，观众掌声。乐队——走！万吐岁佛（唱）送谁刚，恰总会来，深金章，要几付谁，谁谁孩，孩几多孩，谁来谁，把几堆战雷，战我山山，谁谁莫雷谁为好……"您能听出毛病来吗？

乙　感情这舌头玩港派正合适！

甲　这就叫适者生存，一场下来连劳务带小费好几千块，冻豆儿都买了桑塔纳啦！

乙　这人真没法儿看。

甲　你还记着咱班那班长吗？小脸，戴一大眼镜。

乙　跟霞同桌儿？

甲　对，功课门门一百分。

乙　同学都说他是科学家的材料。

甲　现在他在市建当瓦匠哪！眼镜上绑一小麻绳儿，骑一破自行车，风吹日晒那模样比您还老呢！

乙　建筑工人辛苦啊！

甲　也不白辛苦，去年年底当上标兵啦！

乙　是吗？

甲　都得奖金啦！

乙　多少？

甲　一百块！

乙　那是玩命干出来的！

甲　看人家冻豆儿"万、吐、岁、佛！"玩似的唱一场几千块，他"吭哧吭哧"牛似的干一年多，拿一百块，都是老同学，没法比啦！

乙　这么说咱班就数冻豆儿赚钱多？

甲　冻豆儿不行，要说能赚钱得说咱班那二儿。

乙　二儿？

甲　就长得小长脸，眼睛那样儿，鼻子那样儿，一擦鼻涕那样儿的。（学）

乙　噢，就袖口这儿，老像戴一皮套袖似的？

甲　没错儿。

乙　在小霞后面坐着？

甲　对。

乙　老揪小霞的辫子……

甲　别提这茬儿，今非昔比，二儿现在当上大经理啦！

乙　是吗？

甲　二儿毕业后在商业部门跑了几年业务，天南地北交了许多朋友，市场开放了，二儿一甩手把工作辞了，把公家的关系拉到自己这儿干了个大买卖，专营批发零售代销，什么全干，发啦！

乙　哟！那我明天可得找他撮一顿儿。

甲　老同学聚一聚没问题。

乙　他住那地方好找吗？

甲　好找！从这儿往北走，出了市区经过一块草坪，四周都没有人家了，在绿树环抱之中有一独门大院。

乙　二儿住的是别墅？

甲　气派！两米多高的大院墙，院墙的四角有岗楼，晚上探照灯灯火通明，大铁门关着的时候多，开开的时候少，二儿关在最里面，单间儿，哥们儿在里面这模样儿的。（学）

乙　他进去啦？！

甲　没法儿不进去。

乙　怎么啦？

甲　他老嫌钱来得慢，一会儿在法律上找个缝儿，一会儿在政策上钻个空儿。

乙　不走正道啦。

甲　为了保险他还给自己画了条线，叫能违法不犯法，能风流不下流。

乙　那也不至于进去啊！

甲　关键是，刚画完线时他还清楚，时间一长混啦！什么算违法？什么算犯法？什么是风流？什么是下流？掺合一块儿啦！咱这儿可真就二啦！他是怎么顺劲儿怎么干，一溜邪风就干进去啦！

乙　要说这人要是让钱迷住心窍算完！他连这个都不懂？

甲　懂了他就不叫二儿啦！

乙　咱老同学都知道这事儿？

甲　知道，你常听人在街上说，"这人怎么二虎虎二虎虎的"，说的都是咱班那二儿。

乙　这是让钱给折腾蒙啦！

甲　要说抓二儿进去，这警察你肯定认识。

乙　谁？

甲　三儿。

乙　三儿？

甲　三儿长得小个儿，虎头虎脑的。

乙　噢，在小霞前面坐着的？

甲　对！你我和小霞——过家家玩，这二儿和这三儿就玩警察抓小偷。

乙　对，那时候是二儿装警察，三儿装小偷。

甲　这二儿老抓这三儿。

乙　是。

甲　这回三儿真当警察啦，二儿犯事啦，这三儿把这二儿给抓进去啦！

乙　调个儿啦！要说这二儿真给咱老同学丢脸！

甲　咱班就他不争气。

乙　小时候一点儿也看不出来。

甲　看不出来的可太多啦！咱班那小迷糊，最大的理想是当外科大夫，用手术刀为病人切除病患。

乙　对呀！

甲　现在，在食品厂当上杀猪工人啦，拿着杀猪刀天天切猪脑袋！还有小小，从小就立志当宇航员，梦想遨游太空，探索宇宙的奥秘。

乙　现在呢？

甲　在海洋打捞队，经常沉入海底找沉船。

乙　真是天地之差啊！

甲　小时候想上九天揽月，长大后下五洋捉鳖啦！

乙　看来实现理想可不是一件容易的事儿。

甲　还有咱班那小石头儿。

乙　小石头儿？

甲　小时候画画在全国还获过奖哪。

乙　他还给小霞画过像？

甲　最大的理想就是当齐白石。

乙　现在？

甲　顶替他妈在清洁队，扫大街。

乙　这差得也远点儿。

甲　你可别这么说，前些天小石头儿参加电视演讲比赛还说这事儿哪！

乙　是啊？

甲　演讲得好，动作设计得也有意思。

乙　他是怎么说的？

甲　（学演讲）"小时候，我的理想是做齐白石；长大啦，我干的是清洁工。有人说，理想和现实差得太远啦！我说——不！清洁工和齐白石是一样的啊！"

乙　一样的？

甲　（学演讲）"理想中的我，想的是用小画笔在纸上描绘美好的明天。现实中我啊，用的是大画笔扫帚，在城市这张大画布上描绘美好的今天！所以我说，清洁工和齐白石是一样一样一样的啊！"

乙　好！理想的境界在现实中得到了升华。

甲　统一啦！

乙　哎，说了半天，你该说说小霞啦。

甲　想知道小霞是怎么回事呀——

乙　想。

甲　说小霞，要说小霞呀——

乙　怎么样？

甲　她旁边儿那同学你忘没忘？

乙　谁？

甲　瘦瘦。

乙　瘦瘦？

甲　体型长得跟铅笔杆儿似的，女生，跟你还挺好的。

乙　噢，胆儿最小？

甲　对，天黑了就不敢出门。

乙　见人说话脸就红？

甲　没错儿。现在，人家在电视台当了记者啦！这世界哪儿乱她敢上哪儿，苏联解体那阵儿她在莫斯科！海湾战争她去伊拉克啦！南斯拉夫出事儿她跑萨拉热窝啦，前些日子英国那牛不是疯了吗？她又跑伦敦啦！

乙　这瘦瘦出息啦？

甲　出息啦！

乙　真想不到啊！

甲　后悔了呀？

乙　谁呀？哎，这回你得说说小霞啦！

甲　说小霞，要说小霞啊——

乙　啊。

甲　旁边儿那同学你忘没忘?

乙　你刚说完,旁边儿坐的那是瘦瘦。

甲　瘦瘦是左旁边儿,我说的是右旁边儿。

乙　不记着。

甲　你怎么能把他忘啦?

乙　谁?

甲　小数点儿。做算术题老点错小数点儿那小胖子。

乙　噢,算术老不及格那位。

甲　不及格回家就挨打,怕挨打老偷着改分数,报喜不报忧,那分改得好,那数改得像,他爸爸都看不出来。

乙　对,他现在干什么哪?

甲　在统计局当局长啦!

乙　是啊?

甲　咱班就他的运气好。

乙　行! 我说前后左右你都说了,这回你得说说小霞啦!

甲　要说小霞,我先说说大个儿。

乙　大个儿跟小霞是什么关系?

甲　不是一般的关系。

乙　小霞她?

甲　她最佩服大个儿。

乙　是不是咱班从小就想当体育老师那傻大个儿?

甲　对! 下乡回城大个儿念了三年师范,分配的时候市内都满员了,要分配他到机关去工作。

乙　也不错啊。

甲　可大个儿为了实现理想,自愿回到下乡的穷山区当了一名山乡的体育教师。

乙　有志气!

甲　一次山洪暴发,滚动的山石冲垮了教室,大个儿为了抢救学生被巨石砸断了右腿,回到市里治了半年,这不上个月大个儿挂着拐又回到山区小学啦! 走的那天咱们老同学唱着歌为他送行。

乙　唱的什么?

甲　(唱)“祝你平安,祝你平安,让那快乐围绕在你身边……”

乙　唱出了老同学的心声。

甲　大伙儿正唱着呢，后面跑上来一位，唱了一嗓子把大伙儿全逗乐了。

乙　他是怎么唱的？

甲　（唱）"啊，逗你平安，啊，逗你平安……"

乙　逗你平安哪！这是谁唱的？

甲　冻豆儿唱的！

乙　噢，冻豆儿也去啦？

甲　不但去了，还捐给山区小学一万块钱哪！

乙　老同学真有感情。

甲　那是。

乙　哎，嘿嘿，小霞去了吗？

甲　去啦？全班同学都去啦，就差你在外地找不着啊。

乙　介绍了这么多老同学，你该介绍小霞啦！

甲　这小霞我还真不好说。

乙　你对她不了解？

甲　我儿子跟她倒挺熟悉。

乙　这小霞是？

甲　我儿子他妈！

乙　嫁给他啦！

相声

懒汉糖葫芦

作者：王　宏、唐爱国、齐立强
表演：唐爱国、齐立强

乙　朋友们，勤劳是咱们中华民族的传统美德，今天我想给大家介绍一位朋友，此人了不起，全国勤劳协会主席兼秘书长，如果大家想认识，我就把他请上来，好，掌声欢迎——糖葫芦，糖葫芦——

甲　（穿一件破棉袄上，蹲）

乙　这就是我给大家介绍的……你怎么蹲下了？起来起来，给大家问个好。

甲　好。（打哈欠）

乙　多勤劳，多一个字都不愿说。

甲　累。

乙　干什么去了？

甲　会。

乙　噢，赶会去了，赶会买什么了？

甲　酒。

乙　对，累了喝点儿酒解乏。喝完以后哪？

甲　醉。

乙　对，喝多了就容易……

甲　睡。

乙　睡完以后……

甲　醉。

乙　醉完了？

甲　睡。

乙　睡完了？

合　醉！

乙　我知道你还是这句！你再一个字一个字往外蹦，我……

（动作）

甲　打人犯法。

乙　这你怎么四个字啦？

甲　怕你揍我。

乙　你说你整天睡了醉、醉了睡，什么不干，你吃什么？

甲　煎饼。

乙　煎饼？

甲　俺娘给摊的。

乙　还好意思说哪，这么大人还靠你娘养活着？

甲　俺是她儿啊。

乙　你娘多大岁数了？

甲　俺娘年轻，差六岁不到一百。

乙　九十四啦！

甲　壮实。

乙　你孩子谁管啊？

甲　希望工程。

乙　你媳妇儿谁管啊？

甲　她丈夫。

乙　她丈夫？

甲　让我给饿跑了呢。

乙　改嫁了？你看你混的，你看咱们村人人都勤劳致富了，你看着就不眼馋吗？

甲　我馋什么？

乙　还馋什么？别的不说，就说我二大爷，人家在村里办了个服装店，一年下
　　来……

甲　什么好的？我是不愿揭发他，我一揭发，政府就得办他。

乙　他犯什么法了？

甲　他卖假货啊！

乙　卖假货？

甲　就他卖的那裤子，标签上明明写的是深圳出的，他愣说是特区产的。

乙　深圳就是特区。

甲　你糊弄谁呀？

乙　怎么糊弄你哪？

甲　你什么也不懂啊？什么是特曲啊？

乙　你说哪？

甲　特曲。

乙　特区。

甲　比大曲好的，才是特曲来。

乙　他还惦记着喝哪！

甲　你请我？

乙　谁请你！

甲　那你说它干吗？

乙　咱再说我大哥，人家在乡里办了个黄牛配种站，那也是……

甲　别提他，牙碜。

乙　牙碜？

甲　他流氓啊！

乙　怎么流氓也出来了？

甲　他办的什么？

乙　配种站啊？

甲　你听听，你听听，配种啊！配种就是……扫黄没抓他，就算他小子漏网了！

乙　什么也不懂。

甲　好流氓来。

乙　好好好，咱不提他，你就说我，我在山上承包果树，那一年也是……

甲　我能和你比吗？

乙　怎么不能比？

甲　你什么成分？

乙　成分？

甲　你家里是地主啊！你爷爷光老婆就娶了仨，俺爷爷才俩来。

乙　俩也不少。

甲　头一个饿跑了。

乙　你说的那都是过去，咱说现在……

甲　现在我是不干，我稍微一干，我承包果树……你爷爷算什么？你爷爷不就娶了仨吗？我起码娶四……也就是政府不让吧。

乙　还吹哪？我说你稍微干点儿就比现在强。

甲　我干吗呢？

乙　村里给你那二百块钱的救济款，你不会用来发展……

甲　我买粮食吃了。

乙　乡里给你那救济粮哪？

甲　我换酒喝了。

乙　那扶贫工作组给你的那些安哥拉种兔？

甲　我当酒肴了。

乙　你给吃啦！

甲　哎，我喝酒能没肴吗？

乙　那是让你养的！

甲　你滑稽吧？我连老婆都没空养，俺有空养兔子吗？

乙　你这没空，那没空，你整天忙什么？

甲　我不得上俺娘那里吃饭去吗？

乙　就算你去吃饭，那还有时间。

甲　村里还千把号人来。

乙　千把号人关你什么事？

甲　怎么关我什么事呢？生个小的，没个老的，我不得等着吗？

乙　你等什么？

甲　我等他完了事，我吃他个小舅子。

乙　什么人哪！就算你天天蹭饭吃，你还有时间哪。

甲　再有时间不能乱用了，我得干点正事了。

乙　你干什么正事？

甲　我上北墙根儿晒着太阳打听事去。

乙　打听什么事？

甲　我打听打听张二狗怎么老给李寡妇挑水呢？

乙　人家那叫助人为乐。

甲　王玉花一结婚就说要孩子，怎么三年了还没动静呢？

乙　这你管得着吗？

甲　村长和妇女主任一天到晚在一块儿，到了夜里也不分开，到底是为什么呢？

乙　噢？

甲　为什么呢？

乙　到底是为什么？

甲　他俩是两口子。

乙　呸！你整天张家长，李家短，你说像你这样的人，活着有什么意思！

甲　什么意思？什么意思呢……老婆跟人家跑了，孩子希望工程啦，四十多岁的人

了，还得靠娘养活着，俺娘差六岁一百了……（哭）

乙　好好想想吧！

甲　是得想想了。

乙　为什么人家都买上汽车了？

甲　为什么俺家买不起气球呢？

乙　为什么人家都有电视机？

甲　为什么俺家没有电灯泡？

乙　为什么人家都带着老婆出去旅游？

甲　为什么人家出去旅游……带着俺老婆呢？

乙　为什么？就是因为你懒！

甲　就是因为俺穷啊！

乙　想明白了就改。

甲　俺怎么改呢？

乙　下功夫，学技术，当个果树专业户。

甲　对，我当果树专业户。当天我就把家伙预备好了，我又借了头叫驴拴到俺家炕头上。

乙　借驴干吗？

甲　它一叫唤我好早起啊。

乙　当闹钟使。

甲　拴好了驴，我盖上草苦子抓紧睡觉。

乙　早睡早起。

甲　天没亮我就起来了。

乙　够早的。

甲　起来我就上山，承包果树，没多长时间就结果了，俺就吃喝不愁了，盖上小楼了，富得流油了。

乙　这多好。

甲　这一下，坏了事啦！

乙　怎么坏事了？

甲　周围那些大闺女都来打听我呢。

乙　这是好事啊！

甲　好什么，都挤到家里来啦！

乙　那不更好吗？

甲　这个说："糖葫芦我喜欢你！"那个说："糖葫芦我嫁给你！"嫁给谁呀？讨

厌！早干什么去啦？出去！

乙　他倒牛上啦！

甲　全让我给轰出去了。

乙　全轰出去啦？

甲　没全轰，还留了一个。

乙　还留了一个？

甲　这姑娘看没人了就往我怀里拱啊，一边拱一边还唱来……

乙　爱情歌曲？

甲　（学驴叫）啊——啊！

乙　怎么这动静？

甲　驴把草苫子拱了！

京九演义

作者：侯耀文
表演：侯耀文、石富宽

乙　这回我给大伙儿说段相声……

甲　（从侧台上）您说的就是他吧？您等会儿，我仔细看看，小眯缝眼儿对吧？对啦。没胡子对吧？对啦。厚嘴唇对吧？对啦。没有鼻梁子对吧？对啦。那行啦，就是他啦。

乙　我怎么了？

甲　同志，我找你有事儿啊！

乙　先等会儿，我还找你有事儿呢！

甲　你找我干什么？

乙　刚才谁让你按着这模样找我的？

甲　就那个人。

乙　谁呀？

甲　他说是你的团长啊，找他吧？

乙　团……那就算了吧！

甲　我看出来了，你这个人挺软活儿的。

乙　什么叫软活儿呀？说吧，有什么事儿？

甲　是这么回事儿，我是个铁路工人，在京九线儿上正打着隧道呢，这不，领导让我到北京把工地上的事儿给中央领导和同志们介绍介绍。

乙　我明白了，您一定是劳动模范。

甲　不对，我是劳动奉献。

乙　那您是先进个人？

甲　不对，我们是先为别人。

乙　那您是筑路先行？

甲　不对，我是干啥都行。

乙　那您是四化功臣？

甲　不对，我是普通工人。

乙　那……就别说了，合着我说什么都不对呀！

甲　也不是，你说得全对，可这话你说行，我自己不能这么说。

乙　您这是跟我谦虚。

甲　对了，我还想进步呢。

乙　好嘛！您这一谦虚显得我说话太没水平了。

甲　不对，正因为您太有这方面的水平了，所以我才找你。

乙　您找我具体什么事儿吧？

甲　领导不是让我介绍情况吗？

乙　那你就说吧。

甲　不行啊，我在隧道里干什么活都成，我当着人说话，我就不知道怎么说了。

乙　那你打算怎么办呢？

甲　我想这样，我把这个发言稿念一下子，您听听，哪里不生动，您给帮帮忙；哪里不形象，您给帮帮忙；哪里不流畅，您给帮帮忙；哪里不精彩，您给帮帮忙；哪里不紧凑，您给帮帮忙；哪里不闪光，您给帮帮忙；哪里不……

乙　这样得了，你呢，回去干活；我呢，替你汇报去。怎么样？

甲　我提过这个建议，领导说不行呀！

乙　为什么？

甲　说看你别扭，不像个工人的样子。

乙　还是的，这事儿非你不可。

甲　非咱俩不可，你做指导，我当个具体说话的。

乙　行行，就这样吧，你先把你那发言稿念念，我们听听！

甲　那我可就念了。

乙　开始吧！

甲　噢，对了，您听哪里不对，就赶快拦住我。

乙　你放心，该拦的地方我一定拦住！

甲　行了……可这话又说回来了，你到底是干什么的？

乙　我……你说我是干什么的。

甲　我的意思是说，你是不是专门儿做这方面的事的？

乙　噢，我明白了，告诉你，我又会说相声又会说评书。

甲　噢，你是两门儿都抱着。

乙　不是吹牛，帮你排练这段儿都有富余。

甲　那太好了，咱们开始吧！

乙　早就该开始了。

甲　（念发言稿）各位领导、各位来宾、同志们……

乙　等等，这儿得拦您一下。

甲　怎么刚念就拦呀！

乙　我问问，您这发言稿有题目没有？

甲　有哇。

乙　叫什么？

甲　工作情况汇报材料。

乙　这不行，不吸引人。

甲　那应该叫什么？

乙　我给你起个名儿，叫《京九演义》怎么样？

甲　这个演义是怎么个意思？

乙　看过电视剧《三国演义》吧？演义就是特别有意思的故事。

甲　这行吗？

乙　你听我的，没错。

甲　行，那就这样吧！我再开始吧！

乙　念吧。

甲　各位领导、各位来宾、同志们……

乙　等等，这儿得拦您一下。

甲　怎么又拦住了？

乙　我问问，听你发言的人，有外宾没有？

甲　干什么？

乙　要有呢，这儿得加上英文。

甲　怎么说呀？

乙　来地森安的尖头们！

甲　你说太快了。

乙　来地森安的尖头们。

甲　来……的生啊……

乙　你啊什么呀？就是来地森。

甲　就是来的生呀！

乙　嗬！你怎么就学不会呢？

甲　因为听我发言的没有外国人。

乙　那你不早说。

甲　我觉着我要不学学，怪对不住你的！

乙　这地方儿您甭客气，我说得不对，你就可以不学。

甲　那好，我记住了。

乙　从头开始吧。

甲　"各位领导、各位来宾、同志们，我叫李铁柱，是一个普通的隧道工人，工作很普通，长得很普通，穿得也很普通，所以对我自己没什么好介绍的，首先……

乙　等等，这儿我得拦一下。

甲　怎么刚念就拦啊？

乙　你这样不行。

甲　怎么了？

乙　领导上让你到北京来汇报……

甲　我没要来，工地上忙着呢！

乙　那既然来了，你就是铁路工人的代表。

甲　那我怎么代表呢？

乙　您得树立起一个铁路工人的形象。

甲　那你有办法吗？

乙　有哇，我们评书里专门有这方面的台词。

甲　什么词呀！

乙　就是先给你开个脸儿。

甲　什么叫开脸儿？

乙　就是把你这模样、长相先形容一下，这样大伙儿记得清楚。

甲　那好，你说吧，我学着。

乙　听着，话说铁路工人（神秘的）李铁柱……

甲　（学乙）话说铁路工人李铁柱，（自语）怎么像个小偷儿哇？

乙　今年五十开外……

甲　今年五……我拦你一下子……

乙　怎么啦？

甲　我今年才三十一呀！

乙　三十一？那你这脸儿怎么这么些皱纹儿？

甲　那是石头粉儿呛的。

乙　脸也够黑了。

甲　露天干活儿，晒的。

乙　头发都白了。

甲　来的时候忘了洗头。

乙　眼珠子都是红的。

甲　为了抢工期加班来着。

乙　怪不得显着这么老呢。

甲　可我们心里年轻着呢。

乙　行了，咱们还是说外表吧，听着！

甲　说吧。

乙　"话说铁路工人李铁柱，今年三十出头儿……"

甲　这就对了。

乙　"黑黢黢的脸膛黑中透紫，一副卧蚕眉，一双豹子眼炯炯放光，在隧道里，恰似两盏明灯忽隐忽现；脸上看，一道道的皱纹，好像刀砍斧剁；腮下瞧，一副钢髯，有如利剑针芒；看身量，倒有一丈开外，一说出话来，如同虎啸龙吟，一声断喝，震得隧道里的石头是'嘎嘎'作响。"

甲　完了，我得回老家了。

乙　干挺好的，怎么老想回家呀？

甲　我都引起塌方了，肯定得给我开除喽，再有，你这说的也不是我呀！

乙　谁呀？

甲　好像是张飞呀！

乙　啊，张飞的词儿，我熟。

甲　你得说我呀。

乙　是呀，咱们这不是演义吗？

甲　演义也得说我们的样子。

乙　那你们工人什么样儿？

甲　京九线的工人，一个个是埋头苦干默默无闻，一心扑在工作上，从来不会瞎嚷嚷。为了提前完成工期，千军万马大会战，那真是勇往直前，排山倒海，见山开洞，见水架桥，只求工程优与快，不求生活享与乐。苦点儿，我们踏实；累点儿，我们结实。全线五万多工人一个心眼儿，为四化建设，勇当开路先锋！

乙　嘻，你早说呀，五万多人齐上阵……

甲　对了！

乙　一个心眼儿往前跑。

甲　对了！

乙 那得这么说："各位，忽听党中央一声号令，只见铁路工人如潮水一般，蜂拥而来，一个个是高声呐喊：'了不得啦，快看哪，铁路工人来啦，别让困难跑了啊！'只见万马军中有一黑脸小将，名叫李铁柱，胯下一匹白龙马，双脚一磕刺马针，如同闪电一般'哇呀……'直奔九龙而去……"

甲 你说呀！

乙 完了！

甲 完了？跑了就完了，没你事儿？

乙 有我什么事儿呀？

甲 我听你这话里话外的是要煽动我当逃兵呀！

乙 没有，我这是变着法儿的，用评书的词儿夸你呢！

甲 夸我？你让大家听听，同志们都在工地上没黑日没白日地干，我上九龙干什么去？

乙 这你误会了，我是说你呀，一马当先，先到九龙了。

甲 我上九龙骑马干什么？

乙 骑马快呀。

甲 那我们修路干什么？

乙 这是一种形容。

甲 你这一形容，我们这 2533 公里铁路白修了。

乙 这句你要觉着不对，可以不用。

甲 前面那句也不对呀！

乙 怎么不对呀？

甲 别人都没去，我一个人上九龙干什么去呀？你这是让我脱离集体呀！

乙 我没法给你排了，老带扣帽子的。

甲 话不能这么说。

乙 怎么说？

甲 我不能和集体分开呀！我们这个集体，是个团结的集体，战斗的集体，没有集体的力量，工期不能这么快；没有集体的力量，工程质量不能这么好；没有集体的力量，我们就不能战胜塌方……

乙 行了，前边你爱什么样就什么样了，咱们重点把塌方这段儿排排，我们就喜欢这内容。

甲 我就奇怪了，你怎么就喜欢出事儿呢？

乙 因为这种情节容易吸引观众。

甲 我明白了，观众爱听玩命的。

乙　对了，说得越详细越好。

甲　你是不知道呀，这个塌方太可怕了！

乙　你也知道害怕？

甲　对了，我也是人呀！可我怕的不是个人安危……

乙　那你怕什么？

甲　我怕的是拖延工期呀！

乙　你具体说说。

甲　那天中午，我们干到快一点了，我说：同志们，吃饭了，话还没说完呢，就听"咔嚓"一声……

乙　怎么了？

甲　石头裂了一个大缝子，紧接着水呀"哗"就出来了，那水呀冰凉冰凉的，就齐腰身了。

乙　这段太精彩了。

甲　怎么一出事你就高兴呢？

乙　这情节观众爱听。

甲　你爱听，我们可急了，当时也顾不上吃饭了，我说："同志们，注意保护边墙呀，别让墙倒了。"可这时候就听"哗啦"一声……

乙　怎么了？

甲　塌方了，石头块子砸在安全帽上是"当当"地响呀！石头面子迷得眼睛是睁不开呀！把工人们砸得是东倒西歪呀，走一步就得往水里头栽呀！

乙　这儿我拦你一下。

甲　你别拦我，救同志要紧呀！

乙　我问一下。

甲　有话快说！

乙　有大石头砸下来吗？

甲　多大的？

乙　饭碗这么大的？

甲　到处都是呀！

乙　面盆这么大的？

甲　一块挨一块呀！

乙　米缸这么大的？

甲　一个劲儿的往下砸呀！

乙　饭桌这么大的？

甲　整个儿……你是饿疯了？

乙　什么叫饿疯了？

甲　说了半天，你没离开吃呀！

乙　我问你，有大块儿的石头掉下来没有？

甲　有哇，有一块大石头，"横着就有七八尺，立起来倒有一丈长，三五千斤打不住，七八千斤还不瓢……"

乙　嘿！敢情他会山东快书！

甲　这都是实际情况呀！

乙　行了，这段儿我负责了，保证让你满意。

甲　那你帮帮忙吧，越精彩越好。

乙　听着，记住了……

甲　你说吧！

乙　"上回说到，铁路工人李铁柱带领着众工人正在挖掘隧道，干得是热火朝天……

甲　这说得还行。

乙　"这工人们都什么样，那真是高的高，矮的矮，胖的胖，瘦的瘦，黑的黑似铁，红的红似血，太阳穴鼓着，眼珠子瞪着，脯子肉翻着，腱子肉绷着，手拿着工具是你争我抢，你冲我打，为了挺前完成工期，干的是一个不让一个。"

甲　说得太对了！

乙　"干着干着，猛听得'哗啦'一声，有人高声叫道：'不好！要塌方！'喊话的是谁？不是别人。正是李铁柱，只见他扔下工具大喊一声：'妈呀，快跑呀！'"

甲　我拦你一下子吧，你说的这是我呀，还是你呀？

乙　你呀！

甲　我是大伙的头儿，到这时候，我领头儿跑哇？

乙　你要组织大家抢险护洞，放下手里的工具，跑着扛木头去。

甲　不对吧，我听你刚才说："妈呀，快跑呀！"这"妈呀"是怎么回事儿？

乙　它是……这么回事儿，这个……这个……啊，对了，你们这个洞子里呀有个女同志，叫"玛娅"。

甲　我们洞子里什么时候又出了个女的？！而且听这个名字好像是个俄国人呀？

乙　对呀，你看现在电影里，通俗歌儿里都有女的。

甲　那是为什么？

乙　没有她们不热闹。

甲　这可就热闹大发了！

乙　咱们这不是演义吗？

甲　我跟你商量商量，等你们文工团挖洞子的时候，再加这个女的行吗？

乙　算了，这段算我白说，咱们还说塌方吧！

甲　对了，你说正事儿吧。

乙　"各位：李铁柱大喊一声：'塌方了！注意安全！'这真是无巧不成书，铁柱抬头一看，'哎哟'，有一块儿床板大小的石头已经裂开了，这要是砸下来，下面的工人就得砸成肉饼呀。眼看着这块石头缝子是越裂越大，李铁柱一看，抱起一根木头就往上冲，正在这时候，就听'哗啦'一声，您要知这块巨石到底掉下来没有，请听下回……分解。"

甲　哎，你怎么不说了？

乙　不能再说了，这得留个"扣子"。

甲　什么"扣子"？

乙　就是到了关键的时候，把他停住，这样，听众好追着你再听。

甲　是这么回事儿。

乙　对了！

甲　我问问你，我给中央领导汇报情况，这儿留个"扣子"？

乙　啊！

甲　还"啊"呢！还让中央领导追着我再听？

乙　……啊！

甲　我明白了，你这是政治迫害呀！

乙　我们平常说书都这样。

甲　你这样成呀！你是演义呀，我们不能等呀！

乙　那你说说你们是怎么回事？

甲　当时，我一看那石头要掉下来了，我赶紧抱着一根木头跑过去把它支上，我说："同志们，为了安全，你们先撤出去吧！"可同志们说："队长，要活一块儿活，要死一块儿死，就是死也要保住隧道啊！"说着话，同志们是哪儿危险往哪儿冲，哪儿最紧张就往哪儿上，经过六个多小时的抢险，隧道终于保住了，我们战胜了塌方，保证了挖掘工作的正常进行……

乙　太好了，战胜了塌方，大伙儿高兴不高兴？

甲　那当然高兴。

乙　是不是应该庆祝庆祝？

甲　你又要干什么？

乙　我看前边我就不管了，关键是后边这儿，我给大伙儿说说，你们开个庆祝会怎么样？

甲　你说说，我听听！

乙　"话说同志们战胜了塌方是兴高采烈啊！你抱着我，我抱着你，是热泪盈眶，有敲锣的，有打鼓的，有放鞭炮的，刹时间，工地上像过年一般，有的说：'队长，你得请客呀！'这个说：'对，咱们吃生猛海鲜。'那个说：'不行，这两天我肚子不好，最好吃涮羊肉。'"

甲　这几位都是你们文工团的吧？

乙　"还有的说：'队长，咱们什么也甭吃，发点儿抢险费吧！一人五千块钱怎么样？'"

甲　大伙儿说什么？

乙　大伙儿说："好啊！就这么办吧！"

甲　这些人都是哪儿来的？

乙　当时李铁柱一听这高兴啊！

甲　我还高兴？

乙　对，你说："同志们，没问题。不仅发钱，还放假三天，咱们喝他个一醉方休。"

甲　我说同志，我拦你一下吧。

乙　怎么了？

甲　我们当时没开庆祝会，我就说了一句话……

乙　你说什么……

甲　我说："同志们，洗洗脸吃饭吧，早点休息，明天按时上工。"

乙　合着我给你排半天都没用？

甲　你说的这些个我们那儿都没有啊！

乙　这不是演义嘛！

甲　对了，我算明白你这演义是怎么回事了。

乙　怎么回事儿？

甲　就是胡说八道没实话呀！

乙　我呀？

相声

说说心里话

作者：刘荣忠、刘荣远、陈寒柏、王　敏

表演：陈寒柏、王　敏

甲　（倒口）同志，你是这个团的演员吧？

乙　您看哪？

甲　我看你是个演员，长得细皮嫩肉，挺年轻的，你今年多大岁数？

乙　你看哪！

甲　我这个人最会看岁数，根据你的面相和打扮，今年最多不超过五十三岁。

乙　呵？对对，我今年三十五岁。

甲　怎么样？数码一个没错吧？本来是五十三岁，可长了个三十五岁的样子，多年轻！

乙　我本来三十五岁，你给我看成五十三岁啦。

甲　不能呵，我看岁数从来没走过眼哪，你把嘴张开，我摸摸你几个牙。

乙　你还看牙口哪。

甲　演员岁数不好看，经常化妆呵。

乙　我不是演员，我是随团的记者。

甲　专门搜集情报的。

乙　不是情报，我们搜集的是艺术团下来后，农民兄弟有什么反映和要求。

甲　我跟你说说心里话行吗？

乙　这太好啦，你说说农民喜不喜欢我们下来。

甲　不光是喜欢哪，你们在我们心目中，那是丈母娘的女婿——贵客呀！

乙　我看有许多人提前两三个钟头来占地方，等看演出。

甲　你不知道，那是丈母娘盼女婿——着急呀！

乙　我看在演出的时候，树上挂的，墙上蹲的，人山人海。

甲　那是丈母娘瞅女婿——爱看哪！

乙　我看演出结束了，大家还不散。

甲　那是丈母娘留女婿——半拉儿啊！

乙　你哪来那么多丈母娘呵？

甲　你个大记者听不出话味儿来吗？观众和演员像丈母娘和女婿，虽然不同姓，但都是一家人。

乙　你这比喻挺恰当。

甲　我可尝到这个甜头啦。有一年听说要来个县剧团，提前半个月，俺就等呵、望呵，望他们望得眼珠子都望穿了，奔走相告腿都跑弯了，看节目脖子都抻酸了，翻山越岭到家身子都瘫了，除了喘气，什么都不想干了。

乙　够累的。

甲　你别看累，可是吃饭有味儿，干活有劲儿，睡觉做梦，还娶个演员当媳妇儿。

乙　梦一醒就没戏啦。

甲　醒了我也不睁眼，跟那咂摸滋味儿。

乙　哎，醒醒吧、醒醒吧，太阳照腚啦。

甲　你是不知道，那些演员心眼儿太好使唤啦，跟我们同吃、同住、同劳动，为了让俺富起来，自己花钱买书送给俺。

乙　这叫科技文化下乡。

甲　我拿这书就上便所啦。

乙　人家送你的书是让你看的，不是让你上便所用的。

甲　你外行啦，便所看书，记得清楚，又有味道，又省工夫。

乙　这习惯可不好。

甲　有什么不好的，我看书是为了学科学，我攒粪，是为了种田，我们一边看书一边攒粪，这也是科学种田哪。

乙　你这个认识太肤浅了。

甲　先浅后深嘛，现在我明白了一个道理，近亲种子寿命短，杂交种子能高产。

乙　你知道什么叫杂交？

甲　杂交就是不同种、属或品种的动物或植物进行交配或结合。经过性细胞结合的叫有性杂交，经过体细胞结合的叫无性杂交。当前世界上出现的克隆现象，只能叫繁殖，不能叫杂交，回答完毕。

乙　你还真有点儿水平呵。

甲　不敢说水平，现在发展这么快，多少一放松，水平就变水锈啦。

乙　水平怎么能变水锈哪？

甲　就说前几年吧，俺靠着科学种田富起来了，这是不是水平？

乙　是水平呵。

甲　可是大家满足了，手上有俩钱烧的，不知干什么好啦，干脆搓麻将吧。

乙　这风气可不好。

甲　闲着没事儿干哪，凑到一块儿就打麻将，打输了就打老婆，打了老婆就打官司，打了官司就打离婚，打了离婚就打光棍了。

乙　水平真要变成水锈啦。

甲　村长着急呀，就想呵，人得有点儿精神，大家一条心，黄土变成金；大家都藏心眼儿，庄稼就变成秆了。那年来个县剧团，俺们开始致富了。我要再请个剧团来，能不能把麻将风顶回去呢？

乙　应该搞点儿有意义的活动。

甲　没想到请个剧团才六个人就要六万块呀。

乙　一人一万，不便宜呵。

甲　关键是不值这个钱哪！

乙　怎么知道？

甲　演出前男女喊嗓子，喊出那个动静，俺村子喘气的除了人，什么都跟着叫唤。（模仿鸡鸭狗叫）

乙　这是鸡犬不宁呵。

甲　还有一首歌，叫什么大闺女美呀，大闺女浪。

乙　这首歌挺好听的。

甲　这么首好歌还给唱忘词儿了。（唱加表演）"大闺女美，大闺女浪，大闺女走出青纱帐，青纱帐里有色狼，色狼上来脱衣裳。"

乙　什么乱七八糟的，纯粹是为追求感官刺激呵！

甲　俺那阵是刚富起来，能抗了他们那么刺激吗？俺村子那帮大闺女、小媳妇、光棍子、小伙子，叫他们那么一和拢都疯啦，村长半个月没撸拢住哇。

乙　这不是害人吗？

甲　就这样的节目，演完了，还跟俺要六万块钱。

乙　不能给。

甲　也不能让人家白忙呵，村长命令一人给十斤土豆，打发他们走了。

乙　早该走了。

甲　俺往城里送的东西是挑了又挑拣了又拣，你们给俺送的文化挑了吗，拣了吗？说心里话，俺们农民物质生活比过去是富裕了，精神生活还比较困难，可是再困难，也不能看那些污七八糟的东西呵，看完了就像喝了假酒一样，眼睛睁不开，脑袋晃当。

乙　你别晃了，晃得我眼晕。

甲　你说俺农民让假化肥、假种子坑得还轻吗？现在又弄假文化来坑俺，假化肥、假种子坑俺只能坑一年，可假文化一坑就是一代人呀！

乙　你说得太对啦！

甲　你是个大记者，应该帮俺农民说说心里话。

乙　有什么要求，你就尽管提。

甲　要求只有一个，你们下来看看现在的农村。山虽然是那座山，变绿了；河虽然是那条河，架桥啦；爹，还是那个爹，健康了；娘，还是那个娘，风韵犹存了。

乙　多美呀，我们一定要把这些东西写出来，演出来，送给你们。

甲　就冲你这句话，今后俺农民一定要在黑土地上种出绿色食品，供应城市，提高你们的生活质量。

乙　我代表城里人谢谢你们农民兄弟。

甲　别谢呀，种绿色食品，那是俺的责任哪。

乙　什么是绿色食品哪？

甲　绿色食品没有污染哪，你看种庄稼用农家肥，打出的粮食香呵，种青菜用大粪，你吃吧，鲜哪！

乙　庄稼一枝花，全靠粪当家。

甲　农家肥比化肥都好，它养地呵，希望你们城里人能帮俺攒点儿粪水，那些东西留城里没多大用。

乙　我从记者这角度可以替你呼吁一下。

甲　我代表农民兄弟谢谢你啦，只要工人和农民心连心，人民没有不富的，国家没有不强的。

乙　看来你今天说的都是心里话。

甲　让你们见笑啦，最后我再说一句心里话。

乙　随便说。

甲　你们这些人要能上俺村子里演两场，俺村里人能乐死。

乙　时间要允许可以过去呀。

甲　哎呀，俺那可是烧高香了，又看了节目，又得了实惠。

乙　得了什么实惠？

甲　你们这三四十口子人，不用多，在俺那儿待三天……

乙　呵？

甲　俺今年就不用买化肥了。

乙　嘿！

相声

喜 丧

作者：奇 志、大 兵

表演：奇 志、大 兵

乙　特大喜讯！

甲　爆炸新闻！

乙　我妹妹就要结婚了，大喜，大喜。

甲　我外婆已经去世了，同喜，同喜。

乙　我已经在村广播站发出邀请啦！

甲　我在村广播站播了一整天的哀乐（哀乐起）"哪……"

乙　村民们、父老乡亲们，在这个大喜的日子里，我妹妹和我妹夫……不幸去世了，参加追悼会的还有村长、妇女主任……"停！谁去世了？

甲　我好像听谁说你妹妹妹夫不幸去世了。

乙　我让你那个哀乐给闹的，差点没把村长给"哪"进去！

甲　你这个人就是霸道，你结你的婚，我死我的人嘛。

乙　俩事儿别搅在一起！

甲　这两件事情碰上了，你怪我？

乙　这不起哄吗？

甲　大家不要误会，我们俩是一个村的村民。

乙　这两年我发财致富了。

甲　这两年我手头有钱了。

乙　这个人什么事都要跟我比高低。

甲　我这个人什么事都不能矮别人三分。

乙　你说我妹妹头一次结婚你比得上吗？

甲　我外婆头一次逝世你比得了吗？

乙　这还有第二回呀！

甲　还不是比场面。

乙　比场面你也比不过我。

甲　那不见得。

乙　为我妹妹金婚、银婚、永不离婚，我花五万块钱在电视台为他们点播了一首歌曲。

甲　五万块钱点一首歌？

乙　《泰坦尼克号》主题歌，我让它播半年。后来导演真同意了，就是把播出时间往后推了推。

甲　什么时候？

乙　晚上两点半。

甲　那就变成了半夜鸡叫。

乙　播完以后，电视上就剩下三个字。

甲　"再见了"？

乙　"早上好"。

甲　你比不上我，为了表明我的一片孝心，我出十万块钱在报纸上登了一个月的讣告，上面还有我外婆的巨幅遗照。

乙　我怎么没看见？

甲　我都没看见，后来总算找到了，他给我登在第八版、中缝、最下面那一坨坨子。

乙　这还叫巨幅遗像啊？

甲　你拿个放大镜不就成巨幅的了嘛。

乙　你拿个显微镜还吓人一跳呢！

甲　知道的这是我外婆的遗像。

乙　不知道的呢？

甲　还以为是个防伪标志。我不搞了，骗我的钱呐？登了半个月我就不给他钱了。

乙　这你就不如我了。我五万块钱，就给了他们五十块钱。

甲　这个事我佩服你，抠门儿你是第一。

乙　你是二百五抽烟，尽冒傻气！

甲　我上当了。

乙　村民们，到村东头儿来吧！

甲　村民们，到村西头儿来吧！

乙　我们这里是新婚大典。

甲　我们这里有隆重的追悼会。

乙　我们这边热闹。

甲　我们这边刺激。

乙　我们这边吉祥。

甲　我们这边好玩。

乙　我们这边有现代舞。

甲　我们这边有脱衣舞。

乙　咱们在这儿拉客呢？

甲　我多一个人就多一个份子钱。

乙　我们这里架起了八口大锅。

甲　我们这里垒起了十个大灶。

乙　知道的是我们这儿请客吃饭。

甲　不知道的以为我们又要大炼钢铁啦！

乙　我们这里请了八十个厨师。

甲　我们这里请了一百二十个小姐。

乙　你死人请那么多小姐干什么？

甲　谁让你请那么多厨师？

乙　我厨师多了兼保安，我怕丢东西。上回我丢了两张桌子、一个高压锅。

甲　我小姐多了还不就是陪大家玩，如今没有小姐哪个愿意来呀？

乙　这都什么事儿啊！

甲　显得人多。

乙　我们收了不少彩礼。

甲　我们收了不少祭幛（被面之类礼品）。

乙　我们家光太太口服液就收了半个仓库。现在我们家洗澡用的都是太太口服液，洗得全家都跟老太太差不多。

甲　我们家收的祭幛、毛毯多得都没地方放，我一块钱一条批发，当场没挤出人命！

乙　我们收了十几台彩电。

甲　我们收了二十几个骨灰盒。

乙　啊？这个收那么多干吗？

甲　谁让你收那么多彩电？

乙　我一个屋子放台彩电。厕所里放台最大彩电，我一边上厕所，一边唱卡拉 OK，这叫唱包房！

甲　你唱茅房吧！我二十几个骨灰盒，一个人准备一个，剩下几个没人要，干脆我拿它装钱用。

乙　有拿这个装钱的吗？

甲　这你就外行了，哪个贼敢偷骨灰盒啊！

乙　嗐！我们这儿吃完喝完，一个发个纪念品，这么大的、活的王八，拿绳牵着回家。

甲　我们这儿走的时候，一人发一张彩照，正面是我外婆的遗像，反面是性感明星麦当娜。

乙　我这里好酒随便喝。

甲　我这里好烟随便抽。

乙　我这里喝得一打饱嗝就成喷泉啦！

甲　我这里抽烟抽得都抽成这样了……

乙　你抽疯了吧？你少抽点儿。

甲　哪里，全都是假烟。

乙　为了烘托气氛，我们请来了二十个专门搞笑的。

甲　我这请了三十个专门搞哭的。

乙　我一宣布新婚大典开始，他们就哈哈哈哈一口气要笑三个小时。

甲　我一说追悼会开始，他们就哭啊，反正不哭足五个小时我不给钱。

乙　我们这边笑着笑着都笑哭了，他们说挣这点儿钱太不容易啦，笑得脸都抽筋啦。

甲　我们这儿哭着哭着都哭笑了，他们说我们这一堆人里头没一个是真哭的。

乙　这两支队伍在村口汇合了。

甲　这下全乱了。

乙　互相交流体会。

甲　"你那边吃得好吗？"

乙　"好什么？我们这儿十个人一桌，上来一碗肉丸子，一数只有八粒。"

甲　"那还有两粒呢？"

乙　"一出锅就让厨师试味儿给试没了。"

甲　"你那厨师多了。"

乙　"我们这一桌有一小子不自觉，上去一勺子就舀走五粒，咽下去以后当场就变成这样啦。（哈气）"

甲　"这是烫的。"

乙　"又来一碗扣肉，我一数只有三片，这回我不能客气了，我不能沉默了，我上去就是一筷子，走——"

甲　"夹走两片？"

乙　"我连盘子都夹走了。"

甲　"你不错啦，我这边还差一些，我这边连菜都端不到桌子上，我这边的小姐们一边走一边吃给吃完了。"

乙　一百二十个小姐还不够她们吃的。

甲 "我吃了两餐汤泡饭啦。"

乙 "你恶心不恶心！"

甲 "我一看这玩不下去了，我要亲自到厨房门口守着。"

乙 "出锅就吃。"

甲 "我到那里一看：我的娘哎，黑压压围了几百人，也不知道谁喊了一声'抢啊'——"

乙 闹暴动了。

甲 "一窝蜂拥到厨房里一顿乱吃。我挤进去一看，连扫把都没有了，我抢了半个小时就抢出一颗白菜、两根葱。"

乙 那怎么办？

甲 "那我也没客气，蘸着酱油赶紧吃了。"

乙 "到我们这边来吧，就你这身体至少能抢点儿熟的吃。"

甲 "我不来，我这边交了两百块钱人情，我还没有吃回来呢，再说我这里马上就开始摇奖了。"

乙 "你死人还摇奖？"

甲 "我这里头等奖三万块钱呢！"

乙 "你不如我，我这里有六合彩，返还率百分之七十，我已经得了十二包洗衣粉了。"

甲 "我们这边好，我们这里有十桌麻将。"

乙 "我们这里全体'三打哈'。"

甲 "我们这里围着棺材玩电游。"

乙 "我们在新房里头玩闹鬼。"

甲 "我们在灵堂里头开舞会。"

乙 "我们在新娘的床上'蹦的'。"

甲 "我们这里还有节目看。"

乙 "热烈庆祝杨奇志妹妹结婚大典歌舞文娱晚会现在开始。"

甲 "隆重哀悼王老太太潇洒走一回，相声、小品大赛开始啦！"

乙 "首先谢谢您的光临。"

甲 "感谢您的红包。"

乙 "在这个大喜的日子里……"

甲 "我们悲痛万分……"

乙 "让我们祝愿新郎新娘……"

甲 "安息吧阿门！"

乙　去!

甲　碰上了碰上了。

乙　别给我碰一起!我在村东头儿,你在村西头儿。我们这里舞蹈跳得好,双人舞,俩小姐服装就漂亮,远处看跟没穿衣服似的,近处一看……

甲　怎么样?

乙　真的没穿衣服,就穿着三点式,正跳着,我们村长喊了一声"村民们,卧倒——"

甲　你不如我们,我们这里跳群舞,跳着把棺材都跳翻了,我外婆从里头滚出来了,后来跳着跳着发现前面多个领舞的……(做僵尸跳)

乙　你这是诈尸了。

甲　多刺激。

乙　我们这里还请来了著名歌手(广东普通话):"父老乡亲们,你们好,我非常非常疲劳,我非常非常疲倦,刚才我在村西头儿为死者唱了几首歌子,接下来我为村东头儿的死者演唱歌子……"

甲　停!停!死者在我们这边,那边是结婚!

乙　"哦,结婚,那我就为这边的婚者活者,演唱一首《人鬼情未了》。"

甲　吁——

乙　"你喊驴了?"

甲　你要唱死一个是怎的?那边是结婚,不能唱死人的歌!

乙　"好啦,结婚就唱一首《天堂里有没有车来车往》?"

甲　走!都让你唱死了!

乙　"《说聊斋》?"

甲　也是闹鬼的!

乙　怎么都是闹鬼的啦?

甲　走开!

乙　"我的劳务费啦(左右晃)……"

甲　你是要上厕所了吧?

乙　"我们摇滚歌星就是这个样子啦。"

甲　你还要劳务费?你要残废不?

乙　"出人命啦!"

甲　别理他,我们的追悼歌舞晚会继续进行。下面是女声小合唱,演唱者:刘老太太、张老太太、赵老太太。

乙　三个老太太。

甲　三个老太太化好装对着棺材就开始啦。

乙　这得念叨念叨。

甲　敬爱的王老太太，我们是你的生前麻友。"

乙　"麻坛战友。"

甲　"你的死对我们是个巨大的损失，自从少了你这个'炮手'，我们的收入大大下降了。"

乙　"现在她就是我们的'二炮'。"

甲　"为了寄托哀思，我们排练了一个节目，希望你能够喜欢，请听女声小合唱。"

合："《送战友》"！

甲　"预备起——"

合："送战友……"（其中乙唱高调，两人争吵）

甲　"再来一次，起低一点儿。"

合："送战友……"（其中乙唱低调两人又争吵）

乙　"说了说了我要独唱的。"

甲　"你还要独唱，你五音不全。"

乙　"你是二炮。"

甲　"你手气比我还差些，昨天欠我五块钱到现在还没还呢。"

乙　"五块钱我买菜了。"

甲　"你就是耍赖。"

乙　"五块钱我就是不还。"

甲　"我不愿意跟你在一起，什么事都跟我争，死了人你跟我争什么争？"

乙　"让着你，你起调。"

合　（唱）"送战友上西天，默默无语两眼泪，耳边响起麻将声，麻友啊，麻友，亲爱的王老太太，今天晚上好烦躁，我们三缺一……"

甲　啊！

乙　怎么啦？

甲　唱到这里，我外婆从棺材里坐起来了，她也唱了一首歌。

乙　什么歌？

甲　（唱）"其实不想走，其实我想留……"

乙　回去！

夸　夫

作者：马云路、刘　际
表演：马云路、刘　际

甲　我发现今天的观众非常热情。

乙　对，都是相声爱好者。

甲　尤其是男同志，听到可笑之处开怀大笑，笑得那么开朗、豪放："哎，有意思，哈哈哈。"

乙　不光是男同志，女同志也一样，笑得那么腼腆，那么灿烂："嘿，真好玩，嘻嘻嘻。"

甲　嘿，你观察得挺细。

乙　因为我媳妇就这么笑，不光笑是这样，而且对我是体贴入微，孝敬老人，教子有方。

甲　哎呀，那我得祝贺你，祝贺你找到了这么一位"肾内助"。

乙　等会儿，那叫贤内助。

甲　对，贤内助，说实在的，你爱她吗？

乙　当然爱啦！

甲　甭说你爱，连我都爱。

乙　有你什么事儿？

甲　我太羡慕你了。

乙　羡慕我？你媳妇哪？

甲　我媳妇不行，她不会说话。

乙　噢，哑巴。

甲　哑巴干吗？她不会说好听的话，甭管什么话从她嘴里说出来冰凉梆硬，让你听了都浑身发冷。

乙　是啊？

甲　那天下雨，我出门忘带伞了，她拿着伞追了出来。

乙　这是关心你。

甲　关心？你听她说那话："你这缺了德的，你不知道下雨啦，这大雨天儿你不带伞你找病啊？就你这身子骨，呛口风就咳嗽，着点儿凉就拉稀，这么大雨要是一浇你，我看你就甭上班啦。"

乙　那？

甲　"直接上八宝山吧。"

乙　嗐！

甲　你说这叫什么话？

乙　这话虽然冷点儿，但她可是好心。

甲　好心？她不会好好说，你看我的对门儿那小两口儿，人家那媳妇也是送伞，说出话来那叫一个温柔。

乙　她怎么说的？

甲　"喔，老公，这大雨天儿你没带伞，我好为你担心耶，你要是淋病了，我好揪心耶，我好伤心耶，我好痛心耶。"

乙　你好恶心耶——我都快吐了。

甲　多温柔。

乙　还温柔哪，我听着比你媳妇的话也暖和不了多少。

甲　我媳妇不光说话冷，她在人前背后就没说过我的好。

乙　我明白了，你媳妇这是刀子嘴豆腐心，明着是骂你，实际是在夸你。

甲　你怎么知道？

乙　我媳妇就这么对待我，不光我媳妇这样，现在有些女同志夸自己的丈夫都是绕着弯儿地夸。

甲　都是明着贬暗着在褒。

乙　这你听着看着都有意思。

甲　咱俩给大伙学学。

乙　怎么学？

甲　你扮演你媳妇，我扮演我爱人。

乙　这倒好，我们这叫自产自销没外卖。

甲　开始！哟，这不是嫂子吗？

乙　哟，这不是妹子吗？

甲　咱俩可有些日子没见啦。

乙　可不嘛，咱姐儿俩今儿得好好聊聊。

甲　哎，嫂子，就你一人遛弯儿，你们那位哪？

乙　唉，别提啦，我们那位一天到晚地瞎忙活，搞科研搞得都入了迷啦，炒菜愣放洗衣粉，满锅冒白沫。

甲　哟，我们那位更傻，搞科研搞得都着了魔，刷牙愣使皮鞋油，顺嘴流黑汤。

乙　什么形象？我们那位真有蔫主意，人家领导奖励他一万块钱，他都没跟我商量，就给大伙分了当奖金了。你说这不是大男子主义吗？

甲　哟，我们那位更是贼大胆儿，领导也给了他奖金。

乙　多少？

甲　五千。

乙　没我们家多。

甲　美金。

乙　四万哪。

甲　他也没跟我说一声，就捐给希望工程了。这不是官僚作风吗？

乙　他扣的帽子比我们家那大一号，我跟你说，人家领导不光给了他一万块钱，还奖了他一辆汽车——桑塔纳，可他都没让我坐上，就给老干部活动中心开去了。

甲　哎，我听说你们那位不会开车呀？

乙　……啊，他用绳子给拉去的。

甲　哟，那你肯定生气啦。

乙　我生气倒不是没开上汽车。

甲　那是？

乙　我们家又白搭了根儿绳子。

甲　嘿，我跟你说，人家领导不光奖了他五千美金，还奖励他一套单元房——三居室，可他光让我看了看钥匙，就给街道办了托儿所了。

乙　你要这么说，人家领导还奖励我们家一套四合院儿呢，我到那儿一看，哟，四面都是三居室，三居室……

甲　这房子盖得可够气人的。你要这么说，人家领导还到我们家去了："嗯，根据领导研究决定，把故宫奖给你们。"

乙　奖故宫？

甲　我说："哟，不要……那故宫光扫院子就得把我们两口子累死。"转手儿我们又交给国家了。

乙　那本来就是国家的。

甲　哎，嫂子，咱们还是聊点儿小话题吧。

乙　你让我想想，哎，想起来了，要说这话题可不算小，它直接关系到我们俩的夫妻感情。

甲　什么事？

乙　我们那位现在吃东西嘴太刁，做条鱼吧，他光吃那鱼刺儿，把鱼肉全让我打扫，弄得我现在都缺了钙啦。你说这不是影响我们夫妻关系吗？

甲　你要这么说，我们两口子就得离婚。

乙　他也尽吃鱼刺儿？

甲　那倒不是，他整天让我抹那营养霜、护肤膏，抹得我是青春焕发。

乙　他哪？

甲　满脸褶子。闹得我们两口子一上街，大伙尽闹误会。

乙　别人怎么说你们两口子？

甲　"哟，姑娘，又陪你爷爷遛弯儿哪？"

乙　啊？差出两辈儿去。

甲　还甭说，真是明着贬，暗着褒。

乙　没错。

甲　不过，我最近发现有的女人夸丈夫不夸这个，拿自己丈夫的不是当理说，明知道他丈夫不务正业、不求上进、不走正道，办的那些事让人听着都瘆得慌，可她觍着个脸还炫耀哪。

乙　噢？

甲　这种人夸丈夫是越听越有气。

乙　没错，你一听就知道他们两口子都不是什么好鸟！

甲　咱们给大伙再学学。

乙　咱们他们曝曝光。

甲　开始！（学牵狗状）

乙　哎，几天不见，你怎么残疾啦？

甲　哪儿啊？我这是牵着狗哪！

乙　我以为你拄着马竿儿哪。

甲　什么呀？

乙　噢，你这是牵着狗呢！

甲　啊？

乙　我也别闲着。

甲　你这是？

乙　（抱猫状）抱着猫哪。

甲　哟，姐姐！

乙　哟，妹妹，遛狗哪？

甲　唉，我们家这"歪泥"呀，毛长得太长啦，我给它做美容去。你干吗去？

乙　我们家这"倒霉"呀，吃粤菜都吃腻了，我带它吃西餐去，"倒霉"叫姑姑。

甲　"歪泥"叫姨。

乙　这是什么辈儿呀？

合　去，玩去！

乙　妹妹，我们娘儿俩吃完西餐，咱们逛街呀？

甲　哟，现在还有什么可买的？

乙　哟，我得买。

甲　买什么？

乙　买门铃儿。

甲　买门铃儿干吗？

乙　你可不知道，给我们那位送礼的人多了去了，上个月光门铃儿就按坏了八个。

甲　哟，姐姐你给我提了个醒儿，是得买，我买地毯去。

乙　买地毯干吗？

甲　整天给我们那位进贡的人海了去了，把我们家地毯踩得都没毛啦。

乙　别人给我们家送的龙虾澡盆都盛不下。

甲　别人给我们家送的甲鱼满屋子乱爬，不知道的到我们家吓一跳。

乙　怎么呢？

甲　我们家一屋子王八。

乙　啊，哎，知道人家为什么给我们那位送礼吗？

甲　为什么？

乙　我们那位手眼通天，什么修路、基建啊，给钱就让你干。

甲　知道人家为什么给我们那位进贡吗？

乙　为什么？

甲　我们那位手里有权，什么科长，处长，给钱就长。

乙　卖官儿呀？

甲　这么着，我跟我们那位说说，你掏三千块钱，给你们那位一个官儿当当。

乙　什么官儿？

甲　乡长。

乙　哟，把我们那位弄农村去啦？

甲　农村怎么啦？我们小叔就在农村当乡长，老百姓都给他编了顺口溜啦。

乙　老百姓怎么说你们小叔？

甲 说他是："腰里别着大公章，吃香喝辣土皇上，三乡五里归他管，村村都有丈母娘。"

乙 "哎，呸！就冲这一条，也不能让我们那位当这缺德的官儿。"

甲 你急什么？

乙 我们那位尽整那新鲜事，他晚上回来，我说给他捶捶背吧，他让我用脚踩。

甲 哟，那不踩坏啦？

乙 他说这叫"踩背"。

甲 那他也不如我们那位，他回家洗了澡吧，他让我往他身上洒咸盐。

乙 腌肉啊？

甲 哪儿啊，他说这叫"盐浴"。

乙 那也不如我们那位，我给他揉揉脚吧，他让我用竹片刮他脚心儿，他说这叫"足疗"。

甲 那也不如我们那位，睡了宿觉，早晨起来"啪"甩给我五百块钱。

乙 这是什么意思？

甲 他说这是给我的"小费"。

乙 啊？我们那位三天两头儿在外边吃宴席。

甲 我们那位一天到晚不在家吃饭。

乙 我们那位已经半个月没回家啦。

甲 我们那位已经半年不着面儿啦。

乙 我们那位已经拘留啦。

甲 我们那位已经判刑了。

乙 那也不如我们那位，我们那位已经判了死刑啦。

甲 那也不如我们那位，我们那位已经判了死罪啦。

乙 那也不如我们那位，我们那位已经执行啦。

甲 他是怎么死的？

乙 "嘟——"，吃枪子儿死的。

甲 那也不如我们那位，我们那位是打药水儿死的，听说那药水儿呀，还是进口的哪！

乙 去你的吧！

公共设施的悄悄话

作者：平措扎西
表演者：土　登

唱　灿烂阳光从雪山上露笑脸，

拉萨人迎来了新一天，

各行各业忙又忙，

建设家乡做贡献。

为拉萨人健康又愉快，

为远方的客人好心情，

我们默默奉献着。

自来水　大伙，我们先来做个自我介绍怎么样？

众　对对对。

自来水　我是自来水，人们的生活少不了我。

树　木　你这是介绍自己还是炫耀自己？这样说来，拉萨的美丽又能少得了我吗？

下水道　哼，没有我下水道，拉萨人就没法生活。

垃圾桶　那谁又能代替我垃圾桶？

公　厕　我能，我公共厕所能代替你，一个城市如果没有我，那将会是什么模样啊？

众　我比你重要，我比你重要——

自来水　别吵啦，别吵啦。一个一个说，说说自己为什么就那么重要。

众　我先说，我先说——

自来水　别争了，别争了，谁先说谁后说都一样的，还是我来先说吧。

众　就知道你想先说，那你先说嘛。

自来水　大伙想想，没我自来水的时候，家家是不是都有个大水桶，到井里背水时用。

众　有有有（费力地背水桶姿势），嗨哟嗨哟。

自来水　伸长脖子背着水桶走的时候最盼望什么？

众	那时候，打满水缸是最幸福的事情。
自来水	那时候机关食堂的水是怎么打的？
众	是毛驴伸长脖子转水摇机转晕了头打来的。
自来水	是呀，自从我自来水一上岗，那可怜的水井自然下岗了，现在水井成了人们回忆往事的话题。
公 厕	行了，你别说大话了。
自来水	这怎么是大话？从 1984 年开始，我就开始为拉萨人民服务了。后来，拉萨城区的面积变得越来越大，人口越来越多，1993 年建起了城北水厂，2000 年又建起了城西水厂，现在全拉萨城处处都有我的身影，我是不是有资格说点儿大话？
公 厕	现在不谈建了多少厂子，讲讲对人们做了什么好事儿？
自来水	我是最听人们使唤的。
公 厕	怎么讲？
自来水	不管白天黑夜，谁想要我，只要手指头轻轻一动，我就沙沙地马上赶到。离开了我，人们就没法生存，还有谁比我更重要呢？
下水道	我比你重要。
自来水	怎么重要？
下水道	如果没有我下水道，你马上就会被 110 抓走。
自来水	凭什么？
下水道	就凭你没有固定住处随处流浪，无处安身。
自来水	怎么会这样？
垃圾桶	你们别争了，下水道，你还是说说你的重要性吧。
下水道	没有我下水道的时候，夏天的雨水找不到归宿，路上全是泥泞。忘了那时候的人们是怎么在泥泞的路上行走的吗？
众	没忘记，是这样（泥泞中行走姿势）讨厌的水。
下水道	冬天，找不到归宿的水结成冰，人们是怎么走的？
众	（冰上行走姿势）这可恶的冰。
下水道	垃圾被水冲到路面的时候，人们怎么说？
众	（捂鼻）太臭。
下水道	这时候一辆汽车飞速而过——
众	怎么说？
下水道	哎哟，这车怎么开的，溅了我一身脏水。
垃圾桶	是的，那时候真的是这样。

下水道	我下水道一到，污水就有了自己的家，现在，路是路，水是水，是我让它们之间没了争议。
众	你的作用真这么大吗？
下水道	那当然啰，十几年前拉萨的人比较少，又没有什么大型企业，生活废水不难处理。现在的拉萨发展太快，人多了不说，企业也在增加，这些厂子一运转，自然就有废水，如果还像以前那样随便倒，那拉萨城不成了污水池吗？
公 厕	你说你有那么重要，那该把我放在什么位置？
下水道	你算什么？
公 厕	如果没有我，拉萨就是名副其实的"拉撒"。
众	怎么讲？
公 厕	到处拉到处撒。
众	有这么严重？
公 厕	没有我公厕的时候，人们是怎么做的？
众	是这样的（站着小便坐着方便）。
公 厕	只要是坑洼的地方，都会有淤积的尿，都会有黑压压的苍蝇飞来飞去。
众	（苍蝇飞来飞去的姿势）嗡嗡，我要坐在米饭上，我要飘到酥油茶里，我要在青稞酒里游泳。
公 厕	自从有了我公厕，墙角路边的粪便都被我收容了，外地人到了拉萨，都说拉萨比以前干净多了。
众	你做了这么多？
公 厕	那当然，改革开放后，特别是青藏铁路开通后，四面八方来拉萨朝佛的、来观光旅游的越来越多。如果我罢工了，拉萨的街道脏得不像样，会给游客留下什么样的印象？
垃圾桶	你这么说，那我呢？
公 厕	你也觉得你重要？
垃圾桶	可不？如果我罢工了，拉萨的街道马上会变脏，单单你一个公厕能治理吗？
公 厕	你的作用哪儿有那么大？
垃圾桶	过去吃的品种少，包装也简单，可现在，你们看看，食品的包装多如牛毛，是不是？
众	对对对。
自来水	高级糖果包装。
树 木	精品饮料包装。
公 厕	优质点心包装。

下水道	进口咖啡包装。
垃圾桶	特别是塑料袋这个白色垃圾，刮风时到处飞舞，谁也拿它没办法，一旦牛吃了——
众	怎么样？
垃圾桶	牛粪也是塑料包装的，上面有高级食品字样。
众	你是怎么收拾它的？
垃圾桶	我不放过每个在街上游荡的塑料袋，公德意识强的人把流浪的塑料袋都交给了我。
公 厕	现在拉萨禁止使用塑料袋，外地游客伸拇指说这个举措 good，你的负担也减轻了吧。
垃圾桶	没减轻，你们没看我身上都是有关环境保护的字吗？平时收拾垃圾的同时，我还做一些环境保护的宣传。拉萨的基础设施一天天好起来，环境一天天美起来，没有我怎么行？
树 木	要说到美化拉萨的环境，那也该是我树木的功劳，你算老几？
垃圾桶	我最重要。
树 木	我最重要。
垃圾桶	秋天，你那些老叶子掉下来的时候，还不是我一片片收容它们，要没我，不知道拉萨会被你弄得多脏，大家说对不对？
树 木	那又不是我故意扔的。
下水道	你俩就别斗嘴了，还是让树木说说它的作用吧。
树 木	大家说说，过去没有规划时，拉萨的树木是怎么长的？
下水道	那儿垂柳一片。
垃圾桶	这儿杨柳一片。
自来水	那儿白杨一片。
树 木	我绿化树整齐地站在马路两边，伸展绿色的臂膀，拉萨不就美起来了吗？
垃圾桶	太夸张了吧？
树 木	怎么是夸张，在拉萨这种缺氧的高原城市，没我还真不行。我还想问你们，拉萨人夏天最爱怎么玩儿？
众	（想）
垃圾桶	过林卡。
树 木	过林卡没有我树木行吗？夏天，拉萨的阳光炽热，没我，你们一个两个晒成什么样子？
众	（困得打盹）

树　木　怎么样？我的一点儿阴凉也让你们舒服吧。如果不是我和花儿小妹装点着拉萨，拉萨不知道会多么单调？

自来水　好了，好了。大家说得一个比一个重要。

树　木　本来就重要嘛，如果没有我们，人们的生活质量一定很差。

自来水　可是，有些人一点儿不尊重我们，更谈不上爱护我们。

公　厕　是的，我也遇到这样的情况，心里很难过。

垃圾桶　我们很难得这样聚在一起。今天，大家都把心里的委屈说出来好不好？

树　木　对，我也很想说。

自来水　我也是，还是我来先说吧。

众　　又是你先说？

自来水　有些居民大院里白天黑夜都开着水龙头，让自来水哗哗地流个没完。

众　　（低头做水龙头流水姿势）

自来水　有些人洗衣服从来不关自来水，一点儿也不心疼水，就好像他是在小河边洗衣服一样。

众　　住口，洗衣服肯定要用水，不是每月都在收水费吗？

自来水　现在收的水费是象征性的，是对开支的一点儿补充，更多的是为了教育人们节约用水。

众　　西藏是世界的水塔，西藏有的是水，节约它干什么？

自来水　不能这么说，和前几年相比，拉萨的地下水位已经下降了十几米。为了下一代，我们必须节约用水。

下水道　真是家家有本难念的经，我下水道也有我的苦处，有些人把我当成垃圾池，从我的天窗倒进很多垃圾。

树　木　（倒）这儿有点儿剩面条。

公　厕　这儿有点儿剩菜。

垃圾桶　这儿有盆尿。

自来水　这儿有点儿粪便。

下水道　有些无知的人，还把液化气残渣倒进我的天窗。

众　　你就别娇气了，液化气残渣会被污水冲走。

下水道　往我的天窗倒垃圾，垃圾堵住了我的嘴，污水就没法流，满城就会臭气熏天苍蝇飞舞，特别是液化气残渣倒进来，天气一热——

众　　会怎么样？

下水道　砰（爆炸）嘭——

众　　（倒）

树　木	对了，以后你不要天天开着你的天窗，如果我们掉进去了怎么办？
下水道	天窗不是我开的。
树　木	那是谁开的？
下水道	是一些不文明的人偷走我的铁窗盖去换钱，我没办法，只好用水泥儿盖凑合。
公　厕	哎呀，我们的命怎么这么苦啊，我也有我的苦处，有些人竟当着我的面在墙角撒尿。
众	（站着撒尿姿势）
公　厕	喂，这里是城市，不是荒无人烟的地方，这样多不文明。
众	我们舍不得给两毛钱。
公　厕	两毛钱用在了公共卫生上，再说，到处撒尿是不良习惯。你们注意到没有，天气热的时候拉萨的小巷里散发着什么味儿？
众	注意到了，尿儿味比香儿水还香。
公　厕	开什么玩笑，外地游客捂着鼻子经过的时候，我都不敢抬头看他们。
垃圾桶	我的烦恼说出来更让人生气，有些不守规矩的人，还有一些醉鬼经常打我。
众	（脚踢垃圾桶）
垃圾桶	还有小偷把我偷回家去。
众	（小偷语）这么漂亮的东西，放这儿太可惜了，还不如我们把它请到家里。
垃圾桶	前几年，拉萨统一做了熊猫形状的垃圾桶，不久全被打烂了。我本想做个不锈钢衣服穿，可小偷们不会罢手。现在我只能穿着不好看的衣服，以免引起小偷的注意，咳！
树　木	该说说我的苦恼吧，我尽给人们做好事，可有些人就加害于我，这是为什么呀？怎么好心得不到好报。
众	（拽树、用刀刮树、牛羊啃树等姿势）
树　木	还有人甚至把我连根搬到他们的家去住。
众	（小偷声）需要的时候用不上，那种它做什么？
树　木	现在，青藏铁路沿线的生态环境都保护得那么好，拉萨城里的树更应该得到保护，长一棵树需要十几年哪。
下水道	不说了，不说了，说出来都是烦恼。
自来水	为了消除我们的苦恼，也为了拉萨的明天更美好，我们在这里对大家提几点希望好不好？
众	好好好！
垃圾桶	环境保护，

自来水　是每个公民的责任。

下水道　要想有健康的身心，

公　厕　就要追求环境的整洁。

　众　　人民城市人民建，人民城市人民爱，想要让拉萨更漂亮，就请多多爱护我们吧。

相声

劝 驴

作　者：齐　飞、范　军
表演者：范　军、于根艺

甲　最近哪，我们到我二大爷那个村子去体验生活去了。

乙　他二大爷呢，在柳树沟住。

甲　我二大爷那个村子是远近闻名的小康村哪。

乙　家家住的全是小洋楼啊。

甲　你看，自从改革开放以后，农民的生活确实是富裕了。

乙　对。

甲　不但生活好了，农村机械化的程度也提高了。

乙　解放了一大批劳动力。

甲　可是我们二大爷家有头驴啊，它有意见了。

乙　它有什么意见啊？

甲　哎呦，前两天还离家出走了呢。

乙　哎，那这事儿我知道，不是找着了吗？

甲　找是找着了，它愣不回去。

乙　不回去？

甲　冲着我二大爷还发脾气呢。

乙　呵，你看你这么着，你给我们大家说说具体是怎么回事。

甲　要不这样吧，咱们当着观众朋友的面，在这表演一下怎么样？

乙　这怎么表演？

甲　你呢，就演我二大爷。

乙　那您呢？

甲　我……就演这头驴吧？

乙　有这模样的驴吗？

甲　您别看现在不像，待会儿一表演出来就像了。

乙　好，咱们现在开始。

甲　开始。从现在开始我就走丢了。（下台）

乙　从现在开始我就成他二大爷了。

乙　朋友们，见到我们家那头驴了吗？

甲　啊！（边学驴叫边上场）

乙　说真的朋友们，我和我们家那头驴啊，感情深着呢。

甲　【唱】常背人类往前走。

乙　哎呀，我这……可把你找着了。

甲　【唱】我往哪里去啊，我往哪里走，好难舍好难分的柳树沟。

乙　这是舍不得走。

甲　【唱】柳树沟～啊啊啊……（学驴叫）

乙　（拦甲）……不是吗，你这一哭啊，我这心里面难受，咱们回家去吧。

甲　去！

乙　还真是驴脾气啊。

甲　俺不回去，我在你家，我住不下去了。

乙　怎么了？

甲　我在你家我心里难受。

乙　难受？

甲　我在你家，我……【唱】我就像一只小小小小鸟，想要飞呀飞飞呀嘛飞不高，我寻寻觅觅，寻寻觅觅……

乙　站住！你往哪儿飞去啊你。你在我们家住得好好的，难道我们家对你不好啊？

甲　你对俺就不好。

乙　我对你不好？

甲　对我不好！

乙　你让大伙儿瞧瞧，我要是对它不好，它能吃成这模样吗？你也太不知足了。

甲　你才不知足呢，我到你们家十几年了，我对你们家怎么样？

乙　你对我们家好啊，贡献大。

甲　我刚到你们家的时候，你们家住的是草房，吃的是粗粮。

乙　是。

甲　睡的是土炕，穿的是破衣裳。

乙　对。你眼睛比我大，你看得最清楚。

甲　自从我到你家以后，我帮你犁地，帮你拉沙，帮你拉货，帮你推磨。

乙　我说，那年头啊，还真是把它给累坏了。

甲　没几年的工夫，你家家庭就全变了。

乙　嗯，我成我们村第一个万元户了。

甲　现在改革了，开放了，市场搞活了，钱包你鼓起来了，你把我这老驴给忘完了你。

乙　不不不，我这一辈子都忘不了你。

甲　你别说这么多好听的。

乙　什么叫好听的？

甲　过去咱俩天天在一块儿，现在我十天半个月都见不了你的面啊。

乙　我那不是在外面做生意忙吗？

甲　你做生意忙，你为啥不能带我一块儿去？

乙　我带你一块儿啊？

甲　你带我一块儿有好处啊。

乙　什么好处啊？

甲　我能给你出出主意啊。

乙　帮我出主意？

甲　啊。

乙　我给人谈生意，旁边站头驴……

甲　多好啊！

乙　好什么啊，你让我怎么跟人介绍啊？

甲　你怎么不能介绍啊？

乙　我怎么跟人介绍啊？

甲　你不会说，俺旁边站这个，是俺的秘书吗？

乙　秘书啊！像话吗？

甲　你这个人重钱轻友，你不想让我去，你是怕我丢你的人啊。我还得走，你伤了我的自尊咧。

乙　不不不。

甲　我还得走，你伤了我的。

乙　回来回来。嘿，我们到底对你怎么了，你非要走啊？

甲　反正我现在在你家，我吃不好，住不好，我心情不好。

乙　你在我们家吃不好？

甲　我吃不好。

乙　你说这话你可坏良心。

甲　我怎么坏良心了？

乙　朋友们，我现在我有钱了，我每天都变着花样的让他吃。

甲　哎呦，你可别说变着花样吃了。

乙　怎么了？

甲　亲爱的朋友们，这个人有钱他瞎折腾啊。

乙　我怎么折腾了？

甲　你不知道他家吃的是什么。早上起来，中餐西餐。到了中午，生猛海鲜。到了晚上，蝎子、蜈蚣、老鳖乱窜。

乙　你瞧我吃的这东西啊。

甲　他吃不玩这东西啊，一下子都倒到我这个槽里了。

乙　就那么一回嘛。

甲　你不想想这蝎子、蜈蚣、老鳖是我们驴吃的东西吗？吃的我成天是上吐下泻的，现在我都不敢打饱嗝啊，我要一打饱嗝（打嗝声），我都怕蹦出来个小蝎子啊。

乙　这多吓人啊。不，那次我不是让你尝尝鲜嘛。

甲　过去我喜欢吃那个青草，现在吃不上了。过去我喜欢吃那个草料，也吃不上了。过去我经常去山上玩啊，山上可好了，有我喜欢吃的什么好东西都有。现在可好了，这山都不让我上了。

乙　不不不，伙计，这我得给你解释啊：你过去上的这荒山啊，现在都栽上经济林了，咱们这的种植结构全调整了。你过去喜欢吃的草料，不种了，咱们这儿改种蔬菜了，种的菜还出口呢。

甲　出口？

乙　所以说你这个饮食结构啊，也得调整调整。

甲　我不，不管我调整不调整，反正我就是吃得不舒服，哼。有一天我实在受不了了，我溜溜达达我就跑出去了。我跑到村外，我看到一片绿油油的麦苗，可把我高兴坏了。

乙　嘴馋了。

甲　我跑上去，吭吭来了两口。正在这时候他拿着鞭子就追上来，他照着我那个屁股啊，啪啪就是两鞭子，他一边冲我还一边骂我呢。

乙　我怎么骂你？

甲　你个贱嘴货，放着家里好吃的你不吃，你出来偷啃麦苗。

乙　就是。

甲　你以为你是咱村的村长啊，见谁吃谁，逮谁啃谁啊？

乙　这这（捂甲的嘴），你别让咱们村长听见了。

甲　我嗓门儿就这么大，他吃人嘴短，我怕他什么？

乙　行行行，我回来给你买草料，行了吧？

甲　这还差不多。

乙　哎，走走走，那咱回去吧。

甲　俺不回去。

乙　还不回去？

甲　我现在在你家住得不舒服。

乙　住得不舒服？

甲　哎，住得不舒服。

乙　（指着甲）你可真是忘本了你啊。

甲　我怎么忘本了我？

乙　你过去住的那个驴棚子，四面跑风，八面透气，到冬天把你冻得直打哆嗦啊。现在你住的什么啊，跟那小洋房差不多。我在上面还写了三个大字：驴别野。

甲　不不不，那叫别墅。

乙　哦对，那叫别墅。

甲　你个没文化的，你还别野呢。

乙　我还没文化了。不是，你说你那别墅怎么样？

甲　提起这个驴别墅啊，我这气就不打一处来。

乙　住好的还生气。

甲　这个人住上了三层小楼，也给我盖了个别墅。

乙　我对得起你啊。

甲　墙上贴上了瓷片。

乙　多干净啊。

甲　地上给我铺上了地板砖。

乙　这显得卫生。

甲　卫生个嗻啊？你简直就想害死我啊，你居心不良啊。

乙　我害你？

甲　那可不是啊。

乙　怎么说的这事？

甲　大家知道啊，我们驴吃饱以后，喜欢撒个欢，打个滚儿。

乙　对，这是习惯。

甲　这驴一天不打滚儿，身上就痒痒啊。

乙　那就打啊。

甲　现在可好了，我一打滚儿啊，我还就站不起来了。

乙　你怎么站不起来啊？

甲　那地上铺的地板砖太滑啊。我站起来一踩，呲溜啪一滑，往上一踩，呲溜啪一滑，把我身上磕得青一块紫一块的。

乙　这个我还真不知道。

甲　你能想到我身上的伤有多严重吗？你看我这个伤。

乙　（拿起甲的胳膊）来，我看看，我看看。（把胳膊扔到一边）这没伤啊。

甲　我这都是外伤都转了内伤了。

乙　转内伤了啊。行了伙计，回家啊，我就给这地板上我给它撤了。行了吧？

甲　还有可气的事呢，这个人给我那个驴棚子里通路暖气了。

乙　不是怕冻着你嘛。

甲　哎呦，到了冬天这个暖气开得我难受啊，我这哗哗地出汗啊。

乙　这是不习惯。

甲　搞得我是头昏脑胀的。我一进我那个驴棚子啊，就像进了那个桑拿的干蒸房一样啊。

乙　多舒服啊。

甲　最可气的啊，他光让我干蒸啊，连个按摩的都没有。

乙　嗟！你想什么的这是。行了伙计，到家我给那暖气关小点儿，行了吧？

甲　你关小点儿俺也不回去。

乙　走吧走吧走吧。

甲　你还有更严重的事，我给你留着面子，一直没敢揭发你呢。

乙　揭发我啊？

甲　哎。

乙　行了，甭留面子，今儿你当着大家伙的面，给我说清楚，我到底怎么了？

甲　这可是你让我说的。

乙　我让你说的。

甲　我问你。

乙　嗯。

甲　你是不是有两个丫头？

乙　俩丫头啊？

甲　你是不是还想要个小子？

乙　对。

甲　我嫂子劝你几次你不听。

乙　哎，你嫂子啊？

甲　啊不，你媳妇儿劝你几次你不听。

乙　嗯。

甲　你说我有钱了，我能罚的起，罚几个钱算什么？不生小子我誓不罢休。

乙　那不过去的事嘛。

甲　他媳妇儿觉悟比他高啊，背着他买了瓶避孕药。

乙　有这事。

甲　谁知道这事让他发现了，当时他是又气又恼啊。他抓着这药啊，他都倒到我那个槽里面了。

乙　当时我是气的。

甲　但是我不知道啊，我想这个人对我还挺好的，看我身上磕的有伤，弄点儿钙片让我补补钙呢。

乙　补钙啊？

甲　当时我是咯嘣嘣，咯嘣嘣，咯嘣嘣，咯嘣嘣，一口气给这避孕药我全给吃了。

乙　你看看。

甲　吃完以后可就坏了，他媳妇那个孕没有避上，俺这个功能可都消失了。

乙　嘻。你为什么不早说呢？

甲　打那以后啊，我这个内分泌就彻底紊乱了，俺这个体型也控制不住了，我就噌噌地往外长啊，我就长成今天这个模样了。他还说他给我养胖的。

乙　不不不。

甲　你说这话你亏心不亏心啊？

乙　不是，我……

甲　你算什么人啊你？我都不敢提起我这个事啊？提这事我都想踢你两蹄，我踢你两蹄。（模仿驴踢人）

乙　嗬嗬嗬……你瞧这驴脾气。行行行，伙计，这都怪我了，行吧，有话咱们回家说啊。走走走。

甲　俺不回去，我还得走。

乙　走，你去哪儿啊？

甲　现在咱们国家正开发大西部呢，我准备到西部出一把力气。

乙　哦，这西部开发他也知道。

甲　我什么不知道啊，咱村里有个广播站，我天天站下面听啊。世界奇闻，国家大事。咱们国家已经加入了 WTO 的世贸组织，2008 年举办的奥运会，中国足球已经冲出了亚洲走向了世界。这么给你说吧，你背着你老婆攒了多少私房钱我都知道，你信吗？

乙　哈，我还得防着点儿呢。

甲　我哪儿像你似的，你不读书不看报，你这个思想已经落了套了。

乙　我说伙计，您这一席话啊，我告诉你，还是真打动了我。这人有了钱了，他不能浪费，得富而思源，富而思进，为这个乡亲们啊多干点儿好事。哎，伙计，我告诉你个好消息。

甲　什么好消息啊？

乙　上级决定要开发咱们南山风景区，到那个时候，你就排上用场了。

甲　我有什么用场啊？

乙　用途太多了啊。

甲　你说说啊。

乙　你比如说啊，开发好以后啊，有不少的国际友人，到咱们这儿参观啊（甲：参观），你可以陪着他们合合影啊（甲：合合影），照个相（甲：照个相）啊，然后你再驮着他们去逛一逛。

甲　你要这么说的话，我就不走了。你看你这么说的我都成了驴导游了。

乙　就这个意思。

甲　那你给我弄个牌子挂脖子里边。

乙　你要牌子干吗？

甲　你看现在这个导游不得持证上岗吗？

乙　嘿，他什么都懂。

甲　你看这国际友人来了以后，我给他合个影照个相，一高兴我再给他们唱一唱。

乙　哎，就你这嗓子你还唱呢？

甲　你别看我嗓子不怎么样，我唱得可好听了。你听着啊：【唱】来吧来吧来吧来吧，亲爱的朋友，请到我们柳树沟观光来旅游，我驮着你们风景区到处走一走，我不拉犁不拉耙成了驴导游。哈哈哈哈哈哈哈，哈哈哈哈哈。嘿嘿嘿嘿嘿，昂昂昂昂昂（驴叫声）。

乙　又来了。

如此办学

作者：杨 义、杨进明
表演：杨进明、杨 义

甲 听说您发财啦？

乙 谈不上发财，挣了点钱！不过别人都跟我叫款爷。哎，用钱跟款爷说话。

甲 你是个有钱人？那我问问，你有了钱以后先干了些什么？

乙 我先买了套房。

甲 买了房以后呢？

乙 娶个媳妇呀！

甲 娶完媳妇呢？

乙 又买了套房！

甲 你买那么多房干吗？

乙 就爱房子，你管得着吗？

甲 那你原来的房子呢？

乙 我租出去！

甲 噢，你原来房子租出去。又买了一套新房，又娶一个媳妇……

乙 谁又娶一个媳妇？我原来有媳妇。

甲 不租出去了吗？

乙 谁租出去了？我把房子租出去了。

甲 我以为整套租呢？

乙 有租媳妇的吗？

甲 开玩笑。你有了钱只知道买房子租房子，为什么不把有限的生机投到无限的商机里边去呢？

乙 我投什么呢？

甲 办教育嘛！

乙　办教育？

甲　对，知识经济、教育为本嘛，你开学校。

乙　开学校？那玩意儿不赚钱！

甲　谁说不赚钱呢？俗话说得好十个劫道的不如一个卖药的，仨卖药的不如一个开学校的。你看现在哪儿哪儿都开学校，什么厨师学校、美容学校、汽车驾校、电脑学校……

乙　五花八门嘛。

甲　就连修自行车的都办学校。

乙　瞎说，修自行车的开什么学校？

甲　打上广告就招生，包教包会包分配两年毕业。

乙　学修自行车两年毕业这也太慢了？

甲　有快的，修摩托车的包教包会包分配一年毕业。

乙　这个够快的。

甲　还有快的，修汽车的，包教包会包分配半年毕业。

乙　修汽车半年就毕业了，这也太快了？

甲　还有快的。

乙　什么快？

甲　修飞机的，包教包会包分配一个月毕业。

乙　修飞机的一个月就毕业啦？

甲　毕业啦！

乙　我说那飞机老往下掉呢？

甲　速成班。

乙　再速成班也没有修飞机一个月就毕业的？

甲　上弦的那飞机。

乙　儿童玩具呀？

甲　你甭管两年毕业、一个月毕业，人家办学总比你买房子租房子强吧？

乙　说的也是。哎我问问，你说我要办学开个什么学校好呢？

甲　你呀你有钱也不投这上面……

乙　你怎么知道我不投呢？赚钱的事谁不干呢？

甲　你真打算投？你要投资就开一个舞蹈学校。

乙　为什么开舞蹈学校？

甲　人们生活提高了，人们都需要健康。要健康就得运动，有这么句话，人高兴得都跳起来了，这说明了什么？说明了对舞蹈学校的渴望。办舞蹈学校一来给人们带来健康的身体，二来您也可获得经济效益……

乙　看来你还真内行。

甲　学校办起来您就是校长，我就是老师。您是出钱的，我是出力的。

乙　那我问问，这办舞蹈学校前期投资要多少钱？

甲　一百万就够了。

乙　那我得算算。一百万我收一百个学生，学费每人一万，一百个学生……

甲　校长您等会儿，一个学生您收多少钱？

乙　一万块呀！

甲　您怎么能收人家一万块呢？现在讲究知识经济、教育为本，再穷不能穷教育，再苦不能苦孩子。人家家长把孩子送到咱这儿受教育，咱收人家一万块？于情于理都讲不过去吧？咱不能收一万块收五千！

乙　那还赚得着钱吗？

甲　赚得着钱，咱收美金！

乙　啊！敢情他比我还黑。我这一百万还先不能投，我先考考他这个舞蹈老师称职不称职吧？我说，咱办学我是校长，你是老师，舞蹈业务可就指着你了。

甲　没问题。

乙　今天有这么多学生家长，你就在这儿展示展示，给我们跳段舞行吗？

甲　你这是不放心？想考核考核？

乙　没那意思，只想饱饱眼福。

甲　您是校长，您让跳我能不跳吗？不过今天没法跳。

乙　那为什么？

甲　没有陪舞的！

乙　陪舞的？什么叫陪舞的？

甲　就是灯光一暗过来一个小姐我们一搂……

乙　你以为这是歌厅啊？我哪儿给您找陪舞的去？今天我就毛遂自荐，我给你帮个忙咱俩合作，给大家跳一回怎么样？

甲　咱俩跳，你不会跳呀？

乙　不是跟你吹呀！我学过芭蕾。

甲　我看你不像芭蕾。

乙　那我像？

甲　像地雷。

乙　什么叫地雷呀？

甲　有你这样跳芭蕾的吗？你让朋友们看看芭蕾演员是这个样子吗？芭蕾男演员都

必须大个头儿，小伙子要漂亮一米八几，就你这个头儿还想跳芭蕾，就你这个头儿穿个高跟鞋翘起脚就能走桌子底下去。

乙 我也太矮了吧？你管我这个头儿干吗？我不就是给你帮个忙嘛，主要还是看你嘛……

甲 噢，理解了，你这个意思，你给我起个陪衬作用，咱俩合作跳一回。

乙 对！

甲 那好，那咱就跳一回大家比较爱看比较熟悉的，一看大家就明白的。我们两给大家跳一回西班牙斗牛舞怎么样？

乙 这个舞我还真学过。

甲 学过吧？我是主要演员我演斗牛士。

乙 那我演什么？

甲 你来这牛呀！

乙 我来牛？

甲 当然，你来这牛呀，你肯定来牛。你来牛你怎么演你知道吗？你呀你从那个角跑出来，你跑过来。到我身边之后，我"噗"一刀，我再"咣"一脚把你踹一边去，然后你再跑过来，我再"噗"一刀！我再绕着你的脖子"咔嚓"一刀，如果不死，我再"噗噗噗……"

乙 别噗了，你这是斗牛舞呀，你这是宰牛。西班牙斗牛舞是一男一女在舞台上表演的舞蹈你知道吗？

甲 你这跟没说一样，我会不知道西班牙斗牛舞是一男一女在舞台上表演的舞蹈？我不是怕那个女的工作你来不了吗？

乙 谁来不了，我没跳你就说我来不了？我给你先做个示范动作，你看像不像西班牙女郎？

甲 我看你像大洋洲袋鼠。

乙 我袋鼠哇？你别光挑我的毛病，主要看您……

甲 好！我们合作跳这个西班牙斗牛舞，这个舞曲的节奏是这样的。（学唱斗牛士旋律）

乙 没错，就这个节奏。

甲 你以我为主，咱们就以这儿为出场门，我们现在就开始给大家跳这段西班牙……（学西班牙斗牛舞的动作，推乙）

乙 我跳得好好的你推我干什么？

甲 哎！我说你这是干什么呢？

乙 你不明白呀，音乐一起我这不得起范儿吗？

甲 您起什么范儿呀？你看你两只手往这一搁，蹭呀、蹭呀，你这是起了一身的饭。

乙 我这过敏哪？大家主要看你，挑我毛病干什么？

甲 挑你毛病，您往这儿一站，把我都挡住了。

乙 好，好，怨我还不行吗？

合 （跳舞，乙摔倒。）

乙 （起来和甲急）你这是西班牙舞吗？你这是斗牛！拿着校长要着玩，看我有钱你生气。嘴里说得多好听，知识经济、教育为本，你跟人家要美金，还说什么穷不能穷教育、苦不能苦孩子，照你这样如此办学你苦了人家当家长的。我看出来了，你这是利用我，假办学、真搂钱，你是个骗子！你什么也不会，走！走！走……

甲 大家看这就是疯牛病，是不是我不跟你跳，你觉得没面子，我可以向你道歉。

乙 用不着。

甲 我和你一跳什么也不是，大家不说你，都会笑话我。因为大家都知道我是有名望的舞蹈老师，跟你合作跳得不好大家不说你说我，这样会影响我在舞蹈界的声誉。跳完之后什么也不是，"啪"，我不生育了。

乙 你不生育了？

甲 不！我的声誉不好了。你说我以后还怎么当老师？还怎么教孩子，还怎么在舞蹈界生存……

乙 你行了，我说你从今天开始甭跳舞啦！也不要教孩子啦。哎，你当着大家把你知道的舞，能说上几个名字就算你会跳了行吗？

甲 你这个人说话太难听！我简单地介绍介绍我跳过的舞，恐怕你连听说都没听说过。

乙 不见得。

甲 我会的有：蓝翎王入阵舞、飞雷喀勒巴舞、卡拉格儿啄舞、秦王破阵舞、希腊泽本奈舞、阿舞阿西舞、霓裳羽衣舞，你听说过吗？

乙 还真没听说过。

甲 还有新疆舞、壮族舞、回族舞、藏族舞、苗族舞、白族舞、纳西舞、景颇舞、毛难舞、枪靶舞、朝鲜舞、鄂伦春舞、鄂尔多斯舞，
有腰鼓舞、彩鼓舞、横鼓舞、铜鼓舞、手鼓舞、长鼓舞、太平鼓舞、面具舞、祭祀舞、宫廷舞、霍拉舞、玛族舞、秧歌舞、红绸子舞、狮子舞、盾牌舞、旱船舞、芦声舞、安待舞，
有探戈舞、拉丁舞、伦巴舞、恰恰舞、多郎舞、芭蕾舞、跳脚舞、扁担舞、水兵舞、踢踏舞、欧亚舞、莫若舞、让达丽舞、达曼依舞、织布舞、多叶舞、拍

手舞、扇子舞、孔雀舞、旱波舞，

有天鹅舞、龙舞、象舞、盆舞、声舞、战舞、伞舞、方舞、贡舞、蛇舞、罐舞、竹马灯舞、花鼓灯舞、采茶舞、康巴拉舞，

有珍珠舞、长洋舞、难忘舞、角铃舞、乡村舞、竞延舞、功莫舞、社交舞、宗教舞、体育舞、农乐舞、插秧舞、丰收舞、练兵舞、进军舞、青春舞、东疆舞、荷花舞、坛子舞、纱布舞、蒸碗舞、群宴舞、蔷薇舞、红花舞、种瓜舞、排球舞、扎布依舞、波落多舞、不泽眉舞、阿七跳跃舞、迪斯科舞、西班牙斗牛舞。

乙　你会这么多舞呀？我要知道您会跳这么多，我跟你捣这乱干什么？那今天的家长这么热情，你就跳个独舞怎么样？

甲　今天我就不驳校长的面子，跳一段我跳得最好、最拿手、最得意的，也是我自编、自导、自演的一段舞蹈。

乙　什么舞？

甲　招魂舞。

乙　今天您来着了，我们来看看 ×× 先生跳的招魂舞。

甲　好！那我今天就别开生面地给大家跳这段舞蹈。灯光师……

乙　你干什么？

甲　您告诉把灯光关了。

乙　关了我们怎么看呀？

甲　我不要这种灯光，我跳这种舞蹈的时候要在我周围点上一圈蜡烛。

乙　噢！你要那烛光。

　　因为从服装、灯光、布景都达不到我的要求。今天我只能简单地跳一跳，因为我编这个舞蹈是很神圣的。我吸收了当今世界美学、医学、运动社会心理学以及生物学的精华，这段舞蹈它揭示了人与动物之间的奥秘，促进了人与自然的融合，缩短了人与动物之间的距离。由其他对当今世界前沿科学以及预防艾滋病起到不可代替的作用。每当在我跳这段舞蹈的时候，我要焚香、沐浴、更衣、斋戒，就是烧香、洗澡、换衣服、不吃荤的东西。跳舞的时候我赤着背、光着脚站在一圈蜡烛的中间，我头上插着鸡毛脸上抹着鸡血腰里围着草裙，腿上系着脚铃，右手拿着长矛，左手拿着酒葫芦，未曾跳舞我一声长啸——咿呀！

甲　这就来了。

乙　天灵开，地灵开，妖魔鬼怪快离开。噢！噢！——

甲　跳大神儿呀！

夜走狼山

作者：吴新伯
表演：吴新伯

　　我们苏州人有一句老话：吃尽天下盐好，走尽天下娘好。这句话很普通，但却很有道理。今天这回书就是讲述一个关于母亲的故事。

　　一九四一年的初冬，在安徽皖南山区的一条山路上，来了一位大嫂，她年纪三十不到，花布包头，青布短袄，灰布裤子，蓝布束腰。左边塞一根还未点着的火把，右面插好一把磨得锃亮的柴刀。腰带上系了一只布袋，里面是干粮一包。后背上背一个一周岁的宝宝，棉背兜的带子在胸前紧紧扎牢。

　　她叫刘大英，当地的老百姓都知道，她是居家集卖豆腐刘大伯的外甥女。其实不是，大英的真实身份是新四军第十八团的文教干事，山东人，高中毕业就参加了新四军，大英的爱人是第十八团的团长叫雷振刚。一年多前，大英怀孕了，在部队里拖着身孕诸多不便，组织上就把她安排在刘大伯的家里，让她生下孩子再回部队。谁知正在此时发生了皖南事变，在这次战斗中，新四军牺牲了好几千人。大英的爱人老雷也生死不知。无奈之下，等到生下宝宝，大英只能一边抚养孩子，一边打听部队的消息。

　　就在今天早上大英同时得到了一个好消息和一个坏消息。先说好消息，有人告诉她，离开这里一百多里路，有一个小山镇，叫榆林镇，最近镇上有一支新四军的队伍在活动，听说带头的就是原来十八团的团长，雷振刚。大英开心啊，宝宝的父亲没有死，我们一家人还有团圆的希望。再说坏消息，据说国民党围剿新四军的部队也发现了他们，正准备悄悄地包围榆林镇，大英着急啊，老雷他们有危险。怎么办？大英想我一定要马上赶到榆林镇去，找到部队，让他们迅速离开。她打定注意，背着宝宝准备动身。那么大英去找部队为什么要带着儿子呢？她想如果此番找到老雷的话，就跟着他们一起走了，我本来就是一名新四军的战士。如果在榆林镇找不到队伍，她是不会放弃的，一定要继续一路寻找。这样带着宝宝是个掩护，安全了很多。别人见我背着个小孩儿就不会怀疑我是新四军了。听说大英要走，刘大伯夫妻再三相留，但是大英去意已决，夫妇俩见留不住她，只能帮她准备好一切，送她们母子动身。送出村口一里多路，他们挥泪而别。老夫妻回转居家集，大英背着宝宝急匆匆上路了。

谁知没走多远，大英发现通往榆林镇的道路已经被国民党的军队封锁了，看来老雷和同志们的情况确实相当危险。现在我怎么办？硬闯封锁线，成功的希望很小。退回居家集，消息送不出去，我们的部队一旦被国民党包围，后果不堪设想。大英一时不知如何是好。忽然她想到临走的时候刘大伯和她说起过，这里还有一条路能够到达榆林镇，那就是横穿狼山，这是一条近路，但这条路相当危险。据说是野兽出没无常，经常发生野兽伤人，甚至于吃掉人的事情。我走还是不走？大英考虑再三，决定冒一冒风险。只要老雷和同志们能安全撤离，小宝宝能见到他父亲，我们一家人能重新团圆，这个险值得冒。再说前面的国民党军队比山上的野兽更凶残。走！大英打定注意，夜走狼山。

现在背着宝宝，一路直往狼山而去，走过一个小树林，穿过一片乱石岗，母子俩已经到了狼山的山脚下。立定身体，朝山上望去。因为时近黄昏，山上的树木黄喳喳，石头灰坨坨。边上有一条曲曲折折的山路。这么危险的路还有人走？有人走。比如说，挑了重担要走近路，有急事得赶时间，走狼山。不过，晚上是没有人敢走的，都是在白天太阳当顶的时候，三五成群，四五成队，大家一起走，有人还拿着家伙，万一碰到野兽，就和它搏斗，运气好的话，还可以弄点儿野味吃吃。不过果子狸是没人敢吃的，怕"非典"。因为有人走，这里还是有路的。

大英背着小孩儿一路上山。曲曲折折，跌跌爬爬，停停走走，大概走了一个多小时，天慢慢地暗了下来。照理大英平常走这种山路根本不在话下，部队里锻炼过的嘛。但是，今天情况不同，一方面，背上背着儿子；另一方面，狼山上野兽出没无常。她的心里不免有些紧张，"啪"身边的火把拿出来，一点着，一有火光野兽就不敢近身了。大英心定了不少，走吧。突然想到背上的儿子不知怎样？回过头一看，小孩儿毕竟是小孩儿，母亲走得很累了，他依旧扑在母亲的背上，母亲的背心热乎乎，一只棉背兜将他扎紧，小屁股被牢牢地托住，他还挺舒服的呢。所以，睡着了，还在轻轻地打鼾。大英对儿子看看：睡吧，说不定，你一觉醒来，我们已经到榆林镇了。于是大英一路上山，走了一段，发现山路越来越窄，树木越来越少，石头慢慢地多了起来。此时的大英更加地紧张，加快脚步"得，得，得，得"直往山上而来。

正在此时，"呜——"一阵山风，这风带着一点旋转，"啪"的一下把火把吹灭。啊呀！火把灭了！大英心里一阵紧张。

就在这当口，传来了一声奇奇怪怪的声音"嗷——"大英一吓，什么声音这么可怕。这是什么声音？狼嚎，野兽的叫声中最恐怖的声音。而且大英啊，今天的狼不是一只，而是两只。一只母狼带着一只小狼。这只小狼刚刚断奶开了食，吃过了血腥气的食物，生血烂牙齿，最近三天没有吃过东西了，为啥？小野兽寻不着，大野兽搭不够，这人呢，要么不来，一来总是成群结队。贸然出击，你还没有吃掉他们，先被他们吃掉。三天饿下来，那母狼还熬得住，小狼不行了。饿到什么程度呢？饿得肚皮上的皮全部耷拉了下来，两面的皮都要碰到了，就像赌钱人输光钱的皮夹一般——里面都瘪啦。这样再饿下去就要饿死了。今天实在没有办法，所以母狼带着小狼出来碰碰运气，伏在山上，等了好一会儿了。"啪，啪，啪，啪——"忽然听见脚步声，闻到人气味，心里一阵激动。但是看见来人手里有火把，不敢上。就在此时一阵旋风把火把吹灭。母狼一看机会来了，对小狼瞧瞧：要活命，快跟你妈来吧。两只后蹄"腾"一挺，两只前爪"嘿"用力一伸，母狼倏地跳了下来，小狼急忙跟在它娘的背后也蹿了下来，往母狼边上一伏，一动也不动。这只母狼和大英离开只有五尺左右，不上来了，浑身的毛全部竖起，一对碧绿眼睛，两道凶光"呃——"直射刘大英。

大英起先一吓：什么东西？再一看，狼！怎么办，走还是不走？考虑下来决定先不动。顺势从腰间拔出柴刀，紧紧地握在手中，双眼盯着母狼，看它的行动。

那么这只母狼为啥还不进攻呢？这就是狼，生性多疑。它的脾气，没有百分之百的把握是不肯行动的。此时的母狼也盯住大英在看。

双方对峙着。"嘀嗒，嘀嗒，嘀嗒"大概十秒钟之后，大英决定了，我先走。看它怎么样，我怎么对付，见机行事。所以大英转过身体"嗒，嗒，嗒——"直往前跑。

母狼紧紧跟随。大英跑得快，它跟得快；大英跑得慢，它跟得慢；大英不走，它也不动。就这样跟了一段，那母狼实在饿得吃不消了。一看，大的我对付不了，她背上还有个小孩儿呢，决定先上小的。所以突然间"啪"上半个身体竖了起来，直扑大英背上，张开狼嘴往棉背兜上咬了上来。大英人虽然往前走，但眼梢始终未离开母狼，现在看它扑上来，急忙将身一侧，身体是偏掉了，但手臂来不及收回，被狼爪带了一下，手里那根灭掉的火把掉在了地上。母狼扑一个空"啪"一个跟头栽倒在地，大英拿起手里的柴刀"唰"一刀。母狼顺势就地一滚，大英劈了个空。母狼心想，哎哟！这个女人厉害。这样下去我吃不了她反而要被她劈死的了。快上，母狼以迅雷不及掩耳之势兜到大英的背后对准棉背兜上"嘿"第二口。

狼的速度实在快，大英的反应慢了大约两秒钟，"扎"背上被狼一口咬到。棉背兜咬穿，棉袄咬破，用力一拉。换了别人，肯定朝天一跤。大英到底在部队里锻炼过，两只脚挺一挺，"嘿"，人往前一冲。不好了，母狼用力一拉，大英往前一冲，"吧嗒"棉背兜带子断了。这只棉背兜是临走的时刘大妈送给她的，还是他们儿子小时用的物件，二十多年了，带子绳子都老化了，背个小孩儿还可以，现在用力一拉，带子绳子都断了，小孩儿"得儿——"落到地上，大英只觉得背上顿时空落落，啊呀不好。

那母狼动作极快，叼着小宝宝蹿到一块山石边上，小孩儿地上一放，两只前爪往他身上一搭，嘴巴张开，唾液横流，一股血腥气。这时地上的小孩儿发出了一声声嘶力竭的哭声"哇——"。任何一个母亲都听不得这样的哭声。大英只觉得浑身的血噌地往上蹿，张开嘴巴，一声撕心裂肺的叫声"啊——"这声音既像是哭，又像是喊，更像是一把尖刀划破夜空。那母狼正要咬小孩儿，被大英的这一叫，突然一惊，心想：我的声音叫起来最恐怖了，怎么这个女人叫得比我还要怕人。它被惊呆了，"啪"转过身盯住大英在望。这时的刘大英恨不得上前与母狼拼命，但是不敢。为什么？我和它拼，它万一不与我拼呢，叼着小孩往山套里一跑，叫我哪里去找，怎么办？突然间想起小时候，母亲曾经说过，说有的狼通人性的。特别是母狼，有时候叼了孩子回去，非但不吃掉他，而且还喂奶给孩子吃。这只狼不知通不通人性？试试看。看它带着小狼，估计是只母狼。大英将柴刀慢慢放下。

"母狼，你听着，我叫刘大英，他是我的儿子。他爹今年四十五岁了，走南闯北地打鬼子，还没见过自己的孩子呢，你就放了他吧。母狼，我的话你懂吗？"

那么大英这几句话母狼是否听懂呢？一句都不懂。到底是野兽啊，它怎么会懂？它是被你撕心裂肺的叫声吓呆的。现在看大英柴刀放下，态度慢慢地软下来，母狼又准备转身咬孩子了。这时的大英再也没有别的办法了，再不上去拼，连搏一下的机会都会失去。上！正想上前，来不及了。那只小狼伏在边上看到现在一动未动，它起先不懂，看到现在明白了，这大家伙可以吃的。那就这样吧，娘吃小的，我吃大的。对，它这就叫自不量力。蹿到大英左手边，往大英的脚股骨上一口。幸亏是只小狼，要是大狼的话，大英今天脚股骨必定给它咬断。棉裤咬破，脚股骨咬住，血流出来，钻心地疼。大英急忙起手，将小狼颈部抓牢，一把将它了拎起来。此时小狼发出一声哀嚎"喔——"对娘望望：娘啊，你不要自顾自吃呀，我被她捉住了，要死了，救救我啊！

这时，谁都想不到的事情发生了。母狼听见这声哀嚎，浑身像触电似的一凛，两只前爪从小宝宝身上迅速收回，转过身来，上半身慢慢地竖起，浑身发抖，盯住大英在望，意思好像在说：你别劈我的儿子。大英只觉得眼前"唰"一亮，救宝宝有了一丝希望，这希望就在小狼身上。试试看，起手里的柴刀往小狼头上一放搁。

"母狼，它是你的孩子，他是我的儿子，我是个母亲，你也是个母亲，天底下做母亲的心都是一样的，哪怕舍掉自己的性命也要保护好孩子。你放了我儿子，我还你狼崽。你敢伤他半根毫毛，我就宰了它。"一面说，一面起柴刀往小狼的头上"唰，唰"擦了两下。对母狼看看，"你懂吗？"

有点儿懂了。母狼对大英望望，仿佛在说：不要劈我儿子啊，我儿子可怜哪。它爹一家三只狼，一共只留了这只小狼，三房合一狼。而且还未出生，它爹就给老虎吃掉了，还是只遗腹狼啊，你就饶了它吧。此时的母狼脚下一软，往大英面前"噗"地跪了下来。大英一看，灵的。"母狼，快走。你走开，我还你儿子，懂不懂？"完全理解，坚决执行。母狼赶紧往后退几步，大英往前走几步，再退几步，再走几步，差不多了，大英将小狼往草堆里一扔，那母狼直扑过去。

大英急忙过来，柴刀插一插好，将儿子抱在手里，看看是否受伤。一看还好，没有受伤。只见小宝宝对着娘亲一个小哈欠，他倒又要睡了。大英紧紧地抱着儿子，眼泪不由自主地流了出来。那边一对母子也感人啊。小狼藏在母狼肚子底下，那母狼拼命地舔着孩子，看看有没有受伤，舔了一会儿发现小狼受伤，不过头顶上少了两蓬毛，真是捡了条性命，母狼高兴啊。虽说是野兽，也是母子情深。

大英想：我还是快走吧。她抱着儿子转身就跑。走了几步，突然想到，狼会不会再跟上来？赶紧立定身体回头一看。只见那只母狼带着小狼，伏在山石边上，没有力气，也没有勇气再追了，只是呆呆地盯着大英母子在望，好像对大英说：你们娘儿俩走了，我们娘儿俩要饿死了。大英毕竟是一个母亲。此时，她只觉心里一动，身不由己地解下腰里那只蓝布袋袋，里面是一包干粮，四块面饼，八只鸡蛋。拿出八只鸡蛋往地上一放，袋子系一系好，用手对两只狼指指："吃吧。"说完，抱着儿子走了……离开了狼山。

第二天天亮，大英带着孩子终于找到了老雷和同志们，一家团圆了，并且很快安全地撤离了榆林镇。

大英留下这八只鸡蛋，完全是出于一个母亲对另一个母亲的同情。人性和狼性是完全不同的，但是这世界上所有的母性却是相同的。为了孩子母亲可以付出一切，为了孩子母亲可以放弃一切，如果这世间人人都能有所付出，有所放弃的话，我们的世界将变得多么的宁静，多么的和平。

人狼相逢山路狭，

生死一搏见高下。

刚性柔肠都是爱，

世间母爱最伟大！

咨询热线

作者：康　珣
表演：李伟健、武　宾

甲　哎，我问你个事儿。

乙　说吧。

甲　你经常去医院吗？

乙　我……谁没事儿老往医院跑哇？

甲　你要得了病呢？

乙　我一直没得病。

甲　你打算什么时候得病啊？

乙　我打算……不像话？

甲　别误会。我是说，你什么时候去医院，帮我问点儿事儿。

乙　什么事儿啊？

甲　最近我的颈椎老疼，去医院又没时间。你帮我找位专家咨询一下，有什么好的治疗方法。

乙　不就是找位专家吗，打个电话多省事。

甲　打电话？那"咨询热线"折腾我俩多钟头，一句正经话没问出来。

乙　能有这事儿？

甲　我骗你干吗？

乙　那是你太笨啦？

甲　我笨？你打一个试试！

乙　还用试？五分钟我就问明白喽。

甲　那好，你替我问问。

乙　行啊！（模仿拨电话）

甲　嗒嗒个嘀打里嘀嗒！

乙　这是怎么回事？

甲　电话通啦。

乙　我以为唱快板的来了呢！

甲　（模仿总机接线录音）你好，这里是百病全治咨询热线。请直拨分机号，查号请拨 0。

乙　嘿，说得多清楚。拨 0。

甲　你好，英语服务请按 1，日语服务请按 2，葡萄牙语请按 3，印第安语请按 4，土著语请按 5，鸟语请按 6……

乙　鸟语？

甲　波斯语请按 7。

乙　嘿！还挺全的！

甲　当然啦！我们是面向患者，全方位服务。你是哪国人，我们用哪国话。

乙　服务真周到。

甲　你是哪国人？

乙　我是德国……嗨！我是中国人。

甲　华语服务请按 8。

乙　（按键）按 8！

甲　你好！这里是华语服务。请直拨分机号，查号请拨 0。

乙　还得拨 0 啊？（按键）

甲　上海话请按 1，重庆话请按 2，湖南话请按 3，广东话请按 4，青海话请按 5……

乙　怎么还有方言哪？

甲　这是为满足全国各地的咨询者。

乙　我说普通话。

甲　普通话请按 8。

乙　噢，也是 8。

甲　你好，这里是普通话服务。请直拨分机号，查号请拨 0。

乙　这……再按一个 0！

甲　你好！这里是普通话服务。院长办公室请按 1，职称评定办公室请按 2，劳资处请按 3，行政处请按 4，住院处请按 5，挂号处请按 6，存车处请按 7……

乙　存车处？

甲　存车处请按 7，存车处请按 7，存车处请按 7……

乙　怎么就这一句啊？

甲　对不起，电脑出现故障，请按米字键返回上一单元。

乙　好嘛！还得返回去。（按键）返回去！

甲　嗒嗒个嘀打里嘀嗒！

乙　这唱快板的还没走哪？

甲　你好！这里是百病全治咨询热线，请直拨分机号，查号请拨 0。

乙　不用查号啦，华语是 8！（按键）

甲　你好！这里是华语服务……

乙　我知道，普通话按 8。

甲　你好！这里是普通话服务……

乙　还按 8。

甲　你好！这里是医院太平间……

乙　啊？怎么跑太平间去啦？

甲　瞻仰遗容请按 1，订购寿衣请按 2，领取遗体请按 3……

乙　哎！我不要太平间！

甲　谁让你乱拨的？

乙　我以为都是 8 哪！

甲　你要哪儿？

乙　我找专家！

甲　专家咨询请按 9。

乙　好嘛！赶紧按！

甲　你好，这里是专家咨询热线……

乙　真不容易啊！

甲　亲爱的朋友们！你曾为身体胖苦恼过吗？你曾为缺少傲人的身材而担忧过吗？我院独家开发、研制、生产的"一喝就瘦"减肥茶将给您带来福音。

乙　电话还插广告啊？

甲　本产品是用蓖麻油、大黄、巴豆等几十种天然珍贵药材提炼精制而成。

乙　全是泻药。

甲　而且效果显著，无毒无副作用。下面请听李小姐服用后的一些感受。

乙　又来一李小姐！

甲　（学广东普通话）你们好！也许大家不相信，我原来的身材真的好胖哟！有一度，我的三围居然达到了一百二、一百三、一百二……

乙　这是水缸啊？

甲　我真是好苦恼喂！我的男朋友也因此离我而去。后来，经人介绍，我服用了"一喝就瘦"减肥茶。哇噻！

乙 什么毛病？

甲 奇迹真的出现了耶！我的腰围在一个月内居然减到了三十八、三十八、三十八。现在，朋友们都亲切地称我为三八婆。

乙 我瞧也像！

甲 真是好神奇嘞！男朋友又回到了我的身边。我真的好好感谢"一喝就瘦"减肥茶耶！我好好快活耶！我好好开心耶！我好好幸福耶……

乙 你好好烦人耶！这广告没完啦？

甲 你好！这里是专家咨询热线。男性患者请按 1，女性患者请按 2，其他患者请按 3……

乙 这还有"其他"？除了男女还有什么呀？

甲 你管得着吗？讨厌！

乙 哎，录音还带骂人的？

甲 人工服务请按 4……

乙 别等她往后说啦，我来一人工吧。

甲 你好！现在线路繁忙，请稍候。

乙 等一会儿吧！

甲 （突然大声唱）妹妹你坐船头啊，哥哥在岸上走……

乙 哎！这是怎么回事？

甲 这是待机时放的音乐。

乙 吓我一跳！

甲 （唱）恩恩爱爱……

乙 哪有工夫听歌呀？按 1 试试。

甲 （唱）抱一抱哇！抱一抱！抱着我的妹妹上花轿！

乙 这儿也待机！按 2！

甲 （唱）妹妹你大胆地往前走哇……

乙 我按 3！

甲 （唱）傻妹妹，傻妹妹……

乙 怎么全是妹妹呀？再按 4！

甲 （唱）你究竟有几个好妹妹？（声音渐弱，含混不清地）嗯啊，嗯啊……

乙 怎么没声儿啦？

甲 对不起，待机时间过长，请按米字键，返回上一单元。

乙 又白费劲啦！今儿我豁出去啦！（按键）再来一回！

甲 嗒嗒个嘀嗒里嘀嗒！

乙　把这唱快板的轰走行不行?

甲　你好,这里是百病全治咨询热线⋯⋯

乙　拨分机号! 8!

甲　你好! 这里是华语⋯⋯

乙　普通话,8!

甲　你好! 这里是普通话⋯⋯

乙　这⋯⋯专家咨询⋯⋯按9! 8是太平间!

甲　你好! 这里是专家咨询热线⋯⋯

乙　我要人工服务! 4!

甲　你好! 258接线员为您服务。请问您咨询什么问题?

乙　我想找专家!

甲　什么? 我听不清楚。请您大点儿声儿!

乙　这声儿还小哇? (大声)我找专家!

甲　你嚷什么呀?

乙　又嫌我声儿大啦!

甲　请问您找哪位专家?

乙　你这儿都有谁呀?

甲　有赵钱孙李四位教授。

乙　那就找赵教授吧。

甲　对不起,赵教授出差啦。

乙　那就找钱教授!

甲　钱教授出诊啦。

乙　孙教授也行!

甲　孙教授出国啦。

乙　那李教授哪?

甲　李教授出殡啦⋯⋯

乙　啊?

甲　他四姨死啦——出殡去啦!

乙　好嘛,一人没有!

甲　是啊,太不凑巧啦。

乙　你们这叫什么服务哇? 折腾半天,一点儿正经的没有,故意拖延我的通话时间。这不是成心蒙钱吗?

甲　你不要急嘛⋯⋯

乙 能不急吗？告诉你，今儿给我找不来专家，可别怪我投诉你们！

甲 那……这儿就一位实习专家，您看行吗？

乙 把他给我叫来！

甲 好的，请您稍等。

乙 这叫什么事儿啊……

甲 （南方普通话）喂！

乙 来啦。

甲 老婆啊！

乙 谁是你老婆？

甲 噢，误会啦。我以为你是我的老婆，每天这个时间她都要打电话来抽查我的。

乙 说这干吗？我是来咨询的。

甲 咨询什么？

乙 我颈椎不好，问问您，怎么治疗效果更好。

甲 颈椎呀？这很简单嘛！你坐的时间太长了嘛！

乙 嗯，有道理。

甲 凳子很硬嘛。你那个部位总在那里摩擦，它怎么会不疼吗？

乙 你等会儿！我问的是颈椎，不是尾椎！

甲 颈椎？颈椎是哪个部位？

乙 啊？您不知道哇？

甲 谁不知道？不知道我能在这里接电话吗？

乙 那您给我解释解释。

甲 当然要解释啦！颈椎，颈是颈，椎是椎，这是完全不同的两个概念。

乙 这有什么区别呀？

甲 颈，俗称叫脖子。脖子是生活语言嘛！比方说你去菜市场，就要跟人家说你买鸡脖子，人家就给你拿鸡脖子……对不对呀？可是，你跟人家说要买鸡颈，人家就搞不懂是哪个部位了嘛！

乙 这不是废话吗？

甲 我刚才给你讲的是颈，下面还讲椎嘛！

乙 椎又是怎么回事？

甲 椎，就是你脖子里的那根腔骨。

乙 好嘛，猪又出来啦！

甲 腔骨是生活的语言嘛。比方说你去菜市场……

乙 怎么还去菜市场啊？

甲　你就要跟人家说买猪腔骨，人家就给你拿猪腔骨。如果你跟人家说要买猪椎，人家就搞不懂是什么意思了嘛！

乙　我说专家，您这儿又是鸡，又是猪的，八成是兽医吧？

甲　对呀……

乙　什么？

甲　不对呀！我是通过这种动物来给你举例的嘛！

乙　这跟我有什么关系啊？

甲　你也是动物嘛……

乙　嗯？

甲　你是高级动物嘛！我是让你明白，颈是颈，椎是椎，不要把颈当成椎，更不要把椎当成颈。应该是颈中有椎，椎中有颈……但是颈不能代表椎，椎也不能代表颈。颈就是颈，椎就是椎。你要没弄懂什么是颈，什么是椎，也就没分清哪个是椎，哪个是颈……颈颈椎椎，椎椎颈颈，这个颈椎……你明白了吗？

乙　我明白什么啦？你到底懂不懂？

甲　怎么不懂？你这个病概括起来讲就是"骨质增生"嘛。

乙　这还贴点儿谱儿。

甲　所以才造成这个肩臂胸前躯疼痛的嘛！这个病拖下去可是有后遗症的。到时候你手脚麻木，肌肉萎缩，四肢瘫痪嘛！你今年多大年纪呀？

乙　三十八。

甲　快了嘛！

乙　快什么呀？

甲　快瘫痪了嘛！

乙　啊？这就瘫啦？

甲　瘫痪以后，妻子带走小孩儿，你就妻离子散了嘛！

乙　好嘛，打个电话我要家破人亡啦！专家，我该吃什么药啊？

甲　药钱你可花不起呀！

乙　做牵引行吗？

甲　不要费那个力气。

乙　要不针灸？

甲　针灸也不要考虑了嘛！

乙　那我考虑什么？

甲　你先考虑，这月工资够不够交电话费的啦！

乙　还是蒙钱呀！

话说马鸿逵（选回）·第一回

作者：郭　刚
表演：郭　刚

第一回

东南西北故事会，
悲欢离合是与非。
茶余饭后遛遛嘴，
说说宁夏马鸿逵。

提起马鸿逵，在咱们宁夏的历史上，曾经是一位家喻户晓的人物。从一九三三年蒋介石任命他为宁夏省主席，到一九四九年逃离大陆，他在宁夏统治了十七年，当了十七年的"土皇上"。一个地方军阀，在一个省盘踞十七年，这在中国近代史上，除了山西的"土皇上"阎锡山，再也没人能跟他相比。换句话说，就是地方杂牌儿军割据一方，阎锡山是老大，马鸿逵就排老二。他和阎锡山还有一点是一样的，那就是他们追随蒋介石，到头来都落了个一败涂地。马鸿逵的经历很复杂，简单地说，是这样的：他从小就跟着他父亲马福祥过着颠沛流离的军旅生活；他八岁的时候就能出入慈禧太后和光绪皇帝的行宫，慈禧很喜欢他，隆裕皇后还给他梳过头；他十七岁考入甘肃陆军学堂，学习军事非常用功，还秘密加入了同盟会，拥护孙中山的革命救国；他二十二岁就被袁世凯授予陆军少将军衔；从一九一四年到一九一九年，他为袁世凯、黎元洪、冯国璋三位总统当过侍从武官，长住北京，段祺瑞还委任他为中将参谋。他曾经是冯玉祥的部下，后来又反冯投靠了蒋介石。你说马鸿逵的经历复杂不复杂？正是由于马鸿逵的经历非常复杂，他的社会经验也就十分丰富，所以无论是带兵打仗，还是统治地方，就连处理家务事，他都能玩儿出新花样儿来。因此，就给我们留下了很多故事和笑话儿。

就说他八岁那年吧，也就是一九〇〇年，光绪二十六年，他就干了一件大事，也可以说是捅了个天大漏子。这个漏子捅的，差点儿把他爷爷马千龄和他父亲马福祥给吓出个好歹来。可是马鸿逵呢，就因为捅了个漏子，却把他自己个儿捅"火"了，打那儿以后，八岁的马鸿逵在官场上就有了一些知名度。这是怎么回事呢？是这样，光绪二十六年七月，八国联军兵临北京，慈禧太后和光绪皇帝，化装成难民逃出了北京城。马鸿逵的父亲马福祥奉旨护驾，马福祥的父亲马千龄，也带着他的宝贝孙子马鸿逵，坐着军队的辎重车随队而行。那年马鸿逵才八岁，一个八岁的孩子就随军转战，跋山涉水，风餐露宿，那份儿罪呀，确实够他受的。经过两个多月的奔波，马福祥护卫着慈禧和光绪来到了古城西安，随后马千龄带着马鸿逵和其他家眷也赶到了。

他们是九月到的西安，十月初十是慈禧的生日。老佛爷过寿，这要搁往年在北京，那可就热闹了，要兴师动众，那排场，大啦！可现在是蒙难西安，人们满脑子是逃难，哪儿还有那心气儿？就是有那心气儿，也没有那条件呀。但是有一样，太冷清了也不行，再怎么说也是太后老佛爷的生日啊。怎么办呢？陕甘总督长庚在行辕的后院搭了个戏台，把西安城里有名的戏班子都叫来给太后唱戏祝寿。从初五唱到十五，一唱就是十天。初十这天是正日子，逃到西安的王公大臣和当地的官员们，都争先恐后来看戏。说是看戏，其实都是来为慈禧助兴，拍马屁，说白了就是娶媳妇打幡儿——凑热闹。这一天，正赶上马福祥担任护卫，他是边"值班"边看戏，两不耽误。马福祥的父亲马千龄是个戏迷，他是逢戏必看，所以他也领着孙子马鸿逵找了个座位看上了听上了。马千龄原籍甘肃河州，他们那儿盛行秦腔，男女老少不但爱听秦腔，还都会唱两口儿。可是马千龄过去听的秦腔都是县里的小班儿，顶了天儿是兰州、西宁的班子。在西安就不一样啦，人家西安是秦腔的发源地，是正根儿。特别是今天来给慈禧献艺的，那都是秦腔界的名角儿。马千龄是越听越过瘾，越听越着迷，越听越爱听。他正听在兴头上呢，他孙子马鸿逵扯着他的胳膊说了："爷，我要尿尿呢！"要搁别的时候，马千龄对孙子马鸿逵那可是百依百顺，叫怎么着就得怎么着。今天不行，他听戏听迷了，孙子说句话他都嫌打扰了，所以他顺口就说了一句："自个儿去，尿完快点儿回来。"关于这件事，还有一种说法，那就是马鸿逵不是要尿尿，而是听戏听腻了，听得不耐烦了。要说也是，让一个八岁的小孩儿听整本大套的秦腔，他确实坐不住。小孩儿们看看武打场面，还有些兴趣，看热闹嘛。要让小孩儿听唱儿，那就真难为他了。一句话甚至一个字，就哼哼呀呀地唱老半天，他哪儿有那个耐性啊！所以马鸿逵就扯了一个谎，说他要尿尿。甭管马鸿逵是真尿尿还是假尿尿，反正他爷爷马千龄发话了，让他自个儿去。可是马千龄万万没想到，他孙子马鸿逵这一泡尿，就把他们爷儿俩尿到皇宫里去了。这是后话，暂且不提。

咱们先说马鸿逵，他好不容易挤出了看戏的人群，不知是找了个犄角旮旯尿了泡尿，还是在什么地方玩耍了一阵儿，等他回来再找他爷爷，他傻眼了。怎么也找不着啦！一是那天来看戏的官员太多，整个陕甘总督后院黑压压地坐满了人；二是马鸿逵毕竟才八岁没经验，他挤出人群的时候，没记清他爷爷马千龄坐什么地方；三是来看戏的官员穿着打扮都差不多，都是顶戴花翎，脑袋后边都留着一条长辫子，像一个模子刻出来的。马鸿逵挤到这个跟前看看不是他爷爷，又挤到那个跟前瞅瞅也不是。他挤来挤去，看来看去，累了一头汗，也没找到他爷爷马千龄。这要是一般小孩儿，早就小嘴一咧哭上了。马鸿逵到底是官员的儿子，自幼娇惯任性没什么顾忌。现在一着急，还哪儿顾什么宫廷规矩不规矩呀？不是找不着嘛，我喊他。想到这儿，马鸿逵张开小嘴儿铆足了劲就喊上了："爷——"

他这一嗓子还真厉害，把台上台下的人都吓了一跳。有人肯定会说，这是言过其实。台上敲锣打鼓唱大戏，台下观众人挨人，一个小孩儿喊一嗓子有那么厉害吗？别着急，听我一说您就明白了。先说台下看戏的，这些观众哪儿是来看戏的？他们都是给慈禧太后老佛爷来助兴的。今天是慈禧的圣寿日，陪着她看戏怎么能跟在戏园子里看戏一样，嗑着瓜子儿喝着茶聊着天儿呀。一个个是正襟危坐，小心谨慎，连大气都不敢出，台底下是鸦雀无声。台上边呢，唱主角的一个亮相，锣也停了，鼓也停了，大弦儿还没拉响呢，这是舞台上暂短的无声状态。就在这个节骨眼儿上，"爷——"马鸿逵喊上了。什么叫无巧不成书哇？这才叫无巧不成书呢。他这一嗓子，把台上台下的人都吓了一跳，可人和人的反应却不一样。台上的演员一听台下有人喊，还以为有人叫板哪，心里说：我刚来了叫板亮相，大弦儿没响我还没张嘴唱呢，怎么台下又有人叫板呐，这是要唱对台呀。台下看戏的那些官员，一看是个小孩子乱喊乱叫，一个个直伸舌头，交头接耳："这是谁家的愣小子？""怎么大人也不管着点儿，这可是惊驾呀。""这要叫老佛爷和皇上怪罪下来，没准儿得闹个满门抄斩！"台下边最狼狈的一个人，就是马鸿逵的父亲马福祥。前边说过，马福祥边担任护卫边看戏。马鸿逵一喊爷，他就听出了是他儿子。他的脑袋瓜子"嗡"就大了，就像当头挨了一闷棍似的。他心里说：我的尕祖宗，你这是惊了圣驾呀！这是死罪，弄不好咱们祖孙三个谁也跑不了！他是又气又急又怕，恨不能冲过去给儿子马鸿逵俩嘴巴。可是他不敢，因为他是护卫，不能擅离职守。没办法，只能眼巴巴盯着慈禧太后，等待发落。再说慈禧，在马鸿逵喊他爷爷之前，她正不高兴呢。为什么呀？因为台上这帮演员她看不上，她听着不是味儿。谁都知道，慈禧最爱听京戏。在北京的时候，动不动就把那些京城名角儿传进宫去给她唱几出。她听惯了谭鑫培、时小福、杨小楼、金秀山这些大老板的戏，再听西安这些戏班子的戏，简直是天上地下没法比。她不爱听也不能走，因为这是给她过寿呢。再说了，现在是蒙难西安，上哪儿找谭鑫培、杨小楼去？她也知道，台上这些演员虽然比不了京城那些大老板，可也都是西安城里的名角儿，耐着性子听吧。听又实在没意思，她就问太监总管李连英："小李子，你听这戏唱得怎么样？"

李连英说："回禀老佛爷，今儿个的戏唱得太好了。多喜庆，多吉祥啊。"

慈禧听了，心里不痛快，又问皇后："你说呢？"

隆裕皇后回答："唱得真好，文武带打多热闹哇。"

这下儿，慈禧更不痛快了。她又问坐在旁边的光绪皇上："你说怎么样啊？"光绪根本就不知道慈禧在问什么，因为他正走神儿呢，他正在想外强入侵、国难当头、两宫蒙难、珍妃惨死的事儿。他是人在心不在，戏没听进去，慈禧问什么他也没听见，一时间他有点儿不知所措。慈禧强忍着怒气又问了一遍："皇上说说，今儿个这戏唱得好不好？"光绪这才明白了慈禧的意思，赶忙说："好，好，唱得好。"慈禧一听，刚才心里的怒气一下子就变成火气了。她心里说：我认为西安这戏班子唱得不好，要嗓子没嗓子，要扮相没扮相，要身段没身段，这戏怎么听怎么看哪？可是李莲英说好，皇后说好，皇上也说好，这不明明是跟我作对嘛？这哪儿是给我过寿啊，这不是成心给我添堵嘛？

就在慈禧满肚子的火不知该怎么发呢，马鸿逵那一嗓子喊出来了。这又是一个无巧不成书。慈禧对李莲英说："小李子，看看去，这是谁家的孩子？"李莲英正要下去查看，早有两个身高体壮的太监，像拎小鸡儿似的把马鸿逵拎过来了。李莲英问明了情况，躬身奏报："回禀老佛爷，当众喧哗的顽童已经带来了，是马福祥的大公子马鸿逵，如何处罚，请老佛爷降旨。"这时候，马福祥才敢上前跪禀："老佛爷，恕臣管教不严，罪该万死，请太后开恩。"马千龄没资格到跟前，只能远远儿地乞求真主保佑尔孙子平安。那么慈禧呢，她本来就对李莲英、隆裕皇后、光绪皇上都说戏演得好不高兴，心里有气不知该怎么撒呢，这时候李莲英来请旨，问如何发落马鸿逵，慈禧可找到撒气的机会了，本来是她让李莲英去看看小孩儿喊爷爷是怎么回事，可是李莲英带着马鸿逵来向她请旨，她却不表态，而是看了一眼坐在身边的光绪皇上，阴阳怪气地对李莲英说："你怎么不问皇上啊？你问问皇上。"得，她把光绪也拉扯上了。

说实在的，光绪根本就不想管这件事，一个小孩子喊一声爷爷，犯什么法呀？教训教训就是了，用得着这么大惊小怪小题大做吗？可是又一想，不行。光绪已经看出来了，慈禧今天有点儿气不顺，要是不严办的话，等她怪罪下来，那可担待不起呀。想到这儿，光绪对李莲英说："交巡抚衙门，从严惩办。"

光绪这话是顺着慈禧的情绪说的，可是第一，慈禧成心要跟光绪闹别扭，光绪说东她偏要说西；第二，她听说这孩子是马福祥的公子，有点儿不忍心惩办。原因是在两宫西逃的路上，马福祥随行护驾尽职尽责忠心耿耿。特别是过黄河风陵渡口的时候，风高浪急船又小，她和皇上都吓得战战兢兢，不敢上船。是马福祥自告奋勇，挑选了熟悉水性的士兵，跳进黄河在船底四周保护。马福祥身先士卒，指挥着部下驾船的驾船，护船的护船，载着慈禧和光绪以及王公大臣们，安全平稳地渡过了浊浪如山的黄河。因此她很赏识马福祥，也算是爱屋及乌吧，她不想惩办马鸿逵。于是她眯着眼睛，慢条斯理地说："今儿个是我的生日，万事都图个吉祥。这么针尖儿大的一点小事儿，惩办就免了吧。"

　　慈禧这句话，对马福祥来说，就像是被判了斩立决的囚犯突然接到了特赦令一样，他看了儿子一眼，感激涕零地说："还不赶快谢恩！"马鸿逵急忙爬在地上，给慈禧磕了三个响头，还学着从戏台上学来的词儿，嘴里喊着："万岁，万岁，万万岁！"在场的王公大臣们被逗得的想笑又不敢笑，慈禧却"扑哧"一声笑了。她抬了抬眼皮把马鸿逵打量了一番，见他五官端正虎头虎脑的，就问他几岁了？念什么书呢？是哪位先生教你哪？马鸿逵毕竟是官员子弟，虽然才八岁，但是也见过一些场面，有点儿胆量。他跪在地上，一板一眼地作了回答。在马鸿逵回答慈禧问话的时候，他父亲马福祥的心都快提到嗓子眼儿上了，因为他了解，慈禧是个喜怒无常的人，生怕儿子哪句话说错了或者说出犯忌讳的话来，引来杀身之祸。马鸿逵回答完了，而且没出任何纰漏，马福祥这才舒了口气，可是一口气还没舒完，他的心"唰"又提起来了，为什么呢？因为慈禧又问马鸿逵："今天这戏唱得好不好？"马鸿逵把小脑袋一摇说："不好。"慈禧又问："你爱看不爱看？"马鸿逵又把小脑袋一摇说："不爱看。"他父亲马福祥一听，差点儿没吓死，心里说：完喽！这是给老佛爷祝寿唱的戏，你敢说不好，你还不爱看，你算个什么东西！你呀，你就等着倒霉吧！好了，今天就说到这儿，请听下回。

冰雪大巴

作者：逗　笑、逗　乐、杨子春
表演：逗　笑、逗　乐

甲　人啊，就得有个好身体。

乙　要想身体好，就得多运动。

甲　我这人就喜欢运动，看咱这体格……

乙　不错。（摸甲胳膊）

甲　啊……疼！

乙　我没使劲啊！

甲　可能是最近老没练了。

乙　您是练什么的啊？

甲　跑步啊！跟他们比赛我经常跑第一。

乙　你们还比赛啊？

甲　还有奖品呢！

乙　什么奖品？

甲　新款手机。

乙　可以呀！

甲　你别看就三个人跑，竞争很激烈。

乙　三个人？！

甲　冠军是我。

乙　那第二名呢？

甲　警察。

乙　第三名？

甲　丢手机那人。

乙　你是小偷啊！

甲　嘘！你小点声！

乙　说这么热闹，我还以为你是运动员呢！

甲　别逗了，就算是运动员我也不属于跑步那一类的啊！

乙　那属于……

甲　空手盗。

乙　你别糟蹋空手道了。

甲　我跟现在的小偷不一样，我是有职业道德的！

乙　小偷还讲道德？

甲　废话，搞艺术的得讲艺德，学医的得讲医德，我们偷盗的就得讲盗德。

乙　这么个盗德啊！？

甲　偷了人家的手机，得把电话卡给人家留下，那么多号码丢了人家着急，偷了人家的钱包得把身份证给人家留下，补办证件很麻烦的……

乙　这么说你只偷现金？

甲　不！现金还不能都拿，得给人家留点儿打车的钱啊！比如说偷了个钱包打开一看就十块钱，怎么办？

乙　那就白偷了呗。

甲　不能，我还得掏出一块钱给人家放进去……

乙　干吗啊？

甲　人家万一要打车，还差一块钱燃油附加费呢！

乙　嘿！

甲　我心眼儿挺好的吧？

乙　你心眼儿再好我也得离你远点儿。

甲　别害怕，我早就洗手不干了。

乙　那我也得防着点儿！

甲　……我要真想偷，你想防都防不住你信吗？

乙　不信！

甲　你手机呢？

乙　在……（摸兜）哎！我手机哪去了？

甲　在这儿呢。

乙　怎么跑你那儿去了？

甲　那能让你知道吗？我手快点儿，你反应慢点儿，手机就过来了！又过来了吧！

乙　哎！哎！这都神了啊！你怎么弄的？来！你再偷一回，再偷一回……

甲　您看没有，他就是古代的一种兵器。

乙　什么啊？

甲　剑（贱）。

乙　像话吗？！

甲　就你那破手机我根本就不在乎，其实我有钱……

乙　有钱你还偷！

甲　我是说我有钱……

乙　有钱干点儿别的呀！

甲　我没说完呢！我有前科！

乙　哦！过去的事。

甲　那是在 2008 年，通过一件事一个人，改变了我这小偷的人生道路。

乙　两年前了！

甲　2008 年春我和我那个搭档……

乙　搭档？

甲　同乡，伙伴！

乙　同伙呗！

甲　说话怎么这么难听呢！什么叫同伙啊？

乙　那应该？

甲　我们两个贼啊，准备从广州坐大巴回家过年。

乙　两个小偷！

甲　我一看这大巴上这么多人，路上又这么长时间，闲着也是闲着，干脆办点儿年货吧！

乙　你说偷就完了！

甲　我负责车上旅客的随身物品，我把那哥们儿装进一个大箱子塞到大巴下面的行李舱里。

乙　干吗呀？

甲　等车开了他一出来，下面的行李他随便拿啊！

乙　那是待人的地方吗？

甲　这就不错了！春运期间票那么难买，你以为弄个下铺容易呢！

乙　那是下铺吗！这么说你都布置好了？

甲　车一开我更踏实了，车上全都是老头老太太，大姑娘小媳妇，这些人都好下手啊！

乙　你就缺德吧！

甲　唯独就是坐我旁边那位，是个年轻的小伙子。

乙　这有点儿难度了吧？

甲 看不起我，我就拿他练练手，让你看看我这技术。

乙 这就要下手了。

甲 哥们儿你看那边儿，顺手我就把他钱包拿出来了。

乙 你这都什么技术呀！

甲 打开一看——哥们儿你再看那边儿，我又放回去了。

乙 怎么了？

甲 里面有个士兵证！

乙 噢！你碰上解放军了！

甲 我说解放军同志，你们一般要碰见小偷什么的不管吧？

乙 害怕了！

甲 社会治安是警察的事，但是要我们碰见了就往死里打！

乙 好嘛！

甲 你这么做是对的！司机师傅靠边停车，我要下车！

乙 要跑！

甲 隔着窗户一看，我跑不了了！

乙 怎么了？

甲 路面上，树杈上，电线杠子上全部都结了厚厚一层冰。我心说，这大巴提速了吧，还没两小时就到东北了！

乙 没这么快，还没出广东呢。

甲 那怎么回事？

乙 这是碰上冰灾了！

甲 高速公路上堵了一溜儿的车！

乙 封路了！

甲 这前不着村后不着店的我往哪儿跑呀！

乙 你老老实实在车上待着吧！

甲 这时候我那卧底来电话了！

乙 卧底？！

甲 就是卧在大巴底下那个！

乙 那叫卧底呀！

甲 大哥！怎么不走了！

乙 这不堵路上了吗？

甲 堵车啦，好哇！我还正愁时间不够呢！这个千载难逢的机会让我赶上了。

乙 别美！百年不遇的冰灾你也赶上了。

甲　大哥！怎么那么冷呢？

乙　废话！行李间里能不冷吗？

甲　这个温度这不像行李间。

乙　那像？

甲　太平间！

乙　嘻！

甲　这一堵可不得了，堵了整整两天！旅客们随身带的水和食品都吃完了！

乙　肯定是又冷又饿！

甲　我们好歹还吃了点儿，这当兵的他是一口没吃呀！

乙　怎么呢？

甲　他把给他妈妈带的点心给抱小孩儿的大嫂吃了，把给他爸爸带的酒让大伙分着喝了。

乙　对！喝酒能暖暖身子。

甲　把给他女朋友带的围巾给老大爷围上了，把他自己的大衣给我披上了！

乙　这就是解放军！

甲　他就给自己留了一个小面包还没来得及吃。

乙　他干吗不吃呢？

甲　哪有时间呀，大巴的玻璃冻碎了，冷风直往嘴里灌！

乙　车上的人受得了吗！

甲　他拿透明胶纸一点儿一点儿都给封好了！

乙　真不错！

甲　有的受困司机情绪不稳定，他挨个儿给人家做思想工作！

乙　多亏了他！

甲　有的车轮胎冻住了，没有工具，他拿石头帮人家凿冰铲雪！

乙　有个当兵的在这是大伙的福气！

甲　我们冻得直哆嗦，他累得是一身汗。他图什么呀？

乙　这就是军人的价值！

甲　我真想冲上前去我问问他你那面包还吃吗？

乙　你就惦记着面包呀。

甲　不光我饿，现在车上最缺的就是食物和水。

乙　大伙都饿。

甲　再等下去有人就坚持不住了！我必须给大伙找吃的去！

乙　你看外面这么厚的冰，树都冻死了，你下去有危险！

甲　我不怕危险！

乙　嚯！你觉悟够高的呀！

甲　行吗？

乙　行啊！

甲　这是那当兵的说的！

乙　我就知道不是你说的！

甲　那个当兵的把我叫到旁边说："哥们儿，你看这车上老的老小的小，可就咱哥俩最年轻，我要走了这一车人可就交给你了。

乙　人家多信任你呀！

甲　"你自己可要顶住，来，我这还有个面包，给你吃！"说完他转身就走了。

乙　把这面包给你了。

甲　我看着这面包，解放军……你慢走……我一定完成任务……

乙　你吃完再说。

甲　哎！那解放军走了，我是不是可以干点儿什么了！

乙　那你就下手吧！

甲　干吗？

乙　偷呀！

甲　你看他这样我俩谁像小偷！人家解放军冒着生命危险给我们找吃的去了你让我下手！？我是个小偷人家那么信任我，我下的去手吗？人家把最后一个面包都给我了我要是再下手那偷的可就不是钱了，那是解放军对我的一片恩情呀！

乙　说得太对了，偷什么都行，就是别偷情！

甲　捣乱！我看着那位解放军的背影，猛然想起一位伟大的军事家曾经说过这么一句话。

乙　怎么说的？

甲　要做有意义的事！

乙　这是哪位军事家？

甲　许三多！

乙　那是军事家吗？

甲　我向解放军学习！大妈！您先把这大衣披上！大爷，你把这毛衣罩上，大嫂……

乙　别脱了，冷！

甲　我心里暖和，大嫂你这孩子怎么哭得这么厉害呀？

乙　怎么回事呀？

甲　他这是饿的！

乙　你这瓶子里不是有奶吗，给他喂呀！

甲　大兄弟，让你说孩子那么小能让他吃奶油冰棍吗？

乙　都冻上了！这可怎么办呀！

甲　怎么办！我是一咬牙一跺脚，焐！

乙　揣怀里了！

甲　奶瓶和我的皮肤摩擦产生了热量，我的体温融化了冰奶！

乙　那就赶快拿出来喂吧！

甲　不行，这个天气拿出来又得冻上！

乙　那怎么办呀？

甲　大嫂！把孩子给我！宝贝！来！吃吧！

乙　这也够难为你的！

甲　不知道的还问呢："大兄弟，你还有这功能哪？"

乙　误会了！

甲　"向解放军同志学习，完成多样化任务嘛！"

乙　挨得上吗！

甲　可把这大嫂感动坏了，大兄弟，你可帮了我大忙了，你就是这孩子的干爹！我说那可不行。

乙　你就认了多好呀！

甲　不行。

乙　怎么了？

甲　他这不是认贼作父吗？

乙　嗐！

甲　孩子总算是不哭了。

乙　吃饱了！

甲　旁边那老大爷又哼唧上了！

乙　怎么了？

甲　我们都手脚冰凉，他浑身发烫。

乙　准是发烧了。

甲　我用手一摸他脑门儿，啊……好舒服啊！

乙　你拿大爷脑袋当暖水袋啦？

甲　我试试温度。

乙　没这么试的。

甲　小伙子，大妈这密码箱里倒是有药，这一着急啊我把密码给忘了！

乙　都赶一块儿了！

甲　大妈您要怎么着？

乙　开锁。

甲　开锁？您找对人了。

乙　对！他就是干这个的。

甲　注意！这是一个密码箱，这手没钥匙，这手没钥匙，下面是见证奇迹的时刻……

乙　啊？！

甲　我要是把它打开，不要多了，五秒钟的掌声！

乙　嘻！我给你十秒！

甲　别废话，大妈药在哪儿呢？

乙　这就开啦？

甲　爱岗敬业嘛！

乙　你太厉害了！

甲　大爷吃完药烧也退了！

乙　你还干了两件好事！

甲　大妈是紧紧拉着我的手不放："孩子，我一眼就看出你是干什么的了！

乙　大妈看出来了！？

甲　"你也是当兵的吧？"

乙　嗯？

甲　"你瞒不了大妈，你给我披的那件大衣兜里有个士兵证！"

乙　大妈，这衣服是……

甲　行啦，多亏了那位解放军战士和你呀，要没有你们俩我们可就麻烦了。"

乙　这倒是！

甲　呵！我从来没受到过这样的待遇，当解放军的感觉好极了！大家都听我的，那位解放军给咱找吃的去了，咱们千万别睡觉，都精神精神，我给大家唱首歌！

乙　他还来劲了！

甲　北风那个吹，雪花那个飘…… 你哆嗦什么呀。

乙　这大冷天的咱能换一首吗？

甲　我给大家唱首阿杜的《坚持到底》！

乙　这个好！大家都坚持住。

甲　在风里，在雨里……

乙　这风就够大的了，再换！

甲　那我唱首刘德华的吧！冷冷的冰雨在脸上胡乱地拍……

乙　你别老雨呀雪呀冰啊的！唱点儿有气势的。

甲　什么有气势的？

乙　部队歌曲！

甲　好！我是一个兵……

乙　还是冰！你能不能离冰远点！

甲　远不了，兵离我们是越来越近！就听见"一——二——三——四"。

乙　部队来了！

甲　老远看见冰天雪地里有一支绿色的长龙向我们跑来，打头的就是我们车上的那位解放军！

乙　有救了！

甲　热腾腾的包子，刚出锅的小米粥送到了大家的手上。大伙是边吃边流眼泪呀！

乙　太感动了。

甲　战士连口气都没喘，抄起铁锹就开始干了，俩手都被冻伤了，让铁锹磨得直滴血，鲜血洒在雪地上，那是血染红了雪，雪稀释了血，血融化了雪，雪凝固了雪。高速公路上，那是兵凿冰，兵碎冰，兵铲冰，兵化冰。兵砸冰，兵融冰，兵敲冰，兵战冰！兵冰相对，兵冰相撞，兵冰相击，兵冰相碰，乒乒乓乓兵抗冰。

乙　好！

甲　我们总算得救了！

乙　太好了！

甲　好什么啊？坏了！

乙　怎么了？

甲　我刚想起来，大巴下边还一个卧底呢！

乙　把他忘了。

甲　两个战士把他架出来．我一看他那样啊……给我乐得……

乙　乐什么啊？

甲　他手上套着两双袜子，脚上穿着两副手套，女士的丝袜缠着脑袋，弄包尿布湿他给捂嘴上了！

乙　这都是冻的。

甲　呜……

乙　把尿不湿给摘了。

甲　大哥，这一天可饿死我了……

乙　你这是干吗呢？

甲　我太饿了，想打个电话看看有没有送外卖的。

乙　谁给你送呀！

甲　还没打呢我就冻上了。

乙　那你乐什么呀？

甲　我还想哭呢，这不是冻上了吗？

乙　人家的行李里面没吃的吗？

甲　有是有啊！那都是补品啊！

乙　那不更好吗？

甲　好什么啊！除了乌鸡白凤丸就是太太口服液啊，吃得我内分泌都紊乱了，你觉得我现在说话是不是特别别扭呢，喔……

乙　嘻！

中国枪王

作者：杨鲁平、蒋　巍、崔新三
表演：杨鲁平

　　话说四月中旬的一天下午，解放军某集团军特种兵大队猎人训练营的后山坳里，阴雨绵绵狂风阵阵。当时的风向是东风转西风，西风转南风，南风转北风，北风转东风——旋风。山坳里临时搭建了一个简易观察席，里面放了几排长条板凳，十几位将军和被邀请来的地方领导正襟危坐，大队全体官兵笔挺地站立在旁边，大队长一个立正上前："报告一号首长！特种兵大队狙击手汇报演练准备完毕，请指示。"一号首长还礼答道："今天啊，我们先看74号。""是！74号出列，进入射击位置，射击200米处人头靶。开始！"

　　这时候，队列中应声跨出一位年轻的士官，1米7的中等个儿，长得健壮结实，满脸涂着三色油彩，身穿绿色伪装服，手提狙击步枪，刚要出发，"停！"一号首长叫住了他："嗯，原定射击位置取消。我看……"首长环视了一下四周"左前方20米处那个碎石堆，就做你的射击位置，开始吧。"嗯？！大队所有人都愣住了，好嘛，汇报演练这枪还没端呢，首长就突然打乱原定计划，更改射击位置，这是有备而来出难题来啦。对喽，你想按照排练好的演给首长看呀，先打你个措手不及，考验你的实战应变能力。石头堆儿上没有做好的射击台，你立马趴上去能不能打得准啊，首长们太厉害了！

　　这时候，只见74号没有丝毫犹豫和慌乱，在听到开始两个字几乎同时，像一只豹子扑食"噌"就蹿出去了。飞奔到碎石堆上"唰"一个匍匐卧倒，出枪、端枪、瞄准、击发，"砰""砰"200米外两个人头靶应声而落。哎，咱先别说他枪法、动作怎么样，就说这倒地在碎石头堆上"唰"地一蹭，换咱这皮肤，连皮儿带肉不得搓一层下去啊？可74号手上胳膊上布满伤疤的老茧，就像一层厚厚的盔甲，石头上一蹭，"嘿！"差点儿把这石头都压成粉末了。这不跟着地方领导来的两位司机师傅，在旁边看得是目瞪口呆："兄弟，这小伙儿那胳膊上什么皮吗？""哎呦我的个亲娘啊，这就是铁皮呀。"报靶员通过无线话机高声报靶："两发全部命中，一发命中眉心，一发命中人中。"

"哗……"观察席上响起一片掌声。对了，能不鼓掌吗？西方各国的特种兵打人头靶的距离都是 80 米，咱这是临时指定射击位置，在石头堆儿上打 200 米远距离，动作之敏捷，枪法之精准，太精彩了！可是一号首长呢，他不但没鼓掌，脸上连一丝表情都没有。大队长又走上前来："报告首长，下一个课……"一号首长又拦住了他："下一个课目，还是 74 号，让他全副武装奔袭 3000 米，停下来，射击 600 处半胸靶。"好家伙，这题出得真够刁钻的。扛着武器狂奔几千米，停下来举枪打 600 米外看上去比指甲盖儿还小一半的半胸靶，气喘吁吁的能打得准吗？旁边的大队长心里直犯嘀咕呀：74 号、74 号啊，关键看体能了，可要给咱猎人训练营争气呀！这猎人训练营，在军中被称作野兽训练营。它就是通过残酷、凶狠、险恶的训练课目，煎熬、刺激人的心理、生理极限，磨炼特种兵的意志力和忍耐力。在这个训练营里，没有人名只有编号。这 74 号怎么练体能啊？每天穿上 20 公斤重的沙背心，早上跑一个 5 公里，下午跑一个 10 公里，其他训练照常进行，一年三百六十五天，天天不落。74 号那耐力，能扛着 20 公斤武器装备，一口气跑 27 公里，停下来举枪瞄准，枪管竖上一个子弹壳，两个小时不带掉的。可今天不一样啊，这是总部首长亲自考核，关键看你心理素质能不能正常发挥啦。

没过多久，山坳里传来"砰""砰""砰"几声枪响，报靶员发发命中的消息一传来，"哄！"观察席上可就议论开啦。这个说："嗯，老李啊，你这个兵不得了啊，体能好，枪法准，关键是脑子灵活，是个能打仗的好料子啊。"那个说："我这个兵能打 8 种轻武器，掌握 30 种特战技能，高空跳伞定点着陆，潜水 30 米深完成爆破任务，张飞吃豆芽儿——小菜一碟儿啊，哈哈哈！"来看演练的市政府的黄秘书长也接上了话题："我们市里有家企业出 20 万年薪聘他当保安顾问，就是这个 74 号坚持留在部队没有去，思想好过硬啊！"

首长们说的可没错，这 74 号的训练成绩，那是太优异啦！三伏天 38 摄氏度高温他在草丛里练潜伏，三天三夜不动窝，200 人拉网搜捕都找不到他，在海上无人岛断水断粮练生存，渴急了抓条蛇，"咔嚓"一口咬成两截儿"吱吱"地吸蛇血，饿了，逮只海蟑螂两头儿一掐就往嘴里塞，那家伙几十条腿在嗓子眼儿里直动啊，他嚼巴嚼巴生往肚子里咽，愣在海岛上坚持了 7 天 7 夜。观察席那边儿说得热闹，这边 74 号就像一块没有生命的大石头垛在石头堆儿里纹丝不动。一号首长拿起望远镜盯着 74 号看了很久很久，转过脸对大队长说："这样啊，你让报靶员扛个人像靶从 600 米处再往后跑，我说停再停，怎么样，还能打吗？我的大队长啊。"大队长的脑子"嗡"的一下，首长这是即兴考核啦。别说训练大纲里根本没有，赶上今儿这又风又雨的，200 米、600 米几枪已经打得很优秀了，接下来这枪已经要超出枪械使用性能的极限，谁敢说有百分之百的把握啊？可首长下了命令了，部队军令如山，说什么都没用了，大队长顾不得多想，他咬牙一声令下，报靶员扛起靶子就越跑越远，直到人影儿都快看不见了，首长才叫了停，一测量多少？827 米！

　　说话间，天色已近傍晚，山坳里升起浓浓的白雾，白雾一会儿团团地聚在一起，一会儿又被狂风吹散开去，74 号举枪远远盯着树丛中时隐时现的人像靶，他一边观察着树枝摆动的幅度，脑子飞快地换算着数据，一边慢慢调整呼吸，控制着脉搏的跳动，食指稳稳搭在扳机上，感觉那么淡定。雨越下越大，雨水击打在枪管上溅起无数小水珠，弹射到 74 号的眼睛里，狂风又将雨水慢慢吹出眼眶，74 号的眼皮连眨都不眨。这时候，他感到手中的枪和自己的身子已经完全融为了一体，一种嗜血的渴望和快感逐渐弥漫到了全身，74 号眼珠慢慢透出两道冰冷的寒光，他知道，绝杀的时刻——到了。山坳里，只有"呼呼"的风声和"唰唰"的雨声，整个训练场没有一个人说话，大家都不由自主地咬住了下嘴唇，屏住了呼吸，首长们的望远镜都聚焦在 74 号的脸上……一分钟没动静。两分钟没动静。五分钟过去了，74 号还是一动没动。就在这千钧一发的时刻……"砰！"随着一声爆响，74 号的枪管儿火光一闪，一个燃烧得通红的弹头，高速旋转着，穿过风、穿过雨、穿过树林、穿过草地、穿过 74 号的人生轨迹，把 800 米开外的人像靶击成了一堆碎片！"好！"观察席上爆发出长时间的热烈的掌声。

　　一号首长慢慢站起身，他长长舒了一口气，饱经风霜的脸上绽放出满意的笑容。74 号起身收枪，箭步跑到一号首长面前："报告首长，特种兵何祥美，射击汇报完毕，请您指示！"一号首长箭步上前，一把握住何祥美那满是泥浆的双手："打得好啊，何祥美，不愧是奥运会安全保卫的一号狙击手！枪王！中国枪王啊！"这正是：宝剑锋从磨砺出，梅花香自苦寒来。准备打仗打胜仗，三栖精兵展风采！

相声

满腹经纶

作者：苗　阜、王　声
表演：苗　阜、王　声

甲、乙　亲爱的朋友们，大家（合）过年好！

甲　我们两个都是来自西北的相声演员。

乙　西安人。

甲　我叫苗阜。

乙　我叫王声。

甲　您看我啊，这水平啊跟我旁边这位王声老师啊没法比。

乙　哎呦嗬，您这话说的。

甲　人家是大学生。（乙：咳）

甲　陕西吃饭大学毕业。

乙　师范大学。

乙　陕西没有吃饭大学。

甲　陕西师范大学。

乙　哎。

甲　毕业之后啊人家没有从事本来的专业。

乙　我学什么专业呢？

甲　人家当年在文学院（乙：哎）进修的是进口挖掘机修理。

乙　我学的什么？

甲　进口挖掘机修理啊。

乙　我怎么不学手扶拖拉机驾驶呢？

甲　这可能是第二专业吧。

乙　哪有这专业？去！有在文学院学这个的吗？我怎么不上蓝翔技校去呢我？

甲　我没有上过大学呀。

乙　您问哪！

甲　那您学的是？

乙　中文和历史。

甲　中文和历史。（乙：哎）人家这了不得。（乙：哼哼）跟人家这个就没法比，虽然我俩是发小一块儿长起来的。

乙　对对对。

甲　可是到了高中之后我俩的成绩就是越拉越大越拉越大越拉越大。

乙　为什么呢？

甲　我没上高中。

甲　现在醒悟了得好好学习。

乙　努力。

甲　要不这个知识跟不上跟人家没法搭档。最近我就开始研习上各种书籍了。

乙　看书了？

甲　可以说已经达到了手不释卷的地步。

乙　呦。

甲　《名侦探柯南》《海贼王》我都在手里拿着呀。

乙　您再看一套七龙珠，看一套圣斗士，这叫四大名著你知道吗？

甲　是吗？

乙　是什么呀您，您看点正经书不成吗？

甲　正经书也看，（乙：嗯）成语大词典。

乙　您看什么书？

甲　成语大词典。

乙　罢了您，各位别笑话他，成语是中国文化的精髓。

甲　对，我小时候就是成语课代表。

乙　那是语文课代表，没有学校专门开成语课的。

甲　都学过这东西，好多东西都学过，什么一日为师终身为父刻舟求剑。

乙　这你都知道呢！

甲　千军万马万马奔腾愚公移山。（拍手）我就喜欢愚公移山。

乙　你喜欢这里头的精神。

甲　这是一种精神。

乙　愚公的精神。

甲　他鼓舞着我。（乙：嗯嗯）听说过这故事吗？

乙　谁不知道这故事啊！

甲　有个愚公啊不是打渔的，有个愚公没事在那刨山啊，刨啊。

乙　哎，等会儿，这愚公是个穿山甲变的是吧？这是……

甲　哪儿有穿山甲什么事？

乙　愚公移山得拿家伙。

甲　反正就是挖山后来有一智叟劝他，别挖了，挖不完那好吗？这么两座大山（乙：是是是），王屋与太行。愚公说没事我挖不完我儿子挖。（乙：对），儿子挖不完孙子挖。（乙：是是是）。孙子挖不完重孙子挖，反正子子孙孙挖下去总会挖完的。（乙：持之以恒嘛）。好家伙这个精神感动了玉皇大帝（乙：上天）。派了两个黄巾力士下来把王屋与太行搬走了。

乙　大山搬走了。

甲　好家伙，一搬走豁然开朗（乙：嗯）。WiFi 信号立马就满了。

乙　哎呀，这有 WiFi 什么事啊这里头？

甲　形容一下呀。

乙　没有这么形容的。

甲　世上这个坏事不一定都是坏事，好事也不一定都是好事。

乙　什么意思呢？

甲　山是搬走了，原来山下压着两个妖怪，一个蛇精，一个蝎子精，这下放出来了。得亏老头有一个七彩葫芦籽儿，种下去，库哧、库哧、库哧长上来了，结出七个葫芦，蹦出七个小孩儿，有会吐水的、有会喷火的，后来降服了蛇精蝎子精，后来隐居在森林之内。外国有个公主不知道得罪了谁，躲在他们居住这个小屋之内，后来这个公主呢后妈过来了，变成一个卖苹果的老太太，这个公主咬了一口，嘎嘣死了，剩下半拉，乔布斯拿走了……知道这故事吗？我学得多通透。你开玩笑。

乙　您刚说这个叫愚公移山？

甲　啊。

乙　我有点儿乱我……

甲　怎么啦？

乙　我镇定一下等会儿，我理理。愚公就是葫芦娃的爷爷，葫芦娃移民之后就是七个小矮人，乔布斯有个师父叫白雪公主。

甲　你看你理得多清楚。

乙　我理什么清楚我理？

甲　怎么啦？

乙　您这什么乱七八糟的这都是？

甲　我就告诉您一个道理。

乙　什么道理？

甲　中国的成语放之四海任之五湖都是有用的。（乙：咳）这都是连到一块儿的。

乙　有用不在这上头用，您都说乱了。

甲　你说咱们中国的书，好书。

乙　那您得看点儿正经的。

甲　我也看（乙：嗯？）山海经，听说过没有？山海经宝贝儿。

乙　等一下等一下，不要叫得那么亲热呃。您看山海经？

甲　啊。

乙　您刚成语大词典都看得跟浆子似的了您还看山海经？

甲　咋了？

乙　山海经是先秦的古典，言辞古奥，佶屈聱牙。

甲　你说的啥？

乙　刚才是个幻觉。

甲　我就看这个嘛。

乙　你能看懂啊你？

甲　当然能看懂了。

乙　真看过？

甲　我给你讲几个故事你就知道我看过没看过了。

乙　你讲我听，来来来。

甲　精卫填海有没有？

乙　罢了，山海经北山经的故事。

甲　我不知道哪儿的我爱看这个。乙：（哼哼）精卫填海，为什么填海？

乙　为什么？

甲　大汉奸拉过来就填海。你知道吗？漂上来摁下去，漂上来摁下去，漂上来摁下去。（等会儿，等会儿，等会儿）我就爱看这个民族气节的东西。

乙　什么民族气节？这里有民族气节吗？

甲　怎么啦？

乙　精卫填海就是把汪精卫填海里了？

甲　要不然呢？就是填海嘛。

乙　您等会儿您等会儿好。这血丝糊拉这故事，您看看，精卫填海您都不知道从哪儿来的吗？

甲　从哪儿来的？

乙　精卫是太阳神炎帝的女儿（甲：炎帝的女儿）小名叫女娃。

甲　补天了后来。

乙　不是一个人。

乙　这女娃这一天驾小舟过大海翻覆于波涛之内，精魂不灭欲报此仇，衔石子填大海，这叫精卫填海。

甲　哎呀，了不得我，明白了。乙：（明白了）炎帝的女儿叫精卫。（乙：小名叫女娃）有一天在大海之上划着小船，一看一个风浪过来了。（对啦）还说呢，娘娘，风浪太大。（乙：哎哎哎哎哎，这怎么哪儿来一个宝鸡人呢？）

甲　你不说炎帝的女儿吗？（啊）炎帝不就是宝鸡人吗？炎帝陵现在还在宝鸡呢，尊重历史史实嘛。

乙　你这破坏神话的美感哪？

甲　我就明白你这个故事了。

乙　知道了吗？

甲　可能记得稍微有点儿岔纰我就知道。

乙　呦，岔纰，哎呀，您用这个词都很奇特啊。

甲　别的故事我还记着呢嘛。

乙　还知道什么呀？

甲　寡妇追日寡妇追日讲的是个什么故事呢？

乙　这故事我知道。

甲　您知道吗？

乙　哎，汪精卫是个汉奸嘛，死了之后他媳妇陈璧君就是个寡妇了，没办法生活了追到日本去了——寡妇追日。

甲　您看人家这个学术脉络。

乙　我什么学术脉络我？

甲　这不是你整理出来的吗？

乙　我整理什么哪有寡妇追日这事儿啊。夸（kuā）父追日也有叫夸（kuà）父追日。

甲　夸父追日追赶太阳，边追还边喊，（对）娘娘，太阳跑得太快。［拉住］

乙　这怎么又一个宝鸡人呢？

甲　炎黄子孙嘛（乙：咳）要不换个黄陵话？

乙　不不不，您换一个您真正看过的故事。

甲　我真正看过的？

乙　圣斗士里的也行。

甲　哪托闹海，我最喜欢的故事。

乙　哪儿脱都能闹海，只要你在海边脱。

甲　哪托三太子？

乙　你问谁呢？

甲　陈塘关李靖有仨儿子老大金托，老二木托，老三哪托嘛。哪托三太子爱看这个。

乙　要不说您这记忆力有问题。

甲　怎么了？

乙　名字记错了。

甲　怎么记错了？

乙　老大金托，老二木托，老三叫皮托。

甲　我有……

乙　你有什么你有？

甲　我有皮托啊。

乙　还真有你，老大金吒，老二木吒，老三叫哪吒。

甲　哪嘛，where（哎呀呀，呀呀）

乙　我请求您不要说英文好吧？

甲　怎么？我就……

乙　您去过庙里没有？

甲　没去过。

乙　嗯，呃下回去看看好吧？

甲　不去。

乙　您去实地考察一下就知道您念错了。

甲　怎么念错了？

乙　庙里那墙上老写一句话南无阿弥托佛。

甲　啊。

乙　要念出来南无阿弥陀佛。

甲　为莫子呢？

乙　哎呀，你会说武汉话呢。

甲　相声演员肚是杂货铺。

乙　哼哼，这都不知道吗？梵文。

甲　不都简化了吗？

乙　哪个梵哪？

甲　不是哪。

乙　梵，印度古称梵。

甲　梵文，这应该念。

乙　哪吒。

甲　哪吒三太子哪吒是这个李靖的儿子，小孩儿嘛，每天出去玩耍去弄的一身都是那个滋泥。

乙　特别脏。

甲　得了吧，洗洗去吧呲啦就把肚兜儿撕下来了。

乙　这肚兜儿都长身上了是吧这是？

甲　黏了嘛（乙：哎呦）就跳海里了。开始游泳，边游边搓这个滋泥（乙：哎呦）人家龙宫里也有这个三太子。

乙　对对对。

甲　龙王三太子烩饼。

乙　敖丙。

甲　敖丙正在这吃烩饼呢（嗯）拿这个余光一看，龙须之上挂满了滋泥（乙：哎呀）当时就急啦。

乙　我的天！

甲　干什么呢这是干什么呢？我在这吃个烩饼都吃不好啊。（唐山话）

乙　这三太子是哪人啊这是？

甲　唐山人啊。

乙　龙王三太子怎么能是唐山？

甲　离海近哪（乙：啊啊啊）干什么呢？吃个烩饼都吃不好吗？（唐山话）夜叉上去弄死他。

乙　哎呦，三太子用这词儿您听听。

甲　好，这夜叉当时就领命了拿着大叉子。

乙　哎呀呀什么叫大叉子呀？

甲　兵刃哪。

乙　五股烈焰托天叉。

甲　大叉子拿着大叉子，领着蟹兵虾将，领着这些小伙伴。

乙　小伙伴还。

甲　皮皮虾精，海带精。

乙　海带怎么成的精？

甲　都是柔软的妖精嘛（哎呀）都上到海面之上。一看哪吒正在那儿洗得高兴呢。哎我说那个小孩儿，你那儿弄啥嘞你？别洗了，三太子都急了，你知道吗？（河南话）

乙　一个唐山三太子带了一个河南夜叉。

甲　啊。

乙　这是个什么组合呀这是个？

甲　我这是为了强化人物性格。

乙　你这里哪儿有人物去？

甲　你看，娘娘风浪太大了。（宝鸡话）谁？

乙　精卫。

甲　干什么呢？（唐山话）

乙　三太子。

甲　你弄啥嘞？（河南话）

乙　夜叉。

甲　分多清楚（嚯）斯坦尼斯拉夫斯基曾经说过（行行行）典型人物典型性格。

乙　您就说这夜叉这事儿吧好吗？

甲　好，这就打起来了哪吒也不是善茬儿啊。

乙　是是是。

甲　说时迟那时快拿出长手绢儿呼啦圈儿，这就打将起来，这大叉子。

乙　哪吒还练过艺术体操？

甲　练什么艺术体操？

乙　这长手绢儿。

甲　他有两样兵刃。

乙　混天绫乾坤圈。

甲　混天圈乾坤绫。

乙　反了。

甲　一个圈一个绫。这就打将起来。好家伙，打得是波涛翻涌，一个大浪接着一个大浪。

乙　对对对。

甲　好一个大浪过来（嗯）精卫刚好划着小船，娘娘，风浪太大了。

乙　这儿没有她。

甲　浪来了。

乙　浪来了，也没有她。

甲　没有精卫吗？

乙　没有，这个故事不需要她。

甲　反正这个水势越涨越高越涨越高。

乙　对对对。

甲　不一会儿就把金山寺给淹了。

乙　啊？

甲　法海正在那念经呢，一看这个：做啥子？我惹哪个了？

乙　别说了。

相声

新虎口遐想

作者：姜　昆、秦向飞
表演：姜　昆、戴志诚

主持人朱军： 亲爱的朋友们，在 1987 年春节联欢晚会的舞台上，著名的相声表演
　　　　　艺术家姜昆、唐杰忠一起为大家合说过一段相声，我想问问我们现场
　　　　　的朋友，有谁还记得那年他们合说的那段相声的名字是什么？

观众　《虎口遐想》！

朱军　都记着呀！的确，《虎口遐想》堪称是春晚舞台上的经典呀！时间过得真快，
　　　一晃三十年过去了，我突发奇想，三十年以后，咱们再欢迎姜昆在这个舞台
　　　上给大家说上一遍怎么样啊？

观众　好！

朱军　来吧！

戴志诚　朱军，你这主意真不错！那朋友们，咱们让姜昆就再掉一回老虎洞怎么
　　　　样？

姜昆　小戴小戴，不行啦！

戴　怎么啦？

姜　三十年前的词儿，全都忘了。

戴　姜昆，你还别误会，没让你完全说三十年前那段。

姜　那让我说……

戴　说今天。今天，你又掉老虎洞里了，你能有什么新的遐想？

姜　小戴你缺德不缺德呀，这老虎洞哪儿能隔几年就掉一回？

戴　你不掉大伙儿听不着这段啊，想不想听啊？

观众　想！

戴　现在就开始，现在这就是动物园的狮虎山。朋友们，一会儿我起个头儿，大伙儿
　　　一欢呼，姜昆就算掉老虎洞里了。咱说来就来啊："老虎出山喽！"（虎啸音效）

（观众欢呼）

姜 真掉下去了？三十年前我掉到老虎洞里，那时候女同志解裙带，男同志解皮带，他往上救我。

戴 往上拽你。

姜 这三十年后我又掉下去了，来的人不少，我看，怎么没人解皮带呀？

戴 今天人都干吗呢？

姜 全拿手机给我拍照呢！

戴 腾不出手来呀。姜昆，知道干吗给你照相吗？发微信、朋友圈啊！

姜 是，还嚷哪："哎！姜昆姜昆，转过身来，摆个 Pose！"（边说边做动作）

戴 嘿，来个姿势。

姜 "嚓"一下就发出去了（举手机做留言动作）："哥们儿哥们儿快看嘿，姜昆又掉老虎洞里了！来，点个赞！"我掉老虎洞里，你点什么赞哪？

戴 点赞它现在时髦啊！各位朋友，别光惦着点赞啊，赶紧给姜昆报个警啊！

姜 上边儿说啦："我们报警啦！"

戴 那怎么没看见救援的来呀？

姜 "你掉这时候不对！"

戴 什么时候？

姜 "晚高峰！"

戴 好嘛，把这茬儿还给忘了！

姜 "车都在半道儿堵着哪！"

戴 过不来呀！

姜 "我说那小伙子，你身大力不亏，你下来，你救救我。"

戴 年轻人，你给想个办法。

姜 小伙子说："姜大爷，我特别想救你，但你这岁数我怕我把你救上来你说我给你推下去的，我跟我爸爸说不清楚！"

戴 嘻！这年轻人怎么想法这么复杂呀！

姜 三十年前，我掉到老虎洞里头，我还跟上边儿说，我说你们坐公共汽车，去中央电视台，找记者来，找个记者拍拍老虎怎么吃我，拍个老虎吃人的片子卖给外国人赚点儿外汇，也算哥们儿临死以前为"七五"计划做点儿贡献。

戴 三十年前你还就这么说的。

姜 三十年过去了，现在不用叫记者，哎哟，没几分钟，呼呼啦啦全来啦！

戴 记者来得快呀！

姜 长枪短炮对准了我，问一个共同的问题，能把我鼻子给气歪了。

戴　问什么了？

姜　"来来来，姜昆同志，给全国人民拜个年！"

戴　这什么地方，让你给拜个年啊！我说各位记者朋友，你们见多识广，赶紧给姜昆想个办法啊！

姜　"我们想办法啦！"

戴　想出什么办法啦？

姜　"我们现场直播！"

戴　就这掉老虎洞也现场直播？

姜　灯也亮了，机器也对准了我，还有主持的："各位朋友，各位朋友，时隔三十年以后，几分钟以前，姜昆又一次掉到了老虎洞里，这次姜昆能不能出来？他怎么样出来？他采取什么特殊的办法出来？我们大家进行'有奖问答'，请大家扫我们左下方的二维码，猜中者有奖，奖金蛋、银蛋！"

戴　您瞧这份热闹劲儿的！

姜　那边儿，还有用手机自己直播的。

戴　还有自媒体。

姜　"请大家快进我的小房间，快进我的小房间，快看，姜昆又掉老虎洞里喽！这回可有的看……感谢刷屏！感谢刷屏！看，这就是姜昆，五米以外，这就是那老虎。大数据显示，这是一只年满两周岁的老虎，而且是一只母老虎，而且还是处在发情期和求偶期的母老虎。感谢刷屏！感谢刷屏！"

戴　这还挺客气。

姜　大家看，大家看，大数据显示，一般的情况下，这个母虎比公虎的攻击性要强，尤其这个时期的母老虎，极其凶狠，估计姜昆凶多吉少！我们拭目以待！感谢刷屏！感谢刷屏！"

戴　行了行了，您就别刷这屏了。我说各位记者朋友，你们赶紧得想个正经八百的办法啊！

姜　"我们又有新的办法啦！"

戴　想出什么新办法啊？

姜　"我们选了个明白人，进行现场指导。"

戴　哦，请个明白人进行现场指导？

姜　紧接着，传来了一个人振振有词的声音。

戴　听听明白人的。

姜　"姜昆这次掉到老虎洞属于突发事件。"

戴　肯定是突发的！

姜　"我们十几个明白人在一起在二十多条解救方案当中，选择了一条能将姜昆救出老虎洞的方法。"

戴　什么方法？

姜　"自救！"

戴　哎哟，我说您可真是明白人，您可不能光说两个字"自救"，就得请您告诉姜昆，怎么样自救。

姜　"下面我们来指导一下，姜昆需要冷静地考虑，你面前是谁？是一只老虎！是一只什么样的老虎？母老虎！是什么样的母老虎？是求偶期的母老虎！所以现在，需要姜昆根据实际情况，模拟公虎向母虎发信号。"

戴　需要姜昆模拟公虎向母虎发信号，发什么信号？

姜　"发你跟老虎是同类，你姜昆不是人的信号！"

戴　这叫什么信号啊！不是，明白人，这信号怎么个发法啊？

姜　"其实很简单，就需要姜昆现在轻轻地走到老虎身边儿，然后悄悄地咬一下老虎的脖子，然后转身就跑，然后……"

戴　不不不，您别然后啦，我说明白人，您刚才说的这办法不行！姜昆，让你过去咬老虎脖子……

姜　这老虎在那儿趴着没动，我干吗呀？我轻轻地走过去，我还悄悄地我咬人家一口？老虎一回头，我这脖子正好在嘴边儿上，它就冲我乐我也受不了啊！我这是什么信号？

戴　这不是老虎同类的信号吗？

姜　找死的信号！

戴　我看这差不多。我说明白人，刚才这个办法不可行。

姜　"如果姜昆认为这个办法不可行的话，我们就要外部施救。"

戴　对，还得靠外部。外部怎么个救法啊？

姜　"我们要动员群众，在上面瞅准目标往下应绳子。"

戴　往下干什么？

姜　"应绳子。"

戴　往下……哦，往下扔绳子。

姜　"应绳子。"

戴　扔绳子干吗呀？

姜　"套！"

戴　套谁呀？

姜　"套上谁是谁！"

戴　嘿，好！哎呀，你别说，这主意还真不错！就你跟老虎在底下了，套着谁你都算得救了。

姜　要是套上我了，我怎么上来呀？

戴　那不就拽吗？

姜　提溜着我，我还活得了吗？什么呀这是！（拍大腿动作）我一摸我这儿，我这儿也有手机呀！我用他们的干什么？

戴　你自己求救！

姜　哎，你说平常没事的时候啊，你说这手机，骚扰电话、诈骗电话一个接一个，这关键时刻，没信号了！"上边儿的，有 WiFi 没有？给个密码！"

戴　光要密码能救你出去吗？

姜　"找他们动物园园长要去呀！"

戴　对，找找园长。

姜　"什么？动物园园长昨天晚上让检察机关带走了。"

戴　给抓起来了？

姜　"出什么事了？"

戴　犯什么事了？

姜　"贪污老虎伙食费？"哎哟我的妈呀！

戴　姜昆，你掉这时候不对呀，老虎的伙食费让园长给贪污了。

姜　这老虎还没吃饭哪……"老虎，抬起头看看我，是我，我又来啦！"

戴　对，三十年前来过一次。

姜　"这地方我熟，当初底下那不是你，估计是你爸爸。"

戴　还真有这可能。

姜　"提起你爸爸来，我想起有件事挺对不住你爸爸的。当初我答应出去以后给你爸爸找一只母老虎，可是出去以后，我这人诚信太差，净顾给自己搞对象，把你爸爸搞对象这事给忘了！也不知道你爸爸……估计是搞上了，要不你哪儿来的！"

戴　你都吓晕了。

姜　"你别瞪我别瞪我。我知道你饿，你想吃我是吧？我告诉你，几十年前你要吃我的话，我细皮嫩肉，我算绿色食品。这么多年过去了，这些年别的咱不敢说，各种各样的添加剂，我告诉你，我就没少吃，假酒我也没少喝，我们家装修，各种各样有毒的气体我也没少吸，你要吃我就等于吃毒药，你这小身子骨不一定受得了！"

戴　哎哟，我说姜昆呀，你嘚啵嘚啵跟老虎说这个，它听得懂吗？

姜　这老虎听完了以后，"噗"！"噗"！"噗噗"！

戴　扑着你没有?

姜　突然一转头,"噗噗噗",它回到笼子里边儿去了!

戴　回窝里去啦?

姜　我突然想起来了,这不是野生动物园,这是正儿八经的……

戴　这是专业的动物园呀。

姜　这里边儿的老虎……

戴　它经过驯化了,它不吃人啦!

姜　不吃人我怕什么呀!

戴　没野性了。

姜　哎,出来出来!跟我出来玩儿呀!它死活不出来。

戴　它怎么不出来呢?

姜　我估计它明白,现在出来没有它的好。

戴　怎么啦?

姜　现在?苍蝇、老虎一起打!

戴　它也明白?!

相声

华夏酒歌

作者：马小平、弓　瑞
演出：马小平、弓　瑞

甲　有道是"酒逢知己千杯少"。

乙　哎，话不投机半句多。

甲　今天看到了台下这么多知己。我祝大家在这一年里面您财源好似长江水，生意如同锦上花。大财小财天天进，一顺百顺发发发。您发财发大财发横财。打东西南北旋风财。反正鼓掌的都发财，不鼓掌什么都没有啊。

乙　嗨，那我也跟着鼓。

甲　非常有幸来参加我们这次大赛，规模这么宏大，今天晚上这得好好地庆祝一下。

乙　那好啊。

甲　马老师，我也不知道您酒量怎么样？能喝多少？

乙　我酒量不行，最多也就二两。

甲　二两？那哪儿行啊，喝上一斤！

乙　嚯！喝那么多干吗？那么多就醉了。

甲　醉了好啊！我就喜欢看醉鬼。

乙　你这人什么习惯呢？

甲　哎！这人喝醉了，可什么样的都有。

乙　是吗？

甲　有哭的有笑的，有蹦的有跳的，有唱的有闹的，有围着××广场转着圈儿尿尿的。

乙　嘻。

甲　您喝了什么样？

乙　我是那爱睡觉的。

甲　好。今天就让你睡一回。

乙　睡一回？

甲　不是，醉一回。

乙　醉不了。

甲　当然不能在这儿喝啊！

乙　去哪儿？

甲　你跟着我，我带你喝出点儿地域特色的。去哪儿？蓝蓝的天上白云飘，白云下面都是蒙古包。

（音乐起，甲跳舞，跟乙摔跤）

乙　停停停！你这是干吗呢？

甲　我摔你。

乙　摔我像话吗？

甲　最贵的客人到了我们这儿就这么个规矩。骑马，摔跤。喝酒！

乙　那咱们喝酒。

甲　好，改革开放 40 周年了，我们这儿发生了翻天覆地的变化。为了庆祝我们今天的美好生活，应该好好干一杯。不过，在我们这儿喝酒有个规矩，得先唱歌。

乙　我不会呀。

甲　（蒙语唱）"金杯斟满醇香的美酒……"

（甲边唱边倒酒。乙急忙结过干掉一杯，甲又接过空杯）

甲　"金杯斟满醇香的美酒……"

（乙又接过酒杯急忙干掉，甲又接过空杯，再次唱歌倒酒）

乙　你等会儿吧，一直倒我受得了吗？

甲　我们这儿有个习俗，你等我唱完了你再喝。我刚唱了一句，你哇就是一杯，哇就是一杯。你着急甚了！？

乙　嗨，我还喝早了。

甲　（唱）"金杯里斟满了醇香的奶酒赛勒尔外冬赛朋友们欢聚一堂尽情干一杯赛勒尔外冬赛"。

乙　好，谢谢。

甲　（甲从后腰拿出哈达敬献）"塞鲁日外东赛"！

乙　谢谢。（接过酒杯）

甲　停。在我们这儿喝酒还有个习俗，喝之前必须敬天敬地敬祖先！

乙　哦，敬天，敬地，敬……（沾酒抹甲的额头）

甲　我又不是你祖先。

乙　嘻！好。这下能喝了吧？（与甲一起说）"停！还有个习俗"。

甲　你也会了？

乙　你这习俗没完哪！我这半天都喝不着啊。

甲　哦，你想多喝呀，那你就不能在内蒙古了，跟着我继续走。

乙　去哪儿啊？

甲　美丽的天山脚下，吐鲁番的葡萄熟了。

（音乐起，甲跳新疆舞，抱住甲额头亲一口）

甲　（唱）我们新疆好地方，我们新疆好地方，我们新疆好地方啊。

乙　（唱）我们新疆好地方啊！就这一句啊？

甲　朋友，改革开放 40 周年。我们儿这发生了翻天覆地的变化。为了庆祝我们今天的美好生活，喝一杯？

乙　呦！这就开喝啦？

甲　（甲倒酒）你看，酒来啦。

乙　这是什么酒啊？

甲　这是太阳酒。

乙　太阳酒。

甲　喝了太阳酒，浑身暖洋洋，身强体又壮，不得胃溃疡。

乙　那我得喝，干！

甲　（甲接过酒杯再倒酒）又来啦。

乙　这是……

甲　这是月亮酒。

乙　月亮酒。

甲　喝了月亮酒，美满享天伦，儿孙都孝顺，老婆不离婚。

乙　这也得喝，干！

甲　（甲接过酒杯再倒酒）又来啦。

乙　这是……

甲　这是星星酒。

乙　星星酒。

甲　喝了星星酒，满眼冒星星。

乙　啊？

甲　喝了星星酒，你财源滚滚，生意兴隆，不偷税漏税，你股票长红！

乙　好，那这可是最后一杯了啊。

（甲从桌子下面端上一大汤盆）

甲　又来啦。

乙　不不不！这可喝不了啦。

甲　你要喝这个？

乙　您这是……

甲　这个是让你洗手的。洗了手，吃羊肉，吃着羊肉再喝酒。

乙　哦，手抓羊肉。

甲　（唱）我们新疆好地方啊。

乙　行了行了，哎呀这新疆朋友可是够热情的。

甲　热情？还有热情的。

乙　哪儿啊？

甲　彩云之南，彝族人家。

乙　哦，云南。

甲　尤其到了盛大的节日，比如庆祝我们改革开放 40 周年，当地的男女老少会把美味佳肴都端出来摆在桌子上，这桌子连起来就是长长的一条街，这叫"长街宴"。

乙　呦，这我可得好好地吃两口了。

甲　不行，先得喝。

乙　不了，到这儿我可就不喝了。

甲　嗯，到这儿不喝都不行啦，当地的小姑娘换着酒杯载歌载舞可就扭起来了。

（音乐起，甲跳舞，最后具备敬酒）

甲　阿表哥，欢迎你到彝家来，请喝酒！

乙　这是什么鸟叫唤呢，我不喝酒。

甲　不喝？为什么？

乙　我不喜欢。

甲　你喜欢也要喝，不喜欢也要喝。喜欢不喜欢都要喝。

乙　啊？凭什么呀？

甲　（唱）阿表哥喜欢不喜欢都要喝，阿表哥喜欢不喜欢都要喝，你喜欢也要喝，不喜欢也要喝。管你喜欢不喜欢都要喝，管你喜欢不喜欢都要喝。都要喝！喝！

乙　（唱）说不喝就不喝，你爱唱什么唱什么，反正表哥就不喝！不喝！

甲　（唱）阿表哥你不喝就别想离开这，娶了我当老婆，后半辈子陪你过，一天到晚咱就是喝。就是喝！

乙　嚯！好好好，喝喝喝！

甲　（唱）阿表哥喜欢不喜欢都要喝……

乙　行了，哎呀。云南的朋友这就更热情了。

甲　还有热情的。

乙　别别别。别走了，你刚才光说这少数民族地区了，咱们汉族，就比如说到了今天咱们这当地有没有酒歌啊？

甲　有啊，昨天晚上我在夜市大排档吃饭，我还听见几个当地哥们儿光着膀子唱呢。

乙　怎么唱的？

甲　俩好，四喜财，五魁首，六六六。

乙　行行行。你说这不是酒歌，这是酒令。

甲　这不是酒歌？那我就不知道了。

乙　不知道了吧，我们中华民族不管走到哪儿都有一首共同的酒歌，伴随了一代又一代的中国人。

甲　有吗？

乙　你听。

（音乐起）

乙　（唱）美酒飘香歌声飞

甲　朋友啊请你干一杯请你干一杯

乙　胜利里的歌声永难忘

甲　杯中洒满幸福泪

合　来来来来来来…………你一杯我一杯我一杯呀你一杯

乙　待到实现中国梦

甲　咱们大家 再举

合　杯！

（乙闭眼倒在甲身上）

甲　哎，您这怎么意思？

乙　我睡会儿。

甲　喝多了。

我爱诗词

作者：冯　巩、贾旭明、邹　僧、王　彤
表演：冯　巩、贾旭明、曹随风、侯林林

尼　现在流行国学热……今天来了一位自称是"诗词大王"的人，要在现场和人赛诗。这大王您认识，他是……脑袋大得能遮雨，脖子细得像铅笔，整天扯着公鸡嗓儿，见谁都说想死你……这人是谁啊？

观众　冯巩！

冯　冯巩乘舟将欲行，忽闻岸上踏歌声。桃花潭水深千尺，不及观众送掌声……

甲　好！（转身对观众）太好了！（甲上）冯叔（看着冯叔），您这诗作得……比李白都好！（对观众小声说）你们同意吗？

冯　假了，李白是诗仙，我比他好？准确地说……都挺好。

甲　对嘛……冯叔，那咱俩能赛赛诗吗？

冯　怎么赛？

甲　咱们比一比古典诗词带数目字"一"字的诗句。

冯　谁先说？

甲　我先说，（加快）黄河远上白云间，一片孤城万仞山……我有一了。

冯　……离离原上草，一岁一枯荣……我俩一。

甲　两人对酌山花开，一杯一杯复一杯……我仨一。

冯　……嗯，一花一世界，一树一菩提……我四个一……。

甲　……一俯一仰一场笑，一江明月一江秋……我五个一！

冯　……朋友一生一起走，那些日子不再有，一句话，一辈子，一生情，一杯酒。我六个一。

甲　您这是歌词？

冯　诗歌诗歌，有诗就得有歌！瞧你这模样吧，长得跟鼹鼠似的，不跟你玩了。

【乙上

乙　站住！你干啥去？

冯　赢了咱就跑。

乙　你赢啥了，拿歌词跟人家比诗？再说了，人家准备好的诗跟你比，你能赢吗？

冯　啊？

乙　没事儿，我帮你。咱跟他比地名诗句，我就不信咱俩干不过他一个。

冯　地名诗句我不熟啊。

乙　我熟啊，我都准备半年多嘞。

冯　真嘞？

乙　真嘞！跟他比，赢死他。

冯　咦……中（击掌）！嘿，还敢比吗，鼹鼠先生？

甲　……比什么啊？

冯　比地名诗句。

甲　谁先出题？

乙　咱先出。

冯　什么地方？

乙　丝绸之路的起点，西安。

冯　西安，有诗吗？

甲　张嘴就来，（提速）春风得意马蹄疾，一日看尽长安花。

冯　他说上来了。

乙　他说错了，咱问的西安，他说的是长安。

冯　对，你说错了，我们问西安，你说长安。

甲　没错儿，古长安就是西安。

冯　他说古长安就是西安？

乙　他说的对，我刚想起来，古长安就是西安。

冯　……那咱可输了？

乙　输啥，他还没说地名呢。

冯　对，你还没说地名呢，什么地儿？

甲　凉州。

冯　凉州……

乙　凉粥不好吧，问他能不能热热。

冯　对，你能不能热……地名凉州。

乙　那我得想想。

冯　想什么啊？！凉州七里十万家，胡人半解弹琵琶。凉州！

乙　得劲！

甲　该你们说地名了。

冯　我这地名是……

乙　玉门关。

冯　玉……

甲　羌笛何须怨杨柳，春风不度玉门关。

冯　你把亲友团都招来了，你这地名也太简单了。

乙　简单咋了？简单咋了？贾旭明我告诉你……你赢了！

冯　对……什么就他赢了？

乙　人家说上来了。

冯　能说不上来吗？

乙　没事儿，该他说地名了。

冯　什么地方？

甲　阳关。

冯　阳关？

乙　阳关太简单了，在座的谁不会啊。

冯　你会啊？

乙　张嘴就来……你走你的阳关道，我过我的独木桥。

冯　你这是诗吗？劝君更尽一杯酒，西出阳关无故人。阳关！

甲　行行行……该你们说地名了。

冯　我的地名是……闭嘴……我这地名是……

乙　楼兰。

冯　你闭嘴……黄沙百战穿金甲，不破楼兰终不还……我孙子都会。你得说难点儿的，碎叶城。

甲　哪儿？

冯　碎叶城。

甲　……这可快出去了。

冯　你甭管，有诗吗？

甲　啊有！（提速）胡瓶落膊紫薄汗，碎叶城西秋月团。明敕星驰封宝剑，辞君一夜取楼兰！

冯　人家连楼兰都说了。

乙　还不如直接说楼兰呢。

冯　你刚才怎么不坚持？

乙　你不让我坚持……没事儿，该他说地名了。

冯　什么地方？

甲　我说的这地方，（提速）你还别说是地名诗句，你要能说出一首诗来，我就算你们赢。

冯　无地不成诗，什么地方？

甲　哈萨克斯坦。

冯　哈……他说哈萨克斯坦。

乙　哈萨克斯坦就哈萨克斯坦呗！你看我弄啥，我又不会。

冯　你不准备半年了吗？

乙　我准备的是国内的诗，他都出国了谁会啊？

冯　对啊，哈萨克斯坦的诗谁会啊？

甲　我会……（快说）世界有如海洋，时代有如劲风。（用情怀说）前浪是兄长后浪是兄弟，风拥后浪推前浪亘古及今，皆如此。

冯　你这是哈萨克斯坦的诗吗？

甲　对，（快）我这是哈萨克斯坦伟大的诗人阿拜库南巴耶夫写的诗。

冯　他说是伟大的诗人……耶夫写的？

乙　确实有这么个人，我刚想起来。

冯　……你怎么老刚想起来？

乙　想起来咋了？他说上来也不算。哈萨克斯坦的诗，他必须得用哈语说。

冯　对，你必须用哈语说。

甲　哈语？

冯　会吗？

甲　我会……杜耶乳节汝琨，让忙锁赶紧，啊棱哥土工，啊哈娃乐，啊啦可土困，安德烈嗯，哔尼哔尼怒鲁爷嘞，拔牙可待，可乐聂了。

冯　怎么听着还有拔牙的事儿啊？等会儿，你能再说一遍吗？

甲　不能。

冯　为什么？

甲　我怕跟刚才不一样。

冯　瞎编的呀？

甲　哎呀，我这是正宗的哈语。

冯　正宗的哈语，谁能证明？

乙　我！他确实是哈语，我刚想起来。

冯　你到底是哪头儿的？

乙　您看嘞？

冯　我看你像他那头儿的。

乙　你说得对，我就是他那头儿的，我刚想起来。

冯　卧底啊？不跟你们比了！

【丙上

丙　太不像话了！（往上走，转身）我实在看不下去了！俩年纪轻轻的，欺负一个八十多岁的老头儿，哎呀？！

冯　等会儿，我才六十岁。

丙　哟……您可真不像。那个……有能耐跟我比，比诗词接龙。

甲　谁先说？

丙　我先说，（冲观众）野火烧不尽，春风吹又生。（回头）你，接生。

乙　生……我不会。

甲　……（指乙）你以为我会啊？！

丙　对，我研究了这么些年，就没人能接住这个生。

冯　生当作人杰，死亦为鬼雄……知道我叫什么吗？接生大王。

丙　好！你，接雄？

乙　……雄鸡一唱天下白。

丙　白？

甲　白发渔樵江渚上，惯看秋月春风。

乙　风？

丙　嗯……风来草木自成声。声？

冯　又是生？……声色深红绶带长。

丙　长？

乙　……长河落日圆。

丙　圆？

甲　……缘愁似个长。

乙　长？

丙　……长安一片月，万户捣衣声。

冯　我明白了，就是位置闹的，你们俩就不能挨着，重来！

丙　……等闲识得东风面，万紫千红总是春。

冯　春？

乙　……春江潮水连海平，海上明月共潮生。

冯　你们俩还挨着吧。再来！

丙　曾经沧海难为水。

乙　水光潋滟晴方好。

甲　好雨知时节，当春乃发生。

冯　……这回我第一个说，本是同根生，接？

丙　……生人尚复尔，草木何足云。

乙　……云外飘飘呼莫回。

甲　……回眸一笑百媚生。

冯　……国家就是开放二胎了，也不能这么生啊。

甲　爸，咱赢了。

冯　等会儿……爸？这是你儿子啊？

丙　亲儿子。

乙　对！哈哈……

冯　你也是他儿子？

乙　我不是，我是他女婿。

冯　一家子啊！回见！

甲　冯巩乘舟将欲行……

乙　忽闻岸上踏歌声……

丙　桃花潭水深千尺……

冯　再没观众送掌声……一点儿都不热烈啊！

甲乙丙　（击掌）耶！

梦想单车

作者：回　想

表演：董建春、李　丁

甲　相声演员董建春。

乙　李丁。

甲　给您——

合　拜年啦！

甲　特别高兴。

乙　特别的激动。

甲　这次我能一个人站在这么大的舞台上，和大家聊聊时下热门的话题，就说今年，我就有一新发现。

乙　我发现我没了，怎么不让我说话啊？

甲　我正在写一个共享单车的调研报告，急于收集资料，谁有兴趣回答我几个问题？

乙　大家看我演出呢，谁有工夫回答问题。

甲　有奖品。

乙　我就有工夫，快问快问，一会儿该敲钟了。

甲　你别着急，我先说清楚，这些题你会就答，答不了就说过。

乙　还有我答不了的？

甲　请听题。

乙　过！

甲　我还没问呢。

乙　奖品！

甲　你不能见着题就过啊。

乙　真麻烦！

甲　怕你紧张先出几个题热热身。

乙　哎呀，我怎么会考试紧张呢？

甲　从来不紧张。

乙　从来不考试。

甲　我说你怎么过呢。

乙　第一题。

甲　看到成群结队的共享单车，你有什么感想？

乙　这要都是我的就好了。

甲　问你感想。

乙　我这就够敢想啦，你还想听我说什么愿望？

甲　看自行车跑来跑去的感想。

乙　那我觉得还挺恐怖的吧，大街上千百辆共享单车自己跑来跑去的，车上也没人，自行车自己骑自己，俩车圈还聊天呐，朋友今挣多少，就挣五毛还给了两红包，我让人蹬了 40 多里，都晕车了，奶奶您不就是车嘛？二婶，你怎么上树了？舅舅，怎么掉河里了？

甲　行啦！你就是个戏精啊！

乙　这题都太简单。

甲　问你几道关于素质的问题。

乙　随便问。

甲　有一辆车停在不该停的地方，你应该怎么办？

乙　我应该假装没看见。

甲　回来，这就一辆车，不突兀吗？

乙　还真是，来大家都往这儿停。

甲　行了，这是停放点吗？

乙　书上说了，世上本没有停放点，停的车多了变成了停放点。

甲　你看那书是盗版的吧？

乙　往下问。

甲　你说说共享单车的优点。

乙　四大优点。

甲　第一点。

乙　愿意停哪儿停哪儿。

甲　第二点。

乙　爱搁哪嘎达搁哪嘎达。

甲　第三。

乙　中意放哪边就放哪边的啦。

甲　第四。

乙　咦——

合　嫩想往哪儿扔往哪儿扔！

甲　什么乱七八糟的！

乙　往下问往下问！

甲　别问了，我先说说你乱停乱放的事，影响交通，破坏市容，知道吗？

乙　这个问题……过。

甲　这不是题，是提醒你得注意。

乙　我注意我注意，行了吧？

甲　行行行，接着来的题型你肯定熟悉。

乙　什么题型？

甲　诱导研究对象主观情绪外化题，熟悉吧？

乙　怎么这么陌生呢？

甲　就是真心话大冒险。

乙　那我喜欢真心话。

甲　一辆车你跟媳妇两人怎么用？

乙　我让她打车走，我骑自行车追她。

甲　追得上吗？

乙　在北京，不好说。

甲　问你真心话。

乙　她带着我。

甲　怎么带人啊？

乙　我坐车筐里。

甲　那是坐人的地儿吗？

乙　不是啊，可是，我是她的菜。

甲　你长得就跟长条茄子似的。

乙　谁跟茄子似的？

甲　共享单车就不让带人。

乙　不让带。

甲　下一道题还是真心话大冒险。

乙　大冒险。

甲　好，请骑车上路。

乙　骑就骑。

甲　你骑车的时候最反感什么行为？

乙　我去！逆行啊你，就烦他们这逆行的，差点儿撞着你，哎哎哎，又一个又一个，靠边靠边，逆行还这么嚣张……我的妈呀，怎么这么多逆行的啊？

甲　李丁，你逆行了吧？

乙　废话，我顺行能叫大冒险吗？

甲　什么歪理啊？你坐车筐逆行，这叫有素质吗？

乙　我改还不行吗？我就这点儿问题，其他问题我一概没有了。

甲　绝对没有？

乙　绝对没有。

甲　共享单车质量怎么样？

乙　特别好拆卸，哎呀！

甲　你怎么还拆车呀？

乙　你杵我扁桃体了。

甲　你还有多少问题？

乙　真没有了。

甲　再让我发现有问题我饶不了你。

乙　行。

甲　最后一题。

乙　建春，过！

甲　怎么过啦？

乙　你说答不了可以过的。

甲　别人能过你过不了，大伙说能让他过吗？听见了吗。

乙　我不听我不听我不听！

甲　没听见你捂眼睛干吗呀？说吧，最近用共享单车干吗啦？

乙　教我儿子骑车。

甲　对，反正车也不是你的吧，pia pia pia 随便摔吧，pia pia pia 不心疼吧，pia pia pia 反正车也不是你的啊！

乙　但儿子是我的啊！

甲　我得把你当反面教材写到报告里。

乙　别啊，我就有那么点儿可爱的小毛病。

甲　一点儿都不可爱，小毛病小毛病，多了就成了大问题，共享单车诞生在这个时代，就呼唤这个时代的公共道德。只有提高我们每个人的自律，才能让共享单车继续走下去，继续为我们带来便利，而不是说，共享单车，曾经来过。你听了不想说点什么吗？

乙　不想。

甲　必须说。

乙　乱停乱放我的错，错在违章要惹祸，祸害单车不道德，建春，我的奖品——

甲　哦，你问奖品啊，过！

乙　他也会啦！

改革开放 40 年优秀曲艺

作品集（下册）

中国曲艺家协会 编

中国文联出版社
http://www.clapnet.cn

目　录

（下册）

听诊器

作者：凌宗魁
表演：沈　伐

某医院门诊部内科诊断室里。

舞台左，斜置一张长条桌，条桌后有一把靠背椅，条桌左角有一张方凳——病人坐的。条桌上有几份病历和两张戏票。台右，斜置一张铺着白布的桌子，是检查身体用的。

规定情景：在舞台右方的诊断室门外，等着许多候诊的病人。

〔某医生神态矜持，身着白大褂，戴着一副近视眼镜，脖子上挂着一副听诊器。他已经看了 27 个病人，此刻他拿过另一份病历。

医生　（大声地）下一个——陈明才！

〔病员自舞台右方上，穿过舞台在方凳上坐下来——由演员用眼神表达出来。

医生　（询问）在哪个单位工作？……修缮队？（感兴趣，脸上堆满笑容，将身子凑过去，弦外有音地）你会做组合家具吗？现在组合家具相当流行……哦，不会！你是一个钢筋工？（失望，笑容立收）那你还叫唤啥子嘛？我说你们这些人啦，尽是，平时不烧香，急时抱佛脚，一生病就来把医生找倒起。哪些地方不好？……晚上睡不着？（瞟了病人一眼）都快满"花甲"的人了，是有点睡不着嘛……哪里来恁多神经衰弱哟？！机能衰退，正常现象。还有哪些地方不好？……吃不下东西？现在油荤"匀净"（匀净，四川方言，此处意指生活好了常吃荤食品）是吃不倒好多。……嗯？开个假条休息几天？你这个病都要开假条呀，怕还没得恁多纸来开哟！（模拟为病人开处方）……什么？开点安眠药？同志，请你看一下病员须知第二条。……"不要指定医生开药"！（将开好的处方模拟撕下来递给病人）去拿药吧！……用不着检查了，小毛病嘛，"恼火"（四川方言，指病严重）了再来看嘛。

〔目送怏怏而去的病员，拿过另一个病历接着喊号。

医生　下一个——张口喘！（觉得病人的名字有些滑稽，忍俊不禁笑出声来）嘿、嘿……哪个叫张口喘？（无人答应，他看了一下病历上的编号）29 号来没得？

〔进来一病员，走到方凳旁坐下。

医生 （仍然忍不住笑）你、你咋个取个张口喘哟？！……哦，你不叫张口喘？叫张——国——瑞？！（乐极）哈、哈……我还默倒你有肺气肿嘞。……咋个是我把字看晃了？明明是你各人写得个揸脚舞爪的嘛！（上下打量对方）是从农村来的吧？……唔，哪些地方不好吗？……肚皮痛？……肚皮一绞一绞的痛？痛起来一绞一绞的？……汗水都痛出来了？……痛得汗水直顾骠？

〔搁下手中记录的笔，取下眼镜，掏出手巾先揩净额上的汗，然后反复擦拭着眼镜片。

医生 （语气中带着揶揄）我的汗水都还直顾在骠嘞。这一方面是由于天气太热，再者是你的交感神经兴奋嘛。还有哪些地方不好？……就是肚皮痛？（不满地）那就该在乡坝头的卫生所看一下就行了嘛。跑恁远来看个肚皮痛，你的脚劲还好嘛！（对方解释）……哦哦，你不是专门来看肚皮痛？……原先肚皮从来都不痛？……今天一下火车就肚皮痛？……顺便来看下肚皮痛？……来检查一下肚皮为啥子要痛？唔。

〔病人忍受不住，自行躺到检查台上去了。

医生 （发现后，厉声）唉，唉，唉，你咋个说倒说倒就爬上去睡倒起啰？嘟个怎个随便啰？把鞋子脱了叭！（发现病人的脚太脏）哎呀！你看你那双脚哟，去去去！到外面找水管子冲一下再来！（教训地）同志呀！要讲卫生啦！不讲卫生，难怪得你那个肚皮要痛呵！

〔以目送张下

〔拿起另一个病历喊号

医生 下一个——王秀娟！（冰霜似的脸上绽出了极动人的笑容）啊！

〔王秀娟走了进来，医生急起身相迎。

医生 哎呀！小王！你好你好！来，请坐。（目示小王坐下）好久都没有看见你了，听你爱人说你巡回演出去了？……哦，昨天才回来？今天晚上要在红旗剧场为市领导汇报演出？辛苦、辛苦。

〔小王给他两张戏票，他拿起桌上的票。

医生 票？……今天晚上的两张票？好多钱？……招待票，不要钱？嘿嘿，那咋个好意思嘛？

〔边说边将票放进口袋里。

〔模拟拿起体温表先甩几下，继则用酒精棉球擦净，再举起看了看。

医生 来，考一下体温。……不发烧？唔唔。（小王问起他儿子的事来，触及心病，无限感慨）……啊！……呵！……是！唉！为我娃娃小春硬是把我的心子都给焦碎了。……是！……呵！……啊！师范毕业，先分到县头，后来又弄到乡头教小学。……是呀，就是想调回重庆来嘛，可调了几回都没有调成，不是这边卡起就是那边不放。……是的，是的，这回多亏你爱人又给我找了条门路。 说来也巧，小春他们书记要到重庆来出差，我就写信给小春，叫他无论如何都要陪书记一路来，把书记挽到我屋头耍几天，联络一下感情……

〔张国瑞洗完脚后进来。

医生 张国瑞，脚洗好了？（指着检查台）睡上去嘛。（发现张的脚上沾满了水）唉！把你那脚板上的水在裤子上揩一下嘛！

〔翻开病历为小王诊断。

医生 （亲切地询问）小王，哪些地方不舒服？……哦，晚上睡不着？吃不下东西？唔。小王，这两样毛病最讨厌了，来，请躺到检查台上我给你仔细检查一下。（小王说检查台上睡得有人）……咹？哦。（对张国瑞）张国瑞，下来！

〔倒背着双手，踱到检查台边。

医生 （不耐烦地）下来嘛、下来嘛！到医院来就得服从医生的指挥嘛，跟医生密切地配合嘛。（张起身）哦，对啰。

〔忽然踱到门边，教训起在门外候诊的病员来。

医生 唉，不要在这里围倒起嘛，这个地方是看病的，又不是看戏的，大家都要遵守公共秩序嘛。（发现张国瑞蜷伏在桌子边）张国瑞！你蜷起腰杆在看啥子？别人的病历是不能乱看的哈！（张声辩）……你没有看病历？是遭痛蜷了？那你就蜷倒起嘛。（热情地招呼小王）小王，来！请躺上来。

〔小王弯下腰去准备脱鞋。

医生 （阻止）哎呀！脱啥子鞋哟，脱起麻烦，就像恁个睡上来就是了。（张国瑞责问×医生为啥要喊他脱鞋）……为啥喊你脱鞋？（辩解）这、这鞋有鞋不同嘛，你穿的是草鞋，人家穿的是皮鞋叫。（张问为什么皮鞋可以不脱？）……皮鞋不"巴灰"！（四川方言，意即粘灰）（亲切地对已躺下的小王）请把上衣解开。好，行了，行了。

〔模拟地作压诊、叩诊检查。

〔戴上听诊器作听诊检查。

医生 呼吸！再呼吸！停止呼吸！（诊断结束，关怀备至地）小王呵，看来你得多加强体育锻炼啦，注意休息，少吃多餐，服用特效药，几管几下，把慢性病当作急性病来治。（张国瑞说他是急性病）……你是急性病？你是急性病还不是要慢慢地等倒起嘛！……你先来？你去洗脚嘛别个就先来了叫。起来、起来！睡到检查台上去等倒！

〔踱到桌后坐下。

医生 （厉声对张）唉，唉，唉！还是把草鞋脱了叫！（笑脸对王）小王，请坐。给你开几天假条休息一下，你看？……哦，主要想开点药？好好。

〔模拟将开好的处方撕下交给王秀娟。

医生　小王你看，这是刚到的脑灵芝、养血安神糖片和五味子片，都是补脑安神的特效药。

另外，还给你开了点多种维生素，……哦哦，你还想开点……

〔记起张国瑞在场，暗示王稍等一下，顺手取过化验单填好，撕下递给张。

医生　张国瑞！你还紧倒睡起做啥子？去！查个大便来。……还没有给你检查？这查大便就是给你检查嘛。……化验室？化验室挨倒注射室的！……注射室？（近似呵斥）注射室就在化验室的隔壁！哎呀！你各人去找嘛！

〔把张国瑞打发走后，拿过处方签。

医生　小王，你还想开点？……（边问边模拟开处方）……唔，补脑汁、胎盘注射液、维生素？（模拟撕下一张处方放在一旁，接着又开）……唔唔，你娃娃缺钙、外婆的气管炎又发了？（又撕下一张）……　　唔唔唔，你弟弟的、舅子的、老丈母的心肠不好？……哦哦，是心脏不好？肠胃没得问题？（撕下处方连同前边所撕下的一并交与小王）……是的，好些都是缺俏药。……可能要管二百多元吧。公费医疗嘛管它的哟。……贵？贵药自有贵人吃嘛。……感谢我？唉，你我何必客气嘛？你俩夫妇经常帮我的大忙，开点好药是应该的嘛，再说，这药又不是我做出来的。……啊，是！（乐极）哈、哈……（戛然止笑，板起面孔训斥门外说话的候诊病员）外面的同志请安静点嘛！医院头是不能嘻哈打笑的呀！……看快点？

〔起身，向门边踱去。

医生　看病又不是赛跑，要唡快做啥子？……好好好，莫吵、莫吵，等哈儿（四川方言，指一会儿）给你看的时候，负责看得快。这下该没得意见了嘛？（嘀咕）哼！害起病都有怎多意见，不害病那意见不晓得有好多。

〔又回到桌边，同小王闲聊）

医生　小王，今晚上你们有哪些节目？……哦哦，哦，女声独唱：《十五的月亮》？相声：《万能胶》？是讽刺开后门搞不正之风的？是呀，此风要刹呀，否则"四个现代化"咋个搞得上去呢？呵，你是演……舞蹈：《权与法》？……好好，我陪小春的书记一定来看你的精彩表演。

〔张国瑞化验回来，将化验单递给医生。

医生　化验好了？（接过化验单）唔，你的大便很正常嘛。……还是痛？唔。（又填写好一张化验单递给张）去，再去查个小便来。……为啥刚才不一下查？因为刚才还不需要嘛。……咋个是整你跑冤枉路啊？（解释）这大便是大便嘛，小便是小便嘛，吃饭要一口一口地吃嘛，这大便小便嘛也要一口一口……（意识到错误，忙改口）不不！要一样一样地吃……（越说越错，反迁怒于张）哎呀！你硬是把我都搞得来懵懵懂懂的了。要一样一样地查！……我晓得你痛得很，不痛你又不来找我啰。去吧，去吧！

〔张无可奈何，只好又去查小便。

医生 （与小王继续闲聊）……是的，社会上都说啥子："权权权、钱钱钱、听诊器、方向盘。"认为这四样任中掌握到一样都有搞头。其实不然，别的不说，就说这个听诊器吧，捏在手头硬是有些烫手啊。……你看到的嘛，这里哭，那里跳，这边喊，那边叫。……是的，是的，我不否认，（语气中带着炫耀）不管你官有好大，再有好多钱，盘盘随便你要得有好圆，你吃五谷，总要生百病，到听诊器这里来汇总。……哎呀！啥子吃得开哟，还不都是一样的为人民币服务……不不，为人民服务嘛。……哦，你还要开点假条？……不是你开假条？是帮你朋友开假条？

〔张国瑞查完小便进来。

医生 （接过化验单）化验好了？唔，小便也正常嘛。……还是痛？越痛越凶？（又填写好一张化验单递给张）去！再去验个血来。……哎呀！张国瑞同志！我这是为你负责嘛！……我晓得你已经跑了三趟了，为了能把病治好，就是跑个三十趟又有啥子关系呢？劳动人民嘛，跑这么一点路是没得问题的嘛。（看表）快去吧，都快下班了。

〔张只得又去验血。

医生 （对门外的候诊病员）外面的同志！都请下午三点钟来哈！……不是我看得慢，是你们病人太多嘛。

〔起身，向门边踱去。

医生 当然，话说回来，从辩证的观点来看，同志们积极踊跃地来看病，是对我们工作的大力支持，欢迎你们——天天都来看病。对不起，下午三点请早。

〔急返至桌边。

医生 对不起，对不起，把你等久了。（为王开假条）你朋友叫啥子名字？……唔，开好久？……唔唔，嗯？他平时都喜欢害哪些毛病？……那——给他开个小儿麻痹好了。……唉？你朋友都四十一了？（有些尴尬地）那，那就再加个：后遗症。……啊，小儿麻痹后遗症。（又主动为其爱人开假条）另外，我还给你爱人开了半个月。……呵，上次给他开的都还没有耍拢？你叫他接倒耍嘛！……麻烦我？我还得麻烦你嘞。……哦，是这样的：小春调回来后，我们的住房就显得有点……（用手比画着）你爱人不是在房产公司吗？是不是再麻烦他……包在你身上？哎呀，那就太……

〔张国瑞进来，递过化验单。

医生 又化验好了？（接过化验单）血也是正常的嘛。……还是痛？痛得遭不住了？（看表）哎呀，都下班了。这样吧，请你再忍受一下，下午三点钟来，我再给你照个光。……你，你不要激动嘛，我咋个没有救死扶伤呢？……我咋个光开后门，不讲职业道德呢？你……

〔张国瑞愤然离去。

　　医生　嘿！这个同志话都没有说完就走了。

　　〔小王起身辞别。

　　医生　小王，你不再坐了？……好好。

　　〔医生起身相送。

　　医生　小春他们书记要来，我也得赶快回家去。……好，慢走，慢走。（猛想起，返身向已远去的小王比画着）小王！那个事哟！……好好，再见！

　　〔边哼唱着，边走回桌前收检病历。

　　医生　（唱）阿里，

　　阿米巴痢疾，

　　阿米巴痢疾属于一种传染病。

　　阿里……

　　〔小春冲进来连呼带喊。

　　医生　……唉？（欣喜）小春！回来了？书记来了吗？……书记早就来了？现在昏倒在医院门口了？（关切地）他是啥子病？……肚皮痛？！肚皮……（有所悟）他、他叫啥子名字？张——国——瑞？！（恍然大悟，颓然跌坐椅上，像一个泄了气的皮球，气喘吁吁、喃喃自语）搞了半天，原来你们书记就是张口喘呀？……哦，你们书记只是肚皮痛，一点都不喘？是，你们书记不喘，老子在喘。

　　幕落

二泉映月

作者：石世昌

表演：籍　薇

江南名胜无锡城，
太湖美景七十二峰。
寄畅园楼台水榭多俊秀，
"天下第二泉"水清清。
出了个民间艺人名叫阿炳，
谱一曲《二泉映月》南北驰名。

阿炳他自幼出家进道院，
每日在雷尊殿里操琴奉经。
只皆因与歌女琴妹结情义，
被法师赶出道院卖艺为生。
白日里沿街弹唱寻找琴妹，
到夜晚二泉池畔独对月明。
这一天又到了中秋佳节日，
阿炳他仰望明月思念重重。
想起那琴妹逃荒街头卖唱，
好可怜她饥寒交迫风雨飘零。
那一天我和琴妹在泉边相会，
好难忘琴妹她那哀怨的歌声：
"小小无锡景，
太湖鱼米乡，
青山绿水好呀，

好呀好风光。

好风光呀好风光，

风光虽好人心酸，琴妹卖唱诉衷肠。"

我为她弹奏琵琶来助兴，

弹的是龙船斗春风。

我弹她唱催人落泪，

哗啦啦铜钱往里扔。

不料想法师立逼我回道院，

他骂我触犯教规赶出门庭。

出院来又不见琴妹的踪和影，

从此后音信全无消息不通。

想琴妹你定是羊入虎口身遭难，

我好比鱼落沙滩苦扎挣。

但只见二泉水流月光依旧，

同命的人儿今世难逢。

骂一声苍天不把穷人怜念，

世间何时扫尽不平。

正思想忽听远处有人呼唤："阿炳哥！"

原来是琴妹来到寄畅园中。

二人拥抱流痛泪，

阿炳说："莫不是相逢在梦中。"

琴妹说："真的是我不是梦，

琴妹我九死一生逃出火坑。

自从那日分别后，

你回道院我返家中。

又谁知被人骗卖到灯船上，

整日里陪酒伴唱任人欺凌。

恶船主皮鞭抽来藤棍打，

血泪交迸我忍气吞声。

今夜晚逃出虎口来到此地，

炳哥呀，从今后咱永不分离共死生。"

阿炳说："但愿咱俩相依为命，

如同这清泉流水伴月明。

我已把二泉映月编成曲，
听我演奏，琴妹品评。"
阿炳他心情激动把琴弦调理，
一腔悲欢化作了琴声。

此时节，夜阑人静，万籁俱寂，月色皎洁，泉水澄碧，阿炳琴妹池畔相依，沉浸在悠扬的琴音之中。但只见：

荡漾漾，一对情人映倒影；
清沏沏，两尾红鲤似游龙。
片片薄云轻飘动，
一轮皓月隐又明。
清风徐徐传雅韵，
泉水淙淙诉衷情。
听乐曲，哀婉凄楚似秋蝉悲切；
听琴音，辗转呼唤似杜鹃啼鸣。
诉尽了世上不平人间苦难，
渴望幸福盼想光明。
一曲奏罢情未尽，
二人心潮似浪翻腾。
琴妹忙说："好，好，好，
这琴曲道出了咱俩的一生。"
这一回阿炳琴妹在泉边相会，
到后来，他们同患难共死生，历尽风霜度残冬，熬过了黑暗夜盼来了黎明。

独脚戏

我肯嫁给他

作者：姚慕双、周柏春、王辉荃
表演：姚慕双、周柏春

甲　观众同志们在看我们独角戏的时候，个个都是兴高采烈。

乙　是呀，笑口常开。

甲　不过，你晓得哦？！观众当中，啥人笑得最开心，啥人笑得最甜？

乙　这倒要寻寻看。

甲　用勿着寻的。喏，在观众当中要算一对对男女青年笑得最开心，笑得最甜。

乙　何以见得？

甲　别人家只笑一次，他们要笑二次。

乙　为啥要笑二次？

甲　一次是我们的"噱头"引起他们的笑声，一次是他们之间会心的微笑。

乙　（扮男青年）"你看，滑稽咪！"

（笑）

甲　（扮女青年）"噱……噱咪！"（笑）（二人相视，双方含羞而又甜蜜地笑）

乙　哎哟，这样看来，你对男女青年的一举一动蛮有研究的嘛。

甲　因为我经常替别人家介绍对象。

乙　倒是个热心人。

甲　喏，在前不久，我邻居老刘就再三托我给他儿子介绍对象。

乙　那就帮帮忙。

甲　难呀。

乙　小刘条件不好？

甲　条件好。小刘今年二十八岁，生得眉清目秀，是上海机械厂钳工组组长，连续几年被评为先进生产者，还是技术革新的闯将。

乙　啊呀，这样好的青年，替他介绍对象有啥难呢？

甲 ……小刘过去有点"毛病"的。

乙 现在好了吗？

甲 老早就"医"好了。

乙 那呒^①问题。

甲 ……人家听见这个"病"，心里总有点……

乙 嗳，小刘得过的是啥个病？

甲 二只手专门"瞎动瞎动"。

乙 嗬，那是"羊痫风"。

甲 不，"羊痫风"的手是这样（手抖）动的；他的手是这样（用手摸乙袋袋）动的……

乙 啊，是扒儿手！

甲 那是小刘的过去。"四人帮"横行的时候，他中了"文盲光荣、流氓英雄"的毒害，轧着坏道，干了偷窃勾当，在一九七四年被劳动教养过。

乙 唷，像这样的人，替他介绍对象倒是难的。

甲 不过小刘被释放以后，在党组织和同志们的教育帮助下，痛改前非，突飞猛进。你讲，对于这样一个已经改正错误的青年，我们能歧视他吗？！

乙 不，应当关心他。

甲 我们能抛弃他吗？！

乙 不，应当帮助他。

甲 我要不要给他介绍对象？！

乙 应该介绍。

甲 听说你女儿还呒不对象？

乙 是的。

甲 那就将你女儿介绍给他！

乙 好的。

甲 我明天就领小刘到你屋里来！

乙 欢迎……（悟，支吾不清）

甲 你勿要急，我已经替小刘介绍好对象了。

乙 （放下心来）好极了！

甲 你一歇歇口齿倒清爽了！

乙 你给小刘介绍的对象是啥人？

甲 我老朋友的女儿，叫张小英。今年二十六岁，在纺织厂工作。她为人正直，心地善良。有一次，我去找小张。（对乙）"小张。"

乙 （扮小英）"×伯伯。"

甲 "小张，你晓得我为啥要寻你哦？"

乙 "勿——晓——得！"

甲 "你今年几岁啦？"

乙 六十二岁。（这是演员乙的年龄）

甲 喂，啥人问你？！我是在问小张。

乙 "噢，我今年二十六岁。"

甲 "小张，这个青年叫刘浪才。"（手持照片动作）

乙 "啊，他叫流浪者？！"

甲 "不，他叫刘浪才，今年二十八岁，

是机械厂钳工组组长，先进生产者，

技术革新闯将……喏，这是他的照片。"

乙 （看照片动作）

甲 "我看得出的，你觉着交关②满意。既然这样，那明天就到人民公园去碰碰头。"

乙 "明天就碰头呀？！"

甲 "我希望顶好你们现在就碰头。不过，小张，我有言在先，小刘并勿是呒不错
误的。"

乙 "那当然，世界上呒不一个人是十全十美的。"

甲 "不过，小刘现在已经把错误彻底改正了。"

乙 "他能勇于改正错误，这就值得我好好学习。×伯伯，小刘有过啥个错误？"

甲 "啥个错误吗……这倒难讲的吗…… 小刘的错误就是……曾经有二年到外地农
场去劳动过的。"

乙 "这算啥个错误？！我也曾经到外地农场去劳动过六年，还比他多四年咪！"

甲 "你是去自觉劳动，他是强迫劳动！"

乙 "×伯伯，哪能③你讲的闲话，我听也听勿懂！小刘到底有过啥个错误？"

甲 "他……他……他做过'钳工'的！"

乙 "做钳工好的，不容易呀，手要活络！"

甲 "他手太活络了！他这个'钳工'是专门钳人家袋袋里皮夹子的。"（动作）

乙 "是扒儿手啊？！"

甲 当我向小张讲明情况以后，总以为她会劈口回头。啥人晓得她沉默一歇，
答应我第二天同小刘碰碰头。

乙 为啥？

甲 她想看一看小刘到底是哪能一个人。

乙　那碰头的情况呢？

甲　小刘拿自己过去的情况毫无隐瞒地向小张一一讲明，而且再三请对方千万慎重考虑，绝对不要勉强。

乙　那小张呢？

甲　一言不发。

乙　完结。

甲　啥个完结？！隔了几天，小刘来找我讲，小张给他一封信，他叫我代看一下。

乙　为啥请你代看？

甲　小伙子第一次接到姑娘的信，心慌。我拆开信封，抽出信纸："小刘，你听好，信上写，'小刘同志，您好！'小刘，有希望了！"

乙　（扮刘）"你哪能晓得有希望？！"

甲　"你想呀，小张叫你小刘同志——'同志'，这就说明她严格区分两类不同性质的矛盾。还有'您好'关键在'您好'的'您'字上。"

乙　"哪能关键在一个'您'字上？"

甲　"我问你，'您'字哪能写的？"

乙　"你字下面一个心。"

甲　"对，她已经拿心交给你了！"

乙　"哪能有这样解释的啦？！"

甲　"反正小张已经拿心交给你了。（看信）'小刘同志，您好，上次见面，你的坦率诚实给我留下了深刻的印象……'深刻印象，就是把你小刘深深刻在她小张心中……（看信）'但是'……完结！"

乙　"哪能一歇歇又完结了？！"

甲　"但是后面的闲话终归僵的。（看信）'但是，我怎么能跟一个扒儿手谈恋爱呢？！'小刘，你也不必难过。"

乙　"×伯伯，我是有思想准备的，我去了！"

甲　"再会。（看信）'……怎么能跟一个扒儿手谈恋爱呢？！但不过……'小刘，回来！有苗头了！"

乙　"哪能又有苗头了？！"

甲　"你呒不看见，信上写'但不过'了！"

乙　"'但不过'又哪能？！"

甲　"啥叫'但不过'？！'但不过'，'但不过'就是谈谈必然有好结果！"

乙　"啊？！"

甲　"（看信）'但不过，我也在想，一个犯过错误而已改正的青年，难道从此就不配被姑娘爱了吗？！'听见哦？！'难道从此就不配被姑娘爱了吗？！'这是反问句，意思就是你配被姑娘爱的，也就是讲姑娘爱你的！（看信）'然而'……啊呀，到这个地步勿要再缠了！（看信）'然而，在目前我俩要建立恋爱关系是不可能的！'"

乙　"× 伯伯，再——会——！"

甲　"小刘，我以后寻机会再跟你介绍。（看信）小刘，快回来，又有希望了！"

乙　"哪能又有希望了？！"

甲　"你看，小张在信后面留下地址，说明她愿意跟你通信。"

乙　"通信又哪能呢？"

甲　"要晓得，通信联系是第一阶段。"

乙　"那第二阶段呢？"

甲　"轧朋友。"

乙　"第三阶段呢？"

甲　"谈恋爱。"

乙　"第四阶段呢？"

甲　"买家具。戆大④！"

乙　有意思，有意思。

甲　从此以后，小刘与小张双方经过多次接触，有了进一步的了解。有次小刘在搞技术革新过程中遇到了一个难题，当他晓得小张爹爹是这方面的老技术人员以后，就准备登门求教。啥人晓得，小张的爹晓得以后，对女儿大发雷霆："（扮张父）哼，像啥个样子？！哼，成何体统？！哼，笑话奇谈！哼……"

乙　"（张）爹爹，你不要哼了，有啥闲话快讲吧！"

甲　"我还有啥个闲话好讲？！我无有闲话，闲话无有……"

乙　"爹爹，小刘是特地来找你谈谈的！"

甲　"找我什么？"

乙　"找你谈谈！"

甲　"找我袋袋？！关照他，我袋袋里从来勿摆钞票的（沪语"谈"与"袋"音同）你也要为我想想，我只有你一个女儿，女婿是半子之靠。以后我带女婿走出去，假使人家问起来：'老张，这是啥人？'喏，要是个正经女婿，我就介绍'这是我女婿，老实头，新长征路上突击手！'多少光荣？！现在你轧着这种朋友……走出去叫我哪能介绍呢？！噢——'这是我女婿，小滑头，过去做过扒儿手！'"

乙　"……人家已经改好了！"

甲　"无有用场的。好人终归是好人，贼终归是贼！"

乙　"爹爹，你这几句闲话不是这样讲的。"

甲　"我应该哪能讲？"

乙　"你应该讲：'法官的儿子是法官，贼的儿子总是贼'！"

甲　"——你把我当《流浪者》里的法官？！我不是拉贡纳特！"

乙　"那你为啥要用拉贡纳特的观点去看待小刘呢？！爹爹，对任何一个愿意改正错误的青年，我们不能歧视，应该热情！"

甲　"热情？！你要冷静！等歇姓刘的来，顶多一杯白开水，叫他早点滚蛋，'豪躁⑤'，出送！"

乙　火气倒是大的。

甲　正在这时候，小刘来了，小张马上介绍。

乙　（张小英）"小刘，这是我爹爹！"

（刘）"伯伯。"（握手状）

甲　（欲握而止，一手揿袋袋，一手握，握毕旁白）"人倒满漂亮，唉，哪能会去做……"（扒的动作）

乙　"伯伯，我今天是特意来寻你的。"

甲　（旁白）"好极了，上门来摸袋袋了。"

乙　"伯伯，我现在正在搞一项技术革新……"

甲　"啊，搞你们这一行也要搞革新的啊？"（旁白）"噢，摸起袋袋来动作好快一点。"

乙　"伯伯，现在我碰到困难了，所以想向你讨教讨教，我晓得，在这方面你技术比我高明。"

甲　"你这种技术我又不愤得，手节头'木醒醒'勿活络的，挟红烧肉也要滑脱的！"

乙　"伯伯，勿管你哪能看我，我这份技术革新的图纸无论如何请你看一看。"（递图）

甲　（接看）"……唷，搞这项革新，数、理、化、外语呒不一定基础是搞勿出的。小刘，你搞这项革新的根据是啥？"

乙　"我拿根据写在图纸上了。"

甲　"嗯，写的是英文，我看勿清爽，你读给我听听。"

乙　（英语）"我是根据外国机械制造工业通讯的资料。"

甲　（英语）"你还能阅读外文版的书籍？"

乙　（英语）"基本上看得懂。"

甲　（英语）"我可以帮助你！"

乙　（英语）"谢谢，太感激了！太感激了！"

甲 （旁白）"两家头在放原版片了！……小刘，如果这项革新成功，对机械制造业贡献不小呀！"

乙 "所以我急于向你请教！"

甲 "你这些基础知识啥人教你的？！"

乙 "我自学的。"

甲 （喜）"嗬！……小英！"

乙 （扮小英）"爹爹。"

乙 "待着做啥？！快点给小刘倒茶。"

甲 "倒好了，顶多一杯白开水。"

甲 "哪能白开水？！泡龙井茶！再去买两瓶青岛啤酒，留小刘吃饭。"

乙 "咦，你勿是叫他早点滚蛋？！"

甲 "我叫烧'鸽里墩蛋'！"

乙 "还有'豪躁'出送？！"

甲 "买'太仓肉松'！"

乙 "爹爹，你哪能瞎讲瞎讲？！"

甲 "噢，你还要买只红烧蹄膀？！好，我欢喜的。小刘！"

乙 （扮刘）"伯伯。"

甲 "此地吃饭。"

乙 "我还有点事体勿吃了！"

甲 "今朝是星期天，还有啥个事体？"

乙 "我要到图书馆去看点书。"

甲 "现在是吃饭时候呀！"

乙 "伯伯，我要拿过去浪费的时间补回来！"

甲 （反复盯住乙看）

乙 喂，哪能看得人家小刘汗毛凛凛？！

甲 老张激动地问小刘："小刘，你过去做过扒儿手，又教养过两年，现在哪能会这样奋发学习，拼命工作的？"

乙 小刘哪能回答？

甲 "伯伯，我过去做过扒儿手是错了，但是我是个中国人，如果勿为'四化'出力，那就更加错，我要为祖国的富强重新做人！"

乙 讲得好极了！

甲 从此以后，小刘与小张的关系也从第一阶段穿过第二阶段，飞过第三阶段，直奔第四阶段——

乙　要买家具了。

甲　有次，大家约好在小刘屋里聚聚，有老刘、小刘、老张、小张和我五个人。可是大家从早上一直等到吃中饭，小刘还呒不来。结果等到一点多，来了二个公安人员。

乙　他们来做啥？

甲　一位公安人员讲："你们在等刘浪才是吗？"

乙　对。

甲　"你们不要等了，他今天不会来了。"

乙　为啥？

甲　"他已经到公安局去了。"

乙　啊，小刘又进公安局啦？！

甲　"谁是×××？"

乙　喂，在喊你。

甲　"噢，我就是×××。""你跟我们到公安局去一次。""我不去。""这不行，刘浪才在公安局谈问题的时候，涉及你们几个人，尤其是你×××，刘浪才讲有许多事体跟你'搭界'，你还帮他出过不少点子，你非去不可！"

乙　吃牢你了。

甲　我急忙解释："同志，我跟刘浪才呒不联系的，我从来呒不跟他一道摸过袋袋，也从来呒不望过风。我只不过做介绍人。我向公安局保证，今后决不做介绍人了！"

乙　介绍人做到这种地步也可怜的。

甲　公安人员听了哈哈大笑："×××，你误会了，我们为了挽救犯罪的青少年，今天特地请刘浪才到公安局去做报告，谈谈自己的体会。你们对他帮助不小，所以也想请你们去谈谈……"

乙　嗬，原来如此。嗳，等一歇，你到公安局去哪能介绍呢？

甲　我就介绍一下像刘浪才这样的"流浪者"在我们国家里的命运。我真为小刘高兴啊！（哼《拉兹之歌》曲调）

乙　（哼伴奏曲调）

甲　（唱）"到处流浪，到处流浪，走过邪路，犯过错误，进过教养所！呒不光彩，呒不前途，想想难过……呜……"

乙　喂，不要哭呀，现在应该高兴了！

甲　"命运变化，命运变化，祖国造就一代新人，社会热情帮助，人人关怀我，人人鼓励我，姑娘爱我，姑娘嫁给我，多么幸福……"（沉浸在幸福中）

乙　勿要唱了，公安局到啦！

------

①呒不：没有。

②交关：十分、非常。

③哪能：怎么。

④戆大：傻子。

⑤豪躁：赶快。

春来了

作词：王允平

春（哪）来了！

河开冰化，百草萌芽。

田野里，黄莺儿，乳燕儿，

叽叽叽，喳喳喳；小鸭儿戏水呱呱呱，你欢我乍

一片喧哗，你欢我乍一片喧哗。只有那杏花骨朵还在苞里扎，

哎，紧抱着

树枝儿懒得懒得往起爬。

春风柔曼，身披轻纱，穿过嫩柳，拂起杨花。静悄悄，静悄悄，

静悄悄摇曳着长发，杏树枝头，轻轻叩打。

醒醒吧！醒醒吧！贪睡的姑娘不怕人笑话，

醒醒吧！醒醒吧！韶光易逝莫负年华。

杏花睁睁眼，眼里闪着泪花：

春也罢，秋也罢，几年来尝尽了辛酸苦辣！

花乱掐，杏乱打，最难捱漫漫的严冬风催雪压，只落得累累伤痕处处创疤！

春（哪）风，叹口气：往事休提它！残冬已尽，万物生发，

放眼向前看，一片繁华，和煦的阳光洒满了天涯。

杏花嫣然笑，神采焕发，扬起俏丽的脸儿，露出细细的牙，俏丽的脸，细细的牙，
妩媚风姿陶醉山洼，妩媚的风姿陶醉了山洼。羞得那冉冉的白云变成了红霞。

军营新歌

作者：宋　勇　唐文光
表演：唐文光

新长征路上英雄多，我为英雄谱新歌。

谱新歌，唱赞歌，什么兵爱唱什么歌？

步兵爱唱刺杀歌，高炮兵爱唱打靶歌，

水兵爱唱大海歌，航空兵爱唱飞行歌，

汽车兵爱唱运输歌，导弹兵爱唱发射歌，

铁道兵爱唱架桥铺路歌，工程兵爱唱开山歌，

坦克兵爱唱冲锋歌，通讯兵爱唱架线歌，

白衣战士爱唱救死扶伤卫生歌，

炊事兵就把菜谱编成歌，开完了饭，乐呵呵，

又唱起了那"唠唠唠唠"的养猪歌。

革命的歌，战斗的歌，团结的歌，胜利的歌；

建设四化保卫四化是咱们的主题歌！

要唱歌，放歌喉，军营新歌唱不休。

唱一段新编绕口令，胜过那美酒醉心头。

我迈开大步往前走，眼前有六排绿杨柳。

六柳绿，绿六柳，绿柳盘根柳碰头，

柳碰柳头柳枝绺，柳枝打绺柳叶稠。

柳叶稠，柳荫厚，柳荫后边有幢楼。

楼前绿柳衬红楼，楼后泉水绕楼流。

楼上有六六三十六面红旗迎风抖，

楼下瞅"自力更生，艰苦奋斗"八个大字立在楼门口。

为盖楼，为栽柳，干部战士齐动手，

到那拧牛山头采石头，到那拧牛山后伐木头。

采石头，拧牛不拧低下了头；伐木头，把木头运出了牛拧沟。

采石头，伐木头，汗水和泥烧砖头。

为盖楼人人献计谋，为栽柳个个汗水流。

他们不分夜晚与白昼，为国家节约了六十六万六千

六百六十六块六毛六分六厘六，还带个零头儿。

走过了六排绿杨柳，来到这绿柳柳后的楼门口，

站在楼口往里瞅，有两位首长并排走，

一个是师长周贵友，一个是政委尤贵洲。

师长周贵友，镢头拿在手；政委尤贵洲，水篓背肩头。

师长周贵友除了用镢头帮助六连栽葡萄，还要教育六连不甘落后加油儿争上游；

政委尤贵洲除了用水篓帮助九连浇石榴，还要促进九连百尺竿头更上一层楼。

周贵友，尤贵洲，他们二人出楼分了手。

到后来，师长周贵友去的六连不再落后争了上游，丰收还摘了葡萄；

政委尤贵洲去的九连好上加好更上一层楼，秋后还收了石榴。

唱完了政委和师长，我急忙去看光荣榜。

光荣榜，闪闪亮，榜上贴着英雄像。

我越看心情越激荡，放声来把咱们英雄唱！

老团长，苏铁夫，调到科研所里去当支书。

您别看老苏是个老粗，攻关路上不服输。

不服输他就苦读书，钻研业务不马虎。

老苏读书不怕苦，终于战胜了拦路虎。

他倒说："不读书，无出路，想当内行门难入。

若无读书苦中苦，难得业务技术熟。

为实现四化苦读书，我老苏不当大老粗。"

辽宁战士叫石世志，广东战士叫施子实，

俩新兵分到话务连，报话吐字真费事。

辽宁的石世志把四千四百四十四，时常念成（用辽宁方言）四千四百四十四。

广东的施子实把四千四百四十四，时常念成（用广东方言）四千四百四十四。

石世志，施子实，苦练吐字立大志，为求知，请老师，苦练了四十四天零四小时。

辽宁的石世志，再不把四千四百四十四，

念成（用辽宁方言）四千四百四十四。广东的施子实，再不把四千四百四十四，念成（用广东方言）四千四百四十四。看罢光荣榜，

奔向练兵场。练兵场，练兵忙，

练兵都在那练兵场。您要不到练兵场，

您就看不到练兵场上练兵忙。

数九隆冬北风刮，战士马华练刺杀，

马华刺杀扎草靶，枪扎草靶草掉渣。

草掉渣，北风刮，

风刮草渣裹马华，马华刺杀汗满颊，

汗沾草渣把脸扎，马华眼里进草渣，

草渣扎眼眼眨巴，马华不让眼眨巴，

眼进草渣偏眨巴。马华刺杀北风不刮草渣不扎

马华眼睛不眨巴。齐胜利，练射击，

为增强臂力托土坯。一块坯，两块坯，

三四五六七块坯，七块坯托了一分一秒一；

七块坯，六块坯，五四三二一块坯，

一块坯托了七分七秒七。七分七秒七，

一分一秒一，越练越入迷，

练得汗水滴。汗水滴，增臂力，

举枪瞄准枪不移，枪稳击敌敌必毙，

枪移射击不中敌，年终全连来评比，

小齐考核得第一，全连同志笑嘻嘻，

齐夸小齐神枪奇。夸小齐，练硬功，

练兵场上热腾腾。

各路英雄齐上阵，八仙过海抖威风。

抖威风，大练兵，您猜一猜，什么练兵噌噌噌？

什么练兵嗡嗡嗡？什么练兵扔扔扔？

什么练兵咚咚咚？什么练兵轰隆隆？

什么练兵噔噔噔？什么练兵丁铃铃？

什么练兵嘭嘭嘭？抬头看，仔细听，

导弹发射噌噌噌，飞机旋转嗡嗡嗡，

快艇出击扔扔扔，大炮开火咚咚咚，

坦克前进轰隆隆，战士冲锋噔噔噔，

通讯联络丁铃铃，子弹出膛嘭嘭嘭，

噌噌噌，嗡嗡嗡，扔扔扔，咚咚咚，

轰轰隆隆噔噔噔，叮铃铃铃嘭嘭嘭！

千声万声汇一声，原来是，三军合成大练兵。

保卫四个现代化，立体战争显神通！

要练兵就得苦练兵，只有苦练才能出硬功。

兵不苦练功不硬，硬功不练功必松，

精兵苦练硬功硬，兵不练硬功硬不了功。

练硬功，为杀敌，建设四化比高低。

比高低，齐努力，同心同德创奇迹。

加速现代化，提高战斗力。

把思想搞上去，把训练带上去，

把作风抓上去，把高峰攀上去！

"八一"军旗高高举，人民军队永无敌，

这正是：军营新歌歌一曲，

我唱得不好，请同志们多把意见提。

真情假意（选回）·患难见真情

作者：徐檬丹

表演：秦建国　黄嘉明　王松艳　卢　娜

第一回　患难见真情

（表）呜——呜——一辆救护车从闵行一号路飞驰而来，一个急转弯到人民医院，再转弯进医院，到急诊室门口，车停门开，两个医务人员抬了一副白帆布担架下汽车，"嗨唷！嗨唷！"进急诊室，担架停，抬下来一个三十岁左右小伙子，放到手术台上。只见他两只手按住了面孔，血在指头缝里淌下来，面孔上、衣裳上都是血迹……怎样一桩事情呢？这个小伙子姓俞叫俞刚，是此地闵行丝绸厂的技术员。今朝在厂里设计一只新品种，搞到深夜十二点敲过，刚刚离开厂，出厂门转弯，在围墙旁边看见一个人，只见他在垃圾堆里翻出来两包东西，像枕头那样，匆匆忙忙正往麻袋里塞进去背了就走。俞刚觉得很可疑，要紧跟上来，脚里踏着软浦浦，拾起来一看：一块织锦缎。厂里的产品怎么会包包扎扎在垃圾堆里呢？很清楚，这不是一般贼偷，是一桩内外勾结的盗窃案，所以一声大喊追了上来，前面就是建筑工地，两个人距离越来越近，坏家伙发急蹦了，摸出土枪砰就是一枪！俞刚想避已经来不及了，飞——铁屑散开来往他两只眼睛里飞了进去。"啊——"一声急叫人掼倒。枪声惊动了值班工人，一拥而上，盗窃犯当场捉牢，就拿俞刚送进医院。

急诊室里两个医生四个护士，早就等在那里，病人到，马上动手检查。铁屑飞进眼球陷得很深，前房积血，眼底积血，伤势不轻，这一对眼睛非常危险，有可能要瞎掉，所以要通知他的家属。倒是这小伙子父母双亡，只有个伯伯远在东北，年纪大了，怕路上有啥意外，病人也不同意通知他。经过了解知道，俞刚有个女朋友在上海东方造船厂工作，叫董琴琴，他们非常要好，决定去把她叫来。所以，天一亮，丝绸厂李书记马上派一部厂车直放上海，去接董琴琴。眼科主任张医生九点钟查好病房，就在办公室里等，九点一刻……九点半……九点三刻，咦！怎么还不来呢？

轧——门推开，进来两位姑娘。

（张表）听见声音头回过来，张医生一呆。看见进来两位姑娘，都在二十三四岁年纪，生得非常漂亮，身材长短，四肢五官，长得一模一样，真像翻砂间里翻出来那样，要不是两件上装颜色不同，简直以为她们是一个人。是不是上海来的呢？应该是一个，怎么来了两个呢？

佩　你这位是张医生吗？

张　喔！是的，是的。你们是……？

佩　我们是上海来的，姓董！

（张表）果然是她。

张　喔！来来来，请坐，请坐。

（张表）张医生嘴里喊请坐，心里在想：不知哪一个是董琴琴！

（琴表）穿紫绛红上装的叫董琴琴。

（佩表）穿咖啡色上装的叫董佩佩。

（琴表）琴琴是东方造船厂的广播员。

（佩表）佩佩是机关托儿所的保育员。

（琴表）琴琴得着俞刚受伤的消息急得不得了。

（佩表）佩佩不放心姐姐，陪她一起来。

佩　张医生，我们和李书记已经见过面了，他说你在医院里等我们……

张　喔喔，是的是的。

（张表）张医生看出来了，不开口的是董琴琴。怎么知道呢？你看她虽然不开口，神色特别紧张，有人生急病送医院，家属都是这种神色，张医生有经验的，所以招呼一声。

张　你是董琴琴同志吧？

（琴表）咦？他怎么知道我叫董琴琴？

琴　嗯！是的。

张　这一位是……

佩　我叫董佩佩，她是我姐姐。

张　喔！你们和李书记见过面，俞刚受伤的经过大概已经知道了吧。

佩　是的……

琴　（急迫地）张医生，俞刚的眼睛究竟怎么样？有没有危险呢？

张　铁屑飞进眼球，伤势不轻，目前炎症还没有消除，要过几天才能开刀。

琴　喔喔，不不，我是问你开刀以后他的眼睛会不会好？

张　嗯……（思考地）俞刚同志为了保卫四化建设而遭到不幸，我们一定要尽力抢救。

（佩表）对阿姐望望，听见没有？一定要尽力抢救，有希望的。

张　但是……

（琴表）对妹子看看，慢一点高兴，还有个"但是"呢？

琴　但是怎样……

张　感情不能代替科学，我们应该实事求是地告诉你们，手术以后的效果很难预测，根据我们过去病例的总结，像他这种情况能恢复视觉功能的……只有百分之……三！

琴　啊！

（琴表）琴琴一愣，好像一客冰淇淋囫囵吞咽了下去，直冷到心里。

（佩表）佩佩想不到后果这样严重，面孔急得血红，不知用什么话来安慰姐姐才好！

张　琴琴同志你不要难过，情况是严重的，但并不是完全没有希望，有的病人情况比俞刚严重，但是结果看好了；也有人病势没有俞刚凶险，最后倒反而变成了瞎子。同样治疗，为啥有不同的结果呢？这里面有各种各样原因。病人的毅力、家庭环境、护理好坏，总之一句，病人的心情忧郁和开朗对眼睛有直接的影响，这就是精神因素。我们医疗小组的同志认为，俞刚目前除了药物治疗之外，更需要的是精神力量，你对他的安慰、鼓励，是最好的特效药。所以要求你在他开刀前后这个阶段，能留在医院里和我们好好配合起来。

（琴表）琴琴有点反感，安慰鼓励有屁用？开刀也开不好，安慰了他铁屑就会自家跳出来了？想想：俞刚呀俞刚，都要怪你自己不好，贼骨头偷厂里的东西和你有什么关系呢？要你多管闲事！现在弄不好，非但害了自己，还要害我呢！扳了指头算算，一共轧过七个男朋友，要算俞刚顶称心。他面孔有看头，肚皮里有花头，技术上有钻头。我在他身上是着实花点心血的，在纺织品展览会上，我一眼就看中了他。长得既英俊又气派，活龙活现像电影演员，打听下来还是个技术员，厂里业务尖子，屋里独养儿子，爷娘是高级知识分子，虽然已经翘了辫子，还留下来不少票子。英语、日语讲得顶呱呱，他设计的丝绸在国际市场上销路广阔，马上就要提升工程师了。找到这种对象好像脚指头上踢着一粒金钢钻，中国外国都吃香的呀！因此，我千方百计托人介绍认识了他，见过一次面就一追到底。为了接近他，我就学英语，作孽呀，眼睛一睁开就练，舌头也弯得酸了！知道他欢喜"蹲"图书馆，我情愿电影不看陪他一淘去，看不懂也要看，呵欠打了无其数，清凉油也擦脱几瓶呢？他不爱听的话我尽量不说，他不喜欢的衣裳我坚决不穿，他讨厌长发波浪，我就剪成游泳式——反正结了婚以后好烫的呀！果然坚持几月大见成效，从教英语到看电影，从看电影到荡马路，从热闹的马路到冷落的地方。最近阶段突飞猛进，一个星期看不见我就要睡不着觉了，只要等他开口提出结婚两个字嘛，大功告成。想不到正巧在要紧关头会弄出这种事情来。这时琴琴的心情好有一比，好像从江西景德镇觅到一套烧花瓷器，好不容易。火车上、轮船上、汽车上，当当心心捧到家里大门口，拍冷汤！全敲光。心里多少怨呀！所以一句话也没有，呆了一回……往沙发背上一扑哭起来了（哭）。

（张表）张医生对佩佩看看：劝劝你姐姐呀！

（佩表）喔！对呀！我怎么只是发呆呀？

佩　姐姐，别难过，张医生不是讲的吗？他们医疗小组一定想办法争取最好的结果，俞刚的眼睛不是完全没有希望的。不要哭了，我们先去看看他吧！

张　对！去看看俞刚吧！

（琴表）琴琴想：去看他还不容易，接下来怎么办？开刀动手术，服侍出医院。一番心血，看得好倒还气得过；看不好，完了，我弄个瞎子回去算命呀？今生今世受累受不尽呀！不去看他又说不出口。想：别去管他，看一看再说吧。所以对妹妹点点头。

（佩表）佩佩问一声俞刚的病房号码，招呼一声姐姐。

（表）两个人出办公室上楼，一路寻过来到二零二室门前立定，佩佩起手推门……

（琴表）琴琴的心别别别跳了起来。

（佩表）门推开，佩佩对里面一看，七八张病床都有人，俞刚不知睡在哪一号床？

（琴表）嗨！琴琴已经看见了，她站在背后从妹子的肩胛上边看过去，只看见对面病床上睡了个人，被面上盖一件咖啡色的棉大衣，这件大衣认得出是俞刚的，那条皮领头还是自己给他做上去的呢。眼光移过去看他的面孔嘛……琴琴一吓，只看见他雪白的纱布包得满头满面，除了半个鼻头一张嘴露在外头，其他一样也看不见。怎会弄得这副嘴脸，不用说得，非但眼睛出了毛病，一定面孔上也都受了伤，纱布拆开来不知怎样可怕呢？琴琴眼前突然出现一个形象，啥人？《巴黎圣母院》里的丑八怪！想到这里，汗毛根根竖起来，啊唷，吓煞人了！

（唱）又是恐慌又是惊，

几乎脱口叫出声。

这层层白纱包不住他丑陋相，

那累累伤痕我想得清，

活像那《夜半歌声》里个宋丹萍。

（琴表）不过，俞刚生得漂亮，可能会比宋丹萍好一点……再一想：不可能！秋海棠也算得漂亮了。

（唱）那秋海棠英俊人称赞，

　一朝毁容吓煞人，

何况他还是个瞎眼睛。

（琴表）到那个时候纱布揭开来一看，一对眼乌珠两个潭，一面孔肉百脚，叫我怎么办？

（唱）莫说与他成一对，

就是面面相对也要吓脱魂。

他是失了光明破了相，

变成了一无所用的残废人，

如何再相配我董琴琴？

我是相貌好，年纪轻，

比那电影明星胜几分，

唱歌出名是女高音。

他是既不能搞设计，

又不能写论文，

只好到盲人工厂去车车螺丝钉。

他的锦绣前程成泡影，

我的美妙理想化灰尘，

眼看幸福将到手，

这一枪打得我好伤心。

（琴表）现在只有一个办法，干脆来一个不见面。时间一长，他心里也自然明白了。对！不过……这样做，人家会不会说我……这又有啥呢？找对象本来是要相配的呀！花对花，柳对柳，破畚箕相对恶笤帚，扒儿手相配贼骨头。又不是我兴出来的，全世界都这样的呀！你看电影里呀。

（唱）钟楼怪人算得良心好，

吉卜赛女郎相样勿钟情，

我董琴琴勿好算呒良心。

这是我一生幸福关键事，

我要斩断情丝与他两离分。

（琴表）对！主意打定，别转身来就走。

（佩表）佩佩一看，咦！怎么走了？

佩　琴琴！

（琴表）不理她！往扶梯旁边走过去……

（佩表）佩佩要紧追上来一拦……

佩　你到哪里去？

琴　回去！

佩　咦？你不是去看俞刚吗？

琴　看见了又怎么样？没有意思。

佩　怎么没有意思呢？你们是知己朋友呀！

琴　谁叫他多管闲事，他要做英雄，就让他尝尝英雄的滋味。

（佩表）喔！佩佩一听懂了，阿姐恨他多管闲事，心里有气，想：这时候还憋什么气呢？

佩　你这样说不对的，俞刚不是那种欢喜出风头的人。好了，好了，别斗气了。

（佩表）说完，把她的手一拉，拖了就走……

（琴表）琴琴又是急又是火。小鬼丫头牛皮糖缠住了不放，事情要给你弄僵的呀！脚里立定手一掼。

琴　我不去！

佩　咦！你？

（琴表）看来不和她说明白不行了，把妹子一把拖到旁边。

琴　（轻声）你懂什么？小娘姆！一个搞设计的人瞎了眼睛还有啥前途！我去当什么殉葬品！

佩　（呆看）……

（佩表）这下佩佩发了呆……大眼睛眨呀眨的看住了姐姐。这两句话是你嘴里讲出来的吗？牙齿干扎扎，面孔冷冰冰，好像俞刚这个人和她完全没有关系。记得星期日夜里你还亲口对我说，佩佩你还没有男朋友，不懂得爱情是啥？我说，你总懂的啰！你说爱情是啥呢？她想了好一回，对我说，爱情是一种万能胶，男女双方只要一有爱情，就会产生一种黏性，永远也不愿意分开，我对俞刚就是这样，哪怕多看一眼也觉着有意思。怎么一共才不过三天，已经一点黏性也没有了呢？你这是什么万能胶？简直化学浆糊也不如呀！人家顺利的时候要好得头也割得落，刚碰到挫折就拍拍屁股一走头，做人怎么可以这样呢？佩佩也有点光火了。

佩　姐姐！

（唱）你人前炫耀人后夸，

百里挑一选中了他。

你们半年来感情如火热，

形影相随像一对并蒂花，

两家就要并一家。

事故突然非他愿，

他也是为了集体为国家，

好思想应该要尊敬他。

如今他两眼受伤心绪乱，

内忧外伤两交加，

已经是万种痛苦把心儿抓；

怎能经得起你——心爱的人儿再抛弃他。

姐姐啊，雷中送炭情谊大，

锦上何必再添花。

你要回头想一想，仔细查一查，

你当初如何会爱上他。

如果你从前爱情并非假，

今朝就应该关心他，

你要真心爱护他。

好言安慰他，

谆谆劝说他，

努力帮助他，

他在困难中你要拉一拉，

岂能撒手不管他！

（琴表）喔唷喔唷，小鬼丫头一本正经来教训我了！你讲的道理我不懂吗？广播员呀！报纸也比你多读张呢！最近还读到的，芭蕾舞女演员品德高尚，和残废的丈夫结了婚，题目就叫《舞姿美心灵更美》。这是宣传宣传的呀，碰到自己头上谁肯呀！

琴　好了好了，别说现成话了，只怕碰街自家头上你就不会这样说了。

佩　不管自己还是别人，总不能翻转面孔不认人呀！

琴　我翻转面孔不认人？哼！只怪俞刚眼睛没睁开，看中了我；要是爱上你就好了，你就会牺牲自己的一切去成全他的幸福。

佩　你别来讽刺我。你不愿意嫁给他，也没有人来勉强你；不过眼前你不应该马上离开他。你要帮他一把……

琴　水平低，耐心差，无能为力！

佩　暂时的义务你都不愿意承担？

琴　不准备结婚又何必多此一举？

佩　你就一点也不考虑人家的痛苦？

琴　我考虑的是少一点麻烦。

佩　你这样做会给人家骂的……

琴　骂不过一时，吃苦头要一世呢！

佩　你……你自私自利。

琴　你大公无私，良心好，你去嫁给他！

（琴表）说完，腾……下扶梯。

佩　琴琴……

（佩表）佩佩要想追上去！

（张表）背后头有人拍拍她的肩胛。

张　强扭的瓜不甜，就让她去吧。

（佩表）回过头去一看是张医生。好像姐姐这桩事是自己做的那样，面孔涨得血红，头沉倒。

（张表）其实张医生对琴琴的神色变化早就看出来了，所以姊妹俩走了以后他不放心，也来了，想到病房里来看看情况，哪里知道正好看见这样一幕精彩表演。像董琴琴这种人十几年来看得多了，并不稀奇，倒是像董佩佩那样一个青年能有这种感情，确实难能可贵。张医生很感动。

张　佩佩别难过了。老婆鸡不生蛋，折断脚也没有用。你说对吗？

（佩表）佩佩想：一本正经赶来，就这样回去吗？姐姐不去看俞刚，他心里会怎样想呢？来也来了，倒不如让我去望望他吧。别说他是阿姐的朋友也曾见过几面，即使是同事、邻居，他因公受伤去慰问慰问也是应该的。再说琴琴或许是一时冲动，到底是半年多的朋友了，过后想想可能她会懊悔的，让我先去看看俞刚，缓和一下空气，以后再劝劝阿姐。对！

佩　张医生！我想去看看俞刚。

张　喔……不！你还是不要去的好，那么我们在俞刚面前还可以搪塞一下；你一去要问起你姐姐……

佩　我就说市里业余会演忙，姐姐日夜有演出，走掉她一个人就要停下一台戏，所以暂时不能来，是姐姐叫我先来看看你的。这样一来或许他可以安心点。

张　嗯……好吧！难得你一番心意，就去看看吧！

（表）两人回过来，到二零二室门口立定，张医生轻轻地叮嘱一声。

张　讲话注意语气，尽量保持平静，病人眼睛虽然看不见，但是敏感。

佩　嗯！

（表）门推开。

张　进来吧。

（表）踏进病房。

（俞表）俞刚睡在对面病床上，虽然铁屑散开来格辰光面孔上也受了点伤，人昏昏沉沉，但是心里很清爽：自己这对眼睛恐怕是保不住了！怎么知道呢？从昨天深夜进医院一直到现在，医生的语气，护士的脚步，李书记和同志们喊喊促促的谈话，都能够听得出来情况很严重，特别是今朝早上听张医生在问起家属的地址，俞刚知道自己的眼睛危险了。他想得很多，今后的工作、生活、前途，其中想得最多的还是董琴琴，琴琴得到了这个消息之后又会怎样呢？她心里一定很难过，眼睛哭得血红，赶得来看我。喔……不……也很难说，如果他知道我眼睛有危险，难道就不为自己的前途打算？像她这样年轻漂亮的姑娘就愿意一辈子陪我这个瞎子？说不定她会和我一刀两断，连看都不愿意来看我。想到这里，只觉得心在收拢来……好了，别去想了，听其自然吧。嗨！哪里知道越是叮嘱自己不要去想他越是要想，如果这时候她能够来看看我多么好呀！

（表）张医生进来和护士小丁打了个招呼，小丁指指俞刚说，他醒着呢！张医生走到床前身体微微弯倒。

张 小俞，有人来看你了。

（俞表）俞刚好像听见耳朵旁边有人在说，有人来看你了……谁呀？

（张表）张医生看他不动也不响，是没有听见吗？

张 小俞，上海有人来看你了。

（俞表）上海！嗨！听听只多上海两个字，这力量比什么都大，俞刚顿时觉着头脑里面清醒起来。上海有人来看我，会不会是琴琴呀？不知哪里来的气力，手在床上一撑人直竖起来。

俞 琴琴…

（张表）张医生一吓，想不到他会激动得竖起来，开口就喊琴琴。估计不足，早知道这样，我不应该让董佩佩来看他。心里有点紧张，对佩佩在看。

（佩表）佩佩也是一吓，但见他身上穿了病员的衣裳，伸出两只手在唤琴琴。从他竖起来的速度，开口的声音和这两只微微价有点发抖的手证明，他是每一分钟都在巴望姐姐来。如果现在我说我是佩佩，琴琴没有来，这句话好像当头一勺冷水，他的精神立刻会垮下去。这样一想，方才端整的那一番话一句也讲不出来。怎么办呢？

（俞表）俞刚叫了一声琴琴，静静地在等，总以为她会三脚两步奔到病床跟前来，想不到没有声音。啊！不对……

俞 你……你是谁？

（佩表）听他逼着问你是谁？佩佩只觉面孔发热，心里发慌。

俞 你……你不是琴琴？

（佩表）怎么回答他呢？

俞 你到底是谁？

（佩表）到底嘛……是佩佩，无论如何不能讲。

脱口而出。

佩 我是琴琴！

俞 啊！你是琴琴。

（俞表）话已出口，收不回来，索性奔到他面前。

佩 俞刚，我来看你来了。

（张表）张医生一呆。万万想不到这姑娘会以假乱真，不过再一想：的确，眼前，除了这样做再也没有更好的办法了。暗暗地赞成：好聪明！倒是不知俞刚相信不相信？

（俞表）俞刚听见说是琴琴，也来不及分辨真假，兴奋得不知如何是好。

俞 琴琴你⋯⋯你在哪里？（瞎摸）

（佩表）佩佩要紧把两只手伸过去。

（俞表）俞刚扎地紧紧抓住。

（佩表）佩佩只觉得一愣。

（俞表）俞刚心里一热。

（张表）张医生旁边一急。嗨！这一出戏不知怎么样唱下去呢？别看他们面对面手搀手，心里的想法是大不相同呀！

（张唱）他们面面相对却隔堵墙，都是心情激动不平常。

（俞唱）我只说是姑娘将心变，哪知她依然旧时热心肠，我悲喜交加泪盈眶。

（佩唱）我是同志情谊来探望，这突然情景不提防，急忙中竟想出了怪主张。

（俞唱）面对亲人心似火，感激姑娘情谊长，我千言万语口难张。

（佩唱）我是一言出口难收转，姑娘冒充作对象，细思量未免太荒唐。姐姐要将我笑，同志们道短长，到那时我有口说不清好心肠，这活把戏只怕要难收场。

（俞唱）俞刚是紧握双手传心意⋯⋯

（表）俞刚感激琴琴，自己不觉得，两只手却是越捏越紧⋯⋯

佩佩从来没有轧过男朋友，只觉得心怦怦怦越跳越快。

（佩唱）姑娘是脸涨红，手冰凉，又是焦急又是慌，冷汗淋淋湿衣裳。

（佩表）佩佩越想越急，突然两只手啪地一缩。

（佩表）咦！做啥？这时候俞刚特别敏感，马上就想着：对了，我头上、面孔上包满了纱布，样子一定很可怕，琴琴看见了我很恐惧。想：如果我将来变成了瞎子就要永远这样可怕！琴琴对我又会怎么样呢？想到这里，心里一阵难过。不过一转眼他马上想通了：如果叫琴琴这样一个年轻漂亮的姑娘陪我这个瞎子过一辈子，我也太自私自利了，她有她的幸福，她有她的前途，我不能去拖累她；哪怕她不肯离开我，我也要主动疏远他，我应该设身处地为人家想想。想到这里，心情慢慢地平静下来。

俞 琴琴，你工作忙，上海到这里又不方便，以后不要经常来看我了，开刀以后，厂里同志会来照顾我的一切，你放心吧！

佩 这个⋯⋯？

（佩表）佩佩心里说不出的懊悔。嗳！我做啥要想得这样多呢？张医生不是对阿姐讲了，眼前只有药物治疗加精神治疗，俞刚的眼睛才有希望，对他的安慰、鼓励是最好的特效药。而且方才我已经亲眼看见了这种特效药的作用了，既然他相信我是琴琴，我就应该更加热情地对待他，使他精神振作起来，为啥要三心二意呢？这样一个年轻有为的好同志，如果变成瞎子，实在太可惜了。如果他现在还不疑心的话，我索性代替姐姐留下来，直到他的眼睛看好为止，这不是桩好事吗？倘然人家要笑我，只要我问心无愧，又何必患得患失呢？对！这样一想，心里倒反而踏实了，过来把俞刚扶到枕头上睡好，把棉被盖一盖好。

佩　俞刚，不许你瞎想。虽然厂里同志们会照顾你，但是他们工作都很忙，长时期麻烦人家也不好，你开刀我决定留在你身边。

俞　你说什么？

佩　留在医院里照顾你，直到你眼睛看好为止。

俞　真的吗？

佩　我几时骗过你？

（张表）张医生真想不到，姑娘会下这样大的决心，心里在想：俞刚呀俞刚，现在你眼睛不好看不清，不怪你；你眼睛好的时候也没有看清呀！一样爱，爱上了佩佩该有多好呀！

（俞表）俞刚又是高兴又是难过。

俞　琴琴，只怕你要为我白吃辛苦的……

佩　不，俞刚，别这样说，你的眼睛是会好起来的，厂里领导同志都特别关心，医院党支部也格外重视，张医生又是个有名的眼科专家，你放心吧。开刀以后，你的眼睛就会一天好一天，将来我们仍旧可以一道唱歌，一起读书，一起下棋，一起看电影……

（俞表）假佩在讲，俞刚在听，方才因为心情激动没有注意，现在静静地听了一会……觉得有点异样，琴琴的声音好像有点变了……

俞　琴琴，你的喉咙怎么……

（佩表）喔唷不好！说话太多，他听出来了。佩佩倒也很随机应变。

佩　喉咙有点沙对不对？喏，这几天业余会演天天排戏练唱，声带没有休息，人家都说不像我了。

（张表）张医生怕俞刚不相信，要紧轧出来帮忙，一本正经像真的一样。

张　喔……不不不，主要原因还不是他的喉咙变而是你的耳朵变了。一般说起来视觉神经受伤之后，必然影响到听觉神经，所以听出来的声音就和人家两样了，我听起来并不沙哑，小丁你听了怎么样？

（丁表）小丁也搞不明白他是什么意思，不过她有一个原则，儿子跟爷娘，护士跟医生，不会错的。

丁　张医生你听听怎么样呢？

张　我听听刮辣松脆。

丁　对对对！十六只檀香橄榄。

（张表）嗨！这个下手搭配得太好了。

（俞表）幸亏张医生这两句话，解决了根本问题，以后佩佩一直这一条喉咙，俞刚就不疑心了，喔！不是她的喉咙有毛病，是我的耳朵有毛病，他怪自己的。

（韵白）就这样决定下来，董佩佩回到上海，把所有的积假算一算，大概有三个星期勿到一眼眼，同单位领导讲一声，我有点私人事情要去办一办。佩佩工作一向积极，领导、群众都支持，说你只管安心去好哉。娘面前说了一声鬼话，说幼儿师范办个进修班，要去学习个短时期，两三个星期就要回转来。安排停当赶到闵行。俞刚心里感激非凡，消除炎症准备开刀，能勿能重见光明，成功失败就在此一番。俞刚心里特别紧张，佩佩旁边竭力安慰，情绪勿正常，开刀有妨碍。佩佩是千方百计想出办法来说笑话，讲故事、唱歌还叫他把谜语猜。从《马兰花》讲到《宝葫芦》，从《一千〇一夜》讲到孙悟空征服火焰山，猪八戒个角色起得勿推扳，引得俞刚笑出来，不知不觉上了手术台，顺利通过这大难关。手术以后回病房，董佩佩日日夜夜勿离开，倒是未婚个姑娘服侍个小伙子，勿便当的地方勿是一眼眼。佩佩想：如果他是自卫反击战中格解放军，我是支援前线格医疗队，他为祖国负了伤，我服侍伤员也应该。这样一想就没啥勿方便，一切顾虑都丢开。眼睛一霎二十天，俞刚格眼睛一天一天好起来，虽然伤口又是多来又是深，但是恢复的速度快得勿能谈，精神药物配合好，奇迹果然创出来。张医生当面报喜讯，董佩佩快活得跳起来，完成任务假期满，今朝决定要回上海。俞刚说勿出啥味道，依依不舍难分开。

俞　琴琴。

佩　哎！俞刚你还有什么话要和我讲？

俞　琴琴，如果你再晚一个星期回去，我就可以看见你了。

（佩表）怎么能给你看见呢？一看见，西洋镜不全戳穿了？

佩　心急点啥？等你眼睛好了以后总看得见的对吗？

俞　对是对的，不过……

佩　不过怎么？

俞　嗯，没什么？你路上当心点吧！

佩　噢！

俞　你……你路上当心点噢……

佩　知道了。

俞　你……

佩　怎么？

俞　你……当心点！

佩　嘻嘻！

（表）佩佩倒笑出来了。

佩　你说了三遍了

（俞表）俞刚倒也觉得难为情了。想：天晓得，我又不是要说这句话啰！那么俞刚究竟要说啥呢？喏，我不说下去，有两位青年已经知道了，他想定一定婚期。和琴琴认识了半年，虽然已经很要好，但是始终没有谈到过结婚两个字，因为俞刚觉得时间太短，彼此还需要深入了解。通过这一次的考验证明，琴琴非但外表好，而且心地好，这种对象赤了脚也没处找呀！应该快点把婚期定下来。那么你爽爽气气说呀！不行！俞刚这一门不擅长的，口还没有开，已经紧张了。

俞　（咳嗽）咳……嗨。

佩　（对他看）

俞　嗨……咳……

（表）咦，怎么？突然发起气管炎来了。

佩　俞刚！有什么话你就爽爽气气讲吧！

俞　我讲出来你同意吗？

佩　同意的，快讲吧！

俞　那……那我讲了。琴琴，等我眼睛好了以后，回上海我们早点结婚吧！

佩　这……？

（佩表）这一下佩佩啼笑皆非了，对他看看。结婚？你同谁去结婚？姐姐三个星期人也不来，信也没有。新近张医生回上海得到一个消息，说她忙得不得了！最近认识了一个电影厂厂长的儿子，天天在看内部电影，听说已经在交朋友了，你还一厢情愿呢？倒是他眼前提出结婚，我怎么回答他呢？

（俞表）俞刚话出口有点紧张，听了没有回音更加急了。

俞　琴琴，你怎么不开口呀？

（佩表）我怎么开口呢？

俞　你同意了？

（佩表）姐姐的事情我同意又没用的。

俞　你不同意？

（佩表）说了不同意，你要受不了的呀！

俞　琴琴，你回答我？你为什么不开口？到底怎么样啦？

（丁表）他俩的话，护士小丁都听见了，她进来了好一会儿了，听到这里，想和他们寻寻开心。要紧轧出来。

丁　别问了，早就同意了。

佩　咦！你……

丁　喔唷，别假装正经了，你口嘛不开，头点得好快。我都看见了。

（佩表）佩佩想：你这个人……怎么会当面说鬼话的呢？

（俞表）俞刚想：怪不得没有声音，原来她在点头，我怎么看得见呢？同意了再好没有。

（表）俞刚眼睛一好马上要赶到上海结婚。到底搭啥人结婚呢？请听下档。

三难鸭司令

作者：曹伟明
表演：黄永生、潘玲珍

（令：鸭司令　姑：姑娘　娘：鸭司令母亲）

【表】 古有苏小妹新婚之夜三难新官人，今有淀山湖畔大姑娘恋爱出题考文凭。哎！只有考大学、考中专、考技校，恋爱哪能要考文凭？而且，若是对方考不出来，大姑娘还不肯把恋爱关系来确定。格末，今朝大姑娘要考啥呢？伊啊——

【唱】 他是个未婚的年轻人，
生长在淀山湖畔的桃花村。
思想好，业务精，
方圆十里有名声，
带领着水军三千整，

【白】 噢！这不是海军，是三千只鸭子。

【唱】 一位响当当的鸭司令。

【表】 鸭司令已经基本具备"四化"条件，就是年轻化、知识化、专业化、革命化，独缺姑娘一枝花。这婚事，他自己毫不着急，却急煞了他的老娘亲。

娘 囡啊，俗话说："独鸭难养"，鸭尚且要朋友，侬就勿要"朋友"了？这个看鸭的苦差使，我看你不要去做了。

令 我为啥不要去做？我看鸭子，人家都叫我鸭司令嘛！

娘 "鸭司令"？我看侬啊，二十七还在做"光杆司令"，阿要"鸭屎臭"！

令 哎！姆妈，"车到山前必有路，船到桥头自会直"。

娘 唉！你这只船啥辰光行到桥头？姆妈看侬是个"独头"（傻子）。

【表】 阳春三月，百花盛开。一天清晨，鸭司令照常统率手下三千水兵顺流直下，不知不觉来到了淀山湖边，只听见哗哗哗，迎面撑来了一只小船，嘎嘎嘎，又游来了一群鸭子。只见那船头站着一个姑娘，她生得圆圆面孔大眼睛，气质非凡有精神，头扎彩巾迎风展，手握船篙笑盈盈。

姑 【唱】淀山湖水哟清又清，

姑 姑娘我今天相会鸭司令。

鸭司令他四乡八村有名声，

我慕其名来知其情。

早想托媒去说亲，

又恐他手敲铜鼓空好听。

现在是到处都讲真本领，

我有心上前试真情。

【白】 喂！

【唱】同志啊，请问你可是鸭司令？

令 【唱】噢！我是普通的青年人，

对各种鸭子有感情。

朝夕相伴鸭朋友，

因此是大家叫我鸭司令！

姑 【唱】再请问，你对鸭司令的雅号可称心？

令 【唱】鸭司令三字我喜欢听，

多年养鸭练就真本领，

不负众望有名声。

姑 再请问，你鸭司令当了几年整？

令 【唱】说我少来也勿少，

说我多来也勿多，

"司令"当了十二春。

姑 【唱】鸭司令，我今天特来取真经。

令 【唱】取长补短共提高，

你要向我取经我难为情。

姑 【唱】再请问……

令 好了，好了，不要问了，再问下去，你的鸭子逃掉了。

姑 不会的。鸭利利——鸭利利——看见哦？

令 咦！倒还蛮听话的，排成三角形队列游游过来了。

姑 哎，鸭司令，你既称"司令"，当然善于点兵。我问你五分钟之内，能数得出我这群鸭子的正确数字哦？

令　好，让我试试看吧。

【表】姑娘心想，数鸭可是个难题，鸭的流动性大，容易看错，所以养鸭人数鸭一般是在鸭子上棚的辰光。现在，我的鸭子在湖里寻食嬉闹，他居然讲试试看，我看他怎样收场。姑娘等在一旁，冷眼旁观。只见鸭司令把自己小船一撑，竹竿一挥，快速驶向姑娘的鸭群，一个深呼吸，稳稳地停住了船。眼睛一扫，手指头一扳，对姑娘笑一笑说：

令　你的鸭子三乘三，乘三三，再乘三，一共八百九十一只。

【表】姑娘一听这数字，再一看手表。乖乖，他手指头扳一扳，眼乌珠弹一弹，再加"三三三"，一共花了九九八十一秒。姑娘盯住鸭司令发了呆！

姑　【唱】他的功能很特异，

　　　　难道他手里装着计算机，

　　　　难道他眼睛有激光扫描，

　　　　滴水不漏真稀奇。

　　　　九九八十一秒，

　　　　把鸭子来数齐。

　　　　这种本领了不起，

　　　　其中的奥妙在哪里？

【表】姑娘思索着这数鸭的奥妙，鸭司令却等待着姑娘的回话。一分钟，二分钟，三分钟，鸭司令担心啊！生怕自己一时疏忽，出洋相。所以，不敢正视姑娘的面孔，低着头看牢自己的脚。这样，两个人足足迸了五分钟。两群鸭子看不懂了，怎么自己的头头，一下子都呆脱了。所以在旁边也迸不住了，"嘎嘎嘎"大笑起来。鸭子这一笑把姑娘惊醒了，只听见姑娘情不自禁叫了声："好！"

姑　鸭司令，请问你是用什么方法数出来的？

令　勿是我数出来的，是你自己告诉我的。

姑　啊？我几时告诉侬的？……

令　你刚才"鸭利利"一叫，鸭子在带头鸭的带领下游成等边三角形，我用勾股定律，又以 $S=1/2ah$ 的公式，并结合传统的"三三三"数率，推算出来的。

姑　噢？看上去这个养鸭朋友，倒还有点华罗庚的数学脑袋、陈景润的数学细胞呢。妙啊！

【唱】　鸭司令，有水平。

　　　　看鸭看出花样经。

　　　　有文化，有知识，

科学数鸭新发明。

虽然一试过了关，

我还是对他不放心。

为找理想的意中人，

我还得设题将他审。

姑　喂！鸭司令数鸭子算你额角头，我已经帮侬排好队。现在你能不能在我这群鸭子中，认出这几天先下蛋的母鸭？

【表】　棘手啊！姑娘这八百九十一只鸭子，都是同一天同一时辰进棚的，而且，只只都是母鸭。现在姑娘要鸭司令在介许多母鸭中，找出一只先产蛋的鸭子，难啊！

令　好，让我试试看吧。

姑　啥？他还是这句老话。

【表】　嗨！同志们，这认鸭子不像我们平常乘公共汽车。"同志，侬请坐！"为啥？怀孕妇女，是一看就看得出来的。现在，姑娘的鸭子，看上去只只都是腰圆肚大身体粗，即使叫妇产科医生来认，也是没有办法的。

【表】　咦！叫啥鸭司令瞪大着一双眼睛，赛过高倍放大镜，把姑娘的鸭子，仔仔细细筛了一遍。嚓！一个定格，用手一指，开口就讲：

令　就是这一只！

姑　就是这只？哈哈哈，鸭司令你也有老鬼失匹的辰光。这只吃食的鸭，比其他鸭瘦小，不可能格！

令　就是这只瘦鸭！

姑　不可能！

令　是这只！

姑　不会的，不会的！

令　肯定是这只！

【表】　两个人面红耳赤，争执不下。

令　你若不信，我捉它上来，候候是否有蛋？好哦？

姑　当然可以！

【表】　鸭司令一个转身，把正在水中游动的那只瘦鸭，轻轻地捉了上来，用手一摸，觉得里面有一只蛋，心里一定。他笑着对姑娘说：

令　这只鸭子，非但有蛋，而且，我还知道它生的是青壳蛋，一分钟之内就要生产。

【表】　姑娘一听，心想是啊，这几天，鸭棚里每天拣到一个青壳蛋，就是不知道是哪只鸭子生的？所以，也就没有办法，奖励这只先进的年轻母鸭。现在，姑娘听鸭司令讲得这样斩钉截铁，简直有点神乎其神，就把船撑来，从他手中接过那只鸭子。一摸，果真有只蛋。对格，今天早晨起得早，一心想来淀山湖里相会鸭司令，结果，鸭棚里还没这只鸭生下的蛋呢。

姑　鸭司令，你是怎么认法的？

令　（有板有眼地）根据我的研究观察，生蛋鸭往往是头腰细、羽毛紧，眼睛弹，寻食勤，不信你可以实践。你这只鸭，我看已经到预产期了，你快把它放到船舱里去吧！

姑　真的？！

【表】　姑娘放下了这只鸭子，叫啥过了正正好好一分钟。

【唱】　一只碧绿生青的青壳蛋，

　　　　冒着热气滚出来，

　　　　姑娘瞬时发现呆，

　　　　难道是遇到了诸葛亮的真后代？

　　　　她手捧这只热鸭蛋，

　　　　对鸭司令他更敬佩。

【表】　姑娘手捧鸭蛋，看着鸭司令发呆。姑娘末在发呆，但她的鸭子倒蛮活络的，有几只已经游法游法，游进鸭司令的鸭群里去了。姑娘一看，对！我何不顺水推舟。所以，她放下鸭蛋，有意挥起放鸭的青竹竿，呼呼呼——把自己的鸭子统统都赶了过去。俗话说，"鸡冤家，鸭朋友"。这两群鸭子一混就熟，一下子就难以分开了。鸭司令没有防备姑娘会有这一手，顿时一呆。

令　哎，哎！你这是做啥？

【表】　姑娘一看鸭司令这尴尬样子，哈哈大笑起来，对他说：

姑　鸭司令，你若是认得出自己的鸭子，叫得出来，那就带回去。不然，你就不要怪我没情义，活该你倒霉，算我外快，鸭子全部归我。

【表】　鸭司令一听，原来是姑娘又出难题。于是，定下心来，笃悠悠地点了点头，老话一句：

令　好！让我再来试试看吧！

【表】　鸭司令对着鸭群，竖起竹竿，拨挺喉咙，大声呼唤：

令　乌罗，乌罗，鸭利利——鸭利利——

【表】　鸭司令的呼鸭声，像唱山歌一样，非常动听。要是在平常，像块吸铁石，鸭子早就过来了。没想到，今朝鸭司令的命令失灵，鸭子不肯归队听主人。鸭司令急啊！那么，到底啥个原因呢？嗻，一则来是淀山湖边小鱼小虾是螺蛳多，鸭子想开荤捞资本，到晚上多做贡献多生蛋。二则来鸭司令的鸭子，对主人的心事相当了解。它们想学鸳鸯牵红线，先把姑娘的鸭争取过来，然后，再叫主人同姑娘要好。三则来姑娘的鸭子不像梁山伯这只呆头鹅，相当聪明拎得清，晓得姑娘有心要嫁过去。所以，现在抓紧辰光与对方搞好关系。两群鸭子难解难分，舍不得离开，对鸭司令的命令不理不睬。鸭司令见此情景，只见他挥舞竹竿，呼呼呼——鸭子队长一听主人气得阿浦阿浦，晓得事情不好，要闯穷祸了，再不归去就要受罚，上棚时没食吃了，连忙也大声呼唤："嘎嘎嘎"、"快快快！"鸭子跟着队长前呼后拥，争先恐后地向鸭司令报到来了。

姑　啊呀！鸭利利，鸭利利！

【表】　鸭司令的鸭子一听姑娘的呼唤，指令与主人一样，而且声音更加优美动听。所以，别转仔鸭头颈，一时拿不定主意。鸭子肚里在琢磨，啥？今朝开水上音乐会哉，叫伲听男女声两重唱。介好机会，多听一会，所以原地立停。姑娘一看自己这一招见效了，她得意地笑了起来。这辰光，鸭司令也笑了笑，抛出了最后一张王牌。

令　Quickly（奎克力），Quickly（奎克力），Gather！（轧石），Line up（赖安恩，压拍）！

【表】　鸭司令的鸭子还在回味男女声两重唱的余音，突然，来了一道加急命令，它们一听全有数，这是英文。"奎克力，奎克力"，这是叫伲快点去排队。鸭司令仍旧叫："奎克力，奎克力！"在旁边的姑娘一听弄不懂了。

姑　啥？鸭司令还有与众不同的"急令牌"，像托儿所阿姨骗小囡一样，给鸭子吃喜欢的"巧克力，巧克力"！

【表】　再讲鸭司令的鸭子听见呼声，乖乖地排成八路纵队，向鸭司令游了过来。鸭司令神气啊！一本三正经，真像个司令官，认真检阅着自己的三千名水兵。姑娘从来没有听说过用外文呼鸭子的。今朝，亲眼看到这副情景，她呆得像一座石雕一样，一双眼睛盯牢鸭司令，会得定洋洋、定洋洋的。

姑　【唱】鸭司令智破我三关，

娘我心中充满爱。

欲表衷情感羞愧，

可他已鸣金收兵即将返。

机不可失时不来，

叫我姑娘怎么办。

哎哟哟，好为难？

【表】　哎，有了！姑娘急中生智，把自己当点心吃的三只熟鸭蛋，连忙拿出来，像抛彩球一样，啪啪啪，抛给了鸭司令。

令 （接蛋）咦！啥个道理？刚才三次发难，现在三只鸭蛋？

姑 鸭司令，这是你三次考试的成绩，再会！

【表】 说完，姑娘深情地笑了笑，掉转船头，带着鸭群离去了。鸭司令手捧三只鸭蛋，望着姑娘远去的背影，一时稀不弄懂。

令 啥，考试成绩"吃鸭蛋"？明明她的三道难题我都答对，为啥还用鸭蛋比作"零分"掼过来？！不，刚才她临行之前回头一笑，里面肯定有文章在。对，鸭蛋加鸭蛋，就是问我恋爱阿愿意谈？这样的好姑娘，我鸭司令不谈，真变"戆棺材"。

令 （喊）姑娘，谈，谈，谈！

【表】 就这样，从此以后，淀山湖里经常可以看到他俩一边放鸭，一边把恋爱谈！这桩事体，只有他俩晓得，没有第三个人知道。噢，你要问我，侬哪能晓得的这样清楚，不瞒你讲，这位姑娘，不是别人，就是我呀！

【唱】 社会主义新风尚，
恋爱要把"四化"讲。
热爱本职勤钻研，
行行都出状元郎。

哑女出嫁

作者：张　震
表演：韩子平、董　玮

【探妹调】

女　仲夏之夜月儿明，

男　林荫路上少人行，

女　咱俩来散步哇，

男　同志呀，你是个啥心情？

女　仲夏之夜月色朦胧，

男　绿荫深处晚风轻，

女　说句贴心的话吧，

男　同志呀，你怎么不吱声？

【说口】

男　哎，你看咱俩的事儿……

女　……

男　你咋不说话呢？

女　……

男　对了，她是哑巴。

女　你才是哑巴呢！！

男　别急呀，因为咱俩唱的是《哑女出嫁》，所以就得先交代一下。

女　你说挺好个大姑娘，她咋哑巴了呢？

男　这都怪她妈呗，趁个大姑娘不知咋嘚瑟好了，你说把她烧的：高射炮打鸡毛——竟发干巴箭（贱），拉拉秧挂房檐——愣充电灯线，干马蔺和稀泥——偏说炸酱面，羽毛球拍拉膀——愣叫歪膀雁，猪尿泡装小灰——

女　咋的？

347

男　硬说那是新式小导弹！！

女　你可别来玄了。

男　对，闲言少叙，

合　咱们书归正传！！

女　有座县城人人熟，

男　十字街心有岗楼，

女　道北紧把胡同口，

男　一家娘儿俩本姓刘。

女　大妈今年四十九，

男　好逞刚强能张罗。

女　女儿玉霞二十六，

男　一米六八好个头，

女　玉霞她面如春花腰如柳，

男　聪明好学又温柔，

女　别看她待业在家不把门路走，

合　可有人争着上门来把婚求。

女　保媒的缕缕行行不断流，

男　大妈我乐得直揉嗓葫芦。

　　守寡多年没白守，

　　我守玉霞有盼头，

　　谁要想把我闺女娶到手，

　　他得是国营职工还得住高楼。

　　刘大妈答对媒人整天忙不够，

女　玉霞我瞅着生气越瞅越别扭。

男　却原来玉霞早有——

女　早有了小九九，

男　她已经爱上了——

女　爱上了于振洲。

男　振洲今年二十九，

女　家住街北紧东头，

男　从打二老下世后，

女　单身一人度春秋。

男　别看在电视大学读函授，

女　家传手艺可没丢，

男　做成衣裁手工活计倍儿溜，

女　缝纫机出毛病他还会修，

男　半年前服装设计显身手，

女　竞赛中一举夺魁独占鳌头。

　　这真是人生路由自己走，

　　本事全靠自己求，

　　我也长着一双手，

　　何不学习于振洲，

　　学振洲，访振洲，

合　二人一见情意投。

女　我愿意来拜师给你当助手，

男　我愿意传技术丝毫不保留。

女　从打那天见面后，

男　咱二人常来常往处得熟。

　　我要是搞绘图——

女　我也画不够，

男　我要是修机器——

女　我就给浇油，

男　我要是搞裁剪——

女　我也不闲手，

男　我要是裁领口——

女　我就裁袖头，

男　我要做便服袄——

女　我给打闷扣，

男　我要做中山装——

女　我给轧吊兜，

男　我渴了想喝茶——

女　我给把水取，

男　我饿了想吃饭——

女　我给蒸馒头。

男　顾客们都以为咱是小两口儿，

女　实际是师徒间一块儿搞研究。

男　架不住日久天长天长日久，

女　又何况年貌相当志趣相投。

　　我偷偷把你爱话难说出口，

男　我悄悄把你恋正在看火候。

女　那天你送我回家走，

男　正巧是月上柳梢头。

女　月光下看身影看也看不够，

男　柳荫中谈理想越谈越顺溜。

女　摊床前我买了一捧花生豆，

男　一拐弯儿我买了一串糖葫芦，

女　递花生我的手碰了你的手，

男　当时我身上就像通了电流。

女　一时间，咱二人低着头，

男　搓着手，

女　低头，

男　搓手；

女　搓手，

男　低头；

合　谁也不开口，

男　有句话，我想说，

女　我也想说，

男　想说，

女　不说；

男　不说，

女　想说；

男　心里直鼓秋！

女　来到家门口，

男　这回可到了火候。

女　再不把话说透，

男　得多咱是个头。

　　忙往你跟前凑，

女　我低声叫振洲：

　　你还没对象，

男　你还没处朋友。

女　我对你早有意，

男　我早想把婚求。

女　你人好手艺巧，

男　你聪明又温柔。

女　这花生豆，

男　这糖葫芦；

女　快吃了，

男　别害羞；

合　咱们俩，香香甜甜、乐乐悠悠、团团圆圆、顺顺溜溜，偕老到白头！

女　单表玉霞回家后，

　　说是爱上于振洲。

男　大妈一听直摆手，

　　骂了一声傻丫头：

　　你怎么不懂得三四五六，

　　嫁一个个体户岂不把人丢？

　　就凭你有文化模样又不丑，

　　妈替你找个女婿准保有派头。

　　你要敢不听话还扯外国六，

　　妈我就豁出老命跟你撞"锛了"！

　　（白）喂呀，还撞门框上了！！

女　妈把我关在屋里不让走，

　　咋说她也不听我讲理由。

　　于振洲你跟我情深意厚，

　　为啥不快点来替我分忧。

　　想振洲，盼振洲，

男　于振洲果然上门来把婚求！

女　大妈我一听他是于振洲，

　　不由脸上直抽抽：

　　小伙你干哪行我咋没看透？

男　做成衣捎带把缝纫机器修。

女　在哪个服装厂担任几把手？

男　只有我一把手每天紧张罗。

女　个体户混粥喝只怕常断溜？

男　凭双手取报酬银行有户头。

　　月工资不到八百也有七百九，

　　明年想建个厂房修个二层楼！

女　（白）你可得了吧！

　　刘大妈，把话发：

　　你别跟我打哈哈。

　　我把你好比那碎砖瓦，

　　我女儿就好比那牡丹花。

　　牡丹花花开富贵贵又雅，

　　怎能在乱瓦堆中把根扎？

　　依我说你少废话，

　　没事趁早请回家！

男　振洲一听这番话，

　　又噎脖子又塞牙，

　　转身忙往门外跨，

女　急坏屋里刘玉霞。

　　推门就撵没二话，

男　大妈急忙拽住她。

女　我运足气，

男　我咬紧牙；

女　我使劲儿挣，

男　我拼命拉；

女　拉得我一跺脚别看劲儿不大，

男　闪得我一松手摔个仰巴叉。

女　咕咚咚，

男　哗啦啦；

女　扑棱棱，

男　叭嚓嚓；

　　八成把后脑勺子磕去半拉，

　　（白）在这呢！

　　哟，原来是窗台上放的那个大西瓜！

　　刘大妈站起身来高声骂：

　　死丫头快进屋去吃西瓜,

　　你要不听妈的话,

　　我进屋安上插销就往电上趴!

【说口】

女　妈呀,你可别的!

男　不行,非这么办不可!我胳膊也累麻了,腿也拉耙了,嘴也合不上牙了,喘气都拉风匣了,可得趴下解解乏了。

女　妈,触电可要命啊!

男　电褥子!

女　咳!

　　一见我妈把泼撒,

　　玉霞又气又没法,

　　同屋掏出小手帕,

　　哭哭啼啼把泪擦。

男　她整整哭了好几天哪……

　　哭的头一天——

女　哭一天一天到晚没说话:

男　哭两天——

女　哭两天两眼通红冒金花;

男　哭三天——

女　三餐茶饭吃不下;

男　哭四天——

女　四肢无力浑身发麻;

男　哭五天——

女　五迷三道声音嘶哑,

男　哭六天——

女　六亲不认,

合　不知叫妈。

男　大妈一见害了怕,

　　你可千万别哑巴。

女　说哑巴,就哑巴,

男　玉霞光会打哇哇。

　　问啥她也不说话,

指手画脚乱比划。

【说口】

闺女呀，你这是咋的了？

女 （比划）……

男 哟，你这是打太极拳哪，

　　还是练鹤翔庄啊？

女 （蹦跳）……

男 咳，咋又跳上迪斯科了，听人家说那可是精神污染哪！

女 （哇哇）……

男 咋的？你哑巴了？

女 一见玉霞呆又哑，

男 大妈这可抓了瞎。

女 请中医，把针扎，

男 淘腾偏方把药抓。

女 咋治也是不接洽，

男 忙到医院请专家。

女 专家专门治聋哑，

男 见了这病也没法。

女 刘大妈又是心疼又是骂，

男 骂了声该死的丫头真败家。

女 牡丹花变成了一棵姜不辣，

男 凤凰鸟变成了一只黑乌鸦，

女 摇钱树变成了一个干树杈，

男 金元宝变成了一块土坷垃。

女 往日里来求婚的挤得直打架，

男 可现在没一个人来理这个茬儿。

女 看起来哑巴闺女想出嫁，

男 除非是倒贴俩钱往外搭。

女 刘大妈着急上火正发傻，

男 于振洲二次上门到她家。

女 大妈一见忙问话：

　　振洲你又来干啥？

男 别看我是碎砖瓦，

还想来求牡丹花。

女　你是金砖不是瓦，

自谋职业人人夸，

我守着收音机听你讲过话，

你为啥这些天没来看玉霞？

男　我外出一个月学习剪裁法，

到家还没反乏这就来看她。

女　只可惜牡丹花如今掉了价，

玉霞已经是哑巴。

男　大妈别说玩笑话，

女　半点儿我也不掏瞎。

那天你走了以后她就没说话，

连哭了六天六宿水米没打牙。

我寻思生点儿闷气问题不大，

谁知她虎拉巴地成了哑巴。

拔罐子也白拔打针也白打，

医院的老专家瞪眼都没法，你说抓瞎

不抓瞎！

男　振洲我听完大妈这一番话，

不由得鼻子发酸心像刀扎。

玉霞她跟我处得多么融洽，

我二人志趣相投意气风发。

只曾想日暖风和春景如画，

又谁知气温突变风雪交加；

只曾想投心对意啥也不怕，

又谁知好事难成都怪她妈。

只害得玉霞已经不能说话，

医院的聋哑专家也都没法。

我要是照样爱她不嫌她哑，

岂不叫亲朋讥笑笑掉大牙？

我要是瞧不起她嫌恶她哑，

岂不是问心有愧愧对玉霞？

难得玉霞志气大，

刻苦学艺有才华。

怎能忘她曾为我缝衣补袜，

怎能忘她曾为我做饭烧茶，

怎能忘她曾帮我订过计划，

怎能忘她要跟我立业成家。

常言说黄金有价情无价，

感情真才能同浇幸福花。

不为我她的嗓子不能哑，

她哑了我更爱她更敬她。

想到这里忙回话，

亲亲热热叫大妈：

若不嫌我条件差，

哑巴我也愿娶她。

女 大妈听了这句话，

乐得我忙进屋里问玉霞：

男 振洲他不嫌你哑，

你可愿意嫁给她？

女 （摇头）

男 （白）咋的，你不同意？

女 （比划）

男 （白）什么，你不出嫁？

大妈一见肺气炸：

你是成心气你妈，

当初你净跟我说他好话，

一心爱他要嫁他，

如今让嫁你不嫁，

不嫁你就臭到家，

别怪我一天三遍把你骂，

往后你不去要饭就把脖扎！

女 （往外指）……

男 （白）咋的，你同意了？

女 （打哑语）……

男 （白）这是咋个意思呀？可急死我了！

女 （又比划）……

男 （白）啊，我明白了。你说有心把他嫁，又怕把你甩回家，跟我一块守活寡，
咱们娘儿俩更没法。唉，闺女想的可也对，这事是得准成点儿，那寡妇失业
的，谁有难处谁知道哇！

我年轻就守寡，

难处有多大，

过日子没当家的干啥都不顺茬儿；

晚上难入睡，

两眼望房笆，

翻过来掉过去偷偷地把泪擦；

想的是明天一早还得去卖黄瓜。

回家还得把粥馇，

孩子她还直叫妈，

屋里屋外噼里啪啦，

就是缺少一个他，

这回可别闹哈哈，

我不见兔子鹰不撒！

女 振洲哇，你要不嫌玉霞哑，

你就把她娶到家，

办事处去登记不在话下，

你还得立个合同永远别打耙！

男 于振洲写完字据画了押，

女 刘大妈乐得不知说个啥。

不言大妈乐没法，

男 再表振洲和玉霞。

女 婚事办得真不差，

男 街坊都来喝喜茶。

女 天交傍晚把门挂，

男 洞房红烛透窗纱。

女 玉霞我独坐房中放心不下，

振洲他不在身边为的是啥？

男 却原来振洲在屋外墙犄角儿，

找来块儿小黑板回房叫玉霞；

　　往后过家靠咱俩，

　　多少感情要表达，

　　这块黑板墙上挂，

　　你想说啥就写啥。

女　玉霞听了这番话，

　　走上前拉住振洲直比划。

　　（哑语指上、下……）

男　莫非你要把悠车挂？

　　莫非你要把地铺搭？

　　莫非你要把鞋油打？

　　莫非你要喝杯茶？

　　莫非你要看电视《霍元甲》？

　　莫非要跟我跳舞嘣嚓嚓？

　　啊，你说过家靠咱俩，

　　咱俩由谁来当家？

　　这好办，你是一把我二把，

　　你当家来我打杂。

　　我做饭，我烧茶，

　　米面我领肉我割；

　　油盐我买醋我打，

　　碗筷我拿锅我刷；

　　垃圾我倒煤我拎，

　　地板我蹭柜我擦，

　　倘若你一朝分娩咱更没二话，

　　煮鸡蛋，炸地瓜，洗屎布，哄小尕，家里外头，炕上地下，各样活计，我全包

　　渣，你当你的孩子妈！

　　（白）咋的都不对？可真的，这不有

　　黑板吗，你写着说吧！

女　玉霞我扑哧一笑说了话：

　　振洲你真是个心眼儿好的，会耍怪的，惹人疼的，招人爱的，头号大傻瓜！

男　一见玉霞她没哑，

　　振洲心里乐没法：

　　原来你还会说话，

可你为啥装哑巴？

女 不然怎能把你嫁，

怎能说服我的妈？

男 你妈面前能装哑，

怎能瞒住医生他？

女 医生听了我的话，

他同意帮我采用这个法。

男 你对我咋不早点儿说真话？

女 我怕你走漏风声这事准得砸。

男 你为啥对哑语还会个半拉架？

女 有一位聋哑教师是我亲姑妈。

男 那方才你为啥还不说话？

往这指往那指指的都是啥？

女 玉霞我好不容易装了一回哑，

因此才用哑语出题让你答。

方才我往上指，指的是结婚的照片墙上挂，

男 你往下指——

女 指的是床单上绣着并蒂花。

脚上指——

女 说的是你为啥不嫌掉价，

男 嘴上指——

女 可惜你娶个媳妇是哑巴。

男 桌上指——

女 是说你立了合同画了押，

男 胸前指——

女 是说你心眼儿好使真可夸。

男 指咱俩——

女 指咱俩真诚相爱决心大，

开创个新局面过好这个家！！

男 （白）真有你的！

女 一对夫妻笑哈哈，

男 两天之后去接妈，

女 三人别提多融洽，

合 哑女出嫁传万家！

重整河山待后生

作者：林汝为
表演：骆玉笙

千里刀光影，
仇恨燃九城，
月圆之夜人不归，
花香之地无和平。
一腔无声血，
万缕慈母情。
为雪国耻身先去，
重整河山待后生。

万里春光

作者：朱学颖
表演：骆玉笙

一声爆竹一首乐章，
万方乐奏万里春光，
创伟业共贺新春，
年年如意逢盛世，
同庆佳节岁岁吉祥。
举杯未饮心欲醉，
风送花香伴酒香，
春满乾坤山河壮，
春在心头豪气扬。
响春雷，
中华飞腾鹏程远，
展宏图，
如灿烂的明霞，
春日的朝阳。

潞安大鼓

醋为媒

作者：傅怀珠、王怀德、王仲祥
表演：崔嫦娟

山西人，爱吃醋，

家家都有个醋葫芦。

葫芦有情传佳话，

唱一段潞安大鼓书。

说的是有位大嫂本姓苏，

年纪轻轻死了丈夫。

老婆母，半身瘫痪下不了铺，

小柱柱，他幼儿班里正念书。

那个时候，家计艰难好清苦，

也苦坏了，桌上那个醋葫芦。

半年多，葫芦里没有粘过醋，

又是灰，又是土，里外荡了一个黑乎乎。

虽说是，年终岁末有照顾，

称点儿盐，扯点儿布，顾不了那个醋葫芦。

窟窿大来补丁小，

她东家赊呀，西家借，求三告四气不粗。

这一天，大嫂为了还债务，

卖了圈里那头半大的猪。

这猪钱，二十六块还了他大舅，

三十五块还了二表姑，

还了债剩下整四块，

婆母娘的两服药，又花了三块九毛五。

药铺里找回来五分钱，

这时候想起了自己的儿子小柱柱。

小柱柱呀小柱柱，

这没爹的孩子肯念书。

眼见得铅笔越使杆越短，

我的儿小手手已经捏不住。

今日有这五分钱，

要买支铅笔给柱柱。

苏大嫂，心里主意刚拿定，

又听见，婆母娘叫了一声儿媳妇。

（白）"柱柱他妈！咱半年多没有打过醋了，今日卖了猪了，咱打

上半葫芦醋吧，孩儿？"

老人家有病，她想吃点儿醋，

这个要求也不特殊。

大嫂这里正为难——

"打醋来——"从东庄，来了那卖醋的吴二福。

吴二福，祖传三代会做醋，

论手艺，十里八乡最突出，

可惜他，当年在家偷做醋，

哎呀呀，犯了人家的醋错误。

天天挨批肃流毒，

至今没有说上媳妇。

今日里，他替队里来卖醋，

"打醋来！谁打醋？"穿大街，过小巷，

家家门前打招呼。

苏大嫂，听见吆喝待不住，

端起那个葫芦出了屋。

"卖醋的大哥你等一等，

给俺家打上半葫芦。"

吴二福忙说："好好好！

买多买少是主顾，半斤四两你吩咐。"

苏大嫂，这里正把醋来打，

"妈妈！"从学校回来了她的儿子小柱柱。

（白）"妈妈，我的铅笔用完了，给我买支新的吧！""哎呀，你看——

我，刚刚把五分钱打了醋了。""不，我要铅笔！我要铅笔！""唉，他二叔，我也不怕你笑话，今日就只有五分钱，孩子哭着要铅笔，这半葫芦醋，你还倒回去吧！"

吴二福听罢了这番话，

有一股滋味儿说不出。

恻隐之心人皆有，

何况他早对大嫂怜惜又佩服。

只见他把卖醋的零钱全掏出，

一把塞给了小柱柱，

转身舀起了醋，咕噜噜给大嫂满满地打了一葫芦。

"大嫂呀，天有阴来人有苦，

禾苗儿有雨就不会枯。

千难万难你别作难，

穷日子，咱互相帮来互相扶。"

说到此，有个念头一闪闪，

二福他，突然地脸红脖子粗。

苏大嫂，左手里端着一葫芦醋，

右手拉着个小柱柱，

心里头开了个杂货铺，

又是酸，又是苦，还觉得有点儿热乎乎……

卖醋的人儿远去了，

大嫂她，泪簌簌，半个钟头没进屋。

自从实行了责任制，

喜坏了大嫂和二福。

吴二福成了专业户，

大嫂家，喂猪喂鸡又喂兔，也喂饱了那个醋葫芦。

吴二福，卖醋天天门前过，

苏大嫂，一天买醋一葫芦。

这一天，吴二福又到门前来吆喝：

（白）"打醋来！"

苏大嫂，急忙忙，又端着那个葫芦出了屋。

一见二福她抿嘴笑，

（白）"哟！他二叔，今儿个怎么来迟了？""嘻，一个人又做又卖，

总是忙不过来！哎，我说大嫂，你今天一葫芦，明天一葫芦，一

年打了三百六十五葫芦了。

我问你，为什么光买我的醋？"

就因为你的醋特殊！"

"再好也不能天天打？"

"天天打，天天能见你吴二福！

二福呀！你的醋，是最好的醋，

香醇色美味道足。

你是醋也好来人也好呀，

俺还求你再帮扶。

你的醋我要全买下，

开一个卖醋的门市部。

借你的光来托你的福，

俺也想早点儿变富足。"

苏大嫂，一片深情几句话，

喜坏了光棍汉子吴二福：

"好好好，一块儿富，

咱两家最好并一户。

我做醋，你卖醋，

里外扑闹劲更足。

只要大嫂你愿意，

回头就搬进你的屋！"

（白）他还真够着急哩。

苏大嫂越听越激动，

两眼含情叫一声："你呀！你……"

突然间她抱起那个葫芦进了屋。

到后来，一家四口来相处，

日子过得热乎乎。

人都说，这段姻缘是醋为媒，

恭喜大嫂和二福。

三弦书

王铁嘴卖针

作者：兰建堂　李文武
表演：袁聚海等

"哎——父老兄弟众乡亲，
王铁嘴旧地重游来卖针。
我虽然不是歌唱家呀，
可有那李双江的好嗓音。"
王铁嘴吆喝一声如雷震，
村子里哗啦打开几扇门。
张大娘喊上隔壁李二婶，
（白）"他二婶子！""唉！""王铁嘴来啦，快走啊！"
春兰嫂约上对门王秀琴。
孩子们欢蹦乱跳头前跑，
小花狗甩着尾巴撵主人。
王铁嘴见此情景真兴奋，
众乡邻搭腔说话格外亲：
（白）"王铁嘴你来啦？""啊，我来啦！"
"好长时间没见面，
你咋今儿个到俺村？"
王铁嘴笑吟吟，
拱手叫声："乡亲们！
自那年制'尾巴'我被赶走，
俺老王多年没有来卖针。
往后大家还得多关照，
买卖可是一条心。"

王铁嘴摆开了摊子忙一阵，

清清嗓子提提神。

开口唱起卖针歌，

词句听着真逗人：

（卖针歌）"我这钢针明闪闪，一头粗来一头尖；样子虽小像

火箭，刺溜一声能戳破天。"

（白）"你别唱啦，钢针咋能戳破天？"

（白）"同志们不了解情况，我这钢针可不是一般的钢，是上钢、武钢、鞍钢、宝钢特制的一种高级合金钢。造出的针，特别地硬棒，特别地漂亮，漂亮得很哪！那真是明晃晃，亮堂堂，银子掺钢雪加霜，现代化技术抛过光。性能特别强，名牌高质量；畅销五大洲，到过太平洋。连美国机器人穿那衣裳，都是我这钢针做的。哪位同志不相信，可以到华盛顿问问。有人说啦，王铁嘴你吹了大半天，你这钢针究竟有啥特点？给大家介绍介绍，宣传宣传。好！剪断截说八个字：经久耐用，只折不弯。空口无凭，咱当面做个试验，试验不叫试验，叫卖货的一个证见。"

王铁嘴说着用铁钳夹住钢针，对准一个五寸宽，二尺长，三寸高的木箱子，这么一撅，只听咯嘣一声响，钢针变成两半截儿。

众人齐说："好！"

"那位同志问啦，你这钢针确实好，我想买一包，不知你给多少？俗话说：南京到北京，二十五张是一封；二十五张就是二十五根，二十五根包括五样针：有纳鞋底儿用的头号针，有缝衣裳用的二号针，有纳袜底儿用的三号针，有锁边儿缀扣用的四号针，有扎花描云用的五号针，外加一个穿锅箍用的特号针。一包针，两毛钱，拿回家够你用三年。谁要谁搭腔，谁要谁说话。哎，秀琴姑娘，俺老王今天登门送货，这个机会你莫要错过呀！

我知道姑娘聪明又利索，

生来手巧会做活。

你买一包绣花针，

想绣什么绣什么。

绣朵海棠红似火，

绣朵牡丹对芍药；

绣莲花盛开出水面，

绣绿鸭游水追白鹅；

绣一只孔雀能开屏，

绣一只八哥会唱歌；

绣一个五谷丰登千人喜,

绣一个六畜兴旺万家歌。

姑娘啊,总共花去两毛钱,

你看值过不值过。

(白)给,拿去吧。"

秀琴一声也不吭,

咯咯咯地笑出声。

姑娘为向不买针?

她的心里摸不清。

王铁嘴不慌不忙很冷静,

机动灵活买卖精。

(卖针歌)"不怪姑娘不说话,是你一时没相中,先在旁边等一等,看一看来听一听。"

王铁嘴转过身来叫春兰,

我看弟妹想发言,

我知道你爱用啥样针,

你看我说的着边不着边。

大号针你没使惯,

小号针你也不稀罕。

唯有中号最顺手,

我打开一包你看看。"

(白)"这针牌子最老,名叫如意兰草,出在山东青岛,本是国营制造。你看,长虫头,泥鳅背儿,黄鳝尾巴一溜顺儿,两边六个英文字儿。"

(卖针歌)"花鼻儿针,芝麻尖,明光耀眼亮闪闪。飞针走线多轻便,你给俺老弟做鞋穿。

大方口,呢子面,

朴素大方又美观。

穿到脚上多舒展,

鞋底儿上纳了一对并蒂莲。

村上人谁见谁夸赞,

俺那老弟他喜得嘴片合不严。

扛锄头拿铁锨,

下地种好责任田。

多打粮,多产棉,

脚下堆起金银山。

你想想买这包针多合算，

老妹子今天没有白花钱。"

春兰微笑不吭声，

王铁嘴不学霸王硬拉弓。

拿起针板手端平，唰！明朗朗钢针扎一层。

（白）"你不买，我不赖，卖不了针，有货在，放到明年不会坏。少赚几毛钱，俺老王无怨言。可我要提醒一下在场围观的那些外当家，今天你不买我的针，嫂子生气要闹离婚，我可不是吓唬你哩！到时候你后悔都来不及，不要因小失大嘛！来，包成包，打上号，哪位同志准备要？谁要谁伸手，咦！那不是东头他张大娘吗？哎呀！老嫂子你是老顾客，十年前咱俩就认得。头包针别人我不卖，先给你这老太太。"

（卖针歌）"老嫂子年过花甲眼睛昏，做活要用大钢针。这一包的针牌子新，专门服务您老年人；白天缝衣做鞋穿，夜晚防贼能顶门。我这话听着显过分，无非劝你买几根。常言说花钱难得如意货，保险使着会顺心。

不相信你扯上二米布，给大哥做身衣裳试试针。前三针、后三针、左三针、右三针，

上三针、下三针、里三针、外三针，

竖三针、横三针、正三针、倒三针，

隔三针、跳三针、明三针、暗三针，

快三针、慢三针、不快不慢又三针，

做好了长裤短衫一崭新，

不大不小正合身。

大哥夸你对他亲——

别忘了王铁嘴我的好钢针。"

张大娘也是微笑不吭声，

王铁嘴暗暗想着生意经：

不怕您扬着笑脸不说话，

要知道老王卖针有神通。

就凭我这两片嘴，

你也得掏钱买一封。

王铁嘴抖抖精神鼓鼓劲，

一把儿钢针捏手中。只听刷的一声响，

吧！针板上面一片明。

（白）"不是嫂子你不要，而是钢针没送到。来，我再添一根跑腿的，再送一根捧场

的，外加一个奖赏的。咋！还嫌少？妥啦！没有金蛋子，打不了巧鸳鸯：没有梧桐树，引不来金凤凰；舍不了钢条针，叫你出钱，如同扎心！大把抓，照本发，这一下彻底送到家。多少钱？还是两毛。"

> 王铁嘴越说越冲动，
> 亮嗓子变成哑喉咙。
> 围观的人情绪高涨兴趣浓，
> 响起了阵阵哄笑声。
> 唱半天总共卖出两包针，
> 王铁嘴出乎意料心吃惊：
> 这地方过去虽然穷，
> 我卖针倒是受欢迎。
> 今天磨破铁嘴不顶用，
> 所会的招术全失灵。
> 王铁嘴望着众人发了愣，
> "乡亲们，您不买钢针为何情？
> （白）这到底是咋回事儿？嗯！"
> 张大娘笑开言：
> "王铁嘴你逼俺说话真会缠。
> 最近俺家情况变，
> 喜事临门合家欢。
> 从上海接来一个铁姑娘，
> 专门替俺做衣衫。
> 有一天俺那老头去赴宴，
> 扯一条裤子立等穿。
> 铁姑娘听俺指挥耍圈儿转，
> 嗒嗒嗒半个钟头就做完。"
> 张大娘话音刚落地，
> 春兰嫂急忙插嘴接着谈：
> "早几年买你的钢针鸡蛋换，
> 为做鞋熬得眼红灯油干。
> 现如今劳动致富比着干，
> 都把时间当金钱。
> 想穿鞋百货公司任意选，

既省工夫又方便。"

春兰还想往下讲，

秀琴发言抢到前：

"王铁嘴你巧嘴说得天花转，

不了解情况别发言。

等一会儿你上俺屋里看，

带花的用品样样全。

花被面、花床单，

花枕头、花门帘，

花袜子、花鞋垫，

花毛巾、花布衫，

下雨打的花雨伞，

赶集提的花菜篮。

买你的花针没用处，

可不是怕花那两毛钱。"

王铁嘴听得入神瞪着眼，

心里边聚了一个大疑团。

"乡亲们，既然大家不买针，

为什么围住俺老王不动弹？"

"俺想听你唱卖针歌，

再听几遍也不烦。

（白）老王，接着唱啊！"

众乡亲越说越兴奋，

王铁嘴心情特别沉。

那几年不准经商我气又恨，

开放后重操旧业有精神。

原以为拿手的生意做着顺，

谁知道如此不随心！

他思索半天忙发问：

"乡亲们，难道说从此你们不用针？"

"不是我们不用针，

是你没有那号针。"

"哪号针？"

"缝纫机针、锁边针，

刺绣针、烙花针，

棒针、钩针、环形针；

姑娘们爱绣装饰品，

特别喜欢筒子针。"

王铁嘴把腿一拍说声好：

"一番话打开我这老脑筋。

新农村随着'四化'在猛进，

卖钢针也得紧把形势跟。

乡亲们，请放心，

俺老王接受意见最虚心，

办起事来有决心，

您需要啥针我送啥针。

只要老王能赚钱，

哪怕您要避雷针。"

一句话逗得众人哄场笑，

笑声阵阵响满村。

懒汉相亲

作者：赵连甲、幺树森

表演：宋丹丹、雷恪生、赵连甲

（潘富家，一张桌子，一把椅子）

潘富 过年了，买点年货，（从一个鞋盒子里拿出三个气球）三个才两毛七，还饶一个大鞋盒子。

（村长上）

村长 潘富！潘富！

潘富 村长来了又没好事！（假装睡觉）

村长 这个懒家伙就知道睡。我让你睡。（一脚踩响一个气球）

潘富 （假装惊醒）哎哟，村长！

村长 大白天的你睡觉。

潘富 这不是省粮食嘛！

村长 粮食？让你干什么活你都怕脏，怕累，好容易给你找个技术活儿，做电视机罩，做沙发套，你瞧！这是你做的沙发套，做上了还得给你拆开。

潘富 做上了拆开干吗呀？

村长 你把人家养的一只猫缝到里边了。

潘富 我说这几天怎么没见大花猫了。

村长 现在各村都没光棍了，我这村长呢，没完成任务，就这一个了。全村光棍就你一个了。（潘富睡着了）我也别跟他生气了。今天早上我碰上个女的。

潘富 （马上醒了）哪村的？

村长 这你怎么听见了？

潘富 帮助你完成任务啊！

村长 就是前村的魏淑芬。

潘富 多大了？

村长　29 了。是个老姑娘了。我跟人家提到你，我说潘富这两年干得不错，勤劳致富，沙发、电视都置起来了。

潘富　我哪儿有那玩意儿啊？

村长　我这不是帮你说好话吗？我这么一说，姑娘还真有那么点儿意思。人家说十点钟的时候到这里来看看，到时候你准备准备。

潘富　十点钟不是到了吗？

村长　你准备准备吧。

潘富　我什么都没有怎么准备呀？

村长　你以后好好干就什么都有了。

潘富　那现在呢？

村长　现在吗？咱们就得对付了。

潘富　怎么对付呢？

村长　我说干脆，这样——（把气球放椅子上罩上一块布当沙发，鞋盒子盖上村长带来的电视机罩当彩电）瞧见没有？沙发，24 寸大彩电，挺像的吧？这就算齐了。

潘富　挺像的。人家要是给看漏了呢？

村长　看不漏，魏淑芬的眼神不太好。

潘富　眼睛有毛病啊？

村长　也没大毛病，就是看不清人。正好啊，她眼神不好，屋子又暗，等会儿她来了领她在屋子里转一圈儿不就完事了吗？

（魏淑芬上）

魏淑芬　潘富同志在这儿住吗？

潘富　来了，来了。

村长　别紧张。精神点儿，记住沙发不能坐。

魏淑芬　潘富同志在这儿住吗？噢，你是村长。

潘富　来了。那个沙发不能坐。

淑芬　嗯？

村长　来，两个人拉拉手，认识认识嘛，互相介绍介绍。

魏淑芬　俺叫魏淑芬，女，29 岁，至今未婚。

村长　该你了。

潘富　我叫潘富。男，至今是二十不到，三十出头，四十还挂点零儿。你是至今未婚，我是光棍一根。

魏淑芬　俺娘说了，村长当中做介绍，这人肯定错不了，俺就来了。

潘富　欢迎，欢迎，热烈欢迎！欢迎！欢迎！

村长　（制止）你打算把人家吓跑了？我们潘富这两年干得不错。你看这是电视，这是沙发，你看这屋子怎么样？

魏淑芬　这屋子里的光线可是够暗的。

潘富　是黑点儿。

村长　他计划好了，明年给你盖三间大瓦房。

魏淑芬　真的吗？

潘富　带玻璃窗的。村长我哪儿有料哇？

村长　院子里不是有砖吗？

潘富　砖是垒猪圈的。

（魏淑芬在屋里转悠）

魏淑芬　（指沙发）这样的沙发俺可是头一回看到呢。

潘富　新式的，新潮嘛！

魏淑芬　城里买的吧？

潘富　啊！两毛七！

魏淑芬　嗯？

村长　两毛七——就买几个钉子。这是他自己做的。

潘富　对，他设计，我施工。

魏淑芬　这个电视机是多大寸的？

潘富　24 寸的大鞋盒子。

魏淑芬　嗯？

村长　他说的不是鞋盒子，是 24 寸协合牌的电视机。

魏淑芬　俺可头回听说。

村长　是新产品，新进口的。（指潘富）我说你少说点儿好不好？我们潘富这个人不错呀！优点就是懒。懒就是让干什么就干什么，从不挑挑拣拣。

潘富　不挑了，这就挺合适。

村长　我也想过了，等你过来以后呢，实行一元化领导，他的优点就全克服了。

魏淑芬　您这话是怎么说的呢？

潘富　这话这么说，你过门以后，一切听你的，我的毛病全克服了。

魏淑芬　你这话说得对。

潘富　那你同意了？

村长 你着什么急呀？你不会说两句客气话？

潘富 你大老远的来了，一定走累了，坐吧。

魏淑芬 俺还真累了。

（魏淑芬要往"沙发"上坐）

潘富 （惊叫）响了！响了！

魏淑芬 什么响了？

村长 他说呀，他想了，让你过门以后学科学，学技术，每天看点书——

魏淑芬 你还爱看书？

潘富 啊！特别爱看小人儿书。就是小孩儿——

村长 他喜欢孩子。

魏淑芬 真的吗？俺 29 了，俺也喜欢孩子。

潘富 不结婚怎么能有孩子？

村长 我说二位，咱先把孩子放下，把婚事订了再说。结婚的时候再买点儿家具。

潘富 这儿来个水箱，这儿来个大组合。

魏淑芬 村长啊，俺可不是图这个家里什么都有的。按说呢现在的日子过得是不错的。俺娘说了，女儿大了要出门，要找找个勤快人。俺娘说了，有些个人胡扯八扯当点心，牢骚怪话烦死人。俺娘说了耍皮球，睡懒觉，这样的男人不能要。俺娘说了——

潘富 你娘还说呐？

魏淑芬 你这是怎么了？

潘富 我一听说懒汉，我就坐不住。

魏淑芬 村长，这个人的脾气不大好吧？

村长 达个人的脾气一阵儿一阵儿的。

潘富 村长，你快过来吧。

村长 多好呀，这个金凤凰到你的屋子里。

（魏淑芬踢倒暖水瓶）

潘富 响了。

魏淑芬 实在对不起，俺眼神不大好。把个暖瓶踢碎了。

潘富 什么，我家就这一个暖水瓶——

（村长上去堵住潘富嘴）

潘富 （改口）对对！踢得好。昨天晚上我就想踢它，一直没腾出空儿来。您受累了。

魏淑芬 真的吗？

潘富 是真的。

魏淑芬 你还挺会说话的。

潘富 你踢的是比我响，我要踢踢不了那么响。

村长 这媳妇多好，往后好好干吧！

潘富 往后你指哪儿我打哪儿，一定好好干。

（魏淑芬掀开电视机罩）

魏淑芬 这电视机怎么没天线呢？

潘富 （大吃一惊）坏了，坏了！

魏淑芬 这电视机坏了？

潘富 没！没！这不是电视，不！这电视机没坏。

村长 没坏！没坏！刚买的。

魏淑芬 这电视机怎么乌涂涂的？

村长 它这是茶色玻璃。

魏淑芬 俺眼神本来就不好嘛！买个电视机买茶色玻璃的，让俺们过门儿后咋看呢？看什么呢？

潘富 别着急，电视机是茶色玻璃的，可是图像清楚。

村长 对，图像清楚。

魏淑芬 是吗？那你打开让俺看看，让俺看看嘛！俺要看看。

村长 这不是要命吗！

潘富 一打开你就看出来了，这茶色玻璃比那一般的玻璃清楚多了。

魏淑芬 真的吗？

（村长到鞋盒子后，只露出脑袋，装播音员）

村长 现在报告午间新闻，据山东电视台报道——

魏淑芬 这个人怎么这么眼熟呢？

潘富 这人是眼熟嘛！这不是宋世雄嘛！

村长 现在场上比数 2∶0——

魏淑芬 宋世雄怎么变样了？

潘富 没有天线人就变形了。

（村长从鞋盒后走出来）

魏淑芬 （惊讶！）吆！村长呀！

（潘富一失脚，把两个气球也踩爆了）

潘富 全完了。我跟你说实话吧，我家里什么都没有。就因为我过去懒，我改还不行吗？

魏淑芬 那你改好了俺再来。（转身欲下场）

潘富 那我送送你吧！

村长 回来！就这么就走了？

魏淑芬 那怎么？

村长 演完了还没谢幕呢！

马本斋传奇（选回）·乔装劫刑场

作者：刘洪滨、刘树强
表演：刘洪滨

天对着地，矛对着盾，
赤日朗月对着星辰。
高山峻岭对着大海，
无边的田野对着森林。
哭对着笑，懒对着勤，
白昼对黑夜，清风对行云。
南极对着北冰洋，
黄河对着莽昆仑。
北京的天坛对着地坛，
纪念碑紧对着天安门。
战士们对着那个枪和炮，
交通警对着来往车辆和行人。
俺说快书没什么对，
上嘴唇对着下嘴唇。
闻言道罢归了正本，
书接上回续下文。
上回书表的是，马本斋拉起了回民抗日义勇队，
专敲鬼子的鼻梁筋。
子牙河上打汽艇，
旗开得胜传佳音。
沧（州）大（名）公路夺军火，
吓坏了敌酋贼山本。

马本斋不光跟日寇来作对，

瞅冷子还打土豪和劣绅！

敌人把马本斋看成眼中钉来肉中刺，

回民兄弟都把他当作抗日的带路人。

马旋风越刮越猛漫天起，

刮遍了七乡八镇九十二村。

点燃了回民心中抗日的火，

他们都把本斋来投奔。

义勇队从小到大发展快，

转眼就有了百十人。

那真是兵强马壮军威震，

把日本鬼子吓破魂。

连打几个大胜仗，

日式的装备一刷新。

马本斋战斗间隙紧操练，

从难从严来治军。

这一天，演兵场上正军训，

可队员们，训练一点儿不认真。

出枪一点儿不使劲，

列队一点儿不精神。

马本斋越看越生气，

脖子上面暴青筋。

（白）"弟兄们——

咱们是'回民抗日义勇队'，

不是抗锄种地的老农民。

怎么能把枪当成烧火棍？

这个样战场上怎能杀敌人？

有的人倒背大枪揣着手，

还有的祖胸露背敞着衣襟。

你！是操练还是过烟瘾？

还有你！怎么啥也不穿光着上身？

（白）穿上衣裳！

按规定全队集合一刻钟，

可有人整整晚到了二十分。

（白）太不像话啦！

眼下里虽说咱是游击队，

讲素质一定要赶上正规军！

我现在给全队规定'三不准'：

第一条，站着队不准随便说话乱纷纷；

第二条，不准敞怀露胸赤着脚；

第三条，不准打人和骂人。

令行禁止要做到，

谁违犯就得受处分。

有道是'军中无戏言'，

到时候别怪我对不住弟兄们！

（白）大家能做到吗？""能。"

"怎么跟秧打了似的？再说一遍！""能！"

"这还差不多！"

好！下边接着练拼刺，

我要求大伙的动作要认真。

（白）课目！"唰——"预备用枪，前进刺，防左刺，防右刺。稍息！"唰——"

哈少白指挥队员来训练，

都无精打采没精神。

动作懒散不卖劲，

松松垮垮，死气沉沉。

马本斋看得不耐烦啦，

太阳穴上鼓青筋。

（白）"停止操练！"

你们的手中是钢枪，

不是姑娘的绣花针！

要懂得操场如战场，

在这里铸造军人魂。

再者说，只有平时多流汗，

战场上才能把自己来保存。

谁想在操场来偷懒，

那是笨蛋太愚蠢。

要记住艺高才能人胆大,

技术长一寸,胜利增一分。

军事技术靠苦练,

体察要领多用心。

我现在给恁作示范,

再把要领来重申。

(白)看见了吗?

出枪要快如闪电,

头正梗直猛斜身。

挺胸收腹肩要平,

双膝微屈稍下蹲。

气贯丹田杀声壮,

虎目圆睁怒火喷。

臂要直,枪要准,

脚要稳,手要狠。

跳跃如猛虎,出枪猛挺进,

任凭那面前的豺狼多凶恶,咱也要不慌不忙稳扎稳打压倒敌人!

(白)明白了吗?""明白啦!""好!预备用——枪!""唰——"

马本斋令下如山倒,

但只见刀光闪闪冷森森。

(白)"前进——刺!""杀——""后退——刺!""杀——""连续突刺一百枪,刺!""杀!杀!杀……"

演兵场龙腾虎跃风雷滚,

杀声震天荡回音!

勇士们越练劲越足,

钢枪飞舞好似龙缠身。

"哗——"前进如同潮水涨,

"唰——"神枪猛刺扫千军。

队员们不顾腿疼胳膊酸,

直累得喘气全都不均匀。

马本斋他和队员同操练,

觉着活血又舒筋。

课目做完来休息,

弟兄们七嘴八舌乱议论：

大发说："我这膀子都卸了环啦。"

二刚说："我的嗓子眼儿里像烟熏。"

三槐说："我的胳膊肿成小钢炮了。"

四虎说："你们瞧我这脖子像落枕。"

铁牛说："吃姜还是老的辣，

本斋哥，不愧是科班出身功底深。"

本斋说："打铁需要本身硬，

问路需问过来人。

哼！不怪自己的井绳短，

反怪别人的古井深。

当兵不能要娇气，

随时准备要献身。

别看你们练得挺卖劲儿，

按要求将够六十分。"

（白）"啊！刚及格？""对！好好练吧！"

马本斋刚要下令接着练，

没料到一场大祸天降临。

（白）说话之间就是一场乱子！说书人不愿闹乱子，可听书人恰恰相反，没有乱子还不愿听哪！因为只有闹起乱子来这书才热闹。听吧！这就来热闹啦！

马本斋正把队伍来操练，

抬头看有辆车子进了村。

这个人三十刚挂零，

黑红的脸膛蛮精神。

身穿毛蓝裤褂正可体，

旧不旧来新不新。

脚下穿浅脸的布鞋千层底，

头上围块白毛巾。

骑着辆"飞轮"车子前后闸，

猫腰蹬腿弓着身。

马本斋一看认得了，

是据点的内线张福根。

这个人能言善辩眼皮活，

跟老祥伯家沾点亲。

他从小父母双亡没依靠，

曾经在老祥伯家把身存。

到后来托人到县城去谋事，

在"兴隆居"饭馆学烹饪。

三年出师艺学成，

在饭馆掌勺吃劳金。

霍朝会成立保安队，

请厨师不惜重金把他聘。

日本鬼占了河间府，

他打入了敌人窝里把事混。

张福根在本斋面前把车下，

两眼落泪湿淋淋。

（白）"本斋哥，坏事啦！""怎么啦？""出大事啦！"什么大事？"要了亲命啦！""嗜，你倒说呀！""哎！老祥伯杨老师被捕啦。""啊？！""布告都贴出来啦。明天桑林镇大集，要拉出去枪毙示众！""啊！"

马本斋头上响了个晴天雷，

一把抓住张福根。

（白）"此话当真？""千真万确。""快说是咋回事！""哎，我说……对啦，你先把手松开不好哇！好家伙，你那手一攥，跟那老虎钳子似的，我受得了吗？"

张福根揉了揉手腕开了口，

从头到尾说原因：

"老祥伯为了抗日不辞劳，

为救国没黑没白操碎心。"

（白）"这都知道，你快说是咋回事。"

"咱这里要成立'回民救国会'，

特意去请杨老师亲自来光临。

八路军驻地他俩见了面，

杨老师当场就应允。

他脱下军装把农民扮，

收拾妥当就动身。

他们俩抄着小路走近道，

经过了城西八里苏家屯。

刚出村不到半里地，

可不好啦，碰上了鬼子的马队把路巡。"

（白）"跟敌人遭遇啦？""可不是，

八匹马把他们给包围，

要想逃跑难脱身。

杨老师一眼认出了龟次郎，

面目凶狠像煞神。

龇着对黄板大牙够半寸，

大嘴咧得像血盆。

酒糟鼻子牛蛋眼，

满脸横丝肉鼓沦敦。

这家伙杀人不眨眼，

马靴上血嘎巴足有半指深。

杨老师看了看老祥伯，

心里话，咱要想逃脱枉费心。

他冲着老祥伯使眼色，

（白）说：'迎上去！'

两个人前脚走来后脚跟。

龟次郎一声吼叫似狼嗥，

仔细听比狼叫唤还瘆人。

（白）'站住！什么干活？'

杨老师面不改色心不跳，

老祥伯点头哈腰露笑纹。

'太君，我们是良民大大的，

俺到这庄来串亲。'

（白）'巴嘎！撒谎的不行，你的八路的干活！'

杨老师一看鬼子有怀疑，

走上前去叫太君。

（白）'太君，我们是串亲的干活，撒谎没有。不信的你看——'

边说着篮子里拿出两瓶酒，

还有两盒枣泥酥皮的好点心。

（白）'太君，你的米西米西。'

龟次郎上下打量了老半天，

又把军情来探询：

（白）'前面八路的有？"

杨老师顺水来推舟，

对！吓跑了鬼子俺好脱身。

你看他慢条斯理说了话，

一本正经挺认真：

'前边的八路大大的有，

马本斋的队伍进了村。'

（白）'哼！马本斋的……''对！就是打瞎你眼的那个马本斋。''巴嘎亚鲁！'

龟次郎当时吓一跳，

又赶紧故作镇静稳住神。

（白）'马本斋的送上门来，要西！'

（夹白）"腰细"呀，你"腰粗"也不行啊！

龟次郎马鞭一扬说：'开路！'

马队飞奔起烟尘。

（白）"哎，这不脱险了吗？""哪儿？

杨老师他把鬼子给支走，

可哪知道刚出了虎口又入了狼群。"

（白）"又出什么事啦？"

"刚脱身又碰上了特务的车子队。"

（白）"哟！又遭遇啦！"

"是啊！

打头的是特务队长刘佩臣。

他猛一踩闸刹住了车，

你看他尖嘴猴腮像猢狲。

老祥伯上前套近乎，

杨老师给了个背影没转身。

（白）'哟！这不是刘队长吗？进村坐坐。'

刘佩臣怠答不理开了口，

把嘴撇得像尿盆。

（白）'老东西，哪去来？''串亲去来！'

'明明你是去找八路，

还撒谎说是去串亲。

赶快跟我说实话，

没空跟你磨嘴唇。

（白）喂！那是谁呀？

干吗还背着身子不露面，

难道说是姑娘害臊怕见人？

姑娘媳妇也得让我看一看，

看中啦拉到家里就结婚。'

杨老师气得把牙咬，

这家伙说话真牙碜。

眼下里身陷重围心焦急，

他是心问口来口问心：

（白）怎么办？

我有心打死这家伙快突围，

又一想，不行，顶风点火自烧身。

老祥伯年过花甲跑不动，

决不能连累这老人。

哎！车到山前必有路，

到时候只得破釜沉舟下横心。

想到此他扭转身形猛回头，

我娘啊！这可吓坏了刘佩臣。

他往回倒退六七步，

掏出手枪来护身。

镇定下来仔细看，

不由得脸上露笑纹。

'闹半天你是杨剑鸣，

货真价实的八路军。'

杨老师双目圆睁把他瞪，

寒光逼人冷森森。

说：'刘佩臣，我正告你，

别忘了你也是中国人！'

'少废话，本人我有奶便是娘，

我不管中国人来外国人。'

他一歪嘴，众特务'呼啦'围上来，

杨剑鸣面无惧色挺沉稳。

老祥伯从中打圆场，

话里头如同棉花里边藏着针。

（夹白）那真是软中带硬。

‘众位，咱是低头不见抬头见，

在场的全是老乡邻。

刘队长凡事可得留退路，

别死心塌地投日本。

你已经上了八路的生死簿，

老百姓背地戳你的脊梁筋。

我劝你仔细来掂量，

哪头轻来哪头沉。

小日本是秋后的蚂蚱长不了，

透风的房子难保温。

依我看你不如放走杨老师，

他不会以怨报德不知恩；

你要是伤害杨老师，

那是你自个儿种祸根。

杨老师跟马本斋是把兄弟，

像一奶同胞情谊深。

马本斋定会找你来算账，

那时候后悔药你可没处寻。

刘队长，我这是替你来着想，

你也得想想你的弟兄们。

替日本人卖命划不来，

别给自己去掘坟。

（白）刘队长，你自己拿主意吧！’

老祥伯软硬兼施一番话，

刘佩臣心里乱纷纷。

扪着头皮心暗想：

杨剑鸣这路天神是哪一尊？

他是八路军的大干部，

抓着他等于抱了聚宝盆。

到皇军跟前去讨赏，

从此后我升官发财多称心！

（白）他是财神。不能放他。又一想，不行！

我真要把他交给皇军来处置，

那是去敲阎王的门。

姓杨的真有个一差二错三长四短，

马本斋还不剥我的皮来抽我的筋！

（白）这么说这是丧门神！对，得放他走。耶！那也不中，

小心谨慎方为妙，

知人知面不知心。

有人要在皇军面前来告密，

我后半辈子也不安稳。

我这是抱着刺猬难撒手，

不撒手它又老扎人。

（白）这咋办呢……

杨剑鸣一看敌人乱了方寸，

对！得先发制人快脱身。

想到此，'唰'的声拽出二十响，

气宇轩昂，威风凛凛。

刘佩臣吓得真魂出了窍，

腿肚子朝前直转筋。

（白）'杨先生……有话好说……''都把枪放下！'

'哎！'

杨老师弯腰拣起左轮枪，

枪口正对着刘佩臣。

'刘队长，你在河间府里名气大，

敝人我早就有耳闻。

你死心塌地来卖国，

铁杆汉奸你为尊。

狗仗人势行霸道，

卖国求荣投皇军。

马本斋到你家把枪起，

当人质把你押回村。

义勇队收到赎金把你放，

君子一诺值千金。

你本该放下屠刀立地成佛，

幡然悔改来自新。

可是你饿狗改不了净吃屎，

一定要给日寇来做殉葬品。

今天咱狭路相逢来遭遇，

我对你依然讲宽仁。

咱们是大路朝天各走一边，

你东我西两离分。

我的话出口不更改，

你得立即执行不含混。

牙迸半个说'不'字，

看见了吗？我的匣子枪从来不忌荤！'

刘佩臣连说：'是是是，

您的忠言我记在心。

您是救苦救难的活菩萨，

您是大慈大悲的观世音。

您是我再生父母恩情重，

您是我弃暗投明的指路人。

好歹我也是中华民族一分子，

咱是千枝万叶连着根。

从今后改恶来从善，

决不做鬼子的牺牲品。'

刘佩臣滔滔不绝一通侃，

满嘴的唾沫星子往外喷。

'好！杨先生，咱井水不把河水犯，

分道扬镳，友情长存。

（白）回见！'"这小子回心转意啦！""嘻！这是鬼把戏。

这小子玩了个光棍儿不吃眼前亏，

施诡计把人来蒙混。

一转身就地十八滚，

跳进了壕沟来藏身。

杨老师甩手枪挨个来点名，

俩特务'嗷'的一声把腿伸！

刘佩臣一见红了眼，

说话全都岔了音：

（白）'弟兄们，上啊！抓八路——'

这时候，龟次郎正带着马队下正北，

顺着大道把路巡。

恐怕碰上马本斋，

提心吊胆挺谨慎。

猛听得背后枪声起，

拨马而回把敌擒。"

（白）"啊！鬼子又回来啦？""对！

杨老师寡不抵众陷魔掌，

老祥伯也双手反剪被绳捆。

火速押回了桑树镇，

龟次郎灯下搞夜审。

他在审讯室里刚坐稳，

刘佩臣奴颜卑膝献殷勤。

龟次郎最爱戴高帽，

拍他的马屁他就晕。

刘佩臣溜须拍马最拿手，

往他脸上直贴金。

'太君的一目了然看得准……'

（白）怎的一目了然？他不是叫马本斋打瞎一只眼吗？

'太君的一目了然看得准，

运筹帷幄，用兵如神。

跃马横刀战沙场，

真是位常胜大将军。'

刘佩臣天花乱坠一通涮，

龟次郎腾云架雾挺开心。

'八路军的赶快带上来，

我要亲自来提审。'

（白）'是！带八路——'

嗖！这一嗓子不要紧，

阴山背后起回音。

鬼子汉奸不怠慢，

一个个如狼似虎好凶狠。

从门外押进来杨剑鸣，

老祥伯就在后边跟。

杨老师来到审讯室里四下看，

低矮的房屋阴森森！

抬头看，龟次郎就在当中坐，

手拄着洋刀来护身。

刘佩臣五官直挪位，

脸上头一阵晴来一阵阴。

杨老师照着地下看，

满地的刑具真瘆人。

通红的烙铁一把把，

锋利的竹签一根根。

皮鞭上边带着肉，

老虎凳上血淋淋！

有几个掌刑的鬼子光着膀，

护胸毛支支楞楞像钢针。

龟次郎摆出一副慈善相，

道貌岸然，文质彬彬。

'啊！杨先生久闻大名未曾得见，

今日得见是福星高照大喜临门。

听说你博学多才文武兼备，

今日里幸会得知音。

（白）哼！很好，顶好，大大的好！

希望你能跟皇军来合作，

咱们中日亲善共荣共存。

（白）怎么样？杨先生！'

杨剑鸣把头一扭不搭理，

急坏了旁边的刘佩臣。

这小子甜言蜜语来劝降，

狗戴眼镜假斯文。

'杨先生，皇军如此抬举你，

阶下囚反倒成佳宾。

识事务者为俊杰，

关键时就得又能屈来又能伸。

你只要把皇军来投靠，

皇军还能慢怠恁？

论职务起码给你个大队长，

那时候连我都成你手下人。

你胆敢把皇军的旨意来违抗，

脑袋就甭想再囫囵。'

刘佩臣不知羞耻充说客，

杨老师恨得咬牙根。

心里话：既然我落到你们的手，

就算进了阎王的门。

为抗日以身殉国无遗憾，

只可惜我壮志未酬心如焚。

恨日寇把祖国的山河来蹂躏，

烧杀掳掠又奸淫。

狗汉奸认贼作父更可恶，

丧心病狂害人民。

想到此他强压心头火，

'嗜！'假装着长吁短叹脸一沉！

'刘队长，多亏你把我来开导，

我这才顿开茅塞度迷津。

事到如今没路走啦，

听你的，从今以后投皇军。'

'杨先生，大丈夫能伸又能屈，

不愧读过圣贤文。

（白）佩服！佩服！'

杨剑鸣一看这小子上了套，

要狠狠地把他来教训。

'刘队长，我有个秘密告诉你，

情报一字胜千金。'

刘佩臣嬉皮笑脸往前凑，

支楞着耳朵把脖伸。

（白）'杨先生，我洗耳恭听。'

杨老师憋足了千钧力，

攥紧铁拳使劲抡。

就听"嘣啊嘣'的连声响，

刘佩臣满脸开花豁了嘴唇。"

（白）"三瓣嘴成了兔子啦！""打得好！"

"两颗门牙被打掉，

疼得他眼冒金星头发晕。

你看他，头一梗，脖一抻，

两颗门牙肚里吞。

龟次郎暴跳如雷乱吼叫，

就像野牛闯火阵。

（白）'啊！重刑的干活！''哈依！'

鬼子兵兽性大发作，

严刑拷打真残忍。

皮鞭子蘸水使劲抽，

衣服都打成了破铺陈。

杨老师刚强不屈骨头硬，

革命立场多坚贞！

龟次郎气得浑身抖，

啊！难道说八路的真是钢骨铁筋？

哼！明天的桑林赶大集，

统统的枪毙斩草除根。"

（白）"他们要杀人？""可不是吗？"

张福根讲到动情处，

抓住本斋的衣服襟：

"本斋哥，老祥伯是东辛庄的主心骨，

杨老师是咱回民的贴心人。

得赶快想主意去营救，

眼下里是一寸光阴一寸金！"

张福根从头至尾讲一遍，

马本斋脑袋像挨一闷棍，就觉着天旋地转头发昏！

"好兄弟，多亏你冒险来送信，

救人的事情你放心。

（白）福根兄弟，不要着急。我马本斋就是粉身碎骨也得把老祥伯和杨老师营救出来。你赶紧回据点，严密地注视敌人的活动。有什么新情况，随时向地下联络站联系。""好吧！我走啦！""路上多加小心！""哎！"

他们俩说话之间分了手，

这时候太阳落山近黄昏。

你再看，队员们就像炸了锅，

七嘴八舌议论纷纷。

这个说："咱们强攻桑林镇，

打开据点救亲人。"

那个说："人命关天咱别蛮干，

还得好好动脑筋。"

一石激起千层浪，

这事牵动了大伙的心。

马本斋低头沉思来回走，

那烟卷儿一根接一根。

他照着这边一转脸，

见二刚就在地下蹲。

李二刚听说老爹蒙了难，

抽抽搭搭泪沾襟。

（白）"本斋哥……""别哭啦！""你看这……""不是说别哭了吗！""啊……""嘻！"

"你哭得俩眼像烂桃，

挺大的个子多寒碜。"

（白）"本斋哥，你看这事咋办？""这是件人命关天的大事，不能轻举妄动。先把队伍解散，咱得好好合计合计。""对！""走！""哎！"

马本斋忧心忡忡头前走，

小哥们儿愁眉不展后面跟。

大家伙回到了马家小院，

天井院气氛闷沉沉。

一个个大眼瞪小眼儿，

心里边都像压着块大石墩。
哈少白把沉闷的气氛给打破:
"弟兄们,依我看鬼子未必敢杀人。"
(白)"是吗?""你们想想看,
龟次郎青龙湾让咱打瞎一只眼,
惨痛的教训记忆犹新。
日寇在华北立足未稳,
冀中开进了八路军。
在敌后开展游击战,
整得鬼子伤脑筋。
他不敢轻举妄动胡乱来,
也担心一失足成千古恨。"
马大发听得不耐烦:
"难道说贼龟田还能有慈悲心?"
(白)"咱这不是分析嘛!"
"分析情况我不反对,
可也不能没边没沿瞎胡抢。
咱这不是来押宝,
到赌博场上撞时运。"
(白)"你……"
哈少白噎得直抻脖儿,
脸上如同抹铅粉。
"你说话里边别带刺,
难道说我哈少白不愿去救人?"
本斋说:"大家的目标是一个,
不要内部起纠纷。
兵书说:知彼知己百战不殆,
咱的对手是贼山本。
他为了建立'确保治安区',
'扫荡'、'清乡'正加紧。
趁大集杀一儆百他也做得出,
日本鬼比咱想得还坏十分。
营救行动要周密,

胆大心细又要谨慎。

（白）不能感情用事。"

哈少白说："本斋大哥说的对，

这事咱还得动脑筋。

这营救行动如同下棋，

胜者全凭造诣深。

先跳马尔后才能把车出，

要防备对方来将军。

小卒子盲目把河过，

等于是飞蛾扑火自烧身。

这盘棋保车马更要保将帅，

对杀中不能铤而走险要求稳。"

哈少白讲开了《梅花谱》，

大家伙越听越窝心。

大发说："哈队副有啥高见快点儿讲吧，

别转弯抹角地废嘴唇。

（白）有什么主意你倒拿出来嘛！""当然有啦！我这主意，

不用刀枪不动武，

叫作'以礼代武'办法新。"

（白）"怎么个'以礼代武'啊？快说说。"

"咱都知道，桑林据点人有限，

小鬼子、二鬼子加一起不过百十人。

咱给他弄上大米白面五十袋，

牛肉羊肉二百斤。

衡水白干一百瓶，

五十斤上好的碧螺春。

卤鸡板鸭六十对，

一百条鲤鱼不掉鳞。

八十条香烟带锡纸，

北平的名烟'哈德门'。

套上辆大车把东西拉，

连夜赶送到桑林。

再托人办上几桌好酒席，

四冷四热八大荤。

有道是：白酒红人面，财帛动人心，

我不信他敢不放人。

（白）这主意怎么样？""呸！

哈队副，你是给儿子办喜事呀，

还是闺女出嫁要回门？

咱这是杀场把人救，

你倒好，给日本鬼子开上荤啦？"

李二刚把脚一跺转身走，

满脸怒气带泪痕。

马本斋近前一伸手，

揪住二刚衣服襟。

（白）"二刚，哪去？嗯？"

二刚说："别光打雷不下雨，

老给我抱着个热火盆。

救人的事情我自个儿去，

大不了，豁出我这百十斤。

我要是把人救出那更好，

实不行我就跟鬼子把命拼。

给杨老师和我老爹把仇报，

也算我尽忠尽孝一片心。"

马本斋把眼一瞪发脾气，

眼眶里"呼啊呼"的把火喷：

"二刚，你还有点纪律性吗？

我看你纯粹乱弹琴。

咱不是乌合之众是军队，

也不是汪洋大盗闯绿林。

这是救人不是拼命，

走一步都要留脚印。

常言道单兵一个难成将，

孤树一棵难成林。

你自个儿要能把人救出来，

我给你磕仨响头表谢忱。

还说什么'光打雷不下雨'，

谁让你抱着个热火盆。

听你话，好像是大伙不想把人救，

说这话亏心不亏心？"

大发上前忙解劝，

冲着二刚使眼神：

"二刚啊！你真是个半吊子，

犟脾气就像老牛筋。

本斋哥剋你剋得对，

咱救人像浪里行舟舵把稳。

你说你急谁不急？

急了也不能去把命拼（呀）。

本斋哥别往心里去，

二刚是漫天刷浆——净糊（胡）云。

（白）本斋哥，咱还是得想主意呀！""是啊！"

马本斋转脸看见了董三槐，

在背旮旯里正出神。

（白）"三槐，你咋不吭气呀？有啥主意说说。""我还没考虑成熟。""那也不要紧，说说看。""好吧！我啰唆几句，我是三句话不离本行，还是从侦察桑林镇说起。根据我多次侦察的情况来看，桑林据点是这样的：

桑林镇离咱这里二十五，

是个交通要道军事重镇。

水路上紧靠滏阳河，

旱路上平（北平）开（封）公路串街心。

它本是河间城的咽喉地，

河间城又是沧州的西大门。

贼山本派精锐部队来守备，

龟次郎是他的得力干将还沾点亲。

龟次郎手下有一条恶狗，

那就是特务队长刘佩臣。

他们俩狼狈为奸心歹毒，

每逢大集就杀害抗日群众和八路军。

杀人场在村东一块碱场地，

东北有片枣树林。

南边是个大苇塘，

北边是片松树坟。

村口有座关帝庙，

石砌的庙台把街临。

逢大集那是破烂市，

那地场人群集聚五花八门。

桑林据点在村北，

高大的围墙壕沟深。

四个岗楼把四角，

大白天吊桥高挂关着门。

据点里配备了一个小队的鬼子兵，

二鬼子俩小队不足六十人。

依我看要救人得在刑场上边做文章。"

（白）"你是说劫刑场？""对！"

"嗯！你这主意正称我的心！

（白）咱俩是不谋而合呀！好！咱们就去劫刑场！"

大家伙听说劫刑场，

异口同声："好得很！"

队员们集思广益来献策，

马本斋运筹谋略深。

斩钉截铁做决断，

他鬼使神差巧布阵。

"弟兄们，这刑场对咱很有利，

我巧劫法场有决心。

芦苇塘潜伏一个班，

全配备手榴弹短枪好隐身。

松树坟隐蔽一组神枪手，

骑兵班埋伏到东边的枣树林。

枪一响冲进刑场把人抢，

不准恋战快脱身。

破烂市派上俩小队，

装扮成各行各路的赶集人。

每人两把二十响，

识别记号腔后掖块白毛巾。

公路旁理伏俩小队，

掩护撤退打援军。

（白）都明白吧？""明白啦！"

大家伙满脸的愁云全驱散，

心花怒放挺滋润。

二刚喜得直蹦高儿，

恰好似久旱逢甘霖。

要求本斋快行动，

恨不得插翅飞到桑林镇。

（白）"本斋哥，啥时候出发？快下命令吧！"

本斋说："要大胆，要沉着，

趁深夜长途奔袭急行军。

悄悄地在敌人鼻子下边来潜伏，

到时候挖他的肺来掏他的心！

我估计刘佩臣可能不露面儿，

受伤太重爬不起身。

这出戏主角就是龟次郎，

到明儿个是他升天的好时辰。

这家伙由我来处理，

老对手俺俩交情深。

行动信号就是敲他脑袋的第一枪，

我保证让这个小子命归阴。

（白）听我打响第一枪，松树坟的神枪手消灭执刑的刽子手，骑兵迅速出击冲进刑场，抢救亲人，由公路旁的队员掩护，撤出战斗，急速转移。芦苇塘的队员堵截逃窜之敌。破烂市的队员截敌退路，形成夹击的态势。力求全部消灭敌人！""是！坚决完成任务！"说话之间，大家纷纷离开了马家小院，各自进行战斗准备。晚饭后，本斋把需要提前埋伏的部队送走，单等第二天早晨率领两个化装赶集的小分队，直接向桑林镇破烂市进发！

这一夜无话咱不表，

单说那东方破晓鸡司晨。

马本斋推出辆独轮小车——"二把手"，

车上装打铁的家什实在沉。

这边装风箱铺盖吃饭锅，

那边装铁锤钳子大铁墩。

李二刚扶把拉车使牛劲，

马本斋弯腰推车弓着个身。

众队员紧跟车后走，

装扮成三教九流的杂牌军。

你看吧：有富的，有贫的，

练武的，习文的，

卖野药的，卖家禽的，

收破烂的，收碎银的，

还有唱曲的，拉琴的，

轱辘锅的，锔盆的，

披麻戴孝上坟的，

烧香还愿敬神的……

马本斋见了熟人不搭话，

把自己装成外乡人。

他出了村口上大道，

见赶集的如潮似涌人流滚。

老张回头叫老李，

老孙转身叫老陈。

从后边过来两个老大爷，

满把的胡须鬓如银。

他们一边走路闲唠嗑，

旧事不提谈新闻。

（白）"兄弟！""哥！""赶集来了吗？""嗯！"

"你没事少往外边跑，

俗话说：没事少赶集，有空多拾粪。"

（自）"谁说不是啊！

这年头，闭门家中坐，祸还从天上降，

说不定放屁都打脚后跟。

要不是给老伴来抓药，

打死我也不出门。"

（白）"哦！抓药来啦？""是啊！哎！你做嘛来啦？"
"小孙子今儿个过'百岁'，
他姥爷姥姥来串亲。
再穷也得割斤肉，
不能让亲家不见荤。"
（白）"那倒是！"
"没有事我才不到集上来，
说真的一到这里我发瘆。"
（白）"咋的？"
"上一回集我来，'跑猪'，
正赶上鬼子要杀人。
他们把赶集的圈到杀人场，
那场面把我吓掉了魂。
人们都说豺狼狠，
鬼子兵倒比豺狼狠十分。
把人都捆到木桩上，
他们人面兽心赤膊上阵。
洋刀劈，刺刀捅，
剖腹开膛来挖心。
也还有的活活喂了狼狗，
还有的'四马分尸'更残忍！
他们说杀的是八路，
其实哪，全是咱们庄户人。"
（白）"可不是吗！别提啦，
被害的就有俺孩儿的亲娘舅，
到如今连个尸首都没处寻。
他舅母听说丈夫被杀害，
俩眼一黑就哭晕。
半夜里找了条麻绳上了吊，
想起来叫人就伤心。
今儿个别再碰上这种事……"
"这事那可说不准。"
（白）"啊！别介！

咱早点去，早点回，

买完了东西快回村。"

马本斋听罢怒火撞，

乡亲们，生活实在不安稳。

狗强盗血债定要血来还，

不杀尽日寇不甘心！

马本斋心中有事脚步快，

恨不得脚下蹬上风火轮。

"吱嘎"一声来到了，

小车子进了桑林镇。

（白）哪！到啦。

这时候日上三竿天不早啦，

朝霞满天火烧云。

赶集的从四面八方往这儿涌，

大街上哩哩啦啦净是人。

马本斋顺着大街朝前走，

见街两旁有几家铺户买卖正开门。

转眼来到了破烂市，

把小车放在柳树荫。

俩把一扬搭上了棍，

见对过砖墙下围着人一群。

马本斋凑到近前这么一看，

"唰"的一声冷汗出一身。

（白）咋的？马本斋照着墙上一瞧，是张用朱砂笔打着红勾的杀人告示。心里话，这么说杨老师和老祥伯真是命在旦夕。只见上面写着："查杨剑鸣、李老祥等十名八路罪犯，追随共产，聚众闹事，与皇协军和大日本皇军对抗，破坏东亚共荣共存，实属罪大恶极，故绑赴刑场枪毙示众。愿良民百姓，安分守己，维护共荣，有追随八路者，格杀勿论！"

本斋想，狗日寇你等着吧，

待会儿就让你们命归阴。

他转身回了铁匠炉，

盘好了火炉支铁砧。

他把生意来招揽，

一张嘴带着山东音。

（白）那位问啦，马本斋咋会说山东话？他还会打铁呀？没问题，我一说你就清楚啦。

想当年他给哈家放了火，

到处流浪，举目无亲。

在口外，遇上了山东的郭铁匠，

跟着他学艺三年没离身。

当兵后在山东烟台驻过防，

所以他山东话说得不差半毫分。

他敢把山东的铁匠来装扮，

只缘当年有前因。

这时候铁匠炉旁围得人不少，

后边站着前边蹲。

马本斋抱拳忙施礼，

出言和气又谦逊。

粗葫芦大嗓说了话，

把赶集的人们来吸引。

"众位父老，俺们那里年荒旱，

只得逃荒离家门。

借你老河北这块宝地混碗饭，

恁这里是树大荫凉大，堤高河水深。

大树底下好乘凉，

水深鱼虾好存身。

俺家三代当铁匠，

祖传的绝活艺超群。

什么铡刀、挠钩、锄、镰、镢，

能打能钢能翻新。

俺们是初来乍到人生地不熟，

全仗着父老乡亲多关心。

常言道：亲向亲，邻向邻，

天下的穷人向穷人。

干好了给俺传个名，

干孬了不取半分文。

价钱好说你老随便给，

这就叫：不为今年竹，但图来年笋。

有铁活只管往这儿拿，

包管让你老能称心。"

马本斋使了套生意口，

行家一看就是生意人。

这时候有人搭了话：

"老师傅，啥时候开锤亮个音？"

马本斋扭脸一看是董三槐，

肩膀上挑着柴一捆。

他们俩一语双关说了话，

心领神会情逼真。

"卖柴的师傅不要急，

掌握火候有学问。

把火烧旺了再动手，

打铁不能瘟火焖。"

李二刚紧拉风箱猛加劲儿，

炉上的火苗熊熊烟团滚。

紧接着叮叮当当开了锤，

那真是，火星四溅赛金鳞。

马本斋掌钳打头锤，

李二刚光着膀子把锤抡。

他们俩正叮叮当当把铁打，

半路上杀出个程咬金！

（白）坏啦！又出岔啦！马本斋正在打铁，就见那些赶集的一个个是惊慌失措，东闪西躲。本斋定神一看，只见几个汉奸特务，横冲直撞，盘查行人。本斋想，要坏事！

这几个汉奸特务直奔破烂市，

步步把本斋来逼近。

为首的是汉奸队副"遭人恨"，

这小子坏水都流到了脚后跟。

铁匠炉前停住脚，

贼眉鼠眼四处寻。

他一眼看见了马本斋，

"哟！"这打铁的师傅挺精神！

猛一看像尊铜金刚，

两条大腿像房檩。

（白）哪！个儿不小哇！

又只见面如古铜亮油油，

身材魁梧挺匀称。

穿一套毛兰裤褂扎着腿，

不肥不瘦正可身。

头顶毡帽"三块瓦"，

腰里头系条油布当围裙。

"遭人恨"看罢犯嘀咕，

上牙不住咬嘴唇。

哼！我看这人好面熟，

（白）在哪儿见过……

怎么一时半会儿记不准？

这小子俩眼盯着马本斋，

二刚在旁边揪着心。

马本斋早就把他认出来啦，

心里话：咱俩这叫有缘分。

今年春国民党兵败往南撤，

他随着些散兵游勇进了村。

让淑芳教训一番放他走，

他言说痛改前非要知恩。

可恶狗改不了要吃屎，

摇身一变又成了皇协军。

早知你本性难改还作恶，

何必留你到如今。

兔崽子不用抖威风，

待会儿就送你进祖坟！

马本斋上前来应酬：

（白）"老总，辛苦！

我铁匠欢迎你老来光临。"

（白）"少废话！我问你是哪儿来的？撒谎的死啦死啦的有！"

"哪！这小子昨中国话说成了日本味儿，

很可能他是杂交种不纯。

（白）是杂种！

马本斋从容不迫答了话，

"我家住山东曹州郡，沂水县城北百丈村！"

（白）"哪嗬！跟李逵是老乡。少啰唆！

我问你到底是干吗的？

少跟我这来耍贫！"

"祖传三代都打铁，

流落江湖手艺人。"

"胡说！我看你是马本斋，

不要以假来乱真。

（白）说实话！"

李二刚伸手就要抄家伙，

当时间情况紧急很严峻！

（白）那位问啦，真认出来啦？哪儿！

这小子是瞎咋唬，

敲山震虎来挑衅。

本斋仰面一阵笑，

（白）"哈……老总啊！

你真能拿穷人来开心。

马本斋我倒听说过，

他当年干过东北军。

独立团他当过团长，

眼下里解甲归田回了村。

拉起了回民抗日义勇队，

专敲鬼子的鼻梁筋，还捎带

着收拾皇协军。"

（白）"住口！没问你这个！

你要不是马本斋，

也肯定是个八路军。"

一边说着把枪掏，

指挥着汉奸来搜身。

（白）"弟兄们，给我搜！"

李二刚心里嘣嘣像敲鼓，

脖子上边冒青筋。

心暗想：真要把枪搜出来，

计划眨眼成灰尘。

狗汉奸工具箱闹了个底朝天，

偏篓的东西往外抢。

油盐酱醋洒满地，

摔碎了锅碗瓢勺大瓷盆。

风箱全都打开盖，

恨不得挖地三尺深。

搜了半天怎嘛没发现，

"遭人恨"别提多窝心。

有个汉奸看见个酒嘟噜，

多年的陈酿味道醇。

"报告队副有情况。"

（白）"什么情况？"

酒嘟噜里装着宣传品。"

本斋说："老总，里边装的是烧酒。"

"不错，烧酒就是宣传品。"

（白）"烧酒怎么成了宣传品啦？""我问你，烧酒是什么做的？""是高粱做的。""高粱是什么色儿？""红的。""这就对啦。'红'即是'赤'，宣传赤化，同情共党——没收！"

（夹白）"这不是胡勒吗！"

"遭人恨"没收了本斋的酒嘟噜，

找了个地场去把酒抿。

马本斋这场虚惊刚过去，

又来了一队皇协军。

领头的还是"遭人恨"，

他带队进入了松树坟。

就像用篦子来梳头，

一个坟头不落的挺认真。

搜了半天没有事，

"遭人恨"这才塌下了心。

拉开距离原地站，

严密封锁把守得紧。

"遭人恨"又带着一拨往南走，

朝芦苇塘方向来开进。

转眼来到苇塘边，

冲着里边放高音。

（白）"快出来吧，看见你啦！你要不出来，等我们进去可就麻烦啦！"其实这是吓唬小孩子的事，也不过是壮壮胆而已。可我们义勇队员趴在地上谁也没动，心想：

你不进来还能多活会儿，

要进来，定叫你芦苇塘里来葬身。

"遭人恨"打了一通"壮胆枪"，

芦苇塘里没回音。

"遭人恨"这才把心放，

他设岗排哨动脑筋。

苇塘边上设警戒，

站岗的就像是泥胎几十尊。

"遭人恨"把刑场南北两边安排好，

又看了看东边的枣树林。

那地方离刑场足有半里地，

用不着搜索再费神，

那里不会藏着人。

（夹白）说对啦，没藏人，藏的是骑兵！

空场内派出了流动哨，

俱都是些个铁杆汉奸来值勤。

"遭人恨"他把刑场布置好，

马本斋一点一滴看得真。

他从兜里掏出老怀表，

俩眼紧紧盯着秒针。

（白）他估计时间已经差不多啦！

猛听得鼓楼上一阵汽笛响，

那个动静如同狼嗥真瘆人！

赶集的全都吓得变了色，

那些店铺赶紧上板关了门。

警笛过开出一队鬼子兵，

一个个龇牙咧嘴像瘟神。

竖眉立目端着枪，

刺刀上斑斑留血痕！

他们押着抗日军民游街示众，

全都是五花大绑麻绳捆。

一个个昂首阔步眉不皱，

遍体鳞伤鲜血浸。

本斋看罢把头点，

暗暗敬佩把拇指伸。

（白）硬汉子，好样的！

噫！紧末了来了日寇头目龟次郎，

他经常夸他的名儿起得有学问，

龟次郎——就是乌龟的二儿子，

我再生儿子就成了龟孙（啦）！

（白）哎，这有什么值得夸的。

龟次郎胯下一匹枣骝马，

手勒丝缰挺着身。

王八盒子右边挎，

左边挂洋刀正对称。

一只眼捂着个黑眼罩，

他左手就把马鞭抡。

抗日英雄经过铁匠炉，

李二刚一眼看到老父亲。

老人家踉踉跄跄往前走，

迈步艰难腿脚沉。

龟次郎劈头就是一鞭子，

老人家脸上当时留血痕。

（白）"你的哈牙库！"

二刚他一见老爹遭毒打，

如同钢刀来扎心。

他眼一瞪，牙一咬，

顺手抄起了大铁墩，

迈步就要往上闯，

要去跟鬼子把命拼。

他抖了三抖没动地儿，

就觉肩上重千钧。

扭脸看，是本斋的大手肩上放，

轻轻往下猛一摁。

（白）"不许轻举妄动！"

"嘿！"马本斋一瓢凉水泼下去，

李二刚头脑清醒又沉稳（啦）。

他又一看被绑的没有杨老师，

脑子里"嗡"的声就像挨了一闷棍。

（白）"本斋哥！""啊！""咋没有杨老师？""可能情况有变。"

果不然杨老师另有发落，

龟次郎诡计多端包藏祸心。

道高一尺，魔高一丈，

敌人是自作聪明太愚蠢。

眼下要集中精力劫刑场，

不能一心二用两头抻。

剪断说，鬼子兵押着好汉进了刑场，

还圈进不少赶集的人。

马本斋随着人群进了刑场，

二刚警卫紧贴身。

看了看，被绑的抗日军民站一排，

刽子手举枪来瞄准。

龟次郎马上一招手，

翻译官跑到跟前忙躬身。

龟次郎咿哩哇啦讲一遍，

狗翻译奴颜卑膝真孝顺。

他转身揪住老祥伯，

"赶快过来谢皇军。

皇军答应不杀你，

可有一条，得甘愿给皇军当顺民。

（白）怎么样？你考虑考虑吧！"

老祥伯轻蔑一笑抿嘴乐，

心里骂：无耻的汉奸丧良心，

妄想劝我来投降，

你那是饿狗想把日头吞。

中国人至死不当亡国奴，

做人的骨气胜真金。

想到此，老祥伯假意来应酬，

压下怒火露笑纹：

"翻译官，我死里逃生全凭你，

没想到老汉我枯木又逢春。

你提的条件我考虑，

不过是我提的条件你也得应允。"

（白）"什么条件？"

"我得跟大伙说上几句话，

顺便的开导开导众乡亲。"

（白）"可以。你只要肯投降就行！"

老祥伯看了看众难友，

一个个怒不可遏气不忿！

老祥伯放开喉咙高声喊：

"乡亲们，要记住咱跟日寇的仇和恨！

日本鬼侵占咱中华，

屠刀下牺牲了多少父老兄弟众乡亲。

这血债要用血来还，

咱们要报仇来要雪恨！"

老祥伯大义凛然慑敌胆，

气壮山河震乾坤。

（白）"打倒日本帝国主义！打倒汉奸卖国贼！"

刑场上如同火山来爆发，

从四面八方起回音。

龟次郎差点儿滚下马，

只吓得浑身发抖打寒噤：

（白）"啊！中国人的骨头的硬，统统的枪毙！"

刽子手举枪瞄准要射击，

413

众乡亲惨不忍睹都转过身。

马本斋施展出了绝招"甩手枪",

百发百中打得准。

"啪"！龟次郎应声栽下马,

脑袋开瓢血淋淋。

马本斋打响第一枪,

义勇队员齐振奋!

神枪手一阵排枪打得好,

刽子手倒地瞪眼把腿伸。

本斋照着正东看,

"咳——"骑兵冲出了枣树林。

风驰电掣进了刑场,

天兵怒气惊鬼神。

勇士们高举战刀猛劈刺,

只杀得天昏地暗阴沉沉。

手起刀落人头滚,

马趟沙土起烟尘。

营救亲人上了战马,

扬鞭策马离桑林。

这时候北边的敌人往南跑,

就好像受惊的兔子慌了神。

妄想着跟南边的敌人来汇合,

钻进苇塘再脱身。

一边打,一边退,

步步把苇塘来靠近。

他们刚要把苇塘进,

哪知道苇塘里还有咱们的人。

苇塘里扔出了集束手榴弹,

只炸得敌人血肉横飞鬼哭狼嚎喊太君。

（夹白）太君的命也顾不过来啦!

破烂市"哇"的一声炸了集,

赶集的东奔西跑逃乱纷纷。

这一炸集不要紧,

做小买卖的遭厄运：

吃食棚卖包子的翻了屉，

蔬菜市茄子萝卜满地滚。

卖豆腐脑的砸了缸，

炸麻糖的摔了盆。

（夹白）乱套啦！

鬼子兵夹着尾巴往回跑，

马本斋堵住退路封了门。

"遭人恨"混在人群里想溜掉，

马本斋揪着他的袄领往回拎。

（白）"你给我回来吧！""回来就回来！"

"遭人恨"回头一看来了气了，

"铁匠师傅你跟我较的什么劲？"

本斋说："你是忌吃不忌打，

怎么三番两次认错人。

告诉你，我就是你要找的那个马本斋，

这是你命里该着赶的寸。

（白）你还有啥说的？"

"遭人恨"一看真是马本斋，

当时吓得掉了魂。

本斋说："善恶到头总有报，

你罪恶滔天难容忍。"

一使绊儿把他摔在地，

蹬着肩膀把他脑袋往外抻。

"咔——"一下抻出了五六寸，

滴溜当啷连着筋！

马本斋见敌人消灭得差不多，

还缴获了不少战利品。

马本斋跨上龟次郎的枣骝马，

命部队撤出桑林镇。

（白）"弟兄们，撤出战斗！""是！撤出战斗。"

马本斋率领骑兵班，

去沙河桥跟大发汇成一路军。

（白）这究竟是怎么回事？这咱得来个"倒插笔"交待一下。在昨晚研究营教方案的时候，本斋预料到龟次郎不敢轻易处治杨老师，很可能交给山本去发落，一来是向他的上司邀功领赏；二来也怕义勇队把这笔账记到他头上，所以放出烟幕，要在大集上处决杨剑鸣，可暗地却悄悄把杨老师装上囚车经沙河桥遭奔河间而走！根据这种分析，在布置劫刑场的同时，派出马大发带领一个小分队埋伏在沙河桥营救杨老师。事态发展果不出本斋之所料。因此他劫完刑场带着一个骑兵班来同大发会师。书要简捷，马本斋把骑兵班隐蔽在离沙河桥半里多地的一片柳树林里，他赶到伏击地点与马大发会面，大伙那个高兴劲儿就甭提啦！

马本斋伏击点会见了马大发，

他给大伙传喜讯：

"老祥伯已经得了救啦，

可杨老师至今不见人。

内线讲要往河间押，

贼山本要亲自来提审。

押车的军曹带着一个班，

拂晓之前离了桑林。

车上还带着一条狗——

特务队的刘佩臣。

早晨在沙河桥据点来打尖，

然后直往河间奔。"

大发说："俺们早就准备好啦！

让鬼子美餐一顿开洋荤。"

（白）本斋说："你们打算怎么招待？"大发说："咱是外甥打灯笼——照舅（归）！

咱还用夺军火的老办法，

给鬼子布下地雷阵。

眼下里万事俱备只欠东风，

急坏了咱的地雷大王马维民。"

（白）"是啊？"

本斋说："维民，你这铁西瓜是怎么卖的？"

维民说："两排拉雷横贯公路，

个大药多埋得深。

两排雷前后相距五十米，

雷区里咱把囚车困。

布炸雷就要担风险，

弄不好容易伤害自己人。"

（白）"嘿！你想得真周到！就这么办！"

大发说："本斋哥，囚车一定来吧？

我等了半天都饥困（啦）。

（白）俺还没吃早饭哪！""噢！你饿啦？""是啊！""你要饿了那好办！""怎么

办？"

"裤腰带使劲给勒紧。"

（白）"这个主意可够损的！"

本斋说："你忍着点儿吧，

我估计囚车马上就要到（啦）！"

大发说："本斋哥料事真如神。"

（白）"怎么？""囚车来啦！你瞧。"

马本斋照着东北留神看，

漫天的灰土滚烟尘。

顺公路开来一辆大卡车，

轰轰隆隆往前进。

车厢上搭着帆布篷，

堵巴得严严实实不见人。

老军曹坐进了司机棚，

靠门还坐着刘佩臣。

这囚车顺着公路往前跑，

老军曹洋洋得意挺滋润。

（白）"刘桑恩？""太君！"

"为皇军卖力大大的好，

你的是山本长官的大红人。"

刘佩臣受宠若惊奴婢相：

"太君，我究竟红到什么分寸？"

"你红的像庙山门，杀猪的盆，

花姑娘的嘴唇火烧云。

（白）你的红得发了紫啦！"

刘佩臣借机也把马屁拍：

"太君你简直是圣人。"

（白）"我的孔夫子一样的，顶好！

马本斋中了皇军的计，

土八路傻头傻脑太拙笨。"

（白）"没错！

你只要提起马本斋，

俺俩是不共戴天仇恨深。

半夜里跑到俺家去起枪，

碰上我回家给老子办寿辰。

起了枪把我跟护兵给绑走，

逼着俺家要赎金。

我老爹亲自跑到东辛庄，

三百块大洋去赎身。

从此后俺们家砸了瓦茬破了产，

老父亲呜呼哀哉命归阴。

有一天马本斋落到我的手，

剥他的皮来抽他的筋。"

刘佩臣吹牛正发狠，

"吐……"汽车换挡加了油门。

"前面的灌木丛的不安全，

防备马本斋的偷袭要谨慎。"

"马本斋吓死他也不敢来。"

（夹白）不敢来呀？早来啦！他边说着一个劲儿的打喷嚏。

（白）"啊——嚏！哼！谁重念我……"

（夹白）谁重念，那是马本斋想要你的命。

转眼间囚车进了需区，

马维民拉着雷索猛一抻。

就听着"轰隆隆"连声响，

如同山崩地裂闹地震。

老军曹要想跳车没法跳，

刘佩臣旁边堵着门。

他憋足力气铆上劲，

（白）说："去你的吧！"

一脚踹出去刘佩臣。

刘佩臣一头栽出了驾驶室，

老军曹惊慌失措愣了神。

看了看，车前后炸出两道沟，

有一米多宽两米深。

这辆囚车夹在两沟当中间，

退不能退来进不能进。

又听得灌木丛"乒乒啪啪"枪声起，

杀声震天如潮汛。

鬼子兵一边打着一边退，

直奔东北柳树林。

本斋一见心高兴，

鬼子兵你主动送货来上门。

（白）"弟兄们，冲啊——"

杀声四起惊敌胆，

战马嘶鸣军威震。

骑兵冲锋如潮水，

战刀飞舞似银鳞。

"唰！"这个鬼子脑袋削掉多半拉，

"卟！"那一个胳膊肩膀两离分。

鬼子兵抱头鼠窜鸟兽散，

马大发把亲人的下落来找寻。

找了半天没找到，

急得他头上冒青筋。

（白）"报告本斋哥，各处都找遍了，就是不见杨老师的影子。怎么办？""嗯，可能我们上当啦，马上撤！"

"这辆汽车怎么办？"

"老办法浇上汽油用火焚。

（白）烧了它！"

马本斋正要去卸油箱，

见车底下趴着刘佩臣。

这小子躺在地上假装死，

妄想把本斋来蒙混。

马本斋把他的阴谋早看破，

故意地奚落他一番开开心。

"大发，你来帮我认一认，

这尸首是不是刘佩臣？"

（白）"不是他是谁？"

本斋说："刘佩臣跟咱可是老相识，

只许他不义，不许咱不仁。

咱不能让他把狗喂，

我这就给他来出殡。"

（白）"怎么殡葬？"

"不用土葬来火葬，

易风移俗办法新。

（白）好主意，烧了他！"

"对，烧了他！"

马本斋提着油箱要倒油，

这可吓坏了刘佩臣。

"呼"的一声忙爬起，

"嗯！"本斋说："你还能借尸来还魂？"

刘佩臣跪在地下苦哀告，

他是语无伦次瞎胡云。

（自）说："马……队……"本斋说："哦！马队呀，早走啦。""不！我是说马——队——长，饶命吧！"

"哼！"马本斋未曾说话牙咬碎：

"你这个民族败类臭狗粪。

奴颜媚骨无人性，

铁杆汉奸你为尊。

再三宽大你不悔改，

你小子纯粹是狗咬吕洞宾——不识好赖人。

我问你杨老师现在押在哪里？

不说实话我抽你的筋！"

（白）"他这个——""说！"

这小子贼眼一眨巴，

翻身就把手枪抻。

向着本斋猛搂火，

本斋早就留着神。

说时迟，那时快，

马本斋甩手一枪打得准，刘佩臣的脑袋揭盖敞了大门。

汽车浇油点上火，

霎时间烈焰腾空浓烟滚。

义勇队高唱战歌凯旋归，

乡亲们沽酒宰羊来劳军。

可就是没有救回杨老师，

大家伙都为亲人揪着心。

下回书，贼山本血洗东辛庄，

这才引出来：敌人火烧清真寺，义勇队参加八路军。

超生游击队

作者：段小洁、黄　宏
表演：黄　宏、宋丹丹

人物　孩儿他爹、孩儿她娘。

[爹背着一个婴儿，挂着弹棉花用的弓子和钉鞋的锤，手拎旅行袋，警惕地向四周观察着上场。然后向后台吹口哨，后台回应；拿起弓子弹出声，后台回应锤子声；向后台打手势，身怀有孕的妈，背着一个婴儿，手拿修鞋的拐子上场。

孩儿她妈　她爹呀！

孩儿她爹　嘘……

孩儿她妈　这地带安全不？

孩儿她爹　据我观察，没发现敌情。

孩儿她妈　哎呀妈呀，累死我了。

孩儿她爹　小点儿声儿。

孩儿她妈　咋的啦？

孩儿她爹　你没看那边有个老太太，我看她那样像街道干部，现在对这事抓得可紧了。

孩儿她妈　哎呀，抓就抓，我豁出去了，整天价东躲西藏像做贼似的，干啥呀？

孩儿她爹　哎呀，再坚持几天生下来不就完了吗？

孩儿她妈　生、生，跟你结婚没消停，结婚四年生了三个丫头片子。整天是老大哭，老二叫的，哎呀妈呀，三儿又尿了。（从旅行袋里抱出小三儿）

孩儿她爹　来，接着。（摘下帽子）

孩儿她妈　那不漏哇？

孩儿她爹　这里面有个塑料袋，平时防雨，关键的时候接尿，两用。我跟你说城市这毛病可多了，吐痰就罚五角钱，这一泡尿还不滋出一张大团结去。

孩儿她妈　真的呀？

孩儿她爹　那可不咋的。（在地上捡起烟头，咳嗽）这片儿尽外国烟头，一个比一个冲，（又捡起一个）这个还行。

孩儿她妈　你说说这日子过得真是，越过越穷，越穷越生，怀孕的时候想吃点儿什么都吃不上。

孩儿她爹　吃东西是次要的，生命在于运动，来，起来溜达溜达。

孩儿她妈　拉倒吧，溜达一天啦溜达个啥呀。

孩儿她爹　懒是丫头，来，起来溜达溜达。（搀着孩子她妈站起溜达）

孩儿她妈　想吃点儿水果都没有。

孩儿她爹　我不给你整来两捆大葱吗？

孩儿她妈　那个大葱和水果能比呀？

孩儿她爹　大葱和水果从科学的营养价值上讲是一样的。

孩儿她妈　拉倒吧，你吃大葱还敢和人家吃水果的比呀？你看人家吃水果的，脸个顶个，红扑扑的多水灵，你再看咱这几个都啥色儿啦，个顶个葱心绿。

孩儿她爹　这孩子更有特点，好认，现在国家不是有困难吗？等到二〇〇〇年就能达到吃小康的水平了。

孩儿她妈　照你这么生啊，你糠都吃不上。

孩儿她爹　他吃上糠吃不上糠这和咱俩的关系都不大，你现在主要的任务就是吃，知道不？

孩儿她妈　你没看人家报纸上讲啊？

孩儿她爹　咋讲的？

孩儿她妈　时代不同了，男女都一样。

孩儿她爹　你听错了，人家是说实在不行了，男女才一样，那是指那些做绝育的说的。咱俩不是还行吗，趁着年轻多生几个，你知道哪个将来能培养个乡长什么的。

孩儿她妈　拉倒吧，你那个熊样儿还能培养出乡长来，给孩子起个名儿都起不好。

孩儿她爹　我咋起不好啦？

孩儿她妈　咱就说大丫头吧，一个女孩子叫个啥名不好哇，什么珍呀，玲呀，凤呀的，听着也顺耳呀。你可倒好，憋三天憋个脸通红，起了个海南岛，那叫人名呀？

孩儿她爹　那不是在海南岛做民工的时候生的吗？

孩儿她妈　老大没经验，老二呢，你给起了个吐鲁番。

孩儿她爹　那不是在新疆捣腾葡萄干儿的时候生的吗？都有纪念意义，知道不？

孩儿她妈　老三更好啦，你给起个少林寺，一个姑娘家长大之后叫得出口哇？

孩儿她爹 名儿这个东西就是个记性，我叫狗剩子我找谁了，歪名好养活知道不？

孩儿她妈 这老四还没生呢，你把歪名起好了，叫什么兴安岭。这回我死活不依你，到了北戴河就生。

孩儿她爹 那就叫北戴河，这回依你行不？咱们的特点就是走一道生一路，住一站生一户。

孩儿她妈 还有脸说呢，人家背后叫咱啥你知道不？

孩儿她爹 叫啥呀？

孩儿她妈 流动大军。

孩儿她爹 那就对了，我们的特点就是流动，弄不到护照，要是能弄到护照，小四出国去生，名儿我都想好了。

孩儿她妈 叫啥呀？

孩儿她爹 OK，撒优娜拉。

孩儿她妈 哎呀，妈呀，真没知识，还撒优娜拉呢。撒优娜拉啥意思你知道不？是再见的意思，你跟我撒优娜拉，这几个孩子归我一人养活呢？

孩儿她爹 你想得咋这么多，我这不是肚子里的词多，随便溜达出来一句，我也不知道是再见的意思。我要是知道是再见的意思我也不能说呀，我跟你再见谁给我生儿子。

孩儿她妈 你咋知道我怀的就是儿子呀，要是丫头呢？

孩儿她爹 我听说现在医院有个什么超，丫头、小子一超就准。

孩儿她妈 屁超。

孩儿她爹 对，屁超。咱去超一下，丫头、小子一超不就放心了吗？

孩儿她妈 人家医生看咱带这些个孩子，那不露馅儿了？

孩儿她爹 真笨，咱俩就说是二婚，海南岛和吐鲁番都是前窝带来的。

孩儿她妈 你家二婚三孩子呀，那少林寺呢？

孩儿她爹 那就说是三婚不就完了吗？

孩儿她妈 拉倒吧，年轻轻的结三次婚丢死人了。你自己去吧，我不去。

孩儿他爹 时髦的事，啥丢人哪，走、走、走！（拉孩儿她妈）

孩儿她妈 干啥呀？

孩儿她爹 你现在这脾气吧可暴了，特别任性，你自己有感觉没？

你别着急，你看咱村那老王家，第一胎第二胎第三胎，呱叽一下生个小子。

孩儿她妈 你跟人家能比呀，人家生得起，罚得起，你行啊？

孩儿她爹 我不行，我罚得起我罚，罚不起我跑。我们的原则是：他进我退，他退我追，他驻我扰，他疲我生。我跟你说，我就不信保不住一个儿子。

孩儿她妈　照你这么说，打一枪换一个地方，你弹棉花，我掌鞋的，赶上二万五千里长征了。

孩儿她爹　咱这一道上叮叮当当地咱也没少挣钱呀！

孩儿她妈　还挣钱呢，你挣那点儿钱全捐给铁道部了。刚才在候车室那乘警指着我鼻子叫我啥，你知道不？

孩儿她爹　叫啥呀？

孩儿她妈　盲流。你听听还盲流呢，离流氓不远了。

孩儿她爹　管他盲流不盲流，不让做人流就行。咱们现在的任务就是生儿子，知道不？

孩儿她妈　我说生儿子就生儿子呀？

孩儿她爹　那咋的？

孩儿她妈　我要是说生儿子就生儿子，我要这几个孩子干啥呀？自从有了海南岛、吐鲁番和少林寺你看你妈那个样儿，整天价嘟噜个脸拉老长，跟长白山似的。

孩儿她爹　你妈像长白山，我妈跟长白山有啥关系？

孩儿她妈　我知道啥关系。

孩儿她爹　怪你自己不争气。

孩儿她妈　我不争气，人家科学上都讲了，生男生女老爷儿们是关键，你种的茄子能长出辣椒吗？

孩儿她爹　就你那破盐碱地，种什么都白扯。

孩儿她妈　白扯就白扯，我现在就上医院。

孩儿她爹　你站住，你要是把北戴河给流了，我跟你没完！你站住——（从地上捡起棉花弓子）

孩儿她妈　你干啥呀，你还想打我怎的？（抢过弓子）

孩儿她爹　哎呀，你还想打我咋的？

孩儿她妈　我不打你，我打北戴河。（打自己肚子）

孩儿她爹　你可别打，算我错了。

　　　　　[二人争抢弓子。

孩儿她爹　（跪下）我求求你不行吗？我求求你不行吗？

孩儿她妈　她爹呀，起来吧啊，起来，咱两人交交心，坐下啊。她爹呀，你还记得当年不？咱两人恩恩爱爱，欢欢笑笑，比翼双飞，郎才女貌。白天你下地干活，我在家做饭，到了晚上，一吹灯你就给我讲故事。

孩儿她爹　讲的啥都忘了。

孩儿她妈　啥吓人你讲啥，尽讲些鬼呀神呀的，吓得我直往你怀里钻。

孩儿她爹　那时候，你也特别温柔。

孩儿她妈　可自打有了这个孩子之后，咱的生活真是急转直下，那真叫一个天上，一个地下。你看人家城里人看咱的眼神都不对头，说实在的，咱自己都觉着影响市容。白天还好说，到了晚上，尽钻那个水泥管子。看着孩子们冻得直哆嗦，我这当妈的，心都碎了。她爹呀，咱回去吧，行不？

孩儿她爹　孩儿她妈呀，我有的时候也想过回去，可回到村里咋整呀？小大、小二、小三把家里的东西都罚得差不多了，小四咋整呀？罚啥呀？

孩儿她妈　可它总算也有个家呀。咱跟村长主动承认错误，这也算咱主动坦白，投案自首，他还不给咱一个宽大处理呀？他要是不给咱宽大处理，还要罚咱给小四打个借条，咱保证从今以后，不管是男是女再也不生了。往后咱好好干活，多多挣钱，把这几个孩子抚养成人。咱俩人幸幸福福、快快乐乐，寻找咱俩人从前的影子。她爹呀，你说不好吗？

孩儿她爹　好，孩儿她妈，我也不止一次在想，你说在这人生地不熟的，真要抓着不就麻烦了吗？

孩儿她妈　可不咋的！

孩儿她爹　尤其城市人多，走到哪儿……（发现前方有老太太）孩儿她妈，小脚侦缉队上来了。

孩儿她妈　她爹呀，撤！

孩儿她爹　你先撤，我掩护。

　　〔二人拿着弓子、旅行袋下场。

什刹海的传说

作者：王　决
表演：张蕴华

【曲头】
朱元璋去世刚四年，
燕王进北京，掌握了皇权，
想修京城，手里缺钱。
大臣们说："皇上别急，这事好办，
去找财神爷沈万三，他最有钱。"

【南锣】
派张言和李冠，去查找，沈万三，
北京城里，他们到处转。
（白）那位先生问了，这沈万三是什么人呢？
这沈万三呢在当时可是个大财主，
据说他家有个"聚宝盆"，需要多少钱就能变出来多少钱，所以大臣们的修京城就得跟他要钱。
结果找到了没有呢，嘿！别提了，他们找的这个沈万三呢，是同名的老百姓。

【太平年】
说这个沈万三，身穿破布衫，
满脸的滋泥呀，他是瘦得可怜，
说上官哪，我的家早已就倾家荡了产，
住口！我看你是有银子装穷啊，满嘴胡编。
你敢抗旨不遵，来人哪，先打他二百皮鞭。
然后就游街，示众三天。
完事再押着他，全城到处转，
不拿出银子来，哼！这事不算完。

【南城调】
沈万三被押到，地安门外，
他迷迷糊糊的就摔倒在街前，
张言说："哎哎哎，你少来这一套，别跟我装蒜，

427

看来要是不打你呀，你那银子是舍不得往外搬，

来人呢，给我狠狠地打！士兵们是鞭如雨点。

慢！这时候来位老者，是鹤发童颜，

这位老者他是谁呀，敢把那官兵来冒犯？

来者可不是凡人，是一位老神仙。

他要指明，那埋银子的地点，

老神仙来搭救，这个倒霉的沈万三（转相）

【柳子腔】

老者说，哎哎，你们不要打来不要打，

打坏了他就甭想找到钱，

沈万三他本是个半仙之体，

能指明埋银的地点在哪边。

我说，万三呀，你醒醒吧，来醒醒，

缓缓气，抽我一袋烟。

沈万三把老头的烟袋摆（了）在地上，

说大伯呀，看来没钱，我的命就要完。

【怯快书】

哎，完不了，你来看，财神爷在你的头顶转，

你倒下的地方，嘿！这里就有钱，

说完话，一阵清风，老者不见了。

士兵们乒乒乓锹镐齐下挖得欢，

整挖出一大窑银子，有四十八万两，

接茬儿又转了十几天，

沈万三哪里跌倒，就挖下去，

那下边准能挖出很多钱。

前后挖了整十窑，

把修城的银子凑齐全，

从此后那十个大坑可就没人管了。

慢慢的坑里就水漫漫，

人们称它"十窑海"，后来改名叫"什刹海"，

两旁就叫那"积水潭"。

沈万三搁在地上的烟袋，他可没放正，

变成了"烟袋斜街"在鼓楼前，

这就是什刹海传说的一个小段儿，

流传至今有五百年。

至于，可信不可信，

请您去问问那天上的老神仙。

血桃花

作者：陈亦兵
表演：程桂兰、王依冰

（诵白）江南有一个美丽的桃林，桃林有一个飘香的黄昏，黄昏里有一个动人的传说，说的是一个桃花姑娘告别了一个出征的士兵。

桃 花 别

桃花儿红，桃叶儿新，
我家桃花送征人。
人说是相约黄昏后，
你和我，月儿东升人离分。
摘瓣桃花送给你，
留下一个芬芳的吻。
你看那桃花瓣上露珠儿滚，
那不是泪呀，
那是姑娘点点滴滴，滴滴点点相思雨，
送我洒征尘。

桃花儿红，桃叶儿绿，
告别桃花有情人。
人说是古有将士新婚别，
你和我，花烛未红人离分。
你摘桃花送给我，
千程万里贴在身。

你看那桃花瓣儿如云霞，

那不是霞呀，

那是姑娘片片朵朵，朵朵片片相思情，

伴我南疆行。

（诵白）南疆是士兵的战场，江南是士兵的故乡，士兵在坑道里思念，思念着远方的桃花姑娘。

桃 花 思

茫茫雾，雾茫茫，

浓雾幽幽锁南疆。

军衣破碎难遮体，

一瓣桃花偎在我胸膛。

倚枪悄悄儿把桃花看，

战友啊，莫笑我儿女情长。

堑壕里我有打虎的胆，

壮志满怀，刺刀铮铮亮。

三天未饮一滴水，

心头流着一条江。

三个月，未闻桃花信，

夜夜里，月移花影上山梁。

战士我不怕暴风，不怕疾雨，

就怕这黄昏的宁静，勾起我心中惆怅。

桃花啊，有你伴我守边关，

炮火度日月，硝烟亦芬芳，

我愿把战场献给你，

鲜血写下情爱一行行。

一行，报佳音，

一行，话悲壮，

还有一行，悄悄话，

凯旋门下，再吻你桃花香。

（诵白）桃花开了，士兵醉了，眼前是严酷的战争，他带着桃花走向那血火山峰。

桃 花 血

炮火连天如花红，
桃花开在炮火中。
那士兵，带着桃花迎炮火，
炮火下，桃花随着士兵去冲锋。
炮火照士兵，
士兵英姿勇。
炮火映桃花，
桃花色泽浓。
有一日，士兵倒在炮火下，
一瓣桃花落山丛。

（诵白）桃花落山丛，桃林悼春风，姑娘手捧着烈士的来信，诀别的话儿像边疆的
泉水叮咚。

桃 花 情

请原谅我，
请原谅我，
在我走向战场的时候，
未曾陪你月下散步，
未曾把你桃花亲吻；
请原谅我，
请原谅我，
在你走向战场的时候，
未曾陪你月下散步，
未曾让你把桃花亲吻。

我不该匆匆离去，
告别了美丽的桃林。

听我的话呀，

听我的话，花儿正年青，

把你的爱，把你的情，

献给那护花的人。

听你的话呀，

听你的话，听懂了你的心。

把我的爱，把我的情，

献给那英勇的士兵。

待到来年桃花开，

捧酒再祭你这守林人。

（诵白）又一年黄昏，又一个春天，她来到烈士陵园，来到士兵的身边。

桃　花　墓

天蓝蓝，云淡淡，

姑娘我采一篮桃花瓣，

瓣瓣桃花行行泪，

洒在君墓碑。

春天为你召杨柳，

夏天为你引泉水，

秋天陪你赏明月，

冬天赠你鲜腊梅。

亲人哪，你睡着了，

送你一把桃花伞，

伴君守边关。

天蓝蓝，云淡淡，

姑娘我采一篮桃花瓣，

撒在君墓碑。

亲人哪，你睡着了，

夜夜回江南。

（诵白）"我回来了！我回来了！"蓝天下传来一个呼喊。"我回来了！我回来了！"

他回来了！他回来了！他化作星儿飞回桃林，飞回了长江。"我回来了！我回来了！"

桃 花 魂

回到了桃林，

回到了长江，

回到了桃花我身旁。

桃花啊，你莫悲伤，

你听那枝头鸟儿叫，

那是我生命在歌唱；

你看那江南大地翠，

那是我青春织绿网；

你看那长江闪鳞光，

那是我金灿灿的军功章。

回到了桃林，

回到了长江。

战士的青春，铸成一座青铜塔，

战士的生命，化作一座黄金矿，

留给桃花儿女去开采，

交给祖国母亲来收藏。

单弦

请君珍重

作者：幺树森、马增蕙

表演：马增蕙

【曲头】

清早起来去上班，

人如潮，车如海，似箭离弦。

"丁零零"自行车铃声不断，

"嘀嘀嘀"一辆辆的汽车像条条车龙来往盘旋。

"突突突"摩托车骑进了快行线，

小三轮、电瓶车各种车辆数不完。

交通警对违章骑车正罚款，

被罚的人生磨硬泡来纠缠。

警察同志您别罚款，

我每月挣不了多少钱，

高抬贵手讲情面，

以后我一定注意安全。

不住地点头鞠躬鞠躬点头笑中带哭哭中带笑话不断，

说了半天照样儿罚钱。

乙　唱得够热闹的，唱段什么内容呢？

甲　用单弦形式表演一张张街头漫画。

乙　听着都新鲜，表演哪方面呢？

甲　各种车辆马路上行驶开得快的，开得慢的，停住不走的，忽快忽慢，开车发牌气好生气的……

乙　您等等，发脾气生气您表演表演……

【太平年】

开起汽车气哼哼，

气的是自行车在我前边老抢行。

气的是隔不远就是一条人行横道线，

气的是刚开出两步就赶上红灯。

这辆自行车要抢行，

胆敢在我的面前耍威风！

你两个轱辘哪儿有我的四个轱辘快，

我的四个轱辘准比你的两个轱辘灵。

倒看你行还是我行。

前边这个人，站在那里身不动，

紧按喇叭你不听。

找死哪……是他呀，是一位交通警。

我没看出来也怪我开车精神不集中。

甲　您高高手我就过去了，车本子可千万不能扣。

乙　就得扣。像您这样的开车交通能安全吗？……

甲　闪开！闪开。撞着，说你哪！有耳朵吗？

乙　怎么说话哪！又开摩托车了。

甲　啊！汽车本子扣了，开摩托车。

乙　这车开起来可够快的。

【怯快书】

要说快来可真叫快，

摩托车怎么样快法儿我唱个明白。

未曾开车先用脚踢，

一挡提，二挡拽，三挡不如四挡快，

身后还把个小姐带，打扮得时髦漂亮小乖乖。

两个人把头盔帽带往下一拽，

用脚一蹬就开起来。

两旁楼房往后甩，

在汽车缝里往前开。

十字路口往右拐，

来了个燕子抄水身子歪。

那真叫快快快帅帅帅又快又帅真有派，

欠身离座把头抬，嘴里边把歌曲哼起来。

甲　哪儿去了！嘿！哪儿去了？

乙　哪儿去了，谁呀？

甲　我带的那个妞儿？

乙　妞儿甩出了吧！

甲　不能。

乙　能，看甩出去了吧！看看这个样子扶起来。

甲　闪开，闪开。

乙　怎么骑自行车了？

甲　摩托车把人甩出去了，改骑车。

乙　骑车安全出不了事。

甲　谁说的？出了事就不小。

乙　我骑这么多年没出过事。

甲　是吗？别打包票，今天我就让你出个事。

【快板】

聊天儿骑车速度要放慢，

咱俩一块儿侃大山，

看百货大楼卖毛线，

处理黄瓜五毛三，

喝茶听唱去老舍茶馆，

今晚电视综艺大观。

我来个大撒把，

我也玩点去，

小孩儿靠边闪，

老头儿靠边站。

小赵、小王闹矛盾，

老赵对头是老潘。

卖白薯正搞婚外恋，

小崔他倒腾烟卷赚了大钱。

我还能说，我说我说我来说，

我还能谈，我谈我谈我来谈。

我知道的比你多，

我知道的比你全！哎呀！两辆车一块倒在沟里边。

摔坏了吧！后悔药没地方买去，只有失去的才觉得宝贵，所以说我们要吸取经验教训，人人遵守交通规则注意安全。

【流水板】

那才是阳光灿烂，

和谐美好艳阳天，

劝君珍重，宝贵生命，为了社会，为了家庭幸福美满，

每个人都献出自己的爱，

世界会变成美好的人间。

牛大叔提干

作者：崔　凯

表演：赵本山、范　伟、张玉屏

人物：牛大叔——农民。

胡秘书——乡政府秘书。

田妹子——乡政府餐厅服务员。

〔台上设餐桌、椅子，餐桌上摆着一些菜。

胡　（裤带上掖一块餐巾急上）这可咋办呢？找谁陪客人吃饭呢？

田　（送酒上）胡秘书，那边都摆好了，你咋还不过去呢？

胡　我过去这边怎办？

田　这桌不是马乡长陪吗？

胡　马乡长住院了。

田　（指外面）哎，那不是马乡长吗？

胡　在哪儿呢？

牛　（上）同志啊，对不起，没关系，请问马乡长在不？

田　呀！认错人了。

胡　马乡长不在，你是……

牛　那胡秘书在不？

胡　我就是胡秘书。

牛　我是牛家堡的，我叫牛二膀，我来找乡长给俺们村学校批点儿玻璃。

田　你刚才一进来我还以为你是乡长呢。

牛　你也看我像乡长？同志啊，我这可不是故意的，这是吧，这几年生活水平有所提高，我这小肚见鼓，浑身长膘，再加上我底气太足总爱吵吵，大伙就说我像乡长，反正像乡长也不孬，走在道上有人点头，有人哈腰，有人上烟泡，还有人要掏包。刚才还遇见个妇女，八成有点彪，一个劲儿跟我唠，说她愿意计划不愿意开刀。说话就说话呗，那眼神儿还这样的（学飞眼）冲我飘啊飘，飘得我心里乱七八糟！

［田下

胡 你会喝酒不？

牛 喝酒？

胡 你能喝多少？

牛 胡秘书，那什么，你千万别客气，我在家刚吃完饭来的。

胡 你到底能喝多少，喝多了能顺嘴胡咧咧不？

牛 那不能，绝对不能，喝个斤八的我这舌头都不带硬的。

胡 那太好了，今儿个你就露露这宝贝肚子。

牛 大冷的天，露它干啥呀？

胡 你今儿个就替马乡长陪客人吃饭！

牛 替……替谁？

胡 替马乡长吃饭！

牛 那领导怎不亲自吃饭呢？

胡 咳！别提了，乡里来的客人太多，乡长天天陪吃陪喝，上顿陪下顿陪，终于陪出了胃下垂。

牛 胃下垂？垂哪去了？

胡 据说已经垂到小腹，压迫膀胱。

牛 哎哟！马乡长可是好人哪，这病要是治不好，你可得替他办个公伤！

胡 那倒是可以研究，不过眼下得有人替他呀！

牛 那不还有副乡长吗？

胡 咳，慢说是副乡长，就连打更的老康头都让我派出去陪客人吃饭了，现在就找不着正经人了。

牛 这我就不明白了，我听说上边三令五申，不让你们吃饭……

胡 谁说不让吃饭了？是不让大吃二喝！

牛 可我看这是越吃越大越喝越多，特别是俺们村，小吃二五八，大吃三六九，就是没钱给学校安窗户，孩子们冻得直发抖，写字都拿不出手。我自己掏钱要给学校买玻璃，可人家供销社说得乡长批条，要不没有。

胡 你这点事儿好办，你先替乡长陪客人吃饭……

牛 完事你给我办？

胡 只要你陪客人吃好喝好就行。

牛 不行，人家马乡长是咱们乡的高干，你让我这牛头替马嘴不是扯呢！

胡　没事儿，从现在开始，你就是乡长了！

牛　我是乡长了？你说话能算？

胡　怎么不算呢？

牛　这么容易就把我给提干了？

胡　你这也算帮我忙了。

牛　不行，空口无凭，你得写个文件。

胡　写文件干啥呀？

牛　回家交给你大婶儿，也就是我媳妇儿，让她看看。

胡　咳，你咋还整出媳妇儿来了？

牛　对，乡长不能叫媳妇儿，太土！那叫啥呢？

胡　叫夫人。

牛　对，俺家我大婶儿，你夫人……

胡　谁夫人哪？

牛　啊对，是我夫人。我的夫人她总瞧不起我，动不动就说："老天爷下八天做官雨也掉不到你脑袋上一个雨点儿，你要是能当官儿呀，那得天上掉个龙蛋，地下砸个大坑！"

胡　牛大叔，今儿这桌是因为非乡长陪不可，所以你是临时顶替乡长陪陪客人。

牛　那乡长的病一半天能好吗？没事儿让他在医院多住几天呗！告诉他放心，我这体格替他喝个十天半拉月的没事儿！

胡　你就完成今天这个任务就行了！

牛　我就当一天乡长？

胡　一天咋地？我还一天没当着呢！

牛　一天也行，不过一会儿要有人来请示工作我咋办？

胡　不用你管，我处理！

牛　那到了晚上，乡长媳妇儿……那叫夫人，夫人来接乡长回家睡觉，我去不？

胡　咳呀！你上人家睡啥觉呀？吃完这顿饭你就回家！

牛　我不得问明白嘛。让我替乡长吃饭，这也是好事，有人长得像领袖就能当演员，我长得像乡长还能改改馋。

胡　你先在这儿等着，客人马上就到。（欲下）

牛　哎，你上哪儿去？

胡　我还有好几桌客人呢！

牛　你走了我怎么办？

胡　你还用人陪着吗？

牛 这话说的！人常说领导谁都能干，没有秘书玩儿不转。马乡长当乡长你像跟屁虫似的围着人家前后转，我当乡长你就把我扔这儿不管了？

胡 你还想配秘书？

牛 没人伺候着我能像乡长吗？再说了，你要不安排明白，出了毛病你可吃不了兜着走！

胡 哎呀别介，我的乡长大人啊，你还有啥不明白的赶紧问！

牛 一会儿客人来了我坐哪儿？

胡 你坐在主人位子上，你是乡长。

牛 （坐正座）我往这一坐就是乡长了？不行，我这套衣服不像，是不得有个脖带儿？

胡 啊，那叫领带，我这个给你。

牛 （系领带，披衣服，夹上文件包）是不得这样？尤其这个包，夹起来是领导，拎着那是收电费的。

胡 哎，挺像，马乡长，您请坐。

牛 好啊，胡秘书，我现在说话好使不？

胡 好使。

牛 那我可要说了。

胡 你说吧。

牛 （掏出一颗烟）胡秘书！

胡 哎，乡长，有事吗？

牛 点烟哪！你这么当秘书还能进步吗？

胡 好，我给你点上。三斤重的鸡，二斤半的脯（谱儿）。

牛 怎的，你嫌我谱大了？

胡 不不，你是乡长，就应该这样。

牛 那好，再给我沏碗水，放红茶。

胡 （端水）这就是红茶。

牛 另外，我当乡长了，该说的话是不得说？

胡 你可以说。

牛 我说咱们有些干部啊，要注意呢！不能到了下面啥正事都不干，就是个吃，就是个喝，吃的是打嗝返胃，喝的是哩啦歪斜，完事就麻，麻完还拿。特别是个别同志，还学人家大款，出门儿还带着小饼，很不应该！

胡 没这种情况，现在吃饭都非常方便，没人出门儿还带小饼。

牛 就是用胳膊挎着那个，不是媳妇不是妈，不叫家花叫野花。

胡 那不叫小饼，那是女字旁加个并字，那叫姘！

牛　废话，没有女的能妍吗？

胡　这些闲事你别管，和你没关系！

牛　你的意思是我得管点儿正事？那好，胡秘书，我跟你说，现在天冷了，你抓紧下去到各学校看看，把祖国的花朵冻坏了我可拿你是问。另外，你抓紧给牛家堡小学送两箱玻璃去！

胡　你咋总忘不了你那玻璃呢？

牛　我来干啥来了？

胡　咱们招待好客人不就是为咱们乡寻找致富门路吗？

牛　可我那窗户怎办？

胡　有了门子还愁窗户吗？

牛　可也对，那等会儿客人来了我就问问他们，谁有门路，给我们留下，别吃饱了喝得了，拍拍屁股抹抹嘴就都走了！

胡　哎！你可千万别这样，你是乡长，你要大大方方地招待人家。

牛　那我是不得假模假势地讲几句话呀？

胡　对呀，你得整几句欢迎词啊！

牛　我说啥？

胡　让大伙吃好喝好。

牛　这我会说；这个……大伙吃吧，谁也别客气，鼓起腮帮子，抡起筷头子，管够造吧，反正也不和你们要钱，这叫不吃白不吃，吃了也白吃，白吃谁不吃，社会主义是吃不穷的！

胡　哎呀我的亲爹呀！你可别这么说呀！

牛　那我怎说？

胡　算啦，我给你写几句吧！（写稿）

牛　有讲话稿就好办了。

胡　你这么说，各位来宾，没什么好东西招待大家，如此简单很不应该……

牛　你拿来吧，照稿念我还不会吗？（念稿）"各位来宾没什么好东西……（咳）

胡　错啦！怎么是各位来宾没什么好东西？

牛　这不是咳嗽了吗？

胡　看你咳嗽的地方！没什么好东西要和下边招待大家连上。

牛　连上就连上呗！招待大家很不应该……

胡　停！你就实打实凿地陪客人喝酒干杯就行了。

牛　干几杯？是好事成双还是三星高照？要不就整一条垅带拐弯儿的？

胡　这要看情况了。

牛　我没事儿，喝酒不用党操心，能喝四两造半斤，我从来就没醉过。每次村长上俺家去喝酒，我都给他整得迷迷瞪瞪的，直管我叫乡长，一门儿要汇报工作。

胡　我不是说你，你要根据客人的酒量劝酒。

牛　也就是有多大的马下多大的驹呗！

胡　等到酒过三巡菜过五味你再说……

牛　你等等，这二十多盘子菜，我知道他们吃几口算五味？

胡　也就是喝到一定的程度。

牛　喝几瓶算一定？

胡　你看情况呗，就是到了客人高兴的时候你要向他们介绍咱们乡里的大好形势。

牛　这我明白，就是说现在我们乡啊，那形势是好大一片啊，上上下下都在吃饭，吃的是沟满壕平，喝的是天悬地转……

胡　不要这样讲嘛，你要说咱们乡经过改革开放渐渐富起来了。

牛　要这么吃下去还得吃穷了！

胡　你这个人怎么这样呢，你到底行不行？

牛　我行！我行！到时候我就会说了！

（旁白）别把这事儿整黄了。

田　（端鱼上）胡秘书，客人怎么还没来？

牛　快了！快了！再有五分钟吧！那几桌的菜怎么样了？

田　正准备呢！

牛　这家伙，还上菜呢，这是啥玩意儿？（按一个开关）

〔餐桌旋转。

牛　哎呀，不好，这怎么还转上了？

胡　这是自动旋转，免得客人够不着菜。

牛　这玩意儿琢磨得鬼头啊，真是山不转水在转，人不转桌在转。

田　（上鱼）红烧鲤鱼！（下）

胡　对啦，你还要注意，吃这鱼之前要有个说法……

牛　这我明白，你别寻思我啥大世面也没见过呢，那村干部三天两头找点借口就上俺家喝酒，俺堡子没有红毛鲤子，还没有大嘴鲇鱼呀！

胡　那你说怎么喝？

牛　这叫头三尾四，头三盅尾四盅。

胡　那别人呢？

牛　别人就是挨着肚子的，肚子又叫腹，是不？你福如东海喝一盅，对面的也得喝。后背对着你，这叫倍感亲切，喝一盅。该喝不喝不太好，会喝不喝也不对。中午这顿别喝醉，领导下午还有会；晚上喝酒别喝多，回家不让进被窝。

胡　后边这句不能说。

牛　不说就不说，咱还有别的喀。过了山海关，碰杯就得干，左把舵右转变，全封闭带甩干。

胡　有的客人可能喜欢喝啤酒。

牛　那更好办。东风吹战鼓擂，稀拉咣当谁怕谁。哎，你先给我来一杯呗！

胡　那不行，你现在不能喝。

牛　我是乡长，你是秘书！

胡　客人没到，你还不是乡长。

牛　这客人也真是的，菜都快凉了，他们怎么还不到呢？

胡　对啦，我还得告诉你，除了喝酒，你还得让客人吃菜，重点菜要做点介绍。

牛　那我知道，这是白片肉，这是肥猪肘，这是小鸡炖蘑菇，这是白菜佛手。

胡　这些都不用介绍。

牛　还介绍哪个？

胡　这个。

牛　这是啥呀？是长虫吧？别吃中毒了！

胡　这是清蒸河鳗。

牛　这一条得七八块钱吧？

胡　这要是在饭店得二百多元。

牛　多……多少？

胡　二百多元！

牛　（手抖动着拿起筷子指着鱼）就这一鳗就鳗了二百多？那咱换个快的不行吗？

胡　你是说快鱼！那能端上桌吗？

牛　农民一斤山楂才卖八分钱哪！这一小鳗鱼就顶两千多斤山楂呀，你们要少鳗一回给咱那些孩子买几条板凳，何必让他们坐凉砖头，拔得直跑肚呢？！

胡　嗨，你说这个干什么？这是两码事嘛！

牛　不说你们能知道吗？俺堡子那小学校还没窗户呢！

胡　你不要总窗户窗户的，招待好客人还愁窗户吗？

牛　嗯，还是乡领导站得高看得远，请领导放心，无论如何，不能把这桌酒席吃糟践了，装一回乡长高低也得整出点儿响儿。

胡　那太好了，我去看看客人来了没有。

牛　哎，你等等。

胡　怎么啦？

牛　你看这盘菜是不是上错了？怎么把蚂蚱子也端上来了？

胡　这是油炸蚂蚱，也是好菜。

牛　蚂蚱子还成好菜了？这玩意儿不是害虫吗？

胡　这是高蛋白高营养，是不可多得的美味！

牛　是，它要多了，庄稼可就玩完了。这玩意儿叫蝗虫，一来就是一群一群的，看啥好吃啥，那是一点也不客气呀！你就听吧，上下一条声地，唰唰唰，就是一个劲地吃呀！一祸害就是一大片，吃完了留下点排泄物，又上别处吃去了。

田　（端甲鱼上）胡秘书，菜上齐了。

牛　这咋还上菜呢？

田　这是甲鱼！

牛　真鱼都有了，还上假鱼干啥呀？

田　不是假鱼，是甲鱼！（让牛看）

牛　是王八呀，你还整个这名干啥？这怎还搁仁鹌鹑蛋呢？

田　这是甲鱼蛋！

胡　是嘛，杀出蛋来了，这可是大补之品。

牛　今儿个来几个客人？

胡　一共四人。

牛　那不好办，最好把这道菜撤下去。

胡　怎的呢？

牛　四个客人仁王八蛋，你让我怎分呢？

胡　那你就看着办呗，让重要客人有蛋就可以了。

田　胡秘书，另外几桌也都摆好了，就等你了。（下）

胡　好，我去看看，这桌的事儿就交给你了。

牛　放心吧，除了这王八蛋不太好办，别的事我都明白了。

田　（上）胡秘书，前屯来电话了，说那拨客人中午不过来了！

牛　不来了？

田　对，不来啦！

胡　（松口气）那太好了，我该陪那几拨去了。

牛　胡秘书，那我呢？

胡　你……你先回家去吃饭吧！

牛　那我还替乡长不？

胡　客人不来了，你就不必替乡长了。

牛　别的桌还有用替的没有？

胡 暂时还没有。

牛 那这桌酒菜怎办呢？

胡 留到晚上，万一客人要再来，热一热还能吃。

牛 那要晚上也不来呢？

胡 那就可能明天来。

牛 到明天这菜不都馊了吗？

胡 那就只好倒掉重做了。

牛 倒掉重做。鳗鱼、蚂蚱、王八蛋都不要了？（围着桌子转一圈，又坐在原位，瞅着酒菜发呆）

胡 （欲下返回）喂，你怎么还不走？

牛 我有点儿迷糊，你忙去吧，不用管我！（抽泣）

胡 （同情地）哎哎，你这是怎么了，怎么没喝就醉了？是不是……好，这样吧，要不你就挑点儿花生米、火腿片什么的，少吃点儿。

牛 你想哪儿去了，我这么大个老爷们儿，能差这一顿饭吗，我是心里难受哇！

胡 你心里难受？

牛 你走吧，没事儿，过这个劲儿就好啦！

胡 你也不要难过嘛，准备好了，客人不来也是常事儿嘛！

牛 在你这是常事儿，可我心疼啊！

胡 牛大叔，实在对不起。按理说折腾你半天了，应该给你开点补助，可乡里的经费实在太紧张，太困难了，你老多理解吧。

牛 （哭）是，我理解，太困难了！实在是太困难了！（边哭边走，转身）那什么，胡秘书，麻烦你给我找点塑料布行不？

胡 对！对！我给你包点儿菜拿回去！

牛 （气愤地）包什么菜，我是要点儿塑料布回去给学校挡窗户去！

天安门广场看升旗

作者：崔　琦
表演：王文长

天安门广场多壮丽，
长安大街贯东西。
清风徐来吹人爽，
东方微微露晨曦。
看！金水桥前人如潮，
他们当中，有男有女、有老有少、工人、农民、学生、干部、战士、职员、民族兄弟、两岸同胞、国际友人聚一起，专程到此看升国旗。
不多时，午门内传来脚步响，
众人翘首目光纷纷向北移。
但只见，掌旗员擎旗头前走，
护旗的战士真神气。
精神抖擞的仪仗队，
堂堂仪表队列齐。
他们摆手齐、抬脚齐，
动作齐、步伐齐，
肩宽个头儿一边齐，
连神态表情都那么齐！
他们正步走过金水桥，
万人瞩目肃然立。
护旗队来到旗杆底下变了队形，
分站南北与东西，
面向旗杆持枪站，

四周围，人群稠密隔无声息。

不多时，就听见司仪一声喊：

"敬礼！"这声音洪亮又清晰。

乐队指挥和升旗手，

动作协调那么统一。

侧耳听，国歌庄严多雄壮，

举目望，国旗徐徐地在升起。

就在国旗升起的一刹那，

多少人：

心潮澎湃泪水滴，

思绪飞腾生双翅，

时光回溯忆往昔。

曾记得，一九二一年的七月一，

共产党高举起马列主义的这面旗。

小小的一条南湖船，

孕育着春雷惊天地！

这九十多年的血与火，

这九十多年的风和雨，

这红旗，经磨历劫不褪色，

这红旗，把污泥浊水来荡涤。

没有共产党，就没有新中国，

没有毛主席，哪来的今天这面旗？

目送国旗向上升，

联想到，一九二七年的八月一，

周恩来、朱德、贺龙、叶挺、刘伯承，

领导了震惊中外的南昌起义。

打响了武装斗争的第一枪，

南昌城头飘红旗。

飘红旗，举红旗，

横扫千军如卷席，

红军北上抗敌寇，

长征二万五千里。

翻雪山，过草地，

红旗在前鼓士气。

好像地球的红飘带，

写下了人类历史空前壮举。

从陕北到北京，

长征是架播种机。

再看眼前这面旗，

来之可够多么不容易！

五颗金星谁来绣？

是谁用鲜血染红了这面旗？

歌乐山，乌云密，

山城险恶雾迷离，

杀人的魔窟渣滓洞，

革命先辈身入狱。

铁窗之内迎曙光，

江姐和战友们绣红旗。

线儿长，针儿密，

含着眼泪绣红旗，

热泪随着针线走，

绣出一片新天地！

一九四九年的十月一，

伟大的中华人民共和国宣告成立，

咱们中国人民从此站起来了！

毛主席在天安门城楼亲自升起了这面旗。

这面旗，是人民的旗，革命的旗，

是民族团结胜利的旗。

我们今天再看这面旗，

又想到，

香港和澳门也回到祖国的怀抱里。

百年的国耻被雪洗，

咱中国从此再也不会被人欺！

看今天，改革开放结硕果，

经济腾飞举世称奇！

国旗升到了旗杆顶，

气象庄严显威仪。

红旗飘，乐声息，

蓝天白云衬红旗。

蓝天高，白云低，

红旗就在云中立。

白云绕旗旗更美，

旗映蓝天似云霓。

看东方，一轮红日喷薄出。

广场上，霞光万道披彩衣。

霞光照，披彩衣，

伟大的祖国多壮丽。

五星红旗迎风飘，

我们永远高举这面旗！

千秋业

作者：周保平
表演：种玉杰

中华文明五千年，
曾经沧海又桑田。
帝王将相匆忙客，
兴衰荣辱过如烟。
哗啦啦五星红旗迎风展，
白鸽起、礼炮传、东方红、亮了天，
弹指日月五十年，再写创业篇。

这一日，星光未隐曙光未现，
天安门前万头攒动好壮观。
留神看有那工农兵商五行八作，
他们来自塞北与江南。
为看升旗人起早，
哪顾得春风料俏乍暖还寒。
人群中有一位老者须发飘雪，
领着他的小孙儿神态端然。
看那小孩儿年龄不过四五岁，
东瞧瞧，西看看，小嘴儿吧吧的话连篇。
爷爷咱们干吗起得这么早哇，
太阳公公还没有起床上东山。
小强啊爷爷今天要了个心愿，
这个心愿我已盼想了几十年。

您这么老了还有心愿呢，

是不是也想上我们幼儿园？

我的心愿就是上天安门广场把升旗看，

看咱的国旗每天怎样升上天。

小强说这升国旗有啥好看的，

肯定不如看动画片。

一句话说得爷爷板起了脸，

小孩子说话没谱口没有遮拦。

你们是糖罐里生来蜜罐里长，

不知道苦辣只知道甜。

爷爷小时咱们新中国还没成立，

穷苦人饱尝欺凌与心酸。

那一年长江决堤发洪水，

咱家乡万顷良田被水淹。

满江浮尸塞水路，

遍野饿殍断炊烟。

那一年我的年纪就像你这么大，

在洪水中漂浮整三天。

你的曾祖母把最后的干粮塞给了我，

老人家冻饿交加撒手人寰。

（白）小强啊，你知道咱们国家前年又发洪水了吗？知道，听老师说那洪水好大好大呀。那发洪水的时候你在哪儿啊？嗯，我和小朋友们一直都在幼儿园哪。是啊，

你们在幼儿园里多快乐呀，

你们可知道在那江堤上，

灯火如龙战犹酣，人不解甲马不离鞍，

有多少叔叔阿姨为你们保安全。

小强他似懂非懂忙把头点，

猛听得金水桥头鼓号喧天。

众人抬头忙观看，

嚯！见一队武警战士好不威严。

金灿灿胸前斜挎黄绶带，

红彤彤警章平整横两肩。

咔嚓嚓马靴踢踏多雄健，

亮闪闪枪刺威武放光寒。

簇拥出金星飞动红旗一面，

横跨过长安街直奔旗杆。

军乐队一声小号把国歌奏起，

立正！敬礼！见那升旗手抖动红旗线上悬。

霎时间国旗迎风展，

扑噜噜像一团耀眼的火焰这不腾上九重天。

这时节万丈朝霞东方起，

红日光辉满人间。

广场上万人仰望一阵呐喊，

轰隆隆如江如海似春潮滚翻。

同声赞国运昌盛前程远，

共祝愿百姓富裕太平年。

那老者抱起孙儿指指点点，

小强说长大了我也要到国旗班。

这一回天安门看升旗到这儿算一段，

新中国五十年、千秋业、万载传，且看我

中华腾飞扶摇待来篇。

礼尚往来

作者：关学曾

表演：关学曾

有个公子进京赶考，骑着一头驴，

一路上游山玩水，驴不停蹄。

这一天，面前遇到三岔路口，

哪条路能奔京城？心里犯了犹疑。

骑着驴左右观瞧，想找人问问路，

真凑巧从身旁小路来个捡粪的。

这个人白发苍苍，有七十多岁，

右手里拿着粪叉，左肩上背着粪箕。

公子一瞧是乡巴佬儿，这用不着客气，

所以他就没讲礼貌，问路还挺神气，

骑着驴喊："老头儿，我来问问你，

奔京城走哪条路哇？往北还是往西？"

两句话把老人家问了一肚子气，

瞧了瞧这骑驴的青年，还是个念书的。

心里想：你既读诗书，就应当知礼，

想问路理应下驴，过来作个揖，

你小子骑在驴上，我不能便宜了你！

想至此，瞧着公子，一声儿也不言语。

公子说："嗨！老耄儿，我的话你没听见哪？

瞧着我也不说话，你成心要让我起急。"

老人说："向我问路，我可以告诉你，

你必须先得给我解开一个谜。"

（夹白）什么？解开一个谜？嘿嘿，那有什么呀，有闹不懂的，你就问吧。"老人
说：（唱）"我养头母驴它怀了孕，下了一条狗。"

公子一听哈哈大笑："那可太离奇！

驴怀孕就得生驴，怎么能下狗哪？"

老人说："我也纳闷儿，它不合逻辑，

该怎么着它不怎么着，可真让我憋气！

这畜生又不会讲话，我实在是没了主意，

你要能解开这谜，我一定给你指路，

我老头子就想知道，它什么时候能下驴。"

公子闻听一琢磨，满脸通红，恍然大悟：

"老人家请您指路吧，我现在就给您下驴。"

对口快板

接"雷锋"

作者：朱宝昌、朱光斗
表演：朱光斗、王铁虎

甲　最近我，出趟门儿，
　　执行任务遇难题儿。
　　我心里急得像团火，
　　最后总算有结果。

乙　（白）遇到啥事儿啦？让你着急？

甲　前些天领导派我去沈阳，
　　要求我三天之内回营房。
　　交给我一项任务很光荣，
　　让我到沈阳接英雄。

乙　（白）接谁呀？

甲　领导同志说得清，
　　让我到沈阳接"雷锋"。

乙　你说的这事我知道，
　　让你接学雷锋的典型作报告。
　　雷锋激励着万人心，
　　一定是接丁红军。

甲　（白）不对！

乙　雷锋精神大发扬，
　　让你去接张子祥。

甲　（白）不对！

乙　学雷锋不断涌现新典型，
　　让你去接龚继成。

甲　（白）不对！

乙　（白）到底接谁呀？

甲　我的话你没听清，

　　我是说让我到沈阳接"雷锋"。

乙　（白）接谁？

甲　（白）雷锋。

乙　（白）真的？

甲　（白）绝对假不了。

乙　你个子白长这么大，

　　大睁着两眼说梦话。

　　雷锋牺牲了多少年，

　　难道说他的生命又复原啦？

甲　（白）谁说的呀？

乙　（白）你不是说接雷锋吗？

甲　我是说接雷锋，

　　你听了之后很吃惊。

　　说得完整又恰当，

　　应当说去接雷锋的塑像。

乙　（白）塑像啊？！

　　同志听我告诉你，

　　你说话少用省略语。

　　雷锋一下变塑像，

　　把我弄得直转向。

甲　我不是有意把你懵，

　　我是说接像的过程遇"雷锋"。

乙　（白）真遇到啦？

甲　（白）真遇到啦！

乙　（白）快说说，到底是怎么遇到的？

甲　学雷锋在我们单位大开展，

　　建了个雷锋事迹展览馆。

　　照片实物馆内放，

　　就缺个雷锋半身像。

　　雷锋的塑像前厅摆，

　　　　定为展室添光彩。

　　　　领导同志急如火，

　　　　把这项任务交给我。

乙　任务确实很光荣，

　　　　要保证按时来完成。

甲　那天上午十点多，

　　　　我在沈阳下火车。

　　　　饭没吃，脚没歇，

　　　　出站直奔太原街。

乙　太原街，我常转，

　　　　两侧都是大商店，

　　　　中兴大厦货最全，

　　　　要买塑像不费难。

甲　（白）去啦！

　　　　工艺品，在五楼，

　　　　我到那儿一看犯了愁。

　　　　各种塑像架上摆，

　　　　有"鲁迅""聂耳""冼星海"，

　　　　"高尔基""莫扎特"，

　　　　就是雷锋塑像没有货。

乙　（白）没货呀？！对门儿是工艺美术大商店，

　　　　快到那里看一看。

乙　（白）去啦！

　　　　我进门就找营业员，

　　　　把我的来意对他谈。

　　　　营业员，冲我笑，

　　　　说最近"雷锋"挺走俏。

　　　　前几天，还有仨，全部被人买回家。

乙　（白）来晚啦！

　　　　你赶快去到大联营，

　　　　到那儿保准能办成。

甲　（白）去啦！

　　　　我一说要买塑像，

售货员赶紧把我让。

拿过来一尊塑像美滋滋，

我一看是半身裸体的维纳斯。

乙 咳！这又不是搞美展，

维纳斯可不能摆进雷锋展览馆。

甲 刚才怪我没说清，

塑像前忘了加雷锋啦！

乙 （白）都急糊涂啦！

我赶紧把雷锋二字说出来，

售货员一听喜心怀。

说雷锋像还有一个，

是给别人留的货。

乙 （白）有门儿！

甲 我把真实情况说出口，

她同意让我先拿走。

不大会儿她把像拿出来，

轻轻地把它放柜台。

我一看是"雷锋"——

乙 （白）太好啦！

甲 就是个头儿像闹钟。

乙 （白）这也太小啦！

展览馆大厅摆个小塑像，

比例失调不像样呀！

甲 多亏了这位售货员，

态度热情不怕烦。

说沈阳有个美术学院，

让我到那儿看一看。

乙 对！"鲁美"在沈阳很有名，

我看到那儿准能行。

甲 我出门直奔电车站，

坐上无轨到美院。

我进门先到值班室，

值班的是位老同志。

他听我说明来意后，

让我去找庞教授。

说庞教授美术界里有声望，

1963 年第一个塑出雷锋像。

他的艺术才华得施展，

这尊像陈列在抚顺雷锋纪念馆。

乙　这回你算找对了人儿，

庞教授定能为你解难题儿。

甲　我来到教授的宿舍按门铃，

教授出来把我迎。

赶忙把我让进屋，

我心里觉得热乎乎。

我讲到部队学雷锋，

教授越听越爱听。

我讲到雷锋展览馆，

教授频频把头点。

我讲到部队需要雷锋像，

教授的心情很激荡。

教授说，我六十年代塑雷锋，

心里点亮一盏灯。

亿万人把雷锋塑像来瞻仰，

这对我是最高的荣誉和奖赏。

九十年代第一春，

党中央对学习雷锋很关心。

领导人发表题词和讲话，

对我的鼓舞特别大。

我再次雕塑雷锋像，

已经有了大模样。

为了支持部队学雷锋，

我再好好加加工。

两天后，你来取，

我把塑像交给你。

乙　教授真是了不起，

　　我向教授敬个礼!

甲　我告别了教授找住所,
　　教授的话字字句句激励我。
　　我躺在床上闭了灯,
　　连做梦都梦见教授塑雷锋。

乙　(白)净惦着这事啦!

甲　第三天,一大早,
　　我就去把教授找。
　　我两眼细瞅庞教授,
　　两天不见眼发锈。
　　站着强打精气神儿,
　　额头上边添皱纹儿。

乙　(白)那是累的!

甲　教授他为了赶制雷锋像,
　　整整熬了两晚上。
　　教授患有冠心病,
　　怎不让人受感动!

乙　庞教授带病赶制雷锋像,
　　他的精神和雷锋同志一个样。

甲　教授引路在前边,
　　把我带进工作间。
　　顺手他把灯打亮,
　　我一眼看到雷锋像。
　　光彩照人活生生,
　　见像如同见雷锋。

乙　庞教授,功力深,
　　塑像哪能不逼真!

甲　感激的话我紧着说,
　　教授他让人叫来出租车。
　　司机帮我抬塑像,
　　我告别了教授把车上。
　　司机有意把车放慢,
　　也不颠来也不颤,

四十分钟到南站。

我请司机把账算，

司机笑着对我谈：

拉"雷锋"我可不收钱。

乙 （白）不收钱？为什么呀？

甲 我的家，在辽南，

我忘不了 1975 年。

一场地震来势猛，

我家的房子塌了顶。

解放军个个像雷锋，

冒着余震往上冲。

我们全家都在屋里埋，

是"雷锋"把我们全家救出来。

现在我成了个体户，

咋好咋赖我心有数。

"雷锋"救过我的命，

我今天当然应该送一送。

祝你们学雷锋不断取得新成果，

下次坐车还找我。

（白）拜拜啦，哥们儿！

乙 （白）走啦？！

学雷锋社会树立新风尚，

连出租司机都变样啦！

甲 我送走了司机要乘火车，

可那天旅客特别多。

长途站，有大客，

车上正好有空座。

乙 高速公路很平坦，

比坐火车时间短。

甲 我抱着塑像上大客，

旅客都给"雷锋"来让座。

售票员，走过来，

让"雷锋"坐在头一排。

我顺手掏出 20 元，

把钱递给售票员。

她接钱看了我一眼：

（白）到哪儿？

我说，两张车票到终点。

售票员，不着慌，

随手扯下票一张。

乙　（白）不是买两张吗？

甲　售票员，笑了笑，

说 "雷锋" 坐车不买票。

乙　（白）不买票，为什么呀？

甲　雷锋生前帮助旅客实在多，

今天应当白坐车。

乙　（白）嘿！

甲　一句话逗得旅客哈哈笑，

全都说，对！对！对！

哪儿能让 "雷锋" 买车票！

乙　这句话发自群众肺腑中，

说明了广大人民爱雷锋。

人民敬仰雷锋像，

反映了社会新风尚。

甲　说话之间开了车，

旅客们看着 "雷锋" 喜心窝。

一路走，一路说，

一路高唱雷锋歌。

乙　你也唱，我也唱，

越唱心里越欢畅。

甲　接 "雷锋"，遇 "雷锋"，

雷锋就在群众中。

乙　广大人民学雷锋，

鼓舞着人民子弟兵。

合　军民共同学雷锋，

雷锋精神万年青！

多人好来宝

团结奋进的内蒙古

作者：罗布生·巴拉吉呢玛、道尔吉·仁钦
表演：乌云桑等

说书员，简称说
领唱者，简称领。
（第一支曲）
巍巍大青山，
革命的摇篮。
美丽大草原，
家乡换新颜。
勤劳的民族，
建设的主人，
跃马腾飞，
内蒙古在前进！
民族团结，欣欣向荣，
日新月异，繁荣昌盛。
钢水铁流如潮奔涌，
雄伟的包钢巨龙欢腾。
敞开胸膛奉献宝藏，
八百里河套万紫千红。
獐跑鹿跳山呼林啸，
高高兴安岭林海茫茫，
麦浪滚滚连绵起伏，
滔滔希拉木伦内蒙的粮仓！
说　尊敬的各族兄弟，

草原人民向您们问好!

今天我们给大家唱一段好来宝,

众　团结奋进的内蒙古!

　　（第二支曲）

领　小平同志的理论大放光芒,

众　团结就是好!

领　富裕之路越走越宽广,

众　团结就是好!

领　人人掌握了科学的武器,

众　团结就是好!

领　"希望工程"掀起了高潮,

众　团结就是好!

领　改革开放硕果累累,

众　团结就是好!

领　各民族人民神彩飞扬,

众　团结就是好!

　　（第三支曲）

众　在我们这里,

领　党的英明政策全面落实。

众　在我们这里,

领　社会主义建设热火朝天。

众　在我们这里,

领　轻重工业比翼双飞。

众　在我们这里,

领　城乡市场蓬勃兴旺。

众　在我们这里,

领　发展之快振奋人心。

众　在我们这里,
　　富裕的生活幸福绵长。

说　你们来看,那么多汽车像万马奔腾,
　　那是什么地方呀?

众　那是准格尔露天煤矿呀!

说　你们瞧,那一座座巨塔超过了大青山,那是什么呀?

众　那是丰镇，达拉特电厂呀！

说　你们来看，一条条黑色的大蟒在翻腾，那是什么呀？

众　那是喷射的石油呀！

说　嗬咿，那么多的外国人在那儿干什么呀？

众　他们是参加二连、满洲里的商品交易大会呀！

（第四支曲）

众　这——

　　在我们的南部，

　　粮食堆成山峦；

　　在我们的北方，

　　牲畜绕成花环；

　　在我们的西边，

　　掏不完的煤海；

　　在我们的东边，

　　望不尽的林涛。

　　辽阔的内蒙古，

　　富饶的自治区。

　　各行各业英雄辈出，

　　八仙过海各显其能。

　　齐心协力共建内蒙，

　　一心一意为国争荣！

　　美丽富饶的内蒙古，

　　民族团结的内蒙古！

游大理

作者：施珍华、尹明举、赵建华

〔男女二人上场。

（引诗）

女 大理有名花上花，
　　剑川阿鹏配金花，
　　哥妹相约游大理，

齐 满天飞彩霞。

（对唱）

男 大理苍山十九峰，
　　峰顶白雪伴青松，
　　哥如青松妹如雪，
　　白雪润青松。

女 青松岭挂青丝带，
　　十八溪水流向东，
　　十八溪水汇洱海，
　　山海两相通。

男 哥心妹心两相通，
　　望夫云卷下关风，
　　风里浪花吹更白，
　　破浪过海东。

女 海东对面云弄峰，
　　蝴蝶泉水响叮咚，
　　蝴蝶成双人成对，
　　乐在花丛中。

齐　蝴蝶成双人成对，
　　乐在花丛中。

（韵白）

女　又耍海来又耍山，
　　山抱海子海抱山。

男　大理风光多美好，
　　果然不一般。

（对唱）

女　好山好水不一般，
　　泛舟洱海到南端，
　　渔歌声里船行快，
　　不觉到团山。

男　团山西去蛇骨塔，
　　宝塔巍峨壮山川，
　　斩蟒英雄段赤诚，
　　英名万古传。

女　千古流芳万古传，
　　三塔高耸入云端，
　　塔下情人唱新曲，
　　唱出有情天。

男　新歌唱出有情天，
　　大理古城万家欢，
　　花香鸟语人相伴，
　　满城百花鲜。

女　满城百花朵朵鲜，
　　香飘十里到海边，
　　双双回到金花寨，
　　甜透我心间。

齐　大理美景看不尽，
　　滚滚心潮如浪翻，
　　曲短情长唱未来，
　　海阔又天宽。

〔双双舞下。

厦门金门门对门

作者：陈　耕、黄汉忠
表演：王安娜、周瑞虹等

> 厦门金门门对门，
> 两门本是一家亲，
> 手举锣鼓万年戏，
> 意笃情深唱到今。

甲表　话说的是 1994 年 4 月，四十五年头一回，厦门市"金莲升"高甲戏剧团出访台湾、金门——

乙表　什么？"金莲升"高甲剧团？

甲表　对！金厦两门合办的剧团。

乙表　金门厦门合办的剧团？

甲表　六十年前，是三位金门艺人和三位厦门莲河乡艺人，联手创办了这个高甲剧团。

乙表　"金莲升"——就是取金门的"金"字，取厦门的莲河的"莲"字，再加一个大吉大利的"升"。

　　金厦同心育金莲，
　　历尽苦寒花娉婷。
　　一舟风雨飘两岸，
　　弦歌传唱两岸情。
　　四十五年再相会，
　　社社争看金莲升。

合　怎奈是光阴转实无情，
　　相见时难别亦难，
　　老少泪花凝。

乙表　这是最后一场告别演出！戏棚就搭在海边妈祖庙前。只见老头陈先生匆匆扶
　　　来一位银发老夫人。

乙白　这就是我的姨妈，刚刚从美国探亲归来。

甲白　亲人啊，我，我就是当年"金莲升"的当家，花旦赛月云。

乙白　赛月云？您是月云姨！

甲白　你是——

乙白　我是阿芳！

甲白　小—阿—芳？！你，你阿爸呢？

乙白　阿爸去世了，只留下这琵琶。

　　　见琵琶，

　　　如故人，

　　　诉情衷。

　　　忆昔菊云同唱和，

　　　你啊，金莲舞榭共一堂。

　　　山伯与英台偿夙愿，

　　　五娘共陈三恩爱长，

　　　谁思难返家乡。

　　　为探母病回金门，

　　　从此隔水愁断肠。

　　　妈祖庙前望孤岛，

　　　梦里登台喜粉妆。

　　　未料到今日喜相逢，

　　　半世心愿梦非空。

　　　两岸情，

　　　海难阻，

　　　金莲歌留芳。

甲白　阿芳，月云姨我现时有个心愿……

乙白　月云姨，你就说吧！

甲白　今晚，准我同厦门"金莲升"演员，上台合演一出当年拿手好戏《陈三五娘》。

乙白　好啊，月云姨再与我们同台共演！哎呀，只是……

甲白　莫非……

乙白　这次带来的剧目，多是新创作、改编。《陈三五娘》这老戏乐谱偏留在厦门。

甲表　一旁的陈先生插话说：

甲白　这个问题解决太容易，上厦门拿就是！

乙白　哎呀，陈先生。

　　　金厦相望一水依，

　　　三千水路隔藩篱，

　　　绕香港，过台北，行程二日费心机。

甲白　团长啊！

　　　西望厦门绿水中，

　　　鸡犬相闻亲情浓。

　　　此去一千零四橹，

　　　官未通来民先通。

甲白　你们且等！

乙表　只见陈先生飞身上船，直驶厦门。

甲表　赛女士眼泪望飞舟，不由遥想当年。

　　　望飞舟泪涧流，

　　　人到黄昏心痛处，

　　　争把春光留。

　合　喜光阴四十五载逝如水，

　　　物寄人非几当休，

　　　本知碧海烧红水无意，

　　　但记啼鹃溅血有来由。

　　　举头总慕天外云，

　　　两岸来去身悠悠。

　合　喜今日，梦成真，

　　　亲人相会在金门。

　　　水路坦荡依旧是，

　　　春风有情最解人。

乙表　喂——，你们看，陈先生直从厦门取乐谱回来了！

甲白　锣鼓闹台！

　　　金莲渡海扬新声，

　　　两门对开喜盈盈。

　　　千年锣鼓万年戏，

　　　天地长留不了情。

过 河

作者：崔　凯
表演：潘长江、闫淑平

时间　仲夏

地点　清河渡口

人物　高峰——某农科站站长（峰）

　　　兰英——村姑（英）

〔舞台一半是河，一半是岸，河中碧波荡漾，岸上绿柳成行。

〔音乐声中高峰背箱子上，箱子的一面绘有当地地图，另一面写有"科技兴农"
字样。

峰　（喊）喂……有船吗？

英　（内应）哎……船来了！

〔英撑船在伴舞演员配合中上。

峰　（唱）哥哥面前一条弯弯的河。

　　　　　　妹妹对面唱着一支甜甜的歌。

　　　　　　哥哥心中荡起层层的波，

　　　　　　妹妹何时让我渡过你的河。

英　（唱）哥哥你要把河过，

　　　　　　先要对上妹妹的歌。

　　　　　　不问花儿为谁开，

　　　　　　不问蜂儿为谁落。

　　　　　　问你带着什么来？

　　　　　　为啥要过我的河？

〔峰跳上船，船猛烈摇晃。

英　哎哎哎！你干什么？

峰 我过河!

英 我是来接人的。

峰 我不是人吗?

英 你是人我也不接你!

峰 (旁白)她就是来接我的。不认识我,正好蒙蒙她。

英 你下去!

峰 不下去!我有急事儿,你先把我接过去。

英 不行!我接的是一个重要人物。

峰 比我还重要?

英 比你?你是干啥的?

峰 我是……你们河东鸭蛋多少钱一斤?

英 (没好气地)不知道!(旁白)收鸭蛋的小贩儿,看他那傻样!

峰 (旁白)好!她中计了!

英 哎!你怎还不下去?

峰 我不告诉你了吗,我有重要事上你们河东。

英 我不告诉你了吗,我有接的人比你重要!

峰 比我还重要是谁呀?乡长?

英 不对!

峰 县长?

英 不对!

峰 省长?

英 别问了!再问就部长,张嘴就长长的,怕别人不知道你矮呀!

峰 你……你不对!当着我你不能说短话!

英 我嫌你太废话?

峰 问问你来接谁,不行啊?

英 告诉你吧,我来接农科站的高峰,去给我们讲科技兴农课。

峰 高峰有啥了不起的?高峰就比我重要啊?

英 那当然了,倒卖鸭蛋的还要和人家专家比?你也不拿鞋底子照照自己啥模样?

峰 我不照!自己的模样我知道,高峰啥模样你知道吗?

英 差不多吧!

峰 你和他认识?

英 差不多!

峰 你对他有情?

英　差不多!

峰　你对他有意?

英　差不多!

峰　差不多是差多少?

英　差多少哇?（举杆子）就差这一杆子!（打峰）你下去吧!

峰　哎哟!（跳上岸）你怎么打人呢?

英　你烦人!不关你的事儿你总问啥!

峰　我是好心,我怕你对那个高峰不了解,容易上骗受当……

英　那叫受骗上当!

峰　对!特别是像你这样的纯情少女,你要注意呢!

英　你这个人心还挺好呢!

峰　真心还没给你全掏出来呢!

英　我不管你是真心还是好意,告诉你吧,你知道那水泡子里边乱冒泡不?

峰　为啥?

英　多余（鱼）,我和高峰哥书来信往,经常联系,他指导我学农业科技,还说将来……

峰　将来怎的?

英　将来收我做他的徒弟。

峰　你愿意吗?

英　那当然了!高峰哥他人品出众,才貌超群,志向远大……

峰　博古通今,完美无缺,足斤足两……

英　你说些啥呀,乱七八糟的!

峰　你说说高峰到底哪儿好?

英　你听着……

　　（唱）他才华好比一条河,哪啦依呼咳呼咳呀,

峰　（唱）稀稀啦啦水不多,哪啦依呼咳呼咳呀,

英　（唱）他人品好比一朵花,哪啦依呼咳呼咳呀,

峰　（唱）有枝没叶干巴巴,哪啦依呼咳呼咳呀,

英　（唱）他志向比那青山高,哪啦依呼咳呼咳呀,

峰　（唱）平平塌塌小土包,哪啦依呼咳呼咳呀,

英　（唱）他模样英俊像明星,哪啦依呼咳呼咳呀,

峰　（唱）大耳朵小嘴小眼睛,哪啦依呼咳呼咳呀,

英　（唱）我看你这人真讨厌,哪啦依呼咳呼咳呀,

［音乐停后，峰清唱——

峰　那是你没细看，

　　细看还有点招人烦，哪啦依呼——

英　你别"咳"了!

峰　我还没咳完呢，就差一点儿了:（唱）哪啦依呼……

英　去!（举棍子打峰）

峰　（跳到一边，唱）咳呼咳呼呀!

英　你讨厌! 你讨厌!

峰　我好看，你就看! 免费参观不要钱!

英　你凭什么说高峰的坏话?

峰　我看你把高峰想象得太好了!

英　你吃醋了?

峰　我胃酸偏高不吃醋。你把他夸得那么美，见了面你准后悔!

英　我不后悔。

峰　你把他塑造得那么高大，见了面你准害怕!

英　我不害怕。

峰　你把他形容得像朵花，其实他不如豆腐渣。

英　你又短打了？!

峰　我说的是真话。

英　你认识高峰?

峰　差不多!

英　真的?

峰　黄雀吧? 还金的!

英　那你别走，他一会儿就来!

峰　他不来了，我来了!

英　你? 卖鸭蛋的!

峰　卖啥鸭蛋? 我是农科站的，来给你们讲科技课的。

英　那高峰为啥不来?

峰　你让我上船，我就告诉你。

英　你上来吧。

峰　（上船）开船吧!

英　你先说，高峰为啥不来了?

峰　高峰不敢来。

英　为啥？

峰　他说你们河东有个姑娘叫兰英，有没？

英　有。你快往下说！

峰　那个兰英，经常和他把信通，左一封右一封，左一封右一封，左一封右一封……

英　你没完了？

峰　通了半年信，八十多封呢，我不得一封一封说吗？

英　你一代而过吧，快说正经的。

峰　行。信上说的都是学农业科技，可多多少少还有点儿别的。

英　有啥呀？

峰　反正有那么多封信，后边落款写着"你的英"，不知道啥意思。

英　啊！好个高峰！他把我的信给别人看了？我找他算账去！

峰　别！你先送我去河东，完事我带你去找他，行不？

英　你真是农科站的？

峰　错了管换！

英　不行！现在假货太多，我得考考你。

峰　考吧！好烟叶——不怕考（烤）！

英　你听着——

英　（唱）我来唱，你来答，
　　　　　什么地种什么瓜？

峰　（唱）这个问题难不住我，
　　　　　水箱里能种大西瓜，
　　　　　又红又甜又起沙，
　　　　　甜掉你的牙。

英　（唱）我来问，你来猜，
　　　　　什么发芽水里栽？

峰　（唱）这个问题难不住我，
　　　　　羊羔牛犊水里栽，
　　　　　都是双胞胎，
　　　　　把你嘴乐歪。

英　（唱）我来唱，你来说，
　　　　　什么下蛋什么抱窝？

峰　（唱）这个问题难不住我，

　　　　你嫂子拣蛋你哥抱窝，

　　　　有鸡有鸭也有鹅，

　　　　男的少来女的多。

英　去！你给我下去！（打峰）

峰　（又跳上岸）你怎么又打人呢？

英　我没打人，我打假呢！

峰　打甲？你不打乙啊！

英　我就打你！我最恨什么假种子、假农药、假化肥，还有你这种假人！

峰　谁说我是假人？我有血有肉有骨头，不信你摸摸，哪块儿是假的？

英　你冒充农业专家，其实四六不懂！

峰　我啥不懂？

英　我问你什么地种什么瓜，你跟我扒瞎！

峰　你说怎么答？

英　黄土地种香瓜，沙土地栽地瓜。

峰　我说的是现代科技，无土栽培，水箱里放营养液，你想种啥就种啥。

英　那水里边儿养羊羔、牛犊是不是你瞎掰？

峰　你又不懂了，现代生物工程用于牧业生产，试管里放营养水，再把牛或羊的那什么……算啦！你大姑娘家的不明白。

英　你明白你就骂人哪？

峰　我骂谁了？

英　我问你什么下蛋什么抱窝？你咋还扯上了我嫂子和我哥？

峰　我知道你说的是鸭下蛋鸡抱窝，那都是些过去的嗑，你们家办个饲养场对不？

英　对呀！

峰　种蛋归谁管？

英　我嫂子。

峰　电气孵化归谁管？

英　我哥。

峰　这不对了，你嫂子管蛋，你哥管抱窝吗？

英　（思考）你真是来给我们讲课的？

峰　真是。

英　不骗我？

峰　怕受骗我先让你看看。（解衣服扣）

英　你干啥？

峰　我给你看看照片。（从兜里掏出照片）小姐请看

　　——无土栽培新品种彩色大辣椒！再请看

　　——试管培育的良种牛犊和羊羔！接下来请看

　　——（拿出的是兰英的照片）呀！这张拿错了！

英　停！

峰　怎么了？

英　那是我的照片！

峰　是吗？不对吧？这是我女朋友的照片。

英　你到底是谁？

峰　你猜呢？

英　你就是高峰。

峰　那我可要上船了！（欲上船）

英　你别上！

峰　你不是来接我的吗？

英　不接了！你这人不老实！为啥见面不说实话？

峰　不是怕你头一回见到我这光辉形象，让你大失所望吗！

英　你形象怎么了？

峰　这不是稍稍的短一点点吗！

英　人不论长短，马不论高低！秤砣小压千斤，胡椒小辣人心！小又不是缺点。

峰　这话我爱听，科学认为：浓缩的都是精品！

英　你也是精品吗？

峰　差不多！

英　那我在精品店里怎没看见有你呢？

峰　精品店像话吗？我又不是什么东西！

英　我也没说你是东西呀！

峰　那就是说我不是东西。

英　反正你不是好东西，我这船不载你！（撑船欲走）

峰　等等！让我上去！（捡起一竹竿子，撑竿跳起，不料竿子插在泥里，立在水中）哎呀！快接住我！

英　我不接，就不接！谁让你不老实！

峰　那我可要跳河了！

英　你会水吗？

峰　我会……

英　那就跳吧！

峰　我会喝水！

英　那你还是别跳了。（将船撑回）

峰　心疼我了不是?

英　谁心疼你呀！我是心疼河，我们这条河目前还一点儿污染没有呢！

峰　你就直接说我埋汰得了呗！

英　你请下来吧！

　　［峰下到船上。

峰　兰英……

英　你看！乡亲们欢迎你来了！

　　［音乐起，伴舞上。

峰　（唱）哥哥面前一条弯弯的河，

　　　　　妹妹对岸唱着一支甜甜的歌。

　　　　　哥哥胸中燃起红红的火，

　　　　　妹妹快快让我渡过你的河。

英　（唱）小船悠悠水中过，

　　　　　划开河面层层波。

　　　　　采一朵水莲花妹妹送哥哥，

　　　　　悄悄话儿悄悄说甜甜蜜蜜洒满河。

合　悄悄话儿悄悄说甜甜蜜蜜洒满河。

　　［干冰铺满舞台，流动似水。激光打出一只船型。十六名伴舞女演员转动绿色
手绢，像荷叶水上漂动。一枝并蒂莲花在万绿丛中开放。

　　［歌声中船走岸移，演员双双舞下。

故事（中篇）

辣椒嫂后传（上篇）

作者：周喜俊

　　杨家庄自土地承包到户之后，闲散劳力逐渐增多，山村无事可做，年轻人待不住，纷纷求亲告友，外出找挣钱门路。城市的钱也不是山里的石子，森林的树叶，岂能伸手可得？好多人高兴而去，败兴而归。相比之下，韩华姣的路子要顺畅得多。农村政策的开放，使她如鱼得水。生产队长不当了，就有闲暇琢磨自己的事，她懂管理，有文化，不费什么劲，就把责任田经营得顶呱呱。剩余时间，在庭院又养猪又喂羊，又养鸡来又养鸭。一年下来，囤里五谷杂粮样样满，饭桌上肉奶蛋菜都不缺。村里人羡慕她："看人家那小光景过得，好比冰糖放进蜜罐里——甜透了。"可韩华姣并不满足，为什么呢？带领众乡亲走共同富裕的道路是她多年的心愿，如今那么多年轻人无所事事，那么多年老体弱的人仍很贫穷，那么多无知识、无技术的人找不到致富门路，她难受啊！心里有事，就吃不香，睡不安，白日东奔西跑，夜里如睡针毡，再也听不到她铜铃般的笑声，再也看不见她桃花般的笑脸。婆婆见此情景，也不便多问，晚上悄悄跟老伴说："他爹，咱媳妇咋像肝上扎了草似的，莫不是有啥心事？"公公说："那还用问，这媳妇生来是大海的蛟龙，不是池塘的蝌蚪。过去当队长，整天风风火火，带领大伙挖河修坝，开山造田，春种秋播，冬藏夏管，像武大郎的小扁担——虽不长，耍起来还挺顺手。一忙乎，什么也顾不得想了。可现在除了哄孩子做饭喂猪养鸡，就是种那二亩责任田，她像战马拴进磨道里——有劲使不出。咱儿子又不在家，媳妇青春年少，心里憋得慌，连个诉说的地方都没有，能高兴呀？"婆婆点点头："嗯，倒是这么个理儿，那你说该咋办呢？"公公若有所思："照我看，赶紧给志民捎个信儿，让她在城里给媳妇找个工作，两口子离近些，白天各干各的事，晚上在一起看看电视聊聊天儿，亲热亲热，什么不痛快的事也就没了。"婆婆笑了："嘿，没看出来，一个大老爷们儿，心倒像绣花针一样细，我看这法子中。"

　　老两口主意拿定，第二天就托人给在县计生委工作的儿子杨志民捎去一封信。

　　再说杨志民，自从结婚以来，就一直想把妻子弄到县城里来，夫妻也好朝夕相伴。

可每次和华姣商量，她总是咯咯一笑说："急啥？只要有出息，无论在县城还是在山村都能干出名堂来。再说，乡亲选我当队长，就是信任我，希望带领大伙奔好日子，我怎能只为自己图清闲，让乡亲们失望呢？"

农村实行责任制之后，华姣卸掉了生产队长的担子，志民认为这回一定同意进城了，在他看来，农村毕竟是农村，再聪明的人在农村也是被人瞧不起的农民。如果华姣此时进城当个合同工，有机会转了正，夫妻就都成了端铁饭碗的国家干部，等以后单位给分了房，再把责任田租出去，让父母到县城养老，让孩子在县城上学，一家人团团圆圆，夫妻恩恩爱爱，该有多好！谁知他把这想法和华姣一说，她又是咯咯笑着摇了头："我干吗非死乞白赖进城当个末等公民呢？现在农村政策这么好，我想抓住机遇，施展一下，看看我到底有多大本事，免得让人说吃大锅饭时是英雄，责任制后是狗熊，自己无力生存，跟着丈夫进县城。那我可就浑身是嘴也说不清了。"

这次杨志民接到父母来信，认为时机已成熟，心中暗想：只要老人支持，这次由不得你，等我给你找到了合适的工作，你来也得来，不来也得来。

杨志民正为华姣的工作东奔西忙，恰逢本单位要公开招聘一名计划生育助理员，这真是天赐良机，他忙找领导说明情况，及时为华姣报了名。

星期六下午，杨志民提前下班，匆忙往回赶，他想尽快把这消息告诉妻子，告诉父母，也好给全家个意外惊喜。

志民回到家中，见院里冷清清，屋里静悄悄，父母不在，儿子没影，只有华姣坐在屋里边想心事，就连他进来，华姣都没发现。志民想，怪不得父母着急呢，看她这模样，倒像变了个人似的，我今天得逗逗她。他悄悄绕到妻子背后，照她脸上"叭"亲了一口。华姣一惊，猛扭头，见是丈夫，嗔爱地说："你呀，不害羞！"

"羞啥？我是你丈夫，你是我妻，我不亲你谁亲你？告诉我，刚才正想什么，是不是想我？"

华姣白她一眼："别那么没出息，我在想正事哩。你看咱村这么多闲散劳力，怎么才能带动起来，让大家共同致富呢？"

杨志民不耐烦了："华姣，你是有管闲事的瘾还是咋地？你一不是支书，二不是村长，现在连十品芝麻官儿的生产队长也不是了，还操哪门子心呀？"

"志民，你咋这样说话，我们年轻正该……"

"是啊，正因为我们年轻，才应该更珍惜属于我们自己的时间。好了，我们不要做无谓的争辩了。爹和娘呢？"

"爹说到地里转转，娘带小星星串门去了。"

"那我只好先把这喜事告诉你了。"杨志民说着把提包打开，从里面抽出一张表格递到华姣面前："你看这是什么？"

"招工表？给我的？"

"不给你给谁？谁让你是我朝思暮想的老婆呢！快做准备，星期一跟我去参加面试。"

"不行，不行，这绝对不行！"

"别那么没自信心，我早考虑过了，你高中毕业，在娘家当过妇联主任：'四术'员，结婚后当队长兼管计划生育。有理论，有实践，懂政策，有经验，还是计生委干部家属，我看你是最佳人选。"

"我担心的倒不是这些，只是觉得村里更需要我。"

"什么？村里更需要你？你当你是谁呀？擎天柱？巨人？天降大任于你，离了你杨家庄天塌了？地陷了？太阳不出了？地球不转了？过去当队长，说村里需要你，现在土地分到了各家各户经营，你还说村里需要你。你只考虑别人的需要，就不考虑我的需要？县城离咱村八十多里，平时难回家，星期天若有紧急任务也不能和你见面，我们结婚近五年，在一起的日子合起来也不足十个月。现在好不容易有个合适的机会，你却一口回绝，你心里到底还有没有我？告诉你，这些年都是我听你的，这次你若不听我的，咱干脆离婚得了！"

杨志民这一通连珠炮，一下把华姣给轰懵了。等她醒过神来，见丈夫那怒不可遏的样子，不由得扑哧笑出了声："嘿，几日不见，你还真长脾气了。想离婚？好说，这次我听你的。"

韩华姣不软不硬的一句话，把丈夫的火气压下了一大半，他叹口气："华姣，你别生气，我实在是太爱你，太想你，所以才……才说出混账话。"

华姣说："是啊，天下和睦的夫妻，没有一对不愿朝夕相处，只是条件不允许，才使好多人不能如愿。我也一样。就是不考虑村里的事，家里上有年迈的父母，下有刚满三岁的儿子，还有鸡鸭猪狗责任田，你说我能走得开吗？"

"媳妇，这些都不用你操心。"

韩华姣顺声望去，只见婆婆、公公和小星星已站在身后。

公公说："星星他妈，地里的活不用你惦记，我这身子骨还硬朗，咱家里那点责任田还不够我一个人活动筋骨哩！"

婆婆说："是啊，家里的事也用不着你管，家务活我干着，孙子我带着，你就放心去吧！"

小星星也忙扑到华姣怀里："妈妈，你就跟爸爸走吧，等你们挣了钱，买座大房子，把爷爷奶奶和小星星都接去好不好？"

杨志民抱起小星星，照他脸蛋上亲了一口：好儿子，这正是爸爸心中想的，我们一定会实现的！好了，少数服从多数，咱就这么定了！

事情到了这种地步，华姣还能再说什么呢？为不激化矛盾，她决定跟丈夫先进城一趟再做计较。

星期一大清早，夫妻俩匆匆上了路，赶到县计生委，刚刚七点，只见大门口人挤人人撞人等待面试的大姑娘小媳妇足有三四十人。华姣悄声问："志民，这次招聘指标是一个还是十个？"

"一个呀！"

"太可怜了，一个指标，来了这么多人，咱凑什么热闹？算了，我还是快回去吧！"

华姣说罢转身欲走，杨志民伸手把她拉住了："临阵脱逃，这可不是你的性格。人多怕啥？优中选优嘛。你要不敢参加面试，别人还以为我是拿个百事不懂的老婆凑人数撞大运呢，以后让我怎么做人？你要知道，今天的面试不光决定你的命运，也关系到我的面子和声誉，你必须拿出百分之百的力量去竞争，懂吗？"

华姣来参加面试，本是想搪塞丈夫。现在听他说出这番话来，觉得也有道理。再加上她生来争强好胜，到了这种场合，马上有种跃跃欲试的感觉，于是点点头："好吧，为了你，我也得争口气！"

华姣这一争气不得了，一下争了个面试第一名，把杨志民兴奋得当众吻了她一口。华姣一冷静，慌了，心里说：这才是背磨石唱戏——自讨苦吃，上吊不挽绳——充硬汉子。我本是逢场作戏，没想到假戏成真。录用通知一发，志民肯定要逼我上班。这可咋办呢？她正着急，忽然看见计生委主任米树河端着茶杯进了办公室，顿时心生一计，趁志民不在，马上跟了进去。

这米主任五十多岁，长得慈眉善目，肚大腰圆，平时见了谁都爱开玩笑，所以人们送他个外号"弥勒佛"。米主任看见华姣进来，笑眯眯开了口："小韩，怪不得我们小杨是有名的怕老婆状元呢，像你这样能文能武聪明能干的女子，哪个男人敢不俯首称臣？"华姣说："米主任，快别开玩笑了，我是来求你的。""求我？噢，我明白了，是求我快点通知你和小杨，好让你俩牛郎织女早日团圆，夫妻携手来上班，对不对？这用不着你来求，我这当主任的能选到像你这样的人才，恨不得今天就让你来报到。可心急吃不上热豆腐，审批手续还得办理。你耐心再等几天，反正煮熟的鸭子飞不了。"

华姣急忙摇头摆手："米主任，你弄错了，我求你，是想让你不要录用我。""什么？不要录用你？这事新鲜，你不想被录用，何必跑来参加面试？你这不是耍我们吗？"

"米主任请原谅，我要不来，小杨会和我闹离婚的！"她接着把自己如何想带领乡亲们脱贫致富，杨志民如何让她来参加招工考试，婆婆、公公如何从中撺掇的事全都说了一遍，米主任边听边点头："嗯，人各有志，不能勉强。我赞成你的想法，像你这么聪明能干的人，也许在农村比在这里更能发挥优势。好吧，我支持你，这事我会妥善处理的。"

韩华姣打了埋伏，心里轻松了许多，当天下午就返回了杨家庄。婆婆见她满脸带笑，神采飞扬，忙问结果。华姣说："按业务能力，我是第一；按年龄，我不如那些小姑娘，人家还要把总体条件平衡一下，然后报主管副县长批准才能算数。"公公说："这就好了，反正志民盯着呢，一有消息他肯定马上回来。"

老两口天天在村口翘首相望，盼儿子早报佳音。谁知三天四天没音信，五天六天没回声，一直等了半个月，杨志民才回来，进门满脸的怒气，往床上一躺大声骂道："我日他祖宗！"

一家人不知出了什么事，都惊得大眼瞪小眼不敢出声。华姣忙递上一杯水："志民，怎么啦？谁惹你发这么大火？"

"发火？我的肺都快气炸了。"

"你气顶啥用？有理不在声高，你慢慢说嘛！"

"有理？什么叫理？我到哪儿去说理！你的工作让别人给顶了。"

华姣急问："是名列第二的那个小姑娘吗？"

"哼，要真是她，我还不会生这么大气呢！"杨志民端起茶杯的水一饮而尽，一抹嘴巴说："开始我们主任说你业务能力第一，但年龄和文化程度不如第二名占优势，坚持上报你们两个，让主管部门定夺，我觉得这也有道理。没想到，你们两个都没被批准，我一打听才知道，录用了副县长郑大头的小姨子王春晓。"

"那你们米主任对这事啥态度？"

"他纯属一个和事佬！我去找他问这事咋解决，你猜他说什么：'小杨，现在这事说不清楚的多着呢！反正就这么一个位置，谁占还不一样？郑副县长是分管计划生育工作的，咱要把他得罪了，以后会给我们的工作带来好多麻烦，求你千万要顾全大局。再说，像你爱人那么有胸怀、有胆识的人，说不定还不稀罕这份工作呢！你就别惹是生非了。否则，郑副县长怪罪下来，咱们单位大大小小的人都得跟着受牵连，你能心安吗？'我说不能说，讲不能讲，我好窝囊啊！"

杨志民这一通说，首先激怒了他的妹妹杨玉梅。玉梅出嫁在本村，隔三岔五回娘家。前几天听说嫂子进城参加招工面试名列第一很高兴，只盼哥哥送回录用通知。今天她正在地里干活，老远看见哥哥回来，忙跑来听消息，谁知不听则已，一听怒火难按，上前拽起哥哥说："你在家里吼什么？有本事告他去！县里不行告到市，市里不行告到省，省里不行就告到中纪委，主任祖护他，就连你们主任一块告！"

胆小怕事的父亲一听这话慌了神："死妮子，拱啥火？民告官，是那么好告的吗？再说，你哥还在人家管辖内干活，伤了和气，以后咋相处哩？"

"离了他那块云彩就不下雨啦？我哥刚过三十岁，大学文凭，有的是用武之地，怕什么？这口窝囊气咱不能咽！"

玉梅气愤不已，吵吵个不停。华姣却紧锁双眉，一言不发。志民推推妻子："你咋不说话？"

"说什么呢？"

"说这事咋办呀？"

"咋办？我看这事就算了！"

"什么？算了？"玉梅睁大吃惊的眼睛，"嫂子，你可看明白了，人家这是骑脖子拉屎！你一向爱憎分明，怎么现在也变成了和事佬？副县长的小姨子顶替你的工作，这是不正之风，你不争不斗，还要忍让迁就，你算什么辣椒嫂？干脆叫你软柿子得了！"

韩华姣抿嘴一乐："好妹妹，别生气。嫂子不是和事佬，而是觉得为这点小事实在不值得劳神费心，耽误时间。你想想，副县长的小姨子去顶替我的工作，本身就已败在我的手下。为什么呢？因为她从一上班扮演的就是极不光彩的角色，她能忍受别人的指指戳戳去挣那每月二十多块钱的工资，其实是很可怜的。如果她有别的能耐，就不会失去自尊去做这种有失人格的事情，我们何必再去和她拼个你死我活？再说，就是把她告倒了，我进城去上班，又能有多大作为呢？山中的猴子不愿被人牵着耍，树林的鸟不愿钻进笼子让人喂。我本是山村生，山村长，真要坐进办公室，还怕憋出病来呢！现在不少人都愿往城里跑。进城哪怕扫马路，刷厕所，当保姆也不愿留在农村干事业，我觉得这是很可悲的。这些日子我一直在琢磨，如今政策这么好，如果我们立足本地，发展自己，利用农村的优势，闯出一条利国利民的致富道路，那才真正为农民争了气呢！等咱发展起来，说不定在城市无用武之地的大学生还得扔掉铁饭碗到农村来谋出路呢！"

玉梅气得把脖子一拧："嫂子，你说得都对，可我就是咽不下这口气！副县长身为国家干部，敢这样无法无天，也太猖狂了吧！这跟强盗有什么区别？"

"妹妹，自古道，善有善报，恶有恶报，不是不报，时候不到。谁要无视党纪国法，必会受到党纪国法的严惩。这位副县长也不例外，要真是条蛀虫，总有一天会被啄木鸟叼出来。"

韩华姣入情入理的一番话，说得一家人火气顿消。婆婆本来提心吊胆，怕媳妇不依不饶，告状惹事，影响儿子的前途，一见华姣撤了火，忙接过话头说："媳妇说得有理，金山银山不如咱的石头山，天亲地亲不如咱的故土亲。你们没听那些进城打工回来的人讲，大城市的人把蚂蚱、蝎子、知了牛、蚂蚁、麻雀、蛤蟆腿都当成名贵菜摆上桌招待外国人哩，照这个说法，咱村满山遍野都是宝，就看咱有没有本事找。媳妇有文化，有心计，要是能在咱山沟沟里找出挣钱的路子，不比在城里看人家脸色挣那仨瓜俩枣的工资强百倍！我看，咱状也不告了，事也不闹了，就当救了个逃荒的，打发了个要饭的，让那副县长的小姨子一辈子良心都不安。"老太太一锤定音，别人也不好再说什么，此事只好作罢。

吃过晚饭，小两口回到自己屋里，杨志民仍愤愤不平。他见妻子欢眉喜眼，生气地说："你压根就不想跟我出去，这回你称心了、如意了！我命中注定该受孤独苦，娶了你这么个心肠硬的老婆。这下好了，你在农村大展你的鸿鹄志吧，我回城仍当我的活光棍儿。"

韩华姣咯咯笑道："瞧你那没出息的样儿！你要离不开老婆呀，等我的事业发展起来，你就辞职回来听我调遣，咋样？"

"嘿，你的事业？看你说得好像真有那么回事似的，你的事业在哪儿？"

"急啥？种庄稼还有个平整土地，物色种子的过程呢，何况我是要干一项咱村里没人干过的大事业。"

"瞧你越说越玄，什么大事业？该不是开银行印票子吧！"

"不是印票子，是要挣票子。实话跟你说，自从农村实行生产责任制以后，我就一直在想怎样才能为剩余劳力找出一条致富之路。这些日子，我悄悄搞了一些调查，搜集了不少信息，再加上我亲自搞的小批量多品种试验，觉得在咱山村里发展养殖业具有很大优势。常言说：守着好人出好人，守着巫婆跳假神，守着唱戏的懂鼓点儿，守着诗人不会写诗也能吟。这说明环境影响非常重要。其实咱村里人并不笨，之所以不敢搞养殖业，一是没有资金，二是没有技术。我要是开好了这个头，就能带动一大片。我想先搞奶山羊喂养，成功了，找出经验；失败了，总结教训，这样就能为其他人铺平道路，使乡亲们尽快脱贫致富。"

杨志民听华姣说出这番话，恍然大悟："怪不得爹娘说你整日寡言少语，心事重重，闹半天你是脑子里开银行，肚里打算盘，嘴上不说，暗算内账啊！得，我也不用怀里揣笊篱——捞不着的闲心了。凭你的才华胆识和不怕吃苦精神，我看定能马到成功。"

"多谢夫婿鼓励，为妻这厢有礼了！"韩华姣一句戏言，把丈夫逗得满脸乌云顿消，他一把搂住妻子唱道："你这让我亲不够、看不够、馋不够、爱不够，又辣又热、又香又脆、味道十足的红辣椒啊！"

小两口如何戏耍且不细表，单说韩华姣征得丈夫和家人的同意，很快购回 150 只优种奶山羊，她科学喂养，耐心侍弄，第二年繁殖到 300 多只，纯收入超万元，成了县里首批万元户，被县委县政府命名为致富能手。她好兴奋，因为她从自身的奋斗中看到了山区农民脱贫致富的希望，也对未来更加充满了信心。

那日，韩华姣进城交完奶，正要往回返，路过县外贸局门口，突然听到一声亲切的呼喊："华姣！"她侧目一看，见路旁站着一位细高条儿，戴眼镜，夹公文包的男子。这是谁呢？华姣正纳闷儿，那人又往前走一步："怎么不认识？"

"噢，原来是你！"华姣又惊又喜，噌！从奶车上跳下来，跑上前和那男子紧紧握手。

他是谁？华姣的同学赵军平。说来凑巧，两人是同年同月同日生，高中同班同桌，还都是班干部，学习尖子。华姣是语文课代表，军平是数学课代表。华姣活泼开朗，像毛头小子。军平文静内向，如大家闺秀。同学们开玩笑，说当年送子娘娘喝醉了酒，迷三倒四把他俩的性别搞了个阴差阳错。两人性格虽然不同，却挺合得来，无论公事私事总是无话不谈。不知不觉，军平爱上了华姣，可华姣好像对此事毫不在意，并且当着一群崇拜她的男生大大咧咧宣布："本女生有言在先，上学期间，只谈学习，不谈恋爱，谁若犯规，概不客气！"吓得赵军平把写好的求爱信装在兜里揉来揉去，一直到高中毕业也没敢拿出手。毕业之后，两人各自回乡务家。后来生活经历又发生了不同的变化，所以也断绝了联系。十几年不见，街头偶然相逢，自然倍觉亲切。军平说："我就在县外贸工作，到门口了，进去坐坐吧！"

华姣抬腕看看表："都快十二点了，到办公室没吃没喝的，走吧，前边有家饺子馆，我常去，环境挺不错，今儿中午我请客，咱们边吃边聊好吗？"她见军平犹豫一下，忙问："是不是想给家里打电话请个假？"军平摇摇头："用不着，咱们走吧！"

二人来到饺子馆，女老板忙笑脸相迎："韩姐，来啦？里边请。"

华姣点点头，径直走进最里边的一个雅间。二人刚落座，女服务员已拿着菜单走进来。华姣点了几样菜，要了两瓶啤酒、一斤水饺。军平说："看你这熟练样儿，是常下馆子的。"华姣笑笑："没办法，我两天就要进城交一次奶，总不能饿肚子呀！我爱人倒是在县城工作，可离奶站较远，再说他有他的工作，我老去干扰他也不好。"

军平若有所思："你跑这么远的路来交奶，太辛苦，也太浪费时间，要是把羊奶就地处理，不是更好吗？"

"是啊，我也这么想过，就是想不出好办法。"

"你要再上些水貂呢？"

"上水貂？那是珍稀动物，吃鱼吃肉的，又娇气，俺农民能喂养吗？"

赵军平说："是啊，养水貂投资大，风险大，但经济效益也非常可观。别的农民不敢养，你该没有问题，为什么呢？一是你有文化，有钻研精神，掌握饲养技术不是难题；二是你有这批奶山羊垫底，经济上有后盾；三是你可以把羊奶做成奶豆腐，代替鱼肉当饲料，既减少了你进城交奶的麻烦，又能得到比卖奶高几倍的经济效益；四是水貂比奶山羊吃得少，繁殖量比奶山羊要多，规模发展比较容易；五是根据国际裘皮市场行情看，貂皮空缺较大，最起码十年之内能保证每张200元人民币的价钱，效益非常可观。"

赵军平这一分析，韩华姣心胸大开，急急问道："那到什么地方买貂种呢？"赵军平说："看你，听风就是雨，急啥？你想要，马上就可以去捉，我们外贸刚进一批，如果你决定买，技术问题不用发愁，我送你一些水貂饲养方面的资料，还可以义务给你当技术顾问，貂皮由外贸收购包销。"

"好啊，有你这老同学做后盾，我还有什么后顾之忧呢？"当天，华姣就从县外贸买回60只水貂。

婆婆见媳妇去交奶又拉回几笼子水貂，嘴里没说什么，心里老大不高兴。赵华姣不在身旁，偷偷跟老伴说："他爹，你看看，这媳妇是越来越胆大，照这么折腾下去，迟早非栽大跟头不可。你说奶山羊喂得好好的，又弄回一群水貂，咱山里人祖祖辈辈也没养过，万一要是有个闪失，还不得把老本也贴进去？我一想，这心里就直打哆嗦。你劝劝她，干脆退回去得了。"公公说："你呀，是心坎上挂秤砣——多累这份心！咱媳妇的脾气你还不知道？她要想干的事，那是非干成不可。就说奶山羊，过去咱村里人谁喂过？咱家一带头，村里一半人家养了起来。什么事也一样，没人带头，就永远没人敢往前走。媳妇生来是个爱带头的人，她要养水貂自有她的道理。咱家养成功了，就给村里人又踏出一条赚钱的路子。"婆婆生气地说："你就光会顺着她来，这是土医生学针灸——先照自己身上扎。成功了，给大伙找赚钱的门路；赔本了，割自己的肉补窟窿。我真不知道这媳妇到底想干什么。"

"娘，我就想让咱农村人都混出个样来。"随着话音，华姣满脸堆笑站在了面前："娘，我知道你是为我好，怕我冒风险，可我既然把水貂弄回来了，你就让我试试吧！"

别看婆婆在老伴面前还叨叨几句，一见媳妇的面马上就像车胎拔了气门芯——没了气。她说："要试你就试吧，反正这东西挺娇贵，我和你爹都上了岁数，粗手粗脚的也帮不了什么忙，你自己受累吧！"

华姣说："娘，你放心，我不会累坏的。"

韩华姣在众人怀疑和好奇的目光注视下养起了水貂。饲养这些珍稀动物，确实比喂奶山羊要操心的多，婆婆、公公插不上手，里里外外只有她一人忙乎。几个月下来，她整整瘦了一圈儿，好在赵军平时常来现场指导，华姣遇难题也及时去向他请教，一切还算顺利。看到一只只水貂渐渐长大，又一只只配了种，肚子慢慢鼓了起来，华姣真有说不出的高兴。过不了几天，母貂就要产仔了，一批新生命的诞生，将会给她的家庭养殖业带来新的希望。她兴奋又不安，为把这些怀仔的母貂照顾得更周到，还特意请小姑子玉梅来帮忙。

那天下午，突然下起了瓢泼大雨，玉梅没有来。傍晚，华姣喂完貂，又挨个检查一遍，见一切正常，才回家做晚饭。她吃完饭还没来得及收拾碗筷，玉梅突然破门而入："嫂子，不好了，我刚才到貂棚看了看，那些母貂都……都……"

"都怎么啦？"

"都发蔫了！"

韩华姣大吃一惊，箭一般射出门去。貂棚在大门外的小跨院，里面亮着灯，她进去一眼看见最边上那个笼子里的母貂耷拉着脑袋，缩着身子，嘴角流口水，软软地躺着那里，轰也不起来，赶也不动弹，像是死了一般。再挨个往前看，有 50 只都是这个模样。

玉梅着急地问："嫂子，这是咋回事？"

"这是一种从未见过的疾病，如果不及时抢救，后果难以预料。"

"那怎么办？"

"你在这里守着，一步也不要离开，我马上进城去请赵军平。"韩华姣说着进家推出摩托车，披上雨衣就走。婆婆听见车响，隔窗忙问："这黑天雨地的，你上哪儿去？"

"娘，我进城一趟。"话音未落，华姣的摩托车已消失在夜幕中。

韩华姣赶到县城已是夜里九点多，她知道赵军平住办公室，就直奔外贸而去。这几个月为养貂的事华姣常来找军平，传达室的老师傅认识她，见面就问："你是来找小赵的吧？他有病住院了。"

华姣一惊："在哪个医院？"

"县医院内科309病房，他说怕你万一有事来找他，就特意把地点告诉我了。这孩子心眼好，人正派，事业心强，有大学文凭，个头模样都挺帅，可就闹不明白，这样的好人为什么就不结婚？你们是熟人，抽空劝劝他，人不结婚怎么行呢？有个灾有个病的，连个照顾的人也没有，多可怜！"

韩华姣顾不上听这老师傅再叨叨下去，说声："谢谢师傅，我还有急事。"转身奔县医院而去。到了病房门口，她不由停住脚步，心中暗想：军平正住院，水貂生病的事还和他说不说呢？说了，他定会带病跟我一起去，让我于心何忍？不说吧，水貂危在旦夕，说不定明天就一死而光。华姣正拿不定主意，护士出来了："同志，你找谁？"

"我找……"

华姣话未说完，屋里传出了赵军平的声音："是华姣吧，快进来。"华姣走进病房，见军平眼窝深陷，脸色苍白，躺在床上，胳膊上吊着输液瓶，心里一阵难受，到嘴边的话就更难启齿了。赵军平不容她开口，急忙问道："这么晚了，你冒雨来找我，是不是水貂出了问题？"

事已至此，华姣也不好再隐瞒，她把水貂出现的症状描述一遍，赵军平一听，伸手拔掉针头，噌——从床上跳了下来，说声："快走！"他俩刚出门，迎面碰上了值班护士，那小姑娘挺负责任，上前拦住了他的去路："你正在发高烧，不躺在床上输液，要到哪儿去？"

军平连忙作揖："护士，对不起。我扶持的养殖户水貂得了急病，我得赶紧去抢救！"

"不行！我不管什么水貂得病不得病。现在你是病人，我要对你负责！"小护士说着冲华姣一瞪眼："你这人咋这么自私？你的动物比人命还要紧啊？要是你的丈夫病成这样，你也舍得让他拿生命开玩笑吗？"

华姣被问得面红耳赤，结结巴巴地说："护士同志，我……我……""你还我什么？再不走，我要叫保卫科来轰你了！"小护士说着冲赵军平一挥手："快回病房接着输液。"

"是是，不过，我想……我想去方便一下，免得一会儿输起液来又找麻烦。"

"好吧，快去快回，我等你！"

"是！"赵军平答应着冲华姣使个眼色，"你先走吧！"说着大步向厕所跑去。厕所在病房的另一头，和楼梯口紧挨，赵军平到了厕所口，趁护士不注意，转身冲下楼追上了华姣，一拽她的胳膊悄声说："快走！"华姣停了脚步："不！军平，不要意气用事，护士说得对，我不能让你拿生命开玩笑，快回病房去！"

赵军平生气地一甩胳膊："还啰嗦什么？治病如救火，早一分钟就多一分希望，你愿眼睁睁看着那些怀仔的母貂丧命吗？扶持养殖户，是我的责任，我们不能前功尽弃！如果你失败了，我们在农村发展养殖户又多了一层障碍。我这样做不单单是为你，也是为我自己！你懂不懂？"

韩华姣从未见赵军平这么发过火，她不敢吭声了，只好快步跟他往外走。出县医院往左拐，是一家动物医院，赵军平进去拿了一些药出来，说声："把摩托给我！"华姣说："路我熟悉，还是我来带你，快上车吧！"二人说着骑上摩托车，风驰电掣般冲上了公路。

再说韩华姣家中，水貂病情越来越严重，有几只已奄奄一息，玉梅急得直掉眼泪。瞅着黑乎乎的天，泥泞的路，哗哗不止的大雨，一种不祥之兆笼罩在全家人心头。老父亲一趟趟跑到村口，盼望着看见儿媳摩托车的灯光。老母亲点起香烛，跪在地上求苍天保佑儿媳平安归来，乞求诸位神保佑水貂逃过这场灾难。左邻右舍听说华姣家的水貂病了，纷纷跑来想帮点忙，可一看这情景，又都束手无策。

正在大家乱成一团的时候，一阵摩托声划破深夜山村的宁静，华姣和军平像两个落汤鸡一般冲进了貂棚。军平为水貂查完病情，说声："这是急性传染病！"他拿出带来的药液，迅速为水貂注射。一支针剂，一份希望，60 只水貂挨个注射一遍，军平才松了一口气。十分钟过去，水貂没有动静，二十分钟过去了，有的睁开了眼睛，三十分钟过去了，大部分开始动弹，一个小时后，60 只水貂死里逃生，全都起来找食吃了。

"没事了！没事了！"众人兴奋地欢呼，华姣一颗提到嗓子眼儿的心也放了下来。她扭头去看赵军平，却见他已晕倒在貂棚旁的泥水中。华姣喊了一声："军平！"扑上去把他揽在怀里面，泪水夺眶而出。众人惊呆了，异口同声地问："这是咋啦？"华姣含泪说道："他是从医院里跑出来的，他正在发烧，为救我家的水貂，他连命都不顾了！"乡亲们一听都很感动，大家帮忙把他抬进房间，在华姣指挥下有的去请医生，有的去熬姜汤，有的用凉毛巾为他冰头，有的用水为他烫脚。折腾了好一会儿，赵军平才苏醒过来。他看看众人，慌忙坐了起来，不好意思地说："真对不起，我不知怎么……就……就晕过去了，麻烦大家，真是不好意思。"

华姣的婆婆说："看你说的哪里话呀！这还不都是为了我家。你就是救难的活菩萨，我真想给你磕几个响头。"

"大娘，快别这么说，扶持养殖专业户，也是我分内的工作。好，我没事了，华姣，快让大家回去休息吧。"

众人见这里已没事可做，相继散去，赵军平喝了两大碗热姜汤，出了一身透汗，身上一轻松，肚子也饿了。华姣烙了葱花油饼，熬了小米绿豆粥。赵军平香香地吃着，甜甜地喝着，吃饱喝足一抹嘴巴，情不自禁地说："要是每天吃这可口的饭菜，保险不会生病。"

一句话说得华姣心里酸酸的，她又想到传达室那个老师傅的话，不由问道："军平，你为什么不结婚呢？"

赵军平愣了一下："我非得回答你的问题吗？"

"这倒不一定，不过，我们是老同学了，该是无话不谈，我觉得像你这样的条件，找个好妻子绝对不难。"

赵军平微微一笑："好与不好是根据自身的需要而论，并没有什么严格的区别。比如一盘红烧肉，本是好东西，爱吃的人就说好，不爱吃的人不感兴趣，也就无好可言了。"

"这么说，你从没有遇到过你感兴趣的姑娘？"

赵军平避开华姣的目光说："不谈这些了，你忙了一天，也累了，我明天一早得赶回医院，去向那个值班小护士赔不是，咱们都早些休息吧！"

华姣满腹狐疑，也不好再问什么，为军平准备好被褥，就离开了房间。赵军平躺在床上，关了灯，却久久不能入睡。华姣关切的问候，触动了他的心弦，使他又想起那难以启齿的往事。

高中毕业那一年，赵军平有心向倾慕已久的韩华姣倾吐心声，可一看她那胸无城府大大咧咧的样，到嘴边的话又不敢轻易出口。他是个极重感情又极爱面子的人，怕万一语言表达不准确伤了华姣的心，又怕华姣毫不在意当众抖了底，给同学们留下笑柄。就在他犹犹豫豫的时候，同学们已分手各奔前程。他想反正年龄小，以后找机会再说吧，此秘密也就暂时埋到了心底。

回村之后，他凭自己的才华和根红苗正的出身，很快入了党，不久又被选为村党支部副书记，仕途之路的顺畅，压住了学生时代的爱情萌芽，他想干出些名堂，而后再考虑婚姻问题。他拼命劳动，以聪明肯干、吃苦耐劳赢得了众人的赞扬，后来推荐工农兵大学生，村里一致推荐他。能够进大学深造，那是他梦寐以求的愿望，现在有了这个机遇，他自然非常高兴。谁知就在他美滋滋做着大学梦的时候，却又得到一个不好的消息，公社只有一个名额，推荐的是县委组织部长的弟弟，他愤怒至极，跑到县里去找当教育局长的姑夫评理。

赵军平从小失去父母，姑姑对他关怀备至，姑夫待他也如同亲生。听他发完一通火，姑夫慈爱地拍拍他的肩头："傻小子，喊叫什么？回去等着吧！有你的学上就是了。"

赵军平半信半疑回到农村。时隔不久，通知书下来了，他和那位组织部长的弟弟双双被录取。

赵军平珍惜这难得的机会，大学期间，他刻苦学习，一心想获取更多的知识，将来好为社会做更大贡献。所以，婚姻问题一直无暇顾及。大学毕业后，他分配到县外贸局，工作很称心。他感谢姑夫在关键时刻助他一臂之力，使他的命运发生了根本性变化。那日，已退休的姑夫过生日，他特意买了两瓶剑南春去祝寿。姑夫很高兴，喝了不少酒，话也就多了起来，天南地北，不知不觉就扯到了他上大学的事。姑夫自豪地说："小军子，要说处理官场里这些事，你还嫩着呢！当年上大学，你一口咬定组织部长的弟弟才能不如你，可人家有当部长的哥哥，比你强吧？你要硬和人家顶牛，那才是鸡蛋碰石头哩！官场里这些事，就是大鱼吃小鱼，小鱼吃虾米。有权不使，过期作废。他顶了你，我就让你去顶别人，顶来顶去，是有权的沾光，无权的倒霉。"

赵军平一惊，急问道："姑夫，那我顶的是谁呢？"

"韩家寨一个叫韩……韩……韩什么来着？"

"韩华姣？"

"对对对，就是这个姑娘！我记得很清楚。其实，她的条件比你也不错，可我翻了所有推荐上来的档案，哪个都有来头，都动不得呀！只有她是平头百姓无根无门，我只好让她受委屈了！谁让你是我的内侄呢？我要让她走，你就得回村种地。"

赵军平惊呆了，他只听说那年韩华姣也曾被推荐过上大学，后来没有走成，她为此哭了好多天。可他万没想到，是自己侵占了她的名额。自己的文凭、工作、地位，原来是用自己最心爱姑娘的痛苦换来的，这是多大的嘲讽！他承受不了这种良心的谴责，他的脑袋似乎要爆炸！他不顾一切冲出姑姑的家门，冲到城外，纵身跳进了护城河。躺在冰凉的水里，他手抓头发大声哭喊："强盗！强盗！我是强盗！"泪水无声地流进河里，似乎要流尽他心灵上的耻辱；河水在他的身上缓缓淌过，似乎要洗净他身上的罪恶。他哭够了，喊够了，发泄够了，可心里并没有轻松。他想去找华姣，当面向她赔罪。他想求得华姣的谅解并和她结婚，好好爱她一辈子，以弥补因自己的过失而给她造成的伤害，但当他费尽周折打听到华姣的下落时，才得知她早已结婚。从此，赵军平便关闭了爱情的闸门，只想用事业的成就填补感情的空白。

后来韩华姣喂奶山羊成为全县的致富典型，赵军平心里非常高兴。他知道韩华姣是一个不甘平庸的女人，她虽然失去了上大学的机会，但凭着聪明才智，一定会成为时代的强者。他想助她一臂之力，以减轻内心的愧疚，可又不敢贸然行事。她知道华姣是个很刚强的女人，如果让她看出了破绽，决不会接受他的帮助。赵军平经过反复的思想斗争和无数次观察，终于决定趁华姣进城交完奶往回返时，装成偶然相遇的样子和她见面。

赵军平和华姣见面之后，才觉得自己的担心是那么多余。华姣坦荡的胸怀、火辣辣的热情、对事业的执着追求，令赵军平无比感动。他决心不惜一切代价帮助她，让她尽快实现带领全村人脱贫致富的愿望。这一切一切的秘密，赵军平只能压在心底，他不想让华姣知道，也不想让任何人知道。

有了赵军平的帮助，韩华姣饲养水貂渡过一道道难关，当年60只水貂产仔200多只，纯盈利2万多元。到第二年，水貂饲养量增加到3000只，年纯收入达到15万元。这在改革开放不久的1983年，在贫穷偏僻的小山村，可是惊天动地令人羡慕的大事业。韩华姣成了报上有名、广播里有声、电视上有影的名人，还被各级政府命名为"劳模""三八红旗手""致富女状元""科技致富标兵"。

韩华姣的成名，使赵军平得到了心灵的慰藉，对杨志民却形成了说不清的压力。那一次，韩华姣到省里参加科技致富先进经验交流会，会期五天。到了第四天，杨志民也去省里办事，中午特意到招待处去看望华姣，夫妻见面，都很高兴。华姣说："下午有我的大会发言，没时间陪你出去。就在会上吃饭吧，我有几个新结识的朋友，她们听我老念叨你，都想和你认识认识，正好借机会见见面。"志民一听妻子出来开会还忘不了念叨自己，心里挺感动，再加上他也想和华姣多待一会儿，所以就答应了。

吃饭期间，华校把志民一一介绍给了她新结识的朋友。一位年轻姑娘眨眨调皮的大眼说："嗯，怪不得我们韩姐做梦都想你呢，还真是个白马王子。"杨志民看着华姣笑笑，感到很自豪，心里话：就凭我这模样和文凭，到哪儿都不会给你丢人。一会儿，各桌开始互相敬酒，每有人过来，看到志民面生就会问："这位是谁？"华姣忙介绍："是我爱人。"开始志民还挺自然，后来越听越觉得不对味儿，忽然悟到，自己像一头被高贵女人牵着的狮子狗。正在这时，又有几个人过来敬酒，志民干脆坐着不动。同桌那位大眼睛姑娘趁机开了几句玩笑，一指志民说："这位是韩姐的家属。"众人齐笑。一中年男人又接了一句："老弟，你这家属当得好哇！外边有小韩这搂钱的耙子，你就在家当存钱的匣子吧。"这下，志民再也按捺不住了，心想：从古至今，男人都是顶梁柱，女人才是附属品。我一米八的男子汉，国家干部，怎么就成了老婆的附属品？如此一想，心里顿时失去了平衡，酒也不喝了，饭也不吃了，满腔怒火一股一股往外冒。他强忍着，推说自己还有急事，匆匆离开了饭厅。华姣看他神色不对，忙追了出来："志民，你怎么啦？"

"我敢怎么？你如今是名人，是大款，我是你的家属！"杨志民边说边气鼓鼓地往外走。华姣咯咯笑道："瞧你，傻样儿！我给你当了这么多年家属，你才当一次就受屈啦？"说话间过来一辆公共汽车，志民头也不回，径直上了车。华姣紧追两步悄声说："我明天下午散会，等我。"志民虽没吭声，心却热了许多。坐在回家的车上，想到明天晚上就能和妻子团聚，满肚子气渐渐消了下去。

第二天下午，志民早早处理完工作就到车站接华姣。本来车站离县计生委并不远，可志民一是为昨天的发怒表示歉意，二是想给华姣个意外惊喜，让她知道丈夫是多么爱她，多么关心她。杨志民在车站等了一个多小时，从省城来的公共汽车过去了四五趟，就是不见华姣下车，怪了，莫非她直接回了杨家庄？不会吧，她的摩托车存在我这里，怎么能不打招呼就走呢？要不就是她坐的公共汽车半路出了毛病，那她也该搭别的车来呀！这条路上的车那么多，她能在半路上傻等吗？

杨志民正左右猜测，忐忑不安，本单位的小王骑车过来，大声喊道："志民，干什么呢？"

"你嫂子今天散会，我来接她。"

"嫂子早回来了。"小王说着一拍脑门，"你瞅我这记性，那会儿我在这儿路过，嫂子刚好下车，她让我告诉你，说是有事先去外贸一趟，叫你别着急。"

杨志民一听这话，火不由"呼"地冲上了脑门，心里默默数叨："华姣啊华姣，我望眼欲穿在这里等你，腿都站麻了，你可倒好，下车后先去和别的男人相会，你也太过分了吧！我真想闯进外贸局去把你拽出来，当众教训你一顿，可我不是那种没文化没教养的人，我不愿破坏你在众人面前的形象，更不想拿屎盆子往自己头上扣。那我就只有打掉门牙往肚里咽，胳膊折了袖筒里藏。"杨志民这么想着，一声不响回到自己的宿舍。此时，单位的人都已下班，楼里空荡荡的，他心烦意乱，打开收音机想解解闷，偏巧省台正播放华姣大会发言的实况录音，志民忍不住听了起来。华姣像在朗诵一首诗，又像在宣读一篇散文，那饱满的激情浸透在一字一句之中。她说："我能有今天的成功，一是靠改革开放的好政策；二是靠各级组织的关心；三是靠那些无私无畏的朋友真诚帮助。我忘不了，在我搞养殖业刚起步的时候，是县外贸干部赵军平及时指点，让我养起水貂。我更忘不了，在我养的第一批水貂将要产仔时候，突然在一个风雨交加的夜晚得了急性传染病，正在医院输液的赵军平不顾个人安危，拔掉输液管冒雨去为我的水貂治病……"

杨志民听到此，"啪"地关掉了收音机，从牙缝里挤出了两个字："无耻！"他像一只暴怒的狮子，在屋里转了几圈，见华姣还不回来，便无可奈何地躺在了床上。

且不说杨志民如何独生闷气，单说韩华姣，此时坐在赵军平的办公室正谈得开心。她说："军平，我这次在省里参加科技致富先进经验交流会，很受鼓舞。我一个农村妇女能有今天，靠的是什么？是党的改革开放的好政策。现在我刚做出了一点成绩，党和政府又给予了我这么多荣誉。我要是不继续努力，能对得起谁呢？记得我曾和你说过，带领全村人走共同致富的道路是我多年的心愿，现在我觉得实现这一愿望的条件已比较成熟，一是我已基本掌握了饲养技术；二是我有了 15 万元为资金积累，我想利用我的技术和资金，再联合些农民入股，搞一个股份制企业，这样不仅充分利用农民手中的闲散资金，而且还能带动更多人走科学致富的道路。"

赵军平连连点头："好！好！华姣，你的思想总是那么超前。据国外资料介绍，一些发达国家的大中型企业都在向股份制发展，这样不仅可以加大资金投入，还能使员工增强主人公意识，更重要的是杜绝因权力太集中而出现的腐败现象。在中国，目前股份制企业还不多，尤其在农村就更罕见，你敢于探索，这本身就是难能可贵的。不过，随着企业规模的扩大，问题也会不断增多，你要把事情想得更周到些。"

"这我知道。办起股份制企业后，规模要扩大，技术力量更需要加强，国际国内市场信息也要及时掌握，我一个人确实忙不过来，所以我想聘请你当总顾问。"

"这可不行，我还有工作。"

"我是让你兼职！你们外贸不是有在基层建立联系网点和技术扶贫任务吗？你和领导上谈谈，就把我们杨家庄作为你的联络点，这样既可帮我们发展企业，又有利于完成你们的毛皮出口任务，岂不是两全其美？"

"好吧，我考虑考虑。"

"我等你的答复，希望不要让我失望。"

韩华姣从赵军平办公室出来，天已透下黑影，她在街上买了烧鸡、火腿、熏肉、油酥烧饼，还买了一瓶老白干。她今天心里特别高兴，未来的宏伟蓝图已形成，多年的夙愿就要实现，她要把一切一切都告诉丈夫，给他个意外的惊喜，再陪他喝个一醉方休，然后……丈夫一直说她太钢，钢得让人时时忘记她是个女人，她想今晚也学一回温柔。

韩华姣这么想着不由偷偷笑了，她拎着吃的喝的走进计生委的单身宿舍楼时已是掌灯时分。走到志民的宿舍门口，见房门虚掩，室内漆黑，她以为丈夫去打饭，便推门进去。这屋子她来过多次，知道开关的位置，伸手一摁，室内大亮，定神一看，不由大吃一惊，只见杨志民直挺挺躺在床上一动不动。韩华姣放下包裹冲了过去："志民，你怎么啦？哪儿不舒服？"她伸手刚要摸丈夫的额头，只听一声怒吼："你给我滚开！"话到手到，杨志民一挥手，把毫无防备的妻子打了个趔趄。还没等她醒过神来，杨志民一个鲤鱼打挺跳下床，伸手抓住华姣的前襟恶狠狠问道："你一下车就去看赵军平了？"

"是！"华姣理直气壮。

"行啊，好汉做事好汉当，也算光明磊落！我问你，你在大会上情切切意绵绵地讲他对你的帮助，开会回来不见丈夫，先去找他，一谈就是两个多小时，到底什么意思？是不是挣了几个钱烧得不知东南西北，当了劳模美得不知天高地厚，连丈夫也认不准是哪个了？是不是？你说！你说呀！"

韩华姣推开杨志民的手，强压怒火说道："志民，请你冷静些！"

"冷静？哼哼！我的老婆竟在光天化日之下给我戴绿帽子，还有脸让我冷静！"

"住口！"韩华姣一个耳光，把暴跳如雷的杨志民打得一屁股坐了下来。

韩华姣惊呆了，伸着巴掌喃喃自语："我打人了，我也会打丈夫了！我怎么会这样，怎么会……"她哭着冲出屋，跑下楼，冲向大街，直奔回家的路。

华姣一走，杨志民吓傻了，华姣的脾气他知道，那是宁折不弯，她受了侮辱，要是一时想不开寻了短见，后悔可就来不及了。

杨志民如此一想，满肚子委屈怨恨一扫而光，大丈夫的威风顿时无影无踪，他什么也顾不得了，拔腿就往外追。

在空旷的野外，杨志民追上了痛哭失声的华姣，他紧紧把她搂在怀里，连声说着："对不起，我刚才说的都是疯话、浑话！我伤了你的心。你要不能饶恕我，我就跪在你面前，你想怎么打就怎么打吧！"

杨志民这一说，韩华姣更是泪如泉涌，多少年她没这洋淋漓尽致地哭过了，从推荐上大学被顶替，到父亲车祸惨死，母亲精神失常落井而亡，她的眼泪似乎早已流干了。生活的磨难练就了她刚强的性格。结婚以来，丈夫不在身边，婆婆、公公胆小怕事，里里外外都需要她独当一面。被选为生产队长后，不仅要为全队 200 多口人的吃穿谋虑，还要同各种歪风邪气做斗争。搞家庭养殖业这几年，困难、挫折，风风雨雨，她披荆斩棘，勇往直前，终于踏出一条成功之路，在她最需要亲人鼓励的时候，为什么得到的却是误解呢？

韩华姣越想越委屈，越委屈越泪流不止，这可把杨志民吓坏了，心里话：结婚这么多年，还从未见过妻子哭过呢！乡亲们都说，我的媳妇是笑仙转世，乐佛回村，整天无忧无虑，乐乐呵呵，没想到，不爱哭的人哭起来更可怕，这该怎么办呢？干脆，我来个以毒攻毒，以哭对哭，反正黑天野外，也没人看见。如此一想，他松开华姣哭喊一声："我好窝囊啊！堂堂五尺男子汉，被老婆打了耳光，我还有什么脸活呀！"说罢，就往路边的大树上去撞。这一手真灵，华姣止住了哭声，扑上前把他拦腰抱住说道："是我不好，我不该打你，可我是被你气昏了头啊！我不明白，为什么人在穷时能够和和睦睦，稍微富裕就惹是生非？为什么女人平平凡凡可以无忧无虑，有点作为就会遭人非议，甚至连自己最亲近的人也会猜测、怀疑？"

志民说："华姣，希望你理解我的心态，我之所以如此无理，不是不信任你，而一种内心空虚的表现。我当初找对象有一个标准，决不找各方面条件比我强的女人，因为我太自负，承受不了阴盛阳衰的压力。你聪明、漂亮、泼辣、能干，但没有大学文凭，所以我选择了你。结婚不久，你就成了乡亲公认的辣椒嫂，我对你俯首帖耳，别人说我怕老婆，我感到不是压力而是乐趣，因为我是大学生，你高中毕业，我从心里有一种优越感。你办家庭养殖业，我事事依你，认为你再折腾也是农村妇女，而我是国家干部，总是在你之上。后来，你成了县里首批万元户，披红戴花，敲锣打鼓，走街串巷去夸富，人们说我的老婆了不起，我听着顺耳，看着顺眼，想着美滋滋挺舒服。再后来，你当上市里的劳模、省里的先进，电台录音，电视录像，报纸登照片，刊物发文章，成了众所周知的名人，轰轰烈烈地实现着自己的人生价值。而我想想自己，大学毕业到机关，晃晃荡荡七八年，功不成，名不就，与你相比，更相形见绌。我没有了大学生的优越，没了国家干部的自豪，剩下的只是自卑和无奈。一种可怕的情结缠绕着我，我觉得你是巨人，我是侏儒。我怕你瞧不起我，我怕失去你。所以当我听到你的发言录音，听到你公开讲另一个男人对你的帮助，我觉得这是无视我的存在，是一种危险信号。当我到车站接你扑空，别人告诉我你下车后先去了外贸局时，我简直要疯了！我打你、骂你，用最粗鲁最野蛮的方式发泄怒气，实际是在掩饰内心空虚。我知道赵军平是个好人，他那么真心实意帮你，足见同学之谊，朋友之情，你大会发言讲得都是实话，开会回来先去看看他也在情理之中。都怪我心胸狭窄，自卑感太重，才发生了这不该发生的事。华姣，看在咱多年恩爱夫妻的分上，你就原谅我这一次好吗？"

韩华姣本来觉得动手打了丈夫早已于心不忍，见志民如此检讨也觉过意不去，心里话：这事也不能全怪志民，也许男人的感情有时比女人更脆弱，更容易受伤害。我整天只顾忙自己的事情，常常不注意他的情绪，这确实是我的不对。想到此便说："志民，是我太粗心了，总是忽略你的感情，请你原谅。"

杨志民嘿嘿一笑："咱这是周瑜打黄盖——打的愿打，挨的愿挨。你这粗心的毛病，还不是让我培养出来的。"

"那你就活该自作自受。"

"好，吵吵半天，我都饿得前心贴后背了，我好像看见你买了不少吃的，还有瓶酒，是不是？"

韩华姣一拧他的鼻子："去你的，没羞！我还有大事和你商量呢！"

一切烟消云散。夫妻俩回到志民的单身宿舍，华姣动手把吃的整好装进盆里、碗里，志民找出两个水杯把一瓶老白干一分为二，然后端起一杯说："来，为你今日的成功干杯！"

华姣说："不，你应该为我将有一个新的开始干杯。"

杨志民一听，愣了："新的开始？什么新的开始？"

"我想把自己的养殖场发展成股份制企业，还想聘请赵军平当这个企业的兼职顾问。"韩华姣接着把她和赵军平谈过的想法从头又重复一遍，杨志民听罢兴奋的"咕嘟"喝下一大口酒："好！这想法太好了！"

"这么说，你同意了？"

"我不光同意，还要以实际行动支持。"

"实际行动？莫非你辞职和我一起干？"

"知我者莫过于贤妻也！"

"你呀，又耍贫嘴！领导上能批准你的要求？"

"是啊，现在看来，这问题确实新鲜，批准也有一定难度，但我认准的事就一定要办成。"

韩华姣见丈夫如此坚决，马上认真起来："志民，你该不是一时冲动吧？"

志民不高兴了："华姣，你怎能这样小瞧我？我又不是三岁的孩子，而是三十多岁的大丈夫，说话做事早过了冲动的年龄。"

"那我问你，突然做出辞职的决定到底为什么？是为了支持我把企业搞得更红火？还是为了夫妻相伴，朝夕相守？"

志民说："你只讲对了一半，我这样做的真正目的是让我的知识发挥更大的作用。说实话，我曾为有大学文凭而自豪，也曾为端着铁饭碗而兴奋，如今和你相比，我自愧不如。国家培养了我，我应该为社会做更大的贡献，可现实的环境，只能使我虚度光阴，却不能充分发挥自己的才能，我为此苦恼、烦躁！我这是经过反复思考，才决定辞职和你一起干。"

"为什么非得辞职，停薪留职不是更好吗？"

"不，停薪留职，是留有后路，可进可退，辞职却是断了后路。人无后路可退，就只能迎难而进了！"

"好！这才是大丈夫的气魄！"韩华姣端起酒杯，"来，为我们崭新的开始干杯！"

"干杯！"夫妻双双庄严地举起酒杯。

清廉石

作者：张九来
表演：王小岳

雾淡淡，晨星残，

柳依依，碧波寒，

山影重重映河面，

在那河面上，慢悠悠漂过来一只舟船。

陆太守偕着夫人船头站，

放眼山水带笑颜：

"夫人，我出身贫寒心向善，

多亏了父老乡亲举孝廉。

当太守，任期满，

咱们两袖清风回家园。"

"老爷！咱本是农家的女，农家的男，

回原郡，我织布来你耕田。

农家自有农家的乐，

耕耘传家，老少平安，布衣素食更香甜。"

他夫妻正说平生愿，

有一伙强盗冲到岸边。

但只见有的张弓搭上箭，

还有的挥动挠钩硬拉船。

转眼间，船靠岸，

领头的强盗周青把眼瞪圆，

箭步飞身船头站，

手持钢刀闪光寒：

"嘿嘿！这条河，归我管，
你快快交出金银过河钱。
倘若你敢慢一点，
我将你全家老少都杀完！"
陆夫人闻听脸色变，
陆太守抢前一步，昂然直言：
"我姓陆名绩家住吴县，
当过郁林太守做过官，不必隐瞒。
保汉朝，解民怨，
任满回家我哪里来的钱！
无金银，无绸缎，
交不上你这过河的钱。
尔等抢劫太大胆，
需知王法难容宽！"
"呸！狗官你太傲慢，
这个年头当官的谁不贪？
钱买官，官有权，
权谋私，赚大钱。
宁要钱，不要脸，
民脂民膏不解馋。
暗通奸商置家产，
明开官店卖私盐。
拿官银，摆酒宴，
一个个肚子喝得像酒坛。
受贿成了家常饭，
贪污如同饮甘泉。
（白）你们这些当官的呀，
一人得了道，鸡犬齐升天。
一任清知府，万两银子钱。
老百姓是死是活你不管，
我真想把你们一刀一个，一个
一刀，斩的斩，砍的砍，割舌剜
眼，掏心摘胆，把你们杀完！"

"呃？杀贪官你也要擦亮双眼，

怎能够良莠不分刁蛮凶残。

我陆绩是堂堂男子汉，

告诉你，我只有银子七两三，

你要济贫就拿走，

你若是挥霍酒色我宁愿把银子

扔到水里边。"

"哟嗬！不怕你狗官善狡辩，

这条船吃水的深度难隐瞒，

若搜出金银和绸缎，

告诉你想要活命难上难！

（白）搜！"

说话间，众强盗早把船搜遍。

"大哥，船舱里只有两箱破衣衫，

还有两箱诗书一把伞，

只有那散碎银子七两三，

底舱里放了一堆石头蛋，

我翻了又翻，看了又看，没有一点珍贵的东

西值得咱们掂！"

（白）"嗯？陆绩，你运这么多石头给谁看哪？

分明是耍弄于俺，我劈了你！""住手！"

陆夫人舍生忘死忙阻拦：

"我看你性豪爽心怀愤怨，

凭心论，做官的也不是人人都贪！

我老爷秉承母训志高远，

丹心爱民可对天。

微服私访乡下转，

济贫扶困用的是他自己的俸禄钱。

办公务，理民案，

一尘不染众口传。

有的官，一任十万雪花银，

车拉船载往家搬。

我老爷上任时带银五十两，

到如今连俸银只剩七两三。

眼看着空船水上直打转，

他才命人搬上石头稳住了船。

他常说：谁吸百姓血和汗，

天理王法难容宽。

自古善恶终有报，

良心债自身不还他的子孙还。

民心不可欺呀，

头上有青天！"

那周青听罢夫人这番话，

"扑通通"跪在船头抱双拳：

"陆大人，都怪我粗野莽撞多冒犯，

不该把清官当贪官。

大人哪！只因官逼民造反，

好百姓，走投无路，才揭竿而起进了深山。

杀富济贫甘犯险，

专门拦河劫官船。

三年来，俺劫官船亲眼见，

这条条船都装满了金银珠宝和古玩。

不料今天遇到您，

这块块石头见清廉。

（白）陆大人送我一块清廉石，我们弟兄永

远记住你陆青天。""哎！只要你不乱杀无辜欺良

善，这船上的石头任你随意搬。""谢大人！"

那周青拣了块石头跳上岸，

众好汉挥手相送陆绩的船。

到后来陆绩船上的清廉石，

被那读书人当成珍宝收藏完。

为的是带在身边常自勉，

要牢记老百姓敬爱的是清官。

南粤欢歌

作者：蔡衍棻
表演：梁玉嵘

【赛龙夺锦】

长河盛美酒，

擎杯敬奉献！

奉献奉献万众深情奉献祝祖国五十年喜寿诞。

【娱乐升平】

放眼望层林尽染，

秋色若醉秋色遍，

映衬红旗更鲜艳，长天长天震彩笑漫锦山川。

雷动雷动雷动听欢笑一片，

四方八面同和应普天远，

不分天涯万里远。

【南泥湾】

铭记先驱千秋伟业建国开辟胜利途，变地改天。世界看东方沧桑变易，

众说当惊世界殊，

赤县庆团圆，庆胜利年年，远胜从前，

叹劫难横来挫折十年，恶浪正滔天，

赖叱咤驾驭风云手，

扫乱世之妖，新中国越天堑。

【步步高】

步步先泱泱古国活力源源，

实事求是呀大政施展，

破锁链闯新路小平有箴言，

开放改革好风送暖破冰坚，

南粤区古老大地腾飞，

把春色独占，

情焕发人奋志，

光阴就是金钱，

有新发展有新发展，

顷刻见巨变，

无尽野山荒川全建就大楼参天一片，

小圩填变新都市经济发展天天变。

【赞歌】

传诵春天美丽的故事，

有一位老人来画个圈圈，

动地惊天大江南北欢呼改革又上新阶段

（伴）又上新阶段。

南粤欢歌喝不断，

跨开阔步人杰勇争先，

实现翻番目标宏伟欢呼改革又上新阶段，

（伴）又上新阶段。

万里河岳舞蹁跹，

（伴）万里河岳舞蹁跹，

遍地彩花竞开更娇妍。

【雨打芭蕉】

新的世纪钟声动人声声催发，

九州航船，前程更广远，

无穷无尽呀添千千个五十年。

【得胜令】

高擎金杯满怀情酿，

美酒红艳，

殷殷之心意不浅，今天祝祖国寿，

策励明天更立志争为万众先，

同尽这杯江山喜讯酒中添。

今天今天我再举金杯，

更拨瑶琴金线弦，

祝国家长春到永远，

弦上放歌心底欣欣永春天。放眼看锦绣山川，

百业繁荣走在世界前，

国力强坚更无前，人寿国昌，

人寿国昌，祥瑞满天，祥瑞满天。

【擂鼓】

三杯酒再添！

万里寻亲

作者：张保和

表演：张保和

［画外音：这是一个真实的故事。它讲述的是一群在长江洪水中被武警战士救起的孤儿，从家乡湖北出发到天山脚下寻找救命恩人的感人经历］

［童声独唱］

唱 啊——
　　找叔叔，找叔叔
　　啊——
　　救我们的叔叔你在哪里？
　　在哪里？
　　救我们的叔叔你在哪里？
　　在哪里？

［在凝重深沉的音乐声中，一群孩子身上穿着人们捐赠的衣服，手挽着手在喇喇的脚步声中登场］

孩 顶着风，冒着雨，
　　脚上穿着千层底。
　　救我们的叔叔你在哪里？
　　走到天边也要找到你！
　　救我们的叔叔你在哪里？
　　走到天边也要找到你！

叔叔——

［在孩子们呼喊的回声中，领诵者出场］

领　喊声透着情，喊声透着意，
　　喊声呼喊着春回大地。
　　滔滔的洪水已经过去，
　　娃娃们永远不会忘记。
　　洪水中，叔叔向他们伸出手臂，
　　激流中拼搏喘着粗气。
　　庄严地国徽把生命托起，
　　把祖国的未来高高举。

［劈雷闪电、喘息声、洪水声交织在一起，一组武警战士在洪水中救孩子的舞蹈］

孩　叔叔——

［孩子们冲向台口又折回身在行进的队伍中寻找叔叔，看着叔叔们远去的身影］

领　你走得那么匆忙走得那么急，
　　只看到你的背影和你举的旗。
　　没有留下姓名没有喘口气，
　　连感激的话都没让说一句。
　　叔叔的救命之恩记在心里，
　　娃娃们一定要找到你。

孩　叔叔——

领　大坝上找，帐篷里转，
　　能问到的军营全问遍。
　　问来问去才发现，
　　救娃娃的叔叔有好几万。
　　大海寻针天天盼，

问出一个线索急出一身汗。
说救他们的叔叔上了边防线，
在天山脚下把岗站。
娃娃们听说不怠慢，
翻山越岭要上边防线。

［回到开场途中跋涉的气氛中］

孩　顶着风，冒着雨，
　　脚上穿着千层底。
　　救我们的叔叔你在哪里？
　　走到天边也要找到你！
　　救我们的叔叔你在哪里？
　　走到天边也要找到你！
　　叔叔——

领　江南天山万里远，
　　风尘仆仆把路赶。
　　娃娃们，所到之处有人管，
　　一路春风心里暖。

　　武汉吃的是炒米饭，
　　郑州煎好了荷包蛋，
　　西安的羊肉泡馍味道鲜，
　　兰州端来了牛肉面。
　　叔叔的裤子、阿姨的袄，
　　奶奶把被窝给暖好，
　　哥哥的水壶、姐姐的包，
　　小妹妹，把压岁的零钱往外掏。

　　那天路过嘉峪关，
　　父老乡亲，又为娃娃们把款捐。
　　你也凑，他也添，

有位大嫂，挤得汗水湿衣衫，

手里攥着十块钱，

抱住娃娃泪涟涟：

好孩子，阿姨原来在工厂，

最近刚刚下了岗，

收下吧，别嫌少，

让阿姨把心意表一表。

多好的人，多好的心，

华夏儿女一条根，

危难之中情意真，

洪水过后人更亲，

娃娃们，滚滚的泪水涌出来，

在黄土坡上跪成排。

［动人心魄的音乐声中，孩子们冲向台口，跪成一排］

洪水无情人有情，

灾区的娃娃有人疼。

洪水无情人有情，

灾区的娃娃有人疼。

娃娃们，脸上挂着泪珠珠，

在边防线上找叔叔。

千里戈壁脚磨破，

问了一个又一个。

大漠深处不放过，

认来认去全认错。

举目远望，天山深处雪皑皑，

一队人马走过来。

孩　叔叔——

［孩子们冲上前去认叔叔，叔叔示意不是他们，孩子们流着眼泪聚集在领诵者身边］

领 好孩子，为找叔叔泪花流，
今天就算找到头。
春风暖，花枝俏，
你们把人间真情已找到。
救你们的叔叔在哪里？
让我自豪地告诉你：
他们在，江南静静的明月里，
他们在，塞北茫茫的飞雪里，
他们在，天边寂寞的哨所里，
他们在，万家团圆的灯火里，
在深山里，在大漠里，
在都市霓虹的闪烁里，
在蓝光闪过的废墟里，
在飞速发展的特区里，
在激流里，在闪电里，
在森林大火的烈焰里，
在万紫千红的芬芳里，
在国旗升起的霞光里。

［童声合唱］

唱 啊——

［领诵者和孩子们凝望远方，耳边传来部队集合的口令声，各表演区的武警战士面向观众行举手礼，在深情的音乐声中造型结束］

生灵叹

作者：王　宏

表演：姚忠贤、杨　珀、魏务良

合（唱）春到三月柳树飞花，
　　　　风摆黄旗是酒家。

甲（唱）放鹤楼酒店的老板本姓赵，

乙（唱）老辈的取名就叫赵得瓜。

丙（唱）这一天老赵赶集去买菜，
　　　　买了些稀罕东西往店里拉。

甲（唱）一只天鹅二十斤重，
　　　　外带两只肥野鸭。

乙（唱）一只猴子、半笼子蛇，
　　　　还有只四百年的老龟在那筐里爬。

丙（唱）大老赵把货锁进地下室，
　　　　恣得他呀找朋友去喝那功夫茶。

甲（唱）他这一走不要紧，
　　　　那些个众生灵是又哭爹来又喊妈。

丙（唱）野鸭子哭天喊地把人来骂，
　　　　呱呱，呱呱呱，你偏偏抓俺干什么（么读吗）？

乙（白）猴哥，你也来啦？

甲（白）唉！可不是吗，我也来了！

　　（唱）老猴也把人来骂，
　　　　我骂一声逮我、卖我、宰我、炖我的——恁都该杀！

丙（白）天鹅妹妹，这回你也飞不了了！

乙（白）唉！可不是吗！

（唱）白天鹅噘着个扁嘴说了话，

　　　说什么人和自然是一家？

　　　这几年有些人想钱想红了眼，

　　　有些人吃饭吃黄了牙。

　　　我天鹅跟你无仇又无冤，

　　　好端端你们抓我想干啥？

甲（白）想干啥？想吃你！你没听说癞蛤蟆想吃天鹅肉啊？那癞蛤蟆都想吃你，

　　　何况人啊？

乙（唱）我天鹅天上飞来水里凫，

　　　南来北往，四海为家。

　　　人也曾说我似仙女，

　　（夹白）现如今成了人的下酒菜，俺的身份……

　　　还不如一只绿头鸭！

丙（白）哎？俺野鸭子怎么啦？俺是国家二级保护动物啊，孬好也是个"副高"

　　　啊！俺就该被杀了吃呀？

乙（白）俺是说……

丙（白）呱！

乙（白）俺是说……

丙（白）呱呱！你啰啰什么呀！

甲（白）行了行了！什么副高正高啊？等一会儿那人烧开了水，拔你的毛，让你蹦

　　　高！你还副高来？要说惨俺老猴比谁都惨！哎，你知道他们抓我来干啥吧？

丙、乙（白）干么啊？

甲（白）他是砸我的猴头儿吃我的猴脑儿啊！

丙、乙（白）怎么吃啊？

甲（白）还怎么吃？用个小锤，把我猴头儿敲开，花椒大料一爆锅，勾点芡往里

　　　面一浇，就跟喝豆腐脑呀似的。

丙（白）猴哥，你别说，我还没吃过这一口呢。

甲（白）什么？你没吃过这一口？你吃过猴屎！

乙（白）哎，猴哥，我可听说人也是猴儿变的？

甲（白）可不是吗！

丙（白）要这么说，人吃你，不跟吃自己的老爷子一个样吗？

甲（白）现在的人谁管这些？只要嘴舒服想吃吗吃吗！我这口儿好贵来，一般人

　　　吃不起，吃这个的全是公款！

乙　（白）猴哥，你可够惨的！

甲　（白）你说俺老猴惹谁来？你大伙都说说，俺老猴惹谁来！

　　（唱）俺青山存身树当家，

　　　　　俺不吃荤腥也不喝茶。

　　　　　几个野果饱三餐，

　　　　　俺不跟人类争毫发。

　　　　　可有些人他无情无义无远近，

　　　　　把咱们赶尽杀绝光留下他！

丙　（唱）毁了草地填了湖，

　　　　　大片的森林他连根拔。

　　　　　蓝天上头浓烟滚，

　　　　　绿水变成了臭泥洼。

　　　　　俺苟且偷生四处逃命，

　　　　　到后来落了个摁进汤锅把毛拔！

甲　（唱）老猴我死了无所谓，

　　　　　可怜俺家里的猴娃娃。

　　　　　小猴崽刚刚降生两三日，

　　　　　我的乖孩子，眼看你没了猴爸爸！

乙　（唱）我天鹅今生今世活得冤，

　　　　　临死放不下俺的个他。

　　　　　俺们两个比翼齐飞白云下，

　　　　　我与他交颈同眠宿芦花。

　　　　　今日与君……成永诀，

　　　　　亲爱的，你就是不急煞也得哭煞。

　　　　　悔当初没给你下个天鹅蛋，

　　　　　害的你今生没有娃娃。

丙　（白）行了！哭什么？就你冤啊！

乙　（白）俺这就快进汤锅啦，俺那口子在外面还啥也不知道呢，俺能不冤吗？

丙　（白）你那口子在外面？俺两口子都进来了俺不更冤啊？

乙　（白）你这多浪漫，你这叫生同床，死同穴。

丙　（白）还生同床死同穴？俺这叫生同锅，死同锅，一会儿就得熬汤喝。

乙　（白）猴哥，咱不能光在这里傻等着啊！

丙　（白）对啊，咱得逃跑！

甲 （白）对！

甲 （唱）猴命关天是非大，

咱挣开绳子跑了吧！

合 （唱）众生灵个个要逃走，

丙 （唱）大门外进来了老板赵得瓜。

甲 （唱）后跟着林业局的田科长，

他二人进门笑哈哈。

丙 （白）田科长，看到了吗，这些都是我从集市上花高价钱收来的，你看怎么样？

甲 （白）好，马上装车！

丙 （白）装车！

甲、乙 （白）完了……

乙 （唱）坐上车，转悠一圈还是挨宰。

甲 （唱）咱舒服一霎是一霎吧！

丙 （唱）马达轰鸣车轮飞，

开到了一个大山洼！

丙 （白）田科长，到地方了！

甲 （白）好！马上放生！

甲、乙、丙 （白）什么？放生！

甲 （白）放生喽——放生喽——

合 （唱）天鹅飞，猴子跳，

蛇进草丛老龟爬。

蓝天碧海青青草，

山间开满五色花。

鸟语人声唱太平，

天地之间一个家。

爱 心

作者：梁定东
表演：王汝刚、沈荣海

甲　中国有句俗语：众人一条心，黄土变成金。

乙　大家团结一致，没有办不到的事情。

甲　这方面我深有体会。无论是希望工程、帮困助学、抗震救灾、申奥申博，只要众志成城，就能一往无前。我前一阶段下生活，到希望工程集资办公室当了名志愿者。

乙　做些什么事？

甲　接电话。

乙　接电话简单得很。

甲　接电话不简单的，一个电话就是一段故事，一段情感，就受到一次教益。

乙　你也太夸张了。

甲　不信，你接电话。

乙　（拿出一人力车车铃按响）

甲　啊，人力车的车铃啊？

乙　象征性电话的代用品。（按铃）

甲　（扮山东老太）喂，是捐款热线吗？

乙　你是——

甲　我姓刘，叫刘爱流，今年76；我没结过婚，还是个处女呢——

乙　这个你不用介绍的，我们这里是捐款热线，不是婚介热线。

甲　我知道是捐款热线，我是来捐款的。

乙　谢谢了。

甲　前几天，我看了电视，万万没有想到贫困地区还有不少小孩子没念上书，万万没有想到孩子们求知欲望这么强烈，万万没有想到有这么多好心人慷慨解囊。

我看了很感动，虽然我老太婆一个人，我也要尽我一片爱心，也要捐款。

乙　你捐多少？

甲　我刚才说了几次万万没有想到。

乙　好像三次。

甲　那我就捐三万。

乙　谢谢，你一个人捐三万？

甲　你放心，我有钱，我是做买卖的。

乙　那请问刘小姐，对不起，你七十几岁我还叫你小姐有些唐突。

甲　没关系，我喜欢听；再说我没结婚，活到一百也是小姐。

乙　那刘小姐，我想请问你是做什么生意？

甲　我是炒——

乙　哦，炒房产的。

甲　不是的。

乙　炒股票的。

甲　不懂的。

乙　那你炒什么的？

甲　我是炒花生、炒瓜子、炒糖炒栗子的。

乙　做这小生意捐三万，我很感动！

甲　你要感动化为行动，你捐了没有？

乙　我捐了，没你多，向你学习。

甲　学习不敢当，不过我是个小脚老太，走路不方便，这捐款——

乙　没关系，我上门来拿。

甲　你不要来，你千万不要来。

乙　干吗不要来？

甲　我家从没男人上门，你一来人家以为你上门求婚的。

乙　怕别人误会。

甲　我告诉你，我家连蚊子、苍蝇都是母的。

乙　那我怎么来取钱？

甲　这样吧，我们约个地方见面。

乙　也行，什么地方？

甲　人民公园门口。

乙　人民公园门口人太多，找不到你。

甲　我们约定的暗号，我身上穿件红马褂，你手里拿束玫瑰花。

乙　我拿束玫瑰花真的成求婚了。

甲　今晚7时，不见不散，你要来的，你不来我要烦心的，你不来我要不高兴的，你不来我要睡不着的。晚上见，拜拜！

乙　76岁的老太太还那么肉麻，不过他那份爱心还是很真挚的。（拨铃）

甲　（戴副眼镜，说广东方言）喂，先生！（音似猩猩）

乙　请你不要骂人。

甲　谁骂你了，我是对你客气叫你先生！

乙　（误听）你客气叫我猩猩，不客气叫我狗熊？

甲　你搞错了，我是广东人。

乙　广东人很讲礼貌的。

甲　我对你很礼貌，我讲的是广东普通话，见到男的都叫先生的。（猩猩）

乙　哦，是先生。你打电话来有什么事？

甲　我要捐款，我是个诗人。（广东话"诗人"和"死人"音相似）

乙　（误听）死人？

甲　诗人，就是写诗歌的诗人。

乙　文化人。

甲　我写了一首诗，叫《飞上蓝天》。（广东话"飞上蓝天"和"非常难听"音相似）

乙　（误听）非常难听？

甲　不是非常难听，（做动作）是飞呀，飞呀，飞上蓝天——

乙　哦，是飞上蓝天。

甲　我要把我所得的稿费二千二百二十二全部捐给灾区，以表示我的一点爱心。

乙　这事你和你太太商量过吗？你太太有没有意见？

甲　我首先就向她汇报，她对这件事非常支持。因为我这个人对我老婆从不隐瞒，我做男人有四项基本原则。

乙　哪四项基本原则？

甲　不抽烟、少喝酒、听老婆话、跟丈母娘走。

乙　是个模范丈夫。

甲　现在我又加了四条。

乙　哪四条？

甲　路不要走错，走错路要犯错误；屁股不要坐错，办事要公正；口袋不要摸错，公私要分清；床不要睡错，常言道：朋友妻不可欺——

乙　若要欺——

甲　要等朋友上飞机。什么呀！我这个人绝对正人君子。

乙　我绝对相信你，谢谢你的捐款。

甲　涮涮水！（小意思）

乙　这个诗人蛮有意思的。（铃响）喂！

甲　（披一条绸巾扮越剧演员，说绍兴方言）我是上海越剧院的。

乙　请问你叫什么名字？

甲　不要问我叫什么，我是个退休的老演员。人活着世界上需要奉献爱，虽然我工资也不高，但是我也要献上我的爱心。

乙　你捐多少？

甲　人民币若干。

乙　若干是多少？

甲　若干就是若干。

乙　总要说个数。

甲　你是派出所吗？调查得这么清楚干吗？我捐款不留姓名，捐款数目保密，可以不可以？

乙　完全可以。

甲　虽然我不捐款天不会塌下来，水也不会倒流，但我一定捐！（唱越剧）青青的山蓝蓝的天，弯弯的桥头——

乙　（哼着模仿胡琴伴奏）

甲　你干吗？

乙　我帮你伴奏。

甲　你这把胡琴皮特别好——皮厚，伴奏得这么难听！

乙　马屁拍在马脚上。那你怎么说着说着突然唱起来了？

甲　我要去参加义演，再做贡献。

乙　谢谢，谢谢，老演员也是人老心热。（铃响）喂！

甲　（戴顶僧帽扮和尚，说苏北方言）唔！

乙　喂！

甲　唔！

乙　谁家的牛逃出来了？

甲　我是佛教协会的。

乙　哦，和尚！

甲　阿弥陀佛。

乙　和尚同志！和尚先生！这称呼叫起来都别扭，我该怎么称呼你？

甲　叫我法师！

乙　法师！

甲　我今年 76 岁了，牙齿掉了，说话有点漏风。

乙　法师！打电话来有何贵干？

甲　光阴如箭，日月似梭，天有不测风云，人有旦夕祸福。我们和尚出家人爱国爱教，关心国家大事，每逢抗洪救灾、关心孤寡老人，帮助残疾儿童，助学帮困，慈悲为怀，捐献钱财，普度众生。我代表中华人民共和国上海龙华寺、玉佛寺、静安寺全体大和尚、中和尚、小和尚捐款捐物，支持希望工程，振兴教育事业。没有事欢迎到我们庙里来玩玩！（似像和尚诵经文）

乙　讲得好，向和尚——不，向法师学习！

甲　这真是：中华民族是一家，

乙　帮困助学意义大，

甲　人间是有真情在，

乙　神州开遍爱心花。

快板书（长篇）

中华颂（选回）·锦绣中华五千年

作者：常　志、吕秋义
表演：常　志

甲　打起这个竹板笑开颜，
　　咱们唱一唱中华民族五千年。
　　从远古，到现在，
　　经历了一代又一代，
　　伟大的祖国多么可爱！

乙　哎！伟大的祖国是很美，
　　可我们只有一张嘴。
　　咱俩这是数来宝，
　　你这个选材不太好。

甲　正因为是数来宝，
　　这种形式特别好。
　　七块儿竹子一副板儿，
　　走到哪儿咱们就唱哪儿。
　　瞧一瞧，看一看，
　　锦绣中华多么灿烂。

乙　要了解中国知全貌，
　　你先把基本情况做个介绍。

甲　首先把概况要闹清，
　　中国位于亚洲东。
　　从世界地图上来看，
　　是太平洋的西海岸。
　　曾母暗沙是最南端，

520

漠河附近的黑龙江上是北边。

西至高原帕米尔，

东到黑龙江和乌苏里江的汇流之处为标准儿。

乙　要按着平方公里来计算，

全国面积九百六十万。

中国的名字传天下，

在亚洲面积数最大。

甲　对！大陆上的疆土有特色，

相邻的国家十五个。

海岸线，更无比，

大陆上就有一万八千多公里。

乙　对！伟大的祖国气象新，

哎，你说说，我国的行政区域怎么划分？

甲　省、市、自治区把它们加一块儿，

总数一共三十二。

乙　都有哪儿？

甲　直辖市，不普通，

有上海、天津、重庆和北京。

乙　四个。

甲　省份有辽宁、吉林、黑龙江，

河北、山西、山东、江苏和浙江，

安徽、福建、江西、河南、湖南、湖北、广东、海南和四川，

云南、贵州、陕西、甘肃、青海还有台湾。

乙　二十三个省。

甲　内蒙古、西藏、宁夏、新疆和广西，

一共五个自治区。

乙　新中国，建起来，

改变了过去"一穷二白"。

甲　农业大国美名扬，

粮食作物主要有小麦、稻米和杂粮。

乙　稳产高产的大粮仓，

小麦主要产在北方。

甲　南方的稻米第一流，

主要产在四川盆地、珠江流域、长江中下游。

经济作物很重要，

主要有棉、麻、糖料和油料。

畜牧业，西北的省区最兴旺，

主要是内蒙古、新疆、青海、甘肃和西藏。

乙　有名气。

甲　农村的天地非常广，

利用江河湖泊把鱼养。

各地的特产鱼类咱不说，

最数青鱼、草鱼、鲢鱼、鳙鱼数量多。

乙　这是淡水渔业。

甲　海洋渔业更突出，

主要产带鱼、黄鱼、乌贼、对虾和珍珠。

乙　驰名中外。

甲　工农业，大生产，

促进交通运输大发展，

四通八达的交通网络已实现。

乙　日新月异。

甲　我国的一山和一水，

山河壮丽特别美。

有著名的"世界屋脊"青藏高原，

有云贵高原、黄土高原、内蒙古高原。

全国的地势，景象万千，

有三分之二是高山。

乙　山多。

甲　山脉起伏来交替，

形成 了著名的大盆地。

有"天府之国"四川盆地，

沙漠广布的塔里木盆地，

草原宽广的准噶尔盆地，

天山山中的吐鲁番盆地。

吐鲁番，是个奇迹，

我国的陆地它最低，在世界上著名的洼地占之一。

乙　海拔负一百五十五米。

甲　我国的边缘海中多岛屿，

　　星罗棋布真无比。

　　总数多达五千个，大大小小有特色。

乙　对，我国不光岛屿多，

　　还有众多的江河和湖泊。

甲　第一大河是长江，

　　在世界也是响当当。

乙　世界第三大河。

甲　长江水，真无比，

　　全长六千三百多公里。

乙　黄河是我国第二长河了不起，

　　全长五千四百六十四公里。

甲　大运河，传天下，

　　是我国古代的水利工程真伟大。

乙　大运河，了不起，

　　全长一千八百多公里。

　　伟大的祖国是个宝库，

　　自然资源最丰富。

甲　地大物博称独特，

　　我国的领土最辽阔。

　　现有耕地十五亿亩，

　　北方草场五十三亿亩。

　　十八亿亩森林区，

　　尚未开发利用的还有大面积。

乙　幅员辽阔。

甲　生物资源更甭说，

　　最数我国种类多。

乙　数量还大。

甲　说这话一点儿不夸口，

　　北半球的植被类型全都有。

乙　真不少。

甲　矿产资源更甭说，

已经找到的矿种就有一百四十多。

矿种齐全真不错，

世界上像我国这样的没几个。

乙　伟大的祖国不平凡，

锦绣中华几千年。

横着比，竖着看，

历史发展起了巨变。

甲　咱把历史的长卷翻一翻，

自从盘古来开天。

乙　华夏始祖是黄帝，

后代称"炎黄子孙"多么亲昵。

甲　尧舜让位来举贤，

大禹治水千古传。

他的儿子也数得着，建立了历史上第一个奴隶制王朝。

乙　夏朝。

甲　夏朝统治四百年，商殷接替往下传。

乙　出现商朝。

甲　商朝传位三十多代，

到最后传到了纣王遭惨败。

武王伐纣顺民心，

势如破竹灭商殷。

乙　纣王暴虐没有好下场，

我看过电视《封神榜》。

甲　周朝覆灭把场收，

取而代之的是春秋。

春秋、战国是俩阶段，

诸侯称霸多战乱。

能人辈出逞高强，

一鸣惊人的楚庄王。

伍子胥，过昭关，

孔子周游列国留名篇。

卧薪尝胆是勾践，

商鞅变法做了贡献。

灭六国，是秦王，

历史上第一个皇帝秦始皇。

统一中国，大功告成，

全国统一度量衡。

车同轨，书同文，

历史功绩永留存。

乙　不可磨灭。

甲　为防御侵略筑长城，

万里长城举世都闻名。

乙　万里长城万里长，

我们中华民族悠久的历史永传扬。

甲　秦二世残酷的暴政把民伤，

陈胜、吴广起义就在大泽乡。

有刘邦和项羽，

楚汉相争战乱起。

历史上霸王别姬数得着，

刘邦建立了汉王朝。

乙　西汉也叫前汉。

甲　张骞通西域，历史美名传，

一去就是十三年。

苏武牧羊忍辱又受气，

司马迁狱中写《史记》。

昆阳大战皇帝王莽命难逃，

刘秀重建汉王朝。

乙　东汉也叫后汉。

甲　科学家，叫张衡，

在我国科学史上留下了光辉的业绩有发明。

乙　发明了地动仪。

甲　官逼民反积怨深，

暴发了农民起义黄巾军。

魏、蜀、吴各自势力不断地在壮大，

形成了三国鼎立争天下。

司马炎，建西晋。

乙　坐了五十二年。

甲　司马睿，建东晋。

乙　一百零三年。

甲　平定割据力量的是刘裕，最后他做了宋武帝。

乙　哎，这段历史数得着，历史上叫作南北朝。

甲　南朝是宋、齐、梁、陈一代一代往下传，

　　一共坐了一百七十年。

　　北朝有北魏、东魏、北齐、西魏和北周，

　　不断地改朝换代变不休。

　　隋文帝灭掉了最后的陈朝做了贡献，

　　从此后，重新获得了全国统一的新局面。

乙　建立了隋朝。

甲　隋炀帝横征又暴敛，

　　老百姓被逼无奈造了反。

　　有李渊灭隋兴唐做了主。

　　这就是开国皇帝唐高祖。

　　李世民东征西战立了大功，

　　唐高祖让唐太宗。

　　大唐盛世气象新，

　　魏征直言敢谏君。

　　玄奘和尚又叫唐僧，

　　前往天竺取佛经。

乙　西域取经不是吹，

　　玄奘的原名叫陈祎。

甲　对！文成公主进吐蕃，

　　出现了女皇武则天。

乙　武则天，有名气，

　　她是中国历史上的唯一女皇帝。

甲　安史之乱没反成，

　　李光弼大破史思明，

　　黄巢起义虽然最后遭失败，

　　可是唐朝末日在加快。

乙　到了哀帝唐朝就算完，

统治了将近三百年。

甲　后梁、后唐、后晋、后汉和后周，
　　短暂的王朝换不休。

乙　历史上叫五代十国。

甲　分裂局面五十年，
　　赵匡胤又恢复了统一掌了政权。

乙　建立宋朝。

甲　杨家将，南征北战东挡西杀斗敌顽，
　　忠心耿耿保家卫国千古传。

乙　确有其人。

甲　寇准挺身抗辽兵，
　　屡立战功的是狄青。
　　范仲淹实行新政万民欢，

乙　先天下之忧而忧，后天下之乐而乐。

甲　欧阳修改革文风意志坚。

乙　唐宋八大家之一。

甲　包拯为官一身清，铁面无私称包公。

乙　包公又称包青天，
　　老百姓盼望着都是这样的官。

甲　王安石，把法变，
　　司马光，写《通鉴》。
　　苏东坡，游赤壁，
　　方腊造反来起义。
　　徽宗、钦宗软弱无能没有主心骨，
　　两个皇帝当了俘虏。

乙　一百六十多年不算长，
　　北宋王朝就灭亡。

甲　北宋灭亡南宋兴，
　　赵构继位在南京。

乙　后来在临安把都定，
　　这个朝代称南宋。

甲　抗金名将，有口皆碑，
　　民族英雄数岳飞。

乙　提到岳飞想起秦桧，

　　卖国求荣陷害忠良有大罪。

甲　铁木真，英勇善战不怕苦，

　　终于统一了全蒙古。

乙　就是举世间闻名的成吉思汗。

甲　民族英雄文天祥，

　　誓死报国挽危亡。

　　公元一二七九年，

　　南宋灭亡改称元。

乙　元朝统一了中国。

甲　郭守敬修订历法称尖端，

　　他算出一年有 365.2425 天。

乙　元代著名的科学家。

甲　元朝越来越腐败，

　　激起了和尚从戎当了元帅。

乙　和尚就是朱元璋，

　　他推翻了元朝就把皇帝当。

甲　燕王朱棣精明能干又年轻，

　　继位迁都到北京。

乙　明成祖。

甲　嘉靖年间出了个清官叫海瑞，

　　他最恨倚官仗势胡作非为的那些权贵。

乙　人称"海青天"。

甲　人称闯王的李自成，

　　率领着农民起义灭了明。

　　吴三桂，借清兵，收复台湾是郑成功。

　　康熙帝，平定三藩免战乱，

　　乾隆帝，修著四库全书做了贡献。

　　清王朝，腐败一年胜一年，

　　民族危机在蔓延。

　　鸦片战争一爆发，

　　外来侵略想把中国来分瓜。

乙　英勇的中国人民不答应，

前赴后继闹革命。

艰苦卓绝不屈不挠斗敌顽，

一斗就是几十年。

甲 中国人民有骨气，

斗出了一片新天地，

乙 中国人民力无穷，

斗出了中华民族蒸蒸日上多么繁荣。

同是这个天，同是这块地，

看今天，锦绣山河多么壮丽。

甲 咱们走一走，瞧一瞧，

看看咱们中华民族地大物博是多么富饶。

乙 哟！这么大个中国先去哪儿？

甲 咱们说走就走坐竹板儿，

按照地图很轻松，

先看首都逛北京。

合 对！先看首都逛北京。

天网神兵

作者：董怀义、董琳

表演：董怀义

〔通讯信号声起，枪炮声大作，口号声此起彼伏。

群 首战用我，用我必胜！

首战用我，用我必胜！

〔音乐起。

合 砰砰砰，三发腾空信号弹，

哗啦啦，红蓝两军开了战。

甲 嗡嗡嗡，战鹰飞过划白线，

乙 轰隆隆，战车飞驰车轮转。

丙 哒哒哒，特种部队打前站，

丁 噌噌噌，地下冒出兵百万。

合 嗖嗖嗖，导弹穿梭似利箭，

嘀嘀嗒，空间网络电子战。

空战陆战和水战，

电子信息对抗战，

群 震耳欲聋连成片，

直杀得惊心动魄天色暗。

（过门）

甲
乙
红方部队脑神经，

银屏闪烁布精兵。

顺风耳，千里眼，

空中较量更凶险。

群 现代战争信息战，
　 克敌制胜千千万。

丙
丁 蓝军增兵卧虎岩，

　 兵力只有三个连。
　 牵制红方第一团，
　 引诱他们来增援。
　 掩护主力奔西南，
　 再设伏打援解解馋。

甲 我命令，第一团，
　 迅速吃掉三个连。

乙 马上形成铁锁链，
　 把蓝军退路全截断。

甲
乙 二团三团打迂回，

　 飞兵奇袭把敌围。

群 天上地下连成片，
　 与蓝军展开大决战。

丙
丁 航空兵，发火箭，

　 摧毁目标打地面。

甲 所有的炮弹给我轰，
　 两面夹击狠狠攻。
　 特种部队打穿插，
　 犹如钢刀把敌扎。
　 堵它的耳朵抠它的眼，
　 切它的神经戳它的胆。
　 摘它的心，剁它的肉，
　 往要害部位狠狠揍。
　 把它的指挥中心全破坏，
　 抓住了指挥官不可鲁莽要优待。

群 （白）是！
　 （过门）

合 关键时刻练精兵，
　　传达命令快如风。
　　有有线，有无线，
　　接力、移动、卫星站。
　　五网合一连成片，
　　把每个角落都传遍。

群 穿山跨水越障碍，
　　天上地下全覆盖。

合 红方主力倾巢出，
　　如猛虎下山朝前扑。
　　决心倒海又翻江，

乙 没想到，蓝方杀了个回马枪。

丙 哪怕丢失几个连，
　　先断其一肢打一团。

合 红方改走这步棋，
　　显然有点来不及。

甲 快快快！快命令主力改方向，
　　别去西南往北上。
　　第一团，没退路，
　　顽强抵抗要顶住。
　　对二团三团把令传，
　　火速直奔卧虎岩。

群 是！

　　（过门）

合 这场战争要打赢，
　　必须得直捣蓝军大本营。
　　数字化分队已出发，
　　全力以赴保障它。

甲
乙 只可惜这个方案又泄密，

　　条条密码被破译。

合 你破译我，我破译你，
　　难解难分搅一起。

棋逢对手无胜败，

将遇良才抓脑袋。　.

狭路相逢逼将帅，

急得直把头发拽。

一把一把使劲薅，

打完仗再擦 101（幺零幺）。

群　频繁调兵来布阵，

明明白白较着劲。

甲
乙　战斗打得太透明，

双方高手都难赢。

要掌握战争主动权，

就得把对方的通信网络消灭完。

把它哄，把它骗，

牵着它的鼻子到处转。

群　对对对！牵着它的鼻子到处转。

丙　把对方硬往坑里带，

把我方真正的意图来掩盖。

让它瞎，让它聋，

上下变成糊涂虫。

甲
乙　让它堵，让它乱，

像没头苍蝇胡乱窜。

合　让它瘫，让它傻，

你想咋打就咋打。

（过门）

丙
丁　蓝军强大不示弱，

把红方密码全解破。

地面干扰还不算，

嗡嗡嗡，直升飞机来回转。

又干扰，又轰炸，

眨眼之间损失大。

瞬息万变、处处险象环环生，
盘根错节、都是陷阱和泥坑。

兵 "报告！敌机导弹往下扎，
狂轰滥炸猛开花。"
〔飞机声、炸弹爆炸声响起。

甲
乙 炸得好，炸得妙，

咱兵不厌诈偷着笑。
星罗棋布数量大，
敞开了目标由它炸。
拼命炸，拼命丢，
咱们假设目标把它勾。
别看它威风凛凛架式大，
那也是瞎子点灯白费蜡。

群 耶——嗨！
那也是瞎子点灯白费蜡。

丙
丁 蓝军心中真高兴，

发发火箭都命中。
马上返航折回家，
就等着庆功戴红花。

群 敌机乘兴返了航，
忽然间，红方通讯信号强。

（过门）

甲
乙 趁干扰间隙把时机抓，

快如闪电把报发。
浓缩打包要精练，
几秒之内发信件。
制空时间短又快，
咱和蓝军来比赛。

丙
丁 我猛跳频率上下走，

搅得它捉摸不定难下手。

甲乙　它干扰咱，咱也干扰它，

发出了噪音哗啦啦。
以牙还牙不为过，
把它的耳膜给震破。
假信息，猛劲发，
让它在空中随便抓。
来无踪，去无影，
层层引诱设陷阱。

丙丁　真亦假，假亦真，

假难辨，亦难分。
假情报，真信号，
不管真假我都要。
快接听，快破译，
快用机器来解密。
　　〔电键声四起。

甲乙　（俄语）"呀是我，得是你，

嘎兰达湿是铅笔，
撒马僚特是飞机。"

丙丁　"我、你、铅笔和飞机，

是不是加强空战搞偷袭？"

甲乙　（藏语）"太阳叫咪玛，月亮叫达瓦，

吃饭就叫萨木萨，请坐就叫雪敦加。"

丙丁　"太阳和月亮，请坐和吃饭，

那就是说昼夜不停攻坚战。"

甲乙　（英语）"win（温银）是赢，

lost（罗斯特）是输，

pig（皮革）就是大肥猪。

rice（软斯）是米，

noodle（努多）是面，

pig（皮革）的老家是猪圈。

meat（米特）是肉，

soup（素朴）是汤，

被 tiger（太革儿）老虎全

吃光。"

丙　他们是虎，咱们是猪，
丁

虎咬肥猪猪准输。

猪输输虎虎赢猪，

虎赢猪输猪护屋。

屋就是圈，圈就是屋，

大本营里边捉活猪。

赶快报告指挥员，

老虎吃猪准玩完。

甲　咱双方打的电子战，
乙

互相勾引互相骗。

骗得敌军溜溜转，

再送去俩电子脉冲小炸弹。

让它吞不下，嚼不烂，

卡在咽喉难下咽。

还以为是把便宜占，

砰一下，彻底毁坏全瘫痪。

丙　蓝军指挥当不了家，
丁

霎时间成了睁眼瞎。

把自己部队全弄丢，

到处乱成一锅粥。

兵丢了官，官丢了兵，

上下乱成一窝蜂。

[过门。枪炮声大作。

甲
乙 红方一团往回攻，

对蓝军主力猛冲锋。
猛扑猛撞猛穿插，
猛扑猛咬猛开花。
恰如猛虎入羊圈，
把蓝军搅了个稀巴烂。

群 红方主力紧合围，
杀声震天响惊雷。
复杂万变成简单，
了如指掌把敌歼。

[电波声声，刺透天际。

合 咱研制的综合智能报务中端显神威，
高度集中来指挥。

甲
乙 通信中枢是灵魂，

上传下达每个人。

群 快速形成战斗力，
紧紧依靠高科技。

合 兵贵神速操胜券，
卫星定位看得见。
跑到哪儿就打到哪儿，
说打鼻子不打眼儿。
说打脚背和脚心儿，
肯定不打脚后跟儿。
说打你的指头蛋儿，
绝对不伤指甲盖儿。

群 没处躲来没处藏，
虎穴龙潭赶群羊。
横扫敌军如卷席，
卧虎山上插红旗。

甲
乙 电子战，情报战，

　　通信畅通练为战。

丙
丁 网络战，心理战，

　　撒下天网战中练。

甲
乙 只要祖国一声唤，

　　面向未来为实战。

丙
丁 排山倒海不可当，

　　势如破竹朝前闯。

合 党旗指引战旗飘，
　　全军将士斗志高。
　　雷霆万钧惊日月，
　　阔步实现新跨越！
　　（过门）
　　［喊杀声、枪炮声响彻云天，
　　通讯信号声闪烁其间。

话外音　（朗诵）
　　穿破宇宙，刺透太空，
　　虎踞龙盘展雄风。
　　运筹帷幄，决战决胜，
　　撒下天网降神兵。
　　握天时，占主动，
　　胜由信息通！

群　嗨！

装修

作者：黄　宏、张振彬、王　宏
表演：黄　宏、巩汉林、林永健

时间　当代。

地点　新楼的一个房间。

人物　黄大锤，民工，简称黄；

房主人，中年男人，简称房；

邻居甲，单身女子，简称甲；

邻居乙，中年男人，简称乙；

邻居家民工，中年男人，简称工。

[舞台上立着三面白墙，上场口处立着一扇防盗门。门上挂着圆形楼层标志牌，上写着"9"。房主人在一片噪杂的锣鼓声中，夹着一个笔记本电脑兴冲冲地上。

黄　还不明白？你装修的时候把钥匙给人家了，人家拿着钥匙天天来，一两个月走顺腿了，等你家搬进来了人家还来。

房　装完修还来干什么？

黄　不是来装修，趁你家没人他来审审门。（房望着黄大锤发愣）你看我干啥啊？我要是那种人，我还跟你提这醒儿啊。

房　砸，砸，马上砸！

黄　对，就得砸。（抢锤欲砸门）

房　我明白你的意思，你是想把我这门，砸掉，转手安在你们家门上。

黄　哎呀大哥，你给点儿别的都行，就这防盗门白给也不要。

房　为什么？

黄　你想啊，咱农村家家都养狗，那一条好狗相当十五个保安……

房　什么？

黄　手里的电棍。

房 你吓死我了！快砸。

黄 大哥，靠边点，我上大锤了。（随着鼓和镲的声音，一锤将门砸开，拎着大锤进到屋里）大哥，这房挺宽绰哇。

房 过去我只住四平方米，冬天透风夏天漏雨，三口人睡在一张床，孩子专往中间挤，两口子想亲热亲热，条件根本就不允许。

黄 看你这身条儿，就知道过去住得挺挤巴。

房 你那意思我这身材是夹出来的啊？

黄 有关系。跟我们农村养牲口一样，棚矮了不长个儿，圈小了不长膘儿，现在住上大房子了，你看看，孩子全比父母高。

房 你拉倒吧，个头高矮跟房子高低没有关系，你看姚明长那么高，跟房子有关系吗？

黄 网上都说了，篮球巨星姚明，他家的房子没顶棚。小品明星潘长江，他家的房子像水缸，你看把他憋得都啥样了啊。

房 哈哈哈……过去住房，那叫将就。

黄 现在住房这叫讲究。

房 （打笔记本电脑，点击出画面）你看，这是我刚刚出国旅游拍下的实景。

黄 （看着电脑）哎呀妈呀！大哥，这玩意儿还会动啊？

房 这叫三维动画。三维你懂不懂？

黄 大哥，你太小看人了，三围我有啥子不懂啊，胸围、腰围、臀围嘛。

房 给你说不明白。（指着笔记本电脑）看见了吗？日式拉门，欧式吊顶，这是罗马柱，这是玻璃墙。

黄 哎呀大哥，这可够麻烦了。

房 装修就要不怕麻烦，不怕生气，不怕返工，不怕出力，为防止包工头作弊，再麻烦，买材料必须自己去，要不然他肯定坑你人民币。

黄 对，要想装修就不能装人。照你这样就会出现四大结果。

房 什么结果？

黄 家底基本搞光，身体基本搞伤，技术基本搞懂，夫妻基本搞僵。

房 你懂得还不少呢。

黄 砸了多少家了。

房 （在屋里比量着）这放电视，五十六寸背投，这距离太近了点。来，把这墙砸掉。

黄 好，大哥，我上锤了啊。（欲砸）

房 等会儿，你们这工钱怎么算？

黄　级别不同，价钱不等。

房　一个抡锤的有什么级别？

黄　大哥，话不能这么说呀，各行有各行的规矩，你们知识分子有职称，我们锤子大小有分工。小锤四十，大锤八十。

房　翻一番儿呀？

黄　大哥，你这就不懂了，在餐饮业大锤相当于大厨，在演艺圈大锤相当于大腕儿，在科技界大锤相当于大师，在部队里大锤就相当于大校。

房　你要拿着大锤去砸银行还是大案呢？

黄　有那么大锤，没那么大胆儿呀。

房　八十就八十，干完之后给你钱。

黄　大哥，我们都是先给钱。

房　你砸不砸，不砸我找别人。

黄　农民工，工资现金兑现，有政府撑腰，相信他不敢拖欠。

房　砸吧。

黄　（大锤举起又放下）大哥，这墙不能砸。

房　为什么？

黄　后边是厕所啊。

房　厕所怎么了？

黄　你想啊，前边是电视，后边是厕所，你要一方便，那不全都现场直播了吗？

房　那卫生间就光上厕所吗？没情调！你想象一下，你在这边看电视，我太太在那边洗澡……

黄　那我哪儿有心思看电视啊？

房　我在这里看电视！

黄　我说我看也不合适嘛。

房　要的就是这种浪漫感觉，若隐若现，到时候，我在这里再镶上一块朦朦胧胧的毛玻璃。

黄　那不成看毛片儿了吗？现在正扫黄呢！

房　什么毛片儿，我自己的老婆，原配夫妻，原版。

黄　大哥，你这儿毕竟是客厅，万一来了客人，再整出盗版来就麻烦了。

房　（生气地）砸！

黄　有你这话，我就上大锤了。靠边。（边砸边喊）八十、八十、八十……

房　你等会儿，你是一锤八十啊，还是一天八十？

黄　一天八十。

房 那你怎么砸一锤喊一声啊？

黄 我这么喊身上有劲儿。

房 你喊得我直闹心。

黄 不这么喊我使不上劲儿啊。

房 喊吧，喊吧。

黄 （抢锤砸墙）八十、八十……（在鼓声中抢起大锤砸墙，随着一声镲响，墙被砸掉一个角，墙壁上窜出一股水流）坏了，大哥，水管子砸漏了。

房 别动！正好我想在客厅里修个喷泉。

黄 （水喷在脸上）呸，大哥，不行，下水管。

房 堵上！（黄堵水管）看来这个角是没戏了。（指着另一角）把这个角砸掉。

黄 大哥，你靠边，我上锤了。（抢锤砸墙）八十、八十……（随着鼓和镲的声音，猛的一锤，墙又被砸掉一个角，随之，墙上冒出电火花，抽搐地贴在墙上）大哥，快，大哥，砸！

房 砸哪儿啊？

黄 砸我！

房 （拿起大锤用锤把往黄屁股上猛打一下，黄摔在地上）你怎么样？怎么样？

黄 （有气无力地）大哥呀，你这一锤子水，一锤子电，再砸出天然气来，咱俩全完了。

房 （不甘心地，用手敲另一面墙壁）这面墙没问题吧？

黄 大哥，你干啥呀？

房 我想在这面墙上砸个壁橱。

黄 （敲墙）大哥，听动静就知道，这是承重墙，坚决不能动。

房 为什么？

黄 你想啊，那大梁一下来，那不全完了吗？

房 我没让你全砸，你给我砸一半留一半，我做个壁橱。（用笔画个壁橱框儿）

黄 这么窄的地方你放啥呀？

房 放鞋啊。

黄 不行。三七墙，四十二号鞋，鞋尖上人家去了。

房 放不了鞋，我放碟，光碟。

黄 光碟，二四的，那差不多。

房 那好，砸！

黄 这可得慎重点儿，（拿出小锤和钻子）先用小锤抠缝，然后大锤搞定。（用小锤砸墙）

房　四十、四十……

黄　大哥，你数啥呢？

房　这小锤一天可四十啊。

黄　大哥，你不能这么算，这小锤我是白搭给你的，要是大锤小锤加一块儿，我该收你一百二了。

房　六十行不行？

黄　我告诉你我这叫混锤……

房　好，八十就八十。

黄　就是嘛！你不给加钱还往下减啊？

房　砸！

黄　（抢大锤砸墙）八十、八十……（随着一声，墙被砸出一个壁橱大的窟窿，放下大锤）大哥，搞定了。

　　[甲从窟窿那边探过头来高喊。

甲　你们干啥呢？（黄、房愣住）

黄　哎呀妈呀，嫂子在家呢？

房　什么嫂子，别乱叫！

甲　（拎把笤帚，从窟窿中钻了过来）你们要干什么？

房　对不起，我是想扩展一下空间。

甲　你扩展空间，砸我家干啥呀？

黄　大哥，那边不是你家里屋哇？

甲　那是我家里屋！

黄　哎呀妈呀，砸过界了。

房　我们想砸一半儿留一半儿，做个壁橱。

甲　我家那壁橱刚做完，我正扫灰呢，一大锤就过来了，幸亏我躲得快，要不然我就破了相了。

黄　大哥，她这模样破相就等于整容了。

甲　刚买的新房子我一天没住，你就给我砸成破房了。

房　大嫂，你别生气。

黄　就是，邻里邻居的有话好好说。有这座墙，你们是两家，拆了这座墙……

甲　也是两家！

黄　对，各家是各家，不能私通。

甲　你说什么？

黄　不是……我是说不能私自砸通嘛。

房 大嫂，都说现在邻里之间老死不相往来，没想到，今天咱们以这种方式见面了。常言说远亲不如近邻，近邻不如对门。

黄 对门不如现开门。

甲 少废话，你说这事怎么办吧？

房 我重新给你砌上。

黄 大嫂，能破就能立，我能拆就能砌。我给你砌上，保证跟原来一模一样。（回头冲房小声说）到时候我靠那面儿给她砌成二四墙，你这边壁橱就出来了。

房 砌墙！

黄 好，砌墙！（从工具包里拿出瓦刀）

甲 等会儿，我先过去。（又从墙洞钻了回去）

黄 大嫂，有空过来坐，啊。

房 （冲黄）黄大锤，我看你是黄大吹！

黄 我也不知道她家掏了一半了，大哥，说实话，你也不吃亏，买个两室一厅，砸出个三室一厅。

房 那是人家家。

黄 大哥，留个洞也好，钻个狗啊、猫啊啥的挺方便。

房 少废话，砌墙！

黄 大哥，砌墙可以，但我得说清楚，我们砸墙论天儿，砌墙论砖儿。

房 今天你别想从我这拿走一分钱。

黄 钱可以不要，砖我上哪儿整去呀？

房 砖呢？

黄 全砸她家去了。

房 过去搬哪。（隔壁传来小锣的伴奏声音）

黄 大哥，那家有情况。（贴在墙上听。房也凑过来听，鼓声越来越响）小锤儿砸缝儿，大锤儿搞定，（俩人反应过来，扭头就跑）搞定了！（随着一声巨响，一堆砖头和一把大锤飞了过来，墙上出现了一个大窟窿，惊喜地）大哥，有砖了！

　　［工戴着安全帽从窟窿里钻出来。

工 对不起，我们那边想掏个壁炉，砸过界了。（拎起大锤又钻了回去）

房 （冲着窟窿大喊）掏壁炉不能掏我们家来呀。

黄 （捡起地上的砖头）管他谁家的呢，他拆了东墙，我补西墙吧。（欲砌墙）

　　［乙匆匆上场，进门愣住。

乙 谁砸的？谁砸的？

黄　我砸的。

乙　谁让你砸的？

房　我让他砸的！

黄　（对房）别太横了，可能是物业的。

房　物业的怎么了？我是业主，我交了装修保证金了，愿意怎么砸就怎么砸！这是我家！

乙　你家？

房　对呀。

乙　你家住几层啊？

房　9层。

乙　这是几层啊？

房　9层。你不识数啊！

黄　没错。（拉乙出门）你看这牌子不写着呢嘛，9。

乙　你知道什么，这是昨天对门那家砸墙，把钉子震掉了。牌子掉了个个儿，这不是9层，是6层。

黄　是6层？

乙　你砸的这是我家！

黄　砸了，砸了，把人家给砸了！

房　（马上改变态度）大哥、大哥，实在对不起，常言说得好，远亲不如近邻，近邻不如对门。

黄　对门不如走错门。

乙　你少废话。（推开黄，拉住房）走，找物业去。挺好的房子快让你们砸成危房了，走！（乙拽着房欲下场）

房　大哥，别这样。（打开电脑）我都给你设计好了，日式拉门，欧式吊顶，这是罗马柱，这是玻璃墙……（拉扯着下场）

黄　（感叹地）黄大锤呀黄大锤，今天变成黄倒霉，砸出了水，砸出了电，砸了一天没吃饭，看来今天算白干了。（懊丧地坐在台阶上，突然一声尖叫，捂着屁股蹦了起来，在马达的轰鸣声中一个大号钻头旋转着从地面上钻了出来，见状大喊）楼下往上打电钻哪！大哥，打漏了，得上医院。（伴着锣鼓电钻声，捂着屁股一瘸一拐跑下）

三个巴掌

作者：翁仁康、汪家宝
表演：翁仁康、汪家宝

表 "啊呦呦，我巴掌里有血了呢。""姑娘，面上有血啦，我陪你到医院里去看一下。""我没时间。""那怎么办？本来我帮你去看，可看病一定要病人自己去了，这样吧，我赔你钞票，等会你有时间自己去看一看好了。""噢，乡下人你赔我多少钞票？""我不知道你伤势重不重？你说多少就多少。""乡下人派头倒大，我说这样……"一边说一边伸出三个手指头。"噢，三块。""三块？""难道你这一点伤势要赔三十块？""我伸出三个手指头，是要给你吃三个巴掌。""啊！"

唱 "姑娘喂，乡下人这块地方最重要，再加上你女人的手，没上没下不清爽，如果打我三个巴掌，我要有三年晦气，生四年黄胖。""乡下人，你自我感觉真当好，想叫我亲自打巴掌，你的级别还不到，你这副相貌，骨头突出像煨年糕，脸皮实厚好磨刀，胡须好像猪毛毛，如果我亲自来打巴掌，手掌心里要贴伤筋膏。"

表 随手拉开拉包装，拿出钞票三百块。"来，哪位代我打他三个巴掌，我付三百块钱劳务费。"旁边看闹热的人呆起："有这样的事体，打三个巴掌三百块，利润怎会有这样高呢？""挣是挣得落，打人要犯法你知道吧？""看看这票业务是不会有人来接了。"大家都吓得不敢接，胆大个有个来哉："我来！"旁边头人一看都呆起。

唱 这个人块头来得壮，手臂好像牛脚膀。

表 "大姑娘，你放心，打巴掌我内行，决不偷工减料，质量实行三包，小伙子：

唱 怪你做事太莽撞，一个转弯把姑娘撞，我只认钞票不认人，你不要紧张不要慌，眼睛稍微闭一闭，

表 快的啦。

唱　我生活马上做清爽。

表　来，小伙子，眼睛闭拢，我开始工作哉。"阿堂一听个气啊！"慢慢叫！"

唱　我阿堂本是乡下人，身边有钱胆也壮，今朝我也要争口气，遭人欺侮脸无光。来！啥人代我吃巴掌，我六百块钞票作奖赏。"

表　旁边头的人看得都发呆了："要命，一个巴掌买进，一个巴掌卖出，这里像巴掌自由市场一样了。""阿哥，六百块钞票吃三个巴掌，如果吃六个巴掌我一个月生活不用做了。""傻瓜，你看中这种钱？你看看大块头的手有像芭蕉扇那么大呢，别说三个巴掌，只要打一个巴掌你的头没有地方寻了。"大块头手举起："有人接格票业务吗？没有。这票生意也是我来——"大姑娘一听："这样弄不来的。""怎么会弄不来，这两票生意分开来是弄不来的，集中在我一个人身上是好弄的。"

唱　你好雇人打巴掌，他好雇人吃巴掌，我好代你打巴掌，也好代他吃巴掌，这两票生意我一个来承包，一举两得真便当。

表　"我开始挣钞票了，手挣三百块，巴掌挣六百块，啪啪啪，九百块钞票挣下了。不过大家放心，这种钞票我不会独吞的。"

唱　你两个人挑我挣钞票，我给回扣是理应当。姑娘喂，三百块钞票我还给你，你去修车补衣裳。小伙子，六百元钞票你放好，再买鸡蛋把病人望。生活中人来车往急忙忙，磕磕碰碰很平常，何必翻脸打巴掌，和气生财心宽体胖。

枕头风

作者：黄士元

男人的一半哟

是女人

领导的一半呢

是夫人

东风南风西北风

比不上夫人枕头风

阴盛阳衰是时髦

你看那

几个大官小官屋里

都在吹

各吹各的风

莫看我是小小一个

村主任也要管那么

一方水土一方人

虽说权力只有芝麻大

可有时候在某种情况下

也会得意忘了形

那一天　催税款

我喝了几杯高度酒

出门碰到了

桨桩神

他税款不交耍嘴劲

气得我

火冒三丈要捆人

我正要动手把他捆

"住手"

赶来了主任的妻子

李巧云

夫人她

使劲把我拖回了家

一关门

她又搭枕头

又揪我的耳朵根

"哎哟哟　轻点哟"

"我说你这个恶菩萨

喝了几杯马尿

你充么得狠

群众把你选出来

就是要你多做工作

多宣传上面好精神

你若是

违反国法要捆人

得罪了村里的

老百姓

你这个头就

当不成"

夫人她

噼里啪啦把话训

重锤重鼓情谊深

我乡长也是个八品官

这乌纱帽

比他还要大点点

那一次　乡政府

精简机构把人减

小舅子他要下岗

我这个乡长为了难

岳父岳母都出面

我好比鲤鱼被网缠

依得老人规章乱

认了制度断亲缘

左难右难床上躺

只怕是难过

夫人那一关

"老公睡过来点哟

我有话跟你讲"

"么得话""老公

叫一声老公

我的好搭档

你听我把那心里话

对你讲　老婆我

就这么一个亲弟弟"

"我晓得"

"如今眼睁睁看

他下了岗"

"我这做姐夫的

心里头也闷得慌"

"我也是一样

可回头一想

你这一乡之长难当

这一碗水不端平

老百姓背后会

戳你的脊骨骂你娘"

"那确实"

"老公你就按政策办

弟媳妇和俺爹妈的

工作我来做

你千万千万把心放"

"我的好夫人
你通情达理不简单
一语千金解夫难"

伙计
俺屋里的那个
副处级夫人比您的
那两个就狠得多
那一天
一个大款的同学把
我请
他拉我进了洗脚城
回到了家
夫人的狗鼻子
就格外的灵
她左一闻　右一闻
闻他身上不对劲
讽刺歌儿唱出了唇
"路边野花你不要采
他不采不白采"
"我真的是没有采
我的夫人同志
你听我说
你就像那老哒丝瓜
筋多
你是那园里鸡冠花
心多"
"我的老公同志
你听我说
不是我的心多
是那个洗脚城经多
那个按摩小姐手儿
摸几摸

就看你票子多不多"

"我的票子早就被你

管熄了火"

"怕你背着我犯错误

想些歪点子落几个

那个花局长

你还记得啵"

"哎哟　那个花局长"

"对呀"

"他被那个小姐

摸了几摸　嚯

稀里糊涂就摸过河

他把那二奶包一包

没得好久

贪污就把大牢坐

我的老公

你硬是身上不好过

老婆我

今天晚上亲自给你

来按摩"大家看

这就是俺的好老婆

关键时候提醒了我

悠悠一曲枕头风

风中有苦也有甜

枕头风

吹昏了几多硬头汉

枕头风

吹倒了几多有志男

吹出了几多贤内助

吹成了几多清白官

劝君识风向

筑牢防腐线

"三个代表"刻心间
过好那权力金钱
美色亲情四大关
留得清白在人间

大脚皇后（选回）·审脚

作者：傅菊蓉、赵开生

表演：袁小良、盛小云、施斌、吴静、张丽华等

太监白　娘娘千岁懿旨下，宣书生上殿啦！

太监白　宣书生上殿啦！

王庸白　（以下简称王白）：领旨。

王庸表　（以下简称王表）：王庸万万没料到，一条灯谜惹下大祸，今天皇帝皇后连夜在偏殿审问，看来我凶多吉少！但是死我一个，可以使这么许多无辜书生免受牵连。而且通过一条小小灯谜能够试出你朱元璋虽然贵为九五之尊，却是个心胸狭窄之人，我也就值得了。所遗憾的是，虽有报国之心，却无贤明之君。现在王庸满身刑具毫无惧色，踏上偏殿抬头一看！一盏盏明角灯、排须灯挂得端端正正，一排排蜡台头、落地灯摆得崭崭齐齐，灯烛辉煌如同白昼。宫女太监侍立东西，皇帝面色阴沉，皇后含笑微微，几位文武官员都是袍帽整齐，御林军愣眉目暴，值殿将满脸杀气。师兄潘俊臣几分不安几分得意，先生宋濂心事重重满脸忧虑。怎么王庸眼睛一扫看得这样仔细？不，这是我说书的借他的这双眼睛交代一下殿上的情况。总之，各有各的念头，各人各有心机。

御林军表　一个御林军走上一步喊一声。

御白　别东张西望！跪下！

王白　嗯是！小民叩见吾皇万岁，娘娘千岁！

马皇后表　（以下简称马表）：今朝马娘娘是主审，所以先开口。

马皇后白　（以下简称马白）：书生，平身！

王白　多谢千岁！

马白　来！

御白　是！

马白　除下刑具。

御表　喳！过来刑具去掉，往边上"嚓啷"一放。

王白　喔唷！

王表　只觉得浑身一松。

潘俊臣表　（以下简称潘表）：潘俊臣看到此景搞不明白，怎么一回事啊？为什么犯人上殿喊平身？而且刑具还要卸掉，这也太客气了！

马白　书生，走近些些。

潘表　咦？又不是相面！总不见得再搬只凳子泡杯茶细谈终生吧！什么"玩意"弄不懂呀！

王表　王庸更加搞不懂！我是犯人呀！又是平身又是松下刑具，而且还要关照我走上几步，啊呀！今天葫芦里卖的什么药？是吉是凶，捉摸不透，于是答应一声。

王白　嗯是！

王表　走上几步。

马表　马娘娘两只眼睛始终盯住你王庸在看，刚刚距离比较远看不清楚，现在走得近看得清。对他一望嘛！哟！这个书生果然与众不同！你看他，站立时凛凛然一股正气，昂昂然顶天立地！本来嘛，敢写这个一则灯谜要多少胆识？现在面对帝后不慌不忙，不卑不亢，这个要多大的勇气啊！

皇帝表　（以下简称皇表）：这时皇帝眼睛睁大也盯着他在看！怎么？你是铜浇铁铸，三头六臂？！今天偏要杀一儆百！从今往后我倒要看看，还有谁敢来揭我夫人的老底！你看他这种架势，昂首挺胸，头都不低，真是越看越惹气！

马表　娘娘倒是越看越欢喜！清一清嗓子，开始问。

马白　书生，姓甚名谁，哪里人氏？

王白　小民姓王名庸，家住浙东！

马白　浙东王庸？

王白　正是！

马表　这个名字好熟啊！好像在哪里听见过，仔细一想嘛……哦！对了！大学士宋濂曾经在皇帝面前，几次三番推荐过自己的得意门生："浙东才子王庸。"说这个人胸怀大志，满腹经纶，是一个难得的人才，不知是否就是他？再一想，不！天下同名同姓的人很多，还是问问清楚吧！

马白　宋濂宋爱卿。

宋濂白　（以下简称宋白）：老臣在。

马白 你曾提及你的门生浙东王庸，道德文章皆优，想这位王庸也是浙东人氏，莫非就是老爱卿的高足吗？

潘表 潘俊臣心里急啊，刚才在衙门里和王庸都讲好了呀，因为这件事情进出太大，皇帝处罚又重，决不可连累先生（潘俊臣也是王庸的学生），他当场答应，我定心不少，免得节外生枝，没与先生去通一声气，想不到现在娘娘千岁在问先生，王庸是否是你学生？先生啊先生，你拎得清点哦！你如果点点头，皇帝火窜上来，杀了书蠹头（书呆子），要带掉你老老头，弄得不巧我还要勿识头（倒霉的意思），心里一急，贼呸吓得一个尿摇头。

宋濂表（以下简称宋表）：那么宋濂如何呢？叫奉旨来做陪审官，七上八下心里寒。看见犯人是王庸好比当胸吃一棒，头里发麻脚里软，今天拼老命也要保他转危为安。学生啊！你讲话要圆滑点，我才能跪立一旁好劝劝。现在听见娘娘在叫，急忙撩袍端带把驾参！

宋白 老臣启奏娘娘千岁，想那王庸乃是……

马白 可是你的门生吗？

王白 啊？！

王表 王庸心里一惊！今天这件事无论如何不能牵连到先生身上，所以赶紧抢先上前，高喊一声

白 啊呀！娘娘千岁！想恩师宋濂并不是我的先生。

马白 不是你的先生何称恩师啊？

王表 唉！我真该死！连鬼话都说不好，难怪别人要叫我"书呆子"呀！所以脸涨得通红。

王白 啊呀呀，娘娘千岁，一人做事一人担当，还望千岁开恩！（跪下）

马白 教不严师之惰，学生惹是招非，怎说与先生无关！宋濂你道可是吗？

宋白 老臣未尽为师之责，罪该万死！然而小徒王庸德才兼备乡里皆知，为人忠厚老实，门下谁不推崇！然而毕竟一介草莽书生，不懂世事，一时糊涂！还望万岁千岁看在老臣分上，网开一面！老臣愿意罚俸降级，还望恩准。

马表 好啊，这一对师生多好啊！出了事不推到别人身上，反而往自己身上拉，这种为人真是可敬可佩！

马白 老爱卿，平身！

宋白 谢千岁！

马白 王庸！

王白 小民在。

马白 你为何要拟写灯谜戏谑本后？

王表	啊？王庸一听，此话不对了，照理今天把我押上殿来有两款罪名，戏弄皇娘，污辱皇家。绑出去一刀两断，杀！现在皇后在说，你为何要戏谑本后，为何要开我玩笑？加了"为何要"三个字，分明是给我开口辩解的机会！那么我到底说不说？说！我并不是怕死，而是要说一说当时的真实情况和我真实的想法！
王白	娘娘千岁，小民并非有意戏谑，乃是有感而发！
马表	我知道你不会是写得好玩，你说是有感而发，我就是要听听你的感想！
马白	此话怎讲？
王白	小民昨夜上街观灯，但只见一群村妇天然大足，周围兵丁不放松，挥动皮鞭驱赶急，夫子庙前乱哄哄，民怨纷纷起，声声入耳中，我有感而发灯谜写，一腔不平在胸中，大足遭歧视，原因出内宫！
马表	哦！怎么会有这种事？因为我双大脚连累到乡下娘娘连灯都不许看！你是不平则鸣，有感而发，仗义执言！但是你可知道，你这样做，连累了多少读书人啊？
马白	你可知晓为了此事，累及无辜的书生担惊受怕！
王白	小民正是怕累及无辜，故而应天府中投案自首！
马表	啊？怎么回事？你是投案自首的？此时娘娘回过头来对潘俊臣看看，喂！你刚才怎么说的？你说是花了九牛二虎之力，将他捉拿归案的呀！
潘表	潘俊臣只觉得脑子里"嗡"的一下！要死啊，原本我想得蛮好，犯人捉住，禀报皇帝，将其一刀身首分离，这事就都解决了！没想到娘娘千岁既要问又要审，这短命的"书呆子"拎不清，将底牌都掀穿了！唉！我真是偷鸡不着蚀把米，接下来的日子是"呵呵呵"有得苦了！
马表	马娘娘对他眼睛一弹，真不是个东西！
马白	王庸。
王白	小民在。
马白	你前来投案自首，难道你就不怕砍头吗？
王白	蝼蚁尚且偷生，为人岂不惜命？
王表	谁不想活？但是活要活得光明正大，活得清清白白，倘若为自己的生存而牵连无辜，如果这样做的话——
王白	于心何忍，有理难容！
马白	好啊！
马表	娘娘暗暗地称赞一声：好！这位书生真不容易啊！为人刚正不阿，光明磊落！而且从他的出言吐语可以听得出而且也看得出，他是既有文才又有口

才，我们大明朝不就是需要像他这种人才嘛！

马唱 （琴调）

他是正气凛然吐心声，不由我心头赞一声。

敢做敢当真可贵，有才有德令人尊。

那"大脚皇后"四个字，有感而发书写成。

分明是疾恶如仇仗义说，胸中块垒有来因。

真是忧国忧民一书生。

马表 像这种人才肯为我们大明朝出力，真是皇家之幸朝廷之福啊！那么是否要马上对皇帝说："皇帝啊！这是一个难得的人才！我们决不能杀他！不仅不能够杀，而且还要让他做官！"回过头一看嘛，不妙！为什么？你看呀！皇帝这只脸毕板，他的怒气还未平伏了呀！

马唱 他是怒冲冲，气难平；定要当场来杀书生；

说什么赫赫皇权岂容侵。

我是食无味，睡不宁；觅良策，苦思忖；

要劝谏君王费尽心。

今日里无可奈何来审脚，考一考那大学士；

试一试潘府尹；听一听王庸如何对答如何云。

但愿君王平息雷霆怒，把是非曲直辩分明；

谁为重，谁是轻；真假弄清在片时辰。

马表 要救这个书生有否办法？有！办法早已想好了！只有"审脚"！通过"审脚"，对王庸进一步考察，也可让边上其他人都来表演表演，最最重要的是借此机会触动触动皇帝，让皇帝的脑子好清醒清醒。想到此，马娘娘提高嗓门。

马白 王庸。

王白 小民在。

马白 你拟写的那则灯谜，谜底究竟是什么？

王白 这、这个！

皇表 皇帝对夫人望望，你怎么搞的？为什么将讽刺你的话还要去叫他再讲一遍，好曲子都不听三遍呀，你在搞什么名堂？

马白 王庸，哀家在等你的回话呀。

王表 真的要听啊？难道你有如此之大的雅量吗？讲还是不讲？讲！我写都写了，不用回避。再说我写的这四个字并不是要骂你，而是想试探皇帝。

王白 启奏娘娘千岁，这谜底嘛乃是四个字。

马白　什么？

王白　乃是"大脚皇后"。

皇表　嘿嘿嘿……气啊，不防备的呀。总以为他要吓一跳，没想到一口承认，而且当了我皇帝的面讲出来"大脚皇后"四个字，你真是胆大包天！回过身来对大学士宋濂看看，你这老不死啊！你活腻了？搞了半天帮我介绍这么一个宝货来啊？你怎么对我讲的？说请他来治国安邦，助我一臂之力。现在可好！大庭广众出我丑，坍我台。又对夫人望望，这种刁民有什么多啰唆呢？

皇白　来！

兵丁　是！

皇白　将他推下去砍了。

马白　且慢！

马表　我的皇帝啊，今天这个书生的性命终归掌握在你的手掌之中。问清楚了再杀也来得及呀，再说，刚才不是与你讲好的吗，今天我是主审，你是陪审，你不能这样越权定罪的呀！

皇表　皇上无话可说，刚才讲好，今天她是主角我倒是配角。硬是将心中的火压一压。哼！女人家，冲在前面。你审，你审。蛮好，喏！我看你怎么审！

马白　王庸。

王白　是。

马白　你写的大脚皇后，莫非是讲我吗？

王白　这要看娘娘千岁的这一双足。

马白　怎样？

王白　究竟是大是小？

皇表　王庸！简直无法无天，当我皇帝是假的吗？要看娘娘千岁这双脚？哼！我夫人的这双脚你有什么资格看啊？我懂你看一看是什么目的，到底大还是小。大，我没讲错；是小，说明我不在讲你，你倒是标标准准千有理百不错。想到此火又冒上来，要想发作。

马白　好！

皇表　喔唷！你比我还快。

马白　今日里哀家就来审一审这一双足。

群表　审脚？

马表　对，只有通过审脚，才能辨清是非。我等一会在审脚的时候希望大家各抒己见，共同讨论，打消顾虑，畅所欲言。

官员表　哟，怎么想得出来？不但要审这双脚，还要叫我们看，看了回去还要我们共同讨论，各持己见。我们敢讨论吗？敢发言吗？

皇白　啊呀梓童，你好荒唐啊！

马白　万岁！

马表　我今天审脚大有讲究，您等一会儿看我审。

马白　这叫以小见大，以大见小，这大小之中才能淘出真金啊。

皇表　大小之中淘真金啊！

马表　是啊！

皇表　我只听见别人是沙里淘金，你本事真大，脚上还可以淘金啊？

马表　当然啦。

皇表　要么你在"搞脚筋"。

马表　今天的马娘娘是胸有成竹，身体坐得带一点偏，裙幅一撩，露出一双天然大脚。

马白　你们看呀，王庸写的是对是错，哀家这一双足究竟是大是小？（马娘娘环顾四周）

马表　嗨？一个都不讲？不讲那我就点名。

马白　潘爱卿。

潘白　是，是，是，是！

马白　平时你能说会道，你先来讲讲吧。

潘表　真是倒霉呀！怎么第一个就轮着我呢？买彩券中头奖嘛是好事，可这不是好事。这是开头刀啊，叫我，我怎么说呀？不见得我走过去对娘娘说："娘娘，你这双脚，大！大得吓死人！"我可没这个胆量；如果说小，小得一眯眯一点点。这就显不出我潘俊臣的高人之处。

潘白　娘娘千岁，这个……

马白　说啊。

潘白　那个……

马白　讲啊。

潘白　这……

马白　休要顾虑，你看到什么就讲什么。

潘白　嗯，是，是，是，是，是！

潘表　毕竟是潘俊臣，这家伙的做工真好。走近两步，弯起了腰，眼睛睁大盯住了娘娘这双脚。他不像看脚好像在欣赏古董。只见他头慢慢抬起来。

潘白　娘娘千岁，照微臣看来娘娘千岁您这一双凤脚……

马白　怎样？

潘白 　一个字。

马白 　哦？

潘白 　好！

马白 　好？

潘白 　好！

马表 　哦哟，真狡猾！他不说大也不说小，说："好！"

马白 　哦？好在哪里？

潘白 　娘娘千岁，照微臣看来娘娘千岁您这一双凤脚，那简直是好得不能再好了。娘娘千岁。

潘唱 　娘娘你一双凤脚最妖娆，四海之内无人超。

　　　远望好，近观俏，雍容华贵又精巧。

　　　果真是勿长勿短，勿大勿小，勿宽勿窄，勿胖勿瘦，

　　　走遍天下无处找。

潘白 　娘娘千岁，照微臣看来，在这天地之间，哎呀呀，真是再也选不出像您这么好的第二双脚了！哈哈哈哈！

马表 　听得娘娘只顾了笑，不过这个笑是鼻孔里出气，冷笑。

皇表 　皇帝也在笑，不过是苦笑。

马表 　皇帝啊！这就是你得意宠臣的表现哦！你看了是否满意啊？

皇表 　哼！能言善变，又滑又刁，八面玲珑，墙头之草！

马表 　唉，我今天之所以这么做的目的就是要让你看清楚周围每一个人。这时的娘娘两道目光扫过来！扫到了宋濂的身上。

宋表 　宋濂一看！完！挨着我了！叫我怎么说？说大，昨天晚上讲了一句"大脚为贱"，皇帝勃然大怒，今天我再讲大的话，新账老账一起算，我吃不了兜着走！如果说小？违心之言又不情愿。再一想，有了！宋濂这老臣一生老实，今天也要滑一滑！怎么办？叫三十六计走为上！只当没看见，头低倒，将袍子"搭"一拎，"哗拉"掉转身来正要想走！

洪林白 　（以下简称洪白）：老大人！您上哪儿去啊？

宋白 　哦！洗手间！

洪白 　奴才看来，您得憋一会儿了！娘娘千岁还有话要问哪！

马白 　是啊，老爱卿也来讲讲吧！

洪白 　是阿！奴才也要听听您老大人的高见哪！

宋表 　男不男女不女，阴阳怪气实在讨厌！看来我走不了了，既然走不了，那就唱几句吧！

宋白　这便如何是好！

宋唱　我要盘（躲）盘勿拢，要逃没处逃，我心头"嘣嘣"似鼓敲。

娘娘她不审王庸先审脚，要的是葫芦还是瓢，

叫我如何对答告当朝。

宋表　你叫我怎么说呢？

白　啊呀，这便如何……有了！有了啊！

宋唱　娘娘啊，老臣是年迈了，老朽了；老眼昏花无用了；

叫远看白茫茫，近观一团糟；

辨不清大来分不清小；我岂能慌奏来瞎唠叨。

宋白　啊呀！娘娘千岁！老臣年迈了，老朽了，老眼昏花，哎呀呀！看不清了！看不清了啊！

皇表　皇帝对宋濂看看你怎么回事啊？平日里和我讲起话来引经据典，滔滔不绝！今天你怎么搞的？

宋表　我近阶段！有点老年痴呆症！

马表　皇帝啊，你也看出来了？近来老头子在变，他怎么会变的？其实是你自己先在变，你现在变得阿谀奉承，照单全收，忠言直谏，半句不听，所以逼得这个老头子说真话不敢，说假话不愿，只能够这样装聋装傻装糊涂啊。

皇表　哦？难道有这么严重？

洪白　万岁爷，您看这个老宋濂，是不是越活越精啦！哼！哼！哼！

马白　洪林！

洪白　是。

马白　轮到你了！

宋白　是啊是啊，老朽也想听听公公的高见啊！

洪表　这张短命嘴，要你出来讲话干什么？真是六月债还得快，一拳去一脚来，叫我怎么讲呢？

洪白　哎唷，娘娘千岁，奴才怕说不好。

马白　不妨事的。

洪白　方才他们都……

马白　哀家早就讲过，你看到什么就讲什么。

洪白　看到什么就说什么？

马白　嗯！

洪白　哎，好。那奴才就大胆。

马白　好啊！

洪白　奴才就豁出去了……

马白　嗯！

洪白　奴才就实话实说啦。

马表　实在是啰唆。

白　讲吧。

洪白　照奴才看来，娘娘千岁您这双凤脚……

马白　怎样？

洪白　小！

马白　小？

洪白　小！

马白　当真小吗？

洪白　当真小！果然小！小小小！还是小！

马表　你这双眼睛是不是有毛病！啊？我这么大双脚看出来是小啊？

马白　哦？看来小比大好哇？

洪白　那是啊，打小我就听我爷爷听我爹说过，说女人好不好，不看脸面先看脚，脚小人就好，人好脚就小了个脚就小！

马表　险些笑出声来，还会说快板呢！

马白　哦？

洪白　娘娘千岁，奴才说的可都是真的！

马白　哦？

洪白　娘娘千岁！

洪唱　你一双金莲太窈窕，真是有棱有角难画描。

　　　娘娘你脚背又勿高，脚心又不凹；

　　　恰似那三月桃花分外娇。

　　　针尖上可以翩翩舞，掌心里能够急急跑；

　　　近观蝴蝶花丛绕，远望雏燕立树梢；

　　　娘娘你走一步来摇三摇，婀娜娉婷好似仙女在云里飘。

洪白　娘娘千岁，人家都说女人是三寸金莲，可照奴才看来，娘娘千岁您这双凤脚，也不过是……

马白　怎样？

洪白　两寸多一点点。嘿嘿嘿嘿嘿！

马白　哈哈哈哈哈！

马表　听得娘娘哈哈大笑。

皇表	听得皇帝连连头摇。
宋表	听得宋濂直竖汗毛。
潘表	听得潘俊臣嗤之以鼻。
王表	听得王庸忘记了自己的处境竟扬声大笑。
王白	哈哈哈哈哈!
洪白	王庸! 笑什么呀?
马白	你笑些什么啊?
洪白	是啊!
王白	我笑大明朝的皇宫之中，想不到也出了个指鹿为马之人。
洪白	大胆!
洪表	你在讲什么? 指鹿为马? 这意思很清楚，我就是赵高，皇帝变成秦二世了?
洪白	你……你放肆!
王表	对，我是大胆，我是放肆，我冒犯皇娘，触怒皇帝，今天皇帝非要置我于死地而不可。为啥? 因为我说了真话。我因为说真话而死，不情愿; 但是说假话能活，更不情愿。
王白	古人讲得好，是是非非为之智，非是是非为之愚。
王表	啥意思? 就是讲一桩事情是就是是，非就是非，这样讲话办事叫聪明，你们把是说成非，把非说成是，如果这样讲话办事叫愚蠢，我们读的圣贤之书，理当是，是是非非而不应该非是是非!
马白	哀家还知晓是是非非乃治国之本，非是是非乃祸国之源。王庸你既然明白这个道理，今日里，当了圣上，当了众人之面讲一个清楚，哀家这一双足究竟是大是小!
王白	若问娘娘千岁这一双足……
马白	怎样?
白	乃是……大!
皇表	嗓音虽然不响，但却是掷地有声，好比晴空一个霹雳，打在所有人的头上。皇帝脸上一阵发红，洪林直起身子跳起来。
洪白	王庸，你罪该万死! 打倒王庸!
王白	娘娘千岁讲得好! 是是非非乃治国之本，非是是非乃祸国之源，小民岂能背道而驰，小就是小，大就是大!
皇表	皇帝一听此人不得了，敢在我面前如此直言不讳，昂首挺胸，正气凛然! 我倒是很久没遇见这样的人了。
马表	皇帝啊，正因为你很久没遇着这种人才，所以格外显得难能可贵啊。

马白　王庸，讲下去。

王白　娘娘千岁！

王唱　是是非非大文章，骨鲠在喉诉端详。

　　　想我是为社稷，为朝纲；言语唐突望包荒。

　　　本则是脚小脚大原小事，然而是，非是非理不当。

　　　虚言必诈从古说，伪言祸国要提防。

　　　想他们见大言小必有意，见小言大祸心藏。

　　　若然此风盛，此势长；君子远，奸佞昌；

　　　黑白颠倒乱纲常。

　　　想当年始皇身后秦廷乱，赵高专权太猖狂，

　　　他指鹿为马在朝堂，是非混淆不应当。

　　　到后来子婴奉玺归汉室，短命秦朝是一旦亡。

　　　还有那太宗魏徵君臣谊，一个儿真言直谏不惮逆君王，

　　　一个儿从善如流心底坦荡荡，才有那贞观之治百世常流芳。

　　　以人为镜知得失，以史为鉴见兴亡。

　　　我们后来人牢牢记胸膛。

　　　娘娘啊，我是人微言轻言几句，为的是明黑白，是非彰；

　　　哪怕担罪名，何惧性命丧；

　　　我知无不言言无不尽；一吐为快称心肠。

马白　好啊！

皇表　真是有胆有识，国之栋梁。

马白　王庸！还不叩谢圣驾不斩之恩。

王白　啊……？

马表　啊呀！你这个书呆子啊！皇帝在称赞你国之栋梁，怎么会杀你呀。

马白　快些谢恩呀！

王白　是是是，谢吾皇万岁大恩大德，多谢娘娘千岁大慈大悲。

皇白　王庸！大大大，又是一个"大"字！再要讲"大"，寡人要把你丢进大海喂
　　　大鱼啊！

马白　万岁，你自己也在讲"大"了啊！

王白　是啊，万岁你自己也讲"大"了。

皇白　哈哈哈！大大大，大得好！看来这大明江山，少不了你这大脚皇后！

齐白　啊哈哈哈哈哈哈……！

快板书

时代楷模孔祥瑞

作者：李少杰
表演：李少杰

中秋节，秋风送爽万里晴，

波光闪烁映日红。

就在这美丽的渤海湾，

（咱们）天津港，就好像一颗宝珠耀眼明。

看，车轮动、吊臂行、

马达响、汽笛鸣。

装卸运输齐行动，

高大的门机忙不停。

就在咱天津港的运煤码头走来了人一个，

身材魁梧好威风。

看年纪也就四十五六岁，

圆方脸膛透着红。

胳膊粗，拳头大，

脚步坚定又从容。

您要问他是哪一个，

他就是共产党员全国劳模天津港煤码头公司一队队长孔祥瑞，

咱们蓝领队伍一精英。

孔队长看着门机心高兴，

刚毅的脸上露笑容。

自从我把控制器手柄移动轨迹改成星字形，

这个大个如今特别灵了。

每天能多装 480 吨，

门机的作业效率大提升。

今天的装卸任务进展很顺利，

这船煤明天就能起航程。

正沉思，突然吱喽咔嚓响连声，

刺耳的声音响半空。

孔队长当时就是一愣，

凭经验，这台门机肯定出了事情。

抬头看，见抓斗既不下也不升，

晃晃悠悠悬在了半空中。

就好像大个儿的公牛得了病，

只剩下哼哼没威风了。

孔队长冲着驾驶舱内高声喊，

小马，上边发生了什么事情？

说话间从门机上气喘吁吁跑下来司机马连成。

队长，不好了。

好像是钢丝绳溜出了滑轮卡在了吊臂中，

我怎么操作全不行啊。

小马的这番话

把老孔吓得可不轻。

这艘船还得再装几万吨，

而且明天必须去广东。

这台门机要是出了问题，

意味着煤炭装船作业就要停了，

这可是广东电厂的急用煤啊。

要是一锹一锹往上铲，

就是铲到明年也完不了工啊。

要是耽误了这条船，

这个损失可太重了。

再者说，咱码头都是机械自动化，

这一关要是出问题，

后面所有的程序都不灵了。

想到这儿，赶紧叫声马连成，

走，快跟我上去看一看，

倒是发生了什么事情。

好，走！两个人快步来到门机下，

一前一后往上登，

这门机高达六十米，

光台阶就有几百层。

两个人嗖嗖嗖，噔噔噔，

盘旋上升快似风，

看到他俩这股矫健劲儿，

谁想到老孔的双膝积水肿又青。

他咬着牙忍着痛，

一鼓作气往上冲。

眨眼间来到了门机顶，

孔队长，急忙仔细看分明。

他这一看不要紧，

当时心里就是一惊。

见这根绳，

紧紧卡在滑轮外，

卡得牢，挤得硬，

扣得紧，紧绷绷，

不偏不斜不晃不动，

稳稳当当严丝合缝，

正好卡在了正当中。

您说这事多要命吧。

孔队长看罢双眉紧皱，

回过头叫声马连成，

小马，你赶紧去拿手扳葫芦撬棍保险绳。

是，马连成答应一声跑下去。

孔队长，把周围的情况看分明，

这工作台可太小了，

宽才五十多厘米，长也就一米挂点儿零。

要想把钢丝绳挪回滑轮内，

必须得探出身子才能行。

孔队长正在研究这活儿怎么干呢，

这时候上来了马连成。

队长，工具已经拿来了，

咱们赶紧系上保险绳，

这地方可太危险了，

咱俩要是掉下去，就能摔成披萨饼。

老孔闻听微微笑：

小马呀，看来你的安全意识很过硬啊，

来，我布置一下任务，

咱们马上动手就开工。

好。

说话间，二人都系好了保险绳。

小马，你先把手扳葫芦安装好，

你拉倒链我拽绳。

队长，您的腿上可有伤啊。

放心吧，我的腿伤不碍事，

这个工作我能行。

那……好吧，干。

孔队长忙把手扳葫芦的挂钩给挂好，

紧紧钩住了钢丝绳。

马连成双手急忙拉倒链，

钢丝绳一点一点往上升，

慢慢离开了卡槽内，

孔队长牢牢抓住了钢丝绳。

两臂用力往上拽，

双脚使劲往下蹬，

俩眼瞪得赛铜铃，

牙关咬得紧绷绷。

哎，这一较劲不要紧，

钢丝绳有油手拉空了，

随着巨大的发作用力，

这吊臂，唰的就是一扑楞。

孔队长就觉得双膝钻心疼，

扑通坐在了平台中。

就这一下可不要紧啊，

吓坏了旁边的马连成，

就觉得浑身的汗毛全竖起，

脊梁骨子里冒凉风。

队长啊，咱俩还是换换吧，

这一下您摔得可不轻啊，

干这活双腿得用劲，

您这双病腿可不行。

我又有劲又年轻，

您来倒链我拉绳，您看这样行不行啊？

小马呀，这可不完全都是力气活，

得借力使劲巧用功，

虽然你年轻力气大，

但是你不熟悉这台机器它的性能，

高空作业我比你有经验，

这大个儿的脾气我摸得比你清。

时间紧任务重，

你千万别再跟我争了，

咱们俩人配合好，

争取这次就成功。

哎，好吧。

小马赶紧拉起手倒链，

孔队长探身去拽钢丝绳。

他刚要用力往上起，

可了不得喽，呜……

半天悬空起了大风，

这吊臂，就好像喝了半斤酒，

随着风力忽忽悠悠直晃动，

这一晃动不要紧，

孔队长的半个身体已腾空了。

这可吓坏了马连成，

就感觉腿发软头发蒙，

说话全都岔了声：

队长，这活儿咱可真是干不了了！

就刚才晃悠这一下，

您的双腿得多疼啊，

要再重复这么几次，

您的腿，保险残废得失灵。

要不咱跟领导打申请，

这艘船晚走两天行不行？

晚两天？小马呀，这可使电厂发电的急用煤，

就等着起航奔广东了，

如果这船走不了，

咱们的任务就没完成，

咱们的信誉就会受影响，

经济损失也不轻，

要是耽误了电厂来发电，

造成的后果多严重啊！

可是队长，这次是机械出故障，

也不是我们来怠工。

小马呀，虽然这次是机械出故障，

咱们可以向领导来说明。

就算是领导能理解，

咱们的心里能轻松吗？

咱们天津港为什么能成为世界级的大港口？

为什么能跻身十强有威名？

为什么咱们的发展这么快？

为什么能把环渤海的经济都带动？

一个是市委市政府的领导好，

咱们公司的领导有水平；

二来是咱们所有的员工齐努力；

再加上先进的设备在运行。

咱们是公司的生力军，

咱们是港口的主人翁，

咱们是天津工人的新形象，

咱们是国家经济发展的排头兵。

要是每人只想着自己那摊事,

咱们什么时候才能赶上世界先进水平?

孔队长就这一番话,

马连成头脑清醒心内明,

浑身热血齐沸腾。

队长我明白了,

您为什么家里的事情顾不上,

您为什么总在工地不歇工,

您为什么带病还要把活干,

您为什么努力创新搞发明?

您心里装的是咱天津港,

您心里装的都是大事情。

我应该向您来学习,

做一个能钻研敢拼争,

懂技术有水平,

永不生锈的螺丝钉。

好,干!

马连成,不放松,

紧倒滑链手不停。

唰啦啦、哗楞楞,

清脆的声音震天空。

孔队长,把身弓,

探臂膀、瞪双睛,

屏住气、忘了疼,

紧紧抓住钢丝绳,

两膀用上千斤力,

嗨!这根绳不偏不斜,不晃不动,稳稳当当,端端正正,

正好落在了滑轮中。

在这时候,海上升明月,

天空缀繁星,

门机隆隆响,

港口灯火明,

抓斗上下行,

吊臂转不停。

两个人别提多激动了，

灿烂的脸上露笑容。

这就是劳动模范人称颂，

我唱得不好请大家多批评。

大同数来宝

婆媳之间

作者：柴京云、柴京海
表演：柴京云、柴京海

甲 叫大哥，有件事儿挺急，
老婆给出了一道题。
三天了想不出该咋答对，
到现在也不让一个家睡。

乙 啥题目出得这么偏？
还把兄弟难活了好几天？！
我看不至于闹得这么复杂吧，
一看你这水平就拉哗哗！

甲 这题目出得可太恶差，
要答不对非挨两头儿骂！
这题目出得真不正色，
唉！说出来真怕人笑话！

乙 到底咋回事儿？

甲 那天吃完饭，人家不让我走，
让我说啥也得再喝两盅儿酒。
说喝点酒为了能吐真言，
咱们丑话最好说在前。
人家背靠东，面迎西，
还换了一件儿红毛衣。
普通话发音调儿不低，
顺手还拿过个录音机。

乙 闹得烟熏呢！

甲　"假如——我跟你妈都跌得河了，
　　现在你只许救出一个。
　　说实话不许装傻瓜，
　　你是先救我呀还是救你妈？说！"
　　咳！你说这题出得我咋回答？
　　我就不装傻瓜也得装成色。
　　你说妈和媳妇儿都跌得河了，
　　咋能眼睁睁儿的就救一个？！

乙　权当你媳妇儿跟开玩笑，
　　别介正面儿回答就瞎圪绕吧！

甲　绕了我一身白毛儿汗，
　　憋得我可地乱圪转。
　　你说先救她，
　　那良心上咋能对起妈？
　　你说先救妈，
　　咋能圪菜菜的撇下她。
　　妈哇是一辈子就一个妈，
　　她哇是到哪儿在寻她。
　　妈爱我，我爱她，
　　我爱她更得爱我妈。
　　她、妈本来就一家，
　　一家人就离不开她和妈。
　　妈和她，她和妈，
　　她和妈，妈和她，
　　她、妈，她、妈、真他妈，
　　不如倩倩定我俩耳瓜！

乙　噢！为啥出这题就不用问了，
　　这是婆媳之间有矛盾了。
　　媳妇儿是想探探你的心，
　　看跟这俩人谁更亲？！

甲　其实婆媳之间还有点啥？
　　说起来真是寡不寡。
　　拢共接来了半年还没过冬，

     妈跟媳妇儿倒彻底崩了!

     她嫌她儿炒菜油太少,

     她儿嫌她锅盖儿没盖好;

     她嫌她儿碗摸得不干净,

     她儿嫌她地扫得有毛病;

     她嫌她儿窗户常不关,

     她儿嫌她裤衩儿老瞎穿;

     她嫌她儿熬粥好兑水,

     她儿嫌她一天就臭美。

     反正从早到晚的就伴嘴,

     都说大白天的跟上鬼了!

(白)"我跟鬼了""我才跟鬼了"……

乙　这是生活习惯有差异,

     婆媳难免要生点儿气。

     爱盆儿碰盆儿还是碗碰碗,

     你就圪夹的中间儿瞎和团吧!

甲　我也怕这矛盾再继续,

     这不一个人批评了两三句。

     没想到效果不太好,

     妈跟媳妇儿给全丑恼了!

     "唉!有了媳妇儿你忘了娘,

     咋就拉扯了这么个白眼儿狼";

     "哼!上梁不正下梁歪,

     咋就嫁给了这么个二求胚";

     "知道你俩站得一个立场,

     算我这个儿子白白儿养了",

     "听上你妈的我全错,

     干脆你跟上你妈过吧"!

乙　咳!婆媳闹得这么僵,

     这家可有点儿不好当了!

甲　公公儿说也有点怨我妈,

     有钱一个儿也不会花。

     还是过去的老习惯,

甲　我也让她儿气得没法儿办！
　　你看，本来吃饭就人不多，
　　那白菜一熬一大锅，
　　中午馏完黑夜热，
　　再把前天的剩饭往进和。
　　和进去还要给你搅一搅，
　　搅完了还要给你炒一炒，
　　炒完了再往盆儿里一倒，
　　基本上变成猪饲料了！

乙　真也差不多！

甲　尤其是那每天去厕所，
　　那真能活活儿坑死我。
　　家里本来就有坐便，
　　您儿是爱大便还是爱小便。
　　可老人儿性格儿就那么别，
　　非说坐得上面儿不方便。
　　人家不拉灯，是为省电，
　　圪蹴得上面儿还说挺倩。
　　结果哩哩啦啦得到处溅，
　　你说媳妇儿咋能不讨厌？！
　　尿完了要攒得一起冲，
　　说能省一分算一分。
　　可您儿省上水，添了事儿，
　　闹得满家一股祖奶奶味儿。

乙　要说老人儿可是那好心肠，
　　不过着急了尽给你帮倒忙。

甲　那次我出差刚回来，
　　有件儿内衣是专给媳妇儿买的。
　　想让穿上给咱们亮亮相，
　　可她儿不大会儿就去了好几趟。
　　你这儿刚一穿，
　　她儿给你进去送饼干；
　　你那儿正要换，

她儿给你端进碗豆儿稀饭；

你本想刁夺得亲个嘴儿，

她儿给你拿进瓶矿泉水儿；

你说俩月了没见想好一下，

她儿半夜了想起个取衣架；

结果闹得俩人都挺尴尬，

她儿还说——

"这灰得！来……

来，出来妈跟你有句话！"

合（白）寡的您儿这是说啥呢？！

乙　咳！她儿关键时候儿可不该去，

你看影响得俩人没情绪了！

我估计你妈也是为了你，

想让你有个好身体。

甲　这点儿事儿，倒也无所谓，

主要当时显得挺狼狈。

要说婆媳之间闹不对，

还是妈嫌媳妇儿太浪费！

"你看，大白天进家要拉着灯，

把那电表走得'扔扔扔'！

每天回家要洗洗澡，

也不知道那圪泥儿有多少？！

光衣服就挂了两立柜，

裙子是有前没后背。

皮鞋最低有十来双，

乳罩儿就码了一皮箱。

每天出门儿还化化妆，

不敢以为一个儿有多吃香呢？！"

乙　看不惯了！

甲　结果圪叨得媳妇儿也不耐烦了，

啥话也给你往出蛮。

她说你，你怨她，

俩人紧得儿往脸上抓呀。

　　　　媳妇儿哭得是哇哇哇，
　　　　妈是说啥也要回老家呀！

乙　　那可不能！
　　　　你妈她儿就你这一个儿，
　　　　这事情可不是闹着玩儿的。
　　　　管她谁对谁不对，
　　　　你最好两头儿多安慰吧！

甲　　我妈为我守了半辈子寡，
　　　　你说供我这个儿子为其啥？
　　　　我越想我妈越可怜，
　　　　说啥也得让她在这儿度晚年！
　　　　我说您儿别走，也甭气，
　　　　您儿好好听儿子说几句：
　　　　以后不管您儿在理不在理，
　　　　儿子保证全听你！
　　　　管她媳妇儿耐咋哇哇哇，
　　　　儿子肯定向着妈！

乙　　嗯！这妈可高兴了！

甲　　妈倒是强火按沓住，
　　　　可媳妇儿又给你发开雾了。
　　　　"行！你妈要在我就走，
　　　　别的条件儿我没有。
　　　　我知道，
　　　　媳妇儿再亲也不如娘，
　　　　你给我外面儿租间房！"

乙　　咳！妈刚留住，她又要跑，
　　　　赶紧拽住媳妇儿再说好的！

甲　　你看妈是个老粗没文化，
　　　　你别跟她儿对着骂。
　　　　她儿跟你真是没法儿比，
　　　　实际我这心里最向你！
　　　　你心眼儿好，水平高，
　　　　别听她在那儿瞎圪叨。

　　　惹不起她儿咱可以躲，

　　　以后你有气儿就对住我。

　　　你想打你就狠劲儿打，

　　　权当你没事儿跟我耍呢；

　　　你想骂你就用劲儿骂，

　　　保险我不说一句硬气话。

　　　反正老婆在上我在下，

　　　谁疼老婆谁才怕呢！怕了！咋呀？！

乙　嗯！这阵儿显得可有风度，

　　　不大会儿俩人都裹哄住了。

甲　咳！别看我在人家跟前都认输了，

　　　可人家俩人气儿更粗了。

　　　都以为一个儿全做对了，

　　　一下嗓门儿提高了好几倍。

　　　这下一吵架，都看着我，

　　　吓得我躲也没法儿躲。

　　　我只好模棱还带两可，

　　　最后俩人齐向我开火了！

　　　这个骂我"没良心"，

　　　那个骂我"瞎鳖丁"；

　　　这个骂我"不实在"，

　　　那个骂我是"两面儿派"；

　　　这个骂我"变色龙"，

　　　那个骂我"软圪能"；

　　　我看见谁也挺心疼，

　　　最后是屁也没拦成！

乙　清官难断家务事，

　　　只有你一个儿受拎制吧。

甲　公公儿说我媳妇儿人挺好，

　　　最后还是她先告得草。

　　　圪吭了半天没言语，

　　　啊呀，能做到这点儿就不容易呢！

乙　咋说她也是做晚辈的，

少说上几句那就对了!

甲　呀，该说不说也不行，

这下我真可闹机明了。

我一听不吵了还挺高兴，

不想两人都给你憋出病了。

妈好像得了个"气顶心"，

媳妇儿整个"气穿筋"了。

我跟上她们也受牵连，

还真给你得了个"气管儿炎"!

乙　生气对人最不好，

有时候一下就全放倒。

不过三个人的症状还数你轻，

你就挨着个儿的表忠心吧。

甲　这下家里的活儿，我全干，

还每天给家挂面跌鸡蛋。

侍候完媳妇儿侍候妈，

结了婚第一次我当家了!

我又抓药，又请医，

还买回个卡拉 OK 机。

为她们心情能舒畅，

我编了几句新词儿每天唱:

（套《你是我的玫瑰花》曲）

你是我的玫瑰你是我的爱，

我和妈和媳妇儿谁也分不开。

你们别再吵来别再互相怪，

婆媳之间不和儿子胳夹的中间最受害……最受害……

我的妈哎……快好起来……

我的媳妇儿……你快起来……

我爱我的媳妇儿我爱……

乙　行行行，

唱就唱，您儿别讫颤，

听得我好像进羊圈了。

妈呀，要多好听有多好听，

　　　不知道还以为你发神经呢。

甲　别说，这几句唱得挺管用，

　　　妈跟媳妇儿全感动了。

　　　妈的胸口不憋闷了，

　　　媳妇说话也没那么冲了。

　　　大夫一看说不严重了，

　　　俩人下地也能走动了！

乙　这下闹好了！

甲　暂眼下看去挺平安，

　　　可防不住多会儿又掀翻。

　　　肯定互相之间还有猜疑，

　　　要么咋能就想出了那么道题？

乙　嘿！又归回正题儿了！

甲　媳妇儿非让当打对面儿说，

　　　这一下闹得我挺难活儿。

　　　明明儿妈和媳妇儿都不赖，

　　　你说说让我该咋表态呢？

乙　叫兄弟，别再想了，

　　　你看你妈跟媳妇儿都来现场了。

　　　过去的事儿都也不计较了，

　　　俩人正捂着肚子笑呢。

　　　媳妇儿已跟婆婆赔了理，

　　　说以后您儿耐咋都可以。

　　　婆婆跟媳妇儿也道了歉，

　　　说以后尿顿儿不乱溅了。

　　　这不，你媳妇儿还递上个小纸条，

　　　说过去的事儿就甭再学了，

　　　处好处赖咱走着瞧，

　　　保证你这儿子可要袅呢！

甲　（激动不已，喜极而泣）

　　　妈，媳妇儿，你们真好！

　　　你们俩都是我心中的宝！

　　　咱们家耐阁儿就没毛病，

　　这一下大家可全高兴了！

乙　你们娘儿俩相跟上一起来，

　　让多少家庭乐开怀；

甲　你们娘儿俩一看像亲母女，

　　真是久旱儿碰上那闷生雨了；

乙　你们娘儿俩互相一谦让，

　　儿子这心里就了亮了；

甲　你们娘儿俩建立了新感情，

　　我再不用中间儿受圪拧了！

乙　以后想办啥，啥能成，

甲　再大的事情也能摆平。

乙　只有家和才能万事兴，

甲　兴了国家就富了民。

乙　这可天时地利人有情，

甲　盼娘儿俩——

合　互敬互爱、互帮互助、

　　互相体谅、互相关心——

　　融入和谐社会这个大家庭！

河南坠子

慈母泪

作者：刘祖国
表演：刘瑞莲

古历腊月二十三
家家户户忙过年
也很不论天南地北路多远
也不管隔山隔水隔大山
人人都忙着往家赶
就为了赶到家忙忙活活热热闹闹
欢天喜地过个团圆年
你看那聊城市里有一个小院
孔繁森书记也忙过年
孔书记正在把菜做
他做的是油炸黏面芝麻团
怎看他做的那个认真劲儿
就知道这面团的意义非一般
这是因为
他那九十的老娘有个习惯
逢过年好吃这种黏面团
一来吃着甜又软
二来是图个吉利大团圆
孔书记炸着面团锅中看
他心里好似那锅内的热油在滚翻
自从我援藏八年半
没在家过个囫囵年

老母亲今年八十九

我还能陪她过几个团圆年

想到此心头猛一颤

不禁一阵鼻子酸

这一位钢骨铁筋的男子汉

此一刻他的热泪滚落锅里边

他把面团忙炸好

双手捧到娘面前

娘你尝尝面团怎么样

香不香软不软焦不焦来甜不甜

老太太吃面团细嚼慢咽

你看她细细地品慢慢地咽

细品慢咽比那蜜还甜

孔繁森见到老娘露笑脸

他心里好似那久旱的禾苗遇甘泉

娘我看你头发有点乱

我给你梳梳理理心舒坦

老人家轻轻把头点

她只是点头没有开言

孔繁森拿了个梳子搬了个凳

你看他半蹲半坐半坐半跪在娘身边

轻轻理起发一绺

边梳头边与娘交谈

娘你再给我破个谜呗

（红灯笼、绿挑杆、谁猜着、是好孩）

老母亲抿嘴一笑开了言

三儿　你的心事娘知道

走吧　别再磨蹭误时间

这是包红糖和生姜

到了西藏多喝姜汤能防寒

叫庆芝帮你看一看

该带的东西全不全

繁森说娘咋知道我要走

老娘说三儿啊三儿你咋能把亲娘瞒

这几天你专把天气预报看

娘看你最留意西藏的阴晴天

娘知道阿里遭雪灾民有难

你这个党的书记能心安

你可是身在曹营心在汉

你那心早飞到西藏什么什么山

三儿尝尝你给娘做的黏黏面

你没放白糖放的是盐

吃饭时你干嚼难下咽

两眼发直光看天

你给我梳头手发颤

你给我掖被手发寒

常言道知子莫若母

娘知道你的老习惯

阿里的百姓遭了难

你的心里好像吃了黄连

为娘虽老我不糊涂

自古忠孝难两全

有你这样的好儿子

当娘的光彩又体面

老太太强作笑脸摆摆手

孔繁森"扑通"跪倒娘面前

娘啊娘感谢你胸襟宽阔明大义

孩儿我愧对老娘心内惭

在阿里大雪封山民遭难

那里的阿爸阿妈父老乡亲盼我还

他们受冻我的心里冷

他们受苦我的心里似油煎

儿不能床前来行孝

娘啊娘啊你多包涵

说罢话双手急忙捂住脸

指缝里热泪滚滚似涌泉

孔书记日夜兼程到了西藏

他组织救灾抢时间

直忙到腊月二十九

藏胞们安全脱险欢欢乐乐迎新年

年初一孔书记带上老烧酒

一个人悄悄登上冈底斯山

他遥望家乡高声喊

娘　儿给您拜年啦

湖北小曲

镇船石

作者：焦随东、牟廉玖
表演：何忠华

常言道
试玉要烧三日满，
辨才须经十年寒。
官声应听人去后，
离任方识廉与贪。

唱的是，三国时东吴有个官，
大名叫陆绩，任郁林太守已三年。
吴主批准他卸任回家乡，
他遥望苏州归心似箭。
那一天，天刚亮就来到黔江边，
一家人登船的码头就在那铜鼓滩。
官船上金银细软都不见，
只有些书籍纸砚粗布衫。
陆大人高高兴兴把船上，
怎奈那船家就是不解缆。
陆绩说："艄公啊，你快开船，
送行的老幼一大片，
让他们久等我心不安。"
"大人啊，江上风高浪又大，
沿途弯急多险滩。
轻飘飘的船身吃水浅，

翻了船哪个敢把责任担？"

陆绩说："我看这事也好办，

再买一担竹笋干，

外加咸菜两大坛。"

可谁知道，竹笋咸菜都不压秤，

那船还在浪上颠。

夫人说："兜里只剩几两碎银子，

再买可没盘缠。"

陆绩放眼岸上看，

他说是："其实这事儿也不难。

那滩头有块大石头，

咱就用它来镇船。"

众人一听齐动手，

撬的撬来搬的搬。

八百斤巨石船上压，

那船儿平稳如泰山。

看得那文武官员瞪大了眼，

乡亲们断线的热泪如涌泉。

船家说："一辈子没见过这场面，

这大个官，离任的行李这寒碜。"

百姓喊："大人啊，你真是一个爱民如子，勤政清廉，

不贪不占，名不虚传的父母官！"

齐喇喇，官员百姓全跪下，

哭声和着涛声咽。

陆绩他深施一礼来相劝：

"乡亲们，你们的深情我领受，

这'父母官'的称呼要辞还。

常言道民为重来官为轻，

没有民来哪有官？

百姓是我的衣食父母，

为你们尽心尽责理当然。"

这时候，从船舱走出陆绩的老母亲，

满头银发开了言：

"乡亲啊，我儿刚才说的是个理儿，

官民的位置莫摆乱。

小时候，他到那袁术家里去赴宴，

揣回个橘子孝慈严。

我对他讲：陆家世代为官宦，

百姓深恩重如山。

孩儿啊，天下黎民皆父母，

将来你，做官定要做清官。

为民谋福是大孝，

为官之德廉为先。

今日他两袖清风离任走，

这才是我陆家的孝顺男。"

陆绩说："好乡亲请起快请起，

来日有期再见面。

只愿第二故乡更富裕，

我远隔万里心也甜。"

一席话，说得众人心里暖，

激情如浪拍船舷。

艄公解缆把篙撑，

春风着意扬风帆。

两岸深情留不住，

轻舟已过万重山。

这就是，镇船石的故事一小段，

愿天下为官者，

都为百姓当好官。

血宴

作者：杨子春、史琳
表演：杨子春、史琳

【曲头】

甲　八角鼓尽情地敲，

乙　三弦可劲儿地弹，

合　咱们精彩回放东北抗联。

甲　表的是：1937年正月初一，鹰爪山一场恶战。小日本儿，山腰筑工事山下挖沟堑，火力点密布在前沿。战士们，多次冲锋屡遭失败伤亡惨，只杀得，一个团剩下两个连。

乙　炊事班的老班长一声长叹——小日本儿，你他妈缺德呀，这笔血债，你八辈子还不完。【太平年】突然，一道军令，传到炊事班，炊事班老班长紧急动员。

（白）同志们，

合　（白）到！

乙　（白）给我抄菜刀。

合　（白）是！

甲　放心吧，切菜刀杀鬼子我决不手软。

乙　（白）你想干啥啊？

甲　前方人手不够，炊事班打增援。

乙　（白）什么乱七八糟的！

甲　（白）你不是说抄菜刀吗？

乙　我让你抄刀做饭。

甲　（白）做饭咋呼啥啊！

乙　上级指示要犒劳敢死队员！

甲　（白）噢！摆壮行酒？

591

乙 （白）对呀！

甲 （白）没东西呀？

乙 团首长把年货送到咱们连。

甲 （白）都啥玩意儿呀？

乙 一大块冻猪肉，半口袋高粱面。

甲 （白）这就不少了，班长！你说咋整吧！

乙 来它个八菜一汤蒸窝头东北大拼盘。

甲 （白）嗯——不错！

【南城调】

乙 你们几个烧水。

合 （白）是！

乙 你抓紧和面。

甲 瞧好吧！蒸窝头我可是三代祖传。

乙 转眼间，笼屉里的窝窝头香味飘散。熟了！老班长正要把笼屉往下搬。

甲 突然有个人，唰啦一闪，恰好似，饿狼扑食伸手把笼屉掀。

乙 班长一瞧原来是铁蛋儿。只气得老班长"咣当"就是一拳，你竟敢抢窝头实在大胆。

甲 （白）我饿！

乙 （白）你知道这是给谁吃的吗？

甲 （白）给我吃的！

乙 呸！这是给敢死队壮行过年！你没资格享受这顿饭。

甲 谁说的，哪一仗少得了我这个司号员。

乙 （白）啊——你？

甲 （白）嗯哪！

乙 （白）你也敢死？

甲 （白）嗯哪！

乙 （白）那你就多吃点儿！

甲 别忙！你刚才打人怎么算？

乙 （白）咳——咱爷儿俩谁跟谁呀，你先尝尝我这窝头，嘿，黏糊糊特别的甜。

甲 （白）不吃。

乙 吃了我这窝头，提神儿壮胆，防枪子，防炮弹，一路平安。

甲 （白）您这不是蒸窝头，

乙 （白）那我是——

甲 （白）卖保险的。

乙 （白）你到底吃不吃吧？

甲 （白）我不吃！那是不可能的。

【怯快书】

乙 话音未落，外边有人猛一喊："紧急集合——"小铁蛋儿，转身就跑似箭离弦："铁蛋儿——窝头……把窝头带上——"

甲 班长，别喊了，倒不如，壮行酒改成庆功宴！

乙 等战斗结束八菜一汤抬上山，

合 阵地上过大年。

乙 （白）咱们接着干！

【罗江怨】

甲 厨房里，蒸汽弥漫，恰似那，战火硝烟。

乙 刀切菜，刀剁菜板，恰似那，枪炮和弦。

甲 炉膛里，火苗乱窜，恰似那，敌碉堡炸翻。

乙 唰啦啦，葱花儿进油锅，哎哪好似，

合 哎哪好似——杀声一片。

乙 忽听得，冲锋号声声不断，

甲 鹰爪山，捷报频传。

乙 快把菜，盛入瓦罐，窝窝头装进竹篮，

甲 竹篮上，贴上个大红喜字儿，

合 哎咱喜呀，哎咱喜迎新年。

乙 （白）今天是大年初一，咱们打了个大胜仗，这叫双喜临门，同志们，咱们抬着喜菜上山！

甲 （白）走啊——

【东北二人转】

甲 正月初一过大年，

乙 英雄去闯鬼门关，

甲 不吃饺子省了大蒜，

乙 打仗不给压岁钱，

合 枪炮声声除旧岁，小日本儿玩儿了完。

【流水板】

乙 炊事班，喜气洋洋大步流星朝前赶，

甲 肩挑手提奔向山前。

合 跨过山梁、跃过战壕、透过硝烟定睛观看——啊！！！眼前是：一个战士一座丰碑，岿然不动的好威严。

甲　张二愣，抱着鬼子死死不放瞪大双眼，

乙　小喜子，怒视敌兵步枪折断刺刀扎弯，

甲　大刘他，遍体鳞伤紧握砍刀刀锋血染。

乙　小铁蛋儿，背靠松树左手叉腰右手举号，

合　胜利的微笑挂嘴边。

乙　老班长，扑通跪倒老泪纵横高声呼唤：铁蛋儿啊——大叔给你送窝头来啦。饿肚子上路我的心不安。孩子们……醒醒吧……醒醒吧。这是一餐庆功宴。

合　别忘了，今天是初一过大年。

甲　上菜啦——上菜喽——

甲　猪肉炖粉条——

乙　爆炒地三鲜——

甲　酸菜汆白肉——

乙　木耳烩笋尖——

甲　高粱面儿窝窝头哇——

乙　东北大拼盘！

【尾声】

乙　北风呼啸哀声叹，苍松致敬把腰弯。

甲　茫茫雪原披重孝，

乙　漫天大雪抛纸钱，

甲　军魂永铸黑土地，

合　先烈英灵上九天！

中华医药

作者：秦　渊
表演：任　平

五千年的历史长河是一碗飘香的中药，
中华医药博大精深，悬壶济世，多少传说。

一草一木都是宝，根茎枝叶都入药，
看那一把寻常草，天地人道有哲学。

你看那人参、枸杞、三菱、三七、大黄、大戟、生地、熟地、牛黄、牛漆、蜂蜡、蜂蜜、山丹、山茶、木莲、木瓜，一点红、两面针、三角草、四季青、五味子、六月雪、七叶莲、八角枫、九里香、石榴皮、白头翁、千斤拨！

做事要生"细心草"，为人要吃"厚朴"药，
脸面不能"五加皮"，知廉知耻在心窝，
为人处世"无漏子"，左邻右要"百合"，
"苁蓉"莫当"急性子"，遇事不缩"乌龟壳"，
"狼毒"不能有"半夏"，一颗良心像"琥珀"，
宁为玉碎不"寄生"，不为瓦全而"独活"，
正义好比"飞刀剑"，除恶敢用"千斤拨"，
"王不留行"我敢走，"千层塔"上朝天歌。

"望"一望天下的风云有几重，
"闻"一闻社会的风气有几多，

"问"一问民心的向背有几何，

"切"一切时代跳动的啥脉搏，

"擦"一擦影响社会的污和垢，

"扎"一扎危害人们的丑与恶，

"推"一推时代前进的那只船，

"扳"一扳民族航行的那把舵。

中华医药能治病，中华医药能治国，中华民族"千年健，而今谱写新传说，"龙骨"一根撑天地，"龙胆"龙心有气魄，良药苦口利于病，（得儿）一剂良方天地合。

（注：引号内均为药名或中医治疗手法）

白鹇姑娘

作者：腊国庆
表演：红河州文化馆

（一）
曲头
白云依山恋
梯田彩云端
春夏秋冬镶异彩
守望心灵美家乡

（二）
甲　千面镜子岭边镶
　　美丽传说胸中藏
　　脚踏天梯轻盈来
　　白鹇姑娘云中唱
乙　彩云悠悠轻舟荡
　　春风牧歌绕山梁
　　轻弹三弦心相约
　　春回大地换绿装
甲　阿德伯！
　　春姐姐快来观看
　　黑白污垢田中央
　　随波逐浪四飘零
　　斑斑点点不美观
乙　春姐姐水中探望

山涧泉有了忧伤

衔异物细细琢磨

这就是白色污染

谁惊扰一方净土

谁污染人间天堂

姑娘　　来了本姑娘（依萨）

踏春游四方（哦）

新潮墨镜我头上戴

时髦美女郎（依萨）

发型似波浪（哦）

运动马靴穿（依萨）

天马行空任我走

醉倒在天堂（依萨）

姑娘追梦到天堂

大地雕塑人惊叹

星罗棋布蘑菇房

人与山水融一方

春水荡漾飞遐想

远离喧嚣又低碳

人间何处是仙景

万亩梯田是天堂

依！天堂！我来了

（抛撒异物 RAP）

男合　　姑娘的兴致空前的高涨

丢一只塑料空瓶当成小船

撕一个泡沫盒子插上小围杆

摇摇晃晃摇摇晃晃做成小风帆

（梭梭依萨们梭依萨）

踏春的姑娘瞬间来灵感

拿一个塑料袋子当成风筝放

许一个小小心愿虔诚来祝福

阿弥陀佛阿弥陀佛许愿到天堂

（梭梭依萨们梭依萨）

（三）

甲　天空飘白色恐慌
　　白鹇鸟哀鸣悲叹
　　数千年心灵圣地
　　要让它一尘不染

乙　春姐姐衔起小船
　　秋妹妹叼走围杆
　　啄碎了白色泡沫
　　衔垃圾飞向远方

姑娘　哇噻！
　　突见鸟上下奔忙
　　白鹇鸟汗湿霓裳
　　急速飞蜻蜓点水
　　却不像戏水鸳鸯
　　春燕子停止呢喃
　　白鹇鸟精疲神伤
　　空饭盒撕成两半
　　抛向空嬉弄鸟欢
　　飞起来！

（四）

众　山中泉水清（依萨）
　　万物能生长（哦）
　　千年万年川流不息
　　滋润着青山（依萨）
　　梦中桃花园（哦）
　　精灵的天堂（依萨）
　　世世代代生生不息
　　守望哈尼山（依萨）
　　（白鹇鸟愠怒围住着姑娘，姑娘瘫坐地上。画外音：阿德玛勒！乱丢脏东西，
　　污染了环境，白鹇鸟会发火尼！）

姑娘　我……错了！
　　白鹇鸟把我评判
　　悔不该污染一方

洗心灵不再惆怅

还净土碧水青山

青山青人人向往

虔诚心怀抱群山

捡垃圾手忙脚乱

云雾散万道霞光

天堂！I love you

（RAP）

男合　城里人不要拼命奔忙

三五成群乐此不疲走近大自然

远离喧嚣清清爽爽环保又低碳

送来欢笑带走垃圾不能有污染

（梭梭依萨们梭依萨）

青山它秀美万物有灵光

梯田壮美万物生长薪火相传

许一个小小心愿飞向远方

白鹇鸟它周而复始祝福着吉祥

（梭梭依萨们梭依萨）

众　千面镜子岭边镶

白鹇鸟欢唱吉祥

轻舞动洁白翅膀

春回大地换绿装

青山青溪水潺潺

梯田美人人向往

人与自然共和谐

守望心灵美家乡

美丽的眼睛

作者：谭均华

表演：冯小娟、朱丽君

〔音乐声中，甲乙上场。

甲乙 （合唱）早春细雨打窗棂，

　　　　医院一片繁忙景。

甲 （唱）伢儿捐献眼角膜，

乙 （唱）母亲就是不答应。

甲 （表）要捐眼角膜的这个姑娘儿叫李恬恬，年纪只有12岁。因意外事故，不幸
　　　　去世。临终之前，她用颤抖的手歪歪斜斜地写下了五个字：我捐眼角膜。

乙 （表）小伢儿捐献眼角膜，需要监护人的签字，一张捐献表格很快送到姑娘儿
　　　　妈妈——林芳的面前。

甲 （表）林芳万万没有想到自己的女儿会做出这样的决定！现在辰光她的一双眼
　　　　睛盯牢这张表格，人一动不动，好像一尊雕塑！

乙 "恬恬妈妈，这里需要你的签字。"

甲 "不！我不同意！"

乙 （表）各位观众朋友，大家晓得的，眼角膜的移植是不好拖辰光的啊！医院没
　　　　办法，只好请院长亲自做工作。（白）恬恬妈妈，你失去女儿的悲痛心情我
　　　　们理解，但是捐献眼角膜是人间大爱，是你女儿留下的最后一个心愿，希望
　　　　你……

甲 （白）院长，你不要说了，这些大道理我都懂……你晓不晓得？恬恬她……她，
　　　　从小就是个聋哑儿……

乙 （白）聋哑儿？啊！

　　　（唱）闻听姑娘是聋哑人，

乐队 （合唱）全场顿时静无声。

甲 （唱）无声世界已经太残酷，我不能让她再失眼睛。虽然女儿是自愿，也请你，理解一个母亲的心。

（白）12 年了，她没有叫过我一声妈妈，唯一能和我心灵相通的就是那双美丽的眼睛，她那眼光只要朝我闪两下，我就晓得她是在叫我妈妈呀……你说，我怎么忍心让她那眼睛离开她的身体……你说……

乙 （表）院长面对着林芳的"你说"，却什么话也说不出来……手术室门口毕静毕静毕毕静！静得来连呼吸声都听得见！院长手里拿着这张表格，一动不动！他变雕塑了。

甲 （表）林芳"哒"一把从院长手里拿过表格，要想撕……一想这是恬恬最后的心愿，我不能撕，再一想，这会不会是我的恬恬想留下这双眼睛再看看这个美丽的世界？……林芳想到这里，"嚓！"顺手从医生白大褂口袋里取出一支笔，"唰唰"签上"同意"、"林芳"四个字，字字重千斤。

乙 （表）院长接过表格一看，激动啊！连忙紧紧握牢林芳的手。

（白）"谢谢！谢谢！"（表）院长转身快步走进了手术室，亲自主刀。此时此刻，无影灯下，恬恬那张还没完全褪去红晕的小脸庞好像带着微笑，在场所有的人员都屏住了呼吸，院长小心翼翼地取下眼角膜，然后又轻轻地恢复了恬恬的眼睛原形……手术顺利结束。

甲 （表）手术室门慢慢打开，林芳望进去一看；只看见院长和五位医务人员整整齐齐排成一排，面对手术台，向自己的女儿、向这个幼小的生命深深地一鞠躬。

乙 （表）一个聋哑儿临终前捐献眼角膜的感人事迹在小镇上引起了轰动，不久，李恬恬被评为全市十佳感动人物。颁奖这天，林芳代替女儿上台领奖。给她颁奖的是一位少先队员。

甲 （表）林芳接过鲜花和奖杯，正要转身离开格辰光，这位少先队员拉住了她……

乙 （白）阿姨，请你看看我的眼睛。

甲 （白）你？

乙 （白）我叫王小燕，我的眼角膜是恬恬姐姐捐给我的！

甲 （白）啊！

乙 （深情）阿姨！

（唱）阿姨呀，我原是一个小盲孩，

茫茫黑夜度童年。

没见过，青山绿水白帆船，

没见过，阳光明媚百花艳。

不知道，爸妈和我啥模样？

不知道，电视里面多精彩？

多少次，摔倒爬起又跌倒，

多少回，理想只能梦中圆。

是恬恬姐，送来了光明送来了爱，

送来了湛蓝湛蓝的一片天。

甲 （唱）眼对眼分明是母女相见，

眼对眼不由妈思绪万千。

似看见，临别最后那一眼，

你两眼写满爱和恋。

你爱生活，爱校园，

最爱和妈妈一起看春天。

恬恬啊，妈已帮你了心愿，

你的眼，又清澈闪亮在天地间。

乙 （白）妈妈，妈妈!

甲 妈妈?！

（唱）这一声，恬恬想喊不能喊，

这一声，我整整盼望了十二年。

这一声，喊得我两眼泪花闪，

这一声，是恬恬的真情在呼唤!

甲 （白）小燕!

乙 （白）妈妈!

合 （唱）这一声，喊得我两眼泪花闪，

这一声，是恬恬的真情在呼唤!

腊月天儿

作者：暴玉喜
表演：刘引红

天上纷飞飘雪花儿，
花落万家迎新年儿。
年味儿浓浓大家唱，
唱出欢乐腊月天儿。

时光进了腊月的天儿，
刮风下雪冻红了脸儿。
家家忙得不着地儿，
户户准备迎新年儿。
泡粟米磨黄蒸面儿，
煮刀豆调黄蒸馅儿。
烘灶火掀铁笼盖儿，
小小黄蒸摆成圈儿。
点柴禾扇风箱儿，
风箱忽扇忽扇真肯板儿。
噌噌噌蹿出小火苗儿，
呀！火苗儿圪燎了小眉毛儿。
小黄蒸儿，黄生生儿，
吃到嘴里软浓浓儿。
奶奶老了没牙口儿，
要吃黄蒸挺得劲儿。
吃了一口儿又一口儿，

吃了一口儿又一口儿，

（白）哎？吃黄蒸怎还圪噘嘴儿来？

原来是：枣皮儿圪贴住那个腮帮的儿。

二十三是小年儿，

打发老爷儿要上天儿。

上街买上小麻糖儿，

放到香炉前的小瓷盘儿。

为的是粘住老爷儿的牙儿，

上天才不会嚼瞎话儿。

二十四五扫灰尘儿，

家家忙得转慞慞儿。

抬箱的儿，挪柜的儿，

搬桌的儿，掂椅的儿，

扫了上头儿扫下头儿，

扫了旮旯儿扫圪缝儿，

里里外外都扫净，

满身都是黑灰尘儿，

灰眉土眼儿照镜的儿，

哈哈，只有那个门牙儿白生生儿。

二十六七买年画儿，

精心挑选不随便儿。

天地灶家财神爷，

秦琼敬德门两边儿。

老寿星，托寿桃儿，

贴到堂屋正中间儿。

老两口炕头贴的山水画儿，

小两口床头贴的小胖孩儿，

胖手胖脚胖胳膊儿，

嘿嘿，腿圪窝儿还圪夹个小捻转儿。

贴罢年画儿剪窗花儿，
窗花儿剪的各色各样儿。
喜鹊登梅枝头落，
福禄寿禧粗线条儿。
张果老骑驴儿，
张嘴哼的是咱潞安调儿。

二十八九喜心头儿，
家家户户挂灯笼儿。
小灯笼儿，红圪丢丢儿，
火样儿新鲜圆圪轮轮儿。
玻璃灯儿，竹架灯儿，
孔雀开屏狮子灯儿，
天女散花走马灯儿，
嫦娥奔月是火箭灯儿。

三十日，年味更浓醉心坎儿，
家家户户贴对联儿。
浓浓的年味浓浓的情，
米酒飘香扑鼻梁儿。
杀鸡杀鱼炖肉块儿，
烘上油铛炸肉丸儿。
有酥肉，有夹馅儿，
油泼豆腐一片片儿。
捏面鱼儿，蒸面羊儿，
蒸个面山粘满枣儿，
上面还点了个小红点儿。

年货备了一大笸箩儿，
海带粉条和蒜苗儿。
苹果瓜子带花生儿，
柿饼核桃还有软枣儿，
吃的儿喝的儿摆满盘儿，

馋坏了大人和小孩儿，
小孩儿们张的嘴儿瞪的眼儿，
扒住桌的儿踮脚尖儿，
流的涎水还舔嘴片儿。

长辈们，熬红眼儿，
早早就备好压岁钱儿。
拿上旧钱儿换新钱儿，
小票的儿硬圪呗呗儿展呱呱儿，
用手一甩忽啦啦啦儿，
指头摸摸票的边儿，
快得能割了小耳朵儿，
瞪大眼睛数了数，
顺手装进小布袋儿。
一抽手，不哒儿，
圪暑出一个小银圆儿。

小胖女儿，小胖孩儿，
穿上了新衣迎新年儿。
粉裤的儿，花衣裳儿，
小兔帽儿，老虎鞋儿，
不会走路强学道儿，
摇摇晃晃圪倒倒倒儿。
爷爷奶奶抿嘴笑，
也穿上枣红色老棉袄儿。
枣红袄儿，真显眼儿，
胸前绣个大铜钱儿，
左瞅瞅，右瞧瞧，
（白）哎，是个福字儿呀，
圪脑朝下立里边儿。

说说笑笑忙成团儿，
家家张罗年夜饭儿。

包饺的儿，拉扯面儿，
腥汤素汤炒抉片儿，
炒炒饼儿，炒炉面儿，
油糕油条油圪麻儿，
牛肉羊肉猪头肉，
肉丝肉片儿肉疙瘩儿。
样样儿做好端上盘儿，
户户团圆围成圈儿。
你敬我敬大家敬，
敬老爱幼福无边儿。
嘣——叭——
一声春雷震天响，
欢欢喜喜过大年儿，
过大年儿!

麻将人生

作者：严西秀
表演：叮　当

［噼里啪啦麻将声中起光
［舞台上有一张空椅子，叮当小便后匆匆上

叮　来了来了，催啥子催？解个手都在催！少打一盘都不行哪？你才肾虚！（坐下，欲拿牌）啥子呢？洗手没有？你干脆喊我洗个澡嘛，你、你、你，你们三个好把我洗白。讨厌得很。快拿牌哟！

叮　（唱）拿起心爱的小洋铲，铲、铲、铲，多胡满贯当上班当上班！哎哟，这副牌要再摸几张万字，你们三个还跑得脱？三条。

叮　快点嘛，下象棋嗦？（发现）耶？！咋子？！你两个眼睛鼓起干啥子？对暗号？没有，没有你把眼睛鼓起卖萌啊？是不是要二筒吗？嘿！硬是要二筒呢，（生气，拍桌子）兄弟，喝酒有酒德，麻将有麻德，牌桌子上踩假水，全家要死绝！（电话响，摸电话）不解释，你娃敢打二筒！喂，哪个？主任？啊？主任你好，材料啊……我、我正在电脑上加班加点写。（对三个人说：小声点！）哦，缺啥子呀？就缺个八万……不不……缺个方案！主任，你放心，我一定睁大二筒，顶上家、卡下家、给你一个惊喜——杠上花！不不不，是妙笔生花！（麻友催促）来了来了……（对麻友）嗯你放心主任，明天下叫之前，不，下班之前就送到你办公室来。好的好的好的好……（回座位）催啥子？主任哆嘛，差点穿帮，我糟了全都跑不脱。（出牌）主任！哦，八筒！

叮　（麻友在笑他）笑啥子？笑嘛，笑。等会儿你们才晓得啥子叫（唱）想哭但是哭不出来等到思念伤害！（电话又响）哪个的电话？到底是打电话还是打麻将哟，关机，一律关机！唉？我的啊。（拿手机看）啊，小声点，家里打的。

叮　幺儿，放学啦。吃饭？给你妈先吃，不要等我了。啥子呢？你妈打麻将去了？

哼，这个婆娘一天到黑只晓得打麻将，还要不要这个家！娃娃都不管，太不负责任了嘛。你给她说，恋爱容易，婚姻不易，且行且珍惜！爸爸？（回头招呼那三人：嘘，小声点）我……爸爸在开会。昨天开大会，今天开小会，晚上分组讨论……你吃啥子啊？幺儿，冰箱里有方便面。没得开水？那……那就干啃，干啃锻炼牙齿，嗯嗯嗯，脆生生儿的，喷香！（麻友催促）来了来了。幺儿，爸爸要发言了，听话。（归位）娶到这种婆娘，悲剧！人生最大的悲剧！哎，你笑啥子？你还不是悲剧呀！忍、忍无可忍！忍无可忍也要忍啊。哎，兄弟，打的啥？三万？你确定？哈哈哈哈，你太乖了！1、2、3、5、6、7、8、9、10都不懂，就懂事（4.）我杠！杠杠杠……（痛苦状）哎呀，杠上花！哈哈哈哈……你们看他呢还想拿回去呀？摸出来摸出来……（一把抢过钱来）（电话又响）。哎呀，哪个？哈哈……当然高兴哟，杠上花啦！（起身）妈！你哭啥呢？爸爸不行了？不是昨天才进医院，怎么今天就不行了？啥子医院哦？拖都不拖两天啊。重症监护室，我马上来，妈，你喊爸爸要挺住哟，哎呀，银行卡上的密码都还没告诉我。（沉痛地）各位麻友，听到的哈，爸爸在医院不行了，必须去临终告别。（走下复又上）哪个赢了就想跑？哦输家不开口，赢家不准走！那是我爸爸啊，亲生的爸爸啊，在重症监护室，病危通知书都下了九道啦！要是我现在还在这儿打麻将，我还是人生父母养的呀？安！！（突转）最后四圈，打完就走！

［暗转，麻将噼里啪啦声（播放搓麻将音效）（叮当快速换装）5秒钟

［苍老画外音：麻将声声中，转眼这辈子就过完了……家里的房门紧锁着，麻将室的大门敞开着。一个声音高喊着，"三缺一呀，哪个来？"

［起光，叮当手执输液架，老态龙钟上

叮　我来！我来！我哪个又来不得呐……哦，身体呀？一点点小毛病，就是这心脏啊，一会跳，一会不跳。（扯下输液管）打一辈子麻将，总结出一个道理。麻将这个东西啊，包治百病。（电话响）幺儿打的。要来接我吃晚饭。幺儿呐，我在……唉？你又要开会，还要发言。我吃啥子呢？哦，冰箱头有方便面，没得开水哆嘛？莫得开水就干啃！啊，晓得晓得了，干啃锻炼牙齿，嗯嗯嗯，脆生生儿的，喷香！（悲凉）哈哈哈……麻将没得错，都是自己惹的祸。麻将啊，到底是我洗白你，还是你洗白我哟，不打了，再也不打了（转身走）（麻友叫他）打，咋个不打呢？哥打的不是麻将，是寂寞！

叮　哎呀我想得开，我后事都交代过了，我死了啊，不要啥子骨灰盒。那玩意儿太贵，不划算，相当于好多盘清一色哟。就随便找个麻将盒盒，把我装起，在那麻柳坡上，找棵麻柳树，麻麻杂杂（马马虎虎）埋了就算事……正如巴顿将军所说：一个真正的"麻将人"应该在最后一盘麻将中，被最后一块卡二条，卡、卡死。那才是最大的光荣。安？该我啦？对嘛，换手如换刀。

叮　（摸牌）哈哈哈哈，自摸！卡二条、清一色！翻稍了！翻稍了！这盘彻底翻、翻、翻……（蹦跳着倒地）

〔灯光频闪中，叮当起身，灵魂出窍

叮　（惊）啊，阎王爷，还要过奈何桥……阎王爷，阎老师，求求你，放我回去一下嘛！干啥呀？刚才自摸清一色，他们三个还没有给钱！

〔定格，切光

天下娘心

作者：焦桂英
表演：闫淑平、佟长江

女　天下娘心千斤重，

男　拥军爱子慈母情。

女　感天动地堪称颂，

男　德耀中华！

女　德耀中华！

合　留美名！

女　啊——

合　德耀中华留美名！

男　土家女罗长姐，

女　家住湖北省。

男　虽是个小脚女人，

女　却有男人的心胸。

男　送儿子去当兵，

女　已有六年整。

男　不料想祸从天降儿子把病生，

女　患上了乙型脑炎神志不清。

男　罗妈妈五雷轰顶大放悲声，

　　女（喊）儿啊我的儿啊！

　　娘唤儿一声声儿呀儿不听，

　　娘唤儿千万遍儿都不答应，

　　搂住我儿喊才政！

男　我挣脱老娘往外冲，

女　【白】儿啊！

　　　罗妈妈我心似刀绞泪如泉涌。

男　部队首长搀起老人泣不成声，

【白】罗妈妈，

女　【白】首长……

男　你儿子政治合格军事过硬，

　　　在部队勇擒逃犯屡立战功。

　　　如今他为执行任务身患重病，

　　　咱部队有责任照顾他一生。

【白】罗妈妈我们送他去荣军医院您老就放心吧！

女　【白】不，首长，

　　　才政是我的儿他是我的命，

　　　我怎能狠下心把他留军营？

　　　纵有那天大的困难我都能挺，

　　　绝不能拖累国家拖累部队拖累首长我要全担承。

男　【白】罗妈妈谢谢您！

女　【白】首长您就放心吧！

男　罗妈妈接回儿子祁才政，

女　祁才政离开了部队，

男　变得更发疯。

女　【白】儿子啊！

男　抡起锤子猛砸老爹他的头顶，

【白】歹徒！

女　【白】别砸！

男　举起扁担就往哥嫂他们跟前冲。

【白】哪儿跑！

女　【白】哎呀别打呀！

男　抱起孩子往那火塘里边送，

女　【白】住手！

男　挥拳打瞎老娘的一只眼睛，

【白】抓住他！

女　【白】哎呀儿啊！

　　　儿子你发起疯来简直要人命，

娘只好狠下心把你围在栅栏中，
有娘守候你不会孤单不会冷，
娘要在栅栏外陪伴儿一生。

女　儿子在栅栏内，

男　满地打着滚儿，

女　为娘我在栅栏外，

男　洗洗涮涮缝；

女　儿子在栅栏内，

男　没有动静，

女　为娘我在栅栏外，

男　侧着耳朵听；

女　儿子在栅栏内，

男　乱蹦乱跳，

女　为娘我在栅栏外，

男　坐卧不安宁。

女　怕儿热来，

男　怕儿冷。

女　更怕打雷，

男　儿受惊。

女　怕儿晚上做噩梦，

男　怕儿饿了不吱声，

女　儿子在栅栏内，

男　一宿没睡觉。

女　为娘我在栅栏外，

合：陪坐到天明。

女　我把饭菜送到儿子手，

男　我挥起一拳饭碗起在空。

女　热汤热饭把我烫，

男　我夺过筷子地上扔，
　　扯了床单把绳拧，
　　见啥砸啥不消停。

女　见儿子犯了病我急得心直蹦，
　　恨自己为啥不能，

男　替儿把病生。

男　【白】敬礼!

女　见我儿别的事情全忘净,

　　　只记得自己还是个兵。

　　　我要把儿来唤醒,

　　　让儿快乐生活在军营。

【白】儿呀你看!

男　把家变成军营的环境,

女　插满军旗飘在空,

男　做支假枪给儿练兵用,

女　军用瓷缸给儿把饭盛。

男　张嘴闭嘴喊口令,

【白】立正,稍息,向后转!

女　儿站岗来娘陪同,

男　起床号一响儿子就行动,

女　冲锋号一响儿子就出征,

男　检阅号一响儿子把风纪整,

女　熄灯号一响儿子就回营。

男　见儿子躺下没动静,

女　紧张的心情我才放松。

　　　折腾了一天我浑身酸又痛,

　　　两脚肿得一按一个坑,

　　　趴在那栅栏上我一动不想动,

　　　望着那可怜的儿子心事重重。

　　　眼前浮现——

　　　眼前浮现当年我儿魁梧的身影,

　　　颤巍巍抚摸着我儿消瘦的身形,

　　　娘愁你病魔缠身啥时能清醒,

　　　娘疼你栅栏之内黑天白日紧折腾。

　　　儿你一动娘就醒,

　　　儿你一静娘就惊,

　　　儿你一作娘就哄,

　　　儿你一病娘就慒。

叹娘已风烛残年没了好光景，

倘若娘离你而去谁把儿照应，

捱过今晚想明日，

起身忙把饭菜弄，

为让儿子吃得好，

我小脚紧倒腾。

男　三九天为儿洗衣，

女　不怕双手冷；

男　三伏天为儿扇风，

女　不怕胳膊疼。

男　为给儿子买腊肉，

女　拼命把地种；

男　为给儿子换大米，

女　野菜把饥充。

男　精心呵护三十五年整，

女　用真情唤醒儿沉睡的心灵。

男　祁才政望着娘亲懵懵懂懂，

女　岁月浓缩静止在瞬间中。

男　【白】娘——娘——

女　一声娘叫得我，

心头一颤又惊又喜，

搂住我儿泣不成声，

热泪洒前胸。

（喊）我的儿呀儿啊！

男　三十五年娘为儿，

女　差点搭上命，

男　三十五年娘陪儿，

女　天天都练兵。

男　三十五年娘为儿，

女　撑起了千斤重；

男　三十五年娘为儿，

女　背驼腰也弓。

男　从青丝，

女　到白发——

男　岁月无踪影，

女　从花开，

男　到花谢——

女　半世都凋零，

男　半世都凋零，

合　半世都凋零！

女　如今我儿知道喊娘娘的心里真高兴！

娘盼望儿子你能吃得饱病减轻，

睡得稳神志清，

太太平平生活在幸福中。

为娘我纵然一死在九泉之下，

也能闭上眼睛。

女　哎——

人间最美是真诚，

男　最真不过母子情。

女　真情一曲天地动，

男　伟大的母爱，

女　伟大母爱，

合　铸永恒！

鼓曲联唱

鼓韵流芳

作者：杨妤婕

表演：冯歆贻、王喆、张楷、刘迎、李玉萍（刘渤扬）

（京韵）
一枝独秀冠群芳，
不逞娇容自飞扬。
金声玉振出天籁，
众人仰慕赞歌王。
岁月风雨蕴词曲，
才有那，清奇的品格，传世的腔，
后辈传唱余音绕梁。

（曲头）
声腔泰斗骆玉笙，
心系艺业毕生钟情。
改革创新，树流派，
神州韵、华夏情、传承远、知音众，
一面大旗做引领，
中华曲艺更繁荣。

（梅花）
曲出于心动人魂，
骆派唱响四海闻。
论词曲，端庄深厚文而雅，
听曲调，雍容明丽巧且新。

《剑阁闻铃》名篇不朽，

《伯牙摔琴》谢知音。

《丑末寅初》丹青绘，

古韵精华更出新。

低吟高唱抒胸臆，

流光溢彩传至今。

（打新春）

《珠峰红旗》《光荣航行》，

《万里春光》尽欢腾，

深沉悲壮《和氏璧》，

《四世同堂》慷慨激昂家国情。

竞相传唱：重整河山待后生。

薪火相传艺常青，

雏凤清于老凤声。

再赋新曲有后辈，

牡丹花开别样红。

中国曲坛闪耀群星。

（京韵）

前贤铸梦写华章，

后人追梦再弘扬。

本来造梦需磨砺，

喜看圆梦艺运昌。

民族宏图中国梦，

放歌时代意气昂。

中国梦，好梦成真伟业成就，

国之珍宝、瑰丽辉煌、地久天长、鼓韵流芳。

徐悲鸿（选回）·义救

作者：胡磊蕾

表演：沈仁华、王萍、黄海隼

上表 徐悲鸿三顾茅庐，好不容易说服齐白石到学堂里去上课，想不到格些教师中的保守派对齐白石挖苦讽刺不要去说俚，还以罢课相要挟，对徐悲鸿提出抗议。吓得佬佬不曾上满一个号头课就逃转去了。学生子也因为北京大学更名为北平大学而对政府提出抗议，三天两头罢课游行。面对空荡荡的教室，还有格些老教授对俚不屑一顾的眼神，徐悲鸿提出仔辞呈，接受仔上海南国艺术学院和南京中央大学的邀请，南下任教。不过俚就此与齐白石结下了深厚的交情，等到二十年过后，身为中央美术学院第一任院长徐悲鸿再次请八十多岁高龄的徐白石去做客座教授的辰光，佬佬隔愣也蹰打一个，欣然前往。

徐悲鸿一面教书，一面搞创作，还到处办画展，忙得不亦乐乎。今朝上半日呒不课，徐悲鸿早上五点钟就起来了，画室里一孵就是三四个钟头，也蹰觉着吃力。拿仔个画笔，全神贯注。

丽白 爸爸，爸爸……

徐表 囡伍活，哭出乌拉作啥介？（白）丽丽怎么啦？

丽表 丽丽今年只有六岁，正好是似懂非懂的辰光。一双乌溜溜的大眼睛嵌勒肉吱吱、粉嘟嘟、圆兜兜、胖满满的小面孔上，实头是一块人见人爱的"小鲜肉"。平常爷的画室里不大来的，怕影响爷工作，但是今朝娘一个老早就出去了，受了欺瞒，只好到爷跟前来哭诉。（白）小猫咪，小猫咪坏了！

徐表 一看么，是前一阵到法国开画展的时候买的一件工艺品，一只瓷器的小猫，专门带转来给女阳白相的。现在头和身体分了家了。（白）丽丽不哭，跟爸爸说到底怎么回事？

丽白 哥哥坏，他尿床了，我笑他羞羞羞，他就把我的小猫咪摔坏了！呜呜……

徐表 哦！妹妹笑哥哥"偎水"，哥哥动气了，拿妹妹的白相家么事出气，到底全是小小囡了，娄娄吵吵经常的事体。倒是格只猫咪女儿夜里猗牢仔困觉当宝贝的，现在掉坏脱是要伤心则。哪亨办呢？一想么，有了。宣纸拿过来，一歇歇工夫。（白）丽丽，你看！

丽白　小猫咪，小猫咪！（表）居然画得和那只掉坏脱的瓷猫一模一样。（白）呵呵，爸爸真有本事！（鼓掌）

徐表　勿要小看一张纸头一支笔，非但好养家活口，还好骗小囡了。徐悲鸿天不亮画到现在，现在一双儿女进来闹闹，倒也是一种放松。就勒格歇辰光，只听见外头横冷一声。

田白　家里有人吗？

徐表　有人来了？格声音熟悉得啦？

下表　有人在吗？

徐表　不是别人活，好朋友田汉！一个激动，往准外头直冲个冲出去。

下表　哪个田汉？就是格个写国歌《义勇军进行曲》的田汉。田汉比徐悲鸿小三岁，是中国近代史上著名的剧作家、五四新文化运动的代表人物。1925年，他和徐悲鸿在上海一见如故，成为莫逆之交。就在几个月前，田汉因为创作了抗日救亡题材的电影剧本《风云儿女》，被国民党以"宣传赤化"的罪名逮捕，在监牢里吃尽苦头。徐悲鸿得着消息，急得不得了，四处奔走，用自己的性命作担保，好不容易以保外就医的名义拿田汉救仔出来。田汉勒医院里住仔个把号头，实在蹲不牢了，今朝从医院里溜出来，寻到此地。现在看见徐悲鸿，亦然一个箭步冲上来。（白）悲鸿！

徐白　寿昌！

田表　说书没有办法，只好嘴巴上闹猛，意思意思。换了放电影，肯定要来一个特写镜头，一个激动而热烈的拥抱。因为这个拥抱不是一般的拥抱，这是一个久别重逢的拥抱，是亲如弟兄的拥抱，是生死之交的拥抱，更是两位伟大而杰出的男人之间的热血拥抱，这个拥抱里面涵盖了千言万语。（白）悲鸿，让我怎么感谢你才好呢？要不是您舍命相救，我还真不知道能不能活着出来。

徐白　你我弟兄之间还说这些干吗？换作是你，你也一定会这么做的。伤怎么样了？让我看看！

田白　也就断了两根肋骨，瘸了一条腿，医院里二十几天一住，好了！现在让我上景阳冈啊，保证也能当上打虎英雄！"嘿"（自信地做一打虎的动作，突然伤疼）哎哟！

徐白　你瞧你，伤还没好，就偷跑出没来了。本来想再过几天去医院接你的，没想到你自己摸来了。这儿不好找吧？

田白 （苏）对于伲这种搞惯地下工作的人来说，啥地方寻不着介？（白）这房子不错嘛，（苏）两楼两低，独门独院，（白）可比你原来住的丹凤街宿舍楼强多了！

徐白 还不是要感谢我那帮好朋友，是他们筹款出资买了这块地，才建起这栋小楼的。

田白 那是，谁让咱徐教授人品好，人员好呢？这下呀，咱徐大画家再也不用扒在宿舍的地板上，翘着屁股画画了，哈哈！

弟表 伍笃有说有笑，外头进来一个人。五十来岁年纪，一个头发团梳得绢光滴滑，身上印花布的短衫裤子汰得清清爽爽，手里抄仔一只篮头，里面六根茭白，五两虾，四只蕃茄，三棵青菜，两条鲫鱼，一块豆腐，半斤肉。啥人呢？徐悲鸿屋里的保姆，叫同弟。是徐悲鸿的宜兴老乡，与夫人蒋碧薇还关着点亲，因为屋里条件实在差，徐悲鸿两个小囡正好需要人照看，所以到门上来帮帮忙，也好赚点钱贴补家用。刚正买小菜转来。踏进门一看，（白）咦？田先生？

田白 哟，是同弟啊！

弟白 您的伤好啦？

田白 在医院喝了您送来的骨头汤，伤当然好得快喽。

弟白 这要谢谢我们徐先生，是他想得周到。唉，要不是夫人反对，我肯定天天给您送！

徐表 同弟样样全好，就是有辰光闲话太多。（白）同弟，快给田先生泡茶去。

弟白 哦哦哦！那田先生，您先坐，我给您泡壶茶去。（表）要紧往准里向进去。

田白 悲鸿，怎么没看到嫂夫人啊？

徐白 一早就出门了，看朋友去了吧！

田白 诶，待会儿嫂子回来看到我，又该皱眉头了！（表）啥体这样说？徐悲鸿的家小一向反对徐悲鸿与田汉来往的。因为俚晓得田汉是国民党的内控分子，弄得勿巧政治上受牵连，要影响男人的前途的。所以当初田汉请俚到自己创办的南国艺术学院去当美术科主任，去了没几个月，就以离婚相要挟逼仔徐悲鸿离开上海。（白）悲鸿，我在牢里经常想起我们在南国共事的那段时光。你，我，欧阳予倩，我们义务给那些充满艺术追求的穷孩子上课，虽然条件艰苦些，却充满着激情和快乐。你还记得吗？你的第一幅巨型油画就是在那儿画出来的。

徐白 是啊，你和那些个学生还是我的模特呢。（表）徐悲鸿的第一幅巨型油画作品叫《田横五百士》，是他的油画代表作之一，也是他的成名之作。作品取材于《史记》当中的一则故事。说的是战国时代齐国的旧王族田横在秦末农民起义中带领五百人困守孤岛。刘邦建汉以后开出优厚的条件派人去招降，田横在赴洛阳的途中拔剑自刎，守岛的五百壮士闻之也全部自杀殉节。画面选取的就是田横与五百壮士诀别的场面。整幅油画从1928年画到1930年，用了三年时间方始完成。

田白　我经常做梦都会梦见田横壮士的那双眼睛，目光炯炯，凛然正气，没有凄惋，没有悲伤，却闪烁着坚毅、自信的光芒。可联想到如今那些个贪生怕死、见利忘义的小人，趋炎附势于腐败的国民党和贪婪的侵略者，真让人痛心疾首呢！

徐白　是啊，没有气节的民族只能任列强宰割，人失去了傲骨也只能沦为奴隶。这次去欧洲巡展，这幅作品也引起了西方人的强烈关注。

弟白　茶来了茶来了！张大千先生送的明前雨花茶，您喝喝看！

田白　谢谢谢谢！

弟白　我们徐先生这次到欧洲去开画展，那些蓝眼睛黄头发的洋人都对我们先生佩服得不得了，说我们先生是中国的"大分箕"。

田白　"大分箕"？什么大分箕？

弟白　大分箕也不知道？就是那个把女人画得笑眯眯的那个特别有名的大画家大分箕。

田白　那叫达芬奇！

弟白　对对对，达芬奇，"大分箕"，差也差不多。那些大报小报的记者整天都围着我们先生转哦，那叫一个风光哦！

弟唱　我伲先生勿简单，漂洋过海拿画展办。
　　　丹青妙笔惊四座，轰动巴黎与米兰，
　　　享誉法兰克福、不来梅，莫斯科人也齐称赞，
　　　洋粉丝赢得仔千千万。
　　　侪说先生技艺高，油画国画侪来三，
　　　中西合璧称奇才，继承创新眼界开，
　　　东方大师非一般。
　　　报纸天天拿头条上，记者日日嚼上来，
　　　跟东跟西拿明星追，先生是，风头健得来海海威。

弟白　诶，田先生你等下！（表）只看见俚"噔噔噔"奔到楼上，一歇歇工夫"噔噔噔"奔下来，手里拿仔一沓报纸。（白）我来念给你听听哦，这是《巴黎时报》：徐悲鸿先生的《田横五百士》用娴熟的西画技巧，描绘了一个纯东

方的动人故事，画出了一个东方民族的坚韧之魂。《柏林早报》：徐悲鸿先生的作品熔古今中外技法于一炉，显示了极高的艺术技巧和广博的艺术修养，是古为今用、洋为中用的典范。《西方日报》：徐悲鸿先生借历史画来表达他对社会正义的呼唤，以他非凡的艺术造诣和惊人的毅力，赢得了欧洲艺术界的尊敬。还有这个《世界画报》……

徐表 看俚一本正经，读得像煞有介事的腔调，徐悲鸿要喷出来快哉。（笑）同弟，你这洋文水平都超过我了呀！

田表 边上的田汉是呆得像木头人直梗，嘴巴张得野野大，塞得进一只烘山芋么拉倒。一个五十来岁的女底下人，非但看得懂外文，还精通几国语言？（白）诶呀，果然是真人不露相，佩服，佩服！

弟表 同弟想我中国字也不识几个，哪里看得懂啥洋文介？（白）它们是认得我的，可惜我不认识它们。

徐白 （苏）所以读么读了四张，拿么拿反了三张。

弟白 （苏）呵呵，本来就是装装腔格呀。

田白 （苏）啊？装腔？啥意思介？

弟白 这几张报纸一直在夫人房里放着，只要她有亲戚朋友来，她就会拿出来读一遍。她读了多少遍么我就听了多少遍。我字么不识，记性还可以的。

徐白 （苏）啥叫还可介以？简直像复读机，一字不错，只字不漏，记忆力好得热昏。

田表 哦，原来直梗桩事体。（白）悲鸿啊，我从国内的报纸上也看到，你们这次去欧洲办巡回画展，光在巴黎美术馆就接待了五万多人次，好评如潮，不但破除了西方人对中国艺术的偏见，还在世界艺坛上为祖国文化赢得了尊严。悲鸿，我太为你骄傲了。诶，你不是说最近又在创作一幅特大油画吗？我能看看吗？

徐白 好啊，走！（表）徐悲鸿拿田汉领到画室的南墙根首，起手拿遮勒油画上的块布"晃"一掀。（白）我的新作：《徯我后》！

田表 只有两个字好形容：震撼！只看见灰黯的画面上大地龟裂，树木枯萎，一头瘦得皮包骨头的耕牛在啃树根，一群衣衫褴褛、骨瘦如柴的穷人正在翘首远望，好像用焦灼的眼神在盼望一场久旱的甘霖。整幅作品两米多高，三米多长，一共有十六个真人大小的人物构成，气势恢宏，摄人心魄。田汉不愧是剧作大家，俚晓得"徯我后"三个字出自《书经》当中的一只故事。讲的是夏王桀昏聩暴虐，商汤带兵去讨伐暴君，受苦的百姓仰天而叹："徯我后，后来其苏！"翻译成白话文就是：等待我们贤明的领导人吧，只有他来了，我们才能得救。这幅油画描写的就是格只故事。（白）"徯我后，后来其苏！"画上这些暴君统治下的穷人的期盼，不就是如今国民党统治下的百姓的期盼吗？悲鸿，你的作品总能给我带来意外和惊喜，给人警醒和力量，太让人震撼了！

徐表　这也是徐悲鸿不惜一切代价要拿田汉救出来的原因。人生知己最难求。田汉和自己非但是志同道合的朋友，而且互相欣赏，互相支持，是艺术上真正的知音。现在讲起来一个字：懂！俚完全看懂了我这幅画，讲出仔我画这幅画的用意。徐悲鸿构思这幅画，是在日本帝国主义发动九一八事变，大举入侵东北三省之后。蒋介石下命令"绝对不抵抗"，拿东北的大好河山就这样拱手送给日本侵略者，引起了全国人民的悲愤。国民党政府推行的这种卖国政策，一面向帝国主义屈膝投降，一面大肆镇压人民群众和民主运动，陷百姓于水深火热之中。国破家亡的惨状，严酷的社会现实，让徐悲鸿满腔义愤。（白）寿昌，我们虽然不能拿着真刀真枪上阵杀敌，但我们是人民的艺术家，我们可以用手中的笔去揭露黑暗，伸张正义，为民请愿，为国效力，你说呢？

田白　没错，手握椽笔也可以成为出色的战士。（苏）我这次虽然因为写了《风云儿女》的电影剧本给国民党抓起来，显脚乎送掉一条命，但是，只要能为民族的独立自由而战，就算死也是值得的。（白）悲鸿，我要告诉你一个好消息，我的《风云儿女》已经在上海开拍了！

徐白　太好了，寿昌，恭喜你！

田表　口袋里摸出一张香烟壳。（白）夏衍同志正在等我的主题歌词呢。其实我已经在医院里写好了，念给您听听？

徐白　好啊，洗耳恭听。

田表　用评弹唱的国歌伍笃外头肯定听勿见的吧？伍笃第一次听，我也是第一次唱，试试看。

田唱　起来！不愿做奴隶的人们！
　　　把我们的血肉筑成我们新的长城！
　　　中华民族到了最危险的时候，
　　　每个人被迫着发出最后的吼声。
　　　起来！起来！起来！
　　　我们万众一心，
　　　冒着敌人的炮火，前进！
　　　冒着敌人的炮火，前进！
　　　前进！前进！前进进！

徐表　　听得个徐悲鸿拳头捏紧，血流加快。（白）铿锵有力，振奋人心，好词，好
词啊！

田表　　两个热血男人儿，一样的才华横溢，一样的激情澎湃，

徐表　　一样的坚持真理，一样的同仇敌忾。两家头聚在一道，实头有讲不完的闲
话啊！

徐唱　　他们性相投，义相酬，

田唱　　心激越，意气赳，

合唱　　慷慨昂扬话不休。

徐唱　　一个儿，画坛巨匠世人仰，

田唱　　一个儿，剧苑骄子炳千秋。

徐唱　　一个儿，挥洒丹青绘宏愿，

田唱　　一个儿，椽笔立言固金瓯。

徐唱　　一个儿，敢将愤懑画中诉，

田唱　　一个儿，竟将壮志歌中留。

徐唱　　一个儿，一腔豪情抒怀抱，

田唱　　一个儿，一片丹心热血流。

徐唱　　一个儿，爱家国，意悬悬，铁肩大义有追求，

田唱　　一个儿，仇敌忾，恨悠悠，不惜赴死性命丢。

合唱　　中华幸有志士在，铁马冰河笔底走，
　　　　赤子之情感神州。

合唱　　他们惺惺相惜旷世谊，肝胆相照胜战友，
　　　　生死之交美名留。

上表　　身于动荡的年代，两位艺术家的创作都不是书斋里的适闲小品，也不是自娱
自乐的风花雪月，而是渗透着人性的观照和对祖国前途命运的思考，发出仔
对自由、民主、和平的呼喊，实在难能可贵！

田白　　悲鸿，我得找个旅馆住下，然后赶紧把歌词寄到上海。你一定要注意休息，
我先告辞了。

徐白　　慢！（苏）虽然你从牢里出来了，但是保释书上写得清清爽爽的：不准你
离开南京，不准你回上海，也不准你搞抗日活动。国民党肯定派人监视好你
的一举一动勒海，假使你现在拿这歌词寄出去，等于自投罗网。

田白　　那怎么呢？

徐白　　把这任务交给我吧！我明天正好要去上海办事，我替你带出去。（苏）你就
住在我屋里，好好叫养伤，明朝到仔上海，我正好拿你老娘和家小一道接得

来。（白）你就放心吧！

田白　那……那得给你添多大的麻烦呀？不行不行！嫂子那……

徐白　碧薇那我会解释的，其实你嫂子没你想得那么不通情理。

田白　不是……我是……

徐白　好了好了，就这么说定了！同弟。

弟白　来哉来哉，先生有啥个吩咐啊？

徐白　快把楼上那间客房收拾出来，先让田先生休息休息，然后把你今天买的菜全
　　　做了，让寿昌好好吃顿饱饭。

弟白　哦，晓得哉。田先生，今朝不吃骨头汤，我来做鲫鱼豆腐汤给你吃哦！

田表　田汉是感动啊！样样事体全替我想好安排好。我半年把勿曾吃过一顿饱饭，
　　　俚也想着哉。格种么叫弟兄！

徐表　伍笃两家头弟兄情深，哪里晓得家小蒋碧薇转来大发雷霆。哪么要夫妻反
　　　目，请听下回。

焦裕禄（选回）·情在深处

作者：周希明、陈世海、邢晏春、季静娟
表演：景菊平、季静娟、陈美东

要做一个好干部，请你带好你的一班人马，带好你的团队，要带好你的同甘共苦的弟兄，而你必须恪守职责，敢于担当，分清是非，对老百姓有利的去做，对人民有害的坚决反对，哪怕走到生命的尽头，不忘使命，因为公道自在人心。请听第三回《情在深处》。

下表 六十年代郑州的五月初与今朝的五月初几乎没有什么区别，有些夏日的味道，今朝确切的时间是一九六四年五月三号傍晚七点光景，郑州医学院附属医院住院部已是冷清清，白天上班的各科医生早已下班回家，夜里值班医生，在交接班查资料，至于探病时间老早已经过了。

上表 此地门房间里坐好一位专门值夜班的值班人，夜饭吃好，值班工作开始，他的工作就是禁止病人偷偷溜出去，禁止探病家属悄悄溜进来，所以这扇门是看两面的，如有疏忽，出一点小纰漏，惩罚的办法就是卷铺盖。此人年纪六十上下，一件灰赤赤的旧衬衫，下面一条不太相配个旧军裤，一看就知道，是一位真的贫困的老实头人，如果眼睛再凶点，还可以看出是一位厚道的庄稼汉。此人姓龙，家里排行老二，所以名字又叫龙老二，听说从兰考一个苦地方逃荒出来的，落在郑州，经远亲介绍，到此地混着一个医院值夜班的苦差事，当时没有身份证，凭公社一封讨饭的介绍信，那么收留，啊？讨饭求乞还有介绍信？主要看得出证明人是实在的，知道留在当地可能要饿死，领导开介绍信，等于救自己命。龙老二对这份工作满意得不得了，所以特别巴结，他也晓得开介绍信让他出来讨饭的恩公是犯了错误现在受了处罚。唉，做了好人无好报，而罚好人的人也没有好报，毛病重得就住在里边，耳朵里好像听着一句，说那个人最多再活二十天，所以想想稀奇。当然我只要负责看好这扇门，勿进勿出，龙老二想得出了神了。

中表　外面有一个妇女在玻璃窗外看了你一歇哉，这个女人年纪四十朝外，穿着朴素，既不花哨，也不像当地农村女人，手里操一只竹篮，外面一块乡下粗布盖好。此人是从兰考赵垛楼来的，想见见兰考老百姓最崇敬的人，也是自己一家人的恩公，此地医院住的重病人，啥人？兰考县委书记焦裕禄！昨天村里传说，焦书记病情严重，医院做出诊断，可能是回天无力了，这种消息像晴天霹雳，当头打下来，不敢相信，但愿是误传，今朝受丈夫嘱托，煮了十只鸡蛋，还有平时节省下来的大米要送给老焦，还要当面谢过，刚才在住院部见到勿少不认识的兰考乡亲，说是见不着书记，因为病重，不能加重老焦负担，白天都拦阻，何况现在呢，所以在窗外望。这个看门人不知能否通融，所以硬着头皮用指头在玻璃窗上弹"笃笃笃"。

龙表　门房间里亮，龙老二看玻璃窗外面勿是最清楚，只见一只手的手指在敲窗户，做啥？懂的，要我开开后门，进去望病人，这个不行，所以对外头摇摇手。

林表　外面的女人看里向清爽，这个老头子在摇手，勿肯开门，只好开口求吧。

林白　大叔，我求求你了，帮一个忙吧。

林表　想想完不成任务如何向丈夫交代，心里一酸，眼泪也下来了。

林白　大叔，我真是有急事啊！你开开门吧！要不我要跟你下跪了。

龙咕白　啊，跪下来？跪在门外？那多难看呀。这样吧，到底有啥事让她到里向来好好说，要放进去这是不可能的，如果有啥东西要送给里向病人，我或许可以帮帮忙，龙老二心一软，拿门一开。

龙白　你这妹子啊，什么事要跪呢！你不是折煞我了，有话进来说。

林表　总算开门了，快点进去，所以一边谢一边进来。

林白　谢谢大叔！

龙表　龙老二将门关上。

龙白　妹子啊，你听了，进这扇门我是怕你跪了伤心，所以让你进来了，但是里边还是不能进去，因为时间过了，医院有规定。

林白　大叔，我知道你心好，让我进来，但是我只要把事讲清楚后你就会让我进去了。

龙白　妹子，这话别说，只要违反规定你叫我爹也没用，哪怕叫我爷爷也没用。

林白　大叔！

龙白　干吗？

林白　你是兰考人？

龙白　是啊。

林白　你是七里坡人？

龙白　是啊。

林白 你是七里坡靠近黄龙村的人？

龙白 中啊，妹子啊，你咋一说就准啊。

林白 哎呀，大叔，我是七里坡待过三年的人。

龙白 啊，你在那里待三年啊？

林白 我是走遍七里坡每个村的人呢。

龙白 妹子你是？

林白 我叫林小妹。

龙白 不认识。

林白 大叔，那秦有为你认识吗？

龙白 秦有为，秦书记，我知道！你是？

林白 我是秦有为的家里人。

龙白 秦书记家的？

林白 是啊。

龙白 我的妈呀，我今天差点做了小狗的事了，我……我不是人，妹子，不！不，秦夫人，我该死，秦书记是我的恩人哪，我永世不忘，他救了我命，没有他，我早就死了，还能在这里，秦夫人，我对你跪下了。

表 说完，"扑"，跪下来。

表白 林小妹也发呆了。

林白 大叔有话好说，快快快，起来，咋回事啊？

龙白 秦夫人，你坐好我说给你听，秦书记是我救命恩公，前年年底七里坡大灾大难，没有吃啊，穷啊，秦书记作出了一个决断，给每家开了一张可以走遍全国的求助证明，如果没有一张介绍信我龙老二早就死了，所以我要饭到了郑州，才有今天，如果没有秦书记，还有我吗？最痛心，听说秦书记为了我们受了处分。不过害秦书记的人现在就住在这里等死，你知道是谁吗？他叫焦裕禄，秦夫人啊，这都是报应啊！来，你东西给我，你们家哪位亲人在住院呢？我来帮你送。

林表 林小妹听到这里，恍然大悟，怪不得刚才听见我是秦有为家里人他马上会一百八十度大转弯？而且口口声声叫恩公？原来我丈夫做了一件大胆的事情，居然还有人在这里感激他，而焦书记做了许许多多天大的好事，现在得了重病，居然在这里还被人臭骂，这个还有天理啊？

林白 大叔，你说这个话错了，大错特错啦，你有这样的想法真的要跪下了。

龙白 我刚才不是对你跪下了吗？

林白 你不是对我跪，而是要向焦书记跪。

龙表 这下听不懂了，焦裕禄处理了秦书记，而秦夫人居然讲这个话，这个老农民真的头脑里抹黑隆咚哉。

龙白 秦夫人，这、这、这咋回事啊？

林白 大叔啊，这件事要说明白，我还得从头说起，大叔，看事情咱们可不能颠倒啊，大叔！

林唱 兰考本是有三害，

　　　　常年风沙与干旱，

　　　　汪洋洪水从天来。

　　　　自然发威天发怒，

　　　　顺应还需不懈怠。

　　　　世人只怕庸人恶，

　　　　人为之难胜天灾。

　　　　几万乡亲离家走，

　　　　我家秦有为，

　　　　自认为发证求乞理不亏。

白 我家有为做的那个事大家都说他犯了严重错误啊，要对他作出严肃的处理，说如果大家都出去要饭，这个影响也太大太太难听了，他们说：倘然都像兰考样，出尽丑，坍尽台，说道有为他自作主张胡作为，害了兰考害河南。条条批评多严肃，如同针针刺胸怀。焦书记他敢担当，挑重担，风雪夜，守车站。

龙白 听说是叫大家回去的？

林白 不，他没有叫大家回去，而是他说理解大家的难处，有亲投亲，没亲不要走太远，活命要紧，明年春天要回来，而且一定要回来，我在兰考等着你们，我会想你们的。

　　　　他是苦口婆心语，

　　　　句句入心怀，

　　　　干部带了头，

　　　　检讨在党委会。

　　　　说道秦有为有罪也要作缓办，

　　　　救人治病暖心坎。

　　　　焦书记将他调往赵垛楼，

　　　　叫他在风口浪尖作指挥，

　　　　只要干群合力战万难，

　　　　心齐的力量大如山，

有为感激在心怀。

老焦肝病时常发，

他是积劳成疾在今番。

我家老秦誓学老焦样，

要奋战一生在黄河湾。

若说恩人就是焦书记，

今日里我是受命汇报到郑州来。

林白 大叔你明白了吗？

龙咕白 啊呀，我弄错了，我搞错了。

龙表 龙老二，像做梦刚刚醒，所以世界上如果位置坐错看事体就会颠倒，不了解情况，信口开河，还像人啊，我服帖秦书记，现在更加敬佩焦书记，我还有啥说，老实人面孔上会红出来。

龙白 秦夫人，我是粗人，我弄错了，我明白了。

林白 大叔，快告诉我，往哪儿走可以见到焦书记。

龙白 我领你去。

林白 你要在这里看门的。

龙白 没关系，本来是不进不出，我把门一锁，灯一关就没事了，再说你刚才一说，我下来也要回七里坡了，我不准备在这里干了，要回到家乡也要撸起袖子加油干了。妹子你说中不中？

林白 中啊！

表白 那么此地灯关门锁，龙老二沿小花园花街，领到一座小洋楼这里。

龙白 秦夫人。

林白 大叔，你还是叫我林小妹。

龙白 好，好，妹子，你看那边两间是医生护士室，不能惊动他们，我们从这边上楼。

林白 好的。

林表 两人上楼，将近单独病房，听到里边在讲话。

下表 里面是焦裕禄焦书记和他的家小徐俊雅两人在讲话。

焦表 现在焦裕禄靠在床架子上，人已经瘦得勿像了，现在勿挂水，也勿吃药，眼睛闭着在呆呆思考，自己毛病看来是十分严重，肝区的疼痛越来越厉害，而且一痛人就支撑不住，疼至昏迷。医院的治疗可以说是出尽全力，特别从北京医院的诊断治疗，再转回此地郑州医学院附属医院，说明了一个问题，肝病可能已经转入晚期了，目前医界可能对于我格病是无能为力，家小徐俊雅眼光里可以说明这个一点，至于我最最舍不得的就是对兰考的治理，还刚刚有点希望，还刚刚摸出点情况，还刚刚看到些曙光，我就不能继续下去，这是多么痛苦的事啊，但死神在一步一步逼近我，我要作一点交代，老焦眼睛张开。

焦白 俊雅。

妻表 徐俊雅心里明白，老焦病况是非常勿好，我是强忍悲痛，忍住眼泪在跟我最心爱，最崇敬的一群孩子的爸爸作周全，实话不能说，假话说不出，难啊，组织上的决定，我一定要遵守做到，刚刚老焦连一点点薄粥都吃不进，我怎么办？现在老焦在叫我。

妻白 老焦。

焦白 俊雅，我发现近来我的病更加严重了。

妻白 不会吧，医生说在康复中。

焦白 俊雅，你我是夫妻，你应该对我直讲，我知道后可以对有些事早些作一个交代。

妻表 本来徐俊雅对于医生的诊断结论是无法接受的，被你老焦这么一问，眼泪含在眼眶里，心里难过得不得了，叫我怎么来回答他呢？这对夫妻的感情是多么的深，可以说二十年夫妻两个人相处，无不高低，相敬相爱，你焦裕禄可以说是党内真正杰出的优秀干部，我俊雅也是跟了你老焦一步一步走过来的，要跟上你的步伐已经叫不容易，现在是携手向前，同甘共苦，想一想从结婚到现在，你从一个普通工人到现在成为一个国家干部，从尉迟县到兰考县，从兰考县的第一天算起到今朝为止，只不过四百多天，而这四百多天的工作量是无法形容，常人不知要做多少天，而你还是一个病人，我是你最亲的人，可以做个见证，你心目中除了老百姓还是老百姓，而对自己人的要求某种解释是实在要求高，而且还带些苛刻，有时我也想不通。你可以关心许许多多的人，就是不关心自己，现在医院已经没有回天之力了，结论等于宣判，我心里只装着三个字，二十天，这二十天还是可能，还是最高数，我只要看到天断黑，就会在我心里黑板上擦掉一天，现在算算只有个位数了，越想越可怕，越想越难过，越想越心酸，自己关照自己眼泪千万不能流出来，心里是上下翻腾，波澜起伏……

唱 医院会诊如宣判，
　　无情之剑寒光炫。
　　肝病病变难预料，
　　良药种种已无胜算，
　　何来妙手把春换。
　　多少名医诊，

多少专家断，

组织全力送温暖，

只望老焦转平安。

医生常叹息，

护士添心酸，

拉我一边轻轻唤，

只望老焦转平安。

多少乡亲结伴来，

他们只求瞧一瞧来看一看，

祈愿祝福声声传，

只望老焦转平安。

细望河南天空云，

徐徐飘来许一愿，

谁能救助谁能圆，

彩虹高挂在云端，

只望老焦转平安。

兰考的水，兰考的船，

兰考的沙，兰考的岸，

只望老焦转平安。

分分秒秒无情义，

时间嘀嗒转圈圈，

一圈转来又一圈，

时光流逝即是命来捐。

老焦声声催，

心胸存疑团，

泪水腹中咽，

万箭刺心穿，

俊雅托辞如何瞒。

强忍悲痛强忍泪，

我是作假强装将他瞒。

妻白　老焦你放心，一切都在康复中，你会好起来的。

焦白　俊雅，你是在瞒我。

妻白　老焦，我没瞒你，你会好的。

焦白　俊雅，到现在你还不跟我说实话。

妻白　老焦你……

焦白　别说了，我一切都明白了。

妻白　老焦……

焦白　俊雅，别难过。

焦表　自己晓得真的要走到生命的尽头了，我对于死无所畏惧，我们革命前辈有多少人抛头颅，洒热血，非常年轻，就献出了生命，换来了新中国，我只是在建设新中国的道路上倒下了，不足为奇，人总是要死，要么轻于鸿毛，要么重于泰山，但是我心里有个最大的遗憾，就是对兰考的建设和改造，治理三害的任务还没完成啊。

唱　俊雅一言已分明，
　　何必连连查究竟。
　　在世之日无多久，
　　死神悄悄走近身。
　　我本是东海鲁地客，
　　党命如山受重任。
　　从尉氏奔赴兰考地，
　　深知三害苦乡亲。
　　走遍重灾区，
　　调查研究深，
　　倾听百姓事，
　　党的温暖送千村。
　　一年零三月，
　　病魔连连侵，
　　眼看胜利日，
　　无奈急收兵，
　　这最大的遗憾留心灵。
　　我难舍兰考壮丽的黄河水，
　　更舍不得艰苦奋战的兰考人。
　　贫穷难夺志，
　　三害何足论，
　　村村户户齐一心，
　　誓建幸福万里营。

如今我半途撒手走，

岂不成了一逃兵？

任务未完成，

匆匆留遗恨，

少有回天力，

情系兰考却断了魂，

令人儿痛恨又痛心。

想到此时情难舍，

急忙掩饰偷偷忍，

莫对爱妻留伤痕。

焦表　现在让我抓紧时间做我应该做的事情。

焦白　俊雅，你帮助我做几件事。

妻白　好的，老焦，什么事？你只管说。

焦表：枕边取出一个小本本传过去。

焦白　这是我对兰考大地的调查研究，如何治理三害的方法，方针与要求，你要交给县委。

妻白　好的，我明白了。

焦白　家里几个小孩的教育、培养都要你费心，我的要求就是读好书，做好人，永远想着老百姓。我死后，家中的重担要落在你一个人身上，不要向组织上伸手要钱，要东西。

妻白　知道，你放心。

焦白　我死了之后……

妻白　老焦你、你会好起来的！

焦白　唉！俊雅，我知道我没有几天啦，我活着没有治好兰考的沙丘。死后希望把我埋在兰考的沙丘上……要看着兰考人民把沙丘治好。

妻白　老焦……

林表　你们讲到这里，外面的两个人吃不消了，林小妹先哭出来。

林白　焦书记啊……

龙表　龙老二一直在打自己的脑袋，怎么会怨恨这样一位好干部，自己就像不吃粥饭的人。

龙白　焦书记啊……

焦白　俊雅，门外有人，请他们进来。

妻白　喔。

妻表　要紧出来一看，一男一女，男的好像是值夜班传达室的，女的没见过。

妻白　老焦请你们两位到里边去坐。

中表　两人进来。

焦白　来来来，随便坐吧。

林白　谢谢焦书记。

焦表　其实老焦肝区一阵阵在痛，好像在抽，额头上的汗像黄豆大小在渗出来。

焦白　你是？

林白　焦书记，我是秦有为的家里人，我叫林小妹，有为叫我来看你的，而且要谢谢你，他在赵垛楼治理沙土分身不开请你原谅。

焦白　秦有为，我知道，他现在越干越好了，是一位好同志，果然不负众望，你回去对有为说，我相信他，现在正是更加有为了，找到了有为的地方，我要请他原谅，我在批评他时有些过火了，你告诉他焦裕禄也有许多缺点，我要向有为学习，我们党就需要这样的好同志。

林白　焦书记，你是好人，你是榜样，你救了有为，你教育了他怎么做一个真正的共产党员，我们全家感激你，篮里的蛋、米是我们全家的一点心意，请你焦书记一定收下。

林表　林小妹双膝跪下。

龙表　龙老二熬不住亦然跪下。

龙白　好书记啊，我叫龙老二，我对不起你啊，我一直将你当坏人哪，我一直恨你，因为秦书记开了要饭的介绍信，我感激他，后来只听说你要处理他我为他抱不平，刚刚正好碰到秦夫人，总算，我的梦醒了，我真是糊涂，我是糊涂的七里坡人，我现在醒了，离开家乡是对不起国家，对不起老祖宗，也对不起自己。

俊白　你们怎么啦？快起来，我们老焦受不住的。

焦白　龙老哥你没错，错都在我们当干部的身上，干部有时会一时糊涂的。来来来，都起来吧。

医表　值班医生正好过来要检查病房，听见里向闹猛么踏进来。

医白　你们太不像话了，快出去，让焦书记休息，哎，你是看门的怎么回事？这个门没把住，怎么把人放进来了？自己也犯规了，这样做告诉你，我们医院里就不能留你了，快出去！

龙白　医生，你不叫我走我也要走了，我下个月就回去了，我要守在故乡，改造故乡，建设故乡，我要听焦书记的。

焦白　好啊……我将在堤岸边上一直看着你们，相信兰考一定会建设好的！

妻林合白 焦书记……老焦……

表 一声在堤岸沙滩看着你们，震撼了兰考大地，震撼了兰考的千万万干群，震撼了中华大地，1964 年 5 月 14 日 9 点 45 分，人民的好儿子，人民的好干部，优秀的共产党员走完了他光灿灿的人生历程，焦裕禄精神与天地同存，焦裕禄永远活在全国人民的心中。

看今朝

作者：李立山、胡磊蕾
表演：盛小云、熊竹英等

陕北说书——陕
苏州评弹——苏

众合	啊嗨——嗨！
陕合	三弦一拨攒劲的弹，
	唱家乡绿水青山美田园。
	妹子们——
苏合	哎。
陕合	好政策让山沟沟面貌变，
	嘿——
苏合	噫——
陕合	美醉了那一道道峁梁一道道川。
苏领	琵琶一抱我轻柔地弹，
	陕北哥——
苏合	听我们唱唱江南的水和山。
	太湖澄澈桃花碧，
	美醉了一条条小巷一片片帆。
陕领	妹子们——
	大棚里，春雨惊春青菜花鲜，
	河川上，夏满芒夏谷穗穗圆。
陕合	山苹果，秋处白秋红个艳艳，
	羊羔子，冬雪雪冬白似云团。
	后生们撸起袖子加油干，

众合 干!

陕合 全都是青春时尚的好青年。

苏州姑娘来转一转——

陕领 你们要找婆家呀,

苏合 那哼?

陕合 找婆家就到大理川。

苏合 一方水土一方人,

苏州姑娘嗲无边。

喊一声,陕北哥——

陕合 哎!

苏合 伲声音就是什梗甜,

也来为家乡作代言。

苏领 小镇秀入画,

碧水亲蓝天,

环保赢理念,

数据城乡连。

苏合 姑苏自古富庶地,

江南永远是春天。

陕领 我们陕北,

整地用激光画垅线,

新科技遍布稻蔬万亩塬。

陕合 婆姨们,张嘴就是电商服务站,

还扯起了京腔谝闲传。

苏领 哎,啥叫谝闲传?

陕合 就是聊大天。

苏合 噢。

覅看苏州姑娘嗲哩哩来娇滴滴,

小女子也能撑起天半边。

朋友圈,常把幸福生活晒一晒,

QQ 群,十九大精神谈体会,

"美丽中国"同描绘,

共享繁荣新时代。

再叫一声陕北哥——

陕合 哎!

苏合 欢迎到伲江南来。

　　　　茉莉香茶呷一杯,

陕合 还想听昆曲和评弹。

众合 啊嗨——嗨!

　　　　精准扶贫暖心田,

　　　　唱过旧篇再唱新篇。

苏合 风调雨顺民康泰,

　　　　水更清呵花更艳。

陕合 富民强国中国梦,

苏合 民族复兴在眼前。

众合: 江南塞北美如画,

　　　　看今朝,华夏又是一重天。

后　记

　　2018 年是改革开放 40 周年，全党全国各族人民隆重庆祝这一重要历史时刻，作为深入贯彻落实习近平新时代中国特色社会主义思想和党的十九大精神的一项重要举措，中国曲协整理推出这本《改革开放 40 年优秀曲艺作品集》，向伟大的改革开放致敬，回顾改革开放 40 年曲艺创作轨迹，从而进一步激励广大曲艺工作者在新时代继续坚持以人民为中心的创作导向，以改革创新的精神和说唱时代的担当，创作更多反映中国社会伟大变迁、人民群众火热生活的现实题材曲艺精品力作。

　　鉴于汇编的作品年份跨度大、涉及人员多、影响范围广，且意义重大、备受关注，我们广泛开展调研，查阅档案资料，并组建编辑委员会，进行作品遴选，最终搜集并收录了大家所看到的这 95 篇在改革开放 40 年中具有较强代表性的优秀曲艺作品。这些作品深刻体现了这一历史时期的时代精神，深受人民群众喜爱和欢迎，其中不少现在仍为人们所津津乐道，产生了较大社会影响。需要说明的是，由于曲艺具有"一遍拆洗一遍新"的艺术传统，曲艺作品具体到演出时还存在不同版本，文本具体表达不尽相同，恳请广大读者多批评指正，以便今后加以完善。

　　编辑此书离不开编委会全体专家的辛勤付出和各团体会员的大力支持。另外，杨妤婕、季静娟、冯阳、王斌、易凡、孟博、李航等还倾情提供了文本，在此向所有为本书成功面世奉献力量和给予关心的同仁致以衷心的感谢和诚挚的敬意！

中国曲艺家协会

2018 年 12 月